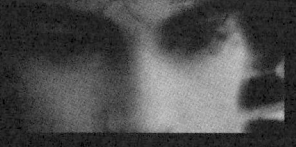

나귀 가죽

세계문학전집
013

Honoré de Balzac : La Peau de chagrin

나귀 가죽

오노레 드 발자크 장편소설

이철의 옮김

문학동네

일러두기

1. 번역 대본으로는 *La Peau de chagrin*, préface, notice et notes de Pierre Citron, in *La Comédie humaine*(Nouvelle édition publiée sous la direction de Pierre-Georges Castex, (Bibliothéque de la Pléiade), t. X, 1979)을 사용했다.
2. 주석은 모두 옮긴이주다.
3. 본문 중 고딕체는 원서에서 이탤릭체로 강조한 부분이다.

차례

초판(1831년) 서문

　자신이 쓴 작품 속에 개성이 고스란히 드러나는 작가가 많이 있을
것이다. 그들에게 작품과 사람은 동일한 하나이다. 그런가 하면 작품
의 형식과 내용이 작가의 정신이나 품행과는 사뭇 다른 경우도 있다.
그러므로 한 예술가가 고이 간직하고 있는 사상과 그의 작품 속에 나
타난 기발한 상상 사이의 관련 정도를 단정할 수 있는 원칙이란 있을
수 없다.

　이러한 일치 혹은 불일치는 자연계의 발생이 종잡을 수 없이 변덕
스러운 만큼이나 정신 작용의 속성이 기상천외하고 비밀스럽기 때
문에 빚어지는 것이다. 유기체의 생성과 관념의 생성은 이해 불가능
한 두 불가사의이다. 이 두 종류의 창조 작용에서 나타날 수 있는 창
조주와 창조물의 완벽한 닮음이나 다름이 둘 간의 친자관계의 적통을

승인하거나 부인하는 결정적인 증거가 될 소지는 거의 없다고 할 수 있다.

페트라르카와 바이런 경, 호프만과 볼테르는 모두 그들의 천재성에 부합하는 사람들이었다. 반면 라블레는 검소한 사람으로서 자신의 문체가 보여주는 게걸스러움과 자신의 작품에 나타난 인물들과는 정반대였다…… 그는 브리야 사바랭*이 식도락을 예찬했지만 아주 적게 먹었듯이 **포도주**를 찬양하면서 물만 마셨다.

영국이 자랑스럽게 여길 만한 오늘날의 가장 독창적인 작가도 마찬가지였다. 『에바』 『멜모스』 『버트람』 등을 쓴 마투린**은 목사이지만 멋부릴 줄 알고 바람기도 다분하며 여자들을 즐겁게 해줄 줄 아는 사람이었으며, 무시무시한 생각을 품고 있었지만 밤이 되면 여자에게 나긋나긋한 **댄디**로 변했다. 부알로도 그랬다. 그의 온화하고 공손한 대화는 까칠하기 그지없는 그의 시의 풍자 정신과는 부합하지 않는 것이었다. 상냥한 시인들은 대부분 개인적으로는 상냥함과는 매우 거리가 먼 사람들이었다. 조각가들도 비슷하다. 그들은 가장 아름다운 인간의 육체를 이상적으로 형상화하고 관능적인 몸매를 표현하며 흩어져 있는 미의 요소를 조합하는 데 몰두하지만, 거의 모두 옷차림도 형편없고 장식물 따위에는 관심을 두지 않는다. 그들은 아름다움의 표본을 자신의 영혼 속에 간직하고 일절 밖으로 내보이지 않는 것이다.

---

* 『미각의 생리학』의 저자로 "당신이 무엇을 먹는지 말해주면 당신이 누구인지 알 수 있다"는 말로 유명하다.
** 아일랜드 작가. 발자크는 나중에 마투린의 대표작인 『방황하는 인간 멜모스』를 모티프로 삼아 중편 「회개한 멜모스」를 쓴다.

사람과 그의 생각 사이에 명백하게 존재하는 이러한 불합치와 합치의 예는 끊임없이 열거할 수 있다. 그러나 이러한 이중의 현상은 언제 어디에나 있어서 그것을 강조하는 일 자체가 오히려 미숙함의 표시라고 할 것이다.

　만일 실러의 고귀한 영혼이 사실은 이제까지 무대에 올린 악당 중에서 가장 극악무도하고 가장 포악한 프란츠 무어*와 어느 정도 통하기 때문에 그가 그런 인물을 창조한 것이라고 의심을 받아야만 한다면 대체 어떤 문학이 가능할 수 있단 말인가?…… 가장 침울한 비극의 작가들은 존경받는 원로였던 뒤시**가 증명하듯이 일반적으로 매우 온유하고 가정적인 성품의 소유자가 아니었던가? 오늘날조차, 우리나라의 소소한 부르주아 습성 가운데 포착하기 어려운 뉘앙스를 섬세하고 유려하며 기지 넘치는 필치로 번역하고 있는 우리 시대의 파바르***를 보고도 혹자는 작가가 소에 투기해서 치부한 라 보스의 농사꾼이기 때문에 그럴 수 있을 것이라고 떠벌릴지도 모른다.

　이렇듯 문학 관상학을 지배하는 법칙이 불확실함에도 독자들은 책과 그 책의 지은이 중 어느 한 편을 들지 않고는 못 배기나보다. 책을 읽고 독자들은 부지불식간에 자신의 머릿속에 지은이가 어떤 얼굴, 어떤 사람일 것이라고 설정한 다음, 그가 젊다 혹은 늙었다든가, 키가 크다 혹은 작다든가, 성격이 좋다 혹은 나쁘다고 단정을 해버린다. 독

---

* 독일 극작가 실러의 희곡 「군도(群盜)」의 주인공.
** 프랑스의 비극 작가로서 주로 셰익스피어의 극을 프랑스어로 번안했다. 만년에는 주변 사람들에게서 가정의 가치를 드높인 덕망 있는 원로로 추앙받았다.
*** 18세기 프랑스의 시인이자 희가극 작가.

자들에 의해 작가가 일단 그렇게 그려지고 나면 더이상 방법이 없다. 그들의 방침은 요지부동인 것이다!

그래서 당신은 오를레앙에서는 꼽추로 알려져 있고 보르도에서는 장님으로 통하며, 브레스트에서는 호리호리한 사람으로 알려져 있고 캉브레에서는 피둥피둥 살이 찐 사람으로 통한다. 어떤 살롱에서는 당신을 미워하고, 반면에 다른 살롱에서는 극찬을 한다. 마찬가지로 메르시에*는 파리 사람들에게는 조롱의 대상이었지만 상트페테르부르크에서는 러시아 사람들의 우상이 되었다. 요컨대 당신은 다면적 인간, 일종의 상상의 산물이 되어버린 것이다. 독자는 자기 마음대로 당신에게 옷을 입혀버린다. 가령 당신에게 호평이 내려지다가도 어느 한순간 그것이 악평으로 탈바꿈되는 일이 심심찮게 벌어지는 것이다. 그래서 당신은 때로는 뜻하지도 않게 커다란 이점을 누리기도 한다. 당신을 두고 다음과 같은 소리가 들려오기도 하는 것이다.

"나는 그가 그런 사람인 줄 꿈에도 몰랐어!……"

만일 이 책의 저자가 독자에 의해 그런 식으로 잘못 내려진 판단을 그저 순순히 받아들여야 한다고 마음먹었다면 그는 글쓰기의 생리학과 관련된 이 특이한 문제를 굳이 논하려 들지 않았을 것이다. 그는 자신에 대해 품행이 방정하고 덕성스러우며 지혜로운데다가 품위 있는 장소에서만 모습을 드러내는 문학판의 신사라는 평판을 못 이기는 척 받아들이는 아주 손쉬운 길을 택하고 말았을 것이다. 그런데 불행하게도 그는 늙은이로 알려져 있고 어느 정도 교활하고 파렴치한 구

---

* 프랑스 작가. 『파리 풍경』 등 엄청난 양의 저작을 남김.

석이 있다는 평판을 받는 형편이다. 게다가 어떤 사람들은 그에게서 그럴 만한 하등의 근거를 발견하지 못하고도 그의 면상에 일곱 가지 대죄에 해당하는 온갖 추접스러운 낙인을 찍기도 한다. 악이라고 다 사악한 것은 아닐진대 말이다. 그러므로 그는 자신에 대한 대중의 왜곡된 인식을 바로잡아야 할 매우 합당한 이유를 가지고 있는 셈이다.

하지만 모든 것이 제자리를 찾게 되면, 그는 덕성스럽다는 거짓된 명성에 취하기보다는 자신이 받아 마땅한 나쁜 평판을 한층 더 기꺼이 받아들이는 편을 택할 것이다. 그건 그때의 일이고 현재로서 중요한 문제는 대체 문학적 평판이란 무엇인가? 하는 것이다…… 거리 모퉁이마다 붙어 있는 붉은색이나 푸른색의 게시물을 말하는가? 말이 났으니 말이지만, 어떤 숭고한 시가 장차 파라구아이 루*의 인기나 만병통치라고 효과를 떠벌리는 혼합약제인지 뭔지 하는 것의 인기에 필적할 수 있는 기회를 잡게 될 날이 오긴 올 것인가?

불행은 그 자신이 직접 썼지만 자신의 이름을 절대로 밝힐 수 없었던 어떤 책에서부터 출발한다. 이제야 고백하지만 그땐 자기 이름을 밝히는 일에 위험부담이 따른 것이다.

그 작품이 바로 『결혼 생리학』이다. 어떤 이들은 그것을 나이든 의사가 썼다고 했고, 어떤 이들은 퐁파두르 부인의 궁정에 있던 난봉꾼 아니면 평생 동안 존중할 만한 여인을 단 한 번도 만나지 못하고 여자에 대해서 일체의 환상을 버린 어떤 염세가의 작품이라고도 했다.

저자는 대개 그러한 오해를 내심 즐기는 편이었고 심지어는 그것을

---

* 당시 치통 특효약으로 이름을 떨쳤다.

찬사의 표현이라고 받아들였다. 그러나 저자는 지금, 작가란 우연히도 자신에게 순수한 문학적 명성이 주어지면 그것을 군소리 없이 받아들일 도리밖에 없겠지만, 자신의 인간성에 누를 끼치는 중상모략은 그처럼 체념하며 받아들여서는 안 된다고 생각한다. 그릇된 비난은 우리 자신보다 우리의 친구들에게 훨씬 더 큰 피해를 주기 때문이다. 그런 연유로 이 책의 저자는 자신에게 해를 끼칠 수 있는 여론을 분쇄하기 위하여 힘쓰는 일이 자기 혼자만을 변호하는 것이 아니라는 사실을 깨닫고, 스스로 자신에 대한 이야기를 꺼낼 때 항용 느끼기 마련인 꺼림칙함을 무릅쓸 수 있었다. 그래서 그는 그를 잘 아는 소수의 대중을 위하여 그를 잘 알지 못하는 다수의 대중에 대해서는 더이상 염두에 두지 않기로 작정했다. 그런 점에서 그는 자신이 영예롭게 여기는 몇몇 우정과 자랑스럽게 생각하는 몇몇 평판이 정당한 것이었음을 증명할 수 있게 되어 행복하다.

그가 산체스의 한심한 특권을 주장했더라도 지금쯤 뻔뻔하다는 비난을 받고 있을까? 평생을 대리석 의자에 앉아서 부부관계의 결정 법칙들을 놀라우리만치 단순하게 해석해 육체적 향락의 천태만상을 교회의 법정에 세우고 참회의 심판을 받게 해야 한다고 설파한, 저 유명한 책 『데 마트리모니오』*를 집필한 그 고지식한 예수회 신부 말이다. 도대체 철학이 사제의 직분보다도 더 죄가 많다는 말인가?

연구에만 몰두한 삶에 대해 자책한다면 건방진 구석이 있다고 비난받을까? 그가 현재 서른 살임을 알려주는 출생증명서를 공개하면 더

---

* 『결혼에 대하여 De matrimonio』.

욱더 비난을 감수해야 할까? 그가 자기를 잘 알지도 못하는 사람들에게 자신의 도덕성을 절대로 문제삼지 말라고, 여자에 대한 자신의 깊은 존경심을 절대 문제삼지 말라고, 건전한 정신의 소유자를 파렴치한의 원형으로 만들지 말라고 요구하는 것쯤은 그의 권리가 아닐까?

책의 서문에서 그토록 신중하게 경계했건만, 『결혼 생리학』의 저자를 아무런 근거 없이 험담한 사람들이 이 새 작품을 읽고도 계속 똑같은 식으로 반응하고자 한다면, 이 작품의 저자를 이전 작품에서는 변태적이라고 비난한 것과 똑같은 강도로 섬세하고 사랑스러운 사람이라고 칭송해야 마땅할 것이다. 하지만 비난을 받고도 상처를 입지 않은 것처럼 그는 찬사를 받는다고 해도 우쭐하지 않을 것이다. 그는 자신의 작품에 가해질 평판에는 매우 민감하지만 대중의 변덕에 자신의 인격을 맡기는 것은 단호히 거부한다. 그렇지만 작가란 죄인이 아니면서도 범죄를 모의할 수 있는 존재라는 것을 대중에게 납득시키기는 지극히 어렵다!…… 그렇기 때문에 이 책의 저자는 그의 수많은 저작이 자신의 고독하고 검박한 삶의 증거임에도—그런 삶이 아니면 풍요로운 정신이 절대로 형성될 수 없는 것이기에—지금은 세상 사람들이 그를 노름꾼이요 한량이라고 하더라도, 예전에 파렴치한이라는 비난을 한 번 받은 경험이 있기에 별로 놀라지 않을 것이다.

물론 저자는 자신에 대한 깊은 호의와 동정심을 이끌어내기 위해 이 책에 얼마간 자전적인 요소를 끌어넣고 흐뭇해했을 수도 있다. 하지만 그는 현재 독자들에게 열렬히 환대를 받고 있다고 생각하기 때문에 많은 서문 집필꾼들이 범하는 그런 어리석은 짓을 따라해야 할 정도는 아니다. 그는 자신의 작업에 대해 아주 성실히 임하고 있기 때문에 부끄러워해야 할 이유가 없다. 그리고 그는 심약한 자가 아니기 때문에 결연하게 서문의 슬픈 주인공을 자임하고자 한다.

만일 당신이 저자의 인간성이나 품행을 작품과 분리시켜준다면, 저자는 당신에게 자신의 작품들에 대한 해석의 권한을 전적으로 부여하겠다. 당신은 그의 저작들을 뻔뻔하다고 비난해도 좋고, 저속한 장면을 묘사하기에는 준비가 덜 된 저자의 펜을 힐난해도 좋고, 물의를 일으키는 내용을 모아서 발표해도 좋고, 사회를 근거 없이 탓해도, 반대로 사회는 악덕이나 불행과는 무관하니 그것을 저자의 탓으로 돌려도 다 좋다. 작품의 성공이 이러한 어려운 문제들에 대해 최종 결론을 내려주는 법이다. 그렇게 되면 『결혼 생리학』은 아마도 누명을 벗게 될 것이다. 나중에 그 작품은 제대로 이해를 받게 될지도 모르고, 후일 언젠가 저자는 순수하고 진지한 사람이라는 평판을 받는 기쁨을 누리게 될지도 모른다.

그러나 많은 여성 독자는 『결혼 생리학』의 저자가 젊으며, 고참 부장처럼 견실하고 술을 모르는 근면한 사람이라는 사실을 알게 되면 불만스러워할 것이다. 왜냐하면 여성 독자들은 어떻게 행실이 바른 젊은 남자가 결혼생활의 은밀한 부분까지 그렇게 깊숙이 파고들 수 있었는지 이해하지 못할 것이기 때문이다. 이처럼 비난은 전혀 새로운 형태로 나타날 수도 있을 것이다. 그러나 이러한 하찮은 비난쯤은 인간의 정신활동에 대해 제대로 알지 못하는 사람들을 사유의 원류로 이끌어가는 것 정도로 충분히 잠재울 수 있을 것이다.

비록 이러한 심리학 시론이 서문이라는 제한된 영역 속에 갇혀 제약을 받긴 하지만, 작가의 재능과 그의 외모 사이에 존재하는 그 묘한 부조화를 밝히는 데는 도움이 될 것이다. 물론 이는 저자 자신보다는 여성 작가들이 훨씬 더 관심을 보이는 문제이다.

문학은 사유로 자연을 재현하려는 목적을 가진 만큼 뭇 예술 중에서 가장 복잡하다.

감정을 묘사하고, 색채, 일광, 중간색, 뉘앙스 따위를 생생하게 되살리며, 좁은 공간이나 바다, 풍경, 사람, 건물 따위를 정확하게 보여주는 것, 회화는 이것이 전부이다.

조각은 질료 면에서 이보다 더 제한되어 있다. 조각은 풍부하기 그지없는 자연과 다채로운 형태의 인간 감정을 표현하는 데 돌과 한 가지 색깔 말고는 다른 방법이 별로 없다. 따라서 조각가는 대리석의 형상 밑에 엄청난 이상화 작업을 감출 수밖에 없고 그것을 간파할 수 있는 사람은 거의 없다.

하지만 관념은 한층 더 광대하여 모든 것을 포괄할 수 있다. 그러므로 작가는 모든 효과, 모든 속성과 친숙해져야만 한다. 그는 자기 안에 집중 거울 같은 것을 가지고 있어서 자신의 상상을 통해 온 우주를 그 거울에 비출 수 있어야만 한다. 그러지 못하면 시인은 물론이고 관찰자 정도도 될 수가 없는 것이다. 왜냐하면 보는 것만이 문제가 아니라 더 나아가 기억해야만 하고, 자신이 받은 인상을 단어의 선택 작업 속에 각인시켜야 하고, 그 인상을 이미지의 도움으로 치장하거나 그 인상에 원초적인 느낌을 생생하게 전달하기도 해야 하기 때문이다……

그런데 이 책의 저자는, 작가나 현학자가 저마다 자신의 작품이나 이론을 위해 끌어쓰는 그 세세한 **아리스토텔레스의 미학**을 굳이 빌리지 않고도, **관찰**과 **표현**이라는 확연히 다른 두 부분으로 이루어지는 **문예물**을 통해서 지적 수준이 높든 낮든 모든 부류의 사람과 통할 수 있다고 생각한다.

탁월한 사람들 중에서도 관찰의 재능은 갖추었으나 자신들의 생각에 구체적인 형태를 부여할 수 있는 재능은 갖추지 못한 사람이 꽤 많다. 그런가 하면 탄복할 만한 문체는 갖추었으나 모든 것을 보고 기록으로 옮기는 그 명민하고 신기한 재능의 도움은 받지 못한 작가도 많다. 어떤 면에서 보자면 바로 이 두 지적인 성향으로부터 문학적 안목이냐 문학적 솜씨냐 하는 것이 비롯된다고 볼 수 있다. 어떤 사람은 **기법**이 능하고, 어떤 사람은 **발상**이 능한 것이다. 기법이 능한 사람이 리라 연주는 뛰어나지만 눈물을 흘리거나 사념에 빠져들게 만드는 숭고한 하모니는 단 하나도 생산하지 못하는 사람이라면, 발상에 능한 사람은 악기를 다루지 못해 오로지 자기 자신만을 위해 시를 짓는 사람이다.

그 두 능력의 결합이 완벽한 사람을 만든다. 그러나 이 결합만 해도 드물고 운이 좋은 것이지만 그것만으로는 아직 천재라고 할 수 없다. 아니, 좀더 간단하게 말해서 그것만으로는 아직 예술작품을 세상에 내놓게 만드는 의지를 갖추었다고 할 수 없다.

재능에 필요한 이 두 가지 본질적인 조건을 갖추고 나서도 실질적으로는 철학자나 다름없는 시인이나 작가에게는 어떤 정신 현상이, 과학으로는 해명하기 어려울 만큼 불가해하고 상상을 초월하는 어떤 정신 현상이 일어나야 한다. 그것은 바로 있을 수 있는 모든 상황 속에서 시인과 작가들이 진실을 예견할 수 있도록 해주는 일종의 천리

안이다. 혹은 달리 말하자면, 그것은 자신들이 있어야 할 곳, 자신들이 있고 싶은 곳으로 그들을 옮겨주는 모종의 능력 같은 것이다. 그들은 유추를 통해 보이지 않는 진실을 보이게 만들어내거나, 대상이 그들에게 오든지 그들 자신이 직접 대상에게 가든지 해서 대상을 눈앞에 선명하게 그려낸다.

저자는 이쯤에서 결론은 유보한 채 이 문제를 접고자 한다. 그에게 중요한 것은 자기 정당화이지 철학 이론을 도출하는 일이 아니기 때문이다.

그러므로 작가라면 모름지기 한 권의 책을 쓰기 이전에 모든 성격을 면밀히 분석하고 모든 풍속을 겪어보며 지구 전체를 주유하고 모든 열정을 느껴보아야 한다. 혹은 정념과 나라, 풍속과 성격, 본성에 관한 일과 도덕에 관한 일, 이 모든 것이 그의 생각 속에 들어와야 한다. 작가는 둠비디키 영주*를 그릴 때는 수전노가 되거나 아니면 적어도 잠시나마 수전노 근성을 몸에 지녀야 한다. 「라라」**에 대해서 쓸때는 죄인이 되거나 범죄를 모의하거나 아니면 적어도 죄인을 불러 그를 관찰해야 한다.

이 두뇌 – 문학의 논법에는 따로 매개항이 없다.

그러나 인간의 본성을 연구하는 이들에게 천재란 그 두 능력을 지니고 있는 사람을 가리킨다는 것은 주지의 사실이다.

천재는 예전에 그를 사로잡은 것들이 은총으로 아름다웠든지, 최초의 공포로서 끔찍했든지 간에 과거에 자신이 관찰한 것들이기에 그에

---

* 월터 스콧의 작품 『에든버러 감옥』의 등장인물.
** 바이런의 시.

게 정확하게 되살아나듯이 그처럼 손쉽게 정신을 통해 공간을 가로지르는 사람이다. 그는 실제로 그러한 세계를 보았거나, 아니면 그의 영혼이 그에게 그러한 세계를 직관적으로 계시해준 것이다. 그러니까 피렌체를 가장 열렬히 사랑하고 가장 정확하게 그린 화가가 한 번도 피렌체에 가본 적이 없었다는 것은 이상한 일이 아니다. 그렇기에 모모 작가는 단*에서 사하라까지 가보지도 않고서 사막과 사막의 모래벌판, 신기루와 종려나무를 놀랍도록 정확하게 묘사할 수 있었던 것이다.

인간은 자신의 두뇌 속에 우주를 들어오게 할 수 있는 능력을 가진 것일까, 아니면 그의 두뇌가 시간과 공간의 법칙을 파기할 수 있게 해주는 일종의 부적 같은 것일까?…… 과학은 앞으로도 오랫동안 똑같이 불가해한 이 두 의문 사이에서 선택을 주저할 것이다. 그러는 와중에도 변함없이 영감靈感은 우리의 꿈속에 나타나는 마법의 환영을 닮은 무수한 형용변모를 시인에게 펼쳐 보여줄 것이다. 꿈이란 어쩌면 그러한 신기한 능력이 따로 할 일이 없을 때 벌이는 자연스러운 장난일지도 모른다!……

작가란 아마도 그의 신체 기관의 성숙이나 미성숙 정도에 따라 많든 적든 차이는 나겠지만 세상 사람들이 경탄해 마땅한 이러한 놀라운 능력을 지니고 있는 사람이다. 다시 추측하건대 타고난 창조력이란 하늘에서 인간에게 떨어진 미약한 섬광일지 모르며, 위대한 천재들이 받아 마땅한 찬양은 일종의 고귀하고 숭고한 기도인지 모른다!

---

* 팔레스타인에 있는 지역.

그렇지 않다면 왜 우리가 갖는 존경심의 정도가 그들에게서 번뜩이는 천상의 빛의 힘과 강도에 비례하게 되는 것일까? 아니면, 우리가 위대한 사람들에게 사로잡혀 보내는 열광의 크기를 그들이 우리에게 주는 기쁨의 정도에 따라, 그들의 작품이 갖는 유용성의 정도에 따라 측정해야 하는 것일까?…… 유물론과 유심론의 선택은 각자가 알아서 하시길!……

이러한 문학적 형이상학에 대한 논의로 저자는 개인적인 문제로부터 꽤 멀리 벗어나버렸다. 그러나 단순하기 짝이 없는 작품에도, 심지어는 『고수머리 리케』*에도 예술가의 작업이 끼어들어 있는 법이지만, 그리고 그저 평범한 작품도 종종 장대한 시편에서 빛나는 것만큼의 '멘스 디비니오르'**가 각인되어 있기 마련이지만, 저자는 '왜소한 차일드 해럴드들의 보잘것없는 순례'*** 같은 서문이나 쓰는 오늘날의 몇몇 작가처럼 자기 변명을 늘어놓기 위하여 이러한 야심찬 이론을 쓴다고 나선 것이 아니다. 그는 다만 우리 작가들을 위하여 자신을 심판하는 예전 **성직자의 특권****** 같은 것을 요구하고자 하는 것이다.

『결혼 생리학』은 세련되고 활기차며 조롱에 능하고 즐거움이 넘쳤던 18세기 문학으로 되돌아가기 위한 하나의 시도이다. 18세기 문학에서 저자들은 늘 올바르고 경직된 자세만을 취했던 것은 아니며, 시

---

* 샤를 페로의 동화.

** '더 신성한 정신'. 호라티우스의 글에서 인용.

*** 바이런의 시 「차일드 해럴드의 순례」를 패러디해서 특히 위고의 『크롬웰 서문』을 비꼬는 것으로 보인다.

**** 대혁명 이전 구체제에서 성직자는 세속 법정보다 관대한 교회 법정의 심판을 받았다.

나 도덕이나 드라마를 늘 입에 올리지 않고도 드라마와 시와 도덕적 활력이 넘치는 작품을 써냈다. 그러므로 이 책의 저자는 오늘날 우리가 직면하고 있는 반달리즘에 진저리를 치고 건축물 하나 세우지도 못하면서 수많은 돌만 쌓아올리는 행태를 보는 데 지친 몇몇 양식 있는 정신들이 준비하고 있는 문학적 반격을 북돋우고자 한다. 그는 우리의 풍속이 권장하는 근엄함이나 위선과는 거리가 멀며, 게다가 활력을 잃은 자들이 까다롭게만 구는 행태를 묵과할 수 없다.

요즘의 저작물들을 핏빛으로 온통 벌겋게 물들이는 경향에 대한 불만이 도처에서 터져나오고 있다. 잔인한 장면, 처형 장면, 바다에 수장된 사람들, 교수형당한 자들, 교수대, 죄인들, 격렬하고도 냉혹한 잔혹상들, 사형집행인들, 이 모든 것이 우스꽝스럽게 활개를 치고 있는 것이다!

오늘날 대중은 문학의 병실에 갇힌 **병든 젊은이들**과 **회복기의 환자들**과 달콤한 우울의 보석들을 더이상 원치 않는다. 대중은 **슬픔에 빠진 자들**과 **문둥이들**, 번민하는 비가悲歌 따위와 작별을 고했다. 대중은 흐리멍덩한 **음유시인**과 공기의 요정에 식상했듯이 오늘날에는 에스파냐와 오리엔트, 처형 장면과 해적들, 그리고 **월터 스콧 풍**의 프랑스 역사에 물려버렸다. 그렇다면 이제 우리에게 무엇이 남았는가?……

대중이 우리 선조들의 솔직한 문학을 다시 명예회복시키려고 하는 작가들의 노력에 비난을 가한다면, 차라리 홍수같이 밀려드는 야만인들의 침략과 도서관들의 전소全燒와 중세로의 귀환을 바라는 것이 이치에 맞다. 그러면 작가들은 인간의 정신이 회전목마처럼 돌고 도는 그 영원한 순환의 과정을 한층 더 쉽게 다시 시작할 수 있을 것이다.

그래서 만일 코르네유의 『폴리왹트』가 존재하지 않는다면 필시 현대의 시인 중 몇은 코르네유가 했던 식의 작업을 수행했을 것이고, 그러면 이 비극은 폴리왹트가 〈라 뮈에트〉*의 어떤 모티프에 맞추어 자신의 기독교 신앙고백을 노래하는 식의 보드빌 말고도 동시에 세 군데의 극장에서 공연될 수 있을 것이다. 결론적으로 말해 작가들은 현재에 맞서는 무모함을 거두지 않는데 대개 그들이 옳다. 세상 사람들이 우리에게 아름다운 그림을 요구한다고? 그렇다면 그 모델은 어디에 있는가? 당신들의 누추한 의복, 당신들의 실패한 혁명, 당신들의 떠버리 부르주아들, 당신들의 죽은 종교, 당신들의 사라진 권력, 감봉당한 군인 신세로 전락한 당신들의 왕들, 대체 그것들이 작품으로 형상화시켜 당신들에게 보여줘야 할 만큼 그렇게 시적이란 말인가?……

오늘 우리는 우리 자신을 기껏 조롱이나 할 수밖에 없다. 조롱은 빈사에 처한 우리 사회의 문학이 할 수 있는 전부이다…… 따라서 이 책의 저자는 자신이 문학으로 할 수 있는 모든 기회를 걸고 우리 사회에 대해 새로운 비판을 가해볼 작정이다.

우리 시대의 작가 몇몇이 그의 작품에 실명으로 등장한다. 그는 그들의 성품과 그들의 저작에 대한 그의 심심한 존경심이 의심을 받게 되지 않기를 희망한다. 그리고 동시에 그의 책에 등장하는 인물들이 누군가를 겨냥할 것이라는 추측을 미리 경계하는 바이다. 그는 초상화를 그리려 했다기보다는 유형을 제시하고자 한 것이다.

---

* 다니엘 프랑수아 오베르가 1828년에 지은 오페라로 당시 대단한 성공을 거두었다.

그렇다, 현재의 시간은 너무도 빨리 흐르고 인간의 지식은 도처에서 매우 힘차게 솟구쳐 넘치기 때문에 이 책의 저자가 자신의 책을 출판하는 동안에 벌써 많은 사상이 구닥다리가 되었거나 확실히 규명되었거나 발표되었다. 그래서 그는 어떤 사상들은 자신의 작품에서 희생시켰다. 그가 작품에 담을 생각이 없었음에도 버리지 않은 사상들은 아마도 작품의 전체적인 조화를 위해 필요했기 때문에 그렇게 남았을 것이다.

스턴, 『트리스트럼 섄디』, 322장[*]

과학 아카데미 회원이신 사바리[**] 선생님께

---

* 발자크가 자신이 쓴 작품의 제사(題詞)로 삼은 이 그림은 로런스 스턴의 『트리스트럼 샌디』 312장(곧 제9권 4장. 322장이라고 한 것은 발자크의 착오)에서 트림이라는 인물이 "얽매이는 것처럼 슬픈 것은 없으며 자유처럼 달콤하고 품격을 누릴 수 있게 해주는 것은 없다"고 말한 다음 "남자가 독신일 경우에" 그런 자유를 누릴 수 있다고 결혼을 비판하면서 지니고 있던 지팡이를 허공에 휘둘러 그린 형상이다.
** 펠릭스 사바리(1797~1841). 에콜 폴리테크니크의 천문학, 수학 교수. 발자크는 이 작품에서 과학과 관련된 부분에 대해 사바리에게 자문을 받은 것으로 추측된다.

제1부

부적

지난 10월* 말경, 법이 정해놓은 시간에 맞추어 도박장들이 일제히 문을 열었을 때, 한 젊은이가 팔레 루아얄**에 들어섰다. 법은 이렇듯 사람의 정열이라도 원칙적으로 과세 대상이 되니까 살뜰히 보호한다

---

* 이 작품이 처음으로 선보인 시점이 1831년 8월임을 감안한다면 "지난 10월"은 당시의 독자들에게 1830년 10월, 곧 '7월 혁명' 직후의 10월로 읽혔을 것이다. 이후 몇 차례의 개작에도 변함없이 유지되는 이 시간적 지표는 '7월 혁명 이후'가 이 소설의 중요한 열쇠말 중 하나임을 보여준다.

** 팔레 루아얄은 루이 14세 이후 프랑스 왕가의 방계인 오를레앙 가문의 거주지였다. 1781년, 살림이 어려웠던 오를레앙 공(대혁명 때 루이 16세의 처형에 동의했기 때문에 후일 평등공 필리프로 불리게 될 그는 7월 혁명으로 프랑스의 왕이 되는 루이 필리프의 아버지이다)은 궁궐의 정원 둘레에 회랑 형식의 목조 건물을 지어 분양했다. 상가로 번성한 팔레 루아얄은 특히 대혁명 이후 유곽(遊廓)으로도 이름을 떨쳤다. 이곳의 도박장은 1837년 출입이 금지될 때까지 번창했다.

는 차원에서 도박장의 개장 시간을 규제한다. 그는 별로 머뭇거리지도 않고 36번 팻말이 가리키는 도박장 계단을 올라갔다.

"이봐요, 모자는 벗어주시겠소?" 방범 철책 뒤 어둠 속에 핏기 없이 웅크리고 있던 작달막한 노인이 불쑥 일어나 천박함을 그대로 빼다박은 면상을 들이대며 메마르고 툴툴거리는 말투로 그 젊은이를 불러 세웠다.

당신이 도박장에 들어서면 그곳 법칙은 우선 당신이 쓰고 있던 모자부터 벗긴다. 신의 섭리를 기록한 복음서의 잠언을 준수한 것일까? 그것은 오히려 모종의 담보를 요구하면서 당신과 지옥의 계약을 체결하는 하나의 방식이 아닐까? 이제 곧 당신의 돈을 따갈 사람들 앞에서 고분고분한 태도를 취하라는 뜻인가? 아니면 사회의 하수구란 하수구에는 다 잠복해 있는 경찰이 당신의 모자를 만든 사람의 이름이나 혹 당신이 모자 안쪽에 써놓았을지도 모르는 당신의 이름을 알아내려고 그렇게 하는 것일까? 이도 저도 아니라면 당신의 두개골 크기를 재서 도박꾼들의 두뇌 용량에 관한 통계 자료를 내려고 하는 것일까? 이에 대해 관청은 일언반구 말이 없다. 하여간 명심할지니, 일단 당신이 초록 카펫에 한 발 들어섰다 하면 당신이 이미 당신 것이 아니듯 당신의 모자 역시 당신 것이 아니다. 당신의 모든 것, 당신과 당신의 재산과 당신의 모자, 단장, 외투를 다 도박에 건 것이다. 이윽고 도박장을 나설 때 **도박의 신**은 당신이 맡겼던 소지품을 돌려주면서 당신에게 아직도 무엇인가가 남아 있다는 사실을, 뼈아프게 파고드는 풍자 시구처럼, 일깨워줄 것이다. 혹시라도 당신의 모자가 새것이었다면 당신은 노름꾼의 복장을 갖추었어야만 했다는 사실을 혹독한 대가를 치르고 깨닫게 될 것이다.

　젊은이의 모자는 다행스럽게도 가장자리가 약간 닳았는데 그것을 맡기고 번호표를 받아들었을 때 그가 지은 놀란 표정은 그의 영혼이 아직은 순수하다는 인상을 주기에 충분했다. 그래서 젊었을 때부터 노름꾼 세계의 들끓는 쾌락 속에 파묻혀 있었을 작달막한 그 노인은 그에게 윤기도 온기도 없는 시선을 한 번 던졌는데, 철학자라면 그 시선 속에서 병원의 비참함과 파산한 사람들의 방황과 무기징역과 구아자코알코강*으로의 유배 같은 것들을 감지해냈을 것이다. 다르세의 젤라틴 수프**밖에 못 먹은 것처럼 길쭉하고 허연 얼굴을 한 이 노인은 초라하기 그지없는 종말에 다다른 열정의 창백한 이미지를 보여주었다. 그의 주름살에는 오래도록 극심한 고생을 한 흔적이 배어 있었는데 쥐꼬리만한 급료를 받는 그날로 그것을 노름에 털어넣는 것이 분명했다. 비루먹은 말에겐 채찍질이 아무런 효과가 없듯이 그는 어떤 것에도 꿈쩍도 하지 않았다. 다 털리고 문을 나서는 도박꾼들의 앙다문 입에서 새어나오는 신음에도, 그들의 소리 없는 저주에도, 그들의 넋 빠진 시선에도 그는 한결같이 무심했다. 그는 바로 도박의 모습이었다. 젊은이가 만일 이 가련한 저승 문지기를 자세히 살펴보았더라면 아마도 이렇게 중얼거렸을 것이다. '이자의 가슴속에는 카드 놀음밖에 없군.' 그러나 낯선 청년은 모든 환락가의 문에 혐오스러운 존

---

* 멕시코만으로 흘러드는 강. 왕정복고 시대에 프랑스는 이 강 연안을 식민지로 삼으려 했으나 실패했다.

** 다르세는 당시 과학 아카데미의 회원으로서 뼈 성분 전문가였는데 아무 영양가도 없는 젤라틴 추출물을 식품으로 개발해 시판하려 했으나 실패했다. 과학자의 공소한 주장에 대한 발자크의 조롱은 이 작품 곳곳에 스며들어 있다.

재를 박아놓은 신의 뜻에 따라 아마도 거기에 자리잡고 있었을 그 노인의 육신을 빌린 충고를 듣지 못했다. 그는 금화 소리가 탐욕에 휩싸인 감각기관을 황홀하게 유혹하는 방으로 성큼 들어섰다. 그 젊은이는 아마도 장 자크 루소가 토해낸 웅변 가운데 가장 논리적인 말에 떠밀려 들어갔다고 할 것인데, 그 말의 슬픈 뜻은 대충 이러하다. "그렇다, 나는 한 사람이 도박장에 가는 심정을 이해한다. 단, 그 사람과 죽음 사이에 동전 한 닢밖에 남은 것이 없을 경우에 국한해서 말이다."*

밤이면 도박장들은 모두 똑같이 그저 저속한 한 편의 시를 보여줄 뿐이지만 그 효과만큼은 범죄 드라마의 그것처럼 확실하다. 방마다 구경꾼과 노름꾼, 몸이나 데우려고 기어 들어온 꾀죄죄한 늙은이, 들뜬 얼굴, 술로 시작해서 센강에 빠져 죽는 것으로 끝이 정해져 있는 주정뱅이로 북적거린다. 마음은 굴뚝같아도 배우들이 너무 많아서 도박의 신과 얼굴을 맞대고 있을 수가 없을 정도이다. 밤시간은 이를테면 합창단원은 전부 목청껏 노래하고 오케스트라의 악기는 저마다 자기가 맡은 부분을 연주하는 진정한 한 편의 앙상블이다. 거기서는 점잖은 사람들도 많이 볼 수 있을 것이다. 그들은 심심풀이를 찾아 거기에 온 것인데, 구경거리나 식도락이 선사하는 즐거움에 값을 치르듯, 아니면 다락방에서 영업하는 창녀에게 가서 석 달이나 이어질 쓰라린 후회**를 싼값에 사듯 그렇게 돈을 치르는 것이다. 하지만 도박장이 열리기를 초조하게 기다리는 사람이 마음속에 반드시 가지고 있을 그

---

* 발자크 자신이 암시하고 있듯이 이 말은 정확한 인용이 아니라 『에밀』 4권 마지막 부분의 문장을 자유로이 각색한 것이다.
** 성병을 말함.

모든 흥분과 활력을 이해할 수 있겠는가? 아침의 노름꾼과 밤의 노름 꾼 사이에는 사랑하는 여인의 창문 아래에서 황홀에 젖는 애인과 애정이 시들해져 무덤덤한 남편 사이에 있는 그런 차이가 존재한다. 펄떡거리는 열정과 소름 끼치도록 선연한 상태의 욕구는 오로지 아침에만 일어난다. 이 순간에야 비로소 당신은 진정한 노름꾼, 기다리는 내내 먹지도, 자지도, 숨쉬지도, 생각하지도 않은 노름꾼, 그만큼 마르탱갈*의 채찍질을 호되게 맞아내고, 그만큼 트랑테카랑트**를 하고 싶은 억누를 수 없는 욕망에 시달리며 고통을 감내해온 경탄스러운 노름꾼을 만날 수 있을 것이다. 이 저주받은 시간에야 당신은 끔찍스러울 정도로 고요한 눈과 매혹적인 얼굴과 카드를 쥐고 삼켜버릴 것같이 노려보는 시선을 마주치게 될 것이다. 그러므로 도박장은 영업이 시작되는 순간에만 숭고하다. 에스파냐에 투우가 있고 로마에 검투사가 있다면, 파리에는 자랑스러운 팔레 루아얄이 있으니, 그곳의 도발적인 룰렛은 유혈이 낭자한 구경거리를 발바닥에 피를 묻히지 않고도 볼 수 있는 즐거움을 선사한다. 이 원형경기장을 한번 슬쩍 들여다보시겠는가? 들어가보실까?…… 이런 헐벗은 데가! 키 높이 정도까지 땟국이 전 벽지가 발린 벽에는 영혼을 상쾌하게 해주는 그림이라고는 하나도 걸려 있지 않다. 거기에는 목을 매 자살할 때 요긴하게 사용할 못 하나조차 박혀 있지 않다. 바닥 마루는 낡고 더럽다. 타원형 테이블 하나가 방 한가운데에 자리잡고 있다. 금화에 닳고닳은 그 테이블보

---

* 룰렛 등의 노름에서 전판에 잃은 돈의 두 배를 거는 방식.
** 카드놀이의 일종으로 52장짜리 카드 여섯 벌을 가지고 한다. 노름꾼은 도박판 위의 빨강 쪽과 검정 쪽 둘 중 하나에 돈을 건다.

둘레에 빼곡히 늘어선 밀짚 방석의자는 초라한 것들이어서 부귀와 호사를 찾아 도박장에 와서 결국 파멸하고 마는 사람들의 화려한 집과는 이상하게도 아무런 관련이 없어 보인다. 이러한 인간사의 대조는 마음과 마음이 서로 강렬하게 반응하는 곳 어디에나 나타난다. 사랑에 빠진 남자는 자기 애인에게 비단옷을 입히고 오리엔트산의 보드라운 옷감을 둘러주고 싶어하지만, 대개의 경우 남루한 침대 위에서 그녀를 품는 것이 현실이다. 야심가는 권력의 정점을 꿈꾸지만, 실은 굴종의 치욕 속에 굽실거린다. 장사꾼은 음습하고 불결한 가게 구석에서 거지처럼 살며 거대한 저택을 지어 올리지만, 어린 나이에 재산을 상속받은 그의 아들은 나중에 임의경매로 그 집에서 쫓겨나는 신세가 될 것이다. 그리고 환락가보다 더 불쾌한 곳이 어디 있을까? 알 수 없는 문제일지니! 현재의 불행으로 희망을 헛되이 날리는가 하면 자신의 불행을 자기 것도 아닌 미래로 호도하는 등, 늘 자기 자신과 대립되는 인간이란 모든 행동마다 모순과 결함의 특징을 뚜렷이 보여준다. 이 세상에서 불행 말고 완전한 것은 없다.

젊은이가 도박장에 들어섰을 때 거기에는 이미 몇 명의 도박꾼이 자리잡고 있었다. 머리가 벗어진 노인 셋은 도박 테이블 가에 무표정하게 앉아 있었다. 외교관처럼 표정이 냉랭한 그들의 석고상 같은 얼굴은 그들의 영혼이 무감각해졌고 그들의 심장이 오래전부터, 심지어 아내 명의의 재산을 도박에 걸 때조차 박동하는 법을 잊어버렸다는 것을 보여주고 있었다. 올리브색 피부에 검은 머리의 이탈리아 청년 하나는 테이블 가장자리에 조용히 팔을 괴고 있었는데, 노름꾼에게 운명의 외침처럼 다가오는 그 비밀스러운 예감들, "그래. 아냐!"에 귀를 기울이고 있는 것 같았다. 이 남쪽 지방 사나이의 얼굴에는 황금과 불이 어려 있었다. 일고여덟 명쯤 되는 구경꾼들은 선 채로 빙 둘러서서 운수의 손길과 노름꾼의 표정 그리고 돈과 그 돈을 긁어모으는 갈퀴의 움직임이 펼쳐 보일 구경거리를 기다리고 있었다. 그레브광장*에서 망나니가 목을 칠 때 군중이 그러하듯 이 일 없는 도박장의 구경꾼들은 숨을 죽이고 꿈쩍도 안 한 채 주의를 집중했다. 그중 남루한 옷차림의 크고 깡마른 남자 하나는 빨강이나 검정이 이길 때마다 표시를 할 요량으로 한 손에는 수첩을, 다른 한 손에는 핀을 들고 있었다. 그는 자기 시대의 모든 쾌락에서 소외된 채 살고 있는 현대판 탄탈로스 중의 하나거나 머릿속 내기만 하는 돈 없는 수전노 중의 하나였다. 정신이 멀쩡한 미치광이라고 할 수 있는 그는 공상의 나래를 펼쳐 자신의 가난을 달래는 것이며, 풋내기 사제들이 연습삼아 헛미사를 드릴 때 없는 성체를 있는 양 흉내내듯 그렇게 악행과 위험을 무릅쓰는 척하는 것이다. 판돈 관리대 앞에는 전문 노름꾼들로 예컨대 갤리선쯤은 우습게 아는 출옥한 도형수 같다고나 할 능란한 투기꾼 한두 명이 세 판을 걸어서 일거에 먹고살 돈을 거머쥘 심산으로 와 있었다. 두 명의 늙은 종업원은 팔짱을 낀 채 무관심한 듯 이리저리 거닐다가 간간이 창문으로 정원을 내다보았는데 그 모양이 마치 거리의 행인들에게 자신들의 펑퍼짐한 얼굴을 간판삼아 보여주는 것 같았다. 카드 딜러와 판돈 관리인이 노름꾼들에게 잡아먹을 것 같은 예의 그 희뿌연 눈짓을 던지고 나서 새된 목소리로 "게임을 하세요"라고 말하던 순

---

* 지금의 파리 시청 앞 광장으로 1831년까지 중죄인의 사형 집행이 이루어지던 곳이다.

간 젊은이가 문을 열고 들어섰다. 침묵은 어떤 쪽이냐 하면 더 깊어졌고 호기심어린 시선들이 일제히 이 신참에게로 향했다. 놀라운 일이었다! 쇠잔한 노인들도, 목석 같은 종업원들도, 구경꾼들도, 나아가 열에 들뜬 이탈리아인까지도 모두 다 그 낯선 인물을 보면서 뭔지 모를 섬뜩한 느낌을 받았다. 연민을 받으려면 아주 불행해 보여야 하고 동정을 유발시키려면 아주 약해 보여야 하는 것이 아닌가? 또는, 고통은 말이 없어야 하고 불행은 즐거워야 하며 절망도 깔끔해야 하는 이 도박장에서 사람들의 마음을 소스라치게 하려면 아주 참담한 모습을 지녀야 하는 것이 아닌가? 그렇다, 젊은이가 들어왔을 때 그 냉랭한 마음들을 뒤흔든 전에 없던 느낌 속에는 그 모든 것이 다 들어 있었다. 망나니들도 때로는 혁명의 신호에 목이 잘려야 하는 금발의 처녀에게 눈물을 보이지 않던가?

첫눈에 노름꾼들은 이 신참내기의 표정에서 어떤 끔찍한 수수께끼를 읽어냈다. 그의 젊은 용모에는 어떤 난해한 기품이 서려 있었으며, 눈빛은 배반당한 노력과 수없이 기만당한 희망을 내비치고 있었다. 자살을 암시하는 불길한 태연스러움이 병색이 도는 창백하고 윤기 없는 안색으로 나타났고, 쓴웃음이 양쪽 입가 옅은 주름 속에 어렸으며, 표정에는 보기에도 안쓰러운 체념이 역력했다. 그의 두 눈은 쾌락 끝의 피로 같은 것으로 덮여 있었지만 그 깊은 곳에는 무엇인가 은밀한 재능이 번뜩였다. 예전에는 순수하고 열정적이었을 이 고결한 용모가 지금은 퇴락해버린 것은 방탕한 생활이 그 더러운 낙인을 찍었기 때문일까? 아마 의사들은 양쪽 눈꺼풀을 둘러싸고 있는 둥그런 노란 자국과 두 뺨에 완연한 붉은 기운을 심장이나 폐 쪽의 이상으로 설명하겠지만, 시인들이라면 그러한 표시에서 공부로 망가진 몸, 등잔불 아래에서 숱하게 공부하며 지새운 밤의 흔적을 보려고 할 것이다. 아니, 병보다 더 치명적인 어떤 열정이, 공부나 재능보다 더 무자비한 일종의 질병이 이 젊은 얼굴을 망가뜨리고 이 활기찬 근육을 위축시켰으며, 통음과 공부와 병으로는 그저 가벼운 손상만 입었을 뿐인 이 가슴에 극심한 고통을 안겨준 것이다. 유명한 범죄자가 감옥에 들어올 때 원래 있던 수감자들이 그를 공손히 맞이하듯이 그렇게 인간의 얼굴을 한 도박장의 모든 악마들은, 그 고통의 달인들은, 이 엄청난 괴로움의 화신에, 그들의 시선이 측량해낸 이 깊은 상처에 경의를 표했으며, 도도하기만 한 그의 말없는 비웃음과 남루하지만 기품을 잃지 않은 옷차림을 보고 대번에 그가 그들이 모실 군주 중의 하나라는 것을 알아차렸다. 젊은이는 세련된 연미복을 걸쳤지만 조끼와 넥타이가 너무 어색할 정도로 빈틈없이 결합되어 있어서 드레스 셔츠를 입지 않아 그랬을 것이라는 추측을 불러일으켰다. 손은 여자 손처럼 예뻤지만 깨끗하지는 않은 것 같았다. 이틀째 장갑 없이 지냈으니 말이다! 도박장 안의 딜러와 종업원들조차 화들짝 놀란 것은 이 가냘프고 섬세한 몸매와 본래부터 곱슬곱슬한 보기 드문 금발 위에 순진무결한 매혹이 피어나 있었기 때문이다. 얼굴은 스물다섯 살이 넘지 않아 보였으며 거기에 드리운 타락이라야 한 번의 우연한 사고가 스쳐간 흔적으로 보일 뿐이었다. 거기엔 아직 젊음의 풋풋한 기운이 무기력한 방탕의 폐해와 싸우고 있었다. 빛과 어둠, 존재와 무가 은혜로움과 공포스러움을 동시에 자아내면서 드잡이를 하고 있는 것이었다. 젊은이는 빛을 잃은 채 길을 잃고 헤매는 천사처럼 그 자리에 나타난 것이다. 그렇기 때문에 악덕과 치욕에 빠진 그곳의 모든 노련한 사부들은 이제 막 타락의 길에 몸을 던지려는 아리따운 젊은 여자를 보고 연민에 사로잡힌 이빨 빠진 노파처럼, 그 신참내기에게 당장 나가라고 소리지를 판이었다. 신참내기는 곧장 테이블로 걸어가 우뚝 서서는 손에 쥐고 있던 금화 한 닢을 노름판 위에 던졌다. 금화는 검정 쪽으로 굴러갔다. 그리고 그는 강심장을 가진 사람에게 성가신 망설임은 딱 질색이라는 듯이 딜러에게 사납고도 냉정한 눈길을 던졌다. 판돈이 너무 컸기 때문에 노인들은 돈을 걸지 않았다. 그러나 이탈리아인은 자기에게 미소 지으며 다가온 어떤 생각을 미친 열정처럼 움켜잡고는 낯선 젊은이의 반대쪽에 금화를 걸었다. 판돈 관리인은 "돈을 거세요!—판 시작합니다!—더이상 안 받습니다!"라는 의례적인 말도 잊었다. 하기야 그 말들은 종국에는 알아들을 수 없는 새된 고함소리에 파묻혀버리기 일쑤이지만 말이다. 딜러는 카드를 늘어놓았다. 그는 이 수상한 쾌락의 당사자들이 돈을 잃고 따는 것에 무관심했지만 새로 온 젊은이에게 행운을 비는 듯이 보였다. 구경꾼들 모두 어떤 극적 결말을, 이 금화의 운명 속에 담긴 한 고귀한 인생의 최후 장면을 지켜보고 싶었다. 숙명의 카드 한 장 한 장에 붙들린 그들의 시선은 불꽃을 튀겼다. 그러나 그들은 젊은이와 카드를 번갈아 뚫어지게 바라보았지만 냉정하고 모든 것을 달관한 그 젊은이의 표정에서 일말의 동요도 찾아볼 수 없었다. "빨강, 짝수, 높은 수," 딜러가 결과를 확인했다. 판돈 관리인이 던져주는 접힌 지폐들이 자기 앞에 한 장 한 장 떨어지는 것을 바라보는 이탈리아인의 가슴속에서는 숨죽인 신음소리가 새어나왔다. 젊은이 쪽은 기다란 갈퀴가 그의 마지막 나폴레옹 금화를 긁어갈 때에야 비로소 자신이 졌음을 알아차렸다. 상아로 만든 갈퀴와 부딪친 금화는 메마른 소리를 내며 화살처럼 순식간에 계산대 앞에 쌓인 금화 더미 속에 쓸려 들어갔다. 낯선 젊은이는 눈을 지그시 감았다. 그의 입술은 창백해졌다. 하지만 그는 곧 다시 눈을 떴다. 그의 입은 산홋빛의 붉은 기를 되찾았다. 그는 인생을 다 터득해버린 영국인 같은 표정을 짓더니 좌절한 노름꾼이 종종 구경꾼들에게 처량한 시선을 던지며 구하는 그런 위로 하나 구걸하지 않은 채 자리를 떴다. 얼마나 많은 사건들이 찰나의 순간 속에 쇄도하는가! 얼마나 많은 것들이 단 한 번의 주사위 던지기 속에 벌어지는가!

"아마 그의 마지막 실탄이었을 거야." 잠시 아무 말 없이 문제의 금화를 엄지와 집게손가락으로 집어들어 주위에 구경시켜주던 판돈 관리인이 싱긋 웃으며 말했다.

"머리에 불이 나서 물 속으로 뛰어들걸." 한 단골이 서로 간에 다 안면이 있는 주위의 노름꾼들을 쳐다보며 대꾸했다.

"풋!" 도박장 보이가 담배 한 모금을 빨면서 내뱉었다.

"우리도 저 양반을 따라할 걸 그랬어." 한 노인이 이탈리아인을 가리키며 동료들에게 말했다.

모두의 시선이 손을 덜덜 떨며 지폐를 세는 그 행복한 노름꾼에게로 향했다.

"어떤 목소리가 내 귓속에 대고 소리치더라고, 이 젊은이의 절망은 어떤 내기에서도 이기지 못할 것이라고 말이야." 행복한 노름꾼이 말했다.

"그 사람 노름꾼이 아니야, 노름꾼이었다면 돈을 세 군데로 나누어 걸어 딸 확률을 높였겠지." 판돈 관리인이 되받았다.

젊은이는 자기 모자를 달라고도 하지 않고 출구를 지나쳤다. 그러나 일찍이 그 모자가 값이 안 나가는 넝마 수준임을 간파한 늙은 문지기는 아무 말 없이 젊은이에게 모자를 돌려주었다. 젊은이는 기계적인 동작으로 보관 전표를 반환하고 "내 가슴은 몹시도 뛰누나"*를 흥얼거리며 계단을 내려갔는데, 그 소리가 하도 작아서 부르는 젊은이 자신에게도 그 감미로운 곡조는 거의 들리지 않았다.

곧바로 팔레 루아얄의 회랑 아래 내려선 그는 생토노레 거리까지 간 다음 튈르리궁전 쪽으로 향하더니 망설이는 발걸음으로 궁전 앞의 정원을 가로질렀다. 그는 마치 사막 한가운데를 걷는 것 같았다. 사람들과 부딪쳤지만 그들이 눈에 들어오지 않았으며 그들의 왁자지껄한 소리 너머 오직 한 소리, 죽음의 소리에만 귀를 기울였다. 마침내 그는 둔중한 사념 속에 빠져들었는데 그건 지난날 수레에 실려 궁궐에서 그레브광장으로, 1793년** 이후 흘린 피로 붉어진 그 교수대로 끌려가는 죄수들이 사로잡혔던 사념과 비슷한 것이었다.

자살에는 뭔지 모를 위대하고 강렬한 그 무엇이 존재한다. 다수 군중의 추락은 아주 낮은 데서 떨어져 약간 다치는 정도로 끝나는 아이들의 추락이 그렇듯이 위험하지 않다. 그러나 한 위대한 인물이 산산이 부서지는 것은 그가 아주 높은 곳에서 떨어지기 때문이며, 하늘까지 올라갔기 때문이며, 도달할 수 없는 어떤 낙원을 흘낏 보았기 때문이다. 그가 권총의 총구에 영혼의 안식처를 맡길 수밖에 없도록 만드

* 'Di tanti palpiti'. 로시니의 오페라 〈탄크레디〉의 유명한 첫 소절.
** 대혁명 직후 이른바 '공포정치'가 시작되던 바로 그해.

는 격렬한 폭풍은 상상을 절한 것이어야 한다. 얼마나 많은 재능 있는 젊은이들이 다락방에 갇혀 시들어가며, 수많은 사람들 한가운데서, 황금을 포식해 권태에 빠진 군중 앞에서, 친구 한 명 없이, 위로해주는 여인 하나 없이 죽어가는가. 여기까지 생각이 미치면 자살은 엄청난 중요성을 가진다. 자살과 한 젊은이를 파리로 불러들인 풍요로운 희망 사이에 얼마나 많은 구상과 포기한 시들과 절망과 억눌린 외침과 헛된 시도들과 유산된 걸작들이 맞부딪치고 있는지는 오직 신만이 아신다. 모든 자살은 한 편의 숭고한 우울의 시다. 문학의 바다를 표류하는 책들 중 당신은 예컨대 "어제 네시 한 젊은 여인이 퐁데자르 다리 위에서 센강으로 몸을 던졌다" 같은 토막 기사와 천재성을 겨룰 수 있는 책을 한 권이라도 발견해낼 수 있겠는가? 파리를 대변하는 이 짧막한 글귀 앞에서는 어떤 드라마나 소설도 모두 빛을 잃고 만다. '자기 자식들에 의해 감옥에 갇힌 위대한 카에르나반 왕의 비가'라는 그 옛날의 책제목도, 그 자신 아내와 자식들을 저버린 저 스턴을 눈물짓게 만들었다는, 지금은 사라진 어떤 책의 마지막 단장도 말이다.

낯선 젊은이는 마치 전쟁터 한가운데에서 찢겨 나부끼는 깃발들처럼 조각난 채 그의 영혼 속을 스쳐지나가는 그러한 수많은 생각에 사로잡혔다. 그는 자신의 정신과 기억의 짐을 잠시 내려놓고 푸른 화단 사이에서 산들바람에 한들한들 흔들리는 꽃송이 앞에 멈춰 섰다가, 이내 무겁게 내리누르는 자살에 대한 생각 밑에서 아직은 발버둥치는 생명의 경련에 사로잡힌 듯 눈을 들어 하늘을 보았다. 거기, 회색 구름과 슬픔을 머금고 부는 바람과 무거운 대기는 그에게 여전히 죽음을 권유하고 있었다. 그는 자기를 앞서 간 사람들이 최후의 순간에 보여주었던 갖가지 변덕스러운 욕구를 머릿속에 그리면서 퐁루아얄 다리 쪽으로 걸음을 옮겼다. 캐슬리 경은 목숨을 끊기 전 가장 기본적인 생리 욕구를 해결했으며, 아카데미 회원인 오제는 죽으면서 흡입하려고 코담뱃갑을 찾았다는 사실을 떠올리고 그는 미소를 지었다.* 그는 그런 기행들을 따져보면서 자기는 어떤지 자문하며 다리를 건너고 있었는데, 그때 마침 지나가는 시장 인부에게 길을 내주기 위해 다리 난간에 바짝 기대서다 그 인부와 가볍게 스쳐 자기 옷소매에 허연 티끌이 묻자, 자신이 그것을 세심하게 털어내고 있다는 것을 문득 깨달았다. 아치형 다리 제일 높은 곳에 이르러 그는 음울한 표정으로 강물을 내려다보았다.

"물에 빠져 죽기에는 나쁜 날씨야." 누더기를 걸친 한 노파가 웃으면서 그에게 말을 건넸다. "센강은 더럽고 차가워!"

그는 자신의 용기가 대단하다는 표시로서 순진함이 물씬 묻어나는 미소를 지어 보이는 것으로 대답을 대신했다. 그러나 저멀리 튈르리 나룻가에 한 자쯤 되는 크기의 글자로 '익사자 구조대'라고 쓰인 간판을 이고 있는 가건물이 눈에 띄자 그는 갑자기 몸을 떨었다. 익사자가 운나쁘게 물 위에 떠오르는 경우 익사자의 두개골을 부숴버린다는 그 인자한 노를 젓고 있는, 박애로 무장한 무슈 다쇠**의 모습이 그의 눈앞에 떠올랐던 것이다. 그는 무슈 다쇠가 구경꾼들을 끌어들이고 의사를 부르며 훈증요법을 준비하는 모습이 보였다. 잔치의 향락과 무

---

* 영국의 정치가 캐슬리 경은 1822년 자살했으며, 아카데미 프랑세즈의 종신 사무국장이었던 루이 시몽 오제는 1829년 1월 2일 센강에 투신했다.
** 당시 센강의 익사자 구조대 대장.

희의 웃음을 옆에 낀 채 신문기자들이 투덜대며 써갈긴 익사사건 기사가 눈앞에 선했다. 센강 감독관이 뱃사공들에게 익사자 머릿수당 수고비로 계산해주는 동전 소리도 들렸다. 죽으면 그는 50프랑의 값어치가 나갔지만, 살아서는 재능은 있지만 후견인도 친구도 북치고 선전해주는 사람도 하나 없는 존재, 국가에 아무 쓸모도 없고 국가 역시 그에게 어떤 보살핌도 준 바 없는 완전한 사회적 제로에 지나지 않았다. 벌건 대낮에 죽는다는 것은 수치스럽게 여겨졌으므로 그는 밤사이에 죽기로 마음을 굳혔다. 그것은 바로 자기 삶의 위대함을 몰라준 사회에 신원 파악이 불가능한 시신을 남기기 위해서였다. 그래서 그는 가던 길을 멈추지 않고 할일 없이 시간을 죽이려는 사람의 게으른 걸음걸이로 볼테르 강변로 쪽을 향했다. 다리의 보도 *끄트머리*에 있는 계단을 내려서 강둑 한 모퉁이에 서자 강변 난간 위에 죽 늘어선 헌책방이 그의 눈길을 끌었다. 그는 그중 몇 군데와 정말 흥정을 벌여보려고 할 뻔했다. 그는 곧 쓴웃음을 짓고 달관한 듯 두 손을 호주머니에 찌르고 차디찬 경멸이 내비치는 무심한 걸음걸이를 다시 재촉했다. 바로 그때 그는 호주머니 속에서 동전 몇 닢이 환청인 듯 짤랑거리는 소리를 듣고 소스라쳤다. 희망의 미소가 그의 얼굴에 피어올라 입술에서 양볼 가와 이마로 퍼져 시름에 찬 두 눈과 두 *뺨*을 기쁨으로 빛나게 했다. 그 기쁨의 광채는 이미 다 타버린 종이 재에 남아 어른거리는 불씨 같았다. 그러나 그 얼굴은 검은 재의 운명을 지녔으니, 재빨리 호주머니에서 손을 꺼낸 낯선 젊은이는 동전이 3수에 지나지 않는 것을 확인하자 다시 슬픈 표정으로 되돌아왔다.

"아, 자비로운 선생님, 라 카리타! 라 카리타! 카타리나!* 빵 살 돈 한 푼만 줍쇼!"

얼굴은 부황이 나고 몸은 검게 그을리고 옷은 다 해진 앳된 굴뚝 청소부가 손을 내밀어 그 젊은이에게 남아 있는 최후의 동전을 애걸했다.

사부아 출신의 어린 굴뚝 청소부 바로 옆에서 구멍이 숭숭 난 담요 자락을 걸치고 병색이 완연해 금방이라도 무너질 것 같은 한 꾀죄죄한 노인이 죄를 지은 듯 움츠러든 탁한 목소리로 그에게 구걸했다. "나리, 주시고 싶은 대로 주시구려. 내 당신을 위해 하느님께 기도하리다……" 그러나 그 젊은이가 자기를 쳐다보자 노인은 그만 입을 다물고 더이상 구걸하지 못했다. 죽음의 그림자가 드리운 것 같은 그 젊은이의 얼굴에서 자기보다 훨씬 더 불행한 낌새를 느낀 모양이다.

"라 카리타! 라 카리타!"

낯선 젊은이는 아이와 노인에게 가진 돈을 던져준 다음, 강둑길을 버리고 상점 쪽으로 향했다. 센강의 풍경에 가슴이 에이는 듯해 더이상 견딜 수 없었던 것이다.

"오래 사시라고 하느님께 기도하겠습니다." 두 걸인이 그에게 말했다.

판화 가게의 진열대 앞에 도달했을 무렵 죽음을 목전에 둔 젊은이는 마침 화려한 마차에서 내리는 한 젊은 부인과 마주쳤다. 그는 흰 얼굴이 우아한 새틴 모자와 기막히게 어울리는 매혹적인 여인을 황홀

---

* '라 카리타'는 '적선하세요!'라는 뜻의 이탈리아어. 바로 다음에 굴뚝 청소부가 사부아 출신이라고 언급되는데 사부아는 1860년까지 이탈리아 영토였다. 마지막의 '카타리나'는 흔히 쓰이는 여자 이름으로 별뜻 없이 두운을 맞추기 위한 것으로 보인다.

42

하게 쳐다보았다. 그는 여인의 날씬한 허리와 어여쁜 동작에 넋을 빼앗겼다. 발판 때문에 드레스가 살짝 치켜 올라가자 팽팽히 당겨 신은 흰 스타킹으로 윤곽이 선명하게 드러난 늘씬한 다리 하나가 보였다. 젊은 부인은 가게 안으로 들어가 앨범과 석판화 첩을 흥정했다. 그녀가 그것들을 사는 데 치른 금화 몇 닢이 계산대 위에서 반짝이며 소리를 냈다. 젊은이는 겉으로는 문지방에 서서 진열장 안에 전시된 판화들을 바라보는 데 몰두해 있는 것 같았지만, 그 낯선 부인이 행인들에게 무심코 던지는 무의미한 시선 중 하나를 붙잡아 남자가 던질 수 있는 가장 매혹적인 눈길을 뜨겁게 보냈다. 그건 젊은이 쪽에서 보자면 사랑과 여인에게 보내는 마지막 작별인사였다! 하지만 그 최후의 강렬한 질문은 접수되지도 않았고 그 경박한 여인의 마음을 움직이지도 못했으며, 그녀의 낯을 붉히게 하지도 그녀의 고개를 숙이게 하지도 못했다. 그 여인에게 그의 시선은 어떻게 받아들여졌을까? 늘 받아 식상한 또 한 번의 찬탄이거나 밤이라면 "오늘 좋았어요"라는 달콤한 속삭임을 이끌어내게 될 도발적인 욕망이겠지. 젊은이는 재빨리 다른 진열장 앞으로 옮겨갔다. 그리고 낯선 여인이 마차에 올라탈 때 뒤돌아보지 않았다. 마차가 떠나자 그 화려와 매혹의 마지막 환영도 스러졌고 곧 그의 목숨도 스러질 것이었다. 그는 늘어선 가게를 따라 진열된 물건들을 건성으로 쳐다보며 침울한 걸음을 옮겼다. 상점이 끝나자 그는 루브르와 아카데미 건물과 노트르담의 두 탑신과 법원의 첨탑들 그리고 퐁데자르 다리를 유심히 살폈다. 그 건물들은 잿빛 하늘에 물들어 슬픈 모습을 하고 있었다. 잿빛 하늘 가운데 간간이 비치는 햇살은 예쁜 여자가 그렇듯이 까닭을 알 수 없는 미추의 변덕에 지배되는 파리에 위협적인 표정을 선사하기도 했다. 이렇게 자연마저도 죽으려는 자를 고통의 절정 속에 밀어넣는 데 일조했다. 그러한 파괴력의 용해 작용은 우리 신경을 타고 도는 유체를 따라 퍼져나가는데, 그 힘에 사로잡힌 젊은이는 자신의 신체 기관이 부지불식간에 그러한 유동 현상을 보이고 있는 것을 느꼈다. 이 고뇌의 소용돌이는 그에게 물결의 파동과 흡사한 운동을 일으켜 그의 눈에는 건물이며 사람들이 안개 속에서 일렁이는 것처럼 보였다. 이러한 육체적 반응이 정신에 불러일으키는 스멀거림에서 벗어나고 싶었던 그는 자신의 감각에 다른 먹잇감을 줄 요량으로, 아니면 예술품이나 흥정하며 밤을 기다릴 요량으로 골동품 가게 쪽으로 몸을 돌렸다. 그건 이를테면 사형대로 걸어가면서 자기 기력을 못 미더워하는 죄수들처럼 용기를 얻으려거나 강심제를 구하는 행위였다. 그렇지만 곧 죽을 것이라는 생각에 그 젊은이는 애인이 둘이라 양다리를 걸치는 공작 부인의 안도감을 되찾았고, 그래서 그는 술 취한 사람처럼 완고한 미소를 입가에 머금고 아무렇지도 않다는 듯이 골동품 가게로 들어갔다. 삶에 취한 것이 아니었을까, 아니면 죽음에 취했는지도. 그는 금세 현기증을 느꼈으나 곧이어 갖가지 기기묘묘한 색깔의 물건들이 분간되었다. 그중 어떤 것들은 가벼이 움직였는데 그러한 움직임의 원리는 때로는 폭포처럼 들끓고 때로는 미지근한 물처럼 잠잠해지며 불규칙하게 순환하는 그의 피의 흐름을 따르는 것 같았다. 그는 단지 가게를 여기저기 구경하며 자기 취향에 맞는 골동품이 있는지 알아보려고만 했다. 그런데 다갈색 머리에 수달 가죽 모자를 쓴 혈색 좋고 통통한 얼굴의 종업원이, 베르나르 드 팔리시*의 천재성 덕분에 뛰어난 성능을 자랑하는 난로를 청소하던 여자 캘리번**쯤 되는 촌티 나는 늙은 여자에게 가게를 맡기고 이 낯선 방문객을 맞으며 되는대로 지껄여댔다. "자, 보세요, 봐요! 1층에는 시시껄렁한 것들만 있고요. 수고스럽겠지만 2층에 올라가시면 카이로에서 가져온 기막힌 미라와 상감 도자기하며 흑단 조각품들을 보여드리지요. 모두 **진짜 르네상스** 때 것들로 들어온 지 얼마 안 되는 아주 멋진 것들입니다."

그 낯선 방문객이 처해 있는 최악의 상태에서 보자면, 이 같은 안내인의 객설과 돈냄새 풍기는 저속한 말은 옹졸한 인간들이 천재를 죽일 때 쓰는 저열한 지분거림 같은 것이었다. 끝까지 십자가를 짊어지자는 심정으로 그는 안내인의 말을 듣는 척하며 몸짓이나 단음절로 대꾸했다. 그러나 그는 부지불식간에 상대를 제압해 입을 다물게 할 수 있었으며 자신에게 남은 최후의 상념 속에 두려움 없이 빠져들 수 있었다. 그 상념은 굉장했다. 그는 시인이었으며 그의 영혼은 우연히도 엄청난 먹이를 만난 것이었다. 그는 세계 곳곳의 유물들을 이미 간파했던 것이다.

언뜻 보기에 가게는 정돈되지 않은 모습이어서 그 모든 인간과 신의 작품들이 좌충우돌하는 것 같았다. 원화창을 향해 웃고 있는 박제 악어며 원숭이며 보아 구렁이들은 흉상을 물어뜯거나 칠기에 달라붙으려 하는가 하면 샹들리에를 기어오르려고 하는 것 같았다. 파라오

---

* 16세기 유명한 법랑 도공으로서 프랑스 요업의 창시자이다. 왕실 도공이 되어 튈르리 궁전의 공방을 맡기도 했다.
** 셰익스피어의 『템페스트』에 나오는 난쟁이 괴물로 상전에게 맹목적으로 복종하는 인물의 전형.

에게 바친 스핑크스 곁에는 마담 자코토*가 나폴레옹을 그려넣은 세브르산 도자기가 놓여 있었다. 맨 처음 세상이 열리던 일과 그후의 사건들이 서로 보란 듯이 엉켜 있어 기괴함을 자아냈다. 회전 꼬치구이기가 성체 현시대 위에 놓여 있는가 하면 공화정 때의 검이 중세의 화승총 위에 얹혀 있었다. 라투르**가 파스텔로 그린, 구름 속에서 나신으로 머리에 별 하나를 이고 있는 마담 뒤바리***는 인도산 긴 담뱃대를 색정적인 눈길로 바라보면서 자기 쪽으로 뱀처럼 올라오는 소용돌이가 무슨 일인지 알아내려는 표정을 짓고 있었다. 단검, 요상한 권총, 비밀 무기 등 죽임의 도구들이 도자기 수프 그릇, 작센산 접시, 중국산 반투명 잔, 고대의 소금 단지, 중세의 당과 그릇 등 살림의 도구들과 뒤죽박죽 섞인 채 내던져져 있었다. 상아로 만든 배는 돛을 활짝 펼치고 꿈쩍도 하지 않는 거북 등 위를 항해하고 있었다. 진공 실험기구가 아우구스투스 황제 상의 한 쪽을 가리고 있었지만 황제는 태연자약 위엄을 지키고 있었다. 옛날 프랑스 지방행정관이나 홀랜드 시장의 초상화 몇 점은 살아 있었을 때처럼 그렇게 무표정하게 창백하고 냉랭한 시선을 던지며 뒤죽박죽 쌓여 있는 이 골동품 더미 위에 걸려 있었다. 마치 지구상의 모든 나라들이 자기 나라 지식의 유물과 예술 견본을 출품한 것 같았다. 그건 일종의 지혜의 두엄 더미 같은 것이어서 만족蠻族의 담뱃대, 하렘의 황금비취색 실내화, 무어인이 쓰는 휘어진

---

* 마리 빅투아르 자코토는 당시 유명한 도자기 화가로서 실제로 세브르 도요에서 일했다. 그녀는 특히 이탈리아 화가 라파엘로의 작품을 모사해 도자기에 그려넣었다.

** 모리스 캉탱 드 라투르는 18세기의 이름난 초상화가로서 오늘날 우리가 흔히 접하는 디드로, 루소 등의 초상화를 남겼다.

*** 루이 15세의 애첩으로 1793년 단두대에서 처형되었다.

장검, 타타르족의 우상 등 없는 것이 없었다. 심지어는 병사들이 쓰는 담배쌈지, 신부들이 쓰는 성합, 옥좌를 장식했던 깃털 다발까지 있었다. 이 모든 기괴한 형상은 미세하게 차이나는 음영의 혼재, 빛과 어둠의 갑작스러운 대비로 생긴 수많은 반사광이 요상스럽게 연출하는 천변만화하는 빛의 조화에 따라 다시 그 모습과 형체가 바뀌었다. 귀에는 끊임없는 고함소리가 들리는 듯했고, 머릿속에는 끝나지 않은 드라마들이 그려지는 듯했으며, 눈에는 아직 완전히 사라지지 않은 광채가 감지되는 것 같았다. 그리고 집요하게 쌓이는 먼지가 엷은 막처럼 뒤덮고 있는 이 모든 형체의 수많은 모서리와 무수한 굴곡은 정말로 그림 같기 그지없는 효과를 자아냈다.

낯선 젊은이는 각 문명과 종교의 유물, 성물과 걸작 예술품, 왕궁 유물과 쾌락 용구, 그리고 이성과 광기가 넘쳐나는 그 세 개의 방이 면마다 각각 하나의 세계를 비추는 다면 거울과 비슷하다고 문득 생각했다. 일단 이렇게 대충 훑어보고 난 다음 그는 자신의 마음에 드는 것을 골라보려고 했다. 그러나 쳐다보고 곰곰 생각하고 몽상에 잠기던 그는 어떤 열기에 휩싸였는데 그것은 어쩌면 뱃속을 화끈거리게 하는 배고픔 탓이었는지도 모른다. 지금은 사라지고 없지만, 이렇게 남겨진 유물이 저당물로 살아 있어 그 존재가 증명되는 수많은 국가나 개인을 접하자 그 젊은이의 감각은 마침내 마비되고 말았다. 그를 골동품 가게 안으로 밀어넣었던 욕망은 충족되었다. 그는 현실의 삶에서 빠져나와 이상의 세계로 한발 한발 오르다가, 옛날 파트모스에서 성 요한의 눈앞에 미래가 불길에 휩싸여 계시되었듯이 자기 앞에서 우주가 광채를 발하며 편린을 드러내는 마법의 황홀경 궁전에 도달한 것이다.

우아한가 하면 무시무시하고, 어둠침침한가 하면 휘황찬란하고, 먼가 하면 가까운 수많은 슬픈 형상이 시대별로 덩어리째 무리 지어 떠올랐다. 이집트가 검은 붕대로 친친 감겨 뻣뻣하게 굳은 미라의 불가사의한 모습으로 모래밭에서 솟아오르더니, 이어 자신의 무덤을 세우기 위해 백성을 생매장하는 파라오들이 지나가고 모세와 히브리인들과 사막이 그 뒤를 이었다. 장엄한 고대의 한 세계 전체가 이렇게 그의 눈앞에 명멸했다. 기둥 위에서 흰 광채를 뿜고 있는 생기발랄하고 우아한 대리석 흉상은 그에게 그리스와 이오니아의 관능적인 신화를 이야기해주었다. 아! 에트루리아산 고운 점토 화병의 붉은 바탕 위에 그려진 갈색 머리 소녀가 기쁨에 겨워 프리아포스 신*을 경배하며 춤추는 모습을 보고 누가 그 젊은이처럼 미소 짓지 않겠는가? 그 처녀의 맞은편에는 로마의 한 여왕이 자신의 키메라를 사랑스럽게 쓰다듬고 있었다! 제정 로마의 온갖 변화무쌍한 것들이 빠짐없이 거기에서 숨쉬고 있었다. 자신의 티불루스를 기다리며 나른하게 꿈을 꾸는 여인 쥘리의 욕조와 침상과 화장대도 그중의 하나였다.** 아라비아 부적의 권능으로 무장한 키케로의 두상은 공화정 로마의 기억을 상기시키며 젊은이 앞에 리비우스***의 두루마리 역사서를 펼쳐 보여주고 있었다. 젊은이는 '세나투스 포풀루스쿠에 로마누스'****라고 새겨진 명문

---

* 고대 로마 신화에 나오는 다산과 생식의 신. 흔히 발기한 남근으로 형상화됨.

** 로마의 시인인 티불루스(기원전 50년~19년)가 자신의 대표작 『엘레지』를 바친 여인은 사실 쥘리가 아니라 델리였다.

*** 로마 역사가. 기원전 59년~서기 17년.

**** Senatus Populusque Romanus. '로마의 원로원과 평민'을 뜻함. 고대 로마인들이 자신들의 힘을 과시할 요량으로 새긴 명문. 흔히 줄여서 SPQR라고 표기하기도 한다.

을 물끄러미 바라보았다. 집정관과 그 호위대들, 자줏빛 수가 놓인 토가를 입은 로마인들, 논쟁이 벌어지는 포럼, 분노한 평민의 모습 등이 마치 꿈속의 몽롱한 영상처럼 그의 앞을 천천히 줄지어 지나갔다. 이윽고 기독교 시대의 로마가 그 광경들을 밀어내고 들어왔다. 그림 하나가 하늘을 열어 보이자 태양의 빛도 가려버리는 찬란한 영광 속에서 천사들에 둘러싸여 있는 성모 마리아가 황금빛 구름을 배경으로 그의 눈앞에 나타났다. 이렇게 환생한 이브는 온화한 미소로 가엾은 인간의 탄식에 귀를 기울이고 있었다. 베수비오 화산과 에트나 화산의 갖가지 용암으로 만들어진 모자이크를 만지면서 그의 영혼은 뜨겁고 야성적인 이탈리아로 훌쩍 날아갔다. 어느새 그는 보르자 가문의 주연에 참석하고 아브루치 지방을 질주했으며, 이탈리아 여인들과 나누는 사랑을 열망했고 크고 까만 눈을 가진 그녀들의 흰 얼굴에 매혹되었다. 칼날에 슨 녹이 마치 핏자국 같고 손잡이는 레이스처럼 섬세하게 세공된 중세의 단검을 보자 그는 남편이 휘두른 차가운 칼날로 막을 내리게 된 한밤의 비극이 떠올라 몸서리를 쳤다. 인도와 인도의 수많은 종교는, 금과 비단으로 만든 옷을 몸에 두르고, 양쪽 끝 부분이 마름모꼴 형태로 치켜 올라가고 방울이 주렁주렁 달린 고깔모자를 머리에 쓴 우상 속에 살아 숨쉬고 있었다. 기괴한 얼굴에 뚱뚱한 형상을 한 중국 인형 옆에는 인도 무희가 춤출 때 쓰던, 그 무희만큼 예쁘장한 돗자리 하나가 여전히 백단향을 발산하고 있었다. 두 눈은 일그러지고 입은 삐뚤어졌으며 사지는 비비 틀린 중국의 도깨비가 영혼을 일깨우는 것은, 그것이 천편일률적인 아름다움에 식상한 백성이 다산성을 함축하는 추함에서 이루 말할 수 없는 쾌락을 찾아내기 위해 만든 고안물이기 때문이다. 벤베누토 첼리니*의 공방에서 만들어진 소금 그릇은, 예술과 주색잡기가 번성하고 군주들은 가학 취미에서 소일거리를 찾으며 창녀들의 품안에서 작성된 공의회 문서가 순결을 보잘 것없는 사제들이나 지켜야 할 것으로 공포했던 그런 시대, 르네상스의 한복판으로 그를 데려갔다. 카메오 보석에서는 알렉산드로스대왕의 정복전쟁이, 화승총에서는 피사로**의 대학살이, 투구 속에서는 격렬하고 잔인한 광란의 종교전쟁이 겹쳐 보였다. 정교하게 금 미늘이 세공된 밀라노산 갑옷에서는 늠름한 기사단의 모습이 떠올랐는데, 잘 닦여 윤이 나는 갑옷의 면갑 뒤에는 아직도 의협기사의 두 눈이 형형하게 빛나고 있는 것 같았다.

대해처럼 펼쳐진 이 가구와 발명품과 의상들, 그리고 예술품과 유물의 잔해는 그에게 끝나지 않는 한 편의 시였다. 형태와 빛깔과 사상 등 모든 것이 거기에 살아 숨쉬고 있었다. 그러나 그 어떤 것도 완결된 상태로 그의 영혼에 주어지지는 않았다. 이루 헤아릴 수 없는 인간사의 우여곡절이 무더기로 뒤죽박죽 방치되어 있는 이 거대한 팔레트를 만든 위대한 화가의 크로키는 바로 시인이 완성해야만 했다. 세계를 섭렵한 후, 여러 나라와 시대와 왕조를 둘러본 후, 젊은이는 개별적인 존재로 눈을 돌렸다. 그는 다시 개인으로 돌아와 한 개인에게는 너무 벅찬 국가의 삶은 제쳐두고 디테일에 몰두했다.

눈을 돌린 자리에 밀랍으로 만든 한 어린아이가 잠들어 있었다. 라

---

* 16세기 이탈리아의 유명한 보석 세공가.
** 에스파냐의 탐험가로 페루를 정복했으며 잔인한 성품과 탐욕으로 유명하다.

위스*의 진료실에서 가져다놓은 이 매혹적인 피조물은 젊은이에게 어린 시절의 즐거움을 떠올려주었다. 오타이티의 처녀가 순결한 치마를 허리에 두르고 있는 매혹적인 광경을 접하자 그의 불타는 상상력은 자연 속의 소박한 삶과 진정 순결하고 정숙한 나신, 인간 본연의 게으름이 주는 감미로운 쾌락, 서늘하고 꿈결 같은 시냇가, 맛있는 만나를 베푸는 바나나 나무 아래에서 문명과 동떨어져 보내는 고요한 한평생 같은 것들을 그려냈다. 그러다 수많은 조개껍데기가 내쏘는 진주 빛에 눈이 부시고 대서양의 해조류와 폭풍우 냄새를 간직하고 있는 산호에 매혹되자 갑자기 그는 해적이 되어서 바이런의 라라처럼 격렬한 시를 읊었다. 그러나 조금 더 가서 손으로 베껴쓴 진귀한 미사 경본을 장식하고 있는 정묘한 세밀화와 쪽빛과 금빛의 아라베스크 문양에 넋이 나가버려 바다의 소용돌이 같은 것은 까맣게 잊어버렸다. 평화로운 생각에 감싸여 포근하게 흔들리게 되자 그는 다시 수련과 학문의 세계로 돌아와 일체의 근심과 쾌락을 벗어버린 수사의 윤택한 삶을 동경하면서 독방 깊은 구석에 누워 궁륭형 창문을 통해 수도원의 초원과 숲과 포도밭을 응시하는 자신의 모습을 그렸다. 테니르**의 그림 몇 점 앞에서는 그림 속 병사의 군복이나 노동자의 누더기를 입어보기도 했다. 그림 속 플랑드르 사람들이 쓰고 있는 땟국에 절고 연기에 검게 그을린 모자를 써보고 싶은 생각도 들었다가, 맥주에 취해보기도 했다가, 그들과 카드놀이도 해보았다가, 살이 쪄 거대한 허리둘레가 인상적인 농촌 아낙을 보고는 미소를 머금기도 했다. 미리스가 그

---

* 18세기 네덜란드의 해부학자.
** 17세기 플랑드르의 화가.

린 눈 내리는 풍경에는 몸이 으스스 떨렸다가 살바토르 로사가 그린 전쟁 그림을 보고는 가슴이 방망이질을 쳤다.* 일리노이 인디언의 토마호크 도끼를 움켜잡아보았다가 체로키 인디언의 칼날이 자신의 머리 가죽을 벗기는 것 같은 느낌이 들기도 했다. 리벡** 앞에서 그는 어떤 섬의 안주인이 그 악기를 연주하는 황홀한 상상에 빠져들었다. 어둠이 내린 고딕풍의 벽난로 가에서 그녀의 감미로운 로망스를 음미하던 그는 그녀에게 사랑을 고백했는데, 그 사랑에 화답하는 그녀의 시선이 희미한 빛 속에서 보일락 말락 가물거렸다. 젊은이는 그 모든 기쁨을 같이 나누고 그 모든 고통에 아파했으며 그 모든 형태의 존재에 자신을 이입시켰다. 형태는 있으나 실체는 없는 이 모형들에게 자신의 숨결과 감정을 선뜻 내어준 그가 내딛는 걸음소리가 마치 저멀리 다른 세계에서 들려오는 소리처럼, 노트르담 대성당의 첨탑에서 들리는 파리 거리의 웅얼거림처럼 그렇게 그의 영혼 속에서 울려퍼졌다.

3층 전시실로 연결되는 내부 계단에 다다르자 신에게 바치는 버클과 장식 무구武具와 조각이 되어 있는 감실 등이 눈에 들어왔고, 각 층계 옆벽마다 나무를 깎아 만든 형상들이 걸려 있는 것이 보였다. 기기묘묘한 형상, 삶과 죽음의 경계선 상에 놓여 있는 이상야릇한 형체에 이끌려 그는 꿈꾸는 듯한 황홀경 속을 거닐었다. 마침내 자신의 존재마저 의심스러워져서 그는 완전히 죽은 것도, 완전히 살아 있는 것도 아닌 그 기묘한 형체처럼 변해버렸다. 새 전시실에 들어섰을 때 희뿌

---

* 미리스는 17세기 네덜란드 화가이고 살바토르 로사는 17세기 나폴리의 화가이다.
** 중세의 삼현 악기.

옇게 동이 터오르기 시작했다. 하지만 그 빛은 번쩍이며 그곳에 쌓여 있는 금은보화에 가려 감지조차 되지 않았다. 수백만금을 탕진하고 다락방에서 죽은 난봉꾼들이 생전에 엄청난 돈을 퍼부으며 부린 변덕이 이 거대한 인간 광기의 전시실 안에 펼쳐져 있었다. 10만 프랑은 주고 샀을 터이지만 단돈 5프랑에 되팔렸을 작은 문갑 하나가 옛날이었으면 왕의 몸값을 치르는 데 부족함이 없을 정도로 가격이 나갔을 비밀 자물쇠 곁에 놓여 있었다. 인간 정신의 빈곤함과 엄청난 왜소함이 그곳에 그렇게 온갖 치장을 두르고 영광을 뿜내면서 진열되어 있었다. 장 구종*의 도안에 따라 조각된 주옥 같은 예술품인 상아 테이블은 그 옛날 몇 년에 걸쳐 만들어졌겠지만 모르긴 몰라도 땔나무 가격에 구입되었을 것이다. 값비싼 보석 상자와 요정의 손이 빚어낸 것 같은 가구가 그렇게 거기에 아무렇게나 쌓여 있었다.

"수백만금은 나가겠군요." 지난 시대의 예술가들이 조각하고 도금한 방들을 숱하게 지나 마침내 마지막 방에 이르자 젊은이가 탄성을 질렀다.

"수십억이라고 해야 할걸요." 뺨이 통통하고 살찐 종업원이 대꾸했다. "하지만 이건 아무것도 아니에요. 4층으로 올라가보시면 알게 될 겁니다."

낯선 젊은이는 안내인을 따라 네번째 갤러리에 이르렀다. 그의 피곤한 눈 앞으로 푸생의 그림들, 미켈란젤로의 우아한 조각작품, 클로드 로랭의 매혹적인 풍경화 몇 점, 스턴이 쓴 소설의 한 장면을 닮은

---

* 르네상스시대 프랑스의 대표적인 조각가. 루브르궁전의 장식을 맡은 것으로 유명하다.

제라르 도우의 그림, 바이런의 시처럼 색채가 어둡고 강렬한 렘브란 트, 무리요, 벨라스케스의 그림들이 지나갔다. 그리고 이어지는 고대 의 부조와 마노 잔과 기기묘묘한 줄마노 세공품들! 한마디로 말해 그 수많은 작품은 작업 의욕을 상실하게 하고, 쌓여 있는 걸작들은 오히 려 예술을 질시하게 만들고 감동을 죽이는 것들이었다. 그는 라파엘 의 성모상 앞에 다다랐다. 그러나 그는 라파엘이라면 진력이 났다.* 시 선을 사로잡을 만한 코레조**의 그림도 그를 붙들어 세우지는 못했다. 값을 따질 수도 없는 얼룩무늬 돌로 만든 고대의 화병도, 로마의 프리 아포스 신 중 기괴할 정도로 가장 외설스러운 신으로서 바로 코린***에 게 더없는 기쁨을 준 신이 빙 둘러 조각되어 있었지만, 기껏 보일락 말락 한 입가의 웃음만 끌어냈을 뿐이다. 그는 소멸해버린 지난 오천 년이 남긴 잔해에 숨이 막혔고, 그 모든 인간의 사유에 염증이 났으며, 호사품과 예술품이 지긋지긋했고, 악의 정령이 그의 발치에 무수히 토해놓은 괴물처럼 사라지자마자 다시 나타나 끊임없이 싸움을 걸어 오는 그 형체들에 짓눌렸던 것이다.

---

* 여기서 라파엘은 물론 이탈리아 화가 산치오 라파엘로를 가리키는데 프랑스에서는 라파엘이라고 부른다. 곧 밝혀지겠지만 "라파엘이라면 진력이" 난 이 미지의 젊은이 이 름이 바로 라파엘이다. 여기서는 작가가 노린 동명이인의 효과를 살려 라파엘이라고 표 기한다.
** 16세기 이탈리아 화가, 본명은 안토니오 알레그리.
*** 코린 혹은 코리나로 불리는 이 여인은 일반적으로 기원전 5세기경 활동한 그리스의 서정시인을 가리키지만 그 경우 로마 신과 연결짓는 것은 어폐가 있다. 발자크는 그보다 는 로마 시인들의 작품에서 시인의 연인으로 등장하는 코린을 떠올렸거나, 아니면 자신 에게 많은 영향을 주었던 스탈 부인이 1805년 발표한 『코린 혹은 이탈리아Corinne ou l'Italie』를 염두에 두었을 것이다.

변화를 일으키는 점에서는 삼라만상을 하나의 기체 원소로 환원하는 현대 화학에 비견될 만한 인간의 정신은 쾌감이나 염력이나 관념 등의 급속한 집중으로 맹독성의 독약을 제조하지 않는가? 많은 사람들이 자신들의 내면세계에 갑작스레 퍼진 그 정신적 산酸의 타격을 입고 목숨을 잃지 않는가?

"저 상자 속에는 무엇이 들어 있지요?" 인간의 온갖 위업과 노력, 독창과 풍요가 집결된 맨 마지막 큰방에 들어선 젊은이가 마호가니 나무로 만든 장방형의 큰 궤가 은사슬에 매달려 벽에 걸려 있는 것을 보고 손가락으로 가리키며 물었다.

"아, 그 궤 열쇠는 주인님이 가지고 있는데요." 뚱뚱한 종업원이 뭔가 은밀한 눈길로 대답했다. "그 속의 초상화를 꼭 보고 싶으시면 제가 감히 주인님께 한번 말씀드려보지요."

"감히 말씀드린다!" 젊은이가 되물었다. "당신 주인이 뭐 군주라도 되오?"

"그야 전 모르죠." 종업원이 대답했다.

둘은 서로 놀라서 잠시 상대를 쳐다보았다. 낯선 자의 침묵을 간절한 바람으로 해석한 종업원은 그를 방안에 혼자 남겨두고 나갔다.

당신은 퀴비에의 지질학 저작을 읽으면서 광대무변의 시공간 속에 내던져진 경험이 있는가? 그의 천재성에 이끌려 마치 마술사의 손에 인도되듯이 그렇게 과거의 무한한 심연 위를 날아본 적이 있는가? 몽마르트르의 채석장 밑이나 우랄산맥의 편암 더미 속에서 한 겹씩 한 겹씩, 한 층씩 한 층씩 노아의 홍수 이전의 문명에 살았던 동물들의 화석을 발견했을 때, 인간의 빈약한 기억력과 불멸을 자처하는 신성한 전통도 까맣게 잊어버린 수십억 년의 세월과 수백만의 민족을 어렴풋하게나마 떠올리며 전율을 하게 되는바, 그 세월과 민족들의 풍화된 재가 지구 표면에 켜켜이 쌓여 우리에게 빵과 꽃을 선사하는 2피트 두께의 지표면이 된 것이다. 퀴비에는 우리 시대의 가장 위대한 시인이 아닐까?* 바이런이 언어를 가지고 심금을 울린 것은 사실이다. 그러나 우리의 이 불멸의 자연과학자는 백화된 뼛조각을 가지고 한 세계를 재건하고, 카드모스**처럼 이빨을 가지고 도시를 다시 세웠으며, 석탄 조각 몇 개로 동물분류학에서 수수께끼로 남은 그 모든 종을 수많은 숲에 다시 번식시켰고, 매머드 한 마리의 발자국에서 그 거대 동물군의 존재를 찾아냈다. 그들은 땅바닥에서 일어나 점점 자라나서 그들의 거대한 몸집과 잘 어울리는 지역에 서식한다. 퀴비에는 숫자로 시를 쓰는 시인이다. 7 바로 뒤에 0을 놓는 그는 숭고하다.*** 그가 무無를 일깨우는 데는 어설픈 마법의 주문이 필요하지 않다. 한 조각의 석고를 발굴한 그는 거기서 어떤 발자국을 찾아내고는 당신에게 "보라!"고 외친다. 그러자 갑자기 대리석이 꿈틀거리는 동물로 변하고, 죽은 자가 살아나고, 사라진 세계가 눈앞에 펼쳐진다. 셀 수 없이 명멸을 계속했던 거대 공룡의 세상이 끝난 후, 어류나 연체동물의

---

* 발자크는 지질학자 조르주 퀴비에(1769~1832)의 열렬한 숭배자이다. 그의 이름은 『인간극』 곳곳에 언급된다.
** 그리스 신화에 나오는 테베의 전설적인 창건자.
*** 성서에 따르면 인간(세상)을 창조한 때는 기원전 4004년(영어 흠정역 성서의 추산)이다. 그런데 당시의 고고학은 그 역사를 수십만 년, 수백만 년 전까지 끌어올린다. 발자크의 경이는 거기서 비롯된다. 여기서 7은 구약의 천지창조가 완료된 이렛날을 의미하고, 0은 무 혹은 또다른 출발인 듯하다.

세상이 지나간 후, 드디어 조물주가 자신을 본떠 빚어내고 그 본은 없애버린 것으로 추정되는 위대한 종의 아류, 인류가 출현한다. 이 허약한 인간은 태어난 지 얼마 되지 않지만 조물주의 회고적 눈길에 고무되어 카오스를 통과하고 끊이지 않는 찬가를 부르며 일종의 전도된 계시록*을 통해 지난 세상을 눈앞에 그려볼 수 있다. 퀴비에 한 사람의 목소리 덕분에 가능해진 이 경이로운 부활을 마주하고 있으면, 이제까지 **시간**이라 불러왔지만 실은 모든 영역에 두루 적용되기에 무어라 이름 붙일 수 없는 그 무한대에서 우리가 잠시 빌려 쓰고 있는 티끌에 지나지 않는 이 찰나 같은 인생은 우리를 가련하게 만든다. 하여 우리는 폐허로 변한 그 숱한 지난 세계 밑에 깔려 자문하나니, 우리의 영광, 우리의 증오, 우리의 사랑은 무슨 쓸모가 있는가? 훗날 손에 잡히지도 않는 한 개 점이 될 뿐인데 삶의 고통을 감내해야 하는가? 현재에서 존재 근거를 잃은 우리는 하인이 들어와서 우리에게 "백작 부인께서는 나리를 기다린다고 하셨습니다!"고 전할 때까지 빈사 상태에 빠져 있는 것이다.

　젊은이의 눈앞에 이미 존재하는 세상만물을 펼쳐 보여주었던 그 진귀한 전시물들은 아직 알려지지 않은 창조물에 대한 과학적 규명이 철학자를 낙담하게 만들 듯이 그렇게 그의 영혼을 실의에 빠지게 했다. 그는 그 어느 때보다도 죽고 싶은 마음이 더 간절해졌으며, 과거의 파노라마가 펼치는 만화경에 시선을 빼앗긴 채 로마시대 고관이 쓰던 상아 의자에 털썩 주저앉았다. 그림들은 광채를 내쏘고 성모의 얼굴

---

* 계시록은 세상의 종말 곧 미래를 계시한 것이지만 여기서는 세상의 기원 곧 과거를 계시한다는 뜻.

은 그에게 미소를 지었으며 조각상들은 마치 생명이 있는 것처럼 혈색이 돌았다. 그림자 효과 때문에, 그리고 기진맥진한 그의 머릿속을 뒤흔드는 열풍으로 너울거렸기 때문에, 진열된 작품들은 그의 눈앞에서 요동치며 빙글빙글 도는 것처럼 보였다. 중국산 사기 인형은 저마다 그를 보고 표정을 찡그렸으며, 그림 속 인물들은 눈의 열기를 식히려는 듯 눈꺼풀을 내려뜨렸다. 그 형상들은 모두 흔들흔들거리다가 제자리 뛰기를 하더니 급기야 어떤 것들은 심하게, 어떤 것들은 약하게, 어떤 것들은 우아하게, 어떤 것들은 급작스럽게 각자 제 차림새와 성격과 생김새에 따라 자기 자리를 벗어났다. 그건 파우스트 박사가 발푸르기스의 밤에 브로켄 산에서 훔쳐본 마녀들의 축제를 방불케할 만큼 불가사의한 한바탕의 야단법석이었다. 하지만 피곤 탓이 아니면 시신경의 긴장이나 황혼녘의 변덕스러운 날씨 탓이었을 이러한 착시 현상은 낯선 젊은이에게 두려움의 대상이 될 수 없었다. 생명이 주는 공포란 죽음의 공포에 이미 익숙해져 있는 영혼에게는 무력하기 짝이 없는 것이었다. 그는 일종의 짓궂은 공범심리를 가지고 이 정신적 최면 현상을 증폭시키기까지 했는데 그에게 아직 살아 있다는 느낌을 안겨주는 최후의 상념과 그 현란한 장면들은 아주 잘 어울리는 한 쌍이었다. 침묵이 그의 주변을 무겁게 짓누르고 있어 그는 곧 달콤한 몽상 속에 빠져들었다. 몽상 속의 인상들은 천천히 사위어드는 빛을 조금씩조금씩 마치 마술의 한 장면처럼 뒤쫓아가며 차츰차츰 어둠 속에 파묻혔다. 그때 빛이 하늘을 떠나면서 밤과 싸우다가 마지막으로 한줄기 붉은 반사광을 내쏘았고, 고개를 든 그의 눈에 그 빛을 받아 겨우 윤곽이 드러난 해골 하나가 들어왔다. 의심스럽다는 듯이 두

개골을 좌우로 갸웃거리는 그 해골은 마치 그에게 "저승은 아직 널 부르지 않았어"라고 말하는 듯했다. 잠을 쫓으려고 손으로 이마를 훔치다가 젊은이는 솜털같이 생긴 어떤 것이 서늘한 바람을 일으키며 두 뺨을 스치는 것을 선뜻 느끼고 소스라쳤다. 둔중하게 삐걱거리는 창문 소리에 그는 무덤 속에서 일어나는 불가사의한 현상 같은 이 차가운 스침이 박쥐의 소행일 거라고 생각했다. 다시 잠깐 동안 석양의 희미한 잔광 덕분에 그는 자기를 둘러싼 유령들을 어렴풋이나마 분간할 수 있었으나 곧바로 그 정물화는 송두리째 칠흑같이 컴컴한 어둠 속으로 사라졌다. 밤이, 죽음의 시간이 엄습했다. 그 순간, 그 얼마 동안 그는 깊은 몽상 속에 빠져서인지, 피곤과 그의 가슴을 후비는 수많은 번뇌로 몽유 상태에 빠져서인지, 지상의 사물이 전혀 식별되지 않았으며 이내 그 자리에 허물어졌다. 불현듯 그는 어떤 무시무시한 목소리가 자신을 불렀다는 생각이 들었고, 악몽 속의 이글거리는 불 한가운데에서 갑자기 깊이 모를 심연 속으로 급전직하할 때처럼 전율에 휩싸였다. 그는 두 눈을 질끈 감았다. 눈부시게 휘황한 불빛이 쏟아져 내렸다. 캄캄한 어둠 속 한가운데 불그스름한 원형의 공간이 빛나고 있는 것이 눈에 들어왔는데, 그 중심에 한 자그마한 노인이 서서 그를 향해 램프 불빛을 비추고 있었다. 그는 그 노인이 다가오는 소리도, 말하는 소리도, 움직이는 소리도 듣지 못했다. 이 환영 같은 노인의 출현에는 어떤 마법적인 것이 있었다. 아무리 대범한 자라 할지라도 자다가 불현듯 깨어나 석관 속에서 나온 것같이 생긴 사람을 바로 곁에서 마주친다면 필시 두려움에 떨게 될 것이다. 유령 같은 이 노인의 미동도 않는 두 눈에 묘한 젊은 기운이 생명의 기운을 불어넣고 있어서 낯선 젊은이는 자기가 보고 있는 것을 초자연적인 현상이라고 생각할 수 없었다. 그럼에도 불구하고 꿈속 세계와 현실세계를 가른 그 짧은 순간 동안 그는 데카르트가 말한 철학적 회의에 빠졌으며, 그러자 우리의 오만함이 근거 없다고 인정하려 들지 않지만 우리의 무력한 과학으로는 아무리 애써도 분석할 수 없는 저 불가해한 환영의 힘에 그만 속절없이 압도되었다.

검은 벨벳 가운을 걸치고 허리께는 두툼한 비단 띠로 조여 맨, 키가 작고 깡마른 노인을 떠올려보시라. 머리를 덮고 있는, 역시 검은 벨벳 빵모자는 두개골에 착 달라붙어 이마에 단호하게 테를 두른 듯이 보이게 했으며, 그 밑으로 백발이 양쪽 관자놀이를 타고 실타래처럼 길게 흘러내렸다. 가운은 마치 수의처럼 노인의 몸을 둘둘 감싸고 있어서, 조붓하고 창백한 얼굴 말고는 신체의 어떤 윤곽도 가운 밖으로 드러나지 않았다. 젊은이에게 램프의 불빛이 집중되도록 하기 위해 허공에 치켜 들어올려 마치 옷감을 걸어놓은 막대기같이 보이는 앙상한 팔이 아니었더라면, 그 얼굴은 그대로 공중에 떠 있는 것처럼 보였을 것이다. 뾰쪽하게 다듬은 회색 턱수염이 이 기이한 노인의 턱을 감추고 있었는데, 그 때문에 노인은 예술가들이 모세를 재현하려고 할 때 모델로 삼는 유대인을 닮아 보였다. 노인의 입술은 색깔이 없는데다가 얇기까지 해서 창백한 얼굴 위에 입술 윤곽선이 어떤 것인지 분간하려면 각별한 주의가 필요할 정도였다. 주름살이 진 그의 넓은 이마와 창백하고 홀쭉한 두 뺨, 그리고 눈썹도 속눈썹도 다 빠진 초록빛 작은 두 눈이 풍기는 가차없는 준엄함은 낯선 젊은이에게 노인을 제라르 도우의 〈환전상〉이 화폭에서 툭 튀어나온 것처럼 여기게 하기에 충분했다. 굴곡진 이마의 주름살과 양 관자놀이를 돌아가는 잔주름을 통해 드러나는 이단 심판관다운 날카로움은 그가 세상사를 속속들이 꿰뚫고 있음을 말하고 있었다. 가장 은밀한 영혼 속 깊은 곳에 감추어진 생각일지라도 간파할 수 있는 능력을 지닌 듯한 이 노인을 속이는 것은 불가능한 일이었다. 전 세계의 생산품들이 먼지로 뒤덮인 그의 가게에 쌓여 있듯이, 지구상 모든 민족의 풍속과 그들의 지혜가 노인의 차가운 표정 위에 요약되어 있었다. 당신이 거기에 있었더라면 그 표정 위에서 모든 것을 꿰뚫고 있는 신의 명징한 평온, 혹은 모든 것을 다 겪은 한 인간의 도도한 기운을 읽었을지 모른다. 화가라면 서로 다른 두 표현 방식과 서로 다른 두 붓놀림으로 노인의 얼굴을 미려한 하느님 아버지의 모습으로 그릴 수도, 메피스토펠레스의 냉소적인 표정으로 재현할 수도 있었을 텐데, 그만큼 노인의 이마 위에는 그지없는 권능이 서려 있었지만 그와 동시에 입가에는 음산한 조소가 흐르고 있었던 것이다. 인간의 고뇌 따위는 막강한 힘 아래 모조리 분쇄해버렸을 이 노인은 틀림없이 지상의 온갖 쾌락 역시 억눌렀을 것이다. 빈사의 젊은이는 이 늙은 정령이 세상과 동떨어진 곳에 사는 존재라는 예감이 스치면서 전율했다. 그곳에서 노인은 더이상 환상이 남지 않았기 때문에 즐거움도 없이, 더이상 쾌락을 알지 못하기 때문에 고통도 없이 홀로 살 것이었다. 노인은 희뿌연 빛 한가운데에서 반짝이는 별처럼 꿈쩍도 않고 의연하게 우뚝 서 있었다. 무언가 알 수 없는 침전된 악의 같은 것으로 가득찬 그의 초록빛 두 눈은 그가 들고 있는 램프가 이 신비한 진열실을 비추듯이 정신세계를 밝히고 있는 것 같았다.

젊은이가 죽음의 사념과 기묘한 환영들 사이에서 혼곤히 빠져 있다가 눈을 뜬 순간 마주친 기이한 광경은 바로 그랬다. 그가 이 광경에 넋이 나간 채, 유모가 들려주는 동화를 곧이곧대로 믿는 아이들처럼 한동안 자기가 본 것을 사실로 믿은 것이 착각 때문이라면, 그 착각은 상념에 몰두해 그의 기력과 판단력이 장막으로 가려진 탓이거나, 흥분한 신경의 자극 탓이거나, 방금 전 목도한 강렬한 극적 장면들이 한줌의 아편에 함유된 가공할 환각성을 그에게 선사한 탓으로 돌려야 마땅할 것이다. 그도 그럴 것이 이 광경은 바로 19세기 파리하고도 볼테르 강변로에서, 곧 마법이란 것이 불가능한 시간과 장소에서 일어났던 것이다. 프랑스 회의주의의 신적 존재*가 말년까지 살았던 집 바로 곁에서 일어났고, 게이뤼삭과 아라고**의 신봉자이며 권력자들이 부리는 요술을 경멸하는 낯선 젊은이였지만, 그로서도 우리가 절망적인 사실에서 도피하거나 신의 권능을 시험하기 위해서 종종 의지하는 그러한 시적 환영에 굴복할 도리밖에 없었을 것이다. 그러므로 그는 모종의 낯선 힘에 대한 설명할 수 없는 어떤 예감에 휩싸여 이 빛과 노인 앞에서 부르르 몸을 떨었다. 이 마음의 동요는 우리 모두가 나폴레옹 앞에서, 혹은 천재성을 번득이며 찬란한 영광을 발하는 어떤 위대한 인간과 마주해서 경험한 적이 있던 동요와 비슷했다.

"라파엘이 그린 예수 그리스도를 보겠소?" 노인은 금속성을 연상하게 하는 맑고 짧게 울리는 목소리로 정중하게 젊은이에게 물었다.

그리고 노인은 갈색 상자 위에 빛이 모이도록 램프를 허리가 동강

---

* 볼테르를 가리킴.
** 둘 다 소설의 시간적 배경인 19세기 전반의 유명한 과학자이다.

난 원주 위에 올려놓았다.

예수 그리스도와 라파엘이라는 신성한 이름에 젊은이는 구미가 당긴다는 반응을 보였는데, 골동품상은 그러한 반응을 미리 예상한 듯 지체없이 스위치를 눌렀다. 그러자 갑자기 마호가니 널빤지가 홈을 따라 스르르 미끄러지더니 소리 없이 떨어져나가고 낯선 젊은이의 탄성과 함께 그림이 나타났다. 이 불멸의 작품을 보자 그는 가게 안의 모든 환상적인 작품과 자신의 몽환 속을 헤집는 변화무쌍한 환영들을 깡그리 잊고 다시 자기 자신으로 돌아왔으며, 자신의 앞에 있는 노인도 살과 피를 지닌 살아 있는 피조물일 뿐 전혀 몽환적인 존재가 아니라는 것을 깨달았다. 그는 다시 현실세계로 돌아온 것이다. 그림 속 신성한 얼굴에 어린 온화한 자비와 부드러운 평온이 바로 그의 마음을 움직였다. 천상에서 퍼져나오는 은은한 향기가 그를 뼛속 깊이 불태웠던 지옥의 고문을 말끔히 씻어주었다. 구세주의 얼굴은 컴컴한 바탕의 어둠 속에서 나온 것처럼 보였다. 후광이 구세주의 머리 주위를 감싸며 환히 빛나고 있었는데 그 빛은 두발 속에서 퍼져나오는 것 같았다. 이마 밑 얼굴 구석구석마다 결연한 믿음이 강렬한 정기처럼 배어나오고 있었다. 다홍빛 입술 사이로는 이제 막 생명의 말씀이 새어나온 참이었다. 관람객은 허공 속에 퍼지는 그 말씀의 거룩한 반향을 붙잡으려 했고, 대답 없는 침묵에게 그 매혹적인 잠언을 되풀이해줄 것을 기원했다. 그는 미래에도 영원히 살아 있을 그 말씀을 들었으며 과거의 모든 가르침은 그 말씀의 되풀이였다는 것을 알았다. 복음의 말씀은 고단한 영혼들을 보듬어 안듯 사랑스럽게 바라보는 온화하고 소박한 그 두 눈 속에 다 들어 있었다. 가톨릭의 모든 것을 요약한 "너희는 서로 사랑하라!"는 계명을 그대로 보여주는 것 같은 그윽하고 거룩한 미소 속에 그 종교가 송두리째 담겨 있는 것이다. 그 그림은 기도를 부르고 용서를 권했으며 이기심을 잠재우고 잠들어 있던 모든 덕성을 일깨웠다. 라파엘의 작품은 음악만이 지닌 매혹의 위력을 갖추고 있어서 보는 이를 자기 자신의 지난날에 대한 상념 속에 속절없이 빠져들게 만들었다. 그 효과는 완벽하게 달성돼서 정작 그림을 그린 이는 잊히고 말았다. 빛은 여전히 이 걸작에 작용하면서 신비로운 효과를 자아내고 있었다. 이따금 그리스도의 머리가 저멀리 희뿌연 구름 한가운데에서 끄덕이고 있는 것처럼 보였다.

"이 그림을 구하는 데 금화깨나 썼지." 골동품상은 감정이 실리지 않은 목소리로 말했다.

"아! 그래, 죽는 수밖에 없어." 몽상에서 퍼뜩 깨어난 젊은이가 소리쳤다. 불현듯 찾아온 생각이 알 수 없는 과정을 거쳐 이제까지 몽상 속에서 그가 붙들고 있던 마지막 희망의 끈을 잘라버려 죽어야 한다는 원래의 운명으로 그를 되돌려놓은 것이다.

"아하! 자넬 수상하게 생각했는데 결국 내가 옳았어." 한 손으로 마치 바이스처럼 젊은이의 두 손목을 꼼짝 못하게 움켜잡은 노인이 젊은이의 말을 받아쳤다.

낯선 젊은이는 노인의 착각이 낳은 이러한 행동에 쓸쓸한 미소를 지으며 나직한 목소리로 말했다. "허! 노인장, 아무 염려 마세요. 당신을 죽인다는 것이 아니라 내가 죽는다는 말이오. 왜 본의 아니게 오해를 불러일으키게 되었는지 말하지 못할 이유가 없겠네요." 불안해하는 노인을 쳐다본 다음 젊은이는 말을 이었다. "물에 빠져 죽으려다

요란법석을 떠는 것이 싫어 밤을 기다리던 중에 노인장의 귀한 소장품들을 보러 온 거요. 학자이자 시인인 내게 이런 마지막 즐거움을 누리는 걸 허락하지 않을 사람은 없겠지요?"

의심의 끈을 놓지 않은 노인은 이 가짜 고객의 말에 주의를 기울이면서 한편으로는 날카로운 눈으로 그의 침울한 표정을 뜯어보았다. 그러더니 곧 낯선 젊은이의 고뇌에 찬 그 목소리에 안심이 되었는지, 아니면 그의 핏기 없는 표정에서 방금 전 도박장의 사람들을 전율에 떨게 한 그 불길한 운명을 읽었는지 노인은 손을 풀었다. 그러나 백년은 족히 되었을 경험에서 나온 일말의 의심으로 그는 마치 기대기라도 하려는 듯 무심한 척 서랍장으로 손을 뻗어 단검을 움켜쥐고 말했다. "그러니까 세무서에서 임시직으로 3년이나 일했는데 보너스 한 푼 못 받았다 이 말이지?"

낯선 젊은이는 여전히 미소를 지으면서 아니라고 고개를 저었다.

"아버지가 죽어버리라고 심하게 야단을 쳤든가, 아니면 명예가 실추되었나보군?"

"실추될 명예라도 있으면 살아야겠지요."

"뷔낭빌극장에서 야유를 받았거나, 아니면 죽은 정부의 장례 치를 돈을 구하기 위해 시시한 노랫말이라도 쓰지 않을 수 없는 형편에 놓였나보지? 그도 아니면 적빈赤貧의 병에 걸렸나보군? 사는 게 따분해서 그런가? 도대체 무슨 잘못을 저질렀기에 죽으려고 하는가?"

"내가 죽으려고 하는 이유를 대부분의 통속적인 자살 동기에서 찾지 마십시오. 내가 겪고 있는 엄청난 고통은 인간의 언어로는 표현하기 어려워 당신에게 일일이 다 말할 수는 없고 다만 난 지금 그 모든 불행 중에서 가장 극심하고 가장 끔찍하며 가장 비통한 불행에 빠져 있다는 것만 말씀드리죠. 그렇지만," 젊은이는 조금 전 말과는 판이하게 자존심이 가득 실린 거친 목소리로 덧붙였다. "도움이나 위로는 사양하겠습니다."

"음! 음!" 노인이 대답 대신 맨 처음 내뱉은 이 두 마디는 따르라기 소리처럼 새되게 들렸다. 그런 다음 노인은 말을 이었다. "자네가 내게 애원하도록 강요하지 않고도, 자네의 얼굴을 붉히게 하지 않고도, 자네에게 프랑스 돈 1상팀, 레반트 돈 1파라, 시칠리아 돈 1타란트, 독일 돈 1헬레, 러시아 돈 1코페크, 스코틀랜드 돈 1파딩, 고대 그리스 로마 화폐 1오볼이나 1세스테리우스, 근대 이집트 화폐 1피아스트르, 그 어느 것 하나 일절 주지 않고도, 금화든, 은화든, 동화든, 지폐든, 어음이든 그 무엇이든 일절 주지 않고도, 난 자네를 입헌 군주보다 더 부유하고 더 권위 있고 더 유명하게 만들 수 있는데 어떤가?"*

젊은이는 노인이 망령이 들었다고 여기고 감히 무어라 대꾸할 말을 찾지 못한 채 어안이 벙벙한 상태로 있었다.

"뒤를 돌아보게." 골동품상은 갑자기 램프를 들어 예수의 초상화가 걸려 있는 벽 맞은편에 빛을 비추면서 말을 하고 이내 이렇게 덧붙였다. "이 나귀 가죽을 보게나."

젊은이는 벌떡 일어나 자기가 앉아 있던 의자 뒤편 위쪽 벽에 크기가 여우 가죽 한 장에 못 미치고 **표면이 오톨도톨한 유피**驢皮 한 조각이 걸려 있는 것을 발견하고 약간 놀라는 표정을 내비쳤다. 그런데 그 가

---

* 이 작품이 쓰인 시기가 7월 혁명 직후라는 사실을 고려할 때 입헌 군주는 직접적으로 7월 왕정의 시민왕, 돈 많은 부르주아의 왕이라 불리던 루이 필리프를 가리킨다.

죽은 자세히 보기 전에는 왜 그런지 알 수 없지만 골동품 가게 안에 짙게 드리워진 어둠 한가운데에 눈부신 빛줄기를 쏘아내고 있어서 마치 하나의 조그만 혜성 같았다. 자기 눈을 믿을 수 없던 젊은이는 자신을 불행에서 지켜줄 부적이라고 하는 그 가죽에 가까이 다가갔다. 그는 막상 마음속으로는 말도 안 되는 소리라고 되뇌면서도 의당 있을 수 있는 호기심에 이끌려 얼굴을 바짝 들이대고 가죽을 요모조모 살펴보다가 이내 그 이상한 광채의 비밀을 찾아냈다. 검고 오톨도톨한 가죽 표면은 아주 공들여 닦아 윤을 낸데다 그 변화무쌍한 결들도 매우 깨끗하고 선명해서, 석류석의 단면과 흡사한 그 동양산産 가죽의 돌기들이 램프의 빛을 반사하면서 수많은 작은 광원 역할을 한 것이다. 그가 노인에게 이 현상이 일어난 이유를 물리적으로 설명하자 노인은 대답 대신 음흉한 미소만 지을 뿐이었다. 상대를 압도하는 그 미소로 젊은 과학자는 자기가 지금 모종의 속임수에 빠져 있다는 생각이 들었다. 해결하지 못한 수수께끼는 하나라도 무덤 속에 가져가고 싶지 않아서 그는 마치 새로 선물 받은 장난감의 비밀을 알고 싶어 안달이 난 어린아이처럼 그 가죽을 획 뒤집었다.

"아하! 여기 동양인들이 솔로몬의 봉인*이라고 부르는 도장이 찍혀 있군요." 그는 크게 소리쳤다.

"그래 그 도장을 안단 말인가?" 이렇게 되묻는 노인이 두 콧구멍에서 두세 차례 내뿜은 콧방귀는 그 어떤 힘찬 말이 표현하는 것보다 더 많은 의미를 전달해주었다.

---

* 솔로몬 왕이 신의 진짜 이름이 비밀 문자로 기록되어 있는 반지 위에 새겼다는 육각형 별. 반지의 소유자는 절대 권력을 잡는다고 알려져 있다.

"이런 터무니없는 것을 곧이곧대로 믿을 만큼 순진한 사람이 이 세상에 있는 줄 아십니까?" 신랄한 조롱이 물씬 풍기는 노인의 소리 없는 비웃음을 접하고 발끈한 젊은이가 소리치며 덧붙였다. "동양의 미신은 엄청난 힘을 지니고 있다는 이런 상징물의 신비연한 형상과 거기에 쓰인 허무맹랑한 글자들을 신성시해왔다는 것을 모르십니까? 스핑크스나 그리핀을 입에 올린다고 한들 이 경우보다 더 어리석다는 힐난을 받을 것 같지는 않군요. 그것들의 존재는 어떻게 보면 신화적으로 용인받고 있으니까요."

"동양 전문가이신가본데, 이 주문은 읽을 수 있겠지?" 노인이 말을 이었다.

노인은 젊은이가 뒤집은 채 들고 있는 부적에 램프를 가까이 들이대어서 그 신비스러운 가죽의 망상 조직 속에 마치 옛날 그 가죽을 제공한 짐승이 원래 지니고 있던 것처럼 상감되어 있는 글자들을 잘 보이게 해주었다.

"솔직히, 야생마 가죽 위에 이런 글자들을 이토록 깊이 새겨넣기 위해 어떤 방식을 사용했을지 짐작하기가 좀 어려운데요." 낯선 젊은이가 큰 소리로 말했다.

그러고 나서 그는 골동품들이 쌓여 있는 탁자 쪽으로 몸을 휙 돌렸다. 그의 눈은 무엇인가를 찾고 있는 듯했다.

"무엇을 찾는가?" 노인이 물었다.

"이 가죽을 자를 만한 도구요. 글자들을 찍은 것인지 새겨넣은 것인지 알아보게요."

노인은 들고 있던 단검을 젊은이에게 내밀었다. 젊은이는 단검을 받아들고 주문이 쓰여 있는 부분의 가죽을 벗겨보려고 했다. 그러나 젊은이가 가죽을 얇게 한 꺼풀 벗겨내자 글자들은 다시 선명하게 되살아났고 그 글자들은 벗겨낸 꺼풀 위에 새겨져 있던 것들과 정확히 일치하여 그는 잠시 동안 그 가죽에서 아무것도 덜어내지 못한 것 같은 기분이 들었다.

"레반트*의 기술은 정말 자기만의 독특한 비밀을 가졌네요." 그는 조금은 두려운 마음으로 그 동양의 주문을 바라보며 말했다.

"그렇지! 신을 탓하기보다는 인간을 탓하는 편이 더 나을 걸세!" 노인이 대답했다.

불가사의한 말은 다음과 같이 배열되어 있었다.

او ملكتــنى ملكت الكلّ
و لكن عمرك ملكى
واراد الله هكذا
الطلب و ستننال مطالبك
و لكن قس مطالبك على عمرى

وهى هاهنا
فدكل مرامك ستسنزل ايامك
أتربد فى
الله مجيبك
آمين

---

* 지중해 동쪽 지역.

이를 번역하면 이렇다.

만일 그대가 나를 소유하면 그대는 모든 것을 소유하게 될 것이다.
하지만 그 대신 그대의 목숨은 나에게 달려 있게 될 것이다. 신이
그렇게 원하셨느니라. 원하라, 그러면 그대의 소원은
이루어질 것이다. 하지만 그대의 소망은
그대의 목숨으로 대가를 치러야 한다.
그대의 목숨이 여기 들어 있다. 매번
그대가 원할 때마다 나도 줄어들고
그대의 살날도 줄어들 것이다.
나를 가지길 원하는가?
가져라. 신이 그대의
소원을 들어주실
것이다.
아멘!

"아니! 산스크리트어*를 유창하게 읽는구먼." 노인이 말했다. "페르
시아나 벵골 지방을 여행한 적이라도 있었나보군?"
"아니요." 젊은이는 유연성이라고는 거의 없어 금속 박편같이 느껴
지는 이 상징적인 **가죽**을 호기심에서 만지작거리며 말했다.

---

* 본문의 글은 사실은 산스크리트어가 아니라 아랍어이다. 1831년 초판에는 프랑스어로
번역한 글만 실렸다가 1838년 판에 아랍어 원문이 병기되는데 발자크는 그때 잊어버리
고 이 오류를 고치지 않은 것으로 보인다.

나이든 골동품상은 램프를 원기둥 위에 다시 내려놓으면서 젊은이에게 마치 '벌써 죽을 생각은 더이상 안 하는군'이라고 말하는 듯한 냉소어린 시선을 던졌다.

"이거 장난인가요? 아니면 뭔가 불가사의한 것이 있는 건가요?" 낯선 젊은이가 물었다.

노인은 고개를 저으며 심각하게 말했다. "대답할 수 없네. 난 자네보다 더 많은 에너지를 부여받은 것으로 보이는 사람들에게 이 부적이 주는 가공할 만한 힘을 제안한 적이 있네. 그러나 그들은 이 부적이 그들의 장래 운명에 끼칠 의문의 영향력을 비웃으며 정체 모를 힘이 제안하는 이 치명적인 계약을 감히 아무도 체결하려 들지 않았네. 나 역시도 그들처럼 생각하네. 의심했고, 삼갔고, 그리고⋯⋯"

"그러면 당신은 시도해보려고도 하지 않았나요?" 젊은이는 노인의 말을 가로막고 물었다.

"시도한다!" 노인이 되받아 말했다. "자, 자네가 방돔광장의 원형 탑 꼭대기에 있다고 치지. 거기서 허공으로 몸을 던지는 시도를 할 건가? 한번 시작한 삶의 진행을 멈출 수 있을까? 인간이 언제 죽음을 마음대로 할 수 있던 적이 있었나? 이 가게에 들어오기 전에 자네는 자살하기로 결심했지. 하지만 뜻하지 않게 하나의 비밀이 자네를 사로잡았고 죽으려는 마음을 돌려세웠네. 이보게! 자네의 나날들 하루하루는 이 부적의 수수께끼보다 더 흥미진진한 수수께끼를 선사하지 않을까? 내 말 잘 들어보게. 난 섭정 왕*의 난잡한 궁정생활을 경험한 적이 있

---

* 루이 14세 사후 1715년부터 1723년까지 프랑스를 다스린 필리프 도를레앙을 가리킴. 매우 방탕한 삶을 영위한 것으로 유명함.

네. 자네처럼 그 당시 난 가난해서 빵을 구걸했지. 그렇지만 어언 백두 살의 나이에 이르렀고* 백만장자가 되었어. 가난이 나에게 재산을 가져다준 것이고, 무지가 나를 가르친 것이지. 내 자네에게 단 몇 마디로 인간 삶의 위대한 비밀을 가르쳐주겠네. 인간은 자신의 존재 원천을 고갈시키는 두 가지 본능적인 행위에 의해 기력이 소진되지. 두 개의 말로 죽음의 그 두 이유를, 그것들이 어떤 형태를 취하든 모두 표현할 수 있으니, 그것은 바로 **바람**과 **행함**이라는 말이네. 인간 행위의 이 두 항 사이에는 현자들이 주로 취하는 다른 방식이 있는데 내가 행복과 장수를 누리는 것은 바로 그 방식 덕이네. **바람**의 행위는 우리를 서서히 불태워 없애고 **행함**의 행위는 우리를 일거에 파괴시키지. 하지만 **앎**은 유약한 우리의 심신 구조를 항구적인 평온 상태로 유지시킨다네. 그러므로 나에게 욕망이나 바람은 죽음을 의미하기에 사유를 통해 그것을 근절시켜버리지. 운동이나 힘은 내 신체 기관의 자연스러운 작용에 의해 해소되고 말이야. 간단히 말해, 나는 내 삶을 쉽사리 망가지고 마는 심장에도 맡기지 않고 쉽사리 무뎌지고 마는 감각에도 맡기지 않는다네. 내 삶을 맡기는 곳은 쇠약해지지도 않고 어떤 것보다도 오래 사는 두뇌라네. 과도하게 욕심을 부려 내 정신과 육체를 해친 적은 전혀 없네. 그래도 난 온 세상을 주유했네. 내 두 발은 아시아와 아메리카에서 가장 높은 봉우리들을 밟았지. 난 인간의 모든 언어를 배웠으며, 이 세상의 모든 사회체제를 겪었네. 나는 어떤 중국인에게 그의 아버지의 몸을 담보로 잡고 돈을 빌려준 적도 있고, 아랍인의 약속

---

* 섭정 시대를 겪은 노인의 나이는 소설의 시점이 1830년인 만큼 계산상으로는 적어도 백스물다섯 살에서 백서른 살에 이르러야 맞다.

만 믿고 그의 텐트 안에서 잠을 잔 적도 있으며, 유럽 모든 나라의 수도에서 많은 계약서에 서명도 했고, 아무 두려움 없이 내가 가진 황금을 야만인들의 천막 속에 놓아둔 적도 있네. 요컨대 난 모든 것을 감행할 줄 알았기 때문에 모든 것을 얻을 수 있었던 것이네. 나의 유일한 야망은 보는 것이었네. 보는 것은 아는 것이 아니던가? 그리고, 오! 젊은이, 안다는 것은 직관적으로 즐기는 것이 아니던가? 그것은 사실의 실체 자체를 발견하고 그 실체를 본질적으로 휘어잡는 것이 아니던가? 물질적인 소유 다음에는 무엇이 남는가? 관념뿐이네. 그러니 생각해보게, 모든 현실을 자신의 생각 속에 새겨넣을 수 있어서, 이 세상 행복의 원천들을 자신의 정신 속에 옮겨놓고 거기서 속세의 때는 다 벗어버린 이상적인 관능을 뽑아내는 사람의 삶은 얼마나 아름다운지를. 생각은 모든 보물 상자의 열쇠 같은 것이니, 근심 걱정 일절 없는 그런 수전노의 기쁨을 가져다준다네. 따라서 난 저 위에서 이 세상을 내려다보았던 것이며, 이 세상에서 나의 즐거움이란 항상 지적인 쾌락이었던 것이네. 나에게 방탕이란 바다와 사람과 숲과 산을 관조하는 것이었네. 나는 세상의 모든 것을 보았네, 그렇지만 마음의 동요도, 애면글면함도 없었지. 나는 그 무엇을 한 번도 욕망해본 적이 없었네. 난 모든 것을 기다렸을 뿐이지. 나는 내 집의 정원을 산책하듯이 그렇게 우주를 산책했네. 사람들이 근심, 사랑, 야망, 불운, 슬픔이라 말하는 것들은 내게는 몽상으로 바꿀 수 있는 관념들이야. 난 그런 것들을 느끼는 게 아니라 표현하고 번역하지. 난 그런 것들이 내 삶을 갉아먹도록 놔두는 게 아니라 그것들을 각색하고 발전시켜 내면의 시선으로 소설을 읽고 즐기듯이 그렇게 그것들을 즐기지. 그렇게 난 내 심신을 전혀 혹사시키지 않았기 때문에 아직도 튼튼한 건강을 누리고 있다네. 내 정신은 내가 그동안 남용하지 않은 정력을 고스란히 물려받았기 때문에 이 머릿속에는 내 가게 안보다도 훨씬 더 많은 것들이 들어 있다네." 노인은 자신의 이마를 두드리며 말했다. "바로 여기에 진짜 백만금이 들어 있지. 나는 내 정신의 눈으로 과거를 바라보며 아주 행복한 나날들을 보내고 있다네. 나는 세상의 모든 나라들, 지역들, 망망대해의 풍경들, 역사상 뛰어난 인물들을 머릿속에 떠올린다네! 나는 상상의 하렘을 만들어 거기서 내가 실제 가져본 적 없는 이 세상 모든 여인을 소유하지. 나는 종종 당신들의 전쟁, 당신들의 혁명을 되살려보고 그것들을 평가한다네. 오! 별것 아닌 다소 발그레한 색조의 살갗들과 다소 포동포동한 몸매들에 대한 달뜨고 경박한 그 찬탄들에 어찌 이끌릴 수 있단 말인가! 자기 안에 우주를 불러들일 수 있는 숭고한 능력을 가졌는데, 시간의 속박에도 공간의 구속에도 얽매이지 않고 자유자재로 이동할 수 있는 엄청난 기쁨을 누리는데, 모든 것을 이해할 수 있고 모든 것을 볼 수 있으며 세상 끝까지 가서 다른 경계를 탐문할 수 있고 신의 말씀을 들을 수 있는 기쁨을 누리는데, 어찌 당신들의 배반당한 의지가 남긴 그 모든 폐허에 이끌릴 수 있단 말인가! 이것은," 노인은 **나귀 가죽**을 가리키면서 쟁쟁한 목소리로 말했다. "**행함**과 **바람**의 결합이네. 여기에는 당신들의 사회적 이념, 당신들의 멈출 줄 모르는 욕망, 당신들의 무절제, 죽음을 부르는 당신들의 쾌락, 삶을 과도하게 압박하는 당신들의 고통이 들어 있네. 악이란 어쩌면 격렬한 쾌락과 다르지 않을 테니까 말일세. 관능적 쾌락이 악이 되는 지점과 악이 다시 관능적 쾌락이 되는 지점을 누가 결정할 수 있단 말인가? 물질세계의 어둠은 가장 온유한 것이라도 항상 눈을 멀게 하는 반면, 이상세계의 빛은 가장 휘황찬란한 것일지라도 눈을 부드럽게 어루만지지 않는가? 지혜라는 말은 앎에서 오지 않았는가? 그리고 광기란 바람이나 행함이 도를 넘은 것이 아니라면 도대체 무엇이란 말인가?"

"아! 그래요, 맞아요. 난 도를 넘어 살고 싶어요." 낯선 젊은이는 나귀 가죽을 움켜잡으면서 말했다.

"젊은이, 조심해!" 노인은 믿을 수 없을 만큼 활기찬 목소리로 외쳤다.

"일찍이 나는 공부하고 사유하는 데 나의 삶을 바치기로 결심했습니다. 하지만 공부도 사유도 나에게 일용할 양식조차 가져다주지 못했지요. 나는 이제 스베덴보리의 고매한 설교에도, 동양에서 온 당신의 이 부적에도, 나로서는 더이상 살 수 없게 된 이 세계에 나를 붙잡아놓기 위해 당신이 베풀어주는 자비로운 수고에도 속지 않을 것입니다. 어디 봅시다!" 젊은이는 부들부들 떨리는 손으로 부적을 움켜쥐고 노인을 쏘아보면서 덧붙였다. "나는 호화찬란한 야회夜會를 원한다. 언필칭 모든 것이 완벽하다고 하는 이 시대에 걸맞은 바쿠스제祭를! 거기에 참석한 사람들은 모두 젊고 지적이며 편견도 갖지 않고 미치도록 즐거워할 것! 샴페인은 끊이지 않고 나오되 나올 때마다 더 톡 쏘고 더 신선한 거품이 일어야 하며, 그 양은 우리를 사흘 내내 취하도록 만들 수 있어야 할 것! 농염한 여인들이 그 야회를 장식해야 할 것! 내 원하노니, 흥분하여 소리지르는 환락의 여신이 네 마리 말이 끄는 자기 마차에 우리를 태워 세상의 경계 저편 알 수 없는 해변에 부려놓기를. 거기서 우리의 영혼이 하늘로 솟아오르거나 진창 속에 쑤셔 박히기를. 그게 영혼이 상승하는 것인지 추락하는 것인지는 알 필요도 없거니와 상관할 일도 아니지! 그래서 이 불길한 힘에게 내가 명하노니, 내게 모든 쾌락을 하나의 쾌락 안에 융합시켜주기를. 그래, 나는 마지막 포옹 속에 천상과 지상의 모든 즐거움을 다 끌어안아보고 죽고 싶다. 그리하여 나는 바라노니, 옛날 옛적 주지육림의 향연을, 죽은 자들을 깨어나게 하는 노래를, 셋이 하는 입맞춤을, 끊임없는 입맞춤을, 그리고 그 입맞춤 소리가 마치 큰 불이 번지는 소리처럼 온 파리에 울려퍼져 부부들을 일깨워서는 설사 그들이 일흔 넘은 노인이라 할지라도 그들 모두 뜨거운 열정이 일어나 회춘하기를!"

그때 키 작은 노인의 입에서 터져나온 웃음소리가 마치 지옥의 괴성처럼 광분한 젊은이의 두 귀를 때렸는데, 그 소리가 어찌나 위압적이었던지 젊은이는 어안이 벙벙하여 그만 입을 다물었다.

"자네는," 골동품상이 말했다. "내 가게 마룻바닥이 이제 곧 갑자기 스르르 열려 통로가 나타나고 그 통로 끝에 진수성찬으로 차려진 식탁과 다른 세계에서 온 회중이 떡하니 자리잡고 있을 것이라고 생각하나? 그건 아니네, 이 넋 나간 젊은이야. 자넨 이미 계약에 서명을 한 것이네. 그것으로 일은 다 끝난 것이지. 이제부터 자네의 소망은 어김없이 이루어질 것이네. 단 자네의 목숨을 대가로 치러야지. 자네의 남은 목숨을 표상하는 그 가죽의 둘레는 아주 사소한 것에서 아주 어마어마한 것에 이르기까지 자네 소원의 강도와 횟수에 비례해 줄어들 것이네. 그 옛날 부적을 내게 주었던 바라문은 부적 소유자의 목숨과 소원 사이에는 불가사의한 동조 장치가 작동할 것이라고 설명해주었네. 자네가 부적에 대고 처음 빈 소망은 별것 아니군. 나라도 그 정도는 들어줄 수 있지. 하지만 그런 배려는 이제 자네의 새로운 삶에 펼쳐질 일련의 사건에 맡기기로 하지. 결국 자네는 죽기를 원한다고 했지? 허! 맞아. 자네의 자살은 다만 연기되었을 뿐이네."

낯선 젊은이는 자신이 이 요상한 노인에게 늘 우롱당하고 마는 것을 깨닫고 거의 화가 치밀어 소리쳤다. 노인의 속셈이 자선과는 거리가 멀다는 사실을 노인이 방금 전 내뱉은 그 마지막 조롱 속에서 분명하게 알 수 있었던 것이다. "이보시오, 노인장. 내가 강둑길을 건너는 동안 내 운명이 변할지 그렇지 않을지는 곧 밝혀지겠지요. 하지만 당신이 비록 불쌍한 사람을 놀린 것은 아니라 할지라도, 목숨을 대가로 요구하는 당신의 도움에 앙갚음은 해야 하니까 나는 이 부적에 대고 당신이 댄서와 사랑에 빠지기를 원합니다! 그러면 당신은 환락이 주는 행복을 이해할 수 있게 될 것이고, 어쩌면 당신이 그토록 철학자답게 아껴온 모든 재산을 탕진하게 될지도 모르겠네요."

젊은이는 노인이 내쉰 깊은 한숨 소리에는 아랑곳없이 바로 그 자리를 떠나 몇 개의 홀을 거친 다음 골동품 가게의 계단을 내려갔다. 볼이 통통한 종업원이 등불을 비춰주려고 그를 따라왔지만 허사였다. 젊은이는 도둑질하다 들킨 사람처럼 빠르게 내달렸다. 일종의 정신착란 상태에 빠져 분별력을 잃은 젊은이는 거의 무의식적으로 호주머니에 손을 찔러넣었다. 그 순간 장갑처럼 부드러워진 가죽이 흥분한 나머지 덜덜 떨리는 그의 손가락 사이를 미끄러지듯 빠져나가 호주머니 속으로 쏙 빨려들어갔다. 그러나 젊은이는 **나귀 가죽**의 그 믿기 어려운 전연성展延性을 눈치조차 못 챘다. 골동품 가게 출입문에서 도로로 풀쩍 뛰어내린 그는 그때 서로 팔짱을 낀 채 걸어가고 있던 세 명의 젊은이와 부딪치고 말았다.

"짐승 같은 놈!"

"얼간이!"

서로 부딪친 그들이 대뜸 내뱉은 말이라는 것이 그런 식이었다.

"아니! 라파엘이잖아."

"어! 정말. 우리가 널 얼마나 찾았는데."

"뭐야! 정말 그댄가?"

바람에 흔들리던 가로등 불빛이 뜻밖의 만남에 놀란 젊은이들의 얼굴을 비추자 처음의 욕설에 뒤이어 바로 친근한 이 세 가지 반응이 튀어나왔다.

"친애하는 친구여, 우리와 함께 가세나." 라파엘과 부딪쳐 넘어질 뻔한 젊은이가 라파엘에게 말했다.

"대체 무슨 일인가?"

"계속 가지. 가면서 무슨 일인지 이야기해줌세."

자의 반 타의 반으로 라파엘은 친구들에 둘러싸여 걸어갔다. 그들은 라파엘과 팔짱을 껴 그를 자신들의 희희낙락한 대오 속에 엮어넣은 채 퐁데자르 다리 쪽으로 데리고 갔다.

"친구," 대오에서 대변인 격인 젊은이가 걸어가면서 말했다. "우리가 너를 찾아다닌 지 벌써 일주일가량 되었어. 네가 살던 그 존경해 마지 않는 생캉탱 여관*에도 가봤지. 이건 여담이지만, 여관의 붙박이 간판

---

* 루소는 『고백록』7권에서 처음 파리에 도착해 이곳에 머물렀다고 썼다. 생캉탱 여관은 가구가 딸린 싸구려 하숙집이다.

에는 장 자크 루소가 거기에 살 당시와 마찬가지로 여전히 검은 글자와 붉은 글자가 한 글자씩 번갈아 쓰여 있더군. 거기서 너의 레오나르드*가 네가 시골로 내려가고 없다고 우리한테 둘러대더군. 우리가 필시 돈놀이하는 사람이나 집달리나 빚쟁이나 상사 집행관 따위로 보이지는 않았을 텐데 말이야. 아무렴 어때! 라스티냐크가 그 전날 밤 너를 부퐁극장에서 봤다는 거야. 우린 다시 용기를 냈지. 그래서 우리는 자존심을 걸고 네가 샹젤리제의 나뭇가지 위에 기어 올라가 잠을 청하는 건 아닌지, 거지들이 양 끝이 팽팽히 당겨진 밧줄에 기대 잠을 잔다는 빈민구호소**에 한두 푼 돈을 내고 잠자리를 구하러 다니는 건 아닌지, 아니면 그런 것들보다는 조금 나은 경우겠지만 너의 야영지가 어떤 여자의 규방에 마련되어 있는 것은 아닌지 생각하며 너를 찾아다녔지. 그런데 우린 어디에서도 널 찾아낼 수 없었어. 생트펠라지의 수감자 명부에서도, 라 포르스의 수감자 명부에서도 말이야!*** 관청, 오페라하우스, 수도원, 카페, 도서관, 경찰청 리스트, 신문사, 식당, 극장 휴게실 등, 요컨대 번듯한 곳이건 난잡한 곳이건 그 어느 곳이건 파리를 샅샅이 뒤졌지만, 우리는 궁정이 됐든 감옥이 됐든 찾아나서야 마땅할 만큼 뛰어난 재능을 부여받은 한 사람의 실종을 애달파할 수밖에 없었지. 우리는 너를 7월의 영웅으로 시성하는 것에 대해서

---

* '너의 레오나르드'는 여관 여주인을 말함. 레오나르드는 르사주의 『질 블라스』에 나오는 강도 소굴의 요리사 이름.

** 그래서 아침에 거지들을 깨우려면 당겨진 줄을 늘어뜨리기만 하면 됐다고 함.

*** 생트펠라지는 파리의 한 감옥으로 주로 빚을 갚지 못한 채무자들을 가두었다. 라 포르스는 파리의 마레 지구에 있던 감옥으로 주로 정치범을 가둔 곳이다.

이야기를 나누었어!* 그래서 정말이지 우리는 네가 사라져서 난감했
다고."

그 순간 라파엘은 친구들과 함께 퐁데자르 다리를 건너고 있었는
데, 그 다리 위에서 그는 친구들의 말은 흘려들으면서 센강의 쿨렁거
리는 물살 위에 파리의 야경이 비치는 모습을 내려다보았다. 얼마 전
까지 빠져 죽으려고 했던 이 강물 위에서 그는 생각에 잠겼다. '골동품
가게 노인의 예언은 실현되었구나, 내 죽음의 시간은 이미 숙명적으
로 연기되었구나.'

"정말 우리는 네가 사라져서 난감했어." 그 친구는 여전히 자기가
하던 이야기를 이어나가면서 말했다. "넌 으뜸가는 사람이니까, 다시
말해 모든 것 위에 서서 굽어볼 줄 아는 사람이니까 우리는 너를 어떤
계책에 끌어들이기로 했단 말이야. 왕정이라는 요술공기 속에 입헌이
라는 요술공을 감추고 부리는 마술이 말이지, 이보게, 요즘에는 다른
어떤 때보다 현란하게 벌어지고 있네. 민중의 영웅적 봉기에 의해 전
복된 불명예스러운 **왕정**이 우리가 더불어 웃고 떠들며 마실 수 있는
행실 나쁜 여인네라면, **조국**은 깐깐하고 정숙한 정실부인이라서 우리
는 싫건 좋건 그녀의 부자연스러운 억지 애무를 감내해야 하네. 그런
데, 너도 알다시피 권력은 튈르리궁에서 신문기자들에게로 이동했단
말이야. 돈줄이 포부르 생제르맹에서 쇼세당탱으로 자리를 옮겼듯이

---

* 1830년 7월 혁명 이후 '영광의 3일' 동안 희생당한 사람들은 숭배의 대상이 되었다. 실
제로 1830년 12월 10일에 통과된 법은 혁명 당시 죽은 615명을 추모하는 기념탑을 세우
기로 결정했다. 지금 파리 바스티유광장 한가운데에 있는 탑이 바로 그것인데, 전사들의
시신 위에 건립된 그 탑이 실제로 세워진 때는 그러나 1840년이다.

말이야.* 그렇지만 너는 아마도 이건 모를 거야! 정부는, 다시 말해 은행가들과 변호사들의 귀족체제는 옛날 성직자들이 왕정을 입에 달고 다녔듯이 조국이라는 말을 입에 달고 다니는 존재인데, 모든 유파의 철학자들과 고금의 권력자들을 본떠 낡은 관념을 새로운 말로 포장하여 프랑스 양민을 기만할 필요가 있음을 느꼈네. 그러므로 중요한 문제는 말이지, 장삼이사로 대표되는 조국에 12억 33상팀을 지불하는 편이 우리 대신 짐이라고 말하던 왕에게 11억 9상팀을 지불하는 편보다 훨씬 더 유리하다는 것을 보여줌으로써 충성스러운 애국적 견해를 고쳐시키는 것이라네. 한마디로 말해서 2, 30만 프랑의 자본금을 갖춘 신문 하나가, 시민왕**의 국민 정부에는 방해가 되지 않으면서 불만 가득한 자들을 만족시키는 야당 역할을 할 목적으로 얼마 전 창간되었단 말일세. 자, 우리는 독재만큼이나 자유도 조롱하고 무신앙 못지않게 종교도 조롱하는 사람들이지. 그리고 우리에게 조국은 사상이 한 줄당 얼마로 계산되어 거래되고 매매되는 수도이며,*** 날마다 산해진미의 만찬이 나오고 수많은 공연이 펼쳐지는가 하면 색정적인 창녀들이 북적거리고 공연 후 야식은 다음날 새벽이나 돼야 끝나며 연인들은 합승마차처럼 시간당 얼마로 계산되어 맺어지는 수도 파리이지. 게다가 파리는 앞으로도 영원히 모든 조국 중에 가장 근사한 조국이지 않겠는가! 쾌락의 조국, 자유의 조국, 기지機智의 조국, 예쁜 여자

---

* 포부르 생제르맹은 센강 좌안의 전통 귀족 거주지이고 쇼세당탱은 센강 우안의 상업 금융 중심지로서 부르주아계급의 본거지.

** 7월 혁명 이후 부르주아계급이 왕으로 옹립한 루이 필리프를 가리킴. 그는 '프랑스의 왕'이라 불리던 이전의 왕들과는 달리 '프랑스인들의 왕'이라고 불림.

*** 당시 신문기자들은 보통 자신이 작성한 기사의 분량에 따라 보수를 받았다.

들의 조국, 불한당들의 조국, 고급 포도주의 조국, 권력의 몽둥이를 쥐고 있는 사람들과 너무 근접해 있기 때문에 권력의 몽둥이가 결코 심하게 내려치지는 않을 조국…… 그렇기 때문에 메피스토펠레스 신의 진정한 숭배자들인 우리는 그 신문을 통해 여론에 분칠을 하고 배우들에게 새 옷을 입히며, 정부의 가건물에다가는 새 간판을 못질해 걸고, 정리론자正理論者*에게는 약을 먹이는 한편, 늙은 공화주의자들은 다시 들쑤셔 부추기고 보나파르티스트들은 부각시키며 중도파에게는 다시 양식을 제공하기로 방침을 세웠다네. 단, 그렇게 하면서 내심으로는 왕과 민중을 비웃고, 아침저녁으로 의견을 손바닥 뒤집듯이 바꿀 수 있으며, 파뉘르주**나 동양의 전제군주 식으로 푹신한 쿠션 위에 몸을 누인 채 재미난 인생을 보낼 수 있는 여건이 허락된다는 전제하에서 말이야. 우린 너에게 그 경박하고 우스꽝스러운 제국의 관리를 맡기기로 했던 거지. 그래서 지금 너를 좀전에 말한 신문의 설립자가 베푸는 연회에 데려가는 중이야. 그자는 은행가로 일하다가 퇴직했는데 가진 돈을 어디에 써야 할지 모르던 판에 그 돈을 정신과 바꾸고 싶었던 거지. 너는 거기서 형제처럼 환대받을 거야. 그 자리에서 우리는 너를 어떤 것도 두려워하지 않는 저 반골 정신의 왕으로, 러시아나 영국이나 오스트리아가 어떤 의도를 가지기도 전에 오스트리아나 영국이나 러시아의 의도를 간파하는 통찰력을 지닌 저 반골 정신의 왕으로 경배할 것이네! 그래, 우리는 너를 미라보, 탈레랑, 피트, 메테르니히

---

* 1789년 대혁명의 원칙과 왕정을 절충시키려는 입헌왕정파를 가리킨다. 7월 왕정의 다수파로서 기조가 대표적 인물이며 '절충파(Juste-Milieu)'라고도 불린다.
** 라블레가 『팡타그뤼엘』에서 창조한 인물로 회의적이며 개인주의 성향을 보인다.

같은 사람들, 요컨대 평범한 사람들이 버찌 술 한 잔을 걸고 도미노 게임을 하듯 한 제국의 명운을 걸고 도박을 거는 저 모든 대담한 크리스팽*을 이 세상에 보내는 그 도저한 지성의 권력계 우두머리로 추대할 것이네. 우리는 너를, 가장 강인한 정신의 소유자라면 기꺼이 맞서 싸우고자 하는 **방탕**이라고 하는 그 굉장한 괴물과 이제까지 몸을 부딪쳐가며 한판 승부를 벌였던 자들 중 가장 용감한 자라고 인정했다네. 심지어 우리는 그 괴물이 아직도 너를 굴복시키지 못했다고 확신하기까지 했다네. 난 네가 우리의 이러한 찬사를 식언으로 만들지 않기를 바라. 타유페르는, 바로 우리의 물주 이름인데, 우리 시대의 고만고만한 루쿨루스**들이 베푸는 그런 쩨쩨한 향연 따위는 벌이지 않겠다고 우리에게 약속했지. 그는 왜소함을 위대함으로 치장하고 악을 고상하고 우아하게 보이게 할 수 있을 정도로 부자라네. 알겠어, 라파엘?" 무리의 대변인이 말을 마치며 라파엘에게 물었다.

"알았어." 젊은이는 자신의 소원이 이루어져서 놀랐다기보다는 사건들이 연쇄적으로 이루어지는 그 자연스러운 방식에 소스라치며 대답했다.

그로서는 비록 마법의 작용을 믿을 수는 없었지만 인간 운명의 우연들에 대해서는 경탄을 금치 못했다.

"그런데 알았다는 말을 마치 할아버지의 죽음에 골똘해 있기라도 한 것처럼 건성으로 내뱉네." 그중 하나가 그에게 다그쳤다.

---

* 이탈리아 희극에 등장하는 기지 넘치고 비상한 하인으로서 프랑스 희극, 특히 마리보의 희극에 종종 차용되는 인물.
** 폼페이 전쟁을 승리로 이끈 로마의 장군으로서 대단한 식도락가로 유명하다.

"아!" 라파엘은 젊은 프랑스*의 희망인 그의 친구 작가들의 웃음을 터뜨리게 한 고지식한 억양으로 대답했다. "친구들, 난 우리가 바야흐로 정말 희대의 불한당이 되기 일보 직전이라는 생각을 하고 있었어. 지금까지 우리는 술을 옆에 끼고 불경스러운 짓을 해왔고 술에 취해 삶의 경중을 가늠했으며 술을 삭이면서 사람이나 사물을 평가했지. 행동에는 숙맥이었던 우리는 말에는 과감했지. 하지만 이제 정치라고 하는 달군 쇠에 낙인이 찍힌 우리는 조만간 그 거대한 도형장에 수감될 것이고 거기서 우리의 환상을 잃어갈 거야. 악마밖에는 더이상 믿을 것이 없는 처지가 될지라도 우리는 젊은 시절, 선한 사제 앞에 경건한 마음으로 혀를 내밀어 우리 구세주 예수 그리스도의 축성된 몸을 받아먹던 그 순결한 시절의 낙원을 그리워할 수는 있는 것이지. 아! 나의 착한 친구들이여, 우리가 처음 죄를 범했을 때 그토록 짜릿한 쾌감을 느꼈던 것은 그때만 해도 우리가 뉘우치는 마음을 가지고 있어서 지은 죄를 미화하고 거기에 매운 맛, 달콤한 맛을 부여할 수 있었기 때문이지. 그런데 지금은……"

"오! 지금," 맨 먼저 나선 친구가 대꾸했다. "우리에게 남은 것은……"

"남은 것은?" 다른 친구가 말했다.

---

* '젊은 프랑스'라는 말은 원래 예술과 자유와 시에 심취하고 보수적인 자유주의자들을 적대시하던 당시의 젊은이들을 가리킨다. 하지만 이 표현의 정치적 의미는 이 작품이 쓰인 1831년경에는 더이상 그처럼 명료하지 않다. 왕정복고 말기에는 복고된 왕정에 반대하는 좌파를 가리킨 반면, 7월 왕정 초기에는 루이 필리프에 반대하는 정통주의자들을 지칭하기도 하기 때문이다. 따라서 여기서는 특별히 비틀거나 조롱하기 위해 이 표현을 사용한 것으로 보이지는 않는다.

"범죄······"

"바로 그 말이 교수대 맨 꼭대기에, 센강 맨 밑바닥에 이르는 말이지." 라파엘이 말을 받았다.

"오! 너는 내 말을 이해하지 못했어. 나는 정치적 범죄에 대해서 말하는 거야. 오늘 아침부터 나는 어떤 한 존재만을 부러워하게 되었네. 바로 음모자들의 존재 말이야. 내일도 나의 이 별스러운 공상이 내내 지속될지는 나도 몰라. 하지만 오늘밤에는 우리의 문명이 배태한 창백한 삶이, 철로의 레일처럼 단조로운 삶이 내 가슴속에 구역질이 치밀어오르게 하네! 나는 나폴레옹이 모스크바에서 패퇴할 때 불행을 당한 사람들에 대해서, 『붉은 해적』*의 감흥에 대해서, 그리고 밀수업자들의 존재에 대해서 열광하게 되었네. 프랑스에는 샤르트뢰 수도회**가 사라지고 없으니 적어도 보터니베이*** 같은 곳 정도는 있었으면 좋겠어. 그건, 마치 식사 후 다 쓴 냅킨처럼 삶을 구겨 던져버리고 나서 자기 나라를 불지르거나 권총으로 자신의 머리를 쏴 날려버리거나 공화국을 위해 음모를 꾸미거나 전쟁을 요구하는 것 따위 말고는 할 일이 하나도 없는 바이런 경의 에피고넨들에게 배정된 일종의 의무실醫務室 같은 곳이지."

"에밀," 라파엘 곁에서 걷던 친구가 방금 말한 친구에게 열렬히 말했다. "맹세하건대 7월 혁명이 일어나지 않았다면 나는 성직자가 돼서

---

* 미국 작가 페니모어 쿠퍼가 1820년에 지은 소설로 프랑스 낭만주의 작가들에게 많은 영향을 끼쳤다.

** 철저한 은둔과 독거 생활로 유명한 수도회. 소속 수도원들은 대혁명 때 폐쇄된다.

*** 오스트레일리아 동쪽 해안에 있는 만으로 영국이 1787년부터 도형수들을 이주시켜 식민지로 만들었다.

시골 한구석에 처박혀 무미건조한 삶을 보냈을 거야. 그리고······"

"그리고 매일 성무일과서나 읽었을 테고?"

"맞아."

"싱거운 사람이군."

"우리는 신문은 꼬박꼬박 읽지."

"나쁘지 않은 일이네! 신문기자로서는 말이야. 하지만 입 조심해, 우린 지금 신문 구독자들 한가운데를 걸어가고 있단 말이야. 저널리즘은 알다시피 현대사회의 종교가 됐어. 그리고 그게 바로 진보고."

"어떻게?"

"저널리즘이라는 종교의 대주교들은 자기들이 설교하는 것을 굳이 믿어야 하는 것은 아니고, 일반 대중도 마찬가지지······"

마치 『데 비리스 일루스트리부스』*를 소싯적부터 외우고 있었던 순박한 사람들처럼 그들은 그렇게 떠들어대면서 주베르 거리의 한 저택에 도착했다.

에밀이라는 젊은이는 신문기자로 아무것도 하지 않으면서도 화려한 경력의 다른 기자들보다 명성이 자자했다. 능란한 글발에다 신랄하기 그지없는 대담한 비평가인 그는 자신의 결점을 고스란히 장점으로 활용했다. 솔직한데다 빈정거리기를 좋아하는 그는 친구의 면전에서는 독설을 퍼붓다가도 그 친구가 없는 자리에서는 대놓고 열렬하게

---

* 『위인 열전De viris illustribus』. 라틴어로 된 로마의 위인 열전으로 1784년 로몽 신부가 저술했다. 프랑스에서는 20세기 중반까지 초등학교에서 이 책을 교본으로 라틴어를 가르쳤다. 이 책을 외우고 있다는 말은 지식이 유치하고 피상적이라는 의미, 또는 위인들에 대한 환상을 지니고 있지 않다는 의미로 추측된다.

옹호했다. 그는 모든 것을, 심지어는 자신의 미래도 비웃었다. 그는 항상 돈이 궁했지만 어느 정도 능력이 있는 사람들이 죄다 그렇듯이 말도 못하게 게을러빠졌는데, 그래도 몇 권의 책을 쓰고도 그 안에 쓸모 있는 말 한 마디 할 줄 모르는 자들의 면전에 단 한 마디의 말로 한 권의 책을 응축해 쏘아붙일 줄 알았다. 약속은 무수히 해댔지만 한 번도 그 약속을 지킨 적이 없는 그는 자신이 얻은 재산과 명망을 잠자리의 베개 나부랭이 정도로나 여겨서 말년에 요양원 신세나 지는 처지를 예약해놓은 셈이었다. 게다가 한번 친구로 삼으면 죽을 때까지 친구로 여기는 그는 냉소적인 떠버리인데다 어린아이처럼 순진한 구석도 있어서 궁할 때나 가끔씩 일을 할 뿐이었다.

"우린 바야흐로 알코프리바스 사부님*이 말한 바 있는 예의 그 굉장한 잔치를 벌일 걸세." 에밀은 라파엘에게 계단을 푸르게 장식하며 향기를 내뿜고 있는 몇 상자 분량은 족히 될 꽃들을 가리키며 말했다.

"알맞게 난방이 되고 고급 양탄자가 깔린 현관의 홀이 참 좋네." 라파엘이 대답했다. "입구 회랑부터 이렇게 호사스러운 집은 프랑스에서는 보기 드물지. 여기 오니 다시 태어나는 것 같네."

"이봐, 라파엘, 저 위에 가서 마시면서 다시 한번 웃고 떠들자고. 그리고 말이야." 에밀은 말을 이었다. "우리 정복자가 되자고. 거기 모인 모든 사람들 머리 위에 올라서자고."

이윽고 금빛과 불빛으로 휘황찬란한 홀에 들어서서 그는 오연한 자세로 모여 있는 사람들을 가리켰다. 곧바로 일행은 파리에서 가장 명

---

* 르네상스 시기 『팡타그뤼엘』의 작가 프랑수아 라블레가 사용한 자기 이름의 애너그램.

성이 자자한 젊은이들의 환대를 받았다. 그중 하나는 얼마 전 새로운 재능을 과시하며 자신의 첫 작품으로 나폴레옹 제정 시대의 영예로운 화가들과 어깨를 나란히 한 자였다. 다른 한 명은 최근 일종의 문학적 경멸이 역력한, 젊은 기운으로 가득찬 책을 과감하게 발표하여 모던 학파에 새 활로를 열어준 인물이었다. 좀더 안쪽에는 무뚝뚝함이 잔뜩 배어 있는 얼굴에 모종의 힘찬 재능이 엿보이는 조각가가 이야기를 나누고 있었는데, 상대는 경우에 따라 때로는 그 어느 것도 뛰어나다고 여기려 하지 않다가도 때로는 모든 것이 뛰어나다고 인정하는 냉소적인 야유의 선수에 속하는 자였다. 이쪽에는, 우리 시대의 만평가 중에 가장 재기발랄한 만평가가 약삭빠른 눈에 물어뜯을 듯한 입을 하고 신랄한 야유를 그림으로 옮기기 위해 잔뜩 노리고 있었다. 저쪽에는, 그 누구보다도 정치사상의 정수를 퍼뜨리거나 다작多作 작가의 요점을 손쉽게 집어내는 데 호가 나 있는 젊고 대담한 작가가 한 시인과 이야기를 나누고 있었는데, 그 시인은 만일 타고난 재능이 가슴에 품은 증오의 힘만큼 셌다면 동시대의 모든 작품을 압도해버릴 그런 작품을 썼을 만한 자였다. 두 사람 모두 상대방에게 듣기 좋은 아부를 건네면서 진실을 말하지는 않되 거짓말도 하지 않으려고 조심했다. 그 옆에서는 이름난 음악가가 내림 나장조로, 그러나 조롱어린 목소리로 최근 의회 단상에서 떨어졌지만 털끝 하나 다치지 않은 한 젊은 정치가를 위로하고 있었다. 자신의 문체를 지니지 못한 젊은 작가들이 자신의 생각을 갖추지 못한 젊은 작가들과 나란히 있었고, 시심이 가득한 산문가들이 산문적인 시인들 곁에 있었다. 이 완전하지 못한 인간들을 바라보던 한 가련한 생시몽주의자는 자신이 신봉하는 교리를 진짜로 믿을 만큼 순진한 자인지라 그들을 사랑으로 짝지어주고 있었는데, 아마도 그들을 자신이 믿는 교단의 신자로 개종시키고 싶어 그랬을 것이다.* 끝으로, 과학 용어를 섞어 대화하는 것이 몸에 밴 과학자 두세 명과 다이아몬드의 광채처럼 열기가 있는 것도 빛이 나는 것도 아닌 그런 일시적으로 번득이는 말을 날릴 태세를 갖춘 보드빌 작가 몇몇이 자리를 차지하고 있었다. 역설을 무기로 삼는 몇몇은 사람과 사건들에 대해 찬탄하거나 경멸하는 자들을 속으로 비웃으며, 이미 어떤 편도 들지 않으면서 모든 체제를 전복할 음모를 꾸미는 양날의 칼을 가진 전법을 구사하고 있었다. 그 어떤 것도 결코 찬탄하지 않으며, 부퐁극장의 오페라 아리아가 한창인 조용한 순간에 코를 풀어대놓고는 누구보다도 먼저 브라보를 외쳐대며, 남이 자기 의견을 예견하면 일부러 제 의견을 바꾸는 소위 만능 비평가도 자리를 잡고 앉아서 기지 넘치는 말을 날릴 기회를 노리고 있었다. 참석자 가운데 미래가 보장된 다섯 명 정도와 어떤 식으로든 한 번쯤은 덧없으나마 영광을 누릴 것으로 보이는 여남은 명을 제외하고 그 나머지는 모든 중간치가 그렇듯이 "모든 것을 잊고 하나가 되자"는 루이 18세의 그 유명한 거짓말을 서로 주고받을 수 있을 뿐이었다.** 연회의 주인

---

* 이즈음 발자크는 '에콜(Ecole)'에서 실제 '종교(Religion)'로 변모한 생시몽파에 대해 이중적인 입장을 보인다. 자신의 정치·사회 사상은 많은 부분이 생시몽주의에 기반을 두고 있지만 그는 앙팡탱 등의 주도하에 종교 집단으로 변모한 생시몽파에 대해서는 비판을 아끼지 않는다.

** 여기서 '중간치'라고 번역한 원문의 'médiocrité'는 범용한 사람들을 가리킬 뿐 아니라 왕정복고기와 7월 왕정기의 실권을 지녔던 부르주아 중도파를 가리킨다. 발자크는 뚜렷한 견해 없이 오로지 자신들의 이권에 좌우되었던 그들을 시종일관 경멸했다. 루이 18세의 거짓말이란 왕정복고 직후 모든 정파를 용인한다는 선언을 했지만 이를 어기고

은 흔쾌한 모습이었으나 거기에는 2천 에퀴라는 거금을 쓴 사람의 근심이 어려 있었다. 그의 두 눈은 이따금 초조하게 현관문 쪽을 향하며 정작 와야 할 참석자를 학수고대하고 있었다. 이윽고 작고 뚱뚱한 한 남자가 모습을 드러내자 굽실거리는 환대의 웅성거림으로 장내가 떠들썩했다. 그는 그날 아침 신문을 창간한 바로 그 공증인이었다. 검은 옷을 입은 하인이 와서 드넓은 식당의 두 문을 활짝 열자, 참석자들은 모두 식당으로 몰려가 특별한 의식 절차 없이 거대한 식탁 주위에 마련되어 있는 자기 자리를 찾아갔다. 홀을 떠나기 전 라파엘은 마지막으로 주위를 둘러보았다. 그의 소원은 분명 완벽하게 실현되었다. 비단과 황금이 각 방을 도배하고 있었다. 거창한 촛대에는 수도 없이 많은 촛불이 달려 벽과 천장 사이 도금된 돌림 장식의 소소한 디테일과 브론즈상의 미세한 끌질 자국, 가구의 화려한 빛깔을 낱낱이 비추고 있었다. 대나무와 예술적으로 어울리게끔 화분에 심은 희귀한 꽃들은 은은한 향기를 내뿜고 있었다. 직물류에 이르기까지 모든 것이 요란하지 않은 우아함을 풍기고 있었다. 요컨대 그 모든 것에 깃들어 있는 무언가 알 수 없는 시적인 아치雅致의 매력은 한 푼 없는 빈털터리의 상상력을 자극하기에도 부족함이 없었다.

"10만 리브르***의 채권이야말로 끝내주는 교리문답집 해설이지. 그것은 우리가 **모럴**을 행동으로 옮기는 데 기적같이 도움을 준단 말이

왕정의 반대파를 탄압한 사실을 말한다.

*** 10만 리브르의 국채를 가지고 있다는 것은 매년 10만 프랑의 수입을 올린다는 것을 의미한다. 당시 화폐의 가치는 지금 가치의 20배로 환산하는 것이 보통이므로 이 금액은 현재의 가치로 200만 프랑, 즉 3, 4억 원에 해당한다.

야!" 그는 한숨을 쉬며 내뱉었다. "오! 그래, 나의 덕성은 궁상맞게 걸어서 다니지 않아. 나에게 악덕이란 헐벗은 다락방이요, 꾀죄죄한 옷차림이요, 겨울에 쓰는 회색 모자요, 세들어 사는 집 관리인에게 진 빚이지. 아! 난 1년이라도, 6개월이라도, 아니 기간은 얼마큼이면 어때, 이런 호화로움 속에서 살고 싶어! 그렇게 살아보고 나서 죽고 싶어. 그러면 다른 건 몰라도 수많은 것들을 다 써보고 다 겪어보고 다 만끽하고 죽는 거긴 하잖아."

"오!" 듣고 있던 에밀이 말했다. "자넨 증권거래인의 화려한 마차를 행복이라고 생각하는군. 그래 보시지, 그럼 재물이 훌륭한 사람이 될 기회를 박탈한다는 사실을 깨닫고 재물이란 것에 금방 싫증이 나게 될 거야. 부자의 가난한 삶과 가난한 사람의 부유한 삶 사이에서 예술가가 언제 망설여봤을까? 자네나 나나 우리 같은 사람들에게는 항상 힘든 싸움이 필요한 것 아닌가? 그러니 뱃속이나 채울 준비를 하라고. 저것 봐." 그는 의기양양한 동작으로 라파엘에게 손 큰 자본가의 연회장에서 펼쳐지고 있는 장엄한데다가 경건하고 푸근하기까지 한 광경을 가리키며 말했다. "저 사람은 말이야." 그는 계속 말을 이었다. "힘들여 재산을 모았지만 결국 우리에게 좋은 일을 했을 뿐이야. 그 재산은 히드라 군락을 연구하는 박물학자들이 아직 분류해놓지 못한 어떤 해면체 같은 것이 아니겠어? 그러니 조심스럽게 쥐어짜내서는 상속자들이 그 즙을 빨아먹도록 하면 되는 것 아니겠어? 벽을 장식하고 있는 저 부조들이 그럴듯해 보이지 않나? 그리고 저 샹들리에와 저 그림들 좀 봐, 얼마나 화려한지 두말하면 잔소리지! 저자를 시샘하는 사람들이나 인간사 모든 일에는 반드시 그럴 만한 연유가 있다고 믿고 싶어하는 사람들이 하는 말이 사실이라면, 저자는 혁명 때 독일 사람 하나를 포함해 몇 사람을 죽였다는 거야. 그게 자기의 가장 친한 친구와 그 친구의 어머니였다지, 아마. 저 존경받는 타유페르의 반백의 머리 속에 그런 범죄가 도사린다고 상상할 수 있겠어?* 정말 선한 사람 같아 보이지. 은식기들이 번쩍거리는 것 좀 봐. 저 번쩍이는 빛 하나하나가 저자에겐 비수 같을 거야, 응? 참 나 원! 마호메트를 믿는 편이 낫겠어. 사람들 말이 사실이라면, 여기 모인 선하고 재능 있는 서른 명의 인사는 한 가족의 내장을 파먹고 피를 마실 준비를 하고 있는 셈이지. 그리고 우리 둘은 말이야, 순진함과 열정으로 가득찬 젊은이라는 우리 둘은 말이야, 이 범죄의 공범이고! 우리의 자본가에게 당신은 정직한 사람인가라고 묻고 싶은데."

"지금은 말고!" 라파엘이 소리쳤다. "나중에 저자가 취해 고꾸라지걸랑 그때 묻기로 하고 그전에 배나 채워놓자구."

두 친구는 웃으며 자리에 앉았다. 모든 참석자는 금방 내린 눈처럼 새하얀 식탁보가 깔린 긴 식탁 위에 잘 구워진 빵이 높게 쌓여 있고 그 아래로 식기와 냅킨이 기립 자세로 나란히 도열해 있는 화려한 광경을 일별하고 말보다 빠른 눈길로 먼저 경탄의 표시를 보냈다. 크리스털 유리잔은 별빛처럼 영롱한 색깔을 발했고, 촛불은 무한히 교차하는 불빛을 그려냈으며, 은빛 돔형 뚜껑 아래 차려진 요리는 식욕

---

* 여기서 타유페르라고 명명된 집주인은 1838년 판까지는 익명이었는데 이른바 인물의 재등장 수법의 적용으로 이름을 얻은 것이다. 그의 막대한 재산의 원천이 된 타유페르의 살인 범죄는 『나귀 가죽』 완성 직후 쓰인 단편소설 『붉은 여인숙』(1832년)에서 상세히 이야기된다.

과 호기심을 자극했다. 말들이 별로 없었다. 옆 사람들끼리 서로 무언의 시선이 오갔다. 마데이라*산産 포도주가 돌았다. 그러고 나자 첫 번째 코스 음식이 화려함의 극치를 보이며 등장했는데, 그 진수성찬에 대해 무덤 속의 캉바세레스**라도 영광스러워했을 것이며 브리야 사바랭이라도 찬탄해 마지않았을 것이다. 보르도 포도주와 부르고뉴 포도주가 백포도주, 적포도주 가릴 것 없이 엄청나게 제공되었다. 이러한 연회의 제1막은 모든 면에서 고전 비극의 도입부와 비교할 만했다. 제2막은 조금 수다스러워졌다. 참석자는 모두 자신의 기분에 따라 원산지를 바꿔가며 포도주를 제법 마셨기 때문에 이 거창한 첫번째 코스의 나머지 식사가 나올 때쯤에서는 격렬한 토론이 벌어지기 시작했다. 창백했던 몇몇 이마가 붉어졌고 여러 사람 코끝이 불콰해지기 시작했으며, 얼굴들은 불붙은 듯했고 눈에서는 불꽃이 튀었다. 취기의 여명기라고 할 수 있는 이때에는 주고받는 말이 아직 공손함의 한계를 넘지 않았다. 그러나 조롱과 뼈 있는 말들이 조금씩조금씩 모든 사람들의 입에서 나왔다. 그러다가 헐뜯는 말이 아주 천천히 그 자그마한 뱀머리를 쳐들고 피리 소리를 내기 시작했다. 이 구석 저 구석에서 몇몇 엉큼한 자들은 분별력을 유지하려고 애쓰면서 주의깊게 귀를 기울였다. 두번째 코스가 나올 때 마침내 모든 사람들이 완전히 열이 올랐다. 모두 떠들면서 먹어댔고 먹으면서 떠들어댔으며 부어라 마셔라 양에 개의치 않고 술을 마셔댔다. 그만큼 술은 술술 잘 넘어갔고 향미

---

* 대서양에 있는 포르투갈령 군도로 포도주가 유명하다.
** 프랑스의 법률학자. 나폴레옹 민법전의 주요 입안자 가운데 한 사람인데, 특히 미식가로 이름이 높다.

로웠으며, 그만큼 누가 한번 본보기를 보이면 전염력이 강했던 것이다. 타유페르는 손님들이 흥이 난 것에 뿌듯해하며 아주 귀한 코트 뒤론이며 불같이 뜨거운 토카이며 오래 묵은 독한 루시용 따위를 내오게 했다.* 역참에 머물렀다 출발한 급행 우편마차를 끄는 말처럼 고삐가 풀린데다, 노심초사 고대하다 나오자마자 퍼부어 마셔댄 샹파뉴의 불꽃으로 채찍질을 받은 그들은 아무도 귀기울이지 않는 공허한 논리전개 속에 자신들의 정신을 질주하게 했으며, 듣는 이도 없는 이야기를 늘어놓기 시작했고 대답 없는 호소를 수도 없이 되풀이했다. 그리하여 주연酒宴 그 자체만이 엄청나게 큰 자신의 목소리를, 로시니의 크레셴도처럼 점점 더 커지는 수없는 아우성이 뒤섞인 자신의 목소리를 내지르는 형국이었다.** 그리고 음험한 건배 제의, 허풍떨기, 대들기 등이 잇달았다. 모두 자신들의 지적 역량을 뽐내는 것은 포기한 대신, 큰 술통, 중간 술통, 작은 술통 등 갖가지 술통의 용량을 자신의 능력으로 내세우고 있었다. 그들은 모두 각자 두 개의 목소리로 말하는 것 같았다. 손님들이 모두 동시에 말을 하는 바람에 하인들이 난처하게 웃음을 짓는 순간도 있었다. 그러나 수상한 빛을 발하는 역설들과 기이하게 치장을 한 진실들이 고함소리와 예심 판결과 최종 심판과 말도 안 되는 소리들에 뒤섞여 마치 전쟁터에서 포탄과 총알이 난

---

* 코트 뒤 론, 토카이, 루시용 모두 포도주 원산지를 가리킴. 론, 루시용은 프랑스산이며, 토카이는 헝가리산 포도주인데 루이 14세가 "왕의 포도주, 포도주의 왕"이라고 격찬한 것으로 유명하다.
** '점점 더 강하게'를 뜻하는 크레셴도는 로시니가 그 기법을 혁신하여 가장 잘 구사한 것으로 알려져 있다. 발자크는 주연의 장면을 묘사할 때 점입가경인 불협화음의 음악적 비유를 사용하면서 다성적 글쓰기의 한 예를 보여주고 있다.

무하며 교차하는 것처럼 서로 맞부딪치는 이 말들의 난투극은 어쩌면 거기에 담긴 독특한 사상 때문에 철학자의 관심을 끌 수도 있었을 것이며, 거기에 들어 있는 그 갖가지 묘한 방안 때문에 정치가를 사로잡을 수도 있었을 것이다. 그것은 그야말로 한 권의 책인 동시에 한 장의 그림이었다. 각양각색의 온갖 철학과 종교와 도덕이, 정부가, 그리고 인간의 위대한 모든 지적 활동이 시간의 낫*처럼 긴 낫질 아래 추풍낙엽처럼 쓰러졌다. 그 낫을 휘두른 것은 취한 지혜였는지 아니면 지혜롭고 명석해진 취기였는지 분간하기 어려웠을 것이다. 폭풍우라고나 할 그런 것에 휩쓸린 이 술꾼들의 정신은 문명들을 안고 출렁이는 세상의 모든 법칙을 마치 절벽에 부딪히는 성난 바다처럼 뒤흔들어버리는 것 같았는데, 그렇게 함으로써 그들은 자기들도 모르는 사이에, 선과 악의 영원한 싸움의 비밀은 오직 혼자만 알고 아무에게도 알려주지 않은 채 그것들을 자연 속에 내버려놓은 신의 의지를 충족시키고 있는 셈이었다. 격분에 차 있는가 하면 우스꽝스러운 그 논전은 어떤 점에서는 인간 정신이 벌이는 마녀들의 밤잔치였다. 한 신문의 탄생에 즈음하여 이 대혁명의 자식들이 내뱉는 슬픈 농담들과 가르강튀아의 탄생을 맞아 흥에 겨운 술꾼들이 내쏟은 발언들 사이에는 19세기와 16세기를 가로지르는 깊은 심연이 놓여 있었던 것이다. 16세기가 웃으면서 파괴를 준비했다면, 우리의 세기는 폐허 한가운데서 웃고 있는 것이었다.

"여기 계신 이 젊은이는 이름이 뭔가?" 라파엘을 가리키며 공증인이

---

* 고대의 알레고리에서 시간은 종종 빠름을 상징하는 두 날개를 달고 파괴력을 상징하는 낫을 쥔 노인의 형상으로 표현된다.

물었다. "발랑탱이라고 들은 것 같은데."

"거두절미하고 발랑탱이라뇨? 무슨 말씀을 하시고 싶은 건가요?"
에밀이 웃으면서 소리질렀다. "라파엘 드 발랑탱이라고 불러주시죠!
우리의 문장紋章에는 '흑단처럼 검은 바탕에, 정수리가 은처럼 하얗고
부리와 발톱이 진사처럼 붉은 황금 독수리'가 그려져 있고, '논 체치디
트 아니무스'*라는 멋진 명구銘句가 새겨져 있소! 우린 버려진 아이**가
아니라 '발랑스' 황제의 후손이요, '발랑티누아' 가문의 조상이지요.
에스파냐와 프랑스에서 발렌시아 혹은 발랑스라는 이름을 가진 도시
들의 창건자이고, 오리엔트 제국의 적통 계승자인 그 '발랑스' 황제 말
이오. 우리가 콘스탄티노플에서 마호메트에게 왕관을 넘겨준 일은 순
수한 선의에 의한 것이오. 돈도 없었고 군대도 없었지만 말이오."

에밀은 손에 든 포크를 가지고 라파엘의 머리 위 허공에다가 왕관
을 그리는 시늉을 했다. 공증인은 잠시 골똘히 생각하더니 이내 어깨
를 한 번 으쓱하고는 다시 술을 마시기 시작했다. 공증인의 그 동작은
자신의 의뢰인 이름에 발랑스와 콘스탄티노플이라는 이름의 도시들
과 마호메트, 발랑스 황제, 발랑티누아 가문 등이 결부된다는 어림없
는 주장에 관심이 없다는 노골적인 표시로 보였다.

"바빌론, 티르, 카르타고, 베네치아 등은 하나같이 거인의 두 발이
지나가면서 파괴되었는데, 사람들이 우글거리던 그 도시들이 그렇게
멸망한 것은 인간을 하찮게 보는 어떤 가공할 힘이 인간에게 주는 하

---

* NON CECIDIT ANIMUS. 통상적으로는 "우리의 용기는 약해지지 않았다"는 뜻이다.
** 대혁명 이후 호적부의 관리들은 버려진 아이들에게 달랑 하나의 이름만 부여해주었
는데, 대개 성인(聖人)의 이름에서 따온 그 이름은 아이들에게는 성이자 이름이었다.

나의 경고가 아닐까?" 한 줄당 10수라는 헐값에 보쉬에* 같은 문장을
지어내라고 고용된 일종의 노예라고나 할 클로드 비뇽이 말했다.

"모세, 술라**, 루이 11세, 리슐리외, 로베스피에르, 나폴레옹 같은 인
물은 아마도 하늘의 혜성이 그렇듯이 여러 문명을 거치며 되풀이해서
나타나는 동일한 한 명의 인물일걸!" 발랑슈*** 추종자가 응답했다.

"왜 신의 섭리를 측정하려 드는 거지?" 발라드 제조자인 카날리스가
대꾸했다.

"자, 신의 섭리가 나왔군요." 나서서 간섭하기 좋아하는 자가 말을
막고 끼어들었다. "나는 이 세상에서 신의 섭리보다 더 이현령비현령
이라고 할 만한 것을 모르겠는데."

"하지만, 이것 보세요, 루이 14세는 맹트농의 수로를 파기 위해 국
민공회보다 더 많은 수의 사람들을 죽음으로 내몰았거든요.**** 국민공
회는 공정하게 세금을 부과하고, 통일성 있는 법체계를 마련하고, 프
랑스를 하나의 국가로 통일하고, 유산을 공평하게 나누기 위해 그러
기라도 했지만 말이오." 그만 자기 이름 앞에 한 음절*****이 없는 바람에
공화주의자가 된 젊은이 마솔이 말했다.

---

* 고전주의시대 프랑스의 명연설가이자 명문장가.
** 기원전 90년경, 로마의 장군이자 정치인으로서 독재적인 귀족정을 강화한 인물로 유
명하다.
*** 당시 프랑스의 이상주의자들에게 큰 영향을 미친 접신주의 철학자. 그러나 위의 대
꾸는 발랑슈의 이론과는 아무런 관련이 없는 것으로 알려져 있다.
**** 루이 14세는 베르사유궁에 외르강의 물줄기를 끌어들이는 거대한 공사를 벌였다.
연인원 3만 명이 동원된 이 공사로 엄청나게 많은 노동자가 목숨을 잃었다.
***** 한 음절이란 귀족의 성 앞에 붙는 '드'를 말한다.

"이봐요," 짱짱한 지주인 모로 드 루아즈가 반박했다. "당신은 피를 포도주로 여기시는데, 이번만은 각자의 어깨 위에 붙어 있는 머리는 그냥 각자에게 남겨주시겠소?"

"그래 봤자 무슨 소용이지요, 선생? 사회질서의 원칙들이란 결국은 몇몇 희생을 치러야 얻을 수 있는 것이 아닌가요?"

"헤이, 빅시우! 이름은 모르겠고 암튼 공화주의자라는데 그가 저 지주의 머리가 희생물이 될 수도 있다고 주장하네." 한 젊은이가 자기 곁에 있는 자에게 말했다.

"사람과 사건은 아무것도 아닙니다." 공화주의자가 딸꾹질을 하는 와중에 계속 자기 이론을 펼쳤다. "정치와 철학에는 오로지 원칙과 이념만이 있을 뿐이거든요."

"무서워 죽겠군! 당신은 그 만약의 경우에 당신 친구들을 죽이고도 아무런 가책도 느끼지 않겠군……"

"에이, 이보세요, 후회를 하는 사람이 바로 진짜 악당인 법입니다. 그건 그가 어느 정도 덕성에 대한 관념이 있으면서도 그랬다는 이야기니까요. 반면, 표트르 대제, 알베 공작은 하나의 체계였고, 해적 몽바르*는 하나의 조직이었던 것입니다."

"하지만 사회는 당신이 말하는 그 체계와 조직 없이도 잘 굴러갈 수 있지 않나?" 카날리스가 물었다.

"오! 동의합니다." 공화주의자가 대답했다.

---

* 17세기 남아메리카 해안을 근거지로 삼았던 해적으로 별명이 '인간 말살자'일 정도로 악명 높았다. 알베 공작은 16세기 프랑스의 필리프 2세 휘하 군대의 장군. 세 인물 모두 공통적으로 무자비하다는 특성을 갖는다.

"에이! 당신의 공화국은 구역질이 나는군. 당신 말대로라면 닭고기 하나 잘라먹을 때도 농지개혁법*에 저촉될 수 있다는 얘기니 어디 편할 수 있겠는가."

"자네가 말하는 원칙들은 참으로 훌륭하네, 송로를 한입 가득 물고 계시는 나의 작은 브루투스**여! 하지만 자넨 우리집 하인과 닮았다네. 그 괴상한 작자는 결벽증이 어찌나 지독한지 내가 옷을 좀 솔질해 달라고 그에게 맡겨버리면, 옷이 하나도 안 남아나서 아예 벌거벗고 다녀야 할 판이네."

"당신들 참 억지를 쓰시는군요! 당신들은 이쑤시개를 가지고 한 민족을 깨끗이 하려는 꼴입니다." 공화국의 사나이가 반박했다. "당신들 말대로라면 정의가 도둑놈들보다 더 위험하겠군요."

"햐, 말 된다." 법무사 데로슈가 이죽거렸다.

"저자들은 짜증나게시리 자기들만의 정치를 떠드는군!" 공증인 카르도가 말했다. "거 문 닫읍시다. 학문이네 덕성이네 하는 것들은 죄다 한 방울의 피 값도 못하오. 진리라는 것의 대차대조표를 만들어 청산을 해보면 아마도 파산 상태로 밝혀질걸요."

"아! 선을 가지고 논쟁하는 것보다 악 속에서 즐기는 편이 아마도

---

* 농지개혁법은 원래 로마 공화정 시대에 귀족이 거의 독차지하고 있던 정복지의 땅을 몰수해 평민에게 고루 분배할 목적으로 여러 차례 제출되었고 그때마다 큰 사회적 혼란이 뒤따랐다. 대혁명 이후에도 한때, 특히 바뵈프에 의해 이런 성격의 법을 제정할 필요성이 제기된 적이 있었다.

** 기원전 6세기 로마의 전설적인 인물로 로마의 마지막 왕인 타르캥을 몰아내고 공화국의 초대2인 집정관 중 하나가 되었다. 공화국을 위하여 카이사르를 암살했다는 동명의 로마 정치인을 떠올려도 무방할 것이다. 한편 송로는 귀족의 상에 오르는 진귀한 음식으로서 아이러니를 노린 것임을 상기할 필요도 있다.

비용이 덜 들 거요. 그러니 난 지난 40년 동안 의사당에서 행해진 모든 연설을 송어 한 마리나 페로*의 콩트 한 편, 아니면 샤를레**의 크로키 한 점과 기꺼이 맞바꿀 거요."

"당신 말이 백번 맞소! 잠깐 거기 아스파라거스 좀 주시겠소. 왜냐하면 말이오, 결국 자유는 무정부를 낳고, 무정부는 독재로 이어지고, 독재는 다시 자유로 귀결되는 것이니까요. 수없이 많은 사람들이 죽었지만 그 죽음이 그 체제들 중 어떤 것도 결정적으로 승리하게 만들지 못했단 말이오. 정신세계는 항상 바로 그 악순환의 고리를 맴돌 것이 아니겠소? 사람은 무엇인가를 완성했다고 믿지만 사실 그는 사물의 위치를 바꾸어놓았을 뿐이오."

"오! 오!" 보드빌 작가 퀴르시가 외쳤다. "자 신사 여러분, 자유의 아버지 샤를 10세***를 위해 건배!"

"왜 아니겠소?" 에밀이 말했다. "독재가 법률 안에서 맹위를 떨칠 때 자유는 풍속 안에서 자라는 법, 그 역도 마찬가지고."

"우리에게 어리석은 자들을 지배할 수 있는 그토록 많은 권력을 쥐여준 권력의 어리석음을 위하여 건배!" 은행가가 말했다.

"에이! 이봐, 그래도 나폴레옹은 적어도 우리에게 영광은 남겨주

---

* 17세기 말의 작가로 구전되던 민담을 이야기로 편찬한 것으로 유명하다. 「잠자는 숲속의 공주」 「빨간 모자 꼬마아가씨」 「신데렐라」 등의 동화로 알려진 그의 이야기들은 대부분 후일 그때그때의 필요에 의해 많이 각색되었다. 그의 이야기 중 「당나귀 가죽」은 발자크의 소설 제목을 착상하는 데도 관련이 있는 것으로 보인다.

** 당시 유명했던 만화가.

*** 7월 혁명으로 권좌를 떠나 망명한 샤를 10세는 왕정복고 말기 강압적이고 반동적인 정책으로 부르주아 자유주의를 억압하여 시민의 저항을 불러일으켰다.

었잖아!" 브레스트에서 한 번도 벗어난 적이 없던 해군 장교가 소리
쳤다.

"아! 영광이여, 슬픈 상품이여. 영광은 비싼 돈을 주고 구입하지만
막상 손에 남는 것은 없어. 영광이란 결국 잘난 위인들의 이기주의가
만들어낸 것이 아닐까? 행복이 바보들의 이기주의가 만들어낸 것이듯
말이야."

"선생, 당신 아주 행복하시겠어."

"자신의 영토 둘레에 제일 먼저 울타리를 친 자는 아마도 나약한 사
람이었을 거야. 사회란 겁쟁이들에게만 이로운 것이니까.* 정신세계
의 양극단에 자리한 야만인과 사상가는 공히 소유를 끔찍하게 싫어
하지."

"멋진 생각이야!" 공증인 카르도가 외쳤다. "그런데 소유가 없다면
우린 어떻게 양도증서를 작성하지?"

"야, 이 완두콩 맛이 끝내주게 환상적인데!"

"그런데 사제가 자기 침대에서 죽은 채로 발견됐는데, 다음날……"

"지금 누가 죽은 사람 이야기를 하는 거야? 거 장난삼아 이야기하지
맙시다! 난 큰아버지가 한 분 계시단 말이야."

"당신 아마도 그 큰아버지가 죽는 걸 못 이기는 척 받아들일걸."

"잘못 짚으셨네."

"내 말 잘 들어보시게, 신사 여러분. 자기 큰아버지 죽이는 법이야.
쉿! (귀 좀! 귀 좀!) 먼저 몸집은 비대하고, 나이는 적어도 일흔 줄에는

---

* 루소의 『인간 불평등 기원론』의 2부 첫 대목("맨 처음 영토에 울타리를 치고 이건 내 것
이다라고 말하고 싶었던 사람……")에 대한 패러디.

들어선 큰아버지가 있어야 돼. 최고의 큰아버지들이지. (동요) 어떤 핑계를 대서든지 그에게 푸아그라를 먹이는 거야……"

"에이! 우리 큰아버지는 키도 크고 비쩍 마른데다가 구두쇠고 소식가인데."

"아! 그런 큰아버지들은 목숨을 남용하는 괴물이야."

"그리고 말이야," 큰아버지 전문가인 자가 계속 말을 이었다. "그가 음식을 소화시키고 있을 때 그가 거래하는 은행가가 파산했다고 말하는 거야."

"그래도 안 죽으면?"

"젊고 예쁜 여자를 붙여주는 거야!"

"만일 그가……"* 다른 하나가 동의하지 않는 동작을 취하며 말했다.

"그렇다면 그건 큰아버지가 아니지. 큰아버지란 원래 호색한인 법이거든."

"말리브랑**의 목소리가 두 음계 줄어들었다네."

"아니라네, 선생."

"그렇다네, 선생."

"오! 오! 그렇다와 아니다, 그것이야말로 그 모든 종교적, 정치적, 문학적 논전의 역사가 아닌가? 인간이란 낭떠러지 위에서 춤을 추는 익살광대라네!"

"당신 말을 들으니 난 바보일세그려."

---

* 말줄임표에는 문맥상 성불구자거나 동성애자라는 의미의 말이 들어갔을 것이다.
** 당대 최고의 오페라 여가수. 음역이 넓어 소프라노와 콘트랄토를 넘나들었다고 한다.

"그 반대지, 당신이 내 말을 듣지 않기 때문에 바보인 거지."

"교육이란 얼마나 아둔한 건지! 하이네페터마흐* 선생은 세상에서 인쇄된 책의 수가 10억 권이 넘는다고 계산했지. 그런데 한 인간의 수명은 그중 15만 권도 채 읽지 못할 시간이라네. 자 교육이란 말이 무엇을 의미하는지 내게 설명해주시게. 어떤 사람들에게는 **교육**이란 알렉산드로스대왕의 애마 이름이나 베레키요 맹견의 이름, 아코르 지방 영주의 이름 따위는 가르치고, 우리가 쓰는 뗏목이나 도자기를 만든 사람의 이름은 무시하는 것이지. 또다른 사람들에게 교육을 받았다는 것은, 회중시계 하나를 훔쳤을 뿐인데 재범인데다 5대 가중처벌 조항에 걸려 증오를 받으며 불명예스럽게 그레브광장에서 처형당하는 잡범의 신세를 피하고, 그 대신 자신에게 불리한 유서는 불태워 없애는 중죄를 저지르고도 정직한 사람으로서 사랑받고 존경받으며 살 줄 안다는 것이지."

"나탕은 더 있을 건가?"

"아! 그의 친구들이 아직 멀쩡한데요."

"카날리스는?"

"그는 거물이에요. 더이상 언급하지 맙시다."

"당신들 취했군!"

"의회 민주주의의 직접적인 결과는 지성의 하향 평준화다. 예술, 학문, 건축물, 이 모든 것이 우리 시대의 문둥병인 가공할 이기주의에 의해 잡아먹혀버렸다. 저기 의회 단상에 앉아 있는 당신들의 부르주

---

* 발자크가 지어낸 고전학자이자 통계학자.

아 3백 명은 포플러 나무나 심을 생각밖에 하지 않을 것이다.* 독재는 불법적으로 엄청난 것을 이루는 데 반해 자유는 합법적으로 아주 사소한 것들을 이룰 수고조차 하지 않으려 들지."

"당신의 '상호 지도'**는 저마다 제 육신을 가진 인간을 똑같은 100수짜리 동전으로 찍어내는군." 절대왕정주의자가 말을 끊고 끼어들었다. "교육으로 평준화된 백성에게 개성은 사라지고 없지."

"하지만 사회의 목표는 모두 잘살도록 하는 것 아닌가?" 생시몽주의자가 물었다.

"만일 당신이 5만 리브르의 연금을 받는다면 다른 사람들 생각은 별로 안 하게 될걸. 인류에 대한 고귀한 열정에 불타시는가? 그렇다면 마다가스카르에 가시게. 거기 가면 조그맣고 근사한, 아주 새로운 족속을 찾을 수 있을 걸세. 그들에게 생시몽주의를 주입해 새로 분류한 다음 시험관에 담으시게. 하지만 이곳에서는 모두 아주 당연하게 자기만의 맞춤 벌집 속으로 들어가는 거야, 마치 볼트가 구멍 속에 박히듯이 말이야. 문지기들은 문지기들이면 되고, 얼간이들은 그냥 멍청하면 돼, 그들을 교부敎父들의 학교***에 집어넣어 개조할 필요는 없는 것이지. 하, 하!"

---

* 당시 포플러 나무는 스탕달의 『적과 흑』에도 언급되듯이 대단한 수익 작물이었다.

** '상호 지도(l'enseignement mutuel)'는 왕정복고 초기에 도입된 수업 방식으로, 저학년과 고학년을 한 교실에 넣고 고학년 학생이 저학년 학생을 지도하게 했다. 이렇게 하여 복고왕정은 교사 수를 무지막지하게 줄였다.

*** 당시 생시몽주의자들은 생시몽의 사회철학으로 새로운 인간과 세계를 만들고자 했는데, 특히 생시몽이 보여준 종교적 색채에 주목하여 생시몽의 사상을 일종의 교리로 만들고 종교 조직을 본뜬 조직체를 운영했다.

"당신은 카를리스트*로군!"

"왜 아니겠어? 난 독재가 좋아. 독재는 인간 족속에 대한 일종의 경멸을 보여주는 것이지. 나는 왕들을 미워하지 않아. 그들은 너무 재밌잖아! 태양으로부터 무려 1억 5천 킬로미터나 떨어진 곳에 있는 한 방에서 태양의 빛을 받는 권좌에 오른다는 것, 그래 그게 아무것도 아니란 말이야?"

"자, 그럼 문명에 관한 이 거창한 시각을 요약해보기로 하지." 학자가 툭 내뱉었다. 그는 별 관심도 보이지 않는 조각가에게 한 수 지도한다고 사회의 기원과 초기 토착민들에 관해 변설을 늘어놓던 중이었다. "초기 국가에서 권력은 어느 정도 물리적인 수준에 의존한데다 단순하고 변변치 않았지. 그러다가 사회 집단이 늘어나면서 정부는 원시 권력을 어느 정도 요령 있게 분리시키는 방법을 취하기 시작했지. 그래서 상고시대에는 권력이 신정체제의 형태를 취했고 제사장이 검과 향로 둘 다 가졌지. 두 명의 사제, 곧 교황과 왕이 등장한 것은 나중이었어. 오늘날 우리 사회는 문명의 최종 단계로서 구성 분자의 수에 따라 권력을 분배했지. 그래서 산업이라 불리고, 사상이라고 불리고, 돈이라고 불리고, 연설이라고 불리는 권력들이 나타난 거지. 그러자 이제 더이상 통일성을 갖지 못한 권력은 끝도 없는 사회적 분열로 치닫고, 각자 자기 이익만을 추구하다보니 그 분열을 가로막을 수 있는 것은 아무것도 없지. 그래서 우리는 종교에도, 물리력에도 기대지 않고 지적 능력에 기대는 것일세. 그런데 책이 검만 할까? 말싸움이 행

---

* 7월 왕정으로 폐위된 샤를 10세의 추종자, 곧 반동적 왕정주의자를 말함.

동만 할까? 그것이 문제로다."

"지적 능력이라는 것은 모든 것을 죽여버렸어." 카를리스트가 소리를 높였다. "자, 잘 보시게. 절대 자유는 국민을 자살로 이끄는 법이네. 국민은 백만장자 영국인처럼 승리 속에서 더이상 정복할 것이 없어 권태로워지는 거야."

"뭐 좀 새로운 것 좀 말할 수 없소? 지금 당신들은 모든 권력을 조롱했는데, 그건 신을 부인하는 것하고 똑같이 통속적이야. 당신들은 이제 믿을 것이 없어져버렸어. 그러니까 우리 시대는 방탕으로 심신이 황폐해진 늙은 술탄 같은 거야! 그래서 마침내 당신들의 바이런 경은 최후의 절망의 시로 범죄에 대한 열정을 노래했던 것이지."

"이거 아시나." 만취한 비앙숑이 대꾸했다. "인燐 함량의 과다 여부에 따라 천재가 되기도 하고 대역죄인이 되기도 하고, 똑똑한 사람이 되기도 하고 바보가 되기도 하고, 덕성스러운 사람이 되기도 하고 범죄자가 되기도 한다는 걸."

"덕성을 그렇게 말해도 되는 건가." 퀴르시가 소리질렀다. "모든 연극작품의 주제이며, 모든 드라마의 결말이며, 모든 재판의 기초인 덕성을 말이야."

"어이, 입 닥쳐, 머저리. 너의 덕성은 발뒤꿈치가 없는 아킬레스*인가보지." 박시우가 말했다.

"마시자구!"

"내가 샴페인 한 병을 단숨에 마시나 못 마시나 내기할래?"

---

* "약점이 전혀 없다"는 의미.

"거참 기막힌 생각이군!" 빅시우가 소리 높였다.

"저자들 마부들처럼 취했군." 사뭇 진지해 보이지만 잔뜩 취해 술을 마시는 건지 자기 조끼에다 들이붓는 건지 분간도 못하는 한 젊은이가 말했다.

"맞아, 선생, 현 정부는 여론이 지배하는 것같이 보이게 하는 재주를 부리고 있어요."

"여론이라고? 그건 창녀 중에서 가장 더러운 창녀라고! 도덕군자이시고 정치가이신 당신들 말을 들으니 본성보다는 당신들의 법을, 양심보다는 여론을 주야장천 따라야겠는걸. 이봐, 모든 것이 맞기도 하지만 동시에 그 모든 것은 틀리기도 하다고! 사회는 우리에게 폭신한 솜털 베개를 선사하기도 하지만 그 대가로 어김없이 통풍*의 고통을 안겨주는 거라고. 재판의 부담을 덜기 위해 소송절차 제도를 도입한 것과 같지. 캐시미어 숄을 둘렀더니 덜컥 코감기가 걸리는 것처럼 말이야."

"잡것!" 그 염세가의 말을 끊으면서 에밀이 쏘아붙였다. "이 술과 산해진미와 진수성찬을 앞에 두고 어떻게 문명을 욕할 수 있어? 다리와 황금 뿔이 통째로 붙어 있는 이 사슴 고기나 뜯어 드시게, 자네 엄마를 물어뜯지는 말고."

"가톨릭이 밀가루 한 포대로 수많은 신을 만들어내고, 공화국은 어김없이 나폴레옹 같은 자로 귀결되고, 왕권은 앙리 4세의 암살과 루이 16세의 재판 사이에 처하게 되고, 자유주의는 라파예트로 변질되는

---

* 극심한 관절의 통증. 당시에는 유전병이지만 풍요한 생활에 의한 영양 과잉, 운동 부족 같은 후천적 요인이 발병을 촉진한다고 알려졌다.

것이 내, 내 탓이란 말이오?"

"당신, 7월에 그를 포옹하였소?*"

"아니요."

"그러면 입다무시오, 회의주의자 양반."

"회의주의자들이야말로 가장 양심적인 사람들이오."

"그들은 양심이 없지."

"무슨 말씀을 그렇게 하시오. 그들은 적어도 두 개의 양심은 가지고 있소."

"천국을 어음처럼 미리 당겨 쓰시게나, 선생. 그러한 생각이야말로 상업주의가 팽배한 이 시대에 진정 걸맞은 것이니까. 고대의 종교들은 오로지 육체적 쾌락을 증진해 행복해지려고 했소. 그렇지만 지금 우리는 영혼과 희망을 증진시켰소. 그게 바로 진보요."

"이보게, 나의 경애하는 친구분들. 여러분은 정치가 만연한 시대에 무얼 기대할 수 있겠는가?" 나탕이 끼어들었다. "『보헤미안 왕과 그의 일곱 성城』**의 운명은 어떻게 되었지? 제일 매혹적인 이야기였는데……"

"그거?" 식탁 저쪽 끝에서 이쪽 끝까지 들릴 정도로 크게 비평가가 외쳤다. "그거 모자 속에서 제비뽑듯이 뽑아낸 문장들이야. 샤랑통 정

---

* 라파예트 장군은 미국 독립전쟁에 참여하고 1789년 대혁명에서 주도적인 역할을 하는 등 자유의 기치를 내세운 것으로 유명한데, 1830년 7월 혁명 때는 시청 발코니에서 루이 필리프를 혁명의 가치를 대변할 자로 파리 민중에게 선보여 공화주의자들의 조롱과 냉소를 받는다. 그를 껴안았다는 것은 루이 필리프를 권좌에 앉힌 7월 혁명의 위선에 동조한다는 뜻을 의미한다.

** 이 시기 프랑스 젊은이들의 정서를 대표했던 낭만주의 작가 샤를 노디에가 1830년에 지은 작품. 발자크는 한 평문에서 1830년을 결산하는 문학작품으로 스탕달의 『적과 흑』 그리고 이 작품을 꼽으면서 '환멸 문학'이라 이름 붙인 적이 있다.

신병원에나 안성맞춤인 작품이지."

"머저리!"

"등신!"

"오호!"

"아하!"

"저자들 싸우겠네."

"아닐세."

"내일 봅시다, 선생."

"지금 당장 보지." 나탕이 응수했다.

"자, 자! 당신들 둘 다 잘났어."

"당신도 그래." 시비를 건 자가 말했다.

"저자들 똑바로 서 있을 수조차 없는 것 같은데."

"아! 나도 똑바로 서질 못하겠네." 호전적인 나탕이 균형을 잃은 연처럼 몸을 일으키며 대꾸했다.

그는 풀린 눈길을 식탁에 던지더니 제풀에 지쳐 털썩 다시 의자에 주저앉고는 고개를 수그린 채 잠잠해졌다.

"재밌지 않아?" 비평가가 옆 사람에게 말했다. "보지도 읽지도 않은 작품을 가지고 이렇게 싸운다는 게."

"에밀, 옷 조심해. 자네 옆에 있는 자의 얼굴이 창백해졌어." 빅시우가 말했다.

"칸트 말이군, 선생. 얼간이들 즐겁게 놀라고 공 하나를 다시 던져주셨네! 유물론과 유심론은 썩 괜찮은 두 개의 라켓이지. 가운을 입은 허풍선이 학자들은 그 두 라켓을 가지고 서로 공을 받아넘기는 거지. 스피노자 말대로 신이 만물에 깃들어 있든, 사도 바울 말대로 만물이 신에게서 나오든 무슨 상관이람…… 멍청한 것들! 문을 열든 닫든 똑같은 동작 아니야? 달걀이 먼저야, 닭이 먼저야? (거기 오리고기 좀 줘!) 학문이 다 그렇지 뭐."

"바보." 학자가 맞받아쳤다. "자네가 제기한 질문은 단 하나의 사실만으로 해결돼."

"무슨 사실?"

"교수 자리가 철학을 위해 만들어진 줄 아나? 바로 철학이 교수 자리를 위해 만들어진 거야. 안경 끼고 대차대조표를 잘 읽어봐."

"도둑놈들!"

"머저리들!"

"사기꾼들!"

"얼간이들!"

"이런 신랄하고 잽싼 생각의 공방을 파리 말고 어디서 접할 수 있겠는가?" 빅시우가 저음의 바리톤 목소리로 외쳤다.

"어이, 빅시우, 재미있는 개인기 좀 해봐. 거 웃기는 흉내 그것 좀 보자구."

"뭘 원하시는가? 19세기를 좀 해볼까?"

"들어봅시다!"

"조용!"

"당신 주둥이에 소음기나 끼우시지!"

"너나 입다물어, 이 중국놈아!"

"저자에게 술 좀 갖다주게, 저 애송이 입 좀 다물게!"

"빅시우, 해봐!"

예술가는 옷의 단추를 목까지 채우고 노란 장갑을 낀 다음, 사팔뜨기 눈을 하고 얼굴 표정을 지어가며 『르뷔 데 되 몽드』를 흉내냈다.* 하지만 왁자지껄한 소음이 그의 목소리를 덮어버려 그가 흉내내는 말을 한 마디도 알아들을 수 없었다. 그는 비록 자기 세기를 표현하지는 못했지만 적어도 그 잡지만은 제대로 표현해냈으니, 그것은 바로 그 잡지처럼 그도 자기가 무슨 짓을 벌이는지 모르기 때문이다.

요술이라도 부린 것처럼 디저트가 차려졌다. 식탁 한가운데에는 토미르** 아틀리에에서 만든 금빛의 커다란 청동 장식대가 놓였다. 이름난 한 예술가가 유럽에서 이상적인 아름다움으로 통하는 형태는 죄다 모아놓은 그 높다란 장식대에는 가지째 주렁주렁 달린 딸기, 파인애플, 생야자대추, 청포도, 황도, 포르투갈의 세투발에서 배편으로 실어 온 오렌지, 석류, 중국 과일들에다가 깜짝 놀랄 만한 온갖 호사스러운 후식, 한입 분량의 기기묘묘한 작은 케이크들, 입을 황홀하게 하는 갖은 진미, 먹지 않고는 못 배기게 만드는 과자 따위가 담기거나 얹혀 있었다. 이렇게 차려진 진수성찬이 발산하는 다채로운 빛깔은 도자기의 광채와 반짝이는 금빛 테두리선과 유리 세공의 영롱한 커팅면에 의해 더욱 강조되었다. 그리고 바닷가 포말처럼 운치가 있는 연둣빛 이끼 장식이 세브르 도요陶窯에서 도자기에 전사해놓은 푸생***의

---

* 문학, 정치, 과학 등을 아우르는 종합지로 1829년 창간되었다. 발행인인 뷜로즈가 애꾸눈이었는데 빅시우는 짓궂게 그걸 흉내내고 있는 것이다.

** 당시 파리의 유명한 금속세공사.

*** 17세기 프랑스 화가.

풍경화 머리 부분을 꾸미고 있었다. 독일 공국의 영토를 다 준다 해도 이 엄청난 호사에 드는 비용을 충당하지는 못할 것이다. 금잔, 은잔, 나전칠기 잔, 크리스털 잔이 새것들로 다시 식탁에 놓였다. 그러나 취기로 풀린 눈과 수다의 열기 때문에 참석자들은 동방의 이야기 같은 이 몽환의 광경을 어렴풋이나마 알아차리기도 힘들었다. 후식으로 제공된 포도주들은 저마다 제 향과 열기를 내뿜었다. 그 강렬한 미약媚藥이자 매혹적인 기운은 정신을 호리는 일종의 신기루가 생기게 했으며, 동아줄 같은 끈으로 발을 묶고 손을 마비시켰다. 피라미드처럼 쌓인 과일들은 약탈이라도 당한 듯이 없어졌고 목소리들은 점점 더 커지고 소란스러운 분위기는 한층 더 고조되었다. 이제 말소리들은 더 이상 알아들을 수 없을 지경이었고, 잔들이 날아가 깨졌으며, 끔찍스러운 웃음이 불화살처럼 난무했다. 퀴르시가 나팔을 들고 팡파르를 불기 시작했다. 그것은 마치 악마가 보내는 신호 같았다. 이 광란의 모임은 소리지르고, 휘파람 불고, 노래하고, 울부짖고, 얼굴을 붉히며 으르렁댔다. 천성이 쾌활한 사람들이 크레비용* 비극의 결말처럼 음산해지거나 배에 오른 선원들처럼 수심에 잠기는 그 광경을 눈앞에서 보았다면 누구라도 슬며시 웃음이 나왔을 것이다. 진지한 사람들이 귀를 기울이지도 않는 구경꾼들에게 자신들의 비밀을 털어놓고 있었다. 우울한 사람들은 한쪽 발끝으로 도는 춤을 추고 난 무희처럼 웃음을 짓고 있었다. 클로드 비뇽은 우리 속에 갇힌 곰처럼 몸을 좌우로 흔들었다. 친한 친구들이 서로 싸움질을 했다. 생리학자들이 매우 흥미롭

---

* 18세기 프랑스의 비극 작가. 특히 공포를 비극적 장치로 활용한 것으로 유명하다.

게 밝혀내듯이 인간의 형상 아래 감추어져 있는 동물과 닮은 점이 사람들의 몸짓 속에, 태도 속에 어렴풋이 드러났다. 비샤* 같은 생리학자에게 정신이 번쩍 들고 식음을 잊게 할 만한 완벽한 한 권의 교과서가 거기에 있었다. 집주인도 술에 취해 움직일 엄두가 나지 않았지만, 멀쩡하고 후덕스러운 척하려 애쓰면서 손님들의 과도한 언동을 짐짓 흡족한 표정을 지으며 바라보고 있었다. 보기에 역겨울 정도로 불콰해지고 푸르뎅뎅해져 거의 보랏빛으로 변해버린 그의 넓적한 얼굴은 돛단배의 롤링과 피칭처럼 모두 전후좌우로 머리를 끄덕여대는 주변 사람들과 박자를 맞추어 움직였다.

"당신 정말 그자들을 죽였소?" 에밀이 그에게 물었다.

"사형제도는 7월 혁명의 취지에 부합하게 곧 폐지될 거라고 하더군." 영리함과 명청함이 동시에 어우러진 표정으로 눈썹을 추켜올리며 타유페르가 대꾸했다.**

"그래도 그들이 때때로 꿈에 나타나지 않소?" 라파엘이 되물었다.

"공소시효라는 게 있지!" 갑부 살인자가 말했다.

"저자의 무덤 위에도" 하고 에밀이 냉소적으로 소리치며 말했다. "묘지 관리인이 묘비명으로 '지나가는 사람들이여, 이 사람을 기억하며 눈물 한 방울을 떨궈주시라!'고 새겨놓을 거야." "오!" 그가 다시 말을 이었다. "대수 방정식으로 내게 지옥의 존재를 증명해주는 수학자에게 기꺼이 100수를 주지."

---

* 18세기 프랑스의 해부학자 겸 생리학자.
** 집주인 타유페르가 사람을 죽이고 부자가 되었다는 이 에피소드는 이 작품 직후 발표된 『붉은 여인숙』의 주된 테마가 된다. 92쪽 주 참조.

"앞면이 나오면 신이 존재한다!"고 외치며 그가 동전 하나를 공중에 던졌다.

"처다보지 마." 동전을 움켜쥐며 라파엘이 말했다. "사람들이 어찌 알겠어? 운수란 이렇게 우스운 것인데."

"오호라!" 에밀이 구슬프도록 익살스러운 표정을 지으며 말했다. "신을 믿지 않는 자의 기하학과 교황의 **하늘에 계신 우리 아버지** 둘 중 어디에 발을 디뎌야 할지 모르겠네. 쳇! 마시자고! 마셔라, 이것이 술병의 신이 내린 신탁神託이며『팡타그뤼엘』의 결론이지, 아마."

"**하늘에 계신 우리 아버지** 덕에 우린" 하며 라파엘이 대꾸했다. "우리의 예술, 우리의 유물, 우리의 과학을 가질 수 있게 됐을걸, 아마. 그리고 그보다 훨씬 더 큰 은혜인 오늘날의 우리 정부政府들*도 말이야. 오늘날의 정부에서는 왕성한 생산력을 지닌 넓고 넓은 한 사회가 신기하게도 5백 명의 똑똑한 자들에 의해 대표되지.** 거기서는 서로 대립되는 힘이 모든 권력을 **문명**에 양도함으로써 스스로 소멸되고 말지. 문명이란 인간이 하늘과 자기를 잇기 위해 만들어낸 일종의 가짜 운명인 **왕**을, 이제는 사라진 그 못난 **왕**을 대체한 거대한 왕비가 아닌가. 이 수많은 업적에 견준다면 무신론은 아무것도 생산하지 못하는 해골 같은 거야. 어떻게 생각하셔?"

"난 가톨릭 때문에 흘린 피의 물결이 생각나는군." 에밀이 냉랭하게 받으며 말했다. "가톨릭은 노아의 홍수를 흉내내기 위해 우리의 심장

---

* 7월 혁명 이후 여러 번 교체된 내각을 가리킨다.
** 발자크는 여기서 루이 필리프 정부의 소위 '민주주의'를 냉소하는 것으로 보인다. 5백 명은 7월 왕정의 의회를 구성하는 국회의원 수를 가리킨다.

과 핏줄을 앗아간 거지.* 하지만 그건 별개의 문제야! 생각이 있는 사람은 모름지기 모두 그리스도의 기치 아래 걸어 나아가야만 하지. 그리스도만이 물질에 대한 정신의 승리를 신성한 것으로 만들어주었고, 그리스도만이 우리와 신을 가르고 있는 중간계를 시적으로 보여주었기 때문이지."

"그렇게 생각해?" 라파엘이 취기에서 오는 알 수 없는 묘한 웃음을 그에게 던지며 대꾸했다. "어이! 자, 어느 쪽에도 죄를 짓지 말아야 하니까 유명한 말로 건배하기로 하지. 디이스 이그노티스!**"

그리고 그들은 과학의 잔, 탄산가스의 잔, 향수의 잔, 시의 잔, 불신앙의 잔을 비웠다.

"신사 여러분, 홀로 옮겨가시면 커피가 기다리고 있을 겁니다." 연회 지배인이 말했다.

그즈음 거의 모든 손님들은, 정신의 빛은 꺼지고 압제자로부터 해방된 육체가 자유에서 오는 광란의 쾌락에 빠져드는 곳인 그 달콤한 고성소古聖所 한복판에서 뒹굴고 있었다. 취기가 머리 꼭대기까지 오른 자들은 솜뭉치처럼 늘어져서 아직 살아 있다는 징표인 의식의 꼬투리를 잡으려고 용을 썼으며, 과식 끝의 힘겨운 소화 작용으로 무기력에 빠져 있는 자들은 꼼짝하기도 싫어했다. 집요한 떠버리들은 여전히 자신도 뜻을 모르는 말들을 횡설수설 쏟아내고 있었다. 상투적으로

---

* 홍수가 물로써 세상을 휩쓸고 새로 만들었듯이 가톨릭이 자신을 반대하는 자들을 죽여 그 피로써 세상을 새로 만들려 했다는 말.
** Diis ignotis. '알지 못하는 신들에게'라는 뜻의 라틴어. 「사도행전」 17장 23절에 나오는 사도 바울의 말을 패러디한 것.

반복되는 몇몇 말이 영혼 없는 사이비 생명을 영위해야 하는 기계장치의 소리처럼 허공을 울렸다. 침묵과 소란이 기묘하게 짝을 이룬 형국이었다. 그렇지만 지배인 대신 새로운 즐거움을 알리는 하인의 낭랑한 목소리를 듣자, 손님들은 서로 뒤엉켜 부축하거나 끌어당기거나 하면서 자리에서 일어났다. 일순간 일행은 모두 문턱에서 탄성을 지르며 그 자리에 얼어붙었다. 엄청났던 술자리의 쾌락도 집주인이 마련해놓은, 감각기관 중 가장 관능적인 부분을 간질여주는 광경 앞에서는 무색할 지경이었다. 휘황찬란한 금빛 샹들리에 불빛 아래에, 주단朱丹칠이 입혀진 테이블 둘레에, 일단의 여자들이 갑자기 모습을 드러낸 것이다. 어안이 벙벙해진 손님들의 눈은 다이아몬드처럼 반짝였다. 여자들이 걸치고 있는 장신구도 화려했지만 그 여자들의 아름다움이 훨씬 더 화사해서 이 궁궐 같은 저택의 모든 휘황찬란함은 그 앞에서 빛을 잃을 형편이었다. 요정처럼 매혹적인 아가씨들의 눈은 윤기 흐르는 새틴 벽지와 뽀얀 대리석과 정교한 청동 돌출 장식을 환하게 비춰주는 빛의 출렁임보다 훨씬 더 생기발랄했다. 그 여자들의 요란한 머리 장식과 요염한 자태는 각기 서로 다른 매력과 특성으로 대조를 이뤄 보는 이의 가슴에 불이 붙게 만들었다. 루비와 사파이어, 꽃과 산호가 어우러진 머리띠, 눈처럼 하얀 목둘레를 감고 있는 검은 목걸이, 하늘거리며 등대 불빛처럼 일렁이는 스카프, 도도한 터번 모자, 은근히 도발적인 튜닉 같은 것들이 그랬다. 하렘에 온 듯한 착각을 불러일으키는 이 광경은 누가 보더라도 매혹적이었고, 어떤 바람둥이가 보더라도 향락적이었다. 고혹적인 자태의 한 무희는 겉에 걸치고 있는 주름이 찰랑거리는 캐시미어 속에 아무것도 입지 않은 것 같았다.

저쪽에서는 반투명의 박사薄紗가, 이쪽에서는 다채로운 비단이 신비롭도록 완벽한 아름다운 몸을 감추거나 내보이거나 했다. 서늘하고 빨간 입술은 앙다물려 있었고, 그 대신 작고 조붓한 발이 사랑을 속삭였다. 가냘프고 정결해 보이는 아가씨들은 그 아름다운 머리채가 종교적 순결을 물씬 풍겨 동정녀 마리아의 모조품 같았는데 훅 하고 불면 꺼져버릴 환영처럼 눈앞에 어른거렸다. 그 옆에 도도한 눈길의 귀족적인 아름다움을 지녔지만 어딘가 나른해 보이며 호리호리하고 낭창낭창해서 귀엽게 보이는 아가씨들은 아직 더 얻어야 할 왕의 총애가 남았다는 듯이 고개를 갸웃거렸다. 희고 순결한 천상의 얼굴을 가진 영국 아가씨는 오시안*의 구름에서 내려온 듯, 죄의식으로 번민하는 우울한 천사를 닮아 보였다. 이 늪 같은 유혹의 자리에 파리의 여인이 빠질 리 없었다. 파리 여인이 지닌 아름다움의 요체는 무어라 종잡을 수 없는 기품 바로 그것이었다. 그녀는 외양과 정신의 발랄함을 똑같이 뽐내고, 연약하지만 전능한 힘을 발휘하는 나긋하면서 억센 여인이며, 냉혹하고 무정하지만 열정의 보석을 인위적으로 만들어낼 줄 알고 애정의 말투를 꾸며낼 수 있는 사이렌이다. 그 자리에서는 또한 겉으론 얌전해 보이지만 속에는 남자를 행복하고 쾌락에 빠지게 만들어주는 마음으로 꽉 찬 이탈리아 여인과 풍만하고 쭉쭉 빠진 노르망디 여인들, 그리고 눈초리가 긴 검은 눈에 검은 머리의 지중해 여인들도 눈에 확 띄었다. 아침부터 자신들이 지닌 유혹의 무기를 갈고닦

---

* 3세기 스코틀랜드의 전설적인 음유시인이라고 하나 실은 18세기 말 스코틀랜드의 시인 맥퍼슨이 마치 그의 시를 발굴해 번역한 것처럼 자기 시를 발표해 널리 알려지게 되었다. 여하간 오시안은 유럽 낭만주의에 지대한 영향을 미친다.

은 그 여인들은 마치 르벨*이 불러모은 베르사유의 미희 같았는데, 새벽같이 길을 떠나기 위해 노예 상인이 소리질러 깨운 동방의 노예 부대처럼 그 자리에 불려와 있었다. 그 여자들은 얼떨떨해하고 부끄러워하며 벌통 안에서 윙윙거리는 벌처럼 우왕좌왕 테이블 둘레에 모여들었다. 그렇게 겁먹은 듯 당황하는 것은 못마땅하다는 표시인 동시에 교태의 표시이기도 한데, 유혹을 위한 다소 계산된 행동이거나 아니면 본의 아니게 드러난 수줍음 탓에 비롯된 반응이었다. 아마도 여자라서 결코 완전히 벗어던질 수 없는 어떤 감정이 그 여자들에게 미덕의 망토를 두르도록 명령했는지도 모른다. 결과적으로는 그게 준동하는 악덕에 자극적인 매력을 더 많이 주게 되지만 말이다. 따라서 늙은 타유페르가 꾸민 계략은 실패로 돌아갈 수밖에 없는 것으로 보였다. 제멋대로 굴었던 그 자리의 남자들도 대번에 여자가 발휘하는 압도적인 힘에 굴복당해버린 것이다. 찬탄의 수군거림이 감미로운 음악처럼 울려퍼졌다. 사랑은 이미 취기와 결별한 지 오래였다. 폭풍우 같은 열정 대신 순식간의 나긋나긋함에 사로잡힌 참석자들은 황홀한 관능의 쾌락에 몸을 맡겨버렸다. 그중 예술가들은 언제나 그들을 지배하는 시의 목소리로 이 최고의 미녀들을 돋보이게 해주는 미세한 뉘앙스들을 찬미했다. 아마도 샴페인의 탄산가스 기운 탓에 어떤 생각이 떠올라 불현듯 제정신을 차린 듯한 한 철학자는 모르긴 해도 옛날에는 남자들의 순수하기 그지없는 사모의 정을 한몸에 받았을 그 여자들을 이곳으로 데려온 불행한 사연들을 생각하면서 몸서리를 쳤다.

---

* 루이 15세의 채홍사(採紅使).

그 여자들에게는 모두 저마다 눈물 없이는 들을 수 없는 사연이 분명 있었을 것이다. 거의 다 지옥 같은 고통의 기억을 지녔을 것이고, 못 믿을 남자들과 배반당한 약속들과 결국 비참함을 가져다주고 만 기쁨을 과거의 사연으로 간직하고 있었을 것이다. 손님들은 정중하게 그 여자들 곁으로 다가갔고, 궁합이 맞는 짝끼리 각양각색의 다양한 대화를 나누기 시작했다. 여기저기 무리들이 지어졌다. 언뜻 보면 그 광경은 젊은 아가씨들과 성숙한 여인들이 만찬이 끝난 후에 손님들에게 커피나 리큐르나 당과糖菓같이 대식가들의 소화불량을 해소해주는 후식을 제공하는 화기애애한 살롱의 분위기 같았다. 그렇지만 얼마 안 있어 웃음소리들이 터져나오고 속삭임이 커졌으며, 목소리가 높아지기 시작했다. 잠시 소강 상태에 빠져 있던 주연이 다시 살아날 조짐이 간간이 보였다. 이렇게 번갈아 나타나는 침묵과 소요는 베토벤 교향곡의 피아니시모와 포르티시모를 어렴풋이 떠올리게 하는 것이었다.

푹신한 긴 의자에 앉아 있던 두 친구는 한 아가씨가 자기들 곁으로 다가오는 것을 보았다. 키가 큰 그 여자는 늘씬한 몸매에 차림새가 화사하고 얼굴은 꽤 독특하게 생겼으나 예리하고 강렬한 인상을 풍겼으며, 윤곽이 뚜렷이 대비되어 영혼을 사로잡는 것 같았다. 육감적으로 웨이브가 잡힌 그녀의 검은 머리가 헝클어져 있어서 이미 한바탕 격정적인 사랑의 몸부림을 치르고 난 것처럼 보였는데, 머리카락이 그녀의 넓은 어깨 위에 사뿐히 내려앉아 매우 고혹적인 모습을 연출했다. 갈색 머리 타래 사이로 눈부신 목이 반쯤 드러나 보였고 그 위로 불빛이 미끄러지면서 아리땁기 그지없는 고운 목선이 언뜻언뜻 나타났다. 번들거리지 않는 우윳빛 피부는 그녀의 선명한 혈색을 더욱 뜨겁고 생기 있는 색조로 만들었다. 속눈썹이 긴 눈은 사랑으로 반짝거리는 선정적인 불꽃을 쏘아냈다! 반쯤 벌어진 붉고 촉촉한 입술은 키스를 부르고 있었다. 허리는 튼실하지만 사랑스러울 정도로 탄력이 있어 보였다. 가슴과 두 팔은 카라치*의 그림에 나오는 미녀들처럼 잘 발달돼 있었다. 그렇지만 그녀는 민첩하고 유연해 보였는데, 강인한 모습은 오히려 그녀의 표범 같은 날렵함을 두드러지게 했다. 그녀의 몸에서 풍기는 남성적 우아함이 오히려 상대를 더욱 강하게 사로잡는 관능을 불러일으키듯 말이다. 비록 이 아가씨는 직업상 경박하게 웃고 까불 줄 알아야 했지만 그녀의 눈과 미소는 상대를 서늘하게 만들었다. 악마의 말을 전하는 무녀巫女처럼 그녀는 상대의 환심을 사기보다는 오히려 놀라움을 주었다. 이런 모든 느낌은 그녀의 생동하는 얼굴 위를 스치는 불빛처럼 덩어리째 휙 지나쳐간 것이었다. 그녀는 권태에 빠진 사람들은 혹하게 만들었을지 모르지만, 젊은이였다면 그녀를 두려워했을 것이다. 그녀는 그리스 신전에서 떨어진 거대한 석상 같이 거리를 두고 보면 숭고했지만 가까이에서 보면 거칠고 조악했다. 그렇긴 하지만 그녀의 눈부신 아름다움은 성불구자도 동하게 만들었을 것이고, 목소리는 귀머거리도 혹하게 만들었을 것이며, 시선은 오래된 해골도 벌떡 일어나게 했을 것이다. 그래서 에밀은 막연하지만 그녀를 셰익스피어의 비극과 비슷하다고 생각했다. 기쁨이 울부짖고 사랑은 뭔지 모르는 야성을 가지고 있으며 은총의 신비와 행복의 불꽃이 피비린내 나는 분노의 소용돌이를 뒤잇는 그런 기막힌 아라베

---

* 16세기 이탈리아 화가.

스크 양식 같은 것 말이다. 물어뜯으면서 애무하고, 악마처럼 웃고, 천사처럼 울고, 한번 껴안기기만 해도 우수어린 한숨과 숫처녀의 매혹적인 순박함 빼고는 여인의 모든 유혹 수단을 즉흥적으로 연기할 수 있는 괴물. 그러다가 어느 순간 화가 나서 울부짖고, 자신의 옆구리를 짓뜯고, 자신의 정열과 애인도 부숴버리는 괴물. 마침내는 폭동을 일으킨 군중처럼 자기 자신을 파멸시키는 괴물. 그녀는 그런 괴물을 연상시켰다. 붉은 벨벳 드레스를 입은 그녀는 무심한 발걸음으로 제 동료들의 머리에서 떨어진 꽃송이를 밟으며 두 친구에게 다가와 도도한 손길로 은쟁반을 내밀었다. 자신의 미모에, 아니 어쩌면 자신의 악덕에 의기양양해하며 그녀는 한쪽 팔을 들어올렸는데, 그 바람에 드레스 소매가 휙 내려가 흰 팔이 드러났다. 그녀는 마치 쾌락의 여왕, 인간의 쾌락의 표상 같았다. 삼대에 걸쳐 모은 재산을 순식간에 탕진하게 만드는 그 쾌락. 시체 위에서 웃고, 조상을 비웃으며, 진주와 왕관을 흩어버리고,* 젊은이는 늙은이로, 그리고 가끔씩은 늙은이를 젊은이로 변모시키는 그 쾌락. 권력에 진력이 났거나 사념에 시달렸거나 혹은 전쟁을 하나의 장난감처럼 여기게 된 거인들에게만 허용되는 그 쾌락.

"이름이 뭔가?" 라파엘이 그녀에게 물었다.

"아퀼리나."

"오! 오!『구원받은 비너스』**에 나온 이름이군." 에밀이 외쳤다.

---

* 식초에 녹인 진주를 마시고 자살로 자신의 왕국의 멸망을 가져온 이집트의 여왕, 클레오파트라에 대한 비유.
** 17세기 영국 극작가 토머스 오트웨이의 비극 작품.

"그래요." 그녀가 대답했다. "교황이 만인지상으로 등극하면서 새 이름을 취하듯이 난 모든 여자들 위에 올라서면서 내 이름을 다른 이름으로 바꿔 썼지요."

"그럼 너도 네 이름의 주인처럼 너를 사랑하고 너를 위해 기꺼이 죽을 그 고결하고 무시무시한 반란 주모자 애인이 있겠네?" 『구원받은 비너스』와의 시적 유사성이 떠오른 에밀이 신이 나서 물었다.

"있었지요." 그녀가 대답했다. "하지만 기요틴이 내 연적이었다오. 그래서 난 내 속옷 속에 항상 붉은 천조각을 지니고 있지요. 내 쾌락이 너무 멀리 나아가지 않도록 경계하기 위해서 말이에요."

"오! 두 분이 애에게 라로셀의 네 젊은이* 이야기를 계속하게 내버려두시면 끝도 없을 겁니다. 그만해, 아킬리나! 여자들은 모두 눈물 흘릴 애인 하나쯤은 가지고 있지 않아? 하지만 모든 여자들이 너처럼 애인을 교수대 위에서 잃는 행복을 누리는 것은 아니야. 아! 나라면 내 애인이 연적의 침대 속에 있는 것보다는 클라마르**의 공동묘지에 묻혔다는 것을 아는 편이 훨씬 더 낫겠네."

이 말을 전하는 감미롭고 낭랑한 목소리는 일찍이 요정의 마술 지팡이에 의해 마법에 걸린 알에서 깨어난, 이 세상에서 가장 순결하고 가장 예쁘며 가장 착하다고 하는 아이의 그것이었다. 그 목소리의 주인공은 발소리 없이 조용히 다가왔다. 우아한 얼굴에 가는 허리, 차분

---

* 왕정복고 시대인 1822년 9월 20일 라로셀에 속해 있던 네 명의 젊은 중사가 반왕당파 조직에 가담해 음모를 꾸몄다는 죄목으로 처형당한다. 그후 그들은 '자유의 순교자'로 대중의 추앙을 받는다. 이 에피소드는 『인간극』에 몇 차례 인용된다. 물론 아킬리나가 그 네 중사 중 하나의 애인이라는 설정은 순전히 발자크가 지어낸 허구이다.
** 당시 사형수들의 공동묘지였다.

해서 매혹적인 파란 눈, 싱그럽고 깨끗한 이마가 앞에 나타났다. 샘에서 막 나온 천진한 물의 요정 나이아드라 할지라도 열여섯 살 남짓으로 죄도 모르고 사랑도 모르며 세상 풍파도 겪지 않은 듯한 이 아가씨보다, 천사들에게 천국에서 미리 자기를 불러달라는 기도를 바치고 막 교회를 나온 듯한 이 아가씨보다 더 수줍고, 더 깨끗하고, 더 순진하지는 못할 것이다. 데이지 꽃처럼 온화하고 부드러운 이마 아래 가장 낮은 곳으로의 타락과 가장 세련된 악덕을 감추고 있는 순진무구한 얼굴의 여인들은 오로지 파리에서만 만날 수 있다. 에밀과 라파엘은 대번에 이 아가씨의 감미로운 매력 속에 쓰인 천상의 약속에 속아, 아퀼리나가 건네준 잔에 그녀가 따라주는 커피를 받아들고 나서 그녀에게 질문을 하기 시작했다. 두 시인이 보기에 그 여자는 음울한 알레고리로 뭔지 모를 인생의 한 단면을 완벽하게 변형시켜 구현하고 있는 것 같았는데, 그것은 그녀가 선이 굵은 자기 동료의 투박하고 직정적인 모습과는 반대로 냉정하고 가학적이며 무감각하게 범죄를 저지르고 그것을 웃어넘길 정도로 지독한 그런 타락의 모습을 보여주었기 때문이다. 그녀는 말하자면 냉혹한 악마였다. 자기는 못 느끼는 감정을 갖고 있는 너그럽고 온화한 다른 영혼에게 벌을 내리고, 항상 돈으로 사고파는 가식적인 사랑을 찾아내서는 상대를 죽게 한 다음 장례식에서 눈물을 흘리고 그날 밤 재산 상속 유서를 읽으면서 기쁨에 사로잡히는 그런 악마 말이다. 시인이라면 아름다운 아퀼리나를 찬미했을 것이다. 반면, 누구나 저 매혹적인 유프라지는 멀리했을 것이다. 아퀼리나가 악덕의 영혼이라면 유프라지는 영혼 없는 악덕이었다.

"알고 싶다네." 에밀이 이 예쁜 아가씨에게 물었다. "그대도 때로 미래를 생각하는가?"

"미래!" 그녀가 웃으면서 대답했다. "당신은 무엇을 미래라고 부르세요? 왜 내가 아직 존재하지도 않는 것을 생각해야 하나요? 나는 뒤도 돌아보지 않고 앞도 내다보지 않아요. 다른 생각 없이 오늘 하루에 몰두하는 것만 해도 이미 넘치지 않나요? 아, 미래, 우리 그거 알아요. 그건 요양원 신세 지는 거예요."

"어떻게 그 나이에 요양원을 생각할 수 있나, 거기에 가지 않을 방도를 찾으려 하지 않고." 라파엘이 소리를 높였다.

"대체 요양원에 뭐가 그리 무서운 것이 있나요?" 겁날 게 없는 아퀼리나가 되물었다. "우리는 엄마도 아내도 아닌데, 늙어서 발에는 검은 양말을 신고 이마에는 주름살이 생기고 우리에게 남아 있는 여성스러운 것은 모두 시들고 남자들이 우리를 바라보며 느끼는 재미도 다 말라붙는다면, 무엇이 더 필요하겠어요? 그렇게 되면 당신들은 우리가 몸단장을 하고 있더라도 두 발로 걷다 뿐이지 낙엽이 바스러지는 소리만 내는 우리에게서 온기 없고 메마르고 와해된 태초의 진흙밖에 보지 않을 거예요. 가장 아리따운 옷도 우리에게는 누더기가 될 것이고, 여인의 방에 흥을 돋우던 향도 죽음의 냄새를 피우고 해골을 떠올리게 할 텐데요. 그렇게 되면 설사 그 진흙이 심장을 갖고 있다고 하더라도 당신들은 모두 우리를 경멸할 것이고, 우리에게 추억 한 자락 허락하지 않을 것입니다. 그러므로 장차 그 나이가 되면 우리가 무엇이 되어 있든, 부유한 저택에서 강아지나 벗삼고 지내든, 요양원에서 누더기나 개키고 있든, 우리의 존재는 한치도 다름이 없지 않겠어요? 우리의 백발을 빨갛고 파란 체크 무늬의 조잡한 머릿수건으로 감추든 화사한 레이스 모자 밑에 감추든, 자작나무 비로 길거리를 쓸든 비단 드레스 자락으로 튈르리궁전의 계단을 쓸든, 금도금한 벽난로 앞에 앉아 있든 질그릇 화로에 담긴 재로 몸을 덥히든, 그레브광장의 구경거리를 보러 가든 오페라에 가든, 대체 거기에 얼마나 차이가 있을까요?"

"아퀼리나 미아,* 절망 한가운데에서 네가 이토록 분별력을 발휘한 적이 없었어." 유프라지가 말을 이었다. "그래요, 캐시미어, 벨랭**, 향수, 금, 비단, 사치품, 반짝이는 이 모든 것, 기분좋게 하는 이 모든 것은 젊음에게만 어울리죠. 시간만이 우리의 광기를 단죄할 수 있을 것입니다. 그러나 행복이 우리를 용서해주겠지요. 당신들 내가 말하는 것을 비웃으시는군요." 그녀는 두 남자에게 표독스러운 웃음을 지으며 목소리를 높였다. "내 말이 맞지 않나요? 난 병들어 죽느니 즐기다가 죽겠어요. 난 영생을 향한 집착도 없고, 신이 인간을 만들어놓은 꼴을 보고는 인간이란 족속에 대해 커다란 존경심도 갖고 있지 않아요! 내게 백만금을 줘보세요, 당장 다 먹어치울 거예요. 내년을 위해 한 푼도 저축하고 싶지 않아요. 즐기고 지배하기 위해 살아라, 이것이 내 심장의 박동 소리가 내리는 명령입니다. 사회는 나더러 잘했다고 합니다. 그래서 나의 방종한 생활에 계속 밑천을 대주는 것 아니겠어요? 착하신 신은 왜 내가 매일 저녁 쓸 만큼의 맞춤한 돈을 매일 아침 내게 주시는 것일까요? 왜 당신들은 우리에게 요양원을 세워주시는 거죠? 신이 우리더러 아픈 것과 권태로운 것 중 하나를 선택하라고 선과

---

* '나의 아퀼리나.' 의고적(擬古的)으로 라틴어를 썼다.
** 알랑송산 레이스로 최고급으로 꼽는다.

악 가운데에 우리를 던져놓지는 않았을 테니, 난 인생을 즐기지 않는다면 참으로 멍청한 짓이라고 생각합니다."

"다른 사람들 생각도 해야지." 에밀이 말했다.

"다른 사람들요? 에이, 자기들이나 잘하라고 하세요. 내 고통에 눈물지어야 하는 것보다는 그들의 고통을 보고 웃는 편이 낫지요. 나는 내게 조금이라도 고통을 주는 남자는 가만두지 않아요."

"무슨 괴로움을 당했기에 그렇게 생각하는 거지?" 라파엘이 물었다.

"나는 부유한 상속녀 때문에 버림받았어요, 내가 말이에요." 그녀는 자신의 모든 매력을 과시하는 자세를 취하면서 말했다. "그런데 난 날 버리고 그 상속녀와 결혼한 내 애인을 먹여 살리기 위해 밤낮으로 일을 했거든요. 난 이제 어떤 미소에도, 어떤 약속에도 속지 않아요. 난 내 인생을 한판의 길고 긴 쾌락 잔치로 만들 거예요."

"하지만," 라파엘이 소리 높여 말했다. "행복은 영혼으로부터 비롯되는 것이 아닌가?"

"아, 이봐요." 아퀼리나가 받았다. "칭송을 받고 아첨을 듣는 것이 별게 아닌가요? 우리의 미모와 우리의 부로 세상의 모든 여자를, 제아무리 정숙한 여자라 할지라도 말이에요, 그 모든 여자를 제압하여 승리를 거두는 것이 별게 아닌가요? 게다가 우리가 사는 하루는 착실히 집안일 하는 부르주아 여자의 10년보다 더 많은 것을 이루어내는데, 이러면 결판이 난 것이죠."

"정숙하지 않은 여자는 끔찍하지 않아?" 에밀이 라파엘에게 말했다.

유프라지는 그들에게 독사같이 표독한 눈길을 쏘아붙이고는 흉내가 불가능한 야유의 어조로 되받았다. "정숙이라! 그런 건 추녀나 꼽

추에게 주렵니다. 그런 가엾은 여자들에게 그거라도 없으면 어떻게 되겠어요?"

"이봐, 입다물어." 에밀이 소리쳤다. "알지도 못하면서 함부로 나불대지 말라고."

"아! 알지도 못한다구요!" 유프라지가 되받았다. "증오하는 남자에게라도 한평생 헌신할 것, 자식이 너를 버릴지라도 훌륭하게 자식을 키워내는 법을 배울 것, 그리고 자식이 너의 가슴을 멍들게 해도 그 아이에게 '고맙다'고 말할 것, 이런 것이 당신들이 우리 여자에게 요구하는 정숙이라는 것이지요. 게다가 당신들은 자기 희생을 하는 여자에게 보답한답시고 여자를 따라다니면서 즐겁게 해주려다가 외려 여자에게 고통을 안겨주지. 참 멋진 인생이야! 가급적이면 얽매이지 말고 자유로울 것, 우리 마음에 드는 사람을 사랑할 것, 그리고 젊어서 죽을 것."

"언젠가는 그 모든 것의 대가를 치를 일이 두렵지 않나?"

"아이참," 그녀가 대답했다. "난 내 기쁨에 슬픔을 섞지 않아요. 내 인생은 두 부분으로 나뉠 거예요. 즐거울 것이 확실한 젊은 시절과 잘 모르지만 내 식대로 모든 것을 감내하게 될 불확실한 노년으로 말이죠."

"쟤는 사랑을 한 적이 없어요." 아퀼리나가 낮은 음성으로 말했다. "쟤는 눈길 한 번 받든 거절을 당하든 까무러칠 만큼 좋은 애인을 만나러 수백 리 길도 마다않고 달려간 적이 없어요. 쟤는 머리카락 한 올에 자기 목숨을 건 적도 없고, 자신의 임금이자 주인이자 신이기도 한 애인을 둔 적도, 그런 애인을 구하기 위해 여러 남성의 가슴에 비수를 꽂으려고 한 적도 없어요. 쟤에게 사랑이란 잘생긴 대령을 의미할 뿐이었죠."

"허 허, 라로셸*"하며 유프라지가 대꾸했다. "사랑은 바람과 같은 거야. 어디서 불어오는지 알 수 없지. 게다가 네가 짐승같이 거친 남자의 사랑을 받아본 적이 있었더라면 똑똑한 남자는 소름이 끼칠 텐데."

"우리나라 법은 짐승과 사랑을 나누는 것을 금하고 있지." 여장부 아퀼리나가 빈정거리는 어투로 응수했다.

"넌 군인들에게 더 관대한 줄 알았는데." 유프라지가 웃으면서 큰 소리로 말했다.

"저 여자들은 저렇게 분별없이 떠들 수 있으니 행복하겠어." 라파엘이 소리 높여 말했다.

"행복하다네요!" 아퀼리나가 두 남자에게 사나운 시선을 던지는 동시에 연민과 두려움에서 나오는 미소를 지으면서 말했다. "아! 당신들은 죽은 애인을 가슴에 묻고도 희희낙락거려야만 하는 처지가 어떤 것인지 알 리가 없지."

그 무렵 홀에서 펼쳐지는 장면을 살펴보면 밀턴의 판데모니움**이 어떻게 생겼는지 안 가보고도 알 수 있을 정도였다. 불붙인 펀치의 파란 불꽃은 아직 술을 마실 여력이 있는 사람들의 얼굴을 지옥의 빛깔로 물들였다. 야성적인 기운으로 흥이 달아오른 무희들의 광적인 춤은 불꽃놀이의 폭발음처럼 요란한 환호와 고함을 이끌어냈다. 만취해

---

* 아퀼리나의 신경을 건드리기 위해 유프라지가 아퀼리나의 별명으로 부른 말. 122쪽 주 참조.
**『실낙원』에 나오는 지옥의 수도.

시체처럼 쓰러져 있는 자들과 쓰러지기 직전에 처한 자들이 널브러져 있는 내실과 작은 살롱은 그야말로 전쟁터를 방불케 했다. 분위기는 술과 환락과 떠들어대는 소리로 뜨겁게 달아올라 있었다. 취기, 애욕, 착란, 인사불성이 모든 사람의 가슴을 점령하고 모든 사람의 표정 위에 나타났으며, 바닥에 그 잔해를 펼쳐놓거나 난장판으로 모습을 바꾸는가 하면, 모든 사람의 눈을 얇은 베일로 덮어 그들에게 환각적인 수증기가 허공중에 피어오르는 것처럼 보이게 했다. 태양 광선이 그린 환한 빛의 띠 속인 것처럼 먼지가 반짝이며 유영하고 있고, 그 너머로 변화무쌍한 형체들이 괴이하기 짝이 없는 싸움을 벌이면서 난무했다. 여기저기 서로 뒤엉켜 있는 군상은 집안을 장식한, 값나가고 유명짜한 흰 대리석 조각상들과 분간이 안 될 지경이었다. 두 친구는 아직 온전한 상태로 착각할 만큼 몸과 정신을 제대로 가누고 있는 것처럼 보였지만, 그것은 살아 있음을 불완전하게 흉내내는 최후의 꿈틀거림일 뿐으로 그들 역시 이 기이한 환영 중 무엇이 실제인지, 피곤에 지친 눈 앞을 끊임없이 어른거리는 이 초자연적인 광경 중 무엇이 진짜인지 분간하기가 불가능했다. 우리의 꿈속에서 우리를 짓누르는 하늘 같은 것이, 우리의 환영 속에 나타나는 감미로운 얼굴들을 휩싸고 있는 불길 같은 것이, 특히 민첩한 육신이 가위에 눌린 듯한 뭔지 알 수 없는 묘한 느낌 같은 것이, 요컨대 잠 속에서나 출몰하는 아주 생경한 현상이라고 할 만한 것들이 하도 생생하게 그들을 사로잡아서, 그들은 이 방탕의 술판이 벌이는 작태들을 움직임은 소리를 내지 않고 외침은 귓전에서 사라지는 악몽 속의 변덕스러운 장면들이겠거니 여겼다. 그때, 수석 시종이 아주 어렵사리 그의 주인을 응접실로 불러내어 귓속말로 말했다.

"나리, 온 동네 사람들이 창문을 열고는 시끄럽다고 아우성입니다."

"그렇게 듣기 싫으면 자기네 집 문을 짚단으로 틀어막을 수는 없다더냐?" 타유페르가 소리질렀다.

그 순간, 라파엘이 갑자기 너무도 희극적으로 계제에 맞지 않는 웃음을 터뜨려서 그의 친구가 왜 그리 갑작스럽게 기분이 좋아졌는지 그에게 물었다.

"자넨 날 이해하기가 힘들 거네." 라파엘이 대답했다. "우선, 자네가 볼테르 강변로에서 나와 마주쳤을 때 난 센강에 투신하려던 참이었다는 것을 고백해야겠네. 자네는 당연히 내가 왜 죽으려 했는지 이유를 알고 싶겠지. 그런데 거기에 대해 그것은 동화 속 우연처럼 내게 닥친 파산이, 저속한 물질세계에서 그나마 가장 시적이라고 할 파산이 그 당시 나에게는 인간 지혜의 파산을 상징적으로 번역해 보여주었던 것으로 여겨졌기 때문이라고 부연 설명한다면, 어떻겠나? 더구나 우리가 먹고 마시는 중에 약탈했던 모든 지식의 보물이 잔해로 남아 결국 지금 광기를 날것 그대로 생생하게 보여주는 이 두 여자로 귀결되고만 사실을 감안하면, 지금 사람과 사물에 대한 우리들의 철저한 무관심이 전혀 상반된 두 존재 방식이 빚어내는 아주 다채로운 광경으로 전이되는 구실을 하고 만 사실을 감안하면, 내 부연 설명이 더 잘 납득되겠나? 자네가 취하지 않았다면 아마도 나의 이 설명이 한 편의 철학 개론에 값한다는 것을 알 수 있을 텐데."

"만일 자네가 지금, 폭발 일보 직전에 놓인 폭풍우와 어딘지 모르게 비슷한 소리로 코를 고는 이 매혹적인 아퀼리나 위에 두 발을 얹어놓고 있지 않다면," 그 역시 유프라지의 머리카락을 감아올렸다 풀어내렸다 하는 아무 뜻 없는 동작을 별로 의식하지 않은 채 되풀이하는 데 빠져 있던 에밀이 대꾸했다. "자네가 취했다는 것과 말이 많다는 것을 부끄러워할 거야. 단순하고 기계적인 삶은 노동으로 우리의 두뇌를 질식시킴으로써 모종의 기발한 지혜에 도달하지. 반면 공허한 추상이나 정신세계의 심연 속에서 헤매는 삶은 뭐랄까, 광적인 지혜로 귀착하고 말아. 한마디로 말해서, 오래 살기 위해 감정을 죽일 것이냐, 아니면 열정의 수난을 받아들여 젊어서 죽을 것이냐, 이것이 우리가 선택할 운명이지. 그런데 그 결정은 모든 피조물의 거푸집을 만들어낸 당사자인 저 투박한 어릿광대*가 우리에게 부여한 기질과 배치되는 것이라네."

"멍청이!" 라파엘이 그의 말을 막으면서 소리질렀다. "계속해서 그런 식으로 네 생각을 간추려내봐. 책 여러 권 쓰겠네. 내가 그 두 관념을 선명하게 공식화할 생각이었다면, 인간이란 이성의 발휘로 타락하고, 무지로 정화된다고 말했을 것이네. 그건 인간 사회를 고발하는 것이지. 하지만 우리가 현인들을 본받아 목숨을 오래 부지하든, 광인들을 본받아 일찍 죽어버리든 조만간 결과는 같아지지 않을까? 그래서 저 위대한 제5원소의 추출자께서는 일찍이 단 두 단어로 그 두 방식을 갈파해내지 않으셨던가? 카리마리, 카리마라**라고 말이야."

"자네는 나로 하여금 신의 권능을 의심하게 만드는군. 신의 권능보

---

* 조물주, 곧 신을 가리킴.
** 라블레의 『가르강튀아』 17장에서 가르강튀아가 탄 말의 오줌 세례를 받은 파리 사람들의 환호성. '제5원소의 추출자'는 라블레가 자신의 서명으로 삼은 말이다.

다 자네의 멍청함이 한 수 위인 것을 보니 말이야." 에밀이 반박하며 말했다. "친애하는 우리의 라블레 선생께서는 **카리마리, 카리마라**보다 더 간단한 한 마디 말로 그 철학을 설파하셨으니, 그것은 **어쩌면***이라는 말일세. 거기서 몽테뉴의 **크세주****가 나온 것이지. 그런데 정신과학의 요체인 이런 말들은 두 통의 귀리 사이에 있는 뷔리당의 당나귀처럼 선과 악 사이에서 결정을 못 내리는 피론의 외침을 변주한 것에 지나지 않아.*** 그렇지만 오늘날에는 **예**와 **아니요**로 이어지는 이 끊임없는 논전일랑 이쯤 해두자고. 센강에 몸을 던져서 도대체 어떤 경험을 하고 싶었던 거야? 노트르담 다리에 설치된 양수기와 한판 겨루고 싶었나?"

"아! 자네가 내 인생을 안다면……"

"아!" 에밀이 외쳤다. "난 자네가 그렇게 통속적인 줄 미처 몰랐네. 그런 말은 낡아빠졌어. 우리 모두 저마다 남들보다는 자기 고통이 심하다고 주장하기 마련이라는 것을 그래 몰라서 하는 말이야?"

"아!" 라파엘이 탄식했다.

"자네의 그 **아!**로 자넨 어릿광대가 돼버렸다네. 볼까? 영혼의 병인지 육신의 병인지 몰라도 아무튼 병에 걸린 자네는 매일 아침 근육이

---

* 일설에 의하면 라블레는 죽기 직전 마지막으로 "그 위대한 '어쩌면(peut-être)'을 찾으러 간다네"라는 말을 남겼다고 한다.

** "내가 아는 것이 무엇인가?" 몽테뉴가 설파한 회의주의 사상의 요체.

*** 피론은 기원전 4세기경의 인물로 회의주의 철학의 비조. 뷔리당은 14세기 파리대학의 스콜라 철학자로서 자신의 결정불가능 이론을 위해 배고프고 목마른 당나귀가 귀리통과 물통 사이에서 어느 쪽을 먼저 선택해야 할지 몰라 망설이다가 결국 죽고 말았다는 우화를 창시함.

위축되어 밤마다 자네를 능지처참하는 데 쓰이는 말들을 다시 데려와 야만 하나? 다미앵이 그랬던 것처럼 말이야.* 다락방에서 키우던 개를 소금도 없이 날것으로 잡아먹은 적이라도 있나? 자네 자식들은 '배고 파'라며 보채고? 도박장에 가기 위해 자네 정부情婦의 머리카락을 팔 아먹은 적은? 발각되지나 않을까 두려워하며 가짜 삼촌이 발급한 가 짜 약속어음을 바꾸러 가짜 어음교환소에 간 적이라도 있는가? 자, 말 해보게나. 만일 자네가 물에 빠져 죽으려 했던 것이 여자 때문이었거 나 지금 거절당한 어음 때문이었다면, 혹은 권태로워서였다면, 난 자 넬 거들떠보지도 않겠네. 자, 털어놔봐. 거짓말은 하지 말고. 역사적 인물의 회고록 같은 것은 딱 질색이네.** 특히, 자네의 취기가 허락하 는 한 짧게 하게나. 나는 독자처럼 까다롭다네. 그리고 저녁 기도문을 읽고 있는 부인네처럼 졸려 죽겠단 말이야."

"가련한 친구여!" 라파엘이 말했다. "언제부터 고통이 감수성과 비 례하지 않게 되었단 말인가? 과학이 발달하여 우리가 인간의 심장에 대한 박물학博物學을 구축할 수 있을 정도가 되면, 그래서 그것들을 하 나하나 이름 붙이고 종, 속, 과로 분류할 정도가 되면, 갑각류, 화석어 류, 도마뱀류, 극미류, 그리고 또…… 에이, 내가 뭘 알겠어? 아무튼 그 런 식으로 분류할 정도가 되면, 그러면 이 친구야, 인간의 심장 중에는 꽃처럼 보드랍고 연약해서 강철 같은 심장이라면 꿈쩍도 하지 않을 가벼운 충격에도 그만 부서져버리고 마는 그런 심장이 있다는 사실이

---

* 다미앵은 1757년 루이 15세의 암살을 시도했던 인물로 프랑스에서 마지막으로 능지처 참형을 받은 사형수다. 워낙 강골이라서 그를 처형하는 데는 오랜 시간이 걸렸다고 한다.
** 당시 역사적 인물의 회고록은 픽션이든 논픽션이든 매우 유행하는 장르였다.

입증될 것일세."

"오! 제발, 자네의 그 서문일랑 생략해주게나." 에밀이 라파엘의 손을 붙잡고 반쯤은 흥미롭고 반쯤은 측은하다는 표정을 지으며 말했다.

제2부

무정한
여인

잠시 아무 말이 없더니 라파엘은 괘념치 않는다는 몸짓을 지어 보이면서 말했다.

"지금 이 순간 내 지나온 삶을 형체, 색깔, 빛, 그림자, 바람 같은 것들이 생생하게 살아 있는 한 장의 그림처럼 한눈에 확 들어오게 만들어주는 이 말짱한 정신 상태가 포도주와 펀치 기운 탓이라고 하면 안 되는지 솔직히 잘 모르겠어. 내 상상력의 이런 시적인 장난도 거기에 내 지난날의 고통과 기쁨에 대한 경멸 같은 것이 수반되지 않는다면, 그리 놀랍지 않을 거야. 거리를 두고 보니 내 지난 삶이 어떤 정신 현상을 통해 압축된 것 같아. 10년 동안 천천히 길게 지속되어온 그 고통은 지금 몇 개의 문장으로 표현될 수 있어. 고통은 하나의 사념일 따름이고, 기쁨도 하나의 철학적 사유일 뿐이야. 난 느끼는 대신 판단하는 거라네……"

"자네의 말은 수정 법안의 전문처럼 지루하기만 하네." 에밀이 외쳤다.

"그럴 수도 있지." 라파엘이 불평 한 마디 없이 대꾸했다. "그렇다면 듣는 자네 귀가 피곤할 테니 내 생애의 앞부분 17년은 생략하도록 하겠네. 그때까지만 해도 난 자네나 다른 많은 사람들과 다를 바 없이 중고등학교 시절을 보냈어. 그 시절 상상 속의 불행과 실제의 기쁨은 모두 우리 기억 속에 축복처럼 남아 있지. 산해진미에 식상한 우리의 미각은 그 시절 금요일마다 나오던 야채를 그리워하게 하는데, 학교를 떠난 후 한 번도 그런 걸 다시 먹어본 적이 없어서 더 그렇지. 아름다운 시절이었어. 그때 거기서 공부한 것들은 지금 별것 아닌 것처럼 보이긴 해. 하지만 공부하는 방식만큼은 제대로 배웠지……"

"본론으로 직행하시지." 에밀이 반쯤은 코믹하게, 반쯤은 투덜대며 말했다.

"내가 중학교를 졸업하자" 라파엘이 말을 끊지 말라는 뜻의 몸짓을 취하면서 말을 이었다. "아버지는 엄한 훈육으로 나를 꼼짝 못하게 했어. 아버지는 나를 당신의 서재에 붙어 있는 방에서 지내게 했지. 나는 저녁 아홉시에 자서 새벽 다섯시에 일어났어. 아버지는 내가 신실하게 법학 공부를 하기를 원했지. 나는 수업을 듣는 동시에 법무사 사무실에 실습도 나갔어. 그러나 시간과 장소의 규율이 내 행적과 공부에 아주 엄격하게 적용되었지. 그래서 아버지는 저녁을 먹을 때마다 꼬치꼬치 캐물었어, 내 하루 일과……"

"그게 나랑 무슨 상관인데?" 에밀이 끼어들었다.

"아! 귀신이 널 잡아가버렸으면 좋겠다." 라파엘이 대꾸했다. "그다지 두드러지는 사실들은 아니지만 내 영혼에 지대한 영향을 끼쳐 매사 두려움에 떨게 만들고 나를 오랫동안 젊은이의 원초적 순진함에서 벗어나지 못하게 만든 그 사실들을 얘기하지 않는다면, 네가 어떻게 내 감정을 제대로 이해할 수 있겠나? 그렇게 스물한 살 때까지 나는 수도승의 규율 못지않게 냉혹한 아버지의 독재 아래 짓눌렸다네. 내 삶이 얼마나 슬펐는지는 내 아버지가 어떻게 생긴 분인지 얘기하기만 하면 충분히 가늠될 걸세. 큰 키에 메말라 홀쭉하며, 면도날같이 예리한 얼굴에 안색은 창백하고, 말씀은 항상 짤막하게 하는데다 노처녀처럼 심술궂으며 고위 행정관료처럼 깐깐한 그런 양반이었네. 아버지의 부성애는 나의 발랄하고 유쾌한 생각들을 굽어보듯 감시하고, 납관 속에 가두어버렸다네. 내가 아버지에게 좀 온순하고 다감한 감정이라도 내비치면 아버지는 나를 엉뚱한 이야기나 하려고 하는 어린애 취급을 했지. 나는 학교 다닐 때 선생보다 아버지를 훨씬 더 무서워했어. 나는 아버지에게 항상 여덟 살 먹은 어린애였을 따름이었다네. 지금도 아버지가 내 앞에 서 있는 것 같아. 밤색 외투를 입고 부활절 양초처럼 꼿꼿하게 서 있는 모습은 선전책자의 불그스레한 표지로 둘둘 말아 싼 훈제 청어 같았지. 하지만 난 아버지를 사랑했어. 아버지는 본의에 있어서는 옳았거든. 엄격함이라는 것이 훌륭한 성품이나 흐트러짐 없는 품행이 뒷받침되면, 그리고 선의와 밀접하게 관련되어 있다면, 아마도 우린 그 엄격함을 미워할 수는 없을 거야. 아버지는 나를 혼자 내버려둔 적이 한 번도 없고, 내가 스무 살이 될 때까지 내 맘대로 쓰라고 10프랑을 준 적도 없어. 악동의 10프랑, 한량의 10프랑, 갓

기만 하면 이루 말할 수 없는 쾌락을 꿈꿀 수 있을 것 같아 몹시도 바랐지만 내게는 어림도 없었던 그 큰돈 말이야. 하지만 아버지는 적어도 나에게 어느 정도 기분전환할 거리는 마련해주려고 했어. 언젠가 그는 내게 몇 개월간의 특별 유흥을 약속하고 오페라극장, 연주회, 무도회 등에 나를 데리고 갔지. 거기서 난 정인情人을 하나 만날 수 있기를 고대했지. 정인이 생긴다는 것! 그건 나에게 독립을 뜻하는 것이었어. 하지만 부끄럼을 많이 타고 소심한 나는 사교계의 관행어법도 전혀 모르는데다 아는 사람도 하나 없어서, 늘 똑같이 새로워지고 부풀어만 가는 욕망을 가슴에 안은 채 귀가했지. 그러고 나서 다음날이면 어김없이 나는 마치 기마대의 말처럼 아버지에게 고삐가 잡혀서 아침부터 법무사 사무실로, 법과대학으로, 재판정으로 끌려다녔어. 아버지가 내 앞에 그려놓은 그 강압적인 길에서 벗어나려고 했다면 바로 고스란히 그의 분노를 샀을 거야. 내가 처음으로 당신 말을 어겼을 때 아버지는 나를 선실 보이로 만들어 서인도제도에 보내버리겠다고 윽박질렀지. 그래서 어쩌다 위험을 무릅쓰고 감히 한두 시간 정도 유흥장에서 놀 작정을 할라치면 엄청난 전율에 사로잡혔어. 이 세상에서 가장 자유분방한 상상력과 가장 사랑스러운 심장, 그리고 가장 온유한 마음과 가장 시적인 정신을 가진 사람이 이 세상에서 가장 무감각하고 가장 침울하며 가장 냉정한 사람과 한시도 빠짐없이 대면하고 있는 모습을 떠올려봐. 아니, 처녀를 피골이 상접한 사람과 결혼시킨다고 해봐. 그러면 너에게 얘기하지 않을 수 없는 그런 희한한 광경, 이를테면 아버지 앞에서 속절없이 물거품이 되고 말던 도주의 계획, 잠으로 위로받던 숱한 절망, 억눌린 욕망, 음악으로 털어버리던 암담한 우울증 같은 것들로 점철된 한 인생을 이해하게 될 거야. 나는 종종 음악으로 내 불행을 날려버렸지. 베토벤이나 모차르트는 종종 나의 속내 이야기를 들어주던 은밀한 친구였어. 지금 난 그 당시만 해도 순결하고 도덕적이었던 내 의식을 혼란스럽게 만들던 그 모든 편견을 떠올리면 실소를 금할 수 없어. 레스토랑에 발을 들여놓기라도 하면 난 망가지고 마는 줄 알았어. 내 상상력은 카페를 방탕의 장소로 여기게끔 했어. 카페에서 사람들은 명예를 잃고 재산을 날린다고 생각했던 거지. 도박장에서 돈을 거는 것으로 말하자면, 우선 그럴 돈이 있어야지. 오! 내 얘기가 졸리게 하는 것 같은데, 내 인생에서 가장 끔찍했던 쾌락 중의 하나를 이야기해주지. 맹수의 발톱으로 무장해서 마치 도형수의 어깨 위에 낙인을 찍는 뜨거운 인두처럼 우리의 가슴속을 파고드는 그런 쾌락 말이야. 그때 난 아버지 사촌인 나바랭 공작의 저택에서 열린 무도회에 갔어. 그런데 당시 내 처지를 정확하게 이해하려면, 무도회에 가면서 난 낡아서 다 해진 옷을 입고 있었고 다 떨어진 구두를 신은데다 마부들이나 매는 넥타이 차림이었으며 장갑은 이미 전에 한 번 사용한 장갑*을 꼈다는 사실을 알고 있어야 하네. 나는 아무런 방해도 받지 않고 내 마음대로 아이스크림을 먹고 아리따운 여인들을 쳐다보기 위해 한구석에 처박혀 있었네. 아버지가 나를 발견했지. 무슨 이유에서 그랬는지 전혀 예측할 수 없지만 아버지는 내게 당신의 지갑과 열쇠를 맡겼어. 그 신뢰의 행동은 나를 몹시 당황하게 했네. 내 옆에서 그리 멀지 않은 곳에서는 몇몇 사람이 노름을 하

---

* 당시 사교계의 댄디들은 노란 장갑을 단 한 번만 끼고 버렸다.

고 있었지. 금화가 쩔렁거리는 소리가 들리더군. 그때 나는 스무 살이었고, 내 나이쯤의 젊은 혈기가 저지르는 난봉질에 하루 종일 탐닉하고 싶었지. 그건 일종의 정신의 방종이었는데, 창녀의 변덕에서도, 젊은 여자의 몽상 속에서도 그와 비슷한 것을 찾아보기 어려울 거야. 1년 전부터 나는, 멋지게 차려입고 마차를 타고 다니며 아름다운 여인을 옆에 끼고 영주인 양 으스대며 베리 레스토랑*에서 저녁을 먹은 다음, 밤이면 근사한 공연을 찾아다니고 다음날이나 되어서야 아버지 집에 돌아가되, 「피가로의 결혼」에서 나오는 것보다 더 얽히고 설킨 사고를 치고 들어가서는 아버지가 거기서 헤어날 수 없게 만드는 그런 꿈을 꾸고 있었다네. 나는 이런 장난을 치는 데 50에퀴 정도 들 것이라고 계산했지. 그때만 해도 아직 난 학교를 빼먹는 개구쟁이의 천진난만한 재미를 즐기지 않았겠어? 그래서 나는 내실처럼 보이는 방에 들어가 혼자서 몰래 두 눈에 불을 켜고 떨리는 손가락으로 아버지의 돈을 세보았지. 100에퀴**였다네! 그 금액으로 되살아난 나의 탈주의 쾌락이 맥베스 앞에서 가마솥을 돌며 춤을 추는 마녀들처럼, 그러나 매혹적으로 몸을 흔드는 상냥한 마녀들처럼 내 앞에 어른거렸어. 나는 어느새 결심을 굳힌 악동이 되어 있었지. 귓전에서 윙윙대는 소리도, 심장의 급격한 박동 소리도 아랑곳하지 않고 나는 지금도 눈에 선한 20프랑짜리 동전 두개를 꺼냈어. 동전의 주조 연도는 지워져 있었고 보나파르트의 얼굴은 잔뜩 구겨져 있었다네. 지갑을 호주머니에

---

* 팔레 루아얄에 있던 레스토랑으로 당시 아주 유명했다.
** 1에퀴는 5프랑에 상당한 돈이다. 당시 1프랑은 지금보다 20배 정도 큰 가치가 있었다. 100에퀴면 지금 우리 돈으로 100만 원이 넘는 금액이다.

쑤셔넣은 다음 나는 축축한 손바닥 안에 두 개의 금화를 쥐고 도박 테이블 쪽으로 향했지. 나는 닭장 위의 솔개처럼 노름꾼들 주위를 맴돌았어. 극도의 불안감에 사로잡힌 나는 갑자기 강렬한 시선을 던져 내 주위를 살폈지. 아는 사람의 눈에 뜨일 염려가 없다는 것을 확신하고 나서 나는 쾌활해 보이는 작고 뚱뚱한 한 남자에게 돈을 걸었어. 그의 머리 위에다 나는 폭풍우 몰아치는 바다에서 하는 것보다 더 많이 기도와 맹세를 바쳤다네. 그 나이에 어울리지 않게 악랄함과 교활함의 본능이 작동되어 나는 출입문 쪽 가까이로 가서 자리를 잡고 인접한 방들을 예의주시하면서 아무도 없다는 것을 확인했네. 내 영혼과 두 눈은 도박 테이블의 숙명적인 초록색 바닥판 주위를 선회하고 있었지. 내가 이중적인 우리의 속성에서 비롯된 수수께끼들을 파헤칠 수 있는 통찰력을 갖추게 된 것은 생리학적 관찰 덕분인데, 바로 그날 밤 난 처음으로 생리학적 관찰이라는 것을 했다네.* 나는 내 미래의 행복을, 아마도 범죄로 인한 것일수록 그만큼 더 완벽해지는 내 미래의 행복을 결정할 싸움이 벌어지는 테이블에서 등을 돌리고 있는 상태였지. 두 도박꾼과 나 사이에는 삼삼오오 이야기를 나누는 사람들로 네댓 줄의 울타리가 쳐져 있었지. 웅성거리는 목소리 때문에 오케스트라 연주 소리와 뒤섞인 금화 소리를 분간해낼 수 없었어. 하지만 그 모든 장애물에도 열정에 부여된 특권 덕분에, 특히 그 특권이 열정에

---

* 유기체 기관의 속성과 기능을 연구하는 생리학은 일찍부터 발자크의 관심 분야였다. 그가 관심을 둔 생리학의 대상은 바로 인간사회였다. 그의 초기작인 『결혼 생리학』은 그 본보기이다. 소설가라 불리기에는 소설을 새롭게 정초하려던 야심이 너무 컸던 발자크가 자신을 지칭하기 위해 소설가 대신 애용한 용어 중의 하나가 바로 '생리학자'였다.

선사한 시공을 초월하는 능력 덕분에, 난 두 도박꾼이 나누는 이야기를 똑똑히 알아들을 수 있었다네. 그들이 쥔 패의 끗수도 알 수 있었고, 둘 중 누가 킹 카드를 뒤집을지도 마치 그들의 카드를 들여다보고 있는 것처럼 다 알 수 있었지. 요컨대 도박판에서 열 걸음 정도 떨어져 있었는데도 나는 도박판에서 벌어지는 천변만화를 다 들여다볼 수 있었고, 그래서 하얗게 질려버렸다네. 그때 아버지가 갑자기 내 앞을 지나갔어. 그 순간 비로소 나는 '성령이 내 앞을 지나가셨다'는 성경 말씀을 이해했지. 내가 이겼던 거야. 도박꾼들 주위를 돌며 어슬렁거리는 사람들 사이를 뚫고 나는 마치 풀린 그물코 사이로 빠져 달아나는 뱀장어처럼 능란하게 미끄러지듯이 도박판 테이블로 달려갔어. 고통스러워하던 내 신경 다발은 환호작약했지. 나는 처형장으로 끌려가다가 왕을 만나 사면을 받은 사형수 같은 기분이었어. 그런데 그때 우연히도 훈장을 매달고 있던 한 남자가 40프랑이 없어졌다고 소리를 지르는 거야. 불안해하던 의심의 눈길들이 내게 몰렸지. 안색이 창백해지고 굵은 땀방울이 이마를 타고 흘러내리데. 아버지 돈을 훔친 죗값을 치른다는 생각이 들었다네. 그때 아까 사람 좋게 생겼다고 말한 그 뚱뚱한 남자가 천사의 목소리가 분명한 그런 목소리로 '여기 계신 신사분들은 모두 다 판돈을 걸었소'라고 말하고는 40프랑을 대신 내주었지. 나는 고개를 쳐들고 도박꾼들에게 의기양양한 시선을 던졌어. 나는 딴 돈으로 아버지의 지갑 속에서 꺼낸 돈을 다시 채워넣은 다음, 나머지 돈은 계속 패를 이기던 그 점잖고 정직한 남자에게 건 대로 남겨두었어. 이윽고 난 160프랑을 손에 거머쥐게 되었어. 난 바로 그 동전들을 손수건으로 둘둘 말았지. 집에 돌아갈 때 그 동전이 이리저리

흔들리며 소리가 나지 않도록 말이야. 그러고 나서는 도박을 그만두었어. '아들, 도박장에서 무엇을 하시었는가?' 돌아오는 마차 안에서 아버지가 물었어. '구경했습니다.' 나는 벌벌 떨면서 대답했어. '그래?' 아버지가 되물었어. '자존심 때문에 도박판에 얼마쯤 돈을 걸 수밖에 없었다고 해서 하등 이상할 건 없었을 텐데. 사교계 사람들의 눈에 아들은 그런 어리석은 짓쯤은 허락받지 않고 저지를 수 있는 권리를 누릴 정도의 나이가 든 것으로 보일 텐데. 그래서 하는 말인데 라파엘, 만일 아들이 내 지갑을 사용했다고 하더라도 난 아들을 용서할 수 있을 것이네.' 나는 아무 대답도 못했어. 집에 돌아와서 난 아버지에게 열쇠와 돈을 돌려드렸어. 아버지는 방에 들어가더니 지갑 속에 든 것을 벽난로 위에 쏟아내고 금화를 하나하나 세고 나서 아주 온화한 표정으로 나를 돌아보았지. 그러고 나서는 문장 하나하나의 사이를 다소 길고 의미심장하게 끊으면서 말씀하셨어. '아들, 이제 곧 스무 살이 되시네. 이 아버지는 아들에게 만족한다네. 아들에게도 이제 용돈이 필요할 거야. 돈을 아껴 쓰는 법을 배우고, 살아가는 데 필요한 것들의 가치를 하나하나 배워 터득해나가기 위해서라도 말이야. 오늘밤부터 아들에게 매달 100프랑씩 줄 것이네. 그 돈은 아들이 마음 내키는 대로 써도 좋네. 여기 3개월치 돈을 받게나.' 아버지는 마치 금액을 확인하기 위해서 그러는 것처럼 층층이 쌓인 금화를 쓰다듬으면서 그렇게 덧붙였어. 고백하건대, 그때 난 아버지의 발아래 몸을 던지기 직전의 심정이었어. 아버지에게 난 날강도이고 치사한 놈이라고, 아니, 그보다 더 나쁜 건 바로 거짓말쟁이라고 실토하면서 말이야. 수치심이 나를 휘어잡았지. 나는 아버지를 껴안으려고 했어. 그러자 아버지는 나를 살짝 밀어냈지. '이제 넌 어른이다, 얘야.' 아버지가 말하셨어. '나는 지극히 당연한 것을 해줬다. 넌 그것에 대해 고마워할 필요 없다.' '만일 내가 고마워하는 아들의 인사를 받을 자격이 있다면,' 아버지는 온화한, 그러나 위엄이 가득한 어조로 되돌아와 말을 이었지. '그것은 오늘날 파리의 모든 젊은이들을 집어삼키고 있는 불행으로부터 아들을 지켜주었다는 것 때문일 거야. 앞으로 우리 둘은 친구 사이가 될 것이다. 1년 후 아들은 법학박사가 될 것이야. 그동안 아들은 어느 정도 불만과 고통이 없지는 않았겠지만, 일에 대한 탄탄한 지식과 사랑을 익혀왔지. 그건 국사를 담당하는 소명을 받들어야 하는 사람들이 반드시 갖추어야 할 덕목이라네. 라파엘, 이 아비를 이해해주게나. 이 아비는 아들이 변호사나 공증인이 되기를 원하는 게 아니네. 아들은 몰락한 우리 집안의 영광이 될 수 있는 정치인이 되었으면 좋겠네. 내일 보자!' 아버지는 알 듯 모를 듯한 동작으로 나를 돌려보내며 그렇게 덧붙였지. 그날 이후로 아버지는 아주 드러내놓고 나를 당신의 계획에 끌어들였어. 나는 당신의 외아들이었고 어머니는 10년 전에 돌아가셨더랬지. 오베르뉴 지방에서 유서 깊지만 거의 퇴락한 가문의 가장이었던 아버지는 일찍이 검을 옆에 차고 밭이나 갈아야 하는 처지를 별로 달가워하지 않아서 악마와 싸우려고 악마의 본산인 파리에 올라왔다네. 에너지만 겸비된다면 프랑스 남부 사람을 매우 특출한 존재로 만들어주는 그 섬세함을 타고난 아버지는 별다른 후견을 받지 않고도 권력의 심장부에 있는 자리를 차지하기에 이르렀지. 그러나 얼마 안 돼 대혁명이 그의 운명을 뒤집어버렸다네. 그래도 그는 그후 한 명문가의 상속녀와 결혼할 수 있었고, 나폴레옹 제정 치하에서는 우리 가문의 지난 영광을 되찾기 직전에 이르렀다네. 그런데 왕정복고가, 어머니에게는 엄청난 재산을 되돌려주었던 그 왕정복고가 아버지를 파산시킨 것이지. 나폴레옹 황제가 자기 휘하의 장군들에게 하사한, 주로 외국에 위치한 토지 여러 곳을 옛날에 구입한 적이 있던 아버지는 불운한 증여재산이 되어버린 그 토지의 소유권을 부인하는 청산인淸算人들과 외교관들, 그리고 프로이센과 바이에른의 재판소와 맞서 소유권 인정을 위해 10년도 넘게 싸움을 벌이고 있었다네. 아버지는 우리의 미래가 달려 있는 이 거대한 재판의 헤어날 수 없는 미로 속에 나를 밀어넣은 거지. 우리는 그 토지에서 얻은 그간의 지대地代뿐 아니라 1814년에서 1816년에 걸쳐 몇 차례 벌목으로 생긴 수익도 반납해야 하는 판결을 받을 수도 있는 상황이었네. 그 경우, 어머니의 재산은 우리 집안의 명예를 다치지 않게 하는 데 겨우 족한 정도였지. 그렇게, 아버지가 어떤 점에서 나를 해방시킨 것처럼 보였던 그날, 나는 외려 더 끔찍한 굴레를 쓰게 되고 말았지. 그때부터 나는 전쟁터에서처럼 싸워야 했어. 밤낮으로 공부하고, 정치인들을 만나러 다니고, 거짓 설명으로 그들을 속이려 애쓰고, 그들이 우리 일에 관심을 갖도록 유도하고, 그들과 그들의 부인, 하인, 그리고 심지어 그들의 개에게도 환심을 사야 했지. 그러고 나서는 이러한 혐오스러운 일을 우아한 격식과 기분좋게 하는 농담으로 슬쩍 감추어야만 했던 것이지. 나는 아버지의 그 모든 우수를 이해하게 되었다네. 그 우수의 흔적이 아버지의 얼굴을 초췌하게 만들었던 것이지. 대략 1년 동안 나는 그렇게 겉으로는 사교계 인사의 삶을 영위했어. 그러나 사교계의 방탕한 삶 뒤에는, 그리고 우리에게 호의적인 친척들이나 도움을 줄 만한 인사들을 부지런히 만나고 다니는 이면에는, 엄청난 일들이 감추어져 있었던 거야. 나의 심심풀이 언행도 사실은 변론이었으며, 내가 나누는 대화는 비망록이었던 셈이지. 그때까지만 해도 나는 내 속에 있는 젊음의 열정에 몰두할 형편이 안 되었기 때문에 착실했어. 까딱 잘못하면 아버지의 파멸 혹은 내 파멸을 야기할지도 모른다는 두려움 때문에 내가 나 자신의 독재자가 된 것이고, 감히 쾌락이나 낭비를 꿈꿀 엄두를 못 낸 거지. 젊었을 때, 그러니까 세상 사람들과 사건들에 수없이 부대끼지만 우리가 여전히 그 감미롭고 꽃다운 감정을, 그 푸르른 사유를, 악과의 타협을 용인하지 않는 그 고귀하고 순수한 양심을 하나도 잃지 않고 간직하고 있을 때, 그때 우리는 우리의 의무가 무엇인지 통렬하게 의식하기 마련이며, 우리의 명예를 큰 소리로 외쳐 만방에 울려퍼지도록 하지. 젊을 때는 꾸밈없이 솔직하고 에두름 없이 직정적이잖아. 그 당시 내가 그랬다네. 나는 나에 대한 아버지의 신뢰를 배반하고 싶지 않았어. 예전이었다면 아버지의 푼돈을 훔치며 즐거워했을 거야. 그러나 아버지와 함께 아버지의 사업과 이름과 가문의 짐을 짊어지게 되자, 난 아버지를 위해 내 즐거움을 희생했듯이, 그것도 내 희생에 대해 아주 행복해하면서 말이야, 아버지에게 당신 몰래 내 재산과 내 희망을 바치고도 남을 심정이었어! 그리하여, 빌렐르 장관*이 아주 고의적으로 우리를 겨냥하여 여기저기 뒤져서 토지소유 자격

---

* 왕정복고 기간 극우 왕당파의 수장이었으며 1821년부터 1827년까지 재무장관으로 내각을 이끌었다. 1825년 그가 제정한 '망명자 배상법'은 망명 귀족들의 몰수 재산을 되돌려주기 위한 조치로 왕정복고 후반 반동적인 정책의 상징이다. 라파엘의 아버지가 취득한 토지는 대부분 그 망명 귀족들의 몰수 재산이었던 것이다.

상실에 관한 황제의 칙령을 찾아냈을 때, 그래서 우리를 파산으로 내몰았을 때, 나는 내 어머니 무덤이 있는, 루아르강 한가운데의 아무런 값어치도 없는 섬 하나를 빼고 내가 어머니로부터 상속받은 재산을 모두 매각하는 데 서명을 했다네. 지금 같았으면 모르긴 해도 난 내 변호사가 **멍청한 짓**이라고 이름 붙인 그 매각 결정을 하지 않아도 되는 방도를 찾기 위해 온갖 철학적, 인도적, 정치적인 논거들을, 핑계들을, 궁리들을 끌어들였을 거야. 하지만 스물한 살 나이에는, 다시 말하지만, 우리는 관대, 열정, 사랑 그 자체인 법이지. 아버지의 두 눈에서 흐르는 눈물은 나로서는 모든 재산 중에서 가장 아름다운 것이었다네. 그리고 그 눈물에 대한 기억이 지금껏 종종 내 궁핍함을 위로해왔다네. 빚쟁이들이 독촉하는 빚을 모두 갚고 나서 아버지는 열 달 만에 화병으로 돌아가셨지. 아버지는 나를 총애했으나 당신 때문에 내가 파산한 것이라고 여겼어. 그 생각이 아버지를 죽음으로 몰고 간 것이네. 1826년, 내 나이 스물두 살 때 늦가을 무렵, 나는 내 최초의 친구였던 아버지의 장례식을 나 홀로 치렀지. 가진 돈 한 푼 없고 미래도 막막한 채 파리에 홀로 버려져서, 자신과 생각을 같이하는 사람 하나 없이 영구차 뒤를 따르는 젊은이는 거의 없었을 거야. 공공 보육시설에 수용된 고아들에게는 적어도 전쟁터라는 미래가 있고, 정부 혹은 법무 대신이라는 아버지가 있으며, 고아원이라는 피난처라도 있지.* 그런데 나는 말이야, 아무것도 없었다네! 3개월 후 한 공매인公賣人이 와서 아버지의 유산에서 정산하고 남은 총액이라며 1112프랑을 전해주더군.

---

* 대혁명 시기인 1793년 7월 4일 법령이 고아를 '조국의 사생아'라고 규정한 이후 국가가 고아들의 교육을 담당했다. 그렇게 교육시킨 고아들은 대개 군인으로 징발했다.

빚쟁이들의 독촉 때문에 우리집에 있던 물품들을 팔지 않을 수 없었던 것이지. 어려서부터 내 주위의 호사품들에 큰 가치를 부여하는 데 익숙해 있던 나는 매각 잔금이 이처럼 변변치 않은 것을 보고 경악에 가까운 기분을 드러내지 않을 수 없었다네. '오우!' 공매인이 내게 말했지. '여기 있던 것들은 모두 **구닥다리**였다고요.' 그건, 내 어린 시절의 모든 종교를 일거에 휴지 조각으로 만들어버린, 내 모든 환상 중에서 가장 소중한 첫 환상을 앗아가버린 아주 무서운 말이었다네. 내 재산은 판매 명세서 한 장에 요약되어 있었고, 내 미래는 1112프랑이 든 헝겊자루 속에 담겨 있었으며, 사회는 머리에 모자를 쓴 채 내 앞에서 말을 하는 그 무례한 공매인 개인으로 구현되는 것 같았지. 나를 무던히도 애지중지했던 우리집 하인 조나타는, 옛날에 우리 어머니가 충직한 그에게 400프랑의 종신연금을 받을 수 있게 재산을 떼어주었는데, 우리집을 떠나면서, 어린 시절 내가 즐거운 마음으로 날이면 날마다 마차를 타고 외출하러 나서던 그 우리집을 떠나면서 내게 당부했어. '부디 아껴 쓰시기 바랍니다, 라파엘 나리!' 그 양반 울고 있었다네. 이런 것들이었다네, 친애하는 에밀. 내 운명을 틀어쥐었던 사건들, 내 영혼을 변하게 했던 사건들, 아직 젊은 나를 그 모든 사회 상황 중 가장 부당한 상황 속에 놓이게 했던 사건들 말이야." 라파엘은 잠깐 말을 멈추었다가 계속했다. "촌수가 멀긴 하지만 내게는 부자 친척이 몇몇 있긴 있었다네. 하지만 그들이 경멸과 무시로 나를 문전박대하지 않았다 하더라도 먼저 내 자존심이 그들에게 다가서는 것을 허락하지 않았을 것이네. 친척이 아닌 사람들에게도 후견을 아끼지 않는 매우 유력한 인사들을 친척으로 두긴 했지만 나는 친척도 후견인도 없었던 셈이지. 내 영혼은 나래를 펼치려다가도 어김없이 가로막히기만 해 항상 자기 자신에게로 침잠하고 말았다네. 나는 솔직함과 순수함으로 가득차 있었지만 남들에게는 분명 차갑고 음험하게 보였을 거야. 아버지의 독재가 내게서 나 자신에 대한 일체의 신뢰를 앗아가버린 것이지. 그래서 나는 소심하고 서툴렀으며, 내 목소리가 최소한의 영향력이라도 행사할 수 있을 것이라고 상상하지 못했지. 난 나 자신이 못마땅했으며, 추하다고 생각했지. 나 자신의 눈길도 창피했다고. 싸움에 나선 재능 있는 사람들의 기운을 북돋워주는 내면의 목소리가 나에게 '용기를 내, 나아가'라고 외쳐주었지만, 그래서 고독 속에서 불현듯 내 힘을 깨닫긴 했지만, 그리고 대중의 찬사를 받는 신작들과 내 생각 속에서 맴도는 작품들을 비교할 때마다 희망으로 고무되긴 했지만, 나는 여전히 어린아이처럼 나 자신을 불신했다네. 나는 과도한 야망의 희생물이었어. 나는 내가 위대한 일을 하라는 운명을 타고났다고 생각했지. 그런데 나는 공허 속에 있는 듯한 느낌이었어. 나는 사람들이 목말랐는데 친구가 하나도 없었어. 나는 세상 속에서 스스로 길을 터나가야 했는데 그 세상 속에서 늘 혼자였고, 그것이 두렵다기보다는 부끄러웠지. 아버지에 의해 상류사회의 소용돌이 속에 던져졌던 그해만 해도 나는 참신한 마음과 싱싱한 영혼을 지녔지. 성숙한 아이들이 다 그렇듯이 나는 비밀리에 아름다운 사랑을 열망했다네. 내 또래 젊은이들 중에서 허풍선이 패거리를 만나기도 했지. 그들은 고개를 뻣뻣이 들고 다니고, 시답지 않은 것들을 입에 올렸으며, 나로서는 어렵게만 보이는 여자들 곁에 아무 스스럼 없이 앉아 그 여자들에게 말을 걸었지. 그들은 무례한 언행도 일삼았으며, 들고 다니는 지팡이

손잡이 끝을 잘근잘근 물어뜯으면서도 짐짓 점잖은 척했어. 그들은 아무리 아리따운 여자들이라도 굴복시켜 자신들의 노리개로 삼았으며, 그 여자들 모두와 잠자리를 함께했거나 그랬다고 떠벌리면서도 겉으로는 그런 쾌락을 거부하는 척했고, 정숙하고 조신하기 그지없는 여자들을 다루기 쉬운 여자로, 단지 말 한 마디로 아니면 과감한 몸동작이나 도발적인 첫 눈길만으로도 정복할 수 있는 여자로 간주했다네! 이제 와 내 영혼과 양심을 걸고 고백하는 것이네만, 그때는 권력이나 화려한 문학적 명성을 얻는 일이 젊고 교양 있으며 우아한 상류층 여성의 마음을 사로잡는 것보다 더 이룩하기 쉬운 승리라고 생각했다네. 그래서 나는 내 마음의 혼란과 내 감정과 내 이상이 사회의 규범과는 어울리지 않는다는 것을 깨달았지. 나도 과감했지만 그것은 마음뿐, 행동으로 옮기지는 못했다네. 나는 나중에야 통사정하는 남자를 여자들이 원치 않는다는 것을 알았지. 나는 많은 여자들을 만났지만 먼발치에서 찬미하면서 그 여자들에게 온갖 시련으로 단련된 심장과, 짓찢기는 영혼과, 희생도 모진 형벌도 두려워하지 않는 에너지를 보냈다네. 그런데 그 여자들은 나라면 문지기로라도 쓰지 않을 그런 얼간이들의 차지더라고. 내가 무도회에서 내 앞에 나타난 꿈속의 여인을 보고 아무 말도 못하고 그 자리에 얼어붙어서 찬미하기만 한 것이 무릇 몇 번이던가? 그때마다 난 머릿속으로 내 전 존재가 영원한 애무의 손길에 맡겨지는 것을 그리면서, 내 모든 희망을 실은 시선을 그녀에게 던졌고, 황홀경에 도취해 배반을 아랑곳않고 달려드는 젊은 남자의 사랑을 그녀에게 보냈다네. 어떤 때는 단 하룻밤에 내 목숨을 던지려고도 했지. 아! 정말이지, 열정에 들뜬 나의 말을 받아줄 귀도,

내 눈길의 안식처가 될 눈길도, 내 마음이 깃들 마음도 전혀 만난 적이 없던 나는 대담하지 못해서인지, 기회가 없어서인지, 아니면 경험 부족이라서 그런지 어쨌든 자기 자신을 갉아먹기만 하는 무기력한 에너지에서 비롯된 온갖 고통을 겪으며 하루하루를 살았다네. 아마도 나는 남에게 나를 이해시킬 도리가 없다고 절망했거나, 반대로 남들이 나를 너무 잘 이해하는 것에 전율했는지도 몰라. 그래도 내 안의 격정은 내게로 올 수도 있는 친밀한 시선을 모두 받아들일 만반의 준비가 되어 있었다네. 나는 그런 시선이나 달콤한 약속처럼 정감이 어려 보이는 말들은 즉각 알아차렸지만, 적당한 때를 포착해 감히 용기를 내서 말을 건네거나 입을 다물 엄두를 내지 못했지. 감정이 지나쳐서 나의 말은 요령부득이었고 나의 침묵은 우둔한 것이 되어버렸다네. 각광받는 것에만 신경쓰며 자신의 모든 생각을 관례적인 문구나 유행어로밖에는 표현할 줄 모르는 허위의 사회에 살기에는 내가 너무 순진했는지도 몰라. 그리고 난 말 안 하면서 말하는 법도 몰랐고, 말하면서 말 안 하는 법도 몰랐지. 간단히 말해서, 난 내 안에 나를 태우는 불덩이도 간직하고 있었고, 여자들이 만나고 싶어하는 그런 영혼 비슷한 것도 지녔으며, 여자들이 사족을 못 쓰는 그런 열광에 사로잡히면서 얼간이들이 으스대는 그런 정력도 소유하고 있다고 자부했으나, 만나는 여자마다 모두 내 기대를 저버리며 내게 잔인했다네. 그래서 난 살롱의 선수들이 자신들의 승리를 자축할 때 그것이 거짓말이라는 것은 추호도 의심하지 않고 순진하게도 그들을 경탄해 마지않았다네. 어쩌면 말뿐인 사랑을 갈망한 것이 내 과오였는지 몰라. 경박하고 변덕스러우며 사치에 굶주리고 허영에 들뜬 여자의 심장에서 위대하고 강인한 여성을, 내 심장 안에서 격렬하게 요동치는 그 드넓은 열정을, 그 드넓은 바다를 찾으려고 한 것이 내 불찰이었는지 몰라. 오! 사랑하기 위해 태어났다고 믿었는데, 한 여자를 행복하게 해주기 위해 태어났다고 믿었는데, 아무도, 용감하고 점잖은 마르셀린*이나 심지어 그렇고 그런 늙은 후작 부인도 만나지 못했다니! 배낭 속에는 금은보화를 짊어졌지만 그걸로 황홀하게 해줄 꼬마 여자애 하나도, 호기심 많은 그렇고 그런 처녀 하나도 만날 수 없었던 거지. 나는 절망으로 자살할 생각을 수도 없이 했다네."

"오늘밤 작심하고 비극을 쓰시네!" 에밀이 큰 소리로 말했다.

"아! 내가 내 인생에 형벌을 내리게 그냥 내버려두게나." 라파엘이 대답했다. "만일 자네의 우정이 내 애가哀歌를 들을 기력이 없다면, 자네가 날 믿고 반시간도 참을 수 없다면, 그냥 자게나! 그게 아니라면, 내 안에서 고개를 들고 으르렁거리며 나를 부르는 나의 자살에는, 내가 인사하며 영접하는 나의 자살에는 더이상 책임을 묻지 말게나. 한 사람을 판단하려면 적어도 그가 품은 생각과 그가 겪은 불행과 그가 가진 심상心想의 비밀 속에는 들어가봐야 하지 않는가. 그의 삶에 대하여 오로지 물리적인 사건들만 알려고 하는 것은 연대기, 곧 바보들의 역사를 작성하는 짓이 아닌가!"

워낙 쓰라린 어조로 토로된 이 말들이 너무 절절하게 다가와서 에밀은 그 순간부터 굳은 표정으로 라파엘에게 온 정신을 집중했다.

"하지만," 이야기 당사자는 계속 말을 이었다. "그 사건들을 물들이

던 빛이 지금은 그 사건들에 새로운 양상을 부여해준다네. 옛날에 내가 불행이라고 생각했던 일련의 사건이 나중에 내가 자긍심을 가지게 된 아름다운 능력들을 배태했던 것일 거야. 철학적 호기심과 엄청난 공부, 그리고 일곱 살부터 사교계에 입문하기까지 내 인생을 줄곧 장악했던 독서열이 결국 내게 능수능란한 능력을 준 것은 아닐까? 그 능력으로 나는 자네들 말을 믿자면, 내 사상을 피력할 수도, 인간 지식의 그 드넓은 영역으로 전진해갈 수도 있고 말이야. 어쩔 도리 없이 익숙해진 포기의 습관과, 내 감정을 억누르고 내 마음속에 고립되어 살아온 버릇이 나에게 비교하고 심사숙고할 수 있는 힘을 부여했던 것은 아닐까? 가장 아름다운 영혼을 왜소하게 만들어 보잘것없는 상태로 전락시켜버리는 분통 터지는 사교계의 작태들에 휘둘리기를 거부하면서 내 감수성은 열정의 의욕보다 한 수 위인 어떤 의지의 완벽한 기관이 되는 데 집중했던 것이 아닐까? 비록 여자들에게 무시를 당했지만 나는 멸시당한 사랑의 명민한 시선으로 그 여자들을 관찰했던 것이 지금도 기억나네. 지금에서야 생각해보니 내 진진한 성격이 여자들의 마음에 들지 않았던 것이 분명해! 여자들은 어느 정도 위선을 원하는 걸까? 번갈아가면서 동시에 남자인가 하면 어린아이고, 경박한가 하면 깊은 사색에 잠기고, 편견에서 자유로운가 하면 맹목적 집착에 사로잡히며, 종종 자기들처럼 여성스럽기도 한 나를 두고, 그 여자들은 분명 나의 순진성을 냉소주의의 소산으로, 내 생각의 순수성 자체를 바람기의 소산으로 여겼던 것이 아닐까? 지적인 대화는 그 여자들을 질리게 했고, 나의 여성스러운 나른함은 나약함으로 비쳤을 것이네. 지나치게 유동적인 이 상상력은 바로 시인의 불행이라고 할 수 있는 것인데, 그것이 아마도 여자들이 나를 사랑에는 젬병이며 사상에는 일관성이 없는, 무능력한 존재라고 판단하게 만들었을 것이네. 입을 다물고 있을 때는 멍청이처럼 보였을 내가 여자들을 즐겁게 해주려고 용을 쓰면 오히려 그들을 짜증나게 만들었을 거야. 여자들은 날 비난했지. 나는 눈물과 한숨 속에 세상이 내게 내린 판결을 받아들였지. 그러나 그 형벌은 결실을 맺었다네. 나는 이 사회에 복수하기로 마음먹었지. 나는 지식세계의 지존으로 군림함으로써 세상 모든 여자들의 마음을 사로잡고자 했지. 살롱의 문 앞에서 시종이 내 이름을 호명하면 모든 시선이 내게 쏠리도록 하고 싶었다네. 어린 시절부터 나는 이마를 치면서 앙드레 셰니에처럼 '이 안에 무엇인가가 있다'고 중얼거리는 버릇이 있었어.* 내 안에 표현해야 할 사상, 정립해야 할 철학체계, 설명해야 할 과학적 사실이 들어 있다고 믿었던 것이지. 오, 친애하는 에밀! 이제 겨우 스물두 살밖에 안 된 내가, 한 번도 꿈에 그리던 여인의 애인이 된 적이 없는 내가, 이름 없이 죽을 것이 뻔한 내가, 오늘 지난날의 내 무분별한 과오를 자네에게 이야기하려는데 괜찮겠나? 우리 모두 정도의 차이는 있지만 우리의 욕망을 현실로 착각하지 않았던가? 아! 꿈속에서 자기 머리에 왕관을 씌우거나 시상대에 높이 오르거나 말 잘 듣는 애인들로 둘러싸이는 공상을 하지 않는 젊은이라면 난 그를 친구로 삼을 생각이 추호도 없다네. 나는 말이야! 때론 장군이었고, 때론 황제였지. 때론 바이런도 되었다가 그다음엔 아무것도 아니었고. 나는 인간사의 맨 꼭대기에서 노닐

---

* 셰니에는 프랑스의 시인으로 공포정치 시대에 단두대에서 처형당했다. 이 말은 셰니에가 단두대 위에서 한 말이라고 전해진다.

다가 종종 세상의 모든 산과 모든 난관이 아직은 다 정복되지 않았다는 것을 알아차렸지. 내 안에서 들끓던 그 대단한 자존심과 운명에 대한 그 숭고한 믿음이 바로 나를 구했다네. 수풀가를 지나가던 양이 무심코 가시에 털이 뜯기는 것처럼 그렇게 자신의 영혼이 일과 부딪치면서 아무렇게나 찢기는 것을 방치하지 않는다면 그 모든 것은 어쩌면 천재적인 재능으로 변할 수도 있으니까. 나는 영광에 휩싸이고 싶었네. 그리고 언젠가는 만나게 될 여인을 고대하며 고독 속에서 공부에 전념하기로 마음먹었네. 세상의 모든 여자들은 단 한 여자로 집약되지. 나는 맨 처음 내 눈에 뜨이는 여자가 바로 그 여자라고 믿었지. 그러나 여자들 하나하나가 여왕처럼 보였지만, 여왕이 먼저 자기 애인 앞에서 프러포즈를 해야 하는 것처럼, 여자가 먼저 고단하고 가난하며 소심한 내 앞에 나타나주어야 온당했다네. 아! 나를 측은히 여겨주는 여인이 있었다면, 난 그녀를 평생 숭배할 정도로 그렇게 그녀에 대해 사랑 이상으로 감사하는 마음을 가졌을 것이네. 그렇지만 얼마 후 여자들을 관찰한 결과, 나는 냉정한 진실을 알게 되었다네. 그래서, 나의 친애하는 에밀, 나는 평생 혼자 살 각오도 했지. 여자들은 말이야 어떤 정신적 기질에서 그런지 잘 모르지만, 재능 있는 남자에게서는 단점만을 보고 바보 같은 남자에게선 장점만을 보는 경향이 있는 것 같아. 여자들은 자신들의 결함에 대해 한결같이 아첨을 하는 바보 같은 남자의 장점에 대해 무한히 공감을 하는 것이지. 반면 특출한 남자는 아첨하지 못하는 자신의 결함을 상쇄할 만큼 충분한 즐거움을 여자들한테 제공하지 못한다네. 재능이란 간헐적인 열병 같은 것이네. 그래서 어떤 여자도 단순히 그 재능의 거북스러움을 나눠 갖겠다는 생각을 하지 않지. 여자들은 한결같이 자기 애인에게서 자신들의 허영을 만족시켜줄 만한 동기를 찾으려고만 하지. 여자들이 우리에게서 사랑하는 것은 여전히 바로 자기 자신들이라네! 가난하지만 자존심 세고 창조력을 부여받은 예술가 남자는 남에게 상처를 주는 이기주의를 지니고 있지 않은가? 그의 주위에는 뭔지 알 수 없는 사념의 소용돌이가 형성되어 있지. 그는 그 소용돌이 속에 모든 것을, 심지어는 자기 애인까지도 끌어들인다네. 그러니 그 애인은 그러한 소용돌이의 움직임을 따라야만 하지. 아첨만 받아온 여자가 그런 남자의 사랑을 믿을 수 있을까? 그런 남자를 찾아나설까? 그런 남자는 여자의 침상 주위에 머물 겨를이 없는데? 그런 남자는 여자들이 아주 좋아하는 그런 짓거리 따위에, 진실성도 감각도 없는 남자들이 다정하답시고 의기양양하게 써먹는 그런 졸렬한 짓거리 따위에 몰두할 여유가 없는데? 그가 하는 일에는 늘 시간이 부족한데 어떻게 자기 자신을 왜소하게 만들고 요란하게 치장하는 데 시간을 낭비할 수 있겠어? 나는 내 인생을 한꺼번에 송두리째 던질 각오가 되어 있었지, 조각조각 나누어 써서 그 가치를 떨어뜨리고 싶지는 않았다네. 요컨대, 창백한 얼굴을 하고 교태를 부리는 여자에게서 구전을 뜯으려는 어음중개인의 술책에는 뭔지 모르지만 예술가들이 끔찍이도 싫어하는 치사한 구석이 있다는 거지. 가난하지만 위대한 남자에게 추상적인 사랑은 충분하지 않지. 그는 전적인 헌신을 원한다네. 캐시미어 옷이나 입어보는 데 인생을 낭비하거나 스스로 유행의 옷걸이를 자처하는 데데한 여자들은 헌신하는 마음이 없어. 그런 여자들은 헌신을 요구하기만 하고 사랑에서 명령하는 즐거움만 누리려 하지 복종

하는 즐거움은 알지 못한다네. 마음속, 살 속, 뼛속까지 진정한 신부
란 자신의 인생과 역량과 영광과 행복을 좌우하는 남자가 가는 곳이
라면 어디든 주저 없이 따라가는 법이지. 특출한 남자들에게는 동양
의 여자가 필요하다네. 남자가 무엇을 필요로 하는지 연구하는 일에
만 유일하게 관심을 두는 동양 여자가 말이야. 왜냐하면 특출한 남자
들에게 불행이란 그들의 욕망과 그 욕망을 실현할 수 있는 수단 사이
의 괴리에 있는 것이기 때문이지. 난 말이야, 나 스스로 재능 있는 남
자라고 믿었고 분명히 그런 귀여운 여인들을 좋아했지! 기존 관념과
는 정반대되는 관념을 품고 사다리 없이 천국에 오를 수 있다고 자신
하며 유통되지 않는 보화를 소유하고 나 스스로 아직 분류하지 못한,
전혀 내 것으로 만들지 못한, 내 기억 용량을 초과하는 광활한 지식
으로 무장한 채, 부모도 친구도 없이 나 홀로 이 끔찍하기 그지없는
사막 한가운데에 버려진 상태에서, 포석이 깔려 있는데다가 살아 움
직이며 생각을 하고 활기 넘치지만 그 안의 모든 것은 사람들에게 그
들의 적수보다 더 적대적이며 사람들을 거들떠도 보지 않는 사막 한
가운데에 버려진 상태에서 내가 내린 결정은 비록 무모했을지 모르
지만 지극히 자연스러운 것이었다네. 그 결정은 뭐랄까, 불가능한 것
이었지만 내게 용기를 북돋워주었지. 그것은 내가 나 자신과 하는 일
종의 내기 같은 것이어서 난 내기를 하는 사람인 동시에 내기에 건
돈이었던 셈이지. 내 계획이란 이런 것이었다네. 내 수중의 1100프랑
은 내가 3년 동안 아무 일도 안 하고 먹고살 만한 돈이었지. 그래서 나
는 대중의 관심을 내게 집중시킬 수 있고 돈이나 명성을 안겨다줄 수
있는 그런 작품 하나를 세상에 내놓는 데 시간을 바치기로 했다네. 나

는 테바이드*의 은자처럼 빵과 우유만으로 연명하며 책과 사상의 세계 속에 파묻혀 살 생각을 하며 즐거웠다네. 이 소란스러운 파리 한복판에서 아무도 접근할 수 없는 공부와 침묵의 공간을 만들어, 마치 고치 속의 번데기처럼 무덤을 쌓고 그 안에 갇혀 찬란하고 영광스럽게 다시 태어나는 것을 꿈꾸었어. 살기 위하여 죽기를 각오하기로 한 것이지. 생존을 위해 정말로 필요한 것, 최소한의 필수품에만 지출을 제한한다면 내 가난한 삶에는 1년에 365프랑이면 족하다고 생각했어. 실제로 그 정도의 약소한 금액만으로도 내 생활에 충분했는데, 그 정도로 나는 스스로 수도원 같은 규율을 세워 지키려고 했지……"

"그건 불가능해." 에밀이 소리쳤다.

"나는 3년 가까이 그렇게 살았네." 라파엘이 자랑스러운 양 대꾸했다. "계산해볼까?" 그가 다시 말을 이었다. "빵 3수**어치, 우유 2수어치, 돼지고기 3수어치면 굶어죽지 않고 하루를 살 수 있었고, 내 정신을 아주 각별히 맑은 상태로 유지할 수 있었다네. 나는 자네도 알다시피, 절식이 상상력에 미치는 놀라운 효과를 체험했네. 집세는 하루에 3수꼴이었고, 하룻밤 등잔불을 밝히는 기름값도 3수였지. 방 청소는 내가 직접 했고, 세탁비로 하루에 2수만 지출하기 위해 플란넬 셔츠를 입었지. 난방 연료로는 토탄을 썼는데, 1년간 든 비용을 날수로 나누면 결코 하루에 2수는 넘지 않았다네. 옷가지며 각종 리넨류, 신발은 3

---

* 현재 이집트 북부 지역에 해당한다. 테바이드의 사막은 초기 기독교 은자들이 고행의 장소로 택한 곳이다.

** 1프랑의 100분의 1이 1상팀, 20분의 1이 1수다. 오늘날의 가치로 치자면 1프랑이 대략 4천 원, 1수는 대략 8백 원 정도이다.

년은 버틸 수 있는 것들이었고, 몇몇 공개강좌나 도서관에 갈 때만 차려입기로 했지. 이상의 지출액을 다 합하면 하루에 고작 18수에 그칠 뿐이었고, 예기치 않은 일들을 대비해서 2수를 남겨놓았지. 그 긴 공부 기간 동안 퐁데자르 다리를 건너다닌 기억도 없고* 물을 사본 기억도 전혀 없다네. 나는 아침마다 그레 거리 귀퉁이에 있는 생미셸광장 분수에 가서 물을 길어왔지.** 오! 나는 내 가난을 자랑스럽게 여겼다네. 찬란한 미래를 예감하는 사람은 결백한 자가 의연하게 처형장을 향해 걸어가듯 그렇게 가난한 자기 삶을 견딘다네. 부끄러울 게 전혀 없는 것이지. 나는 병을 미리 사서 걱정하려 한 적이 없었다네. 아퀼리나처럼 나는 병원에 대해 아무 두려움이 없었지. 나는 한순간도 내 건강을 의심해본 적이 없었어. 게다가 가난한 사람은 죽을 때를 제외하고는 앓아누워서는 안 되지. 나는 머리도 내가 직접 깎았어. 사랑의 천사인지 아니면 선의의 천사인지 그 천사가 나타나기 전까지는 말이야…… 하지만 내가 지금 처한 상황에 대해 미리 이러쿵저러쿵 말하고 싶지는 않아. 친구여, 다만 난 여자 대신 위대한 사상을 붙들고 살았다는 것만은 알아주게나. 우리 모두 정도의 차이는 있지만 일단 믿어놓고 보는 하나의 꿈, 하나의 거짓말을 붙들고 말이네. 오늘 난 내가 우습네, 이제는 사라지고 없는 아마도 성스럽고 숭고했을 그 내가 말이야. 가까이에서 체험한 사회는, 세상은, 우리의 관습과 풍속은 내게

---

* 당시 퐁데자르 다리는 유료로서 한 번 건너는 데 1수가 들었다.
** 이 당시의 생미셸광장 분수는 지금의 자리에 있지 않았다. 이 광장은 지금의 퀴자스 거리 끝자락에 있었는데, 19세기 중반 제2제정 때 생미셸대로가 뚫리면서 없어졌다. 지금의 분수는 생미셸대로가 완공된 기념으로 그 대로의 시발점에 조성된 것이다.

내 고지식한 믿음의 위험성과 내 열렬한 공부의 무용성을 깨우쳐주었다네. 그러한 준비물은 야심가에게는 아무 쓸모가 없는 것들이지. 큰 재산을 찾아나서는 자의 여행 가방은 얼마나 가벼운가. 뛰어난 사람들의 과오는 자신들을 존중받아 마땅한 자로 만드는 데 제 젊은 시절을 몽땅 바쳐버린다는 것이라네. 이 불쌍한 사람들이 자신들을 피해 달아나려고 하는 어떤 힘의 무게를 가뿐하게 감당하기 위해 기력과 지식을 축적하는 동안, 말만 번지르르하게 할 뿐 관념은 결여되어 있는 모사꾼들은 부지런히 왔다갔다하며 머저리들을 등치고 얼치기들의 신뢰를 한몸에 받는 것이지. 전자가 꾸준히 공부한다면 후자는 밀어붙이는 것이고, 그래서 전자는 겸손한 반면 후자는 대담무쌍한 것이지. 천재는 자신이 잘났다는 것을 감추는 반면 모사꾼은 그 점을 내세우는 법이니, 모사꾼이 필연적으로 제 목표를 달성할 수밖에. 권력자들은 바로 써먹을 수 있는 재주와 자기 과시를 하는 재능만을 신뢰하기 마련이라서 진정한 학자가 인간적인 보상을 바라는 데에는 순진한 구석이 있다고 봐. 그렇다고 지금 내가 도덕군자의 상투어를 부연설명하려고 하거나, 인정받지 못한 천재들의 영원한 노래인 아가雅歌*를 되풀이하려고 하는 것은 분명 아니네. 나는 다만 변변치 않은 자들이 자주 성공을 거두는 까닭을 논리적으로 따져보고 싶을 따름이네. 오호라! 공부란 어머니 마음 같은 것이기에 어머니가 자식에게 젖을 물릴 때 느끼는 그 순수하고 온화한 기쁨 말고 다른 보상을 공부에 요구한다면 그건 아마 죄가 될 거야. 기억이 나네, 가끔 즐겁게 빵을 우

---

* 구약의 한 부분.

유에 적셔 먹으면서 창가에 앉아 바람을 쐬며, 점판암이나 기와를 얹은 갈색, 회색, 붉은색 지붕에 누렇거나 푸른 이끼가 덮인 풍경에 하염없이 눈길을 주던 때가 말이야. 그러한 광경은 처음에는 단조로워 보였지만 이내 거기서 묘한 아름다움을 발견했다네. 때로는 저녁이면 잘 닫히지 않는 차양창 때문에 생긴 빛살이 깊고 검은 그 기묘한 풍경에 미세한 변화를 주며 생기를 불어넣었지. 때로는 가로등의 창백한 불빛이 저 아래에서부터 밤안개를 뚫고 노르스름한 반사광을 비추면 다닥다닥 붙어 있는 지붕이 만드는 물결이, 정지된 상태의 파도치는 바다가, 길 위에 희미하게 반영되었다네. 그리고 가끔씩은 그 음산한 사막 한가운데로 보기 드문 얼굴들이 나타났다네. 창가에 매달린 화분의 꽃들 사이로 한련꽃에 물을 주고 있는 노파의 앙상하고 굽은 옆모습이 보이는가 하면, 낡아빠진 지붕창 테두리 속으로는 보는 사람이 아무도 없는 줄 알고 태연히 화장을 하는 젊은 여자가 나타날 때도 있었는데, 내 눈에 보이는 것은 뽀얗고 예쁜 팔로 추켜올린 그녀의 긴 머리카락과 아름다운 이마뿐이었지. 지붕의 낙수 홈통 속에 뿌리를 내린 하루살이 식물들, 얼마 안 있어 비바람에 쓸려내려갈 그 가련한 풀들은 얼마나 경이로웠던지! 나는 이끼도 자세히 관찰했다네. 이끼는 비를 맞으면 색깔이 선명해지다가 햇빛을 받으면 전체적으로 메마른 갈색 벨벳으로 바뀌며 다채롭게 빛나지. 말하자면 시적이며 덧없는 광선의 효과, 안개의 쓸쓸함, 갑자기 작열하는 태양, 밤의 침묵과 마력, 새벽의 신비, 굴뚝마다 나오는 연기, 이 모든 신묘한 자연의 조화가 내게 익숙하게 다가와 내 기분을 전환시켜주었다네. 나는 내가 갇힌 감옥을 사랑했어. 그건 자발적인 것이었으니까. 벌판처럼 평평하게 펼쳐진 지붕들로 이루어진, 그러나 그 아래 사람들이 우글거리는 심연을 감추고 있는 파리라는 사바나는 내 영혼에 썩 잘 어울렸으며 내 사상과도 조화를 이루었다네. 학문적 성찰을 연마하던 저 높은 천국에서 내려와 갑작스럽게 속세와 다시 접촉하는 것은 피곤한 일이지. 그때 비로소 나는 수도원의 헐벗음을 완벽하게 이해할 수 있었다네. 새로운 인생 설계를 실천에 옮기기로 마음먹고 나서 내가 파리에서 가장 한적한 동네에 거처를 구하려 한 것은 그래서이지. 어느 날 저녁 에스트라파드광장 쪽에서 집으로 돌아오는 길에 코르디에 거리를 지나고 있을 때였어. 클뤼니 거리로 접어드는 곳에서 동무 하나와 제기 던지기 놀이를 하는 열네 살가량의 소녀를 보았어. 그 아이의 웃음과 장난은 주위 사람들마저 흥겹게 해주었다네. 날씨는 좋았고 저녁나절인데도 더웠지. 아직 9월이었어. 집집마다 여인네들이 문 앞에 나와 앉아 축제날 시골 마을에서 그러는 것처럼 이야기를 나누고 있었어. 나는 먼저 그 소녀를 살펴보았지. 얼굴은 놀라우리만치 이목구비가 뚜렷했고 화가의 모델로도 손색이 없을 만큼 몸매가 완벽했다네. 참으로 감동적인 장면이었네. 나는 파리 한복판에 이런 순박함이 존재하는 것이 어찌 된 일인지 궁금했는데, 그 길이 막다른 골목이고 그래서 통행인이 그리 많지 않다는 것을 알아차렸지. 그곳이 장 자크 루소가 살았던 동네임을 떠올리고 생캉탱 여관을 찾아보았는데, 퇴락한 모습으로 그 자리에 그대로 있는 그 여관을 보고 싼 숙소를 구할 수도 있겠다는 희망을 품게 되어 들어가볼 생각을 했지. 천장이 낮은 방에 들어서자 고색창연한 구리 촛대들이 양초가 꽂힌 채 각 방 열쇠가 걸려 있는 자리 위에 질서정연하게 배치되어 있는 모습이 눈에 띄었어. 보통 다른 여관은 정돈 상태가 엉망인데 방이 전체적으로 깨끗해서 의외였는데 풍경화처럼 손질이 잘되었다는 생각이 들 정도였다네. 파란색 침대, 집기, 그리고 가구는 상투적이긴 하나 제법 멋스러웠다네. 여관의 여주인이 몸을 일으키더니 내게로 왔어. 그녀는 마흔 살쯤 돼 보였는데, 얼굴에는 고생한 티가 역력했고 시선은 잦은 눈물 탓인지 윤기를 잃었더군. 나는 그녀에게 내가 방세로 얼마를 낼 수 있는 형편인지 겸연쩍게 말했지. 그러나 그녀는 놀라지도 않은 표정으로 열쇠 하나를 집어들고 나를 다락방이 있는 곳으로 데려가더니 이웃집 지붕과 안마당이 보이는 방 하나를 가리켰어. 이웃집 창문마다 가로놓인 긴 막대기에 빨래가 널려 있더군. 벽이 누렇고 더러웠던 그 다락방보다 더 끔찍한 방은 없었을 것이네. 그 다락방은 가난의 냄새를 풍기며 방주인이 될 빈한한 학자를 기다리고 있었지. 지붕이자 천장은 비스듬히 경사졌으며, 엇물려 있는 기와 사이로는 하늘이 빼꼼하게 엿보일 정도였다네. 방 크기는 침대 하나, 책상 하나, 의자 몇 개 놓을 자리로도 빠듯했으며, 지붕 밑 경사진 구석에 내가 가지고 있던 피아노를 겨우 놓을 수 있겠더군. 베네치아의 납실*이라고 해도 손색이 없는 이 감옥 같은 방에 가구를 들여놓을 만한 돈이 없어 가난한 그 여자는 그때까지 그 방을 세놓을 수 없었던 것이지. 얼마 전 가구며 집기 따위를 처분할 때 내게 어떤 면에서는 개인적인 의미가 담겨 있다고 할 수 있는 물건들은 공교롭게도 남겨놓았기 때문에 나는 즉시 여관 주인에게 동의했고 그다음날 바로 입주를 했다네. 나는 천공에 걸

---

* 베네치아 도제 궁전의 납기와 지붕 아래에 있는 감옥을 가리키는 말. 열악하기로 악명이 높았다.

린 그 무덤 속에서 3년을 살았지. 밤낮으로 쉬지 않고 공부하는 것이 어찌나 즐거웠던지 내겐 공부가 인간사 중에서 가장 아름다운 주제이며 가장 행복한 해결책인 것처럼 보였다네. 학자에겐 필수적인 평온과 정적에는 사랑처럼 온유하고 도취시키는 그 무엇인가가 있어. 사유의 연마, 사상의 탐구, 학문에 대한 관조적 명상은 우리에게 사라지지 않는 쾌감을 아낌없이 주는데, 그 쾌감이 어떤 것인지는 지적 활동에 속하는 모든 것이 그렇듯이, 지적 활동의 현상들이 우리의 외부 감각기관에는 보이지 않듯이 말이야, 설명할 수 없다네. 그렇기 때문에 우리는 항상 정신의 불가사의를 물질적인 것에 빗대어 설명할 수밖에 없지. 내 영혼이 뭔지 모를 신비한 빛의 출렁임 속에 잠겨 있을 때, 내가 놀랍고 혼돈스러운 영감靈感의 목소리에 귀를 기울이고 있을 때, 미지의 샘에서 발원한 이미지들이 약동하는 내 두뇌로 흘러들어올 때, 그럴 때 내가 경험하는 행복은 그걸 알 리 없는 사람에게는 바위와 나무와 꽃들에 둘러싸인 맑은 호수에서 훈훈한 미풍의 어루만짐을 받으며 혼자 수영하는 즐거움이라고 비유해야 미약하나마 전달이 될 것이네. 인간의 추상 작용이 이루어지는 벌판 위로 아침해처럼 솟구쳐 떠오르는 하나의 관념, 좀더 그럴듯하게 말하자면, 어린아이처럼 자라서 사춘기에 이른 다음 서서히 남성으로 완성되는 하나의 관념을 바라보는 것은 지상의 그 어떤 즐거움도 따라올 수 없는 즐거움을 선사한다네. 아니 차라리 신성한 즐거움이지. 공부는 우리를 둘러싸고 있는 모든 것에 일종의 마법을 걸지. 내가 글을 쓰는 누추한 책상, 그 책상을 덮고 있는 무두질한 양가죽, 내 피아노, 내 침대, 내 소파, 괴상망측한 내 방 벽지, 내 가구들, 이 모든 것들이 아연 활기를 띠며 나에게 수수한 친구가 되고 내 미래의 말없는 공모자가 되지. 그것들을 쳐다보면서 내 영혼과 그것들이 서로 말을 나누는 것 같다고 느낀 적이 무릇 몇 번이던가? 굽은 쇠시리 장식에 한가로이 눈길을 주다가 새로운 생각의 전개나 내 이론체계에 대한 기막힌 증거 혹은 거의 번역 불가능한 생각을 표현하는 데 안성맞춤이라고 생각되는 단어를 만난 적도 여러 번 있었다네. 내 주변의 사물을 자세히 관찰한 덕분에 나는 그 사물들 각각의 모양과 속성을 파악하게 되었지. 종종 그것들이 내게 말을 걸기도 했다네. 그래서 지붕 위에 걸린 석양이 내 방 좁은 창문 너머로 사위어가는 빛을 비추면, 그것들은 붉게 물들어 희미해지는가 하면 반짝거리고, 우울해지는가 하면 즐거워지면서 항상 뜻밖의 새로운 모습으로 나에게 다가왔지. 혼자 사는 삶에 일어나는 이런 사소한 변화는 세상 사람들의 눈에는 아무것도 아니지만 죄수들에게는 위안거리라네. 난 어떤 한 관념의 포로가 되고, 어떤 사유체계 속에 갇히지 않았던가? 하지만 찬란한 미래의 삶에 대한 전망으로 그 구속을 견딜 수 있었던 것이지! 매번 난관을 극복할 때마다 나는 언젠가는 내게 눈이 아름답고 우아하며 부유한 여인이 나타나 '불쌍한 천사여, 당신 참 고생 많았어요'라고 위로의 말을 건네며 내 머리를 쓰다듬어주는 상상을 하면서 그녀의 고운 두 손에 입맞춤을 했다네. 나는 두 권의 위대한 작품에 착수한 상태였지. 극작품 하나는 조만간 내게 명성과 부를 안겨다주고 내가 사교계에 당당하게 입성할 수 있게 해줄 것이 틀림없다고 기대했지. 사교계에 다시 등장해 나는 천재에게 허락된 무소불위의 권력을 행사하고 싶었다네. 그런데 자네들 모두 그 걸작을 보고 학교를 갓 졸업한 젊은이의 첫번째 실패작, 유치하기 이를 데 없는 멍청한 짓으로 치부했지. 자네들의 조롱이 환상으로 충만해 있던 날개를 꺾어버렸어. 그후로 환상은 다시 살아나지 않았지. 친애하는 에밀, 오직 자네만이 다른 사람들이 내 가슴에 입힌 상처를 어루만져주었어! 오직 자네만이 내 『의지론』의 진가를 알아봐주었어. 그 두꺼운 책을 쓰기 위해 나는 동양의 언어들과 해부학과 생리학을 익혔어. 내 시간의 대부분을 그 책에 바쳤지. 그 책은 내가 잘못 생각하지 않았다면, 메스머, 라바터, 갈, 비샤 등의 저술을 이었을 거야.* 인간학에 새로운 길을 열어젖혔을 것이란 말일세. 나의 아름다운 시절은 거기서 끝나버렸네. 세상 누구도 알아주지 않는 누에의 일, 유일한 보상이라고는 아마도 일 자체에 있는 그런 일에 하루도 빠짐없이 나를 희생하며 몰두했을 때가 나의 아름다운 시절이었어. 철들 나이부터 내 이론을 완성할 때까지 나는 쉼없이 관찰하고 공부하고 읽고 썼네. 나의 삶은 기나긴 벌과刑課와 같았지. 동양의 나른함을 좋아하는 여성적인 유약함의 소유자였지만, 그리고 몽상에 쉽게 빠져들고 관능에 탐닉하는 성격의 소유자였지만 나는 파리 생활의 쾌락을 맛보기를 거부하면서 줄기차게 공부했지. 미식가였지만 소찬에 만족했지. 돌아다니기 좋아하고 해외여행도 좋아했으며, 여러 나라를 구경하고 싶었고 어린아이처럼 조약돌로 물수제비뜨는 것이 여전히 재미있었지만, 나는 한결같이 손에 펜을 쥐고 자리를 뜨지 않았다네. 나는 말하기를 좋아했지

---

* 메스머는 독일의 의사로 '동물자기설'로 유명하다. 발자크의 '에너지론'은 메스머의 이론에 힘입었다. 라바터는 스위스의 목사이며 '관상학'의 창시자로 유명하다. 갈은 독일의 의사로 골상학의 창시자이다. 라바터와 갈은 발자크의 인물 묘사에 지대한 영향을 끼쳤다. 비샤는 프랑스의 해부학 의사이자 생리학자이다.

만 국립도서관과 박물관*의 공개강좌에 가서 말없이 교수들의 강의를 들었어. 베네딕트 수도회의 수도승처럼 초라한 침대에서 홀로 잠잤지만, 여자는 나의 유일한 공상, 껴안으려 하면 항상 나에게서 달아나는 그런 공상이었지. 요컨대 나의 삶은 난처한 이율배반, 끊임없는 거짓말이었다네. 이런 걸 안 연후라야 사람을 판단할 수 있는 것 아닌가? 가끔씩 나의 타고난 취향이 속으로 타던 불씨가 확 일어나듯 살아났지. 내가 욕망하던 여자들을 하나도 얻지 못하고 모든 것을 박탈당한 채 예술가의 다락방에서 기거하던 나는 일종의 신기루나 섬망譫妄 상태에서 매혹적인 여인들로 둘러싸이는 환영에 빠지기도 했다네. 으리으리한 마차 안의 푹신한 쿠션에 기대 누워 파리의 거리들을 주름잡고 달리기도 했지! 모든 것을 다 원하고 모든 것을 다 가진 채 악행에 잠식당하고 방탕에 빠지기도 했고. 요컨대 유혹을 받은 성 앙투안처럼 금식중에 취해버린 것이라네. 다행스럽게도 잠에서 깨어나면 그런 미친 환영의 불을 끌 수 있었지. 다음날이면 학문이 웃으면서 나를 부르고 나는 학문에 충실했다네. 나는 덕성스럽다고 하는 여자들도 우리의 의사와는 관계없이 우리 안에서 들끓어오르는 광기와 욕정과 정념의 소용돌이에 종종 사로잡히는 것이 틀림없다고 생각해. 그러한 몽상들은 매력이 없지 않은 것이, 겨울밤 화롯가에서 이야기를 듣다가 화롯가를 떠나 저 먼 중국까지 날아가버리는 경우와 흡사하지 않은가? 하지만 사유가 모든 장애물을 자유자재로 넘나드는 그 감미로운 여행중에 덕성은 어떻게 될까? 칩거하고 처음 열 달 동안은 자네에

---

* 파리 '자르댕 데 플랑트'에 있는 자연사박물관을 말한다. 그곳에서는 발자크에게 큰 영향을 미친 고고학자 퀴비에의 공개강좌가 열렸다.

게 이야기한 대로 가난하고 고독한 삶을 보냈다네. 나는 아침 일찍부터 아무도 보는 이가 없을 때 몸소 그날치 생활필수품을 구하러 다녔어. 방 청소도 스스로 하고. 말하자면 나는 주인이자 하인이었지. 나는 믿을 수 없을 정도로 충실하게 디오게네스처럼 살았던 거야. 하지만 그러는 동안 하숙집 여주인과 그 딸이 내 생활과 습관을 몰래 훔쳐보고 내 사람됨을 면밀하게 살펴보면서 나의 가난에 공감을 하게 되었지. 아마 그 여자들도 자신들이 몹시 불행했기 때문에 그랬을 거야. 그래서 그 이후로 그 여자들과 나 사이에는 피하려 해도 피할 수 없는 관계가 맺어지게 되었지. 폴린은, 어떤 면에서는 나를 그곳으로 이끌었다고 할 수 있는 순박하고도 은근한 아름다움을 지닌 그 매력적인 여자아이 말이야, 나로서는 거절할 수 없는 여러 가지 시중을 들어주었어. 모든 불운은 서로 자매간이라서 같은 언어, 같은 너그러움을 가지고 있지. 아무것도 가지지 못한 사람들의 너그러움은 정이 넘쳐흘러 자신이 가진 시간과 자신의 존재를 상대에게 다 내준다네. 폴린은 암암리에 내 방을 자기 방처럼 여기며 나의 시중을 들고 싶어했고, 그녀의 어머니도 그걸 전혀 말리지 않았지. 오히려 그녀의 어머니가 직접 내 속옷을 손질하는 것을 본 적이 있는데, 그녀는 그런 자상한 마음씀을 들킨 것에 부끄러워하며 얼굴을 붉히더군. 본의 아니게 그들의 피보호자가 된 나는 그들의 시중을 받아들였지. 그런 나의 묘한 심사를 이해하려면 모질도록 힘든 공부와 폭군처럼 군림하는 관념, 그리고 사유를 통해 사는 사람이 자질구레한 물질적인 삶에 대해 느끼는 그 본능적인 혐오를 알아야 할 걸세. 내가 일고여덟 시간 동안 아무것도 먹지 못했다는 것을 알고는 발소리를 죽여가며 간단한 식사를 차려오는 폴린의 그 다정다감한 배려를 어찌 거절할 수 있었겠는가? 그녀는 나에게 자기를 쳐다봐서는 안 된다는 의미의 신호를 보내면서 여인의 우아함과 아이의 천진함이 함께 배어 있는 미소를 지어 보였다네. 그녀는 바로 내게 무엇이 필요한지 미리 알고 공기의 요정처럼 내 지붕 밑으로 미끄러져 들어오는 에어리얼*이었다네. 어느 날 저녁 폴린은 아주 감동적으로 순진하게 자신의 이야기를 내게 했지. 그녀의 아버지는 나폴레옹 근위대의 기마 포병대대 대대장이었다더군. 베레지나 퇴각 때** 그는 그만 코사크 기병대의 포로가 되었대. 나중에 나폴레옹이 포로 교환을 통해 그를 구하려 했을 때 러시아 당국이 그를 찾으려고 온 시베리아를 수소문했지만 헛수고였다네. 다른 포로들의 전언에 따르자면 그는 인도로 갈 계획을 세우고 탈출했다는 거야. 그후로 마담 고댕은, 내 하숙집 여주인 이름이야, 남편에 대한 어떤 소식도 듣지 못했지. 그러는 동안 1814년과 1815년의 파국이 닥쳐왔고, 아무런 재산도 지원금도 없이 혼자 남은 그녀는 딸을 먹여 살리기 위해 하숙집을 운영하기로 결심했던 것이지. 그녀는 남편을 다시 만날 수 있으리라는 기대를 한시도 버리지 않았어. 그녀의 가장 애틋한 슬픔은 폴린을 교육시킬 형편이 못 되었다는 것이었어. 폴린은 보르게즈 왕녀***의 대녀였는데, 그 대녀가 황제 가문의 후견인이 약속한 빛나는 운명을 위반해서는 안 될 일이었으니 말이야. 마담 고댕이 자신

---

* 셰익스피어의 『템페스트』에 나오는 공기의 정령.
** 베레지나는 지금의 벨로루시에 있는 강 이름. 1812년 모스크바에서 패퇴하던 나폴레옹 군대의 베레지나 도하 작전은 많은 희생자를 냈다.
*** 나폴레옹의 누이동생. 그녀의 이름도 폴린이었다.

을 한없이 슬프게 하는 그 쓰라린 고통을 내게 고백하면서 비통한 어조로 '폴린을 생드니에서 교육시킬 방도만 있다면,* 비록 휴지 조각이 되어버렸지만 고댕가※를 나폴레옹 제정의 백작 가문으로 만들어준 문서와 우리가 비쥬노 영지에 대해 가지고 있는 지분을 기꺼이 양도할 텐데'라고 토로했을 때, 나는 갑자기 소스라치게 놀랐으며, 그 두 여자가 내게 베풀어준 보살핌에 보답하기 위해서라도 내가 나서서 폴린의 교육을 맡아야겠다는 생각이 들었다네. 두 여자는 나의 제안을 받아들였는데 그들의 순박함은 그 제안을 한 나의 순진함과 다르지 않았지. 그렇게 해서 나는 기분전환을 위한 시간을 가지게 되었어. 폴린은 아주 훌륭한 자질을 타고났는지라 아주 수월하게 배웠는데 얼마 안 돼서 피아노 실력이 나보다 더 뛰어날 정도였다네. 내 곁에 있으면서 생각한 바를 분명히 말하는 데 익숙해진 그녀는 태양을 향해 천천히 피어나는 꽃잎처럼 인생을 향해 열린 가슴속에 헤아릴 수 없이 많이 담겨 있는 정겨움을 펼쳐 보여주었지. 그리고 그녀는 검고 포근한 두 눈으로 웃는 듯이 나를 뚫어져라 쳐다보면서 흥겹게 몰두하며 내 말에 귀를 기울였어. 그녀는 내가 자기에게 만족스러워하면 어린아이같이 좋아하며 부드럽고 다정한 목소리로 배운 것을 따라 말했어. 그녀의 어머니는 딸이 커가면서 똘똘했던 어린 시절 보여주었던 가능성들을 하나하나 실현시켜나가자 온갖 가지 위험에서 딸을 보호해야 한다는 걱정이 나날이 커져갔는데, 그런 딸이 공부하느라 하루 종일 집 안에 틀어박혀 있으니 흡족한 표정을 띠었지. 피아노가 내 방에만 있

---

* 레지옹 도뇌르 훈장 서훈자의 딸들을 교육하기 위해 설립된 학교가 당시 생드니에 있었다.

었기 때문에 폴린은 내가 집에 없는 틈을 이용하여 연습을 했어. 그래
서 나갔다 집에 돌아오면 아주 수수하게 차려입은 폴린이 내 방에 있
는 것을 볼 수 있었다네. 수수한 차림이었지만 아주 살짝 움직이기만
해도 나긋나긋한 허리와 온몸이 발산하는 매력이 소박한 옷 아래로
드러났지. 「당나귀 가죽」*의 여주인공처럼 그녀는 허름한 신발 속에
예쁜 발을 감추고 있었다네. 하지만 젊은 처녀가 간직한 그런 예쁜 보
물과 풍요로운 매력, 그 모든 현란한 아름다움을 나는 짐짓 못 본 척
했다네. 나는 폴린이 누이동생일 뿐이라고 스스로 다짐했지. 그녀의
어머니가 내게 보여준 신뢰를 저버린다는 것은 생각만 해도 두려운
일이었어. 그래서 나는 그 매혹적인 여자애를 그저 한 장의 그림처럼,
죽은 애인의 초상화인 것처럼 경탄스럽게 바라볼 뿐이었다네. 결국
그녀는 내가 만들어낸 아이였고, 내가 빚은 조각이었던 셈이지. 또한
나의 피그말리온으로서, 그러나 피그말리온과는 반대로, 나는 감각을
지녔고 말을 하며 혈색이 도는 살아 있는 처녀를 대리석으로 만들려
했던 것이네. 나는 그녀에게 아주 엄격하게 대했지. 그러나 내가 그녀
에게 선생으로서 억압적인 조치를 취하면 취할수록 그녀는 더 유순해
지고 더 순종하게 되었다네. 비록 내가 점잖은 성품을 가졌기에 신중
하고 절도 있게 처신한 건 사실이지만, 거기에 자기기만적인 연유가

---

* 샤를 페로의 콩트로 공주가 아버지와의 근친상간을 피하기 위해 당나귀 옷을 걸치고
도망가는 이야기이다. 폴린은 이야기 속의 여주인공처럼 잃어버린 사회적 지위를 나중에
되찾고 라파엘 앞에 화려한 차림으로 나타나게 된다. 그러나 이런 미미한 유사점 말고는
두 이야기 사이에 별다른 공통점이 없는 것으로 보인다. 그리고 비록 라파엘이 지닌 그
신비로운 가죽이 당나귀 가죽의 일종으로 설정되어 있지만 이름만 비슷할 뿐 모티프의
관련성을 찾기도 어렵다.

없지는 않았지. 나는 사유의 성실성이 결여된 돈의 성실성을 도저히 이해할 수 없다네. 여자를 속이느냐 아니면 파산을 하느냐는 내겐 항상 동일한 문제였어. 젊은 여자를 사랑하든 아니면 그녀의 사랑을 받든 그 문제는 말 그대로 진정한 하나의 계약을 맺는 것이라서 계약 조건들이 명확하게 합의되어야만 해. 우리가 자기 몸을 파는 여자를 물리치는 것은 우리 마음대로이지만, 헌신적으로 자신을 바치는 젊은 여자를 그렇게 할 수는 없잖아. 왜냐하면 그녀는 자신의 희생이 얼마나 큰지도 모르고 그렇게 하기 때문이지. 그래서 난 할 수만 있다면 폴린과 결혼이라도 할 마음이었어. 만일 그랬다면 미친 짓이었을 테지만 말이야. 그건 온유하고 순결한 한 영혼을 끔찍한 불행에 빠뜨리는 일이 아니었겠어? 게다가 나의 가난은 가난의 이기적인 언어를 속삭였지. 그러고 나서는 어김없이 완력을 써가며 그 아름다운 영혼과 나 사이에 개입했다네. 그리고 부끄러운 고백이지만, 나는 가난한 상태에서는 사랑이 가능하다고 생각하지 않는다네. 어쩌면 그것은 내 안에 우리가 문명화라고 부르는 그 인간의 질병에 기인하는 타락이 깃들어서 그럴 거야. 그렇더라도 나로서는 설사 어떤 여자가 트로이의 아름다운 헬레네나 호메로스의 갈라테이아만큼 매력적이라 할지라도, 만일 조금이라도 가난뱅이라면 그녀는 나의 욕망에 더이상 아무런 자극도 주지 못한다네. 아! 비단을 두르고 캐시미어 위에 누운 채 경이로울 정도로 사치스러운 장신구로 온몸을 감싸고 있는 사랑이여 영원할지니. 왜냐면 아마도 사랑 그 자체가 바로 사치일 터이니. 나는 맵시 있는 옷가지들을 벗겨 내 욕정의 발아래 구겨버리고 싶고, 화사한 꽃들을 꺾고 싶으며, 한껏 우아하게 치장한 향기나는 가체加髢를 내 우악스러운 손으로 헤집고 싶어. 레이스 베일에 가려져 있지만, 마치 자욱한 포연을 찢고 대포에서 발사되는 화염처럼 그 베일을 뚫고 불꽃을 튀며 이글이글 타오르는 시선을 내쏘는 두 눈이야말로 내게 환상적인 매력을 불러일으킨다네. 나의 사랑은 어느 겨울날 밤 소리 없이 여인의 방으로 타고 올라갈 비단 사다리를 필요로 한다네. 눈을 흠뻑 맞고 당도한 침실에는 향초가 불을 밝히고 다채로운 비단 벽걸이가 장식되어 있는데 거기 한 여인이 나처럼 눈을 털어내고 있을 때, 그때의 기쁨을 어디에 견주랴! 눈을 털고 있는 여인이라니? 그녀가 걸치고 있는 그 관능적인 모슬린 베일에 눈이라는 말 말고 어떤 다른 이름을 붙일 수 있겠는가? 그녀의 몸매가 마치 구름 속 천사의 모습처럼 아련히 비치는 그 베일, 그녀가 금방이라도 벗어던질 것 같은 그 베일에 말이야. 그러나 그것만으로는 아직 부족하네. 내겐 거기에다가 행복은 행복이되 좀 두려운 행복이, 안도감은 안도감이되 좀 긴장감 있는 안도감이 더 필요하다네. 요컨대 내가 만나고자 하는 여인은 신비스러운 여인, 그러나 눈부시게 아름다운 여인, 그러나 세상 한가운데에 있는 여인, 그러나 후덕하고 온몸에 찬사를 받으며, 레이스와 다이아몬드로 치장을 하고 온 도시에 군림하는 여인, 너무 높은 곳에 있고 너무 압도적이어서 감히 아무도 범접할 수 없는 그런 여인이어야 한다네. 자신의 궁전 한가운데에서 그녀는 남몰래 내게 시선을 던지지. 그런 모든 가식을 벗어던지는 시선, 나를 위해 세상과 뭇 남자를 모두 버리는 그런 시선을 말이야. 사실대로 말하자면, 나도 정작 내가 몇 인치에 불과한 비단 레이스, 벨벳, 고운 삼베 같은 것이나, 미용사의 솜씨일 뿐인 머리 모양새, 촛불의 효과로 돋보이는 미모, 화려한 마차,

작위, 유리세공사가 그리거나 금은세공사가 새긴 귀족 문장紋章 속의 왕관 같은 것들, 요컨대 모두 다 인위적이면서 여인을 이루는 것 중 가장 여인답지 못한 것들을 사랑한다는 사실을 깨닫고 수없이 자조에 빠졌다네. 나는 나 자신을 비웃고 곰곰이 따져보기도 했지만 모두 헛일이었다네. 귀족 여인, 그리고 그녀의 고운 미소와 그녀의 돋보이는 몸가짐과 그녀의 고고한 자존심이 나를 사로잡는 것들이거든. 그 여인이 세상이 자신에게 범접할 수 없도록 자기와 세상 사이에 장벽을 세울 때 비로소 그녀는 내가 가진 모든 허영심을 만족시켜주지. 그런데 허영심이야말로 사랑의 절반이 아닌가. 내가 사랑하는 여자가 모든 사람들의 부러움을 사야 그녀로 인해 느끼는 나의 기쁨이 훨씬 더 흥취를 더하는 것 같다네. 나의 애인이라면 다른 여자들이 하는 것은 일절 하지 않아야, 걸어다니지도 않고 다른 여자들처럼 살지도 않아야, 다른 여자들이 걸칠 수 있는 그런 외투는 입지 않아야, 그녀만의 고유한 향기를 발산해야 비로소 훨씬 더 내 것인 것 같지. 그녀가 속세에서 멀어지면 멀어질수록, 심지어 사랑이 가진 세속적인 속성을 고려할지라도 내 눈에는 그런 그녀가 더욱더 아름다워 보인다네. 나로서는 참으로 다행스럽게도 프랑스에 왕비가 존재하지 않은 지 20년이 지났는데, 만일 왕비가 있었다면 난 왕비를 사랑했을 것이네.* 여인이 왕비의 풍모를 갖추려면 모름지기 부자여야만 하네. 나의 이러한 소설 같은 공상에 비추어볼 때 폴린은 무엇이었던가? 그녀는 목숨으

* 라파엘은 7월 왕정의 왕 루이 필리프의 부인 마리 아멜리를 왕비로 인정하지 않는다. 라파엘은 1809년 폐위된 나폴레옹의 첫번째 부인 조제핀 드 보아르네를 프랑스의 마지막 왕비로 간주한다.

로 값을 치를 만한 그런 밤을 내게 팔 수 있었는가? 인간의 모든 기능을 위태롭게 만들고 죽이는 그런 사랑을 내게 팔 수 있었는가? 자기 자신밖에는 아무것도 줄 것이 없는 가난한 처녀를 위해 우리가 목숨을 바쳐야 할 일은 좀처럼 없을 것이네! 나는 시인으로서 내가 간직하고 있던 이러한 감정과 몽상을 결코 버릴 수 없었다네. 나는 불가능한 사랑을 위해 태어났던 것일세. 게다가 우연의 농간으로 난 내 소원 이상으로 과분한 대접을 받도록 만들어져버린 것이네. 폴린의 귀여운 두 발에 새틴 구두를 신겨주는 공상에 빠진 적이 무릇 몇 번이었던가? 어린 미루나무 가지처럼 날렵한 그녀의 허리를 속이 훤히 비치는 얇은 드레스로 가두는 공상에 빠진 적은? 젖가슴 위로 하늘거리는 스카프를 두르고 자신의 저택에 깔린 카펫을 사뿐히 밟고 나오는 그녀를 화려한 마차로 인도하는 공상에 빠진 적은? 나는 그녀를 그렇게 찬미했다네. 그녀가 갖지 못한 도도함을 그녀에게 부여한 것이지. 나는 그녀가 지닌 모든 덕성들, 순진한 구석들, 꾸밈없는 성정, 천진난만한 미소를 그녀에게서 제거해버린 다음, 그녀를 우리들 악덕의 스틱스강 속에 담가 그녀가 매정한 마음을 갖추도록 만들고, 그녀를 우리의 죄악으로 잔뜩 치장해 우리 살롱의 환상 속 인형, 그러니까 아침에 자고 밤이면 촛불 빛으로 다시 깨어나는 수척한 여인으로 만들고자 했지. 폴린은 감정 그 자체였고 풋풋함 그 자체였다네. 나는 그녀를 메마르고 냉혹한 여자로 만들고 싶었어. 내가 광기에 빠져 헤매던 막바지 즈음에는 마치 우리의 어린 시절 장면들이 기억 속에 떠오르듯이 그렇게 폴린이 환영처럼 나타났어. 감미로운 순간들을 머릿속에 그리며 가슴이 울렁거리던 때가 한두 번이 아니었다네. 어떤 때는 내 책상 곁에 앉아 말없이 평온하게 명상에 잠긴 모습으로 바느질에 열중하고 있는 매혹적인 그녀가 되풀이해서 보였다네. 내 방 천창에서 내려온 빛이 그녀를 희미하게 비추면서 그녀의 아름다운 검은 머릿결 위에 은빛처럼 어른거리는 연한 광채를 수놓았다네. 어떤 때는 그녀의 싱그러운 웃음소리가 들리거나 풍성한 음색으로 손수 능수능란하게 작사 작곡한 우아한 영탄곡들을 부르는 그녀 목소리도 들렸지. 종종 나의 폴린은 음악을 하면서 무아지경에 빠졌는데, 그런 그녀의 모습은 카를로 돌치가 조국 이탈리아를 표현하기 위해 그린 저 고결한 얼굴과 놀라우리만치 닮아 보였다네. 인정사정없는 내 기억력은 방탕한 생활에 빠져 허우적대던 내 앞에 그 젊은 처자를 데려놓았지. 하나의 회한처럼, 덕성의 표상처럼 말이야! 하지만 이제 그만 자신의 운명을 걸어가도록 그 불쌍한 애를 놓아주자구! 그녀가 불행해질 수도 있겠지만 내가 그녀를 나의 지옥 속으로 끌어들이지만 않는다면 최소한 그녀가 몸서리쳐지는 인생의 격랑을 피하도록 조처해주는 것은 될 걸세. 작년 겨울이 되기 전까지는 나의 삶은 내가 자네에게 어렴풋이나마 보여주려고 했던 것처럼 평온하고 근면한 삶 바로 그 자체였다네. 그런데 1829년 12월 초순경 우연히 라스티냐크*를 만났어. 그는 초라

---

* 후일 『인간극』의 매우 중요한 인물 중의 하나가 되는 라스티냐크가 맨 처음 등장하는 장면이다. 앞의 주흥 장면에서 언급되는 인물들처럼 후일 『인간극』의 세계에 재등장하는 인물들은 사실은 발자크가 나중에 '인물의 재등장 수법'을 적용하기 위해 애초의 이름들을 바꾸었던 것이다. 라스티냐크만이 유일하게 이 작품에서 창조되어 후일의 여러 작품에 다시 등장한다. 그러니까 인물의 재등장 수법을 처음 시도한 『고리오 영감』에 지방 출신 대학생 신분으로 등장하는 그 유명한 라스티냐크는 바로 이 처음 나온 바람잡이 라스티냐크의 과거 존재이다.

하기 그지없는 내 입성에도 아랑곳하지 않고 내게 팔을 내밀며 정말로 친형제같이 내 인생역정에 관심을 보여주었다네. 끈끈이에 사로잡힌 듯 그의 태도에 끌린 나는 그에게 나의 삶과 희망을 간략하게 이야기했지. 그는 한바탕 웃어젖히더니 나를 천재인 동시에 얼간이로 취급하더군. 그의 호언장담, 세상 경험, 수완이 보통이 아님을 보여주는 호사스러운 차림 등은 감히 그를 거역할 수 없게 만들더군. 라스티냐크는 내가 요양원에서 바보 멍청이처럼 알아주는 이 하나 없이 죽을 운명이라고 말했지. 내가 그렇게 죽으면 그가 내 관을 직접 운구해 극빈자 무덤에 던져버리겠다고 하더군. 그는 내게 허장성세에 대해 말했어. 그를 아주 매혹적인 존재로 만들어주는 그 친근한 언변으로 그는 내게 모든 천재는 알고 보면 다 허풍선이들이라고 말했지. 그는 내가 계속 코르디에 거리에서 벗어나지 않는다면 내 존재는 더하기가 아닌 빼기의 의미, 곧 죽을 이유만 가질 뿐이라고 단언했어. 그의 말을 따르자면 나는 사교계로 진출해서 사람들이 내 이름만 익숙하게 입에 올리도록 만들어야 한다는 거였어. 살아 있는 위대한 인물에게는 어울리지 않는 그 허접스러운 **무슈**라는 호칭을 내 이름에서 떼어버려야 한다는 거였지. 그가 소리 높여 말하더군. '어리석은 자들은 그런 일을 두고 **음모를 꾸민다**고 하고, 도덕군자들은 **방탕한 삶**이라는 이름으로 그런 일을 금하지. 에이, 이제는 사람만 보지 말고 결과를 보자구. 자네, 열심히 공부하지?…… 참 좋지! 하지만 자넨 결코 아무것도 이루지 못할 걸세. 날 봐, 나는 모든 일에 적합하지만 어떤 일에도 열성을 안 보이지? 바닷가재처럼 게을러터지고? 허참! 그런데 모든 것을 이루는 자는 나일 걸세. 나는 마구 나대고 막 들이대지. 그러면 사람들이 내게 자리를 비켜준다네. 내가 허풍을 떨면 사람들은 나를 믿는다네. 내가 빚을 지면 사람들이 그걸 대신 갚아주고! 이보게, 방탕이란 하나의 정치적인 삶의 방식이야. 자신의 전 재산을 들어먹는 데 푹 빠진 자에게 대개 삶은 하나의 투기라고 할 수 있지. 그는 자기 자본을 친구에게, 후견인에게, 쾌락을 위해, 친분을 얻기 위해 투자하는 거야. 장사꾼이 백만금을 투기 사업에 걸었다고 해볼까? 20년 동안 그는 잠도 못 자고 술도 못 마시고 삶을 즐길 줄도 모르지. 그는 자신의 돈 백만금에 노심초사하며, 유럽 전역에다 그 돈을 굴리지. 그는 지긋지긋할 거야. 인간이 만든 온갖 괴물을 불러 자신에게 저주를 퍼붓고. 그러다가 어느 구석에선가 파산이 일어나 청산 작업이 진행되고. 난 그런 꼴을 많이 보았는데, 그 때문에 그는 대개의 경우 한 푼도 못 건지고, 명성도 잃고, 친구도 다 떨어져나가지. 그렇지만 방탕아란 말이야, 삶을 즐기고 신나게 자기 말을 경주시키는 자야. 어쩌다가 불운하게 자기 재산을 다 날려버려도 그는 국세청장에 임명되거나 좋은 혼처가 생기거나 장관 아니면 대사와 끈이 연결되는 그런 행운을 잡지. 그에게는 여전히 친구들과 명성이 남아 있고 늘 돈이 떨어지지 않는다네. 그는 세상을 움직이는 원동력을 알기 때문에 자기 이익을 위해 그것을 조종하지. 이러한 방식이 논리적인가, 아니면 내가 한낱 미친놈일 뿐인가? 이것이 바로 이 세상에서 매일매일 벌어지는 인생극의 교훈이 아니던가?' 이 말을 한 뒤 잠시 뜸을 들이다가 그가 말을 이었어. '자네의 책은 완결되었고, 자넨 굉장한 재능의 소유자야! 그래! 자넨 내가 출발했던 지점에 도착한 거야. 이젠 자네 스스로 자신의 성공을 만들어가야 하네, 그것이 더 확실한 방법이지. 앞으로 각종 파벌과 동맹관계를 맺거나, 잘난 척하는 것들은 제압해버리고. 난 말이지, 자네가 성공하는 데 절반쯤 관여할 의사가 있어. 자네의 왕관 위에 다이아몬드를 얹어줄 보석상이 될 거란 말이야. 자, 시작하고 싶으면 내일 밤 이곳에서 보지.' 그가 그렇게 말했어. '내 자네를 파리의 모든 유명인들,* 그들이 바로 우리 시대의 파리란 말이야, 그들이 죄다 모이는 집으로 데려가 멋쟁이들, 백만장자들, 명사들, 한마디로 말해 크리조스톰 성인**처럼 황금을 설파하고 다니는 사람들에게 소개해주겠네. 그 사람들이 어떤 책을 하나 점찍으면 그 책은 단번에 유행을 하게 되지. 만일 그 책이 실제로 훌륭한 책이라면 그들은 그러니까 영문도 모르고 그 책 저자에게 천재 면허증을 하사하는 셈이 되는 거야. 이보게, 자네가 좀 똑똑했으면 좋겠네. 재산의 이론을 좀더 잘 이해함으로써 자네 역시 자네가 세운 그 의지의 이론으로 한 재산 이룰 수 있을 것이네. 내일 자네는 페도라라는 멋진 백작 부인을 만나게 될 것이네, 아주 유명한 부인이지.' '그런 여자 이야기를 들어본 적이 없는데.' '자네 아프리카에서 온 반투족이군,' 라스티냐크가 웃으면서 말했어. '페도라를 모르다니! 8만 리브르 가까이 되는 연금을 지니고 있는 최고의 결혼 상대인데, 그녀가 아무도 받아들이려고 하지 않는 건지 아무도 그녀에게 관심이 없는 건지, 아직 혼자야! 수수께끼 같은 여잔데, 반은

---

* 'Tout-Paris'는 17세기부터 파리의 모든 거주민들을 가리키는 말로 사용되다가 19세기 초부터는 귀족이 몰락한 후 파리의 상류 사교계를 주름잡기 시작한 부르주아 출신의 엘리트 또는 세력가들을 지칭하는 표현으로 굳어진다.
** 4세기경 초대 교회 교부 중의 한 사람인데 '황금 입'이라는 별명이 붙을 정도로 설교가 일품이었다고 한다. 라스티냐크는 여기서 "황금을 설파하다"는 표현을 "금언을 전하다"는 본래의 뜻 말고 "돈 이야기만 하다"는 속된 표현으로 의미를 비틀고 있다.

러시아 여인인 파리 여인이라고 할까, 아니면 반은 파리 여인인 러시아 여인이라고 할까! 그녀의 살롱에서는 온갖 종류의 낭만적인 언사가 쏟아지지만 그 말들이 세상 밖으로 나오지는 못한다네. 파리에서 가장 아름다운 여인이요, 가장 우아한 여인이지! 그런 여인을 모른다니 자넨 반투족도 못 돼. 자넨 반투족과 동물 사이에 있는 중간 단계의 짐승이야. 잘 가게, 내일 보세.' 그는 한쪽 발로 빙그르르 한 바퀴 돌더니 내 대답은 듣지도 않고 사라져버렸어. 정신이 제대로 박힌 남자라면 페도라에게 소개되는 것을 마다할 리 없다는 뜻이었겠지. 하나의 이름이 주는 매혹을 어떻게 설명해야 할까? 페도라라는 이름은 보통 사람들이 야합을 하려고 할 때 품는 나쁜 생각처럼 줄곧 나를 따라다녔다네. 하나의 목소리가 내 귓전을 맴돌았네, 너는 페도라의 집에 가게 될 것이다, 라고 말하는 목소리가. 그 목소리와 싸워보았자, 그 목소리는 거짓말을 하고 있는 거라고 소리쳐보았자 아무 소용이 없었다네. 그 목소리는 페도라라는 그 이름을 가지고 나의 반박들을 철저히 분쇄해버렸어. 그 이름, 그 여자는 내 모든 욕망의 상징이고 내 인생의 주제이지 않았던가? 그 이름은 사교계의 그 현란하게 꾸민 시편들을 떠올리게 해주었고, 파리 상류사회의 잔치들과 허영의 금박들을 번쩍거리게 해주었어. 그 여자는 내가 미쳐 있던 그 모든 열정의 문제를 동반하고 내게 나타난 거였어. 어쩌면 내 영혼 속에 꼿꼿이 서서 다시 나를 유혹한 것은 그 여자도 그 이름도 아니라 내가 가진 모든 악덕이었는지 몰라. 부자인데다 애인도 없고 파리의 온갖 유혹에도 넘어가지 않는 페도라 백작 부인은 내 희망과 내 미래상의 화신이지 않았던가? 나는 한 여자를 만들어내 내 생각 속에 구체화하면서 간절히 그녀를 원했지. 그날 밤 나는 잠을 이루지 못했네. 나는 벌써 그녀의 애인이 되어 순식간에 한 인생 전체, 사랑의 인생을 그녀에게 바치고, 그 사랑의 교감이 주는 풍성하고 불같은 기쁨을 만끽했다네. 다음날, 나는 저녁까지 길고도 길게 기다려야 하는 형벌을 견딜 수 없어 소설책 한 권을 빌리러 나갔고* 그 책을 읽으며 낮 시간을 보냈는데, 아무런 생각도 할 수 없었고 시간의 흐름을 측량할 수도 없는 상태였다네. 책을 읽고 있는 내내 페도라라는 이름이 멀리서 들려오는 소리처럼, 귀에 거슬릴 정도로 크진 않지만 귀를 기울이게 만드는 그런 소리처럼 귓전을 맴돌았다네. 다행스럽게도 그때 난 아직 꽤 쓸 만한 검은 예복 한 벌과 흰 조끼 하나를 가지고 있었고, 전 재산으로 한 30프랑 정도가 수중에 남아 있었지. 나는 그 돈을 헌 옷가지와 서랍 속에 여기저기 분산시켜놓았는데, 그건 100수짜리 동전과 변덕스러운 내 생각 사이에 가시철조망을 설치해 접근을 차단하거나 방안 곳곳을 돌아다니다가 요행수로 동전이 걸려들게 만들려는 의도였다네. 그래서 옷을 입다가 어질러진 종이 더미 속에서 내 보물을 파헤치는 경우도 있었지. 그러다가 돈과 마주친 경우는 드물었으니 그동안 장갑을 사고 마차 삯을 내느라 나간 돈이 얼마인지 미루어 짐작할 수 있을 거네. 그것들이 한 달치 내 밥값을 삼켜버린 것이지. 오호라! 우리는 우리의 변덕스러운 생각에 지출할 돈이 모자란 적이 없다네. 오직 생활필수품에 드는 비용만을 줄이려고 안달이지. 우리는 무희들에게는 아무렇지도 않게 황금을 던져주면서 월급 봉투를 기다리는 굶주린 가족

---

* 당시만 해도 아직 소설책 값은 매우 비쌌다. 그래서 대본소가 주된 독서 공간이었다.

을 둔 노동자에게는 어떻게 해서든지 돈을 안 주려고 하지. 100프랑 짜리 옷을 입고 다이아몬드가 박힌 둥근 손잡이 지팡이를 가지고 다니면서 고작 25수짜리 식사로 저녁을 때우는 사람들이 얼마나 많은가? 우리는 허영의 쾌락을 얻는 대가를 상당히 비싸다고 여기는 적이 결코 없는 것 같네. 약속 시간에 맞춰 나온 라스티냐크가 근사하게 차려입은 나의 돌변한 모습에 미소를 지으며 나를 놀렸다네. 그렇지만 우리가 백작 부인 집에 가는 동안 내내 그는 내게 백작 부인을 만나면 어떻게 처신해야 하는지에 대해 진지한 조언을 해주었지. 그는 그녀가 인색하고 도도하며 의심이 많다고 설명했어. 그러나 인색하되 호사스럽고, 도도하되 소박하며, 의심이 많되 친절하다는 거였어. 그가 내게 이렇게 말하더군. '자네, 내가 왜 이러는 줄 잘 알아야 하네. 사귀는 여자를 바꾸는 것이 내게는 얼마나 큰 손해인 줄 잘 알잖나. 페도라를 죽 지켜보면서 나는 절대 그녀와 사귈 생각이 없었고 냉정을 유지했다네. 그만큼 내가 하는 말은 틀림이 없을 걸세. 자네를 그녀에게 소개해줄 생각을 하면서 나는 자네의 운명을 염두에 두었다네. 그러니 그녀에게 할 말을 미리 하나하나 모두 잘 생각해두게나. 그녀의 기억력은 혀를 내두를 정도지. 수완은 외교관을 절망에 빠뜨릴 정도고. 그래서 그녀는 외교관이 언제 사실을 말하는지 능히 예견할 수 있다네. 우리끼리 얘긴데, 그녀의 결혼은 러시아 황제가 인정하지 않은 모양이야. 내가 러시아 대사에게 그녀 이야기를 한 적이 있는데 그때 그는 웃어넘기고 말았단 말이야. 러시아 대사는 그녀를 응대하지 않아. 불로뉴 숲에서 우연히 그녀를 만나도 아주 건성으로 인사하고 말 뿐이지. 그렇지만 그녀는 세리지 부인의 클럽 일원이고, 뉘싱겐 부인과 레스토 부인 집에도 드나들지. 프랑스에서 그녀의 명성은 여전해. 카리글리아노 공작 부인도, 보나파르트 일파 중에서 **목**이 가장 **뻣뻣**하기로 이름난 원수 부인도 그녀와 함께 여름날을 보내러 종종 그녀의 영지에 간다네.* 잘난 척하는 많은 상류층 젊은이들은, 프랑스 상원의원의 아들 같은 자들 말이야,** 그녀의 재산을 노리고 그 대가로 그녀에게 귀족의 이름을 주겠다고 했지. 그녀는 그들을 모두 점잖게 돌려보냈다네. 아마 백작쯤은 돼야 그녀의 마음이 움직일 거야! 자네는 후작이 아닌가?*** 그녀가 자네 마음에 든다면 과감하게 돌진하게. 내가 주겠다고 한 교훈이 바로 이거야.' 나는 이런 농지거리를 듣고 라스티냐크가 우스갯소리로 내 호기심을 자극하려 한다고 생각했어. 그렇게해서 즉흥적으로 촉발된 내 열정은 우리가 꽃으로 장식된 회랑 앞에멈추어 섰을 때 절정에 다다랐지. 영국식 **안락함**을 어떻게 해서든지흉내내려고 한 흔적이 역력히 드러나는 폭이 넓은 계단을 오르는 동안 내 가슴은 방망이질을 해댔지. 그건 부끄러운 일이었다네. 난 내 출신성분과 감정과 긍지를 저버리는 짓을 하고 있었던 것이지. 나는 어리석게도 부르주아처럼 굴었던 거야. 애달파! 3년간의 곤궁한 생활 끝에 다락방은 벗어났지. 그러나 나란 놈은, 손끝 하나 다치지 않고 권력

* 세리지 부인, 뉘싱겐 부인, 레스토 부인, 카리글리아노 공작 부인은 모두 『인간극』의 인물들. 뉘싱겐 부인과 레스토 부인은 유명한 고리오 영감의 두 딸이다.
** 왕정복고 기간과 7월 왕정 초반에 프랑스 의회는 국민들이 선거로 뽑는 하원과 정부가 지명하는 상원의 양원제였다. 그리고 상원의원은 세습제였는데, 이 세습제는 이 작품이 출간된 직후인 1831년 12월 29일 폐지된다.
*** 당시 프랑스 귀족 서열은 높은 순서대로 공작(prince 또는 duc), 후작(marquis), 백작(comte), 남작(baron)이다.

을 손에 넣은 자를, 그건 공부를 하면서 미리 정치 투쟁에 익숙해졌기 때문에 그럴 수 있는 것인데, 아무튼 그런 자를 일거에 부자로 만들어주는 그 막대한 지적 자산이, 그 엄청난 습득 재산이 일상의 자질구레한 것들보다 우위에 있다는 사실을 여전히 깨닫지 못한 그런 녀석이었지. 그때, 스물두 살가량 돼 보이는 여자가 눈에 들어왔어. 중키에다가 흰옷을 입은 그녀는 남자들로 둘러싸인 채 손에 깃털 부채를 들고 터키풍 장의자 위에 나른하게 누워 있더군. 라스티냐크를 보자 그녀는 몸을 일으키더니 우리에게 다가와서는 우아하게 미소를 지으면서 내게는 감미로운 목소리로, 그러나 의례적인 것이 뻔한 인사말을 하더군. 우리의 친구는 나를 아주 똑똑한 사람으로 소개했어. 그의 능란한 언변과 과장된 허풍 덕분에 난 기분좋은 환대를 받았지. 난 갑자기 각별한 관심의 대상이 된 거야. 그래서 곤혹스러웠어. 하지만 라스티냐크가 나를 수줍음을 잘 타는 사람이라고 미리 소개한 것이 다행이었어. 그 자리에서 나는 학자들과 문인들, 그리고 전직 장관들과 상원의원들을 만났지. 나의 출현으로 잠시 중단되었던 대화가 곧 이어졌어. 나는 대화의 수준이 내가 감당할 수 있는 정도라서 적이 안심이 되었지. 이윽고 내게 발언할 기회가 왔네. 난 안 그런 척하면서, 그러나 상당히 신경을 써서 적당히 신랄하고 심오하며 때론 기지 넘치는 단어를 구사해가며 토론 내용을 정리했지. 반응이 썩 괜찮았어. 라스티냐크는 늘 그러했듯이 이번에도 예언자가 되었던 거야. 사람들이 좀 뜸해져서 빠져나올 만한 여유가 생기자 나의 인도자는 나와 팔짱을 끼고 이 방 저 방 나를 데리고 다녔어. 그가 내게 말하더군. '공작부인에게 너무 탄복하는 모습을 보이지 말게. 그녀는 자네가 방문한 동기를 알고 있을 것이네.' 살롱 장식에는 주인의 고상한 취향이 역력했다네. 명화도 여럿 걸려 있는 것이 보였어. 아주 부유한 영국인 집처럼 방은 저마다 독특한 특징을 지니고 있었는데, 비단 벽지와 장식품과 가구 형태, 그리고 아주 소소한 장식에 이르기까지 모든 것이 방에 처음 들어섰을 때의 느낌과 부합했어. 출입문들이 태피스트리 형태의 커튼으로 가려져 있는 고딕양식의 내실을 보니 작품의 액자, 괘종시계, 양탄자의 그림 등 내부를 장식하는 모든 것 역시 고딕양식으로 맞춰놓았더군. 문양이 새겨진 갈색 들보들이 떠받치고 있는 천장에는 그지없이 독창적이고 우아한 격자 장식들이 눈에 들어왔고, 내장재역시 예술적으로 다듬어진 것들이었지. 그 어느 것 하나도, 다채롭고값져 보이는 스테인드글라스의 십자창까지도, 그 아름다운 장식 전체를 저해하지 않았다네. 나는 그 현대적인 조그만 살롱의 모습에 놀라움을 금치 못했다네. 그토록 경쾌하고, 그토록 신선하며, 그토록 감미로운 한편, 금칠을 최대한 자제하여 번쩍거리지 않게 하는 우리의 장식 기술을 남김없이 발휘한 그 예술가가 과연 누구란 말인가? 그곳은 독일 발라드처럼 정겹고 몽롱했으며, 1827년 당시*의 열정을 그대로 보여주는 하나의 진정한 축소판으로서 화분에 한가득 피어 있는 진귀한 꽃들의 향기가 났어. 그 살롱을 지나니 이어서 금빛 찬란한 방이 나타났는데, 루이 14세 시대의 취향을 되살려놓아서 요즘 우리 시대의 벽칠 방식과는 사뭇 달라 이상야릇해 보였지만 멋진 대조 효과를

---

* 라파엘이 라스티냐크를 만나 페도라를 소개받은 시점은 앞(178쪽)에 '1829년 12월 초순경'이라고 나와 있다. 1827년은 이와 맞지 않는다. 『인간극』에서는 이런 유의 착오가 드물지 않게 나타난다.

낳았어. '자네 앞으로 꽤 괜찮은 곳에서 살게 생겼네' 하고 라스티냐크가 약간 조롱이 묻어나는 미소를 지으며 내게 말하는 거야. 그리고 자리에 앉으면서 '구미가 당기지 않아?'라고 덧붙이더군. 그러다가 갑자기 일어서서 내 손을 잡고 날 침실로 데려가더니, 흰색 모슬린과 역시 흰색으로 아롱아롱 반짝거리는 천이 겹쳐 늘어진 닫집 아래 은은하게 조명을 받고 있는 관능적인 침대를 가리키는데, 천재와 약혼한 젊은 요정이 자는 침대가 있다면 바로 그런 침대일 거야. 그가 낮은 목소리로 말하더군, '뭔가 외설스럽고 도도하며 지나칠 정도로 교태스러운 그런 구석이 있지 않나? 우리의 시선을 저 사랑의 옥좌에 붙들어 매는 그런 거 말이야. 자기 자신의 몸과 마음은 아무에게도 허락하지 않으면서 다른 모든 사람더러는 숨김없이 패를 까보이도록 하는 것! 만일 내가 내 멋대로 할 수만 있다면 이 여자가 무릎을 꿇고 내 집 문 앞에서 우는 모습을 보고 싶은데.' '그녀의 정조를 그 정도로 확신할 수 있단 말이야?' '우리가 아는 거물 중에서 가장 대담한 자들도, 심지어는 가장 능란한 자들도 그녀에게는 실패했다고 실토를 한다네. 그래도 여전히 그들은 그녀를 사랑하며 그녀의 헌신적인 친구라는 거야. 그 여자는 정말 수수께끼가 아닌가?' 서로 주고받은 이런 말들은 나를 취한 것같이 흥분시켰고 불붙은 내 질투심은 벌써 그녀의 과거를 염려할 정도였다네. 묘한 전율을 느끼며 나는 백작 부인과 헤어졌던 살롱으로 급히 발걸음을 돌리다가 고딕양식의 내실에서 그녀와 마주쳤어. 그녀는 미소로 나를 불러 세워 자기 옆에 앉으라고 하더니 내가 하는 일에 대해서 묻는데 내 일에 지대한 관심을 보이는 것 같았어. 특히 나의 지론持論을 선생식 어투를 사용하여 현학적으로 설파하지 않고 우스갯소리로 바꾸어 가볍게 설명하니까 더 그랬던 것 같았어. 그녀는 인간의 의지라는 것이 증기와 마찬가지로 하나의 물리적인 힘이라는 나의 설명을 듣고 아주 흥미로워하는 것 같았어. 나는 누군가 능히 그 힘을 한군데로 모아 완전히 다 가동하면, 그래서 그 막강한 유체를 뭇 영혼을 향해 쏟아부을 줄만 안다면 정신세계에서 그 어떤 것도 그 힘에 대적할 수 없으며, 그렇게 되면 그 사람은 인간과 관련하여 그 모든 것을, 심지어는 자연의 절대적인 법칙까지도 자기 마음대로 바꿀 수 있다고 설명했지. 페도라의 반박이 뒤따랐지. 그런 모습은 그녀가 얼마큼은 섬세한 정신의 소유자라는 것을 보여주었어. 나는 처음 얼마간은 그녀의 환심을 사기 위해 그녀의 말도 일리가 있다고 기꺼이 맞장구를 쳐주었지. 그러고 나서는 단칼에 그녀의 여성다운 추론을 논파해버렸어. 바로, 살면서 매일 접하는 현상인 수면, 겉으로는 대수롭지 않아 보이지만 실제로는 과학자도 풀지 못하는 난제가 산적한 수면이라는 현상에 그녀의 관심을 환기시킨 것이지. 나는 대번에 그녀의 호기심을 자극한 거야. 백작 부인은 내가 우리의 관념이란 그 자체로 완전한 유기적인 존재로서 보이지 않는 세계에 기거하면서 우리의 운명에 영향을 미치는 것이라고, 한 세기를 풍미했으며 지금도 여전히 위력을 떨치는 데카르트, 디드로, 나폴레옹의 사상들을 증거로 들면서 설명하자 숨소리조차 내지 않았지. 황공하게도 난 그녀의 관심을 끌었던 거야. 그녀는 자리를 떠나면서 자기를 만나러 다시 와달라고 나를 초대하더군. 궁정풍으로 그녀는 내게 환대를 베푼 거야. 페도라가 예의상 한 말을 내가 평소 습관처럼 고지식하게 그녀의 마음에서 우러나온 말이라고 착각한 것인지, 아니면 페도라가 정말로 내가 장차 유명해질 것 같으니까 자신이 관리하는 유명 학자들의 수를 늘릴 속셈으로 그랬는지는 몰라도 어쨌든 나는 그녀의 환심을 샀다고 믿었어. 해서 나는 그날 저녁 내내 이 독특한 여인과 그녀의 행동거지를 세심하게 조사하기 위하여 내가 가진 생리학 지식과 그동안 여자에 대해 연구한 것들을 총동원했지. 나는 창문 옆 움푹 팬 공간에 몸을 숨기고 그녀의 생각을 염탐했어. 그녀의 태도에서 그녀의 생각을 유추해내려고 했고, 이 안주인이 오고 가고, 앉고 이야기하고, 남자를 불러 그에게 질문을 던지고 창틀에 기대 그의 대답을 경청하는 그 절묘한 동작들을 연구했다네. 나는 그녀의 걸음걸이 사이사이 정지된 동작이 너무도 나긋나긋하고, 드레스의 출렁임이 너무도 매혹적인 것을 발견했지. 게다가 그녀가 도발하는 욕정은 너무나 강렬했다네. 그래서 나는 그녀가 정숙한 여자라는 말을 의심하기 시작했다네. 페도라가 지금은 사랑에 무관심한 것 같지만 옛날에는 몹시도 뜨거운 여자였음이 틀림없다는 확신이 들었지. 그녀가 남자 앞에서 이야기할 때 보여주는 몸짓이나 교태를 부리듯이 판벽에 기대선 자세에는 교묘하게 연출된 관능의 흔적이 그린 듯 생생하게 나타났던 것이지. 너무나도 강렬한 남자의 시선을 받고 감전된 듯 금방이라도 쓰러져서 사라져버릴 것처럼 구는 여자가 꼭 그녀 같았을 거야. 나른하게 팔짱을 낀 채 대화를 호흡하는 것처럼 보이고 심지어 눈으로 반색을 하며 대화를 경청하는 그녀는 온몸으로 감정을 표현하는 것이었어. 싱그럽고 붉은 그녀의 입술은 새하얀 안색과 대조를 이루었지. 그녀의 갈색 머리는 피렌체 대리석처럼 핏줄이 서려 있는 오렌지 색조의 두 눈을 더욱 돋보이게 해주었는데, 그 두 눈의 표현력은 그녀의 말에 섬세함을 더해주는 것 같았어. 그리고 그녀의 상반신은 매혹적이기 그지없는 우아함이 물씬 풍겼지. 그녀를 시샘하는 여자라면 좀 모여 있는 듯한 그녀의 두툼한 두 눈썹에서 박정한 느낌이 든다고 트집 잡을지도 모르겠고, 얼굴 윤곽선에 보일 듯 말 듯 돋아 있는 솜털을 비난할지도 모르겠어. 하지만 나는 그 모든 것에 새겨져 있는 열정을 발견했다네. 이탈리아 여인을 연상하게 하는 그녀의 두 눈꺼풀 위에, 밀로의 비너스를 방불케 할 정도로 아름다운 두 어깨 위에, 얼굴에, 조금은 강인한 듯 보이지만 엷게 그늘져 있는 윗입술 위에 사랑이 쓰여 있었던 거야. 그녀는 한 명의 여인 이상이었어. 그녀는 한 편의 소설이었어. 그래, 그 여성적인 농염한 매력들은, 신체 라인의 전체적인 조화는, 상대 남자의 정념을 들뜨게 만드는 그 농익은 몸매는, 온몸이 풍기는 분위기와는 정반대로 그녀가 항상 조심하며 극도로 겸손하게 처신했기 때문에 겉으로 잘 드러나지 않았던 거야. 이 여인이 감추고 있는 운명적으로 타고난 관능의 표시들을 간파해내려면 나처럼 날카로운 관찰력을 가져야 해. 내 생각을 더 명확하게 표현하자면 이래. 페도라에게는 가슴께를 경계로 해서 두 여인이 존재한다는 것. 가슴 아래로는 냉정한 여인인데, 오직 머리 쪽만은 사랑이 넘치는 그런 여인이라는 것. 그녀는 남자를 바라보기 전에 먼저 자신의 시선을 채비해. 마치 그녀 안에 뭔지 모를 신비로운 것이 스쳐지나가는 것처럼 말이야. 매우 반짝이는 그녀의 두 눈에 경련이 일었다고 말할 수도 있을 거야. 무슨 말이냐 하면, 학문이 불완전하고 미숙해서 나라는 놈은 아직 정신세계를 탐구하려면 멀었다고 할 수도 있고, 아니면 백작 부인이 진정 아름다운 영혼의 소유자라서 그녀의 용모에서 풍기는 매력이 실은 그녀의 감정과 내면의 발로인지도 모르지. 우리를 꼼짝 못하게 사로잡는 그녀의 매력은 전적으로 정신적인 영향력인데 욕망과 공명하면서 더욱 강렬한 힘을 발휘하는지도 모른단 말이야. 나는 완전히 넋이 나가서 그 집을 나왔다네. 그 여인에게 홀려서, 그녀의 화려함에 도취해서, 내 가슴속에 있는 고상하거나 타락한 모든 것이, 선하거나 악한 모든 것이 어루만져진 느낌으로 말이야. 나 자신이 그토록 감격하고 그토록 활력이 넘치고 그토록 고양되고 나자 비로소 나는 그 자리의 예술가들과 외교관들과 정치 권력자들과 자신들이 지닌 현금처럼 양면성을 가진 금융가들을 그리로 이끈 매력이 무엇인지 이해할 수 있게 되었다네. 아마도 그들 역시 그녀 곁에서 내가 느낀 것처럼 내 존재의 모든 기력을 약동하게 만들고 모세혈관까지 피를 휘몰아치게 하며 말단의 신경까지 자극하고 두뇌 속에 전율을 일으키는 그 착란적인 감흥을 찾고자 했던 걸 거야. 그녀는 그들을 모두 잡아두기 위하여 아무에게도 자신을 허락하지 않았던 거고. 여자가 교태를 떤다는 것은 그녀가 사랑하지 않는다는 것을 말하지. 나는 라스티냐크에게 이렇게 말했어. '그러고 보면 그녀는 애초에 어떤 늙은이와 결혼을 했거나 돈에 팔린 것인지도 몰라. 그 첫 결혼의 기억이 그녀에게 사랑에 대한 두려움을 심어준 것이지.' 나는 걸어서 포부르 생토노레에서 돌아왔어. 페도라가 살고 있는 곳에서 말이야. 그녀의 저택에서 내가 사는 코르디에 거리까지는 거의 파리의 끝에서 끝이라고 할 수 있지. 길은 멀게 느껴지지 않았지만 날씨는 추웠어. 겨울에 페도라를 정복하려고 하다니, 그것도 혹독한 겨울에, 수중에 30프랑도 지니지 못한 채, 우리 사이에 격해 있는 거리가 그토록 먼데 말이야! 오직 가난한 젊은이만이 마차 삯을 내고 장갑을 사고 겉옷과 속옷을 갖춰 입는 등, 사랑에 드는 비용이 얼마인지를 알 수 있다네. 만일 사랑이 일정 기간이 지나도록 육체관계가 없다면 그 사랑은 끝난 것이지. 정말이지 법과대학에는 2층에 살고 있는 사랑하는 여인*에게 다가가는 것이 원천봉쇄된 로쟁**이 숱하다네. 그러니 힘도 없고 가냘프며 입성도 초라한데다 막 작품 하나를 마친 예술가처럼 초췌하고 창백한 내가 곱슬곱슬한 머리카락에다 잘생기고 말쑥하며 크로아티아 전 국민을 울고 가게 만들 정도로 넥타이를 기막히게 매고*** 부자인데다 틸버리****를 소유하고 파격적인 옷을 입고 다니는 젊은이들과 어떻게 경쟁할 수 있단 말인가? '아아! 페도라가 아니면 죽음을 달라!' 센강 다리를 건너면서 나는 소리쳤다네. '페도라, 그녀에게 내 운명이 달려 있다!' 고딕풍의 화사한 내실과 루이 14세 풍의 거실이 내 눈앞에 떠올랐어. 하얀 드레스를 입고 풍성한 옷소매를 우아하게 흩날리며 도발적으로 가슴을 내밀고 유혹적인 걸음을 내딛는 백작 부인도 다시 내 앞에 나타났지. 휑뎅그렁하고 냉랭한데다 박물학자의 가발처럼 엉망으로 헝클어진 내 다락

---

* 여기서 '2층'이란 가장 비싸고 화려한 거처를 말한다. 상하수도와 난방 등이 갖추어지지 않았던 당시의 파리 주택 형태에서 길가에 면해 상점으로 쓰인 1층을 제외하고 2층이 가장 각광받는 층수였다. 층수가 올라갈수록 집값은 쌌으며 지붕 밑 다락방은 말 그대로 막다른 거처였다. 발자크는 『고리오 영감』 『금빛 눈의 처녀』 등 그의 소설 여러 곳에서 인물의 사회적 신분이 그가 사는 층수에 의해 결정되는 양상을 보여준다.
** 루이 14세 시대의 유명한 젊은 귀족. 특히 그와 왕족이었던 몽팡시에 양 사이의 염문은 유명하다.
*** 넥타이는 원래 루이 14세 시대의 크로아티아 용병의 유니폼에서 유래된 것이다. 넥타이를 뜻하는 프랑스어 크라바트(cravate)의 어원은 거기서 유래한다.
**** 화려한 2인승 이륜마차로 지붕이 없다.

방에 도착하자 나는 다시 한번 페도라의 그 화려한 이미지들에 휩싸였어. 이 극명한 대비는 아주 나쁜 교사범敎唆犯이라고 할 수 있지. 무릇 범죄란 그렇게 잉태되는 법이거든. 나는 치를 떨면서 나의 정결하고 정직한 가난과 수많은 생각의 산실이었던 내 다락방에 저주를 퍼부었어. 나는 신에게, 악마에게, 내 아버지에게, 사회에, 이 세상 전체에 대고 내 운명과 내 불행이 어찌 된 연유인지 따져 물었어. 나는 욕구불만에 빠져 그 가소로운 저주로 으르렁거리면서, 그러나 페도라를 손에 넣고 말겠다고 굳게 결심하면서 잠자리에 들었어. 이 여인의 마음이야말로 내 운명이 걸려 있는 마지막 복권이었던 거야. 내가 페도라의 집을 처음 방문한 이야기는 이쯤에서 그만두기로 하지, 빨리 본론으로 들어가야 하니까. 그후 나는 이 여인의 영혼과 교감하려고 무진 애를 쓰는 한편, 지적으로 그녀를 압도하고 그녀의 허영심을 내 쪽으로 돌려놓으려고 힘을 쏟았지. 나는 그녀에게 확실하게 사랑받기 위하여, 그녀가 자기 자신을 더욱 사랑하도록 수도 없이 북돋웠다네. 나는 결코 그녀가 나에 대해 무관심한 상태로 지내게 내버려두지 않았지. 여자들이란 어떤 대가를 치르고라도 감흥을 원하는 법이야. 난 그녀에게 아낌없이 감흥을 선사했다네. 그래서 나는 그녀가 나에게 무덤덤하게 대하기보다는 차라리 화를 내도록 했을 거야. 그녀가 나를 사랑하도록 만들어야겠다는 확고한 의지와 욕망으로 한껏 고양돼 처음에는 내가 그녀에 대해 어느 정도 영향력을 행사했지만, 이내 나의 열정이 커져서 더이상 나 자신을 통제할 수 없게 되었다네. 마음의 진실을 어쩔 수 없었던 거지. 자제를 할 수 없을 만큼 미친 듯이 사랑에 빠져버린 거야. 나는 우리가 시나 일상 대화에서 무엇을 **사랑**

이라 일컫는지 잘 모르겠어. 그렇지만 이중적인 내 천성 속에서 갑자기 전개된 그러한 감정은 그 어떤 곳에서도, 내가 묵는 집에서 살았다던 장 자크 루소의 미사여구에서도, 지난 두 세기*의 문학을 풍미했던 냉정한 인식에서도, 이탈리아 그림에서도 한 번도 묘사된 적이 없는 것이라네. 비엔호수의 광경, 로시니의 몇몇 모티프, 수 원수元帥가 소장하고 있는 무리요**의 마돈나, 레콩바의 편지들,*** 기담집奇譚集에 산재해 있는 몇몇 표현, 무엇보다도 특히 무아지경에 빠진 자들의 기도와 파블리오****에 나오는 몇몇 대목, 오직 이런 것들만이 나를 내 첫사랑의 신성한 영토로 옮겨줄 수 있었다네. 인간의 언어 중 그 어떤 것도, 색채나 대리석이나 말이나 소리 같은 수단을 통해 인간의 생각을 번역하려고 한 그 어떤 시도도, 영혼을 사로잡는 이 열렬한 감정의 생기와 진정성과 완결성과 돌연함을 제대로 표현할 수 없을 것이네! 그렇다네! 예술이라는 것은 거짓말이야. 사랑은 무한한 변환을 거치고 나서 비로소 우리 삶과 영원히 섞이고, 지워지지 않는 그 불꽃의 빛깔로 우리 삶을 영원히 물들인다네. 이 감지할 수 없는 침윤의 비밀은 예술가의 분석이 닿지 않는 것이지. 진정한 열정은 울부짖음이나 탄식으로 표현되는 법인데, 그게 냉혹한 사람에게는 짜증스럽게 느껴

---

* 흔히 위대한 고전주의시대라 일컬어지는 17세기와 18세기를 말한다.

** 수 원수는 혁명기와 나폴레옹시대의 전쟁 영웅으로 에스파냐 원정 때 많은 걸작을 약탈하여 개인 컬렉션을 꾸렸으며 그것들은 나중에 루브르에 소장된다. 무리요는 17세기 바로크시대 에스파냐의 화가이다.

*** 18세기에 출판된 서한문으로 저자는 실제 인물인 레콩바 부인으로 추정된다. 그녀는 정부를 시켜 자신의 남편을 암살해서 세간을 떠들썩하게 했다.

**** 12, 13세기 프랑스의 풍자·우화시.

지지. 『클래리사 할로』*를 읽을 때 러블레이스의 울부짖음에 반만이라도 공감하려면 진정으로 사랑해야 한다네. 사랑이란 해맑은 샘이지. 물냉이와 갖가지 꽃이 자라고 자갈이 깔린 바닥에서 솟아나 시내가 되고 강이 되어 물결칠 때마다 본성과 양상이 바뀌다가 마침내 광대무변의 큰 바다로 흘러드는 샘. 그 큰 바다에서 변변치 않은 영혼에게 보이는 것은 단조로움뿐이지만 위대한 영혼은 그 큰 바다 속에서 영원한 관조에 잠기는 법이지. 감정의 그 변화무쌍한 색조를, 아무것도 아닌 듯하지만 엄청난 가치를 지니는 그런 것들을, 어조만으로도 언어의 보고寶庫에 담긴 모든 것을 남김없이 표현하는 그 말들을, 그 어떤 풍성한 시보다도 더 많은 말을 하는 그 눈길들을 어찌 감히 필설로 다 묘사할 수 있겠는가? 우리 자신도 모르게 우리를 한 여자에게 반하게 만드는 신비로운 장면들 하나하나에는 이 세상 모든 시를 삼켜버리는 심연이 열려 있을지니. 아! 눈에 보이는 아름다움의 신비를 그리는 데도 말이 턱없이 부족할진대, 하물며 그 맹렬하고 불가사의한 영혼의 준동을 어찌 몇 마디 설명으로 되살려놓을 수 있단 말인가? 얼마나 매혹적인가! 그녀를 바라보는 데 몰두해서 나, 가실 줄 모르는 황홀경에 빠져 있던 시간이 무릇 얼마인가? 행복했나니, 그런데 무엇 때문에? 나, 그건 모르겠네. 그녀를 바라보던 그 당시, 그녀의 얼굴에 빛이 일렁일 때, 그 얼굴에 광채가 나게 하는 정체 모를 어떤 현상이 일어났다네. 곱고 예민한 그녀의 피부를 금빛으로 물들이는 보일 듯 말 듯 한 솜털로 그녀의 얼굴 윤곽선이 살포시 드러났지. 먼 지평선이 석양

---

* 18세기 영국 소설가 새뮤얼 리처드슨의 서간체 소설.

속으로 가뭇없이 사라지면서 아름다움을 연출해 우리의 탄성을 자아
내듯이 그렇게 아련하고 우아하게 말이야. 마치 햇살이 그녀를 애무
하면서 그녀와 한몸이 되는 것 같았다고 할까, 아니면 그녀의 그 찬연
한 얼굴에서 빛 그 자체보다 더 휘황한 한줄기 빛이 뿜어져 나온다고
나 할까. 그런 다음에 그 보드라운 얼굴 위에 그림자가 스쳐지나가면
거기엔 색조를 달리하면서 다채로운 효과를 연출하는 그런 색깔이 새
롭게 생기는 것이었다네. 종종 대리석 같은 그녀의 이마 위에 머릿속
생각이 어리는 것 같았다네. 눈은 홍조를 띠는 듯했고, 눈꺼풀은 바르
르 떨렸으며, 미소를 지을 땐 얼굴선이 흔들리면서 일렁거렸지. 산호
처럼 붉은 그녀의 지적인 두 입술은 생기발랄하게 열렸다가 다시 닫
혔다네. 그녀의 머리카락에서 나오는 알 수 없는 묘한 광채는 그녀의
싱그러운 양쪽 관자놀이에 갈색빛이 어리게 했지. 이러한 변화 하나
하나가 저마다 그녀가 내게 건 말이었던 거야. 그녀의 아름다움이 연
출하는 미묘한 변화는 하나하나 내 눈에 새로운 즐거움을 선사했고
내가 한 번도 경험하지 못한 은총을 내 마음에 계시해줬지. 나는 그녀
의 얼굴이 변화하는 국면마다 거기에 내포된 감정을 읽어내고자 했
고, 그것을 희망으로 해석하고 싶었어. 이 말없는 대화는 마치 메아리
소리처럼 이심전심으로 통했고, 내게 상당한 기쁨을 안겨주었는데, 비
록 그 기쁨이 일시적이긴 했지만 내게는 깊은 인상을 남겨주었지. 그
녀의 목소리는 내게 거의 통제 불능의 황홀한 도취를 불러일으켰어.
그녀가 내 머리카락 사이로 그녀의 손가락을 집어넣어 애무하듯 머리
를 쓸어넘긴다면 난 로렌의 이름 모를 어떤 왕자를 흉내내어 내 손아
귀에 불타는 석탄 덩어리를 쥐고 있었더라도 아무 느낌이 없었을 거

야. 그건 이제 찬탄이나 욕망을 넘어서 하나의 마력이요 숙명이 되었다네. 종종 난 내 방에 돌아와서도 분명 자기 집에 있을 페도라가 몽롱하게 보였고 그녀의 삶에 어렴풋이 동참했어. 그녀가 괴로워하는 모습에 나도 괴로워했지. 그러면 다음날 그녀에게 가서 '어제 괴로우셨지요?' 하고 물었다네. 고요한 한밤중에 나의 황홀경이 발휘하는 환기력에 의해 그녀가 내게 불려온 적이 얼마나 많았던가! 때로는 전광석화처럼 갑자기 그녀가 내 손에 쥐어진 펜대를 넘어뜨리고 **학문과 공부**를 후려쳐 찍소리 못하게 멀리 쫓아 보냈다네. 그러고 나서 그녀는 몇 시간 전 내가 실제로 그녀를 만났을 때의 그 매혹적인 자태를 취하면서 내가 그녀를 찬미하지 않을 수 없게 만드는 거야. 때로는 나 자신이 환영幻影의 세계 속에서 그녀 앞으로 나아가, 그녀가 마치 희망의 정령인 것처럼 그녀에게 인사하고 제발 낭랑한 목소리를 들려달라고 애원하기도 했다네. 그러고 나선 늘 울면서 잠이 깼지. 어느 날인가는 그녀가 나와 함께 극장에 가기로 약조를 해놓고는 무슨 변덕인지 갑자기 외출하기를 거부하면서 내게 자기를 혼자 내버려달라고 말하는 거야. 나의 하루치 공부와, 그리고 이걸 말해야 하나, 내 수중에 남아 있는 마지막 금화를 날려버린 그녀의 표변에 절망하면서 나는 그녀가 마음이 변하기 전에 보고 싶어했던 그 연극을 보려고 그녀와 함께 가기로 했던 극장에 혼자서 갔지. 그런데 자리에 앉자마자 난 심장에 전기충격 같은 것을 받았어. 웬 목소리가 내게 말하는 거야, '그녀가 왔다!'라고. 나는 몸을 획 돌렸어. 백작 부인이 아래층 어두컴컴한 곳에 있는 자기 지정석에 깊숙이 몸을 숨기고 있더군. 내 시선은 조금도 머뭇거리지 않았어. 먼저 내 두 눈이 믿기지 않을 정도로 또렷하게 그녀를 찾아낸 거야. 벌이 꽃을 향해 날아가듯이 그렇게 내 영혼이 이미 그녀의 삶으로 날아가 있었던 것이지. 어떻게 내 감각은 그녀가 있다는 것을 알았을까? 그건 내 안에 내밀한 경련 같은 것이 일어났기 때문인데, 겉만 보는 사람들에게는 놀랍겠지만 사실 우리 내면의 본성에서 나오는 그런 효과는 우리의 외부 시선이 항상 접하는 현상들처럼 단순한 거야. 그래서 나는 놀라지 않았어. 다만 화가 났지. 거의 전인미답의 분야인 우리의 정신력에 대해 그동안 내가 해온 연구는 적어도 내가 나의 열정을 통해 내 이론체계의 생생한 증거를 접하도록 해주었던 것이지. 학자와 애인의 이 결합, 순전히 맹목적인 숭배와 학문에 대한 사랑의 이 결합에는 뭔가 기이한 구석이 있었어. 학문은 종종 애인을 좌절하게 만드는 것에 흡족해했고, 반면 애인은 승리를 했다고 생각되면 의기양양하게 학문을 멀찌감치 내쫓아버렸지. 페도라는 나를 보더니 일순 표정이 굳어졌어. 나의 출현이 그녀를 불편하게 만든 것이지. 첫번째 막간 휴식시간 때 나는 그녀가 있는 자리로 갔어. 그녀는 혼자더군. 그래서 그 자리에 계속 있었지. 우리는 비록 상대에게 사랑한다는 말을 한 번도 한 적이 없는 사이지만 난 뭔가 분명히 할 필요가 있다는 것을 직감했지. 그때까지 나는 그녀에게 내 속내를 이야기한 적이 없지만 우리 사이에는 일종의 암묵적 동의 같은 것이 있었다고 할 수 있지. 그래서 그녀는 내게 자신이 세운 유흥 계획을 털어놓기도 했고, 밤중에 만나서는 친구 사이에 근심을 털어놓는 어조로 다음날 자신에게 와줄 수 있겠느냐고 묻기도 했어. 그리고 뭔가 재미나는 말을 할 때는 마치 오로지 나만을 즐겁게 해주려고 그런 것처럼 내게 눈짓으로 동의를 구했지. 내가 좀 심드렁해하면 그녀는 금세 애교를 떨었어. 그녀가 화를 내는 표정을 지으면 나는 그녀에게 그 까닭을 물을 수 있는 권리쯤은 가지고 있었지. 만일 내가 어떤 일이 내 잘못임을 자인할 경우 그녀는 내가 오랫동안 빌어야 비로소 나를 용서했다네. 이렇게 아옹다옹 사랑을 듬뿍 담아 벌이는 다툼을 우리는 취미삼아 즐겼던 거지. 그녀는 내게 참 많은 총애를 베풀고 교태를 부렸으며 나는 거기에서 참 많은 행복을 느꼈단 말이야! 그런데 극장에서 그녀와 만난 그 순간, 우리 사이의 친밀감은 완전히 사라져서 우리 둘은 마치 낯선 사람들처럼 서로 마주보고 있었다네. 백작 부인은 냉랭했어. 나는 어떤 불행한 일이 일어날 것 같은 불길한 생각이 들었지. '날 좀 바래다주겠어요?' 극이 끝나자 그녀가 내게 말했어. 그사이에 날씨는 급격히 변했더군. 우리가 밖에 나왔을 때는 진눈깨비가 내렸어. 페도라의 마차는 극장 문 앞까지 오질 못했어. 잘 차려입은 여인이 우산도 없이 대로를 건너야 할 처지에 놓인 것을 보고 극장 종업원 하나가 자기 우산을 건네 우리 머리 위에 씌워주고는 우리가 마차에 오르자 수고비를 요구했어. 나는 무일푼이었지. 정말이지 그땐 그 수고비 두 푼만 마련할 수 있다면 10년치 내 목숨이라도 팔 것 같은 심정이었다네. 남자답게 만드는 모든 것과 남자의 온갖 허영심이 지옥 같은 고통으로 내 안에서 일순간 무너져버린 것이지. '이보게, 잔돈이 없어서 어떡하지.' 이 몇 마디 말이 내 착잡한 열정을 반영한 듯 경직된 어조로 발설되었지. 그 종업원과 형편이 다르지 않은 내게서, 가난이 무엇인지 너무도 잘 알고 있는 내게서 말이야! 왕년에 70만 프랑을 손바닥 뒤집듯 쉽게 던져버린 적도 있었던 난데 말이야! 마부가 종업원을 밀쳐냈고 이어 말이 바람을 가르며 달렸지. 자신의 저택으로 돌아가면서 페도라는 건성으로 그러는 건지 아니면 뭔가에 몰두해 있는 척하느라고 그러는 건지 내가 묻는 말에 도도하게 단답형으로 대꾸하데. 그래서 나는 입을 다물고 말았어. 참 끔찍한 순간이었지. 그녀의 집에 도착해서 우리는 벽난로 앞에 앉았어. 하인이 불을 돋우고 물러나자 백작 부인이 도무지 속내를 종잡을 수 없는 표정으로 나를 향해 돌아앉았더니 어찌 보면 엄숙하다고 할 어조로 이렇게 말하는 거야. '내가 프랑스에 다시 돌아온 이후 내 재산이 몇몇 젊은 남자들을 유혹했지요. 내 자존심을 만족시켰을 수도 있는 그런 사랑의 맹세를 받았고요. 내가 만난 남자들이 나에 대해 어찌나 진지하고 심각하게 집착했던지 그들은 내가 전처럼 가난한 여자에 불과했더라도 여전히 진심으로 나랑 결혼했을 것 같았어요. 간단히 말해서 발랑탱 씨, 당신은 부와 작위가 내게 새로 주어졌다는 것을 명심해야 돼요. 그러나 내게 사랑을 얘기할 정도로 그렇게 사태 파악을 못하는 남자들을 그후 나는 다시 본 적이 없다는 것도 역시 알아주었으면 해요. 당신에 대한 나의 애정이 하찮은 장난이라면 내가 당신에게 이렇게 자존심보다는 우정에서 우러나온 충고 같은 것은 하질 않을 거예요. 여자가 자기는 사랑받는 존재라고 자신하고서 환심을 사려는 구애 같은 것은 아예 염두에 두지 않으면, 그 여자는 퇴짜 맞는 수모를 당할 공산이 큰 거예요. 난 아르시노에나 아라맹트*가 나오는 연극 장면을 잘 알고 있어요. 그

---

* 아르시노에는 몰리에르의 『인간혐오자』에 나오는 여자로 그녀가 알세스트에게 보내는 구애는 보기 좋게 거절당한다. 아라맹트는 18세기 희극에 종종 등장하는 인물로 여기서는 마리보의 『가짜 고백』에 나오는 여자로 보인다. 그녀 역시 자신의 집사인 도랑트에게 사랑을 고백한다.

래서 그런 상황에서 내가 들을 가능성이 있는 대답들에 익숙해 있지요. 하지만 오늘 나는 훌륭한 남자에게 내 마음을 솔직히 털어놓은 것으로 그 남자가 날 그릇되게 판단하지 않기를 바라요.' 그녀는 의뢰인에게 재판 절차나 계약 조항 따위를 설명하는 변호사나 공증인처럼 냉정하게 자기 의견을 표명했어. 그녀 목소리의 맑고 유혹적인 음색에는 일말의 감정도 실려 있지 않았어. 다만 그녀의 얼굴과 몸가짐은 늘 그렇듯이 고상하고 정결했는데 거기에는 외교관의 차가움과 무뚝뚝함이 역력해 보였지. 그녀는 아마도 자신이 할 말을 면밀히 계산하고 그 장면을 예행 연습해보았을 거야. 오! 친구여, 여자들이 우리 가슴을 찢어놓는 데서 쾌감을 느낄 때, 우리 가슴에 비수를 꽂은 다음 다시 상처를 헤집고 그 비수를 빼내겠다고 다짐할 때, 그 여자들은 얼마나 사랑스러운지. 그 여자들은 사랑하거나 아니면 사랑받고자 갈망하는 거야! 언젠가 그 여자들은 우리가 당한 고통을 보상해줄 거야. 신이 필시 우리의 선행에 대해 보답해줄 거라고 일컫듯이 말이야. 그런 여자들은 자기들이 즐긴 그 폭력적인 악행을 백 배의 쾌락으로 갚아줄 거야. 그 여자들의 심술은 정열로 가득차 있는 게 아니겠어? 그러나 무표정하게 우리를 죽이는 여자에게서 고통을 당한다는 것은 가혹한 형벌이 아니겠어? 그 당시 페도라는 자기도 모르게 나의 모든 희망을 짓밟은 것이며, 내 인생을 망가뜨리고 내 미래를 파괴한 거야. 호기심으로 나비의 날개를 잡아 찢는 어린아이의 그 냉랭한 무표정과 순진한 잔인성으로 말이야. 그녀는 말을 이어나갔어. '난 나중에 당신이 내가 내 남자친구들에게 한결같은 애정을 베풀었다는 것은 인정해주길 바라요. 당신은 내가 그들을 항상 선의로 대했고 그들에게 헌신적이었다는 것을 알게 될 거예요. 난 그들에게 내 목숨도 줄 수 있어요. 하지만 내가 만일 사랑하지도 않으면서 그들의 사랑을 받기만 했다면 당신은 날 경멸해도 좋아요. 그만하겠어요. 당신은 내가 아직 이런 말을 할 수 있는 유일한 남자예요.' 처음엔 말문이 막혔어. 그래서 난 내 안에서 치밀어오르는 격분을 참느라 애를 먹었어. 하지만 곧 나는 내 감정을 마음속 깊이 억눌러놓고 미소를 지었지. 나는 이렇게 대답했어. '만일 내가 당신을 사랑한다고 말한다면 당신은 나를 쫓아내겠죠. 반대로 당신에게 관심을 보이지 않으면 당신은 그랬다고 나를 처벌할 테죠. 신부와 법관과 여자들은 자기들의 옷을 다 벗는 법이 없어요. 침묵이 때론 어떤 억측도 피하는 방편이 되죠. 부인, 내가 입을 다물고 있는 것을 부디 좋게 봐주기 바랍니다. 내게 그렇게 우정어린 충고를 해준 걸 보니 당신은 나를 놓칠까봐 겁냈음이 틀림없군요. 이렇게 생각하면 내 자존심은 지킬 수 있지요. 하지만 감정싸움일랑 서로 멀찍이 밀어놓읍시다. 당신은 어쩌면 내가 철학자로서 자연의 법칙에 반하는 결정을 논할 수 있는 유일한 여자일 겁니다. 다른 여성들과 비교해볼 때 당신은 독특한 경우입니다. 자, 그 심리적 비정상의 원인을 우리 함께 진지하게 찾아봅시다. 당신에게 자기 자신을 자랑스러워하고 자신의 완벽함을 사랑하는 다른 많은 여자들처럼 세련된 이기주의의 감정이 있는 겁니까? 그래서 그 감정으로 당신은 한 남자에게 소속돼 당신의 욕구를 포기하고 당신을 억압하는 관습의 우위에 종속된다는 생각이 들어 두려워하게 된 겁니까? 그렇다면 당신은 제게 수천 배 더 예뻐 보일 겁니다. 아니면 사랑 때문에 처음으로 고통을 당한 아픈 기억이라도 있는 건가요? 아니면 당신이 엄청난 값어치가 있다고 믿는 우아한 허리와 매혹적인 가슴이, 아이를 낳았을 경우 망가질까봐 두려워하는 건가요? 그게 당신이 매우 열렬히 사랑받는 것을 거부하는 가장 적확한 비밀 이유 중 하나 아닌가요? 아니면 당신은 본의 아니게 당신을 정숙하게 만든 불구라도 지니고 있는 건가요? 화내지 마십시오. 난 지금 토론하고 연구하는 겁니다. 정념과는 멀어도 한참 멀지요. 자연은 사람을 날 때부터 장님으로 만들기도 하지만 사랑에 눈멀고 귀멀고 벙어리가 되는 여인을 창조하기도 하지요. 참으로 당신은 소중한 의학적 관찰 대상입니다! 당신은 당신이 얼마나 값어치가 있는지 도통 모르고 있어요. 당신은 남자들에게 아주 정당한 혐오감을 가져도 됩니다. 난 당신을 지지합니다. 내가 보기에 남자들이란 모두 추하고 냄새나거든요. 그럼요, 당신이 맞습니다.' 난 가슴이 터질 것 같은 심정을 느끼면서 덧붙였다네. '당신은 우리 남자들을 경멸해야 마땅합니다. 당신과 어울리는 남자는 존재하지 않으니까요!' 내가 그녀에게 웃으면서 내뱉은 그 모든 야유를 자네에게 다 옮기지는 않겠네. 아! 아무리 신랄한 말을 해도, 아무리 험하게 빈정거려도 그녀는 미동도 하지 않았고, 조금도 분한 기색이 없었어. 그녀는 그저 두 입술에, 두 눈에 평소의 미소를 간직한 채 내 말을 듣고 있었지. 그녀가 마치 옷처럼 걸치고 있던 그 미소, 친구나 단순한 지인이나 낯선 이들을 가리지 않고 한결같이 지었던 그 미소. '이렇게 의과대학 계단식 강의실의 해부대 위에 순순히 날 바치는 걸 보니 나도 좋은 여자 아니에요?' 그녀는 내가 말없이 그녀를 쳐다보고 있는 틈을 놓치지 않고 말했어. 그리고 웃으면서 말을 이었지. '당신도 알다시피, 난 우정으로 맺어진 관계에서는 쉽게 욱하는 어리석음을 범하지 않아요! 다른 많은 여자들 같았으면 당신을 문밖에 내쫓는 것으로 당신의 안하무인을 응징했겠지요.' '당신의 그 준엄함에 군이 타당성을 부여하려고 애쓸 필요 없이 그냥 저를 당신 집에서 쫓아내셔도 됩니다.' 말은 이렇게 했지만 나는 만일 그녀가 날 내쫓았다면 능히 그녀를 죽여버릴 것 같은 느낌이 들었어. '당신 미쳤군요.' 그녀가 미소 지은 채 소리질렀어. '광포한 사랑의 결과를 생각해본 적이 있나요?' 내가 대꾸했지. '절망에 빠진 남자는 종종 자기 정부를 살해했지요.' '불행해지느니 차라리 죽는 게 낫지요.' 그녀가 냉랭하게 대꾸했어. '그렇게 열정적인 남자라면 언젠가는 자기 여자를 버릴 것이 틀림없고, 여자 재산을 탕진한 다음 그녀를 알거지로 만들고 떠날 테니까요.' 그런 산술적 논리가 날 어안이 벙벙하게 만들었지. 난 그녀와 나 사이에 가로질러 놓인 심연을 똑똑히 보았다네. 우리는 결코 서로 상대를 이해할 수 없었던 거야. '아듀' 내가 그녀에게 쌀쌀하게 말했어. '아듀, 내일 봐요.' 그녀는 정겨운 표정으로 고개를 숙이며 내게 응답했지. 나는 내가 단념한 사랑을 남김없이 그녀에게 되쏘듯이 잠시 그녀를 응시했어. 그녀는 서 있는 채로 내게 예의 그 무덤덤한 미소를 던지고 있었어. 대리석 조각의 그 가증스러운 미소, 사랑을 말하는 듯 보이지만 냉랭한 그 미소를 말이야. 친구여, 모든 것을 잃은 채 진눈깨비를 맞으며 10리 길에 이르는 강가의 빙판을 걸어서 집으로 돌아오는 나를 휩싸던 그 모든 고통을 이해할 수 있겠나? 오! 그녀가 나의 가난을 염두에 두지도 않는 것은 물론 내가 자기처럼 돈이 많고 우아하게 마차를 타고 다니는 줄 여긴다고 생각해봐! 얼마나 낭패스럽고 실망스러운 일이겠어! 그건 더이상 돈의 문제가 아니라 내 영혼의 모든 운명이 걸린 문제라네. 나는 페도라와 나눴던 그 기이한 대화 한마디 한마디를 나 홀로 되씹으면서 발길 닿는 대로 걸었다네. 내가 설명한 부분에서는 어찌나 갈피를 잡을 수 없었던지 마침내 나는 내 말과 생각의 액면 가치를 의심하기에 이르렀다네! 난 여전히 사랑하고 있었던 거야, 냉정하지만 심장은 매번 정복당하기를 원하는 그 여자를, 전날의 약속을 늘 어기고 다음날이면 마치 새로 사귄 정부^{情婦}처럼 전혀 다른 모습으로 나타나는 그 여자를 난 사랑하고 있었던 거야. 아카데미 건물 매표창구 아래를 돌아설 무렵 어떤 뜨거운 기운이 날 사로잡았어. 그때 난 내가 빈속이라는 사실을 떠올렸지. 난 수중에 한 푼도 없었어. 설상가상으로 비를 맞아서 내 모자는 망가져버렸지. 이제 앞으로 우아한 귀부인 옆에 어떻게 다가간단 말인가, 쓸 만한 모자 하나 없이 어떻게 살롱에 드나든단 말인가! 모자를 안쪽이 밖으로 보이게 해서 늘 손에 들고 다니도록 강요하는 그 거지 같고 멍청한 유행에 저주를 퍼부으면서 나는 내 모자를 극도로 조심스럽게 관리한 덕분에 그때까지 그럭저럭 쓸 만하게 유지해올 수 있었단 말일세. 눈에 띄게 새것도 아니고 그렇다고 낡아빠져 말라비틀어진 것도 아니며, 보풀이 전혀 일지 않은 것도 아니고 그렇다고 너무 반들반들한 것도 아닌 내 모자는 물건을 아껴 쓰는 남자의 모자라고 할 만했다네. 그러나 인위적으로 연명해온 그 모자의 수명도 최후의 단계에 다가가고 있었으니, 망가지고 휘어지고 볼 장 다 봐 그야말로 누더기가 되어서 그 주인의 처지를 여실히 대변해주고 있었던 거야. 단돈 30수도 없어서 난 그동안 기를 쓰고 유지했던 품위를 잃을 판이었지. 아! 석 달 동안 내가 페도라에게 바친 보상받지 못한 희생이 얼마나 많았던가! 단 한 순간 그녀를 만나러 가기 위해 일주일치 빵값에 해당되는 돈을 들인 적도 종종 있었다네. 내 공부를 못하고 굶는 것쯤은 아무렇지도 않아! 하지만 흙탕물을 뒤집어쓰지 않으려고 노심초사하며 파리의 거리를 건너기도 하고, 비를 피하기 위해 내처 달리기도 해서 그녀를 둘러싸고 있는 그 잘난 남자들처럼 반듯한 차림새로 그녀의 집에 도달해야 한다는 것은, 아! 사랑에 빠져 정신이 나간 시인에게는 너무 많은 난관이 도사리고 있는 과업이었다네. 내 행복, 내 사랑은 하나뿐인 흰 조끼에 묻은 진흙 얼룩에 달려 있었으니까! 진흙이 묻거나 물에 젖기라도 하면 난 그녀를 만나는 것을 포기해야 했으니까! 구두닦이에게 내 장화에 묻은 아주 미미한 진흙 얼룩을 지우게 하는 데 드는 단돈 5수도 내 수중에는 없었으니까! 겪은 사람은 별로 없겠지만 민감한 사람에게는 엄청나게 크게 와닿는 이 모든 소소한 고통 덕에 나의 사랑은 커져만 갔던 거지. 가난한 남자들은 헌신적이지만 자신의 희생을 화려하고 우아한 곳에서 사는 여자들에게 말해서는 결코 안 되는 법이지. 그런 여자들은 사람이나 물건을 온통 금빛으로 물들이는 프리즘을 통해서 세상을 보기 마련이니까. 자기밖에 모르니 낙관적이고, 친절한 말투에 냉혹한 마음을 감춘 그 여자들은 자신들의 즐거움만을 지상과제로 여겨서 다른 골치 아픈 생각은 나 몰라라 하며, 쾌락에 몰두하는 것으로 타인의 불행에 대한 자신들의 무관심을 면죄받는다고 생각하지. 그 여자들에게는 한 푼이 백만금 같을 때는 전혀 없어. 백만금이 한 푼 정도로 보이는 거지. 사랑은 크나큰 희생으로 자신의 정당성을 변호해야 할 때도 있지만, 다른 한편으로는 그 크나큰 희생을 베일로 살포시 덮거나 침묵 속에 묻어두어야만 할 때도 있는 것이야. 그런데 부자들이 사랑 문제에 자신들의 재산이나 생활을 과시하고 온몸을 바치는 듯 처신하는 것은 항상 그들의 광적인 사랑에만 초점을 맞춰 관심을 보이는 사교계의 행태를 적극 활용하기 위한 것이라네. 부자들에게는 침묵도 하나의 웅변이고 베일도 기품을 더해주는 것이지만, 끔찍이도 곤궁한 내 처지는 내게 '사랑한다!'거나 '죽으리라!'와 같이 말할 자유조차 허락하지 않은 채 단말마의 고통을 안기는 형벌을 내릴 뿐이었다네. 결국 이런 것이 자기 헌신인가? 나는 그녀를 위해 모든 것을 희생하면서 느낀 즐거움으로 충분히 보상받지 않았을까? 백작 부인이라는 존재로 내 삶에서 일어나는 가장 사소한 일에도 이루 말할 수 없이 큰 가치가 주어졌고 엄청난 기쁨이 선사되었으니까. 그전에는 차림새에 무관심했는데 내 옷을 또다른 나의 분신으로 존중하게 되었지. 마음의 상처를 받는 것과 내 연미복이 찢어지는 것 사이에서 선택의 기로에 서는 일이 벌어졌더라도 난 조금도 망설이지 않았을 거야. 자네도 한번 내 상황에 처해보아야하네. 그래야 걸으면서 내 안에 부글거리던, 아니 어쩌면 걷는다는 사실 때문에 더욱 격화되던 그 미친 듯 치밀어오르던 생각들과 치솟는 격분을 이해할 수 있을 것이네! 나는 내가 불행의 절정에 있다는 것을 발견하고는 정체 모를 지독한 쾌감이 엄습하는 걸 느꼈어. 솔직히 나는 그 최고조의 위기에서 어떤 행운의 전조를 보고 싶었어. 하지만 불행이란 것도 결코 바닥나지 않는 회수분이더군. 하숙집에 도착하자 문이 빠끔히 열려 있었어. 덧창에 파인 하트 모양 틈새를 통해 한 가닥 불빛이 거리로 새어나왔고. 폴린과 그녀의 어머니가 나를 기다리면서 이야기를 나누고 있었어. 그때 내 이름이 언급되는 것이 들렸어.

난 귀를 기울였지. 폴린이 말하더군. '라파엘이 7호실 학생보다 훨씬 더 멋있어요! 그의 금발은 얼마나 색깔이 아름답다고요! 엄마는 그의 목소리에서 어떤 것이 느껴지지 않아요? 뭔지 잘 모르지만 마음을 뒤흔드는 그 어떤 것 말이에요. 그리고요, 그 사람 좀 거만해 보여도 얼마나 착한데요. 매너도 아주 그만이에요! 오! 그 사람 정말 멋져요! 장담하건대 어느 여자라도 그 사람에게 홀딱 반하고 말 거예요.' '말하는 걸 보니 꼭 그 사람을 사랑하고 있는 것 같구나.' 고댕 부인이 대꾸했어. '어머나! 난 그 사람을 오빠처럼 좋아하는 거예요.' 그녀가 웃으면서 대답했어. '내가 그이에게 우의를 품지 않는다면 그것이야말로 정말 배은망덕한 일일 걸요! 내게 음악과 데생과 문법, 그리고 내가 알고 있는 모든 것을 가르쳐준 이가 바로 그 사람이잖아요! 엄마는 내 공부 진도가 얼마나 나갔는지 별 관심이 없네요. 나는 배움이 아주 빨라서 조만간 가르칠 수 있을 정도로 잘하게 될 거예요. 그러면 우리도 하녀를 둘 수 있을 거고요.' 나는 슬며시 뒤로 물러났다가 인기척을 낸 다음 램프를 가지러 거실로 들어갔어. 폴린은 자기가 램프를 켜주고 싶다고 했지. 그 가엾은 아이는 내 상처에 감미로운 위로의 향유를 부어준 거야. 나에 대한 그녀의 순진한 찬사는 내게 약간의 용기를 북돋워주었어. 사실 난 나 자신을 믿어야 할 필요가 있었고, 내가 지닌 장점의 진정한 가치에 대해 공정하게 내린 판단을 들어야 할 필요가 있었어. 그렇게 불 지펴진 내 희망 사항들이 내 눈앞에 펼쳐진 상황에 투영되었던 것인지도 모르지. 두 여자가 그 거실 한가운데에 앉아 있던 장면은 꽤 자주 내 눈에 띄었는데 그것을 눈여겨 아주 진지하게 살펴본 적은 모르긴 해도 그때까지 한 번도 없었던 것 같으니까. 그런데 그때는 플랑드르 화가들이 매우 고지식하게 재현한 그 소박한 풍경 중에서도 가장 감미로운 것으로 손꼽힐 만한 장면을 현실에서 보는 듯해서 경탄했던 거야. 폴린의 어머니는 불씨가 반쯤 남은 화로 한구석에 앉아서 양말을 뜨개질하고 있었는데, 입술에는 선한 미소가 감돌았지. 폴린은 가리개에 그림을 그리고 있었는데, 조그만 탁자 위에 흩어져 있는 물감과 붓이 강렬한 효과를 발하며 그녀의 눈과 말을 주고받았고. 그런데 그녀가 자리에서 일어나 내 방에 들여놓을 램프에 불을 붙이느라 서 있었는데 그녀의 흰 얼굴이 램프의 빛을 고스란히 받고 있지 뭐야. 아주 지독한 편견에 사로잡혀 있지 않고서야 어찌 그녀의 투명한 장밋빛 두 손과 완벽한 두상 그리고 순결한 태도를 찬미하지 않을 수 있겠는가? 밤과 침묵이 이 근실한 한밤의 일에, 이 평온한 실내에 그 매력을 더하고 있었지. 두 여자가 매일 밤 즐거운 마음으로 감내하는 이 일은 고양된 감정으로 가득찬 종교적 인종忍從이 무엇인지 보여주었다네. 거기서 사물과 사람 사이에는 뭐라 콕 꼬집어 말할 수 없는 어떤 조화로움이 있었지. 페도라의 집은 화려하지만 메말랐고 내게 나쁜 생각을 불러일으켰는데, 이 겸허한 가난과 천성적인 선함은 내 영혼을 말갛게 씻어주는 것 같았어. 아마도 난 화려함 앞에서 치욕스러움을 느꼈나봐. 반면에 마음 씀씀이마다 소박한 삶이 깃들어 있는 듯한 그 거무스름한 방안의 두 여인 곁에서는 남자라면 다 욕심내는 여자의 보호자라는 역할을 할 수 있을 것 같아서 나 자신과 화해를 했는지도 몰라. 내가 폴린 곁에 다가가자 그녀는 거의 엄마가 자식을 대하는 시선으로 나를 바라보았지. 그러더니 황급히 램프를 내려놓고 두 손을 덜덜 떨면서 소리쳤어. '에그머니나, 왜 이렇게

창백하세요! 아! 흠뻑 젖었어요! 엄마가 닦아줄 거예요.' 잠시 후 그
녀가 다시 말을 이었어. '라파엘 씨, 우유 좋아하시잖아요. 오늘 저녁
에 크림을 마련해놓았지요. 좀 드셔보시겠어요?'그녀는 한 마리 작은
고양이처럼 폴짝 뛰어 우유가 담긴 사발을 가져와서 잽싸게 내게 내
밀더니 아주 친절하게 내 코밑에 갖다대기까지 하는 거야, 내가 멈칫
할 정도로 말이야. '싫으신 거예요?' 그녀가 실망스러운 목소리로 말
했어. 그녀와 나, 우리 둘은 자존심이 서로 통했지. 폴린은 자신의 가
난에 대해 괴로워하며 내 거만함을 원망하는 것 같았어. 난 애처로운
마음이 들었어. 그 크림은 아마도 그녀의 다음날 아침식사 거리였을
거야. 그렇지만 난 받아 마셨지. 그 가련한 처녀는 애써 기쁨을 감추
려고 했지만 두 눈은 매우 반짝였어. 자리에 앉으면서 내가 그녀에게
말했다네. '마침 우유가 먹고 싶었어요(그녀의 이마 위로 근심어린
표정이 스쳐지나갔어). 폴린, 그 대목 기억나요? 보쉬에가 신은 어떤
승리보다 한 잔의 물에 대해 더 값지게 보상해준다고 말한 그 대목
말이오.' '예.' 그녀가 말했어. 그녀의 가슴은 어린아이 손에 잡힌 새
끼 때까치처럼 할딱거리고 있더군. 내가 주저하는 목소리로 덧붙였
어. '우린 곧 헤어져야 할 테니까, 이 자리에서 당신과 당신의 어머님
이 그간 내게 베풀어준 그 모든 보살핌에 대해 감사를 드리고 싶은데
요.' '오! 그런 건 계산하는 게 아니에요.' 그녀는 웃으면서 말했어. 그
녀의 웃음 뒤에 숨겨진 심적 동요가 뻔히 보여 내 마음이 아팠어. 나
는 그녀의 대답을 못 들은 척하고 말을 이었지. '내 피아노는 에라르*

---

* 당시 유명한 피아노 제작자로서 하프시코드를 개량하여 오늘날의 피아노를 만들었다.

가 만든 최고의 악기지요. 그걸 받아주시오. 주저 말고 가지도록 해요. 난 여행을 떠날 계획인데 그걸 가지고 갈 수는 없으니까.' 내 말에서 우울한 어조를 눈치챘는지 두 여자는 내 말 뜻을 파악한 것 같았고, 두려움 반 호기심 반으로 나를 쳐다보는 거야. 냉정하기 짝이 없는 곳인 상류 사교계에서 내가 찾아 헤매던 따뜻한 정이 바로 거기 있더군. 진실되고 꾸밈없고, 하지만 감동적이고 어쩌면 영원할 그 따뜻한 정 말이야. '그렇게 염려하실 것 없어요.' 어머니 쪽이 말했어. '여기 그냥 머무세요. 내 남편은 성공해서 지금 집으로 돌아오는 중일 겁니다.' 그녀가 계속 말했어. '오늘 저녁, 난 요한복음을 읽었어요. 폴린이 우리 방 열쇠를 손가락 사이에 끼고 성경을 향해 늘어뜨렸지요. 열쇠가 돌았어요. 이는 내 남편 고댕이 건강히 잘 지내고 일이 번창한다는 징조예요. 폴린은 당신과 7호실 청년의 운명을 점치려고 다시 해보았지요. 그런데 당신 점을 칠 때만 열쇠가 돌았어요. 우리 모두 부자가 될 거예요. 고댕은 백만장자가 되어 돌아올 겁니다. 나는 꿈에 남편이 뱀이 그득한 배 위에 있는 것을 보았어요. 다행히도 바닷물은 거칠었는데, 그건 그가 바다 건너에서 금은보화를 싣고 오는 것을 의미해요.' 공허하지만 정다운 이 말들은 엄마가 아이의 고통을 잠재우려고 부르는 막연한 노랫소리 같았는데, 내게 어떤 평온 같은 것을 안겨주었어. 어진 여인의 어투와 시선에서 퍼져나오는 그 차분한 온정이 고뇌를 없애주지는 못했지만 그것을 가라앉히고 어루만져 무디게 해주었지. 자기 어머니보다 더 명민한 폴린은 날 근심스럽게 살펴보고 있었는데, 그녀의 두 눈은 나의 삶과 나의 앞날을 내다보는 것처럼 보였어. 나는 고개를 숙여 어머니와 딸에게 고마움을 표시했지. 그러고 나서 마음이 약해질까 두려워 이내 자리를 떴다네. 내 방에 홀로 돌아와 누추한 자리에 몸을 눕혔지. 치명적인 내 상상력은 수없이 많은 사상누각을 세웠고 실현 불가능한 결단을 촉구했어. 재산을 다 잃고 쫄딱 망했어도 찾아보면 뭔가 재기의 밑천이 될 만한 것이 나오는 법인데, 난 그야말로 적수공권이었다네. 아! 친구여, 우리는 가난을 너무 쉽게 비난한다네. 사회를 와해시키는 용해제 중 가장 강도가 센 놈인 가난이 빚어내는 결과에 대해 우리 좀 너그러워지기로 하세. 가난이 창궐한 곳에는 점잖음이고 범죄고 미덕이고 지성이고 뭐고 더이상 남아날 것이 없다네. 그 당시 나는 호랑이 앞에 무릎을 꿇고 있는 처녀처럼 저항할 힘도 없었고 정신을 차릴 수도 없었어. 열정이나 돈이 없는 사람도 자기 자신의 주인이 될 수 있는 법이지만, 사랑에 빠진 가난뱅이는 더이상 스스로 뭔가를 결행할 수도, 자살할 수도 없다네. 사랑은 우리에게 우리 자신을 섬기는 종교 같은 것을 심어주니까. 그래서 우리는 우리 안에 있는 다른 삶을 경배하니까. 사랑은 그때 불행 중에서도 가장 끔찍한 불행이 되지. 희망을 내포한, 고난을 자처하도록 만드는 희망을 내포한 불행 말이야. 나는 다음날 라스티냐크를 만나 페도라의 그 기이한 결정을 그에게 털어놓기로 마음먹다가 잠이 들었지. 다음날 아침 아홉시가 되자마자 댓바람에 자기 집에 들이닥친 나를 보고 라스티냐크가 말하더군. '아하! 무엇 때문에 왔는지 알겠네. 페도라에게 차인 게로군. 자네가 백작 부인을 독점하는 걸 질투한 용렬한 작자들이 자네가 결혼할 몸이라고 그녀에게 일러바친 거야. 자네 라이벌들이 자네를 얼마나 미친놈 취급했는지, 자네가 얼마나 중상모략의 대상이 되었는지는 신만이 알겠지!' '명쾌하군!' 내가 소리쳤지. 별안간 내가 백작 부인에게 무례하게 굴었던 일이 모두 떠올랐고 백작 부인이 숭고하다는 생각이 들었어. 그때 내 솔직한 심정을 이야기하자면, 난 나 자신을 고생이 끝나려면 아직 한참 먼 불한당으로 여겼고, 그녀의 너그러움은 오래 참는 사랑의 자비로만 보았던 걸세. '너무 속단하지 말자고.' 신중한 가스코뉴인이 내게 말하더군. '페도라에게는 뼛속 깊이 이기적인 여자들이 본능적으로 지니는 통찰력이 있는 거야. 그녀는 자네가 아직 그녀의 재산과 화려함에만 관심을 갖고 있었을 때 이미 자넬 판단해놓았는지 몰라. 자네는 자네의 마음을 교묘히 감추었다고 생각하겠지만 그녀는 훤히 읽고 있었던 거야. 그녀 자신이 상당히 음험하기 때문에 어떤 음험함도 그녀 앞에서는 맥을 못 추지.' 그리고 계속 덧붙였어. '내가 자넬 잘못 인도한 것 같네. 그녀의 정신과 태도가 섬세한 것은 사실이지만, 내가 볼 때 그녀는 머리로만 쾌락을 느끼는 모든 여자들이 다 그렇듯이 독단적인 것 같아. 그녀에게 행복은 오로지 안락한 삶과 사회적 평판에 놓여 있다네. 그녀에게 사랑의 감정은 하나의 방편이라네. 그녀는 자넬 불행하게 만들 거야, 자넬 자기 시종장侍從長으로 만들 거고!' 라스티냐크는 귀머거리에다 말한 꼴이었지. 나는 그의 말을 끊고 겉으로는 명랑한 척하면서 내 호주머니 사정을 얘기했지. 그가 답하더군. '어젯밤, 손재수가 들었는지 갖고 있는 돈을 몽땅 잃었어. 그 엿 같은 불행만 아니었다면 내 기꺼이 자네에게 지갑을 열었을 텐데. 그러지 말고 술집에 가서 아침이나 들자고. 굴을 먹다보면 좋은 생각이 날 거야.' 그는 옷을 차려입고 자기 이륜마차를 대기시켜놓았어. 이윽고 우리 둘은 마치 백만장자처럼 카페 드 파리*에 도착했어. 일확천금에 대한 꿈으로 연명하는 뻔뻔한 구경꾼들의 불손한 시선이 우리를 맞았지. 이 악마 같은 가스코뉴인은 남의 시선 따위에 구애받지 않는 태도와 태연자약한 침착함으로 날 당황하게 만들었어. 우리가 대단히 감미롭고 아주 그럴듯한 식사를 마친 후 커피를 마시고 있을 때, 라스티냐크는 생긴 것도 기품이 넘치고 입성도 멋들어져서 하나같이 훌륭해 보이는 일군의 젊은이들 하나하나와 고갯짓으로 알은체를 하다가 그 댄디들과 같은 부류의 한 남자가 들어서는 것을 보고 '드디어 자네 일감이 나타나셨군!' 하고 내게 말했어. 그리고 나서는 맞춤한 자리를 찾는 듯 두리번거리던, 근사한 넥타이 차림의 그 신사에게 자기 자리로 와서 이야기나 나누자고 손짓을 하는 거야. 라스티냐크는 귓속말로 내게 말하더군. '저자는 자기도 이해하지 못하는 책들을 써낸 공로로 훈장을 받은 자야. 화학자이자 역사가이며 소설가이자 정치 칼럼니스트이지. 저자는 몇 편인지도 모를 만큼 많은 극작품을 여러 사람들과 나누어서, 그러니까 한 작품을 둘이나 셋 또는 넷이서 같이 쓰기도 했지.** 게다가 저자는 동 미구엘의 암노새처럼 무식하다네.*** 저자는 사람이 아니라 하나의 이름, 대중에게 친숙한 하나의 상표지. 그래서 저자는 대본소 출입을 꺼릴 거야, 대본소 앞에는 "누구나 여기서 직접 글을 쓸 수도 있습니다"

---

* 당시 최고급 레스토랑 중의 하나로 오페라 근처에 있었다.

** 소설이나 연극을 여러 사람들이 나누어서 집필하는 것을 말하는데 당시 꽤 널리 퍼진 관행이기도 했다. 발자크도 무명 시절 이런 유의 작업에 종사한 적이 있는데 나중에 "허섭스레기 같은 문학"을 양산했던 시절이라고 자기비판을 한다.

*** 1828년 포르투갈의 왕인 동 미구엘의 사륜마차를 끌던 암노새들이 날뛰다가 사고를 낸 화제가 된 적이 있다.

라고 안내문이 붙어 있잖아. 그런데 저자는 학술대회 하나쯤은 가지고 놀 정도로 수단도 좋지. 요컨대 저자는 도덕적인 면에서 일종의 혼혈아야. 완전히 성실한 것도 아니요, 완전히 교활한 것도 아니지. 쉿! 벌써 한판 붙고 오는군. 세상 사람들은 더이상 이것저것 따지지 않고 저자에 대해 "참 훌륭한 사람이야"라고 말하지.' '어이! 훌륭한 내 친구, 존경하는 내 친구, 그대의 지성께서는 요즘 어떻게 지내시는가?' 낯선 남자가 옆 테이블에 앉자 라스티냐크가 그에게 말을 건넸어. '잘 지내지도, 못 지내지도 않아. 일에 치여 죽게 생겼어. 아주 흥미진진한 역사 회고록을 쓰는 데 필요한 자료들은 손 안에 확보했지만, 그것들을 누구에게 나누어줘야 할지 모르겠네. 그것 때문에 걱정이야. 서둘러야 하는데. 회고록은 얼마 안 있으면 유행이 끝날 거거든.' '요새 회고록이야, 옛날 회고록이야? 궁정에 관한 거? 아니면 뭐에 관한 건데?' '목걸이 사건*에 관한 것.' '이런 걸 두고 기적이라고 말하는 것 아니겠어?' 라스티냐크가 웃으면서 내게 말했어. 그러고 나서는 그 투기꾼에게 몸을 돌리고 나를 지목하면서 말을 이었지. '여기 있는 발랑탱 씨는 나중에 문학적 명성을 얻을 후보로 내가 자네에게 소개할 수 있는 몇몇 친구들 중 하나야. 이 사람에게는 옛날에 궁정의 실력자였던 고모가 한 분 계셨어. 후작 부인이었지. 그리고 이 사람은 2년 전부터 왕당파 입장에서 혁명의 역사를 쓰는 일을 하고 있어.' 그러고 나서 라스티냐크는 그 이상한 장사꾼에게 귓속말로 속삭이더군. '재능 있는

---

* 이른바 여왕의 목걸이 사건으로 대혁명 직전 여왕 마리 앙투아네트와 추기경 로앙이 이 스캔들에 연루되었다고 소문이 났다. 후일 알렉상드르 뒤마는 이 소재를 가지고 역사소설을 쓴다.

자야. 하지만 자네가 원하는 회고록을 자기 고모의 이름으로 권당 단 돈 100에퀴만 받고 써줄 수도 있는 어리보기이기도 하지.' '그 거래 맘에 드네.' 상대가 넥타이를 한 번 매만지면서 대꾸했어. '웨이터! 주문한 굴! 빨리!' '좋았어. 그런데 소개비로 나한테 25루이는 줘야 하네. 이 사람에게는 한 권치 고료를 선불로 지급하고.' 라스티냐크가 말을 이었어. '아니지, 아냐. 난 원고를 더 확실하게 빨리 확보하기 위해 50에퀴 이상은 선불로 지급하지 않아.' 라스티냐크는 이 치열한 돈벌이 공방을 낮은 목소리로 내게 중계했어. 그리고 나서는 내 의견을 묻지도 않고 대답하데. '알겠네. 그러면 이 계약을 성사시키기 위해 우리가 언제쯤 자네를 보러 가면 되겠나?' '음, 내일 저녁 일곱시에 여기서 식사나 하세.' 우리는 자리에서 일어났어. 라스티냐크는 웨이터에게 팁을 주고 계산서는 자기 호주머니에 넣더군. 그리고 우린 밖으로 나왔지. 나는 라스티냐크가 내 존경하는 고모, 몽보롱 후작 부인을 그렇게 쉽고 무심하게 팔아넘기는 것을 보고 어안이 벙벙했다네. '내 집안의 이름을 더럽히느니 배 타고 브라질 가서 인디언들에게 나도 잘 모르는 수학을 가르치는 편이 낫겠네.' 라스티냐크는 한바탕 웃음으로 내 말을 가로막더군. '그래서 자넨 어리석은 거야! 우선 50에퀴를 받고 회고록을 쓰는 거야. 회고록이 다 완성되면, 이 바보야, 그걸 자네 고모 이름으로 출판하는 것은 거부하란 말이야. 몽보롱 부인, 단두대에서 처형당한 여자, 그녀의 궁중 예복 치마, 그녀의 명성, 그녀의 미모, 그녀의 화장품, 그녀의 신발 등은 그 가치가 족히 6백 프랑은 넘거든. 만일 그때 가서 출판업자가 자네 고모에게 합당한 액수를 지불하지 못하겠다면, 회고록에 이름을 빌려줄 작자로 유명 기사 이름을 팔아 연명하는 웬 늙은이나 별 거지 같은 백작 부인을 찾아보라고 하지 뭐.' '오!' 나는 소리쳤어. '내가 왜 나의 정직한 다락방에서 나왔단 말인가? 세상은 정말로 추악하기 그지없는 이면을 지니고 있구나.' '됐네.' 라스티냐크가 대꾸하더군. '그건 시에서나 있는 이야기고, 지금은 사업 이야기네. 자넨 아직 어린애야. 잘 들어. 회고록에 관해서는 대중이 알아서 판단하라고 하고. 문학판 뚜쟁이인 그자로 말할 것 같으면, 이 분야 경력이 8년에다가 갖은 수모를 겪어가며 출판계와 돈독한 관계를 유지해온 사람 아니겠어? 책이 나오는 데 자네가 들인 노고가 그런 자의 노고와 같진 않겠지만, 그러니까 자네 몫의 돈이 더 많은 것 아니겠어? 25루이면 자네에겐 그의 몫 천 프랑보다 훨씬 많은 액수야. 자, 디드로도 100에퀴를 받고 여섯 편의 강론을 써주었는데, 자네가 역사 회고록을 못 쓸 게 뭔가. 옛날 같으면 예술작품이었을 텐데.' 나는 눈물겹도록 측은해져서 그에게 말했지. '요컨대 내겐 선택의 여지가 없다는 말이군. 아무튼 이보게나, 자네에게 신세를 졌군. 25루이로 난 아주 부자가 되겠어.' 그가 웃으면서 대꾸했어. '자네가 생각하는 것보다 더 부유해질 거야. 피노가 이 일로 내게 소개비를 준다면, 그게 자네 몫이 될 거라고 생각해보지 않았어?' 그가 계속해서 말했어. '불로뉴 숲에나 가자고. 거기서 자네의 백작 부인을 만날 수 있을 거야. 그리고 나와 결혼하기로 되어 있는 자그맣고 예쁘장한 과부를 자네에게 소개해주겠네. 조금 뚱뚱한 알자스 여잔데 매력적인 사람이야. 그녀는 칸트와 실러와 장 파울 등 최루성 책을 많이 읽는 여자야. 그녀는 항상 내 의견을 묻는 버릇이 있지. 그래서 난 그 감상적인 독일 저작들을 다 아는 척하지 않을 수 없고, 엄청나게 많은 발라드도 외우는 척하지 않을 수 없다네. 모두 의사가 나더러 손대지 말라고 말한 약물 같은 것들인데 말이야. 난 여태껏 문학에 대한 그녀의 열광을 단념시킬 수 없었네. 그녀는 괴테를 읽고는 눈물을 한 바가지 흘리는데 나도 동감의 표시로 약간은 눈물을 흘리지 않을 수 없는 것이, 이보게, 그건 5만 리브르의 연금과 세상에서 가장 예쁘고 앙증맞은 발과 가장 예쁘고 앙증맞은 손이 걸린 문제니까 말이야! 아! 만일 그녀가 그놈의 끔찍한 알자스 억양으로 말하지만 않는다면 아주 완벽한 여자일 텐데.' 우리는 백작 부인을 만났어. 눈부신 마차 안에 눈부신 모습으로 앉아 있더군. 그 요염한 여자는 우리에게 아주 다정스럽게 인사를 건넸는데, 내게 보낸 미소는 성스럽고 사랑으로 가득찬 것처럼 보였어. 아! 나는 어찌나 행복했던지, 나는 내가 사랑받고 있다고 생각했어. 게다가 이젠 돈도 있었고, 열정이라는 보물도 가지고 있어 더이상 가난하지 않았으니까. 날아갈 듯이 즐겁고 매사가 만족스러웠던 나는 내 친구의 정부도 퍽 매혹적으로 보였어. 나무와 공기와 하늘 등, 모든 자연이 내게 페도라의 미소를 되풀이해주는 것 같았지. 샹젤리제에서 돌아오는 길에 우리는 라스티냐크의 단골 양복점과 모자점에 들렀어. 목걸이 사건이 날 가난에 주눅 든 수세적 행보를 버리고 보무도 당당한 공세적 행보를 취할 수 있게 해주었어. 차후로 난 페도라 주변을 맴도는 다른 젊은이들과 두려움 없이 점잖고 우아하게 대결할 수 있게 된 거야. 나는 집으로 돌아왔어. 나는 집에 틀어박혀 지냈어. 겉보기에는 지붕으로 난 창문 가까이 붙박여 조용히 지내는 것 같았지만, 실제로는 눈앞에 펼쳐진 지붕에 영원한 작별을 고하고 다가올 앞날 속에 살면서 나의 삶을 극적으로 구성하며 사랑과 그 사랑이 주는 기쁨을 미리 만끽하고 있었다네. 아! 다락방의 사방 벽에 갇혀 있는 인생도 얼마나 격정적일 수 있는가! 인간의 정신은 요정 같아서 지푸라기도 다이아몬드로 변하게 할 수 있다네. 그 요술지팡이를 휘두르면 마법의 궁전이 마치 태양의 뜨거운 열기 아래 들판의 꽃이 피어나듯이 그렇게 활짝 열린다네. 다음날 정오쯤 폴린이 가만히 내 방문을 두드리더니 내게 뭔가를 가져다주었는데, 뭔지 아나? 바로 페도라의 편지였다네. 백작 부인은 뤽상부르공원에서 만나 함께 자연사박물관과 식물원을 구경하러 가자는 거였어. '심부름꾼이 답장을 기다리고 있어요.' 폴린이 잠시 침묵을 지키며 기다리다가 내게 말했어. 나는 서둘러 감사의 편지를 써서 폴린에게 주었지. 나는 옷을 챙겨 입었어. 그런데 나 자신을 꽤 대견스러워하며 치장을 끝마칠 무렵 오한이 엄습했다네. 페도라는 마차를 타고 올 것인가, 걸어서 올 것인가? 비가 올 것인가, 날씨가 맑을 것인가? 하는 생각이 떠올랐던 것이지. 그러다가 이런 생각도 들었어. 걸어서 오든 마차를 타고 오든, 그런 것은 별문제가 아닌데, 여자의 변덕은 누가 종잡을 수 있겠어? 그녀가 돈을 한 푼도 안 갖고 올 수도 있단 말이야. 그러면서 웬 사부아 출신 꼬마에게 누더기라도 좀 변변한 것으로 사 입으라고 100수를 적선하고 싶은 마음이 들 수도 있지. 그때 나는 땡전 한 푼 없는 상태였고, 저녁이나 돼야 겨우 돈이 생길 형편이었거든. 오! 우리의 젊음이 처한 그러한 위기 상황 속에서 시인*은 먹을 것 제대로 안 먹고 각고의 노력을 해가며 획득하게 된 자신의 지적 능력을 두고 또 얼마나 값비싼 대가를 치러야 하는가! 짧은 순간이었지만 오

* 발자크는 '시인'이라는 말을 종종 원래의 넓은 의미로, 곧 '창작자' '창조자'라는 의미로 쓴다.

만 가지 생각이 독침처럼 내 폐부를 찔렀다네. 나는 천창天窓을 통해 하늘을 살펴보았어. 날씨는 갈피를 못 잡겠더군. 운이 나쁘면 한나절 마차를 전세내야 할지도 모르지. 뿐만 아니라 설사 운이 좋다고 하더라도 저녁때 피노를 만나지 못할까봐 매 순간 노심초사해야 하는 것은 아닐까? 나는 기쁨 중에 드는 그런 불안한 마음을 견뎌낼 만큼 내가 그리 강인하지 못한 존재라는 것을 느꼈어. 분명 아무것도 나오지 않으리라는 사실을 잘 알면서도 나는 대대적으로 내 방안을 뒤지기 시작했다네. 혹시라도 있을지 모르는 동전을 찾아서 매트리스 속까지 온 곳을 다 뒤졌고, 심지어는 오랫동안 팽개쳐두었던 장화를 뒤집어보기까지 했어. 그렇게 죄다 뒤집어엎고서는 신경질로 열이 치밀어오른 상태에서 넋 나간 눈길로 가구를 쳐다보았지. 그런데 자네 그 기분 알아? 절망감 때문에 빠져들게 되는 그런 자포자기의 심정으로 책상에 다가가 이미 수없이 열어보았던 서랍을 다시 열자, 서랍 안쪽 옆면에 점잖고 잘생긴 100수짜리 지폐 한 장이 음험하게, 그러나 이제 막 뜨기 시작한 별처럼 깨끗하고 명료하게 반짝반짝 빛나며 웅크리고 있는 것을 발견했을 때 내게 몰려든 그 환호작약의 흥분 상태 말이야. 그렇게 입다물고 잔인하게 꼭꼭 숨어 있던 그 지폐에게 죗값을 물을 겨를도 없이 나는 그 지폐가 불행에서 구원해줄 친구라도 되는 양 거기에 입을 맞추고 응답을 갈구하는 듯 큰 소리로 인사를 건넸다네. 그 순간 나는 갑자기 뒤를 돌아다보았어. 폴린이 하얗게 질려 있더군. 그녀가 떨리는 목소리로 말했어. '나는 당신이 어디 아픈 줄 알았어요. 심부름꾼에게……' 그녀는 숨이 막히기라도 하는 듯 말을 멈추었어. 그러더니 덧붙이더군. '엄마가 그 사람에게 돈을 주었어요.' 그 말을 하고 그녀는 변덕스러운 꼬마 요정처럼 휙 달아났어. 불쌍한 꼬마 아가씨! 나는 그녀도 나처럼 행복하기를 기원했어. 그 순간에는 정말 지상의 행복은 모두 내가 독차지하고 있는 것 같았다니까. 심지어는 불행한 사람들에게 내가 그들 몫의 행복을 도둑질한 것 같아서 돌려줄 수만 있다면 돌려주고 싶은 심정이었다니까. 불운의 예감은 거의 항상 들어맞는 것인지 백작 부인은 자기 마차를 돌려보냈더군. 아름다운 여인들이 자기 자신도 늘 납득하는 것 같지는 않은 변덕을 곧잘 부리잖아. 그녀도 그런 변덕이 들었는지 큰길을 걸어서 식물원에 가고 싶다는 거야. '그렇지만 비가 올 것 같은데요.' 내가 그녀에게 말했어. 그녀는 내 말을 거스르는 것이 즐거웠나봐. 요행히 뤽상부르공원을 걷는 동안 내내 날씨는 좋았어. 그런데 뤽상부르공원을 벗어나자 커다란 먹구름이 걱정스러운 속도로 몰려오더니 빗방울을 후드득 떨궈서 우리는 마차에 올라탔어. 큰길에 다다르자 비가 그치고 하늘이 다시 개더군. 박물관에 도착하고 나서 나는 마차를 돌려보내려고 했는데 페도라는 대기시켜놓아달라고 하는 거야. 어찌나 난감했던지! 그렇지만 내 얼굴에 뚜렷이 어린 천진한 미소로 들켰을 게 뻔한 그 은밀한 환호작약을 애써 감추면서 그녀와 이야기를 나눈다는 것, 수풀 우거진 오솔길 사이로 함께 식물원을 배회한다는 것, 내 팔에 닿은 그녀 팔의 감촉을 느낀다는 것, 이 모든 것에는 잘은 모르지만 환상적인 그 무엇이 있었다네. 그건 이를테면 백일몽 같았어. 그렇지만 사실을 말하자면 걸어갈 때든 멈춰 서 있을 때든 그녀의 동작에는 관능적인 외양과는 달리 온화하고 사랑스러운 점이라곤 전혀 없었어. 이를테면 내가 그녀의 생체 리듬에 동조라도 하려고 하면 난 그녀에게서 비밀스럽게 감춰진 어떤 성마름, 발작적이고 이상한 그 무엇과 마주쳤다네. 무정한 여자는 일거수일투족에도 부드러운 구석이라곤 전혀 없는 법일세. 따라서 우리 둘은 뜻을 같이하지도, 보조를 같이하지도 않은 것이지. 두 존재의 물리적인 불일치를 형용할 수 있는 말은 아직은 전혀 존재하지 않는다네. 왜냐하면 우린 아직 행동에서 생각을 알아차리는 데 익숙하지 않거든. 우리의 본성과 관련된 이러한 현상은 직관적으로 느끼는 것이지 설명할 수 있는 것이 아니야."

"내 열정이 최고조에 올라 격렬하게 요동치는 동안에는," 라파엘은 잠시 침묵한 후에 마치 자기가 저 자신에게 제기한 반론에 답하기라도 하듯이 말을 이었다. "수전노가 금화를 유심히 살펴보고 무게를 재보듯이 그렇게 내 기분을 낱낱이 해부해본다든지, 내 기쁨을 조목조목 분석해본다든지, 내 심장의 두근거림을 꼼꼼히 따져본다든지 할 겨를이 없었어. 오! 그럴 겨를이 없었지. 지금이니까 경험이 지난 사건들에 그 쓸쓸한 빛을 비추고, 기억이 그런 이미지들을 되살려주는 거지, 마치 맑은 날 파도가 난파선의 잔해들을 조금씩조금씩 모래톱으로 실어나르듯이 말이야. 백작 부인이 좀 난처해하는 눈길로 나를 쳐다보면서 말하더군. '당신은 내게 상당히 중요한 도움을 줄 수 있는 사람이에요. 당신에게 사랑에 대한 나의 반감을 털어놓고 나니 좀더 자유롭게 우정의 이름으로 당신에게 수고를 좀 해주십사 요청할 수 있네요.' 그녀는 웃으면서 말을 이었어. '당신도 이렇게 되고 나니 훨씬 더 용이하게 날 도와줄 수 있게 되지 않았나요?' 나는 그녀를 고통스럽게 바라보았지. 나를 두고 아무런 감정도 일지 않으니까 그녀는 나를 나긋나긋하게 대하긴 했지만 애정을 보이지는 않았지. 그녀는 노련한 여배우처럼 연기를 하는 것 같았어. 그러다가 불현듯 그녀의 억양이, 시선이, 말 한 마디가 나의 희망을 일깨우는 거야. 그러나 그렇게 되살아난 사랑이 내 두 눈에 여실히 담겨 있었을 텐데도 그녀는 시선에 감정을 표현하는 것을 자제하여 눈빛에 미동도 보이지 않더군. 그녀의 두 눈동자는 호랑이의 눈동자처럼 금속 박막이 씌워져 있는 것 같았으니까. 그 순간 나는 그녀를 증오했지. 그녀는 애교가 듬뿍 담긴 목소리로 말을 잇더군. '러시아의 최고 권력자를 상대해야 할 내게 나바랭 공작의 후견이 정말로 필요하거든요. 나바랭 공작의 도움은 내 재산과 사교계에서 나의 위상에 동시에 관련된 일, 곧 황제가 나의 결혼을 인정하는 일이 내 바람대로 이루어지는 데 필수적이에요. 나바랭 공작은 당신의 사촌이 아닌가요? 그의 편지 한 장이면 만사가 풀릴 텐데.' 나는 그녀에게 대답했어, '난 당신 소유입니다. 명령만 내리십시오.' '당신은 정말 좋은 분이에요.' 그녀가 나의 손을 잡으면서 말하더군. '나와 함께 저녁식사를 하기로 해요. 고해신부에게 고하듯이 당신께 모든 것을 말해드리겠어요.' 의심도 많은데다 몹시 신중한 그 여자, 그래서 이제까지 아무도 그녀의 이해관계에 대해 이러쿵저러쿵 떠드는 소리를 한 마디도 들은 적이 없는 것인데, 바로 그 여자가 바야흐로 내게 의논을 하겠다는 거야. 나는 외쳤어. '오! 당신이 그동안 내게 강요했던 그 침묵을 이제 난 무척 사랑합니다! 하지만 난 그보다 더 큰 어떤 시련이라도 달게 받았을 것입니다.' 그 순간 그녀는 불타는 내 시선을 고스란히 받아들이면서 나의 도취에 조금도 거부반응을 보이지 않았어. 그녀가 드디어 날 사랑했단 말이야! 우리는 그녀의 집에 도착했어. 천만다행으로 내 지갑에 들어 있던 돈이 마부를 만족시켜

줄 만한 정도는 됐어. 나는 드디어 그녀의 집에서 그녀와 함께 단둘이서만 하루를 감미롭게 보내게 됐어. 내가 그녀를 그렇게 만날 수 있었던 것은 그때가 처음이었어. 그전까지는 다른 사람들이 함께 있는데다가 거북할 정도로 과도한 그녀의 정중함과 냉랭한 태도 때문에 나는 항상, 심지어는 그녀가 성대하게 베푸는 만찬을 즐기는 중에도 그녀에게 범접할 수 있는 형편이 아니었지. 그렇지만 그때는 그녀의 집에 있으면서 마치 오래전부터 그녀와 한 지붕 아래서 죽 함께 살아온 것처럼 느꼈지. 말하자면 난 그녀를 마침내 손아귀에 넣은 거야. 분방한 내 상상력은 온갖 장애물을 무너뜨리고 삶의 갖은 우여곡절을 내가 원하는 대로 재구성한 다음 나를 행복한 사랑의 환희 속에 푹 빠지게 했지. 나는 마치 내가 그녀의 남편이라도 된 것처럼 이러저러한 자잘한 일에 몰두해 있는 그녀를 경탄스럽게 바라다보았지. 그녀가 숄과 모자를 벗는 모습을 보면서는 행복감마저 느낄 정도였어. 그녀는 잠시 내 앞에서 사라지더니 머리 매무새를 다듬고 매력적인 모습으로 다시 돌아왔어. 바로 나를 위해 그렇게 어여쁘게 몸치장을 했단 말이야! 저녁식사 내내 그녀는 내게 아낌없는 친절을 베풀었고, 아무것도 아닌 듯하지만 실은 인생의 절반을 차지하는 그런 여러 가지 일에 무한한 호의를 보여주었다네. 그녀와 나 단둘이서 탐스럽기 그지없는 동양풍의 화려한 장식품들에 둘러싸인 채 비단 보료 위에 앉아 불꽃이 탁탁 튀는 벽난로를 마주하고 있자니, 더군다나 수많은 가슴을 두근거리게 만드는 아름다움의 소유자로서 난공불락의 요새 같았던 그 여자가 내 곁에 바싹 붙어서 말을 건네고 갖은 교태를 부리는 것을 보고 있자니, 내 안에 들끓는 그 관능적인 행복감은 거의 고문

수준이었다네. 그런데 불행하게도 그 순간 내게 결정지어야 할 아주 중요한 사업이 있다는 사실이 떠올랐고 그래서 전날 약속했던 모임 장소에 가려고 했지. '뭐예요! 벌써!' 모자를 집어드는 나를 보고 그녀가 말했어. 그녀는 나를 사랑하고 있었던 거야! 적어도 난 그렇게 믿었어. 그녀가 착 감기는 목소리로 그 두 마디를 토해내는 것을 들었으니까. 그 당시 심정으로는 그 황홀경을 연장하기 위해서라면 그녀가 내게 할애해준 시간당 2년치에 해당하는 내 목숨을 바쳐라 했어도 기꺼이 바쳤을 거야. 나의 행복은 내가 약속을 못 지켜 놓쳐버린 돈의 액수만큼이나 증가했던 거야! 그녀가 날 돌려보내준 때는 자정 무렵이었어. 그렇지만 그러한 영웅연한 내 행위는 다음날 아침 엄청나게 큰 후회의 대가를 치러야 했다네. 나는 회고록 대필 건을 날려버린 것이 아닌가 두려웠어. 그건 나에게 너무나도 중요한 사업이었거든. 나는 라스티냐크의 집으로 달려갔지. 우리 둘은 내가 쓰기로 한 책의 명의상의 저자를 만나기 위해 그가 일어나는 시간에 맞추어 그의 집으로 갔어. 피노는 나에게 간단한 계약서를 읽어주었는데 나의 고모는 언급조차 안 되더군. 계약서에 서명하고 나자 피노가 내게 50에퀴를 지불해주더군. 그리고 우리 셋은 함께 점심을 먹었어. 받은 돈으로 새 모자 하나 사고 30수짜리 식권 60장을 산 다음 빚을 갚고 나니 수중에 30프랑밖에 안 남더군. 하지만 며칠 동안의 생활고는 싹 사라진 거지. 내가 만일 라스티냐크의 충고를 귀담아들으려 했다면 소위 **영국식 제도**라고 하는 것을 스스럼없이 받아들여서 큰 재산을 모을 수도 있었을 거야. 라스티냐크는 내게 은행 구좌를 하나 튼 다음 대출을 받게 하려고 안달이 났지. 대출이 신용을 높여줄 거라고 주장하면서 말이야. 그의 말인즉슨 미래의 기대치야말로 세상의 모든 자본 중에서 가장 유망하고 가장 견실한 자본이라는 거야. 그렇게 불확실한 미래를 담보로 빚을 지는 경험을 쌓게 할 요량으로 그는 나를 자기 재단사에게 데려가 옷을 맞추게 했지. 그 재단사야말로 **젊은이**를 잘 이해하는 사람으로서 틀림없이 내 결혼 때까지 아무런 독촉도 하지 않을 거라고 하면서 말이야. 아무튼 그날 이후로 난 삼 년 동안 수도자같이 영위해온 근면한 생활에 종지부를 찍었어. 나는 아주 열심히 페도라의 집에 드나들면서 거기서 마주치는 방약무인하고 영웅연하는 패거리보다 더 우월하게 보이려고 무진 애를 썼지. 이제 가난에서 영원히 벗어났다고 믿은 나는 정신의 자유를 되찾아 내 경쟁자들을 압도했으며 거역할 수 없는 대단한 매력으로 가득찬 남자로 행세했다네. 하지만 노련한 사람들은 나에 대해 이렇게 말했어. '저처럼 똑똑한 치는 열정을 머리로만 다스리려 하는 법이지!' 그들은 내 정신 능력은 너그럽게 봐주었지만 나의 감수성은 깎아내렸지. '저자는 사랑하지 않아서 행복하겠어!' 그들이 외치는 소리였어. '저자가 사랑한다면 그래도 저렇게 쾌활하고 능변일 수 있을까?' 그렇지만 나는 페도라 앞에만 서면 정말이지 사랑에 빠져 바보 멍청이가 됐어! 그녀와 단둘이 있으면 그녀에게 무슨 말을 해야 할지 몰랐으며, 말을 하더라도 사랑을 배반하는 말만 했지. 나는 사무친 원한을 속에 감춘 아첨꾼처럼 서글프도록 즐거웠지. 말하자면 난 그녀의 삶과 행복과 허영에 필요불가결한 존재가 되려고 분투한 거야. 그녀 곁에서 나는 날마다 노예였고 그녀의 조종대로 움직이는 장난감이었어. 그렇게 하루를 탕진하고 집에 돌아와 나는 밤새도록 일에 매달렸고 아침나절에 겨우 두세 시간 눈을 붙였지. 하지만 라스티냐크처럼 영국식 제도에 익숙하지 못했던 나는 곧 무일푼이 되고 말았어. 여보게 친구, 그때부터 쥐뿔도 없으면서 허장 성세에 빠지고 빈털터리 멋쟁이인데다 아무도 알아주는 이 없는 연인 꼴이 된 나는 그 위태위태한 삶으로 다시 전락하고 말았지. 기만적인 화려한 외양 속에 은밀하게 감춰진, 뼛속 깊이 서늘하게 하는 그 불행 속으로 말이야. 그때 예전에 내가 처음으로 맛보았던 고통이 다시 엄습했는데, 이번에는 덜 격심한 편이었어. 아마도 첫 고통의 끔찍한 충격에 익숙해져 있었나봐. 살롱에서 아주 인색하게 나오는 케이크나 홍차가 내가 유일하게 일용할 양식인 경우가 종종 있었지. 때론 백작 부인 집에서 얻어먹은 기름진 저녁식사로 이틀을 연명한 적도 있었어. 나는 철통 같은 페도라의 속내로 더욱 깊숙이 들어가기 위해 내 모든 시간과 내 모든 노력, 그리고 나의 관찰력을 총동원했지. 그즈음 까지 희망과 절망이 교대로 내 생각을 좌우했어. 그녀가 이 세상 여자 중에서 가장 사랑스러운 여자로 보였다가 다시 가장 목석 같은 여자 로 보였다가 했던 거야. 그렇지만 그러한 기쁨과 슬픔의 교차가 더이 상 참을 수 없어졌어. 나는 사랑을 버림으로써 그 가혹한 싸움을 끝장 내고 싶었어. 때로 불길한 섬광이 내 영혼 속을 밝히면서 우리 둘 사 이에 가로놓인 심연을 엿보게 해주기도 했어. 백작 부인 자신이 그러 한 나의 모든 두려움을 일리가 있는 것으로 증명했지. 나는 그녀의 눈 에 눈물이 고인 것을 한 번도 본 적이 없어. 극장에서 마주친 슬픈 장 면은 오히려 그녀를 냉정하게 만들거나 웃게 만들었어. 그녀는 오로 지 자기 자신만을 위해 섬세함을 간직했지 타인의 불행이나 행복에는 신경도 안 썼어. 요컨대 그녀는 나를 가지고 놀았던 거야! 그녀를 위해 희생하는 것이 행복해서 나는 자존심을 거의 땅바닥에 내팽개치고 친척인 나바랭 공작을 만나러 간 적도 있어. 나바랭 공작은 비참한 내 신세를 창피하게 여긴 이기적인 사람이었는데 나한테 지은 잘못이 워낙 많은 터라 나를 증오하지 않을 수 없었지. 그래서 그는 예의를 갖췄지만 몸짓과 말에 경멸이 뚝뚝 묻어나는 그런 냉랭한 태도로 나를 응접했는데 불안해하는 그의 시선이 측은한 마음을 불러일으키더군. 나는 그의 대단한 권세에 감춰진 왜소함과 엄청난 화려함에 감춰진 빈곤함을 접하고 수치심이 들었어. 그는 국채 이윤이 3퍼센트로 폭락해서 엄청난 손실을 입었노라고 미리 내게 엄살을 떨더군. 그래서 난 그에게 내 방문의 목적이 무엇인지 밝혔지. 그 말을 듣고 얼음장 같았던 그의 태도가 부지불식간에 온화하게 변하는 것을 보고 나는 구역질이 났어. 아! 친구여, 어찌 됐건 그는 백작 부인을 방문했다네. 백작 부인 앞에서 그는 나를 싹 무시하더군. 페도라는 그에게 전례가 없던 환대를 베풀면서 특별 대접을 하고 말이야. 그녀는 그를 유혹하며 나를 배제한 채 나는 한 마디도 내용을 알지 못하는 그 수상쩍은 사업을 체결했다네. 나는 그녀에게 하나의 수단일 뿐이었던 거야!…… 내 친척이 자기 집에 발을 들여놓자 그녀는 이제 나를 거들떠보지도 않는 것 같더군. 내가 그녀에게 처음 소개되었을 때보다 어쩌면 더 무관심하게 나를 대하는 거야. 어느 날 저녁엔가는 그녀가 공작 앞에서 어떤 말로도 형언할 수 없는 그런 몸짓과 시선으로 나를 모욕한 적도 있어. 나는 울면서, 수도 없이 복수를 다짐하며, 끔찍하게 그녀를 유린하는 상상을 하며 밖으로 뛰쳐나왔어. 종종 나는 부퐁극장에 가는 그녀를 수행했지. 거기에서 그녀 곁에 앉아 내 사랑에 완전히 몰두한 채 그녀를 바라다보는 한편으로 음악을 감상하는 매력에 흠뻑 젖어 있다 보면 이중의 쾌감으로, 사랑하는 데서 오는 쾌감과 음악가의 선율을 고스란히 따라가는 내 마음의 움직임을 느끼는 데서 오는 쾌감으로 내 영혼이 혼곤해졌어. 나의 사랑은 무대 위 곡조 속에 있었지. 그렇게 나의 사랑은 도처에서 승리를 구가했지만 내 애인에게서만은 그렇지 않았다네. 그러면 나는 페도라의 손을 잡고, 음표를 통해 구현된 화음이 불현듯 두 영혼을 동조하게 만드는 그런 순간이 오기를, 그래서 우리의 감정이 하나가 되기를 간절히 애원하는 마음으로 그녀의 얼굴과 두 눈을 골똘하게 들여다보았지. 하지만 그녀의 손은 침묵을 지켰고 그녀의 두 눈은 아무런 말도 하지 않았다네. 내 가슴속 불이 온통 내 얼굴 위로 번져 그녀의 얼굴을 향해 너무도 세차게 휘몰아칠 때도 그녀는 전람회에 걸린 초상화 속 인물들의 입술 위에 한결같이 관습적으로 재현되는 예의 그 미소를 내게 지어 보일 뿐이었지. 그녀는 음악도 듣지 않았어. 로시니나 치마로사*나 칭가렐리**의 그 빛나는 대목들은 그녀에게 어떠한 감정도 불러일으키지 않았으며, 그녀의 삶에 어떠한 시적 환기도 가져오지 못했어. 그녀의 영혼은 메말랐어. 페도라는 오페라극장에서 오페라 장면에 동화되지 못하고 별개의 다른 장면처럼 그렇게 겉돌았어. 그녀의 오페라글라스는 끊임없이 이 자리 저 자리를 훑고 다녔지. 겉으론 평온했지만 내심 불안했던 그녀는 유행의 희생자였어. 오페라에서 어떤 등급의 좌석에 앉을 것인지, 어떤 모

---

* 18세기 이탈리아 작곡가로 그가 작곡한 오페라는 낭만주의시대에 많은 아류를 낳았다.
** 낭만주의시대의 이탈리아 오페라 작곡가로 당시에는 유명했지만 오늘날에는 그를 기억하는 사람이 거의 없다.

자를 쓸 것인지, 어떤 마차를 몰고 다닐 것인지, 어떤 차림새로 꾸밀 것인지 등이 그녀의 모든 관심사였던 것이지. 겉으로는 강건해 보이지만 그 청동 같은 몸 속에 온유하고 섬세한 마음을 지닌 사람들이 종종 있지. 하지만 그녀는 그와 반대로 연약하고 온화한 겉모습 안에 청동 같은 마음을 감추고 있는 여자야. 인간의 생태에 대해 내가 터득한 결정적인 지식에 힘입어 외양의 베일을 백일하에 벗길 수 있었던 것이지. 고상한 태도가 타인을 위해 자기 자신을 헌신하고 목소리와 행동거지에 한결같은 온화함을 견지하며 타인들이 스스로 만족할 수 있도록 그들을 즐겁게 해주는 것이라고 한다면, 페도라는 겉으로는 섬세하게 보였지만 천박한 태생의 흔적을 말끔하게 지우지 못했지. 그녀의 자기 헌신은 가식이었어. 그녀의 행동거지는 타고난 것이라기보다는 후천적으로 열심히 갈고닦은 것이지. 요컨대 그녀의 공손함에서는 비굴함이 느껴졌어. 아! 그래도 그녀의 달짝지근한 말투는 그녀의 추종자들에게는 선량함의 표현이었고, 그녀의 과장된 호들갑스러움은 고상한 열광으로 해석되었어. 오직 나만이 유일하게 그녀의 점잔 빼는 태도를 간파했고, 그 얇은 가식의 껍질이 다른 사람들의 눈을 가리기에는 충분했겠지만 그것을 벗겨내 그녀의 내면을 드러내게 했으니, 더이상 그녀의 겉치장에 속지 않았다네. 나는 고양이 같은 그녀의 영혼을 속속들이 알았지. 어떤 멍청이가 그녀를 떠받들고 칭찬할 때면 난 그녀를 부끄럽게 여겼어. 그래도 난 그녀를 여전히 사랑했다네! 나는 그녀의 얼음장 같은 마음을 시인의 사랑스러운 날개로 품어 녹여주고 싶었어. 만일 내가 그녀의 마음을 열어 그녀에게 한 번이라도 여인의 따뜻함을 지니게 해줄 수 있었다면, 숭고한 헌신이 무엇인지 가르쳐주었다면, 그러면 그녀는 완벽했을 거야, 천사였을 테니까. 나는 남자로서, 연인으로서, 예술가로서 그녀를 사랑했어. 그런데 그녀를 손에 넣기 위해서는 절대로 그녀를 그렇게 사랑하지 말았어야 했어. 젠체하는 허풍선이나 냉정하게 타산적인 자라면 그녀를 휘어잡았을지 몰라. 그녀 자신이 잘난 체하고 위선적이니까 허풍 떠는 말이 귀에 쏙쏙 들어왔을 테고 책략의 함정에 말려들었을 거야. 그리고 성마르고 냉혹한 남자에겐 꼼짝 못했을 테고. 그녀가 내게 이기적인 모습을 아무렇지도 않게 내비칠 때면 폐부를 찌르는 듯한 고통이 내 마음 깊숙이 파고들었지. 언젠가는 그녀의 손을 잡아줄 사람 하나 없이 그녀의 시선을 품어줄 친근한 시선도 만나지 못한 채 그녀가 세상에 홀로 버려질 거라는 생각이 들어 고통스러웠지. 어느 날 저녁 나는 용기를 내어 그녀의 만년이 황량하고 공허하고 슬퍼질 거라고 그녀에게 눈에 보이는 듯이 선명하게 그려 보여주었지. 배신당한 존재의 입에서 나온 그 불의의 일격 같은 복수를 접하고 그녀는 내게 가공할 만한 말을 한 방 날리더군. 그녀의 응수는 이랬어. '나는 항상 거금을 지니고 있을 거예요. 아, 우린 황금만 있으면 우리의 안락을 위해 필요한 감정까지도 언제나 만들어낼 수 있거든요.' 나는 그녀의 논리에, 그 사치의 논리에, 그녀가 속한 그 사회의 논리에 치를 떨며 그녀의 집을 나왔어. 내가 왜 어리석게도 그녀를 그토록 열렬히 숭배했던가라고 자책하면서 말이야. 나는 가난한 폴린을 사랑하지 않았지. 그러니 부자인 페도라는 라파엘을 배척할 권리가 있는 게 아니겠어? 우리의 양심은, 우리가 아직 그것을 압살하지 않았다면, 절대로 잘못이 있을 수 없는 재판관인 거야. 나는 소피스트처럼 소리쳤지. '페도라는 아무도 사랑하거나 배척하지 않는다. 그녀는 자유롭다. 그러나 그녀는 예전에 황금 때문에 팔려간 여자이다. 애인인지 남편인지 모르지만 그 러시아 백작이 그녀를 소유했던 것이다. 그녀도 살다보면 반드시 한 번의 유혹은 받을 것이다! 그때를 기다리자.' 정숙하지도, 그렇다고 문란하지도 않은 그 여자는 인간계와는 멀리 떨어져서, 지옥인지 낙원인지 모르지만 그녀만의 세계 속에 살고 있었던 거야. 캐시미어와 자수 놓인 옷을 입은 그 불가사의한 여인은 내 가슴 한복판에 자존심, 야망, 사랑, 호기심 같은 인간의 모든 감정이 들끓어 일어나게 만들었어. 유행의 갑작스러운 변화, 혹은 우리 모두에게 있기 마련인 좀 튀어 보이고 싶어하는 욕구가 거리의 싸구려 구경거리에도 탄성을 지르게 하는 그런 열광을 이끌어냈던 것이지. 백작 부인은 당시 몇몇 재사들이 각별히 귀여워하던 어떤 한 배우의 분칠한 얼굴을 구경하고 싶다는 마음을 피력했어. 그래서 난 정확히 어떤 극이었는지 기억은 안 나지만 허술해 보이는 소극笑劇의 첫회 공연에 그녀를 수행하는 영광을 얻었다네. 좌석값은 기껏 100수 정도였지만 나는 땡전 한 푼도 없었지. 아직 다 쓰지 못한 자서전이 반 권 분량이나 남아 있는 형편이라서 피노에게는 도움을 구걸할 엄두도 안 났고, 내 구세주인 라스티냐크는 마침 집에 없었다네. 이런 유의 옹색함이 끊이지 않고 줄곧 내 인생을 곤경에 빠뜨려왔어. 한번은 부퐁극장을 나올 때 억수같이 비가 쏟아지는데 페도라가 나더러 마차를 대령해놓으라고 한 적이 있었어. 내가 그녀의 과시적인 호의를 마다할 겨를도 없이 말이야. 그녀는 비 맞기를 좋아한다거나 도박장에 가고 싶다거나 하는 내 변명을 하나도 받아들이지 않았어. 그녀는 당황해하는 내 태도와 눈물겹도록 쾌활한 척하는 내 어투에 감추어진 궁핍한 처지를 알아채지 못하더군. 내 두 눈은 벌게졌지. 하지만 그녀가 시선을 이해하는 여잔가? 젊은이들의 삶이란 기발한 변덕의 포로가 되는 법! 마차를 타고 가는 동안 바퀴 굴러가는 소리 하나하나에 드는 상념이 내 가슴에 불을 지르더군. 나는 포도鋪道 위로 굴러떨어져 달아날 요량으로 마차 바닥의 판자를 하나 뜯어내려고 기를 썼어. 그러나 도저히 그렇게 할 수 없다는 걸 깨닫고는 발작적으로 웃기 시작하다가 사슬에 묶인 사형수처럼 얼이 나가서 죽은 듯한 침묵 속에 빠졌지. 집에 도착하여 더듬더듬 말을 시작하자마자 폴린이 내 말을 가로막고 이렇게 말하더군. '잔돈이 없으신가봐요……' 아! 로시니의 음악도 폴린의 그 말에 견준다면 아무것도 아니라네. 하지만 이 얘긴 나중에 하고 다시 그 뛰낭빌극장 얘기로 돌아가지. 백작 부인을 그리로 모시기 위해 난 내 어머니 초상화의 금테두리 장식을 전당포에 맡길 생각이었어. 비록 전당포는 내 머릿속에서 항상 도형수의 감옥으로 들어가는 문으로 연상되었지만, 남에게 온정을 구걸하느니 차라리 혼자 내 침대를 들고 전당포에 가는 편이 훨씬 더 낫지. 돈을 빌려달라는 우리의 간청을 받은 사람이 우리를 쳐다보는 눈빛은 참으로 견디기 힘들지! 친구의 입에서 나오는 거절의 말이 우리가 품었던 최후의 희망을 앗아가기도 하지만, 돈을 빌렸다 하더라도 그 대가로 우리의 행복을 지불해야 하는 법. 폴린은 작업을 하고 있었고 그녀의 어머니는 자리에 누워 있데. 침대 커튼이 약간 들려 있어 흘깃 눈길을 던졌는데 어둠 속에 잠깐 보인, 베개에 묻혀 있는 그녀의 잠잠하고 희끄무레한 옆얼굴로 짐작하건대 고댕 부인은 깊이 잠들어 있는 것 같았어. '근심이 있어 보여요.' 폴린이 손에 쥐고 있던 붓을 팔레트에 내려놓으며 내게 말하더군. 난 그녀에게 대답했지. '내 가련한 아가씨, 당신이라면 내게 크나큰 도움을 줄 수 있을 텐데.' 그녀가 너무도 행복한 표정으로 나를 쳐다봐서 난 깜짝 놀랐어. '이 아이는 날 사랑하는 걸까?'라고 나는 자문했지. '폴린?' 나는 말을 걸었어. 그리고 그녀를 잘 살펴보기 위하여 그녀 곁에 바짝 다가앉았지. 그녀는 내 생각을 알아차린 눈치였어. 그만큼 내 어조는 심문조였던 거야. 그녀는 눈을 내리깔더군. 나는 그녀의 마음속을 내 마음속처럼 읽을 수 있다고 생각하며, 그만큼 그녀의 얼굴은 순진했고 맑았다네, 그녀를 주시했어. '당신 날 사랑하나?' 내가 그녀에게 말했어. '조금요, 아주 많이요, 아뇨 전혀!' 그녀는 소리쳤어. 그녀는 날 사랑하지 않았던 거야. 그녀의 조롱하는 듯한 어조와 태도에서 무심코 드러나는 공손함은 단지 소녀의 장난기어린 감사 표시였을 뿐이었던 거지. 그래서 나는 그녀에게 내 근심과 내가 처해 있던 난처한 지경을 고백하고 날 도와달라고 부탁했어. '뭐라고요, 라파엘 씨.' 그녀가 말했어. '당신은 전당포에 가고 싶지 않고, 그래서 날 거기에 보낸다 이거네요!' 나는 어린아이의 논리에 당황하여 얼굴이 벌게졌어. 그러자 그녀는 자기가 한 말의 본뜻을 전하기라도 하려는 듯이 내 손을 잡고 어루만지더군. '오! 물론 가라 하시면 가지요.' 그녀가 말했어. '하지만 그럴 필요가 없어요. 오늘 아침, 피아노 뒤에서 100수짜리 동전 두 개를 발견했어요. 당신도 모르게 벽과 피아노 사이로 굴러들어간 거지요. 당신 책상 위에 올려놓았어요.' '라파엘 씨, 당신은 조만간 받을 돈이 있잖아요.' 그녀의 어머니가 커튼 사이로 머리를 내밀고 내게 말을 건네데. '그동안 내가 몇 푼 빌려드릴 수 있어요.' '오! 폴린,' 나는 그

녀의 손을 맞잡으며 소리쳤어. '나는 부자가 되고 싶어.' '풋! 왜요?'
그녀가 장난기어린 표정으로 말했어. 내 손 안에서 떨고 있는 그녀의
손이 내 심장의 박동과 고스란히 동조했어. 그녀는 세차게 자기 손가
락을 빼내더니 내 손가락을 유심히 살펴보다가 말을 꺼냈어. '당신은
부유한 여자와 결혼할 거예요.' '하지만 그 여자는 당신에게 아주 많
은 근심걱정을 안겨줄 거예요. 아! 하느님! 그 여자는 당신을 죽일 거
예요. 확실해요.' 그녀의 외침에는 자기 어머니의 광적인 미신에 대한
믿음 같은 것이 들어 있었어. '폴린, 당신 참 고지식하군!' '오! 아주
확실해요!' 그녀는 겁에 질려 나를 쳐다보며 말했어. '당신이 사랑하
게 될 여자는 당신을 죽일 거예요.' 그녀는 다시 붓을 잡아들고 격한
감정을 내보이다가 붓을 물감통에 담그고 나서 다시는 나를 쳐다보
지 않았어. 그 순간 나는 차라리 망상이라도 믿고 싶었어. 사람은 미
신을 믿을 때 전혀 불행하지 않은 법이거든. 미신은 대체로 희망의 표
현이라네. 내 방으로 물러나와 보니 정말 소중한 동전 두 닢이 있더
군. 그 동전이 거기 있던 까닭은 여전히 알 수 없었지만 말이야. 막 잠
이 들 무렵 이것저것 잡다한 생각이 밀려드는 와중에 나는 그 뜻밖의
수확을 정당한 보상이라고 여기기 위하여 내가 지출한 비용을 하나
하나 확인하려고 용을 썼지만, 이내 그 하나 마나 한 계산 속에서 길
을 잃고 잠이 들어버렸어. 다음날 아침, 극장 좌석을 예약하려고 막
방을 나서려는데 폴린이 날 보러 왔어. '당신이 가진 돈은 아마 10프
랑도 채 안 될 거예요.' 그 착하고 정겨운 소녀가 얼굴을 붉히며 내게
말했어. '엄마가 이 돈을 당신께 드리래요. 받으세요, 받으세요.' 그녀
는 동전 세 닢을 책상 위에 던지더니 달아나려고 하더군. 하지만 나는

그녀를 붙들었어. 감탄에 겨워 내 두 눈에 흐르던 눈물도 말라버렸어. 나는 그녀에게 말했어. '폴린, 그대는 천사요! 이 돈보다도 이 돈을 내게 전하는 그대의 순정한 마음이 날 훨씬 더 뭉클하게 한다오. 나는 부유하고 우아하며 작위를 지닌 여자를 바랐어. 오호라, 그런데 이제는 내가 백만금을 가지고 있는 부자라서 그대처럼 가난하지만 또한 그대처럼 마음이 부자인 그런 처녀를 만나고 싶다오. 난 나중에 날 죽이게 될 치명적인 열정을 포기할래. 아마도 그대 말이 맞을 것 같소.' '그만하세요!' 그녀는 그렇게 말하고 달아났어. 구슬이 구르듯 싱그럽게 떨리는 그녀의 꾀꼬리 같은 목소리가 계단을 타고 울려퍼졌어. '아직 사랑을 모르는 그녀는 참으로 행복하도다!' 나는 몇 달 전부터 내가 겪은 고통을 생각하며 중얼거렸지. 폴린이 준 15프랑은 나에게 아주 큰 도움이 되었다네. 페도라는 우리가 몇 시간 동안이나 앉아 있어야 하는 극장에 배어 있는 서민 대중의 퀴퀴한 냄새에 생각이 미치자 방향제로 쓸 꽃다발을 준비하지 않았다고 후회했어. 나는 꽃을 구하러 나갔지. 그리고 내 생활비와 재산을 그녀에게 갖다 바쳤어. 나는 그녀에게 꽃다발을 전하면서 후회와 기쁨을 동시에 느꼈는데, 그 꽃다발 가격은 사교계에서 여자의 환심을 사는 데 의례적으로 얼마나 많은 비용이 드는지 내게 여실히 보여주었다네. 얼마 안 돼 그녀는 멕시코산 재스민의 좀 진한 향내에 대해 불평을 털어놓고, 극장 내부에 대해 참을 수 없는 역겨움을 표출했으며, 딱딱한 좌석에 앉아 있어야 한다는 것을 트집잡아 자기를 그런 곳에 데려왔다고 나를 질타하더군. 내가 곁에 있었지만 그녀는 나가고 싶어했고, 급기야 실제로 나가버렸어. 숱한 불면의 밤을 강요당하고 두 달치 생활비를 탕진하고도 그녀의 마음에 들지 못하다니! 결코 이 악마는 더 사랑스럽지도 더 무심하지도 않았다네. 좁은 2인승 마차를 타고 그녀 곁에 앉아서 돌아오는 길에 나는 그녀의 숨결을 들이마시고 향기나는 그녀의 장갑을 매만졌으며, 보배 같은 그녀의 미모를 눈에 각인시키고 백합처럼 은은한 기운을 만끽했어. 그것은 여성의 모든 것이면서 동시에 전혀 여성적이지 않은 것이었어. 그 순간 나는 한줄기 빛을 통해 그 불가사의한 인생의 심연을 들여다볼 수 있었네. 불현듯 나는 한 시인이 그 당시 막 출간한 책이 떠올랐는데, 폴리클레스의 조각상*에 새겨진 진정한 예술가의 모습에 관한 것이었어. 나는 어떤 때는 근위장교가 되어 성난 말을 길들이다가도 어떤 때는 아가씨가 되어 화장대에 앉아 자신에게 구애하는 남자들을 절망에 빠뜨리다가 다시 남자로 변해 유순하고 착한 처녀를 절망에 빠뜨리는 그런 괴물을 보고 있는 듯했어. 나는 페도라에 대해 더이상 달리 어떻게 결론을 내릴 수 없어 그녀에게 그 환상적인 이야기를 해주었지. 하지만 있을 수 없는 일을 다룬 그 시와 그녀 사이의 닮은 점을 입증해주는 징표는 전혀 나타나지 않았으며, 그녀는 단지 『천일야화』에서 뽑은 우화 속의 어린아이처럼 천진하게 그 이야기를 즐길 뿐이었어. 내 또래 남자의 사랑에 저항하기 위하여, 영혼의 그 아름다운 감염에서 발산되는 소통의 열기에 저항하기 위하여 페도라는 뭔가 신비스러운 것으로 자신을 보존해야만 할 거야, 집으로 돌아오면서 나는 그렇게 생각했어. 어쩌면 레이디 들라

---

* '잠든 헤르마프로디토스'를 말한다. 헤르마프로디토스는 그리스 신화 속에 나오는 남녀추니이다. 기원전 2세기경 그리스의 조각가 폴리클레스의 작품으로 추정되는데 루브르박물관에 모사본이 있다.

쿠르*처럼 그녀도 암에 걸린 것은 아닐까? 그녀의 삶은 아마도 인위적인 삶일지도 몰라. 생각이 여기에 미치자 별안간 오한이 엄습했어. 그래서 나는 애인으로서 생각할 수 있는 가장 엉뚱하면서도 가장 합리적인 계획을 세웠다네. 이전에 그녀를 정신적인 측면에서 연구했던 것처럼 이번에는 그녀를 육체적인 관점에서 관찰하기 위하여, 다시 말해 그녀의 전 면모를 알기 위하여 나는 그녀의 집에 잠입해 그녀의 침실에서 그녀 몰래 하룻밤을 보내기로 작정한 거야. 복수의 염원이 한 코르시카 수도승의 가슴을 물어뜯은 것처럼 내 영혼을 집어삼킨 그 계획을 어떻게 수행했는지 그 전말은 이렇다네. 초대연이 있는 날이면 페도라가 얼마나 많은 사람들을 불러모으는지 관리인도 참석한 사람들이 다 돌아갔는지 정확하게 파악할 수 없을 정도야. 물의를 빚지 않고도 집안에 남아 있을 수 있겠다는 확신이 들어 나는 백작 부인의 다음 연회를 초조하게 기다렸어. 옷을 차려입으면서 나는 단검이 없어 그 대신 조그만 영국제 북 나이프를 조끼 주머니에 찔러넣었다네. 설사 그 문필 도구가 내게서 발견되더라도 의심을 살 구석은 전혀 없을 터였고, 또 나는 그 소설 같은 내 결심이 나를 어디까지 이끌고 갈지 몰라 일단 무장을 하고자 한 것이지. 홀에 사람들이 들어차기 시작했을 때 나는 침실로 가서 상황을 살펴보았는데 창문의 덧문과 차양창이 모두 닫혀 있더군. 첫번째 행운이었어. 시녀가 들어와서 묶인 커튼을 풀어 창문에 칠 수도 있었기 때문에 나는 커튼 고리를 열어놓았지. 이렇게 미리 과감하게 시녀가 할 일에 손을 써놓는 것은 무

---

* 영국계 아일랜드 작가 마리아 에지워스의 소설 『벨린다』(1801)에 나오는 인물. 이 소설은 1802년 프랑스어로 번역, 소개되었다.

척 위험이 따르는 일이었지만 나는 다만 내가 처한 상황의 위태로움을 순순히 받아들이고 그것을 냉정하게 계산해놓았던 거야. 자정 무렵 나는 침실로 가서 창문턱 공간에 몸을 숨겼어. 발이 보이면 안 되니까 나는 창문 고리를 부여잡고 벽에 등을 밀착시킨 다음 내장판의 굽도리에 발을 올려놓으려고 안간힘을 썼지. 몸의 균형과 디딤판을 확인하고 커튼과 내 몸의 간격을 재보고 나서 나는 그 고난도의 자세에 어느 정도 익숙해져서 쥐가 나거나 기침, 재채기를 하지 않는 한 발각되지 않고 그 자리에 가만히 머물 수 있겠다는 생각이 들었어. 쓸데없이 마냥 힘든 자세를 잡고 있을 필요는 없으니까 나는 거미줄의 거미처럼 매달려야 하는 결정적인 순간을 기다리며 편한 자세로 서 있었지. 아롱대는 얇은 흰색 비단과 모슬린 커튼이 오르간의 파이프처럼 생긴 굵은 주름을 만들어내며 내 앞에 드리워져 있었어. 나는 성벽의 총안을 통해 보듯이 방안에서 일어나는 모든 것을 염탐하기 위해 준비해간 칼로 커튼에 구멍을 뚫었지. 홀의 웅성거림과 이야기 도중 터지는 웃음소리, 고성 따위가 아련하게 들려오더군. 그 어렴풋한 두런거림과 웅웅거리던 소동은 시간이 지나면서 점차 잦아들었어. 몇몇 사람이 내 바로 옆의 서랍장 위에 놓인 제 모자들을 찾아갔어. 그들이 커튼을 스쳐지나갈 때는 떠나기에 급급해서 아무 데나 마구 뒤지다가 우연히 나를 발견하지나 않을까 하는 생각이 들어서 소름이 돋았다네. 그런데 그런 불행한 사태는 일어나지 않아서 나는 내 계획이 잘될 거라는 예감이 들었어. 맨 마지막 모자는 페도라를 연모하는 한 늙은이가 가져갔는데, 그는 그 방에 자기 혼자만 있는 줄 알고 침대를 뚫어지게 쳐다보면서 무슨 소리인지 잘 모르겠지만 꽤나 기운이 넘치는 고함을 지르더니 땅이 꺼지도록 한숨을 내쉬더군. 백작 부인은 침실 옆 규방에 측근 대여섯 명만 남게 되자 그들에게 차를 권했어. 찻잔과 스푼이 달그락거리는 소리가 들리는 가운데 남을 험담하는 말들이 빈정대는 말이나 약삭빠른 촌평 사이사이 끼어들었어. 이 험담이야말로 오늘날 우리 사회에 그나마 남아 있는 일말의 신뢰를 전폭적으로 받고 있는 거잖아. 라스티냐크는 내 경쟁자들에 대해 인정사정없이 신랄한 재담을 퍼부으며 폭소를 불러일으키고 있더군. '라스티냐크 씨와는 사이가 나빠지면 안 되겠어요.' 백작 부인이 웃으면서 말했어. '그럴 겁니다.' 그가 자연스럽게 응수하면서 덧붙였어. '내 증오는 항상 타당했으니까요. 그리고 우정의 면에서도 내 적수들은 아마도 친구 못지않게 내게 쓸모가 있는 것 같습니다. 나는 사람들이 뭐든지 공격하거나 방어할 때 사용하는 요즘의 언어와 자연스러운 책략들에 대해 꽤나 특별한 연구를 하고 있어요. 각료의 능변은 사회 발전의 한 척도이지요. 여러분 친구들 중의 한 명이 둔한가요? 그러면 그의 성실함과 솔직함을 언급하세요. 다른 사람의 작품이 서툴러 보이나요? 그러면 그 작품이 양심적인 노작券作이라고 소개하는 거죠. 만약 어떤 책의 글이 형편없으면 그 안에 담긴 사상이 좋다고 칭찬하세요. 어떤 사람이 신의도 없고 지조도 없으며 매사 당신에게 어깃장을 놓는다면? 흥! 그자가 매혹적이고 탁월해서 마음에 든다고 하는 거죠. 당신의 적수들을 상대하는 일이라면? 그들에게 죽기 살기로 덤비면 돼요. 그들을 상대해서는 당신이 쓰는 말들을 뒤집어버리는 겁니다. 그러면 당신은 당신 친구들의 장점을 부각시키는 데 능란해지는 것 못지않게 당신 적수들의 단점을 알아내는 데 정통하게 됩니다. 이처럼 정신을 들여다볼 수 있는 확대경을 적용하는 것이 우리가 나누는 대화의 비결이며 구애자가 구사하는 기술의 최고봉이지요. 그걸 사용하지 않는다는 것은 기령旗領기사들처럼 철갑을 두른 막강한 자들을 무기도 들지 않은 채 무찌르려고 하는 짓입니다. 난 그것을 사용합니다! 심지어는 때때로 남용하기도 한답니다. 그래서 사람들은 나를, 나와 내 친구들을 존중하는 겁니다. 달리 말하면 나에게 검의 역할을 하는 것이 내 혀니까요.' 페도라의 가장 열렬한 숭배자 중 하나로서 건방지기로 유명한 한 젊은이가 라스티냐크가 오만하게 던진 도전장을 받아들이더군. 그자는 나를 언급하면서 나의 재능과 성품을 과도하게 칭찬하기 시작하는 거야. 그런 유의 비방은 라스티냐크도 미처 생각하지 못했던 것이지. 그런 냉소적인 칭찬이 백작 부인의 오해를 불러일으켜서 그녀는 무자비하게 나를 깎아내리더군. 자기 친구들을 즐겁게 해주기 위해 그녀는 내가 자기에게 털어놓은 비밀과 포부와 희망들을 까발렸어. 듣고 있던 라스티냐크가 말했어. '그는 전도가 유망합니다. 아마도 언젠가는 통렬한 복수를 할 그런 사람이 될 거예요. 그의 재능은 적어도 그의 용기와 막상막하지요. 그래서 나는 그를 공격하는 사람들이 무모하다고 생각합니다. 그는 기억력이 좋으니까요.' '그리고 그는 회고록도 쓰지요.' 라스티냐크의 발언으로 일순 무거운 침묵이 깔리자 그게 못마땅해진 백작 부인이 대꾸했어. 그러자 라스티냐크가 응수하더군. '유령 백작 부인의 회고록이죠, 부인. 그런 걸 쓰기 위해서는 또다른 종류의 용기가 필요합니다.' 그녀가 다시 말을 받더군. '나는 그 사람이 용기가 많다고 믿어요. 그는 내게 헌신적이죠.' 그때 나를 비웃는 자들 앞에 『맥베스』에 나오는 뱅코의 유령처럼 홀연히 모습을 드러내고 싶은 거센 유혹이 나를 사로잡더군. 나는 애인을 잃었지만 진정한 친구를 하나 얻었던 거야! 그렇지만 그 순간 갑자기 사랑의 바람이 불어와 우리의 모든 고통을 잠재워버리는 그 비겁하고 교묘한 역설을 내게 소곤거리지 뭐야. 나는 생각했지. 만일 페도라가 나를 사랑한다면 그녀는 악의적인 농담으로 나에 대한 자신의 애정을 감춰야만 하지 않았을까? 가슴은 수도 없이 자주 입으로 내뱉는 거짓말을 부인해오지 않았던가? 마침내 얼마 안 있어 백작 부인과 단둘이 남아 있던 그 건방진 나의 라이벌이 가려고 하더군. '아이! 뭐야! 벌써?' 그녀가 그에게 애교 넘치는 목소리로 말했고 그 목소리는 나를 두근거리게 했어. '나에게 조금만 더 시간을 할애해 주지 않을래요? 내게 해줄 말이 떨어졌단 말이에요? 나를 위해 당신의 즐거움을 약간이나마 희생할 마음이 조금도 안 드나요?' 그래도 그는 가버렸어. '아!' 그녀가 하품을 하며 소리쳤어. '저자들 모두 따분해!' 그러고 나서는 종 달린 줄을 세게 잡아당겼는데 초인종 소리가 온 집안에 울려퍼졌어. 백작 부인은 〈프리아 케 스푼티〉*의 한 대목을 콧노래로 흥얼거리며 침실로 들어왔어. 그때까지 아무도 그녀가 부르는 노래를 들어본 적이 없었는데 이는 온갖 이상한 해석을 낳도록 빌미를 제공했지. 혹자는 말하기를 그녀의 재능에 홀딱 반해서 죽어서도 그녀를 갈망하리라던 그녀의 첫사랑 남자가 그녀를 독차지하고자 했고 그녀는 그가 소망한 행복을 다른 남자에게는 절대로 허락

---

* 치마로사의 오페라 〈일 마트리모니오 세그레토(비밀 결혼)〉에 나오는 아리아로 '동이 트기 전에'의 뜻. 원래 이 아리아는 테너가 부르는 것인데 이를 통해 발자크는 앞에 언급한 것처럼 페도라가 콘트랄토의 음역을 지닌 남녀추니라는 사실을 다시 한번 암시한다.

하지 않겠노라고 약조해서 그렇다는 거야. 나는 혼신의 힘을 다해 그녀의 노랫소리를 빨아들일 듯이 귀를 기울였어. 노래가 이어질수록 목소리는 높아졌어. 페도라는 감정이 고양되어 있는 듯 목청이 한껏 풍부하게 터졌고, 그러자 그녀가 부르는 노래의 멜로디에 뭔가 신성한 기운이 감돌기 시작했지. 백작 부인의 목소리는 아주 명징했고 음정이 정확했으며, 조화롭고 낭랑하게 울려서 뭔지 모르지만 가슴을 후벼파고 동요시키며 간질이는 그런 면이 있었어. 노래를 좋아하는 여자는 거의 언제나 사랑스럽지. 페도라처럼 그렇게 노래하는 여자는 사랑이 무엇인지 아는 게 틀림없다네. 그러므로 그 아름다운 목소리는 이미 신비로울 대로 신비로운 여인에게 또하나의 신비로움을 더해주었다네. 그때 나는 지금 내가 자네를 보는 것처럼 이렇게 바로 눈앞에서 그녀를 보고 있었어. 그녀는 제 목소리에 심취해서 자기만의 특별한 관능적 쾌감을 느끼고 있는 것 같았어. 그녀는 마치 사랑의 희열 같은 것을 경험하고 있었던 거야. 그녀는 그 론도의 주요부를 다 부르고 나서 벽난로 앞으로 왔어. 그런데 그녀가 입을 다물자 그녀의 모습이 돌변하는 거야. 자세는 흐트러지고 얼굴에는 피곤한 기색이 역력하더군. 그녀는 방금 전 가면을 벗어버린 것이지. 배우로서 연기한 그녀의 역할이 끝난 거야. 연기의 노고 때문인지 아니면 야회의 피곤함 때문인지 그녀의 미모는 퇴색돼 보였지만 매력을 잃지는 않았어. 저것이 페도라의 참모습이다, 나는 중얼거렸지. 그녀는 몸을 따뜻하게 하려는 듯 벽난로 앞 재받이 위에 가로놓인 청동 막대에 한 발을 올려놓고는 장갑을 벗고 팔찌를 푼 다음, 보석으로 장식된 작은 향로가 매달려 있는 금목걸이를 머리 위로 벗었어. 나는 햇볕을 받으며 털을 다

듣는 고양이의 몸짓처럼 정겨움이 듬뿍 담긴 그녀의 동작을 보게 되어 이루 말할 수 없는 기쁨을 느꼈다네. 그녀는 거울에 자기 모습을 비춰보더니 불쾌한 기색으로 아주 소리 높여 말하더군. '오늘 저녁 난 예쁘지 않았어. 안색이 놀랄 만큼 빨리 삭아버리는군. 앞으로는 좀더 일찍 자야 할 것 같은데, 이런 방만한 생활도 청산해야 할 것 같고. 그런데 쥐스틴 이것이 날 우습게 아는 건가?' 그녀가 다시 초인종을 울리자 시녀가 달려왔어. 시녀는 어디에 있었던 것일까? 알 수 없지. 그녀는 비밀계단으로 왔던 거야. 나는 호기심이 동해 그녀를 자세히 살펴보기로 했어. 그동안 나는 시인의 상상력으로 베일에 싸여 있던 그 시녀를, 직접 보니 갈색 머리에 키가 크고 건장하게 생긴 그 시녀를 여러 차례 의심해왔거든.* '마담, 초인종을 울리셨나요?' '두 번이나 울렸지.' 페도라가 쏘아붙이더군. '대체 너는 귀머거리가 돼가는 거냐?' '마담께 드릴 아몬드유를 준비하고 있었어요.' 쥐스틴이 무릎을 꿇고 끈을 풀어 자기 주인의 반장화를 벗기는 동안 페도라는 난롯가 안락의자에 아무렇게나 몸을 던지고 머리를 긁적이며 하품을 하고 있었어. 그녀의 이 모든 행동에는 지극히 자연스럽다는 것 말고는 아무것도 없었으며, 비밀스러운 고뇌라든가 내가 추측했던 사랑을 입증해주는 징후도 전혀 보이지 않았어. '조르주가 사랑에 빠졌군' 하고 그녀가 입을 열었어. '그를 해고해야겠어. 오늘밤 아직도 커튼을 치지 않았단 말이야? 그자는 대체 무슨 생각을 하고 있는 거야?' 나는 페도라의 이 지적에 온몸의 피가 심장으로 역류하는 느낌을 받았지. 하지만 더이

---

* 라파엘이 페도라가 레즈비언임을 의심하는 대목이다.

상 커튼을 문제삼지는 않더군. '삶이 참 공허해' 하고 백작 부인이 말을 이었어. '아 참! 어제처럼 내 몸을 할퀴지 않도록 조심해. 자, 보이니?' 그녀는 새틴처럼 매끈한 조그만 무릎을 내보이며 말했어. '아직도 네 손톱자국이 남아 있잖아.' 그녀가 백조의 솜털을 안에 댄 벨벳 실내화를 맨발에 신고 나서 드레스를 벗는 동안 쥐스틴은 빗을 들고 그녀의 머리를 매만졌어. '결혼을 하셔야죠, 마담. 아이들도 낳고요.' '아이들? 아이를 가진다면 그것만으로 내 인생은 끝장날 거야' 그녀는 소리질렀어. '남편? 내가 과연 어떤 남자랑 결…… 그런데 오늘 저녁 내 머리 모양은 근사했니?' '아니요, 썩 좋지 않았어요.' '넌 바보구나.' '머리를 너무 곱슬곱슬하게 꾸미는 것은 마담에게 제일 안 어울려요.' 쥐스틴이 대꾸하더군. '부드럽게 큰 웨이브를 주는 것이 마담에게 훨씬 더 멋져 보여요.' '정말?' '그렇고말고요, 마담. 잔잔하게 곱슬곱슬한 머리는 금발에나 잘 어울려요.' '결혼을 한다고? 안 돼, 안 돼. 난 결혼이라는 그런 뒷거래나 하려고 이 세상에 태어나지 않았어.' 애인으로서 지켜본 그 장면은 얼마나 놀라웠던지! 친척도, 친구도 없는 혈혈단신인데다 사랑에 있어서는 무신론자요, 어떤 감정도 믿지 않는 그 여자. 속내를 털어놓고 싶다는, 인간이라면 누구에게나 친숙하고 자연스러운 욕구가 아무리 그녀에게 미미하다고 해도, 그렇다고 자기 시녀를 이야기 상대로 삼아 무미건조한 말 아니면 아무 의미 없는 말이나 늘어놓을 정도로 옹색하게 그 욕구를 풀려는 그녀! 난 그런 그녀에게 측은한 마음이 들었다네. 쥐스틴이 마침내 코르셋 끈을 다 풀었어. 그녀를 감싸고 있던 마지막 베일이 벗겨지는 순간 나는 유심히 그녀를 응시했어. 그녀의 처녀 같은 가슴을 보고 나는 눈이 부셨다네. 슈미

즈 아래로 비치는 그녀의 뽀얀 분홍빛 속살은 촛불 빛을 받아서 마치 얇은 무명베에 감싸인 은빛 조각상처럼 반짝반짝 빛났다네. 결단코, 그녀의 몸에는 은밀히 훔쳐보는 사랑의 눈길을 두려워할 그런 결함이 한 곳도 없었다네. 오호라! 아름다운 육체는 제아무리 용맹한 결단이라도 어김없이 무너뜨리고 마는 법. 여주인은 시녀가 침대 머리맡에 매달린 백대리석 양등洋燈에 불을 붙이는 동안 생각에 잠겨 아무 말도 없이 난로 앞에 앉아 있었어. 쥐스틴은 난상기煖床器를 가져오고 잠자리를 준비한 다음, 여주인이 자리에 눕는 것을 도왔지. 그러고 나서도 자잘한 시중을 드느라 꽤 긴 시간을 보낸 뒤에 시녀는 물러갔어. 그것만 보더라도 페도라가 자기 자신을 얼마나 애지중지하는지 여실히 알수 있지. 백작 부인은 여러 차례 몸을 뒤척였어. 그녀는 심란해하며 한숨을 내쉬었지. 초조한 심사를 내비치듯 그녀의 입술 사이로 들릴락말락 할 정도로 나지막한 소리가 새어나왔어. 그녀는 탁자로 손을 뻗어 작은 유리병을 잡고 갈색 액체 몇 방울을 아몬드유에 떨어뜨린 다음 그것을 마셨어. 그러고 나서 몇 차례 고통스러운 한숨을 내쉬더니 마침내 소리쳤어. '오 하느님!' 그 외침이, 특히 거기에 실린 그녀의 어조가 내 심장을 터지게 했어. 그녀의 움직임이 조금씩 잦아들더니 미동도 안 했어. 나는 덜컥 겁이 났지. 그러나 곧이어 잠든 사람이 내는 깊고 규칙적인 숨소리가 들려왔어. 나는 바스락거리는 비단 속커튼을 옆으로 걷어내고 붙박여 있던 자리를 떠나 뭐라 형언할 수 없는 감정으로 그녀를 응시하면서 그녀가 누워 있는 침대 발치로 이동해갔지. 그렇게 보니 그녀는 참 매혹적이었어. 그녀는 어린아이처럼 팔베개를 하고 있었어. 레이스 장식에 파묻혀 있는 그녀의 평온하고 아름다운 얼굴이 발산하는 우아한 아리따움은 내 가슴에 불을 질렀어. 나 자신을 너무 과신한 나머지 나는 내게 그런 형벌이, 그녀와 그토록 가깝게 있어도 그녀와 한없이 멀 수밖에 없는 그런 형벌이 내릴 줄은 생각도 못했지. 나는 내가 자초한 그 모든 고통을 감내할 수밖에 없었어. '오 하느님!'이라는 외침, 어떤 생각에서 나왔는지는 모르겠지만 그 생각의 편린일 그 외침은 내가 그녀의 심리 상태를 짐작할 수 있게 해주는 유일한 불빛이었는데, 그 외침이 갑자기 페도라에 대한 내 생각을 바꿔버렸어. 무의미할 수도 있고 심오할 수도 있으며, 실체가 없을 수도 있고 반대로 현실성이 충분할 수도 있는 그 말은, 행복해서 나왔을 수도 있고 불행해서 나왔을 수도 있으며, 몸이 아파서 나왔을 수도, 근심이 있어서 나왔을 수도 있지. 그것은 저주였을까 기원이었을까, 과거에 관한 것이었을까 앞날에 관한 것이었을까, 후회였을까 두려움이었을까? 그 말 속에는 가난한 삶이든 부유한 삶이든 한 인생 전체가 담겨 있었어. 거기에는 심지어 어떤 범죄가 연루되어 있을 수도 있지! 여인의 아름다운 겉모습 속에 감추어져 있던 수수께끼가 되살아난 것이지. 페도라는 너무도 많은 방식으로 설명될 수 있어서 오히려 설명 불가능한 그런 존재가 되었어. 그녀의 이 사이로 변화무쌍하게 새어 나오는 숨소리는 때론 희미하다가 때론 거세지기도 하고, 때론 묵중하다가 때론 경쾌해지기도 하면서 어떤 생각이나 감정의 표현으로 해석할 수 있는 일종의 언어를 만들어냈다네. 나는 그녀와 함께 꿈을 꾸고 그녀의 잠 속으로 들어가 그녀의 비밀에 입문하기를 희구했으며, 그녀에 대한 무수히 많은 상반된 결정과 판단 사이에서 표류했다네. 그 아름답고 평온하며 순수한 얼굴을 바라보고 있자면 도저히 그 여인을 따뜻한 심장이 없는 무정한 여인이라고 말할 수 없었어. 나는 다시 한번 시도해보기로 결심했어. 그녀에게 내 삶과 내 사랑, 그리고 내 희생을 말한다면, 어쩌면 그녀의 동정심을 일깨워 결코 울지 않는 그녀에게 눈물을 자아내게 할 수도 있을지 모른다고 생각했지. 나는 이 마지막 시도에 내 온 희망을 걸고 있었는데, 바로 그때 거리에서 들려오는 소음으로 동이 텄음을 알았어. 잠시 나는 페도라가 내 품속에 안겨 잠에서 깨어나는 모습을 상상했지. 나는 살며시 그녀 옆에 몸을 누이고 그녀에게 다가가 그녀를 껴안을 수도 있었어. 그러한 생각이 너무도 집요하게 나를 물고 늘어져서 나는 그 생각을 떨칠 요량으로 소리를 안 내려고 주의를 기울일 겨를도 없이 거실로 도망쳐나왔어. 다행히도 좁은 계단으로 통하는 비밀 문에 무사히 다다랐지. 짐작한 대로 열쇠는 자물쇠에 꽂혀 있었다네. 나는 문을 힘차게 당기고 과감하게 안마당으로 내려서서 누가 보든 말든 아랑곳없이 세 번을 펄쩍 뛰어 거리로 빠져나갔어. 이틀 후 한 작가가 백작 부인 집에서 희극을 한 편 낭독하기로 되어 있었는데, 나는 남들이 다 가고 난 후 마지막으로 남아 그녀에게 좀 독특한 부탁을 할 작정으로 그녀의 집에 갔어. 나는 그녀에게 다음날 저녁 시간을 내게 할애해주기를, 아무도 못 오게 문을 닫아걸고 저녁 시간을 온전히 내게만 바쳐주기를 간청하고 싶었던 거야. 그러나 그녀와 단둘이 있게 되자 나는 심장이 멎는 것 같았어. 괘종시계가 시각을 알릴 때마다 나는 소스라치게 놀랐지. 밤 열두시 십오 분 전이었어. 나는 속으로 말했어. '그녀에게 말을 꺼내지 못한다면 벽난로 모서리에 머리를 짓찧어야 한다.' 나는 나 자신에게 삼 분의 말미를 주었어. 그 삼 분이 지나갔는데도 나는 대리석에 머리를 찧지 못했어. 내 가슴은 물에 젖은 스펀지처럼 무거워졌지. '당신 참 재미있군요.' 그녀가 내게 말했어. 나는 대답했지. '아! 마담, 당신이 내 심정을 이해할 수만 있다면!' 그녀가 되받더군. '무슨 일이에요! 당신 안색이 창백해요.' '당신에게 호의를 베풀어주십사고 간청하기가 망설여지는군요.' 그녀는 어서 말해보라는 의미의 몸짓을 했어. 나는 그녀에게 다음날 나하고만 단둘이서 만나달라고 요청했지. 그녀가 답하더군. '기꺼이 그러지요. 하지만 왜 지금 여기서 말하면 안 되는 건가요?' '당신의 오해를 사고 싶지 않아서요. 나는 당신에게 당신의 약조가 얼마나 중대한지 보여주어야만 합니다. 나는 당신 곁에서 마치 우리가 오누이인 것처럼 오늘밤을 보내고 싶습니다. 두려워하지 마세요. 당신의 반감은 잘 알고 있습니다. 그동안 나는 당신의 기분을 상하게 할 수 있는 것은 전혀 당신에게 바라지 않았습니다. 당신도 내가 그런 사람이라는 것을 분명히 알고 인정해주리라 믿습니다. 게다가 뻔뻔한 자들은 이렇게 행동하지도 않습니다. 당신은 내게 우정으로 대해주었어요. 당신은 친절하고 지극히 너그럽습니다. 아! 그리고 내일 당신에게 마지막 작별인사를 고해야 할 일도 남았습니다. 약속을 어기면 안 됩니다!' 나는 그녀가 막 말을 하려고 하는 것을 보고 이렇게 소리친 다음 자리를 떴어. 지난 5월 어느 날 저녁 여덟시경, 나는 페도라의 고딕식 규방에서 그녀와 단둘이 만났어. 그때는 떨지 않았지. 행복할 거라는 확신이 들었으니까. 페도라가 온전히 내 차지가 되든지 아니면 내가 죽음의 품안으로 사라지든지 결판이 날 테니까. 그동안 나는 나의 소심한 사랑을 탓해왔지. 남자는 자기 약점을 자인했을 때 아주 강해진다네. 초록색 캐시미어 드레스를 입은 백작 부인은 두 다리를 방석 위에 얹고 장의자에 길게 누워 있었어. 그녀가 쓰고 있던 오리엔탈 베레모는 화가들이 초기 히브리인들을 그릴 때 그들에게 씌우는 모자로 그녀의 매혹적인 모습에 뭔지 모르지만 톡 쏘는 이국적인 매력을 더해주었다네. 그녀의 얼굴에는 순간순간 변하는 아름다움이 서렸는데, 이는 우리가 매 순간 새롭고 유일한 존재라는 것을, 미래의 우리와도 과거의 우리와도 아무런 닮은 점이 없는 존재라는 것을 입증해주는 듯했다네. 나는 그토록 눈부신 그녀의 모습을 한 번도 본 적이 없었어. '그거 아세요?' 그녀가 웃으면서 말을 꺼내더군. '당신은 내 호기심을 자극했어요.' '그 호기심을 실망시켜드리지 않겠습니다.' 나는 그녀 곁에 앉아 그녀가 내게 내민 손을 잡으면서 차갑게 대꾸했어. '당신은 아주 아름다운 목소리를 지니고 있더군요!' '당신은 내 노랫소리를 한 번도 들어본 적이 없잖아요' 하고 그녀가 놀란 기색을 내비치며 소리쳤어. '때가 되면 그 반대라는 것을 증명해드리지요. 당신의 감미로운 노래는 그러니까 또하나의 의혹거리가 아닐까요? 안심하십시오. 그 의혹을 파헤치고 싶진 않으니까요.' 우리 둘은 한 시간 가량 친밀하게 이야기를 나누었지. 나는 페도라와 아무 거리낌도 없는 사이의 남자처럼 무람없는 어조, 매너, 몸짓으로 그녀를 대했지만, 한편으로는 구혼자의 정중한 태도도 한치의 소홀함 없이 견지했지. 그렇게 처신하다보니 나는 손에 입을 맞추어도 좋다는 그녀의 호의도 받았다네. 그녀는 귀여운 동작으로 장갑을 벗어주었고, 그러자 나는 그토록 애써 고대하던 환상 속에 어찌나 관능적으로 몰입했던지 내 영혼이 녹아 그 입맞춤 속으로 흘러들어갈 지경이었다네. 페도라는 뜻밖에도 내가 자기 몸을 쓰다듬고 어루만져도 가만히 있었어. 하지만 나더러 멍청했다고 비난하진 말게. 만일 내가 그 우애 수준의 애무를 넘어서 한 발짝 더 나가고자 했다면 암고양이의 발톱이 나를 할퀴었을 거야. 우리는 깊은 침묵 속에 잠겨 대략 십여 분쯤 그렇게 있었지. 나는 그녀를 찬미했으며 그녀가 부인한 매력을 그녀에게 되살려주었어. 그 순간 그녀는 나의 것, 오로지 나만의 것이었다네. 나는 그 매혹적인 피조물을, 마치 허락이라도 받은 양 직관적으로 소유했다네. 나는 그녀를 내 욕망으로 포장하여 내 손 안에 넣고 껴안았으며, 상상 속에서 그녀와 결혼했지. 그 당시 나는 최면술의 힘으로 백작 부인을 정복했던 거야. 그래서 난 그때 그 여자를 완벽하게 내 것으로 만들지 못한 일에 대해 늘 후회했지. 그러나 그 순간만은 내가 그녀의 육체를 탐했던 것이 아니야. 내가 원한 것은 한 영혼, 한 인생이었지. 우리 스스로도 영원하리라고 믿지 않는 아름다운 꿈, 이상적이고 완벽한 그런 행복이었다네. '마담,' 마침내 나는 나의 도취 상태가 막바지에 이르렀음을 직감하고 입을 열었어. '내 말을 잘 들으세요. 당신도 알다시피 난 당신을 사랑합니다. 내가 당신에게 수없이 이야기했으니까요. 당신은 분명 내 말을 들었을 것입니다. 다만 내가 당신의 사랑을 바람둥이처럼 번지르르한 말에 기대 구걸하지도 않고, 머저리처럼 아양을 떨거나 치근덕거리면서 구걸하지도 않았기 때문에 내 말뜻이 제대로 전달되지 않았겠지요. 당신을 위해서 내가 얼마나 많은 고생을 겪었는지! 물론 당신이 거기에 책임이 있는 것은 아니지만 말이에요. 하지만 잠시 후 나에 대해 판단을 내리세요. 두 종류의 가난이 있습니다, 마담. 하나는 누더기를 걸치고도 당당하게 거리를 걷는 가난입니다. 그것은 아주 조금씩 먹고 소박하게 생활을 절제하면

서, 의도하지 않았지만 디오게네스를 재현하는 그런 가난이지요. 아마도 부귀영화 이상으로 더 행복할 것이고 아무 걱정거리도 없는 그런 가난은 권세가들이 욕심내는 방향과는 전혀 다른 방향으로 세상을 만들어나가지요. 다른 하나의 가난은 호사 속의 가난입니다. 비유하자면 에스파냐 귀족의 오만한 가난이라고 할 것인데, 작위를 뽐내지만 속사정은 빌어먹는 형편을 말하지요. 콧대 높고 모자에 깃털 장식을 하고 흰 조끼를 입고 노란 장갑을 낀 이 가난은 화려한 사륜마차를 끌고 다니며 동전 한 푼이 모자라 거금을 날리는 가난입니다. 먼저 말한 가난은 민중의 가난이고, 지금 말하는 가난은 사기꾼, 왕, 재사オ士들의 가난입니다. 나는 민중도, 왕도, 사기꾼도 아닙니다. 아마 재능도 없을 겁니다. 다시 말해 나는 이례적인 가난입니다. 나의 이름은 나더러 구걸하느니 차라리 죽으라고 명령합니다. 안심하십시오, 마담. 오늘 나는 부자입니다. 나는 내게 필요한 모든 것을 충당할 정도의 토지를 소유하고 있습니다.' 나는 상류사회에 들어오고 싶어 안달이 난 여자들을 접했을 때 우리가 짓는 그런 냉랭한 표정이 그녀의 얼굴에 나타나는 것을 보고 얼른 말했어. '내가 함께 갈 형편이 전혀 안 되는 걸 알면서도 나 없이 당신 혼자 짐나즈극장*에 가려고 했던 그날 기억납니까?' 그녀는 기억난다고 고개를 끄덕였어. '그때 당신을 만나러 그리로 가기 위해 난 수중에 있던 돈을 다 털었습니다. 우리 둘이 식물원에서 산책을 했던 일도 기억납니까? 그때 당신이 탄 마차 삯으로 내 전 재산이 들어갔습니다.' 나는 그녀에게 내가 치렀던 희생을 이

---

* 1820년에 문을 연 이후 외젠 스크리브와 뒤마 피스의 활약으로 명성을 날린 극장이며 지금도 파리에 남아 있다.

야기했고, 내 지난 생애를, 오늘처럼 이렇게 술에 취해서가 아니라 심정의 고귀한 도취에 휩싸여 상술했어. 내 정념은 불타오르는 말과 고양된 감정을 타고 넘쳐흘렀는데 그 말과 감정은 그날 이후로 잊혀서 지금은 예술로도 기억으로도 되살릴 수 없네. 그것은 분명 퇴짜 맞은 사랑이 내뱉는 맥빠진 넋두리가 아니었어. 내 사랑은 힘이 넘치고 희망의 아름다움으로 생기가 도는 것이어서, 상처받은 한 영혼의 울부짖음을 반복해 전하며 한 인생 전체를 투영하는 말들을 내게 풀무질해주었다네. 나의 어조는 전쟁터에서 죽어가는 병사가 최후의 기도를 바칠 때의 바로 그 어조였어. 그녀는 눈물을 짓더군. 나는 말을 멈추었어. 맙소사! 그녀의 눈물은 극장 매표소에서 100수면 살 수 있는 그런 가식적인 감동의 결과였던 거야. 나는 훌륭한 배우처럼 대성공을 거둔 것이지. '미리 알았더라면……' 그녀가 말하려고 했어. '더 말하지 마세요.' 내가 소리쳤어. '나는 지금 이 순간 여전히 당신을 사랑합니다, 죽이고 싶을 만큼……' 그녀는 초인종 줄을 잡아당기려 했어. 나는 웃음을 터뜨렸지. '부를 필요 없습니다.' 나는 말을 이었어. '난 당신이 편안하게 제 명대로 살도록 내버려둘 것이니까요. 당신을 죽이고 싶다는 말은 증오를 서툴게 표현한 것일 뿐입니다! 어떤 해코지도 하지 않을 테니 걱정 마십시오. 나는 당신 침대 발치에서 하룻밤을 몽땅 보낸 적도 있어요, 손끝 하나 안……' '무슈,' 그녀가 얼굴을 붉히며 말했어. 그러나 비록 극히 미미하긴 했지만 어느 여인이나 당연히 지니고 있는 그런 수치심에서 나온 그 첫번째 반응 다음에, 그녀는 나에게 경멸에 찬 시선을 던지면서 말했어. '그러느라 당신 참 추웠겠군요!' '마담, 당신은 당신의 미모가 내게 그토록 소중하다고 생각하십니까?' 나는 그녀를 동요하게 만드는 생각이 무엇일까 추측하면서 그녀에게 응수했지. '내게 당신의 아름다운 얼굴은 그 안에 그보다 훨씬 더 아름다운 영혼이 깃들어 있을 거라는 약속입니다. 아! 마담, 한 여자에게서 여자만을 기대하는 남자라면 매일 밤 하렘에 있을 법한 고급 창녀들을 사면 되죠. 싼 가격에 행복해질 수 있단 말입니다! 하지만 나는 원대한 야심이 있었어요. 나는 당신과 마음을 나누며 살고 싶었습니다. 마음이 없는 무정한 당신과 말입니다. 이제 나는 당신이 무정하다는 것을 압니다. 혹시라도 당신이 한 남자에게 속하게 된다면 나는 그자를 없애버릴 겁니다. 그래선 안 되지만, 당신은 그자를 사랑하겠지요. 그리고 그자의 죽음은 아마도 당신에게 고통을 안겨다주겠지요. 참으로 괴롭습니다!' 나는 울부짖었어. 그녀가 웃으면서 내게 말하더군. '이렇게 약속해서 당신에게 위로가 된다면 앞으로 어떤 남자에게도 속하지 않겠다고 당신에게 확언할 수 있어요.' '아하, 그래요?' 그녀의 말을 가로막으며 내가 말을 이었어. '당신은 신마저도 모욕하는군요. 당신은 신의 벌을 받을 겁니다! 언젠가 당신은 긴 의자에 꼼짝없이 누워 참을 수 없는 소리에 시달리고 찬란한 빛을 두려워하며 평생 무덤이나 다를 바 없는 곳에서 살도록 선고받은 채 상상을 초월하는 아픔을 겪을 것입니다. 서서히 짓누르는 그 징벌의 고통이 어떤 연유에서 비롯되었는지 궁금해지면, 그때 그동안 지나온 길 위에다 당신이 너무도 광범하게 뿌려놓은 불행을 떠올리십시오! 당신은 그렇게 가는 곳마다 저주의 씨앗을 뿌려놓았기 때문에 돌아오는 길에 증오를 거둬들일 것입니다. 우리는 우리 자신의 심판관이며, 인간의 정의보다는 위에 있고 신의 정의보다는 아래에 있는, 이승을 관할하는 **정의**의 집행관입니다.' '아!' 그녀가 웃으면서 말했어. '당신을 사랑하지 않아서 내가 정말 죄를 지은 것 같네요. 그런데 그게 내 탓입니까? 아닙니다. 나는 당신을 사랑하지 않아요. 당신은 그냥 한 남자일 뿐이고, 그걸로 충분해요. 나는 혼자 있는 게 행복해요. 내가 왜 내 삶을, 당신이 원한 다면 이기적인 삶이라고 해도 좋아요, 그 삶을 날 지배하려는 주인의 변덕과 맞바꿔야 하나요? 결혼이라는 것은 그 거룩한 이름을 빙자해서 우리가 서로 시름만 주고받는 성사일 뿐이에요. 게다가 아이들은 내게 성가신 존재입니다. 나는 이미 당신에게 내 성격을 충실하게 알려드리지 않았나요? 당신은 왜 나의 우정에 만족하지 못하나요? 당신의 열악한 주머니 사정을 헤아리지 못하고 당신에게 고통을 안겨준 것에 대해 위로를 드릴 수 있었으면 좋겠네요. 당신의 크나큰 희생에 대해 고맙게 생각합니다. 하지만 사랑만이 당신의 헌신과 세심함에 보상이 될 수 있을 텐데, 난 당신을 별로 사랑하지 않으니 이런 꼴이 저로서는 참으로 난처하기만 하군요.' '제가 얼마나 형편없는 놈인지 알겠군요. 용서해주십시오.' 나는 눈물을 주체하지 못하고 공손히 그녀에게 말했어. '당신을 사랑합니다.' 나는 말을 이어나갔어. '당신이 퍼붓는 그 신랄한 발언도 기쁘게 받아들일 만큼 그렇게요. 오! 내 사랑을 온몸의 피로 써서 보일 수 있으면 좋겠습니다.' '모든 남자들이 정도의 차이는 있지만 그런 고전적인 언사를 우리 여자들에게 쉽게 구사하지요.' 그녀는 웃으면서 말을 받았어. '하지만 우리의 발 앞에 쓰러져 죽는 것은 무척이나 어려운 모양이에요, 그렇게 죽겠다고 했다가 멀쩡하게 살아 돌아다니는 남자들을 나는 도처에서 마주치니까요. 자정이네요. 이제 좀 자야겠어요.' '그리고 두 시간 후에 '오 하느

님!' 하고 외칠 테지요.' 내가 그녀에게 말했어. '그저께요! 그랬지요.'
그녀는 웃으면서 말을 받았어. '내가 거래하는 증권 중매인 때문에 그
랬어요. 그 사람더러 5퍼센트짜리 국채를 3퍼센트짜리로 전환하라고
주문하는 것을 깜박 잊었거든요. 그날 3퍼센트짜리가 하락했단 말이
에요.' 나는 분노로 이글거리는 눈으로 그녀를 쳐다보았어. 아! 때로는
범죄가 한 편의 온전한 시가 될 때도 있구나, 나는 그때 그 사실을 깨
달았어. 그녀는 아마도 열정에 찬 나의 고백에 식상했는지 이미 내 눈
물과 말은 까맣게 잊고 있었어. '프랑스 상원의원과 결혼할 수도 있습
니까?' 내가 그녀에게 냉랭하게 물었어. '어쩌면요, 그가 공작이라면.'
나는 모자를 집어들고 그녀에게 작별인사를 했지. '현관까지 배웅해드
려도 될까요?' 그녀가 몸짓과 고갯짓과 억양에 날 선 빈정거림을 가득
실어 말했어. '마담.' '무슈.' '당신을 다시는 만나지 않을 겁니다.' '듣던
중 반가운 말이군요.' 그녀가 고개를 까딱하며 오만한 표정으로 대꾸
했어. '공작 부인이 되고 싶습니까?' 그녀의 동작이 가슴에 질러놓은
뜨거운 불 같은 것 때문에 흥분되어 내가 말을 받았어. '당신은 작위와
명예에 혈안이 된 여자입니까? 아니 안 돼요! 오로지 나만이 당신을
사랑하게 해주십시오. 나의 펜더러 오직 당신을 위해서만 말하고, 나
의 목소리더러 오로지 당신에게만 공명하라고 명령하십시오. 내 삶의
은밀한 원칙이 되어주십시오, 나의 별이 되어주십시오! 그런 다음, 내
가 장관이 되거나 프랑스 상원의원이 되거나 공작이 되었을 때 비로
소 나를 남편으로 맞아주시면 됩니다. 나는 당신이 원하는 사람이 되
기 위해 무엇이든지 할 겁니다!' '당신,' 그녀가 웃으면서 말했어. '소
송대리인 사무실에서 수련 기간을 꽤 잘 보냈군요. 당신의 변론에는

열정이 있어요.' '그대는 현재를 가지고 있지만' 하고 내가 외쳤어. '나는 미래를 가지고 있어. 나는 여자 하나만 잃을 뿐이지만 그댄 이름과 가문을 잃게 되지. 시간은 나의 복수를 품고 있을 거야. 시간은 그대에게 추함과 쓸쓸한 죽음을 가져다주겠지만 나에게는 영광을 가져다줄 거야!' '결론을 내려줘 고맙군요!' 그녀는 하품을 애써 참으면서, 그리고 더이상 날 보고 싶지 않다는 기색을 역력히 드러내면서 말했어. 그 말이 내 입을 가로막더군. 나는 그녀에게 증오의 눈빛을 던지고 나와버렸어. 페도라를 잊고 그동안의 미친 짓에서 벗어나 근면한 고독으로 되돌아가든지 아니면 죽어버리든지 해야만 했네. 그래서 나는 과도하게 일에 매달렸어. 나는 쓰던 원고를 끝마치고 싶었어. 보름 동안 나는 내 다락방에서 두문불출하며 핼쑥해질 정도로 온밤을 공부에 바쳤어. 그러나 용맹정진에도, 절망에서 비롯된 결심에도 작업은 어렵게 어렵게 삐거덕거리며 진척될 뿐이었어. 뮤즈는 이미 내게서 멀찌감치 달아나버렸지. 나는 나를 조롱하며 현란하게 엄습하는 페도라의 환영을 떨쳐버릴 수가 없었어. 생각이 떠오를 때마다 그것은 다른 병적인 생각, 회한처럼 끔찍한 정체 모를 욕망을 달고 왔어. 나는 테바이드 지방의 은둔자 흉내를 냈어. 그들처럼 기도는 하지 않았지만 나는 암굴을 파는 대신 내 영혼을 파헤치며 그들처럼 사막 한가운데서 살았어.*
나는 정신의 고통을 육체의 고통으로 완화시키기 위해 필요하다면 안쪽에 못이 박힌 혁대를 허리에 졸라매려고도 했어. 어느 날 밤, 폴린이 내 방에 들어왔어. '당신 그러다가 죽겠어요.' 그녀가 애원하는

***

* 나일강 강가 테바이드의 사막 구릉지대에는 지금도 초기 은둔자들이 손으로 파놓은 동굴을 볼 수 있다.

목소리로 내게 말을 건넸어. '외출하셔야 해요. 친구들을 만나러 나가세요.' '아! 폴린, 당신의 예언이 맞았어. 페도라가 나를 죽이고 있어. 나는 이대로 죽고 싶어. 삶을 지탱할 수 없어.' '도대체 세상에 여자가 하나뿐이에요?' 그녀가 미소를 지으며 말했어. '무엇 때문에 당신은 짧디짧은 인생에 끝없는 고통을 부과하는 거예요?' 나는 멍하니 폴린을 쳐다보았어. 그녀는 나를 혼자 놔두고 없어졌어. 나는 그녀가 나가는 것도 알아차리지 못했어. 그녀가 무슨 말을 하는지도 모른 채 난 그저 그녀의 목소리만 들었던 거지. 얼마 안 있어 나는 회고록 원고를 출판업자에게 넘겨줘야만 했네. 그동안 연애에 몰두하고 있어서 돈도 없이 어떻게 살아왔는지 무관심했지. 난 단지 내가 받기로 되어 있는 450프랑이면 빚을 갚는 데 충분할 거라는 사실만 알고 있었어. 그래서 받을 돈을 찾으러 갔다가 우연히 라스티냐크를 만났어. 그는 내 모습이 확 달라지고 비쩍 말랐다고 생각했나봐. '어느 병원에서 퇴원하는 길이야?' 그가 내게 물었어. '그 여자가 나를 죽이고 있어.' 나는 대답했어. '나는 그녀를 무시할 수도 잊을 수도 없네.' '차라리 그녀를 죽여버리는 게 낫겠네, 그러면 더이상 그녀를 의식하지 않을 테니까.' 그가 웃으면서 외쳤어. '그 생각도 해보았지.' 내가 대답했어. '그러나 때때로 그녀를 강간하든지 죽이든지, 아니면 둘 다 하든지 아무튼 범죄를 저지를 생각에 생기가 돌았다가도 정작 실행에 옮기려 하면 무력해진다네. 백작 부인은 대단한 요물이어서 용서를 빌 수도 있는 여자지만, 원한다고 아무나 오셀로가 될 수 있는 것은 아니라네!'* '그녀

---

* 셰익스피어의 비극에서 의처증에 사로잡힌 오셀로는 살려달라고 애원하는 자기 아내 데스데모나를 죽인다.

제2부 무정한 여인   259

는 우리가 소유할 수 없는 그런 모든 여자들 같지.' 라스티냐크가 내 말을 끊으면서 말했어. 내가 소리쳤지. '나는 미쳤어. 이따금 광기가 내 머릿속에서 으르렁거리는 것이 느껴져. 내가 하는 생각들은 유령 같아. 그것들은 내 앞에서 춤을 추지만 나는 그것들을 잡을 수 없어. 이렇게 사느니 차라리 죽는 것이 나아. 그래서 난 이 싸움을 끝마칠 수 있는 최선의 방법을 의식적으로 찾고 있네. 이제 문제는 더이상 살아 있는 페도라, 포부르 생토노레의 페도라가 아니라, 나의 페도라, 이 안에 들어 있는 페도라가 되어버렸네.' 나는 내 이마를 두드리면서 말했어. '아편은 어떨까?' '무슨 소리! 그건 너무 끔찍한 고통이야.' 라스티냐크가 답했어. '가스 질식은?' '그건 너무 너절해!' '센강은?' '그물 방책*과 시체 공시장이 너무 불결해.' '권총은?' '잘못 쏴서 실패하면 평생 흉한 얼굴로 살게 되지. 잘 들어봐.' 그는 말을 이었어. '나도 다른 모든 젊은이들처럼 자살에 대해 곰곰이 생각해보았어. 우리 가운데 서른 살 즈음에 두세 번 자살을 생각해보지 않은 사람이 어디 있겠나? 난 쾌락으로 존재를 소모하는 것보다 더 좋은 방법을 전혀 찾지 못했네. 방탕 속에 깊이 빠져봐, 그러면 자네의 열정이든 자네든 그 안에서 소멸돼버릴 거야. 이보게, 무절제는 모든 죽음의 여왕이야. 그것은 급작스러운 뇌출혈을 불러오지 않던가? 뇌출혈은 절대로 빗나가지 않는 권총이야. 온갖 육체적 쾌락을 아낌없이 선사하는 통음난무는 싸게 구할 수 있는 아편 아니던가? 방탕은 우리를 폭음으로 몰아넣어 술과 치명적인 결투를 벌이도록 이끌지. 클래런스 공작이 선택한 말

---

* 당시 센강에는 익사자의 시체를 수습하기 위해 그물 방책이 설치되어 있었다.

부아지 술통*은 센강의 진흙 뻘보다 더 풍미 있지 않은가? 우리가 술
상 밑으로 쓰러질 때마다 주기적으로 조금씩 가스를 마셔 질식되는
셈이 아닌가! 순시 경찰에 의해 수습돼 구치소의 차가운 침대에 뻗어
있게 되면, 우리는 시체 공시장의 즐거움은 즐거움대로 맛보면서 거
기 누워 있을 때보다 배는 덜 부풀어오르고 체액은 덜 흘리며 보기에
덜 푸르뎅뎅한 반면 위기감은 더 고조시키는 이득을 누리지 않을까?'
'아!' 그는 말을 이었어. '서서히 이루어지는 이런 자살은 파산한 식료
품 가게 주인의 죽음과는 전혀 다르네. 상인들은 강물을 욕보여왔던
셈이지. 그들은 빚쟁이의 동정심을 자극하기 위하여 물에 뛰어드는
거니까. 내가 자네라면 난 우아하게 죽으려고 노력하겠네. 만일 자네
가 그렇게 삶과 결투를 벌이면서 새로운 죽음의 양식을 만들어내고
자 한다면 난 기꺼이 자네의 뒤를 따르겠네. 나 역시 권태롭고 낙담한
상태라네. 내가 마누랏감으로 소개받은 알자스 여자는 왼쪽 발 발가
락이 여섯 개인데, 발가락이 여섯 개인 여자하고 어떻게 살란 말인가!
그 사실은 대번에 알려질 거고 나는 팔푼이가 될 텐데. 그녀의 연금은
고작 만 8천 프랑밖에 안 되는데, 재산은 줄어들 테고 그녀의 발가락
은 늘어날 거란 말이야. 악마는 그런 여자 안 데려가나! 미친 듯이 살
다보면 우연히 행운이 걸려들지도 몰라!' 라스티냐크는 나를 끌고 갔
어. 그 계획은 너무도 강렬한 유혹을 발하고 너무도 많은 희망의 불씨
를 되살렸으며, 무엇보다도 너무나 시적인 빛깔을 가지고 있어서 시

---

* 클래런스 공작(1449~1478)은 영국 왕인 에드워드 4세의 동생인데 반역죄로 사형선고
를 받는다. 일설에 의하면 죽는 방법을 스스로 선택할 수 있게 된 그는 말부아지 포도주
(지중해 연안산 사향 포도주) 통 속에 빠져 죽는 것을 선택했다고 한다.

인의 마음에 꼭 들었다네. '그런데 돈은?' 내가 그에게 물었어. '자네 450프랑 안 가지고 있어?' '있지, 하지만 재단사와 집주인에게 줄 돈인데.' '재단사에게 돈을 지불한다고? 자네, 장관은 고사하고 절대 아무것도 안 되겠구먼.' '하지만 20루이 갖고 할 수 있는 게 뭐야?' '도박장에 가지.' 나는 몸을 부르르 떨었어. '아!' 그는 내가 주저하는 것을 알아채고 말을 보탰어. '자넨 내가 난봉꾼의 체계라고 이름 붙인 것에 투신하고자 하면서 초록 도박대는 두려워하고 있구먼!' 내가 그에게 대답했어. '내 말 들어봐. 난 아버지한테 다시는 도박장에 발을 들여놓지 않기로 약속했어. 그 약속은 그 자체로 신성하기도 하지만, 도박장 앞을 지날 때마다 억누를 수 없는 공포감이 내게 엄습하지. 자, 내 돈 100에퀴를 받아. 그리고 도박장에는 자네 혼자 가. 자네가 우리의 전 재산을 내기에 거는 동안 난 내 일이나 정리해놓겠네. 그러고 난 다음 자네 집에서 자넬 기다리고 있을게.' 이보게 친구, 내가 어떻게 파멸에 이르게 됐는지 그 자초지종은 이랬다네. 한 남자의 인생이 망가지는 데는 그를 전혀 사랑하지 않는 여자를 만나거나, 아니면 그를 너무 사랑하는 여자를 만나는 것으로 충분해. 불행이 우리의 덕성을 저해하듯이 행복도 우리의 기력을 소진시키는 법이거든. 생캉탱의 하숙집에 돌아와서 나는 그동안 학자로서 정숙한 삶을 이끌어왔던 장소인 다락방을 오랫동안 응시했지. 어쩌면 명예로울 수도, 오래 지속될 수도 있었을 그 삶을 나는 버리지 말았어야 했는데, 열정적으로 산답시고 그 삶을 내팽개쳤고 결국 수렁에 빠졌지. 이렇게 우울감에 잠겨 있는데 폴린이 불쑥 나타났어. '아니, 무슨 일 있으세요?' 그녀가 물었어. 나는 무표정하게 자리에서 일어나 내가 그녀의 어머니에게 빌린 돈과 여섯 달치 집세에 해당되는 금액을 셈했어. 그녀가 공포에 사로잡힌 것 같은 표정으로 내 동태를 살피더군. '폴린, 난 당신을 떠나오.' '짐작하고 있었어요.' 그녀가 외치듯 말했어. '잘 들어요, 꼬마 아가씨, 내가 이곳으로 다시 돌아오지 않을 심사는 아니오. 반년만 내 방을 그대로 놓아두었으면 해요. 내가 11월 15일 무렵까지 돌아오지 않는다면 당신이 나 대신 처리해주길.' '이 봉인된 원고는,' 나는 그녀에게 종이상자 하나를 가리키며 말했어. '의지에 관한 내 필생의 역작의 부본副本이오. 왕립 도서관에 인계해주길 바라오. 그 외에 내가 여기 남긴 나머지 모든 것들은 당신 맘대로 해도 좋소.' 그녀는 내게 몇 번 눈길을 주었는데, 그것이 내 가슴을 무겁게 짓눌렀어. 폴린은 마치 살아 있는 양심처럼 그렇게 그 자리에 서 있었어. '이제 더이상 교습을 받지 못하겠네요.' 그녀는 내게 피아노를 가리키며 말했어. 나는 대답하지 않았지. '제게 편지하실 거죠?' '잘 있어, 폴린.' 나는 그녀를 살며시 내 쪽으로 끌어당기고 그녀의 사랑스러운 이마에, 아직 땅에 닿지 않은 눈처럼 순결한 그 이마에 오빠의 입맞춤을, 노인의 입맞춤을 전했지. 그녀는 달아났어. 나는 고댕 부인을 만나고 싶지는 않았어. 나는 내 열쇠를 늘 두던 자리에 놓고 떠났지. 클뤼니 거리를 벗어나는데 등뒤로 여자의 가뿐한 발소리가 들려왔어. 폴린이었어. 그녀가 말하더군. '당신을 위해 이 쌈지에 수를 놓았어요. 이것도 거절하실 건가요?' 가로등 불빛을 받아 폴린의 두 눈에 어린 눈물이 반짝이는 것처럼 보였어. 나는 한숨을 내쉬었지. 우리 둘 다 아마도 똑같은 생각이 들었는지 페스트라도 피하려는 사람들 모양 그렇게 허겁지겁 쫓기듯 헤어졌다네. 요상하게도 내가 투신한 방탕의 삶은 내가 오연한 척 무심하게 라스티냐크의 귀가를 기다리던 바로 그 방에 여실히 구현돼 있었어. 벽난로 위 한가운데에 괘종시계가 놓여 있었는데, 거북 등에 웅크리고 앉아 양손에 반쯤 피우다 만 시가를 쥔 비너스가 그 괘종시계 위에 얹혀 있었어. 사랑의 선물로 받았을 기품 있는 가구들이 여기저기 흩어져 있고 말이야. 그리고 낡은 양말들이 육감적인 느낌을 주는 장의자 위에 널브러져 있더군. 내가 파묻혀 앉아 있던 용수철 쿠션의 안락의자는 늙은 병사처럼 상처투성이였는데, 양 팔걸이가 뜯겨나간 것이 눈에 들어왔고, 등받이에는 이 친구 저 친구의 머리에서 묻어나온 포마드와 옛날 머릿기름 자국이 덕지덕지 끼어 있었어. 그렇듯 호사스러움과 빈곤함이 침대와 벽 등 곳곳에 천연덕스럽게 짝지어 있었어. 흡사 거지들이 죽 늘어서 있는 나폴리의 궁전들 같다고나 할까. 그것은 지극히 개인적인 호사 취미를 가지고 기분 내키는 대로 살면서 일관성의 결여에는 별로 신경쓰지 않는 노름꾼이나 난봉꾼의 침실이었어. 그런데다가 전체적인 풍경에는 시적인 정취가 없지는 않았어. 금박과 누더기를 동시에 걸친 모습으로 거기 우두커니 서 있는 삶은 있는 그대로 보자면 돌연하고 엉망진창이었지만, 다른 한편 마치 약탈자가 제 맘에 드는 것을 싹 쓸어간 간이역처럼 생기 넘치고 야릇한 부분도 있었어. 책장이 듬성듬성 뜯겨나간 바이런의 시집 한 권도 눈에 들어왔는데, 도박판에서 천 프랑을 날리고 장작개비 하나 구할 돈마저 떨어진 그 젊은이에게, 깨끗하고 변변한 셔츠 하나 없으면서 2인승 마차를 타고 질주하는 그 젊은이에게 그 책이 나뭇단 대신 연료 역할을 했던 것 같더군. 다음날이면 웬 백작 부인이나 여배우가, 아니면 에카르테 카드 게임이 그에게 왕이 입을 법한 옷가지를 선사하겠지. 이쪽에는 푸른색 부싯돌 케이스에 초가 꽂혀 있었고, 저쪽에는 여인의 초상화가 금으로 세공된 테두리는 뜯겨나간 채 뒹굴고 있었어. 감동에 굶주리기 마련인 젊은이가 그렇게 상반된 것들로 가득찬 그런 삶의 매력을, 평화 시에 전쟁의 쾌감을 선사하는 그런 삶의 매력을 어찌 포기할 수 있겠는가? 얼핏 선잠이 들었는데 라스티냐크가 발길질로 자기 방문을 박차고 들어와서 소리쳤어. '이 겼어! 이제 우린 맘 편히 죽을 수 있게 됐어!' 그는 금화로 가득찬 자기 모자를 내게 보여주고 테이블 위에 올려놓았어. 우리 둘은 먹잇감을 포획한 식인종처럼 그 모자 주위를 돌며 소리지르고 발 구르고 펄쩍펄쩍 뛰고 코뿔소라도 죽일 기세로 서로 주먹질을 해대고, 세상의 모든 즐거움이 우리를 위해 그 모자 속에 담겨 있는 양 노래를 부르면서 춤을 추었다네. '2만 7천 프랑이야,' 라스티냐크는 금화 더미 위에 지폐 몇 장을 얹으면서 되풀이했어. '이 돈이면 다른 작자들에게는 사는 데 충분하겠지만, 우리에겐 죽는 데 충분할까? 오! 그렇고말고, 금으로 목욕을 하면서 죽어버리자고. 우와!' 그러고 나서 우리는 또다시 껑충껑충 뛰었어. 우리는 상속인처럼 40프랑짜리 나폴레옹 금화부터 시작해 액수가 큰 동전에서 작은 동전 순서로 우리의 기쁨을 한 방울 한 방울씩 맛보듯이 그렇게 '네 것, 내 것' 오랫동안 주거니받거니 읊으면서 딴 돈을 분배했어. 라스티냐크가 외쳤어. '오늘은 자지 말자구! 조제프, 펀치 좀 가져와!' 그는 자신의 충직한 하인에게 금화를 던졌어. '자, 이건 네 몫이다. 할 수만 있다면 이걸 갖고 잠적해봐.' 다음 날 나는 르사주 상점에서 가구를 구입하고 자네가 나를 알게 된 곳인 테부 거리에 있는 아파트 하나를 빌린 다음 일류 장식업자를 불러 실내장식을 맡겼지. 나는 말도 몇 마리 구했어. 나는 실체가 없는 것 같기도 하고 있는 것 같기도 한 쾌락의 소용돌이 속에 빠져들었다네. 나는 도박도 했어. 거액을 따기도 하고 잃기도 했지. 하지만 무도회장이나 친구들 집에서 했어. 전문 도박장에는 한 번도 간 적이 없지. 거기에 대해서는 신성하고 원초적인 공포를 간직하고 있었거든. 나는 조금씩 친구들도 사귀었어. 혹간은 결투를 통해서, 혹간은 함께 타락에 빠지며 비밀을 공유할 때 생기는 그런 편리한 신뢰관계를 통해서 나는 그들과 끈끈하게 엮였지. 그런데 어쩌면 말이지, 우린 우리가 가진 악덕으로만 서로 교분을 맺는 것인지도 모르잖아? 나는 문학작품 몇 편에 도전해보기도 했는데 그게 내게 칭찬을 안겨주기도 했어. 상업 문학의 거장들은 내가 전혀 두려워할 만한 경쟁자가 아니라고 판단하고 나를 칭찬했는데, 그건 아마도 내 개인적 자질에 대한 칭찬이라기보다는 자기 동료들의 자질에 흠집을 내기 위한 칭찬이었을 거야. 자네들의 통음난무의 언어가 축성한 생생한 표현을 빌리자면, 나는 한량이 된 것이지. 나는 나 자신을 가능한 한 재빨리 잊어버리고 가장 잘난 체하는 상대들을 내 능변과 힘으로 제압하는 데 자존심을 걸었지. 나는 언제나 생기 넘치고 우아했어. 그리고 똑똑한 인물로 통했지. 한 사람을 깔때기로도 만들었다가 소화액 분비 기관으로도 만들었다가 값비싼 명마로도 만드는 그런 섬뜩한 존재가 내 안에 들어 있다는 것을 아무도 눈치채지 못했어. 얼마 안 있어 **방탕**이 위풍당당하게 그 무시무시한 모습을 내 앞에 드러냈어. 나는 방탕의 속성을 알아챘지! 분명히 말하건대, 상속자에게 물려줄 병마다 일일이 표지를 붙일 정도로 현명하고 꼼꼼한 사람들은 이렇게 흥청거리는 삶에 대한 이론도, 그런 삶의 일반적인 상황도 좀처럼 상상할 수 없지. 아편과 홍차가 제아무리 다른 풍미를 진하게 뿜어내도 그냥 같은 약품일 뿐이라고 생각하는 촌사람들에게 그 방탕한 삶의 시학을 주입시킬 수 있겠는가? 사상의 수도라고 하는 파리에도 얼치기 시바리스인들*이 흔하지 않은가? 그런 자들은, 마치 거들먹거리는 부유한 부르주아들이 로시니의 신작 오페라를 한 번 듣고 나서는 음악을 맹비난하는 것처럼,** 과도한 쾌락을 감당할 능력이 없어서 통음난무 후에 기진맥진하여 바로 뻗어버리지 않던가? 그래서 그들은 섭생에 힘쓰는 사람이 뤼페크***의 파이 요리를 처음 맛보고 소화불량으로 고생하고 난 후다시는 그 요리에 입을 대지 않는 것처럼 그런 삶을 포기하지 않던가? 방탕은 분명 시처럼 하나의 예술이야. 그래서 강한 정신을 필요로 하지. 방탕한 삶의 신비로움을 터득하고 그 멋스러움을 맛보기 위해서는 거기에 대한 연구에 성실하게 몰두해야 할 필요가 어느 정도는 있어. 다른 모든 학문이 그렇듯이 방탕도 처음에는 접근을 불허하는 가시밭길이지. 엄청난 장애물들이 인간의 가장 위대한 쾌락을 에워싸고 있어. 가장 위대하다고 한 것은 방탕이 주는 구체적인 즐거움을 가리키는 것이 아니라, 방탕이 주는 가장 희귀한 감동을 일상적인 감동으로 수립하고, 그것을 요약하며, 자기 삶 안에 또다른 극적인 삶

---

* 고대 이탈리아의 시바리스에 살던 사람들은 매우 유약하고 방탕한 삶을 살았다고 알려져 있다.

** 당시 로시니의 음악은 혁신적이고 젊은 현대음악으로 통했다. 그래서 부르주아를 위시한 보수주의자들이 로시니의 음악을 경멸했다. 발자크가 로시니의 음악을 옹호한 것은 유명하다.

*** 프랑스 샤랑트현의 한 도시. 송로 요리와 파이 요리로 유명하다.

을 창조하고 자기 힘을 최대한도로 신속하게 소진시킴으로써 그 감동을 더욱 풍요롭게 만드는 그런 체계를 가리키지. **전쟁**이나 **권력**이나 **예술** 역시 방탕이 그렇듯이 인간의 능력이 미치기 힘든 곳에 있는, 심오하고 상궤를 벗어난 타락의 행위들이지. 그래서 그것들은 모두 접근하기 힘든 속성을 가진 거야. 그렇지만 일단 그 위대한 신비에 올라서기만 하면 신세계로 걸어들어갈 수 있는 것이 아니겠어? 장군이나 장관이나 예술가는 모두, 정도의 차이는 있지만, 자신들의 존재에 격렬한 일탈의 욕망을 대립시켜 평범한 삶을 벗어나겠다는 욕구가 강렬하기 때문에 방탕의 길로 들어선 것이지. 결국 전쟁은 피의 방탕이고 정치는 이해득실의 방탕인 셈이라네. 모든 방탕은 서로 형제간이야. 이 사회적 괴물들은 강력한 흡인력을 가지고 있어서 마치 세인트헬레나섬이 나폴레옹을 유혹했듯이 그렇게 우리를 심연으로 유혹한다네. 그것들은 현기증을 불러일으키고 매혹적이어서 우리는 이유도 모르면서 그 밑바닥을 보고 싶어하지. 아마도 무한에 대한 상념이 그 심연 안에 존재하는지 몰라. 그래서 그 심연이 인간을 기분좋게 만드는 모종의 강력한 힘을 발휘하는 걸 거야. 인간은 모든 것이 자기에게 관심을 보인다고 여기잖아? 고단한 창작활동에 지친 예술가는 영감이 떠올랐을 때의 환희와 작품에 몰두했을 때의 낙원 체험에 대한 반대급부로 신처럼 안식일의 휴식을 요구하든지 악마처럼 지옥의 향락을 요구하는데, 이는 자신의 지적 능력을 통한 작업에 감각의 작업을 대립시키기 위한 것이지. 바이런 경의 일탈적 휴식이 연금생활자가 탐닉하는 수다스러운 보스턴 카드 게임이 될 수는 없었지. 시인으로서 그는 술탄 마흐무드를 상대로 게임을 하기 위해 그리스를 필요로

했던 것이야.* 전시에 인간은 적을 섬멸하는 천사, 일종의 사형집행인이 되지 않는가? 그것도 거대한 규모의 차원에서 말이야. 못이 박힌 혁대처럼 우리의 열정을 동여매고 있는 그 끔찍한 고통을, 우리의 허약한 외피를 찔러대는 그 끔찍한 고통을 감내할 수 있으려면 매우 특별한 매혹이 필요한 것 아닌가? 흡연자는 담배를 엄청나게 피워댄 후 발작적으로 데굴데굴 뒹굴며 단말마의 고통 같은 것을 겪지만, 그래도 어떤 경지였는지는 명확하지 않지만 감미로운 축제에 참가했던 것은 아닌가? 유럽은 발목까지 차오르는 피바다에 적신 발을 씻어낼 시간도 없이 끊임없이 다시 전쟁을 시작하지 않았던가? 그러니까 인간 역시 집단적으로 몰아의 도취에 빠지게 되는 거야, 자연에 격정적인 발정기가 있듯이 말이야! 사사로운 개인에게도, 평화 시에 별 볼일 없이 살지만 격동의 세월을 고대하는 미라보에게도, 방탕은 모든 것을 포함하고 있어. 방탕은 삶 전체를 영원히 끌어안고 가는 거야. 더 그럴듯하게 말하자면 정체를 알 수 없는 힘과의 싸움, 괴물과의 싸움이지. 우선 겁나게 무서운 그 괴물의 뿔을 잡고 공격해 기선을 제압해야 돼. 그건 엄청나게 힘든 일이지. 자네들은 모르긴 해도 조그맣거나 무력한 위를 가지고 태어났지? 커가면서 그 위를 길들이고 키우는 거야. 술을 부어넣는 법도 배우고, 취기를 다스릴 줄도 알고, 잠자지 않고 밤을 지새우기도 하면서, 마침내 중기병부대 지휘관의 기질을 획득하게 되지. 이렇게 자네들은 자신의 힘으로 거듭 태어나게 되는 거야. 신과 대적하는 것이지! 인간이 이런 방식으로 변모하고 나면,

---

* 시인 바이런은 터키의 지배를 받던 그리스의 해방운동에 가담했다가 1824년 4월 19일 그리스에서 병사했다. 당시 터키의 술탄이 마흐무드 2세였다.

신병이 대포를 상대하며 담력을 키우고 행군을 통해 다리도 단련해 고참병이 되고 나면, 아직 괴물에 예속되지 않은 상태에서, 그렇지만 아직은 자기와 괴물 중 누가 주인인지도 알지 못하는 상태에서, 그와 괴물은 때로는 승리자가 되고 때로는 패배자가 되기도 하면서 엎치락뒤치락하지. 모든 것이 경이롭고 마음의 고통은 진정되며 오로지 관념의 유령만이 되살아난 세계에서 말이야. 이 무자비한 싸움은 이미 오래전부터 불가피한 싸움이 되어버렸어. 나쁜 짓을 할 수 있는 힘을 악마로부터 얻기 위해 악마에게 자기 영혼을 팔았다는 전설 속의 인물을 현실에서 구현하는 난봉꾼은 삶의 모든 쾌락과 자기 죽음을 맞바꾼 존재야. 차고 넘치도록 풍성한 쾌락을 위해서 말이야! 삶이란 **상인의 계산대**나 **법률** 사무소의 **책상**같이 단조로운 풍경의 양안兩岸을 사이에 두고 지루하게 흘러가는 강물이 아니라 급류처럼 들끓으며 질주하는 거야. 요컨대 신비한 종교적 환희가 영혼과 관계된다면 방탕은 아마도 육체와 관련될 거야. 명정酩酊 상태에서 빠져드는 꿈속의 환영은 종교적인 열광을 통해 만나는 환영 못지않게 흥미진진하지. 그런 상태에 도달하면, 젊은 여자의 변덕처럼 매혹적인 순간, 친구들과의 감미로운 대화, 한 사람의 일생을 압축하여 보여주는 말들, 다른 저의가 없는 순수한 즐거움, 피곤이 따르지 않는 여행, 몇 개의 문장으로 전개되는 시, 이런 것들을 체험하게 돼. 과학은 인간이라는 야수의 근저에서 영혼을 탐사해왔는데, 그 야수의 야만적인 욕구충족은 바로 자신의 정신활동에 지친 사람들이 갈망하는 황홀한 무감각 상태로 이어지는 전 단계지. 그들은 하나같이 완벽한 휴식의 필요성을 절감하지 않는가? 그리고 방탕은 천재가 악에게 지불하는 일종의 세금 같은 것이 아닌가? 모든 위대한 사람들을 봐. 그들이 향락적이지 않다면 그것은 자연이 그들을 허약하게 창조했기 때문이야. 심술궂고 질투심 많은 어떤 힘이 그들의 재능이 발휘되지 못하도록 그들의 영혼이나 육체를 타락하게 만든 거지. 그렇게 취해 있는 동안에는 사람이나 사물들이 절대 복종하는 하인의 옷을 입고 자네들 앞에 나타나지. 창조의 왕이 된 자네들은 원하는 대로 다 만들어낼 수 있는 거야. 영원히 지속될 것 같은 이러한 착란 상태를 통해 자네들은 도박장에서 마음만 먹으면 도박대의 납을 녹인 물이 자네들의 혈관 속으로 흘러드는 체험도 하게 될 거야. 어느 날 드디어 자네들은 괴물의 일원이 될 것이고, 그러다가 내가 그랬듯이 몹시 괴로워하며 그 착란 상태에서 깨어나지. 발기 불능이란 놈이 자네들 머리맡에 다가와 앉아 있을 거네. 전사戰士이셨나? 폐병이 그대 몸을 침노하리니. 외교관이신가? 동맥경화가 그대 심장에 밧줄로 죽음을 걸어놓을 걸세. 나? 아마도 폐결핵이 내게 이렇게 말하겠지. '자, 떠납시다!' 옛날 과도한 색정 때문에 죽은 우르비노의 라파엘로에게 말했듯이 말이야.* 자, 이상이 그동안의 내 삶일세! 나는 세상살이에 너무 일찍 뛰어들었거나 아니면 너무 늦게 뛰어들었던 거야. 아마 내가 내 기운을 그런 식으로 약화시키지 않았더라면 내 기운은 이 세상에서 위험한 존재로 여겨졌을 거야. 옛날옛적에 알렉산드로스대왕이 주연이 끝날 무렵 헤라클레스의 잔을 단숨에 들이켜는 바람에 세상을 하직하게 된 것도 다 세상의 조화 아니겠

---

* 전하는 말에 따르면 이탈리아 우르비노 출신의 천재 화가 라파엘로는 여인의 품속에서 죽었다고 한다. 발자크가 여기서 이 작품의 주인공 이름이기도 한 라파엘을 거명한 것은 매우 의도적이다.

어!* 요컨대 몇몇 배신당한 운명을 기다리는 것은 천국 아니면 지옥이요, 방탕 아니면 몽생베르나르의 요양소지. 그런데 좀전에는 이 두 종생을 교화할 엄두가 나지 않았지." 그는 유프라지와 아퀼리나를 가리키며 말했다. "이 두 여자는 육화된 내 이야기, 내 인생의 이미지가 아니겠어! 나는 이 두 여자를 비난할 수 없었다네. 그녀들은 내게 심판관처럼 보였으니까. 각설하고, 나는 지금까지 내가 말한 그 살아 있는 시의 한복판에 있었지만, 그 뻑적지근한 질병의 와중에 있었지만, 격심한 통증에서도 매우 생산적인 두 가지 위기를 겪었어. 우선, 사르다나팔처럼 몸을 불사르기 위해 장작 더미 위에 투신한 지 며칠 만에 나는 부퐁극장의 회랑에서 페도라와 마주쳤어.** 우리는 마차를 기다리던 중이었지. '아! 우리가 이렇게 다시 만나다니 당신 아직 살아 있었네.' 그녀가 지은 미소와 자기 옆에 시종기사처럼 서 있던 남자에게 악의적인 표정으로 속삭인 귓속말을 번역하자면 그런 뜻이었어. 그녀는 그 남자에게 아마도 나에 대한 이야기를 하면서 내 사랑을 흔해빠진 사랑이라고 단정지었겠지. 그녀는 박수를 쳤는데 그건 자신의 엉터리 통찰력에 대한 자화자찬이었을 거야. 오! 그런 여자를 위해 죽으려 하다니, 그녀를 아직도 숭배하다니, 난봉질을 하는 중에도, 취한 와

---

* 알렉산드로스대왕이 헤라클레스의 잔이라 불리던 엄청나게 큰 잔에 담긴 술을 단숨에 들이켜서 죽었다는 이야기는 낭설에 불과하며, 기원전 323년 6월 13일 말라리아에 걸려 죽었다는 것이 정설이다.
** 사르다나팔은 기원전 9세기 아시리아의 전설적인 왕으로 바빌론에서 적의 공격을 받고 패퇴 위기에 몰리자 자신과 함께 왕실의 모든 측근과 재산까지 불속에 던졌다고 전해진다. 1821년 바이런이 이를 소재로 극을 썼고 들라크루아는 1828년 살롱전에 〈사르다나팔의 죽음〉이라는 그림을 출품하는데, 이 작품은 오늘날 루브르박물관에 소장되어 있다.

중에도, 창녀의 침대에서도 그녀가 눈에 어른거리다니, 그리고 스스로 그녀의 희롱에 당한 희생자라고 여기다니! 가슴을 찢고 그 속에서 내 사랑을 끄집어낸 다음 그것을 그녀의 발치에 던져버릴 수가 없다니! 마침내 난 가진 돈이 이내 바닥났어. 하지만 3년간의 식이요법으로 단련된 몸인지라 건강만큼은 그 어떤 사람보다도 자신 있었지. 그래서 돈 한 푼 없는 날에도 놀랄 만큼 잘 버텼어. 죽을 작정에는 변함이 없었기 때문에 나는 단기 약속어음에 서명을 했고, 곧이어 지불 날짜가 도래했어. 잔혹한 감동이여! 그것은 젊은 심장을 얼마나 힘차게 약동하게 하는지! 나는 늙을 때까지 연명할 그런 인물이 아니었어. 내 영혼은 항상 젊고, 생기 넘치고, 푸릇푸릇했어. 내가 처음으로 진 빚은 내게 남아 있던 모든 덕성을 일깨웠어. 그것은 슬픔에 잠긴 표정을 지으며 느린 걸음으로 내게 다가왔어. 나는, 처음에는 우리를 꾸짖다가 종국에는 우리에게 눈물을 보이며 돈을 내주는 그런 늙은 고모들을 대하듯이 그렇게 그 덕성과 적당히 타협하려고 했지. 그러나 덕성보다 더 엄격한 나의 상상력은 내 이름이 이 도시 저 도시, 유럽 곳곳의 어음할인 시장을 떠도는 광경을 떠올려주었어. '우리의 이름은 바로 우리 자신이다'*라고 외제브 살베르트가 말했지. 정처 없이 떠돌다가 난 흡사 독일인의 분신처럼 내 집으로 돌아갔지.** 거기서 두문불출하다가 혼자 소스라치며 깨어나는 거야. 소속 은행을 나타내는 은색 배

---

* 1824년에 발표한 「인간과 종족과 신들의 이름에 관한 역사적·철학적 고찰」의 첫 대목으로 알려져 있다.
** 발자크는 여기서 당시 큰 관심을 모은 독일의 환상소설 작가 E. T. A. 호프만이 즐겨 다뤘던 '분신'(독일어로 '도플갱어')이라는 주제를 암시한 것으로 보인다. 발자크 소설의 환상적인 측면이 호프만의 영향을 받았다는 것은 널리 알려져 있다.

지를 달고 전체적으로 회색 계통 제복을 입은 은행원들, 상업적 양심의 가책을 부추기는 자들, 예전에 나는 그자들이 파리 거리를 지나갈 때 무심히 쳐다보았는데, 그즈음에는 그자들을 보기도 전에 생각만 해도 증오했지. 어느 날 아침 그자들 중 하나가 내게 와서 내 서명이 휘갈겨 있는 열한 장의 약속어음에 대해 소명해줄 것을 요청했어. 내 서명이 3천 프랑을 지급보증하고 있더군. 나 자신의 가치가 그만큼 나가지도 않는 형편이었는데! 어떠한 절망에도, 심지어 죽음에도 무관심한 표정으로 대하는 집달리들이, 마치 사형수에게 '자, 세시 반이 울리는군'이라고 말하는 사형집행인처럼 내 앞에서 일어서더군. 그들이 데리고 온 서기들은 나를 구금할 권리와 내 이름을 휘갈겨쓰고 더럽히고 조롱할 권리를 가지고 있었어. 빚을 졌다는 것은 그러므로 남에게 종속된다는 것인가? 남들이 내 생활을 꼬치꼬치 캐물을 수 있게 되었다는 것이 아닌가? 왜 치폴라타 푸딩을 먹었나요? 왜 찬 음료를 마셨지요? 왜 잤지요? 왜 걸었지요? 왜 생각했나요? 왜 지불도 하지 않고 즐겼지요? 한참 시를 읽던 중에, 혹은 어떤 생각에 빠져 있었는데, 혹은 친구들과 함께 즐겁고 가벼운 농담을 주고받는 분위기에서 점심을 먹고 있었는데, 밤색 코트를 입은 웬 남자가 낡아 해진 모자를 손에 들고 들어오는 것을 볼 수도 있지. 그 남자는 내 빚이 되고 내 약속어음이 되겠지. 그래서 내 즐거움을 앗아가고 내가 꼼짝없이 자리에서 일어나 그의 말을 상대하지 않을 수 없게 만드는 유령이 되겠지. 그자는 내 쾌활함도, 내 정부情婦도, 심지어는 내 침대까지도 빼앗아가겠지. 뉘우침은 그보다는 더 참을 만하지. 그것은 우리를 거리에도, 생트펠라지에도 내몰지 않고, 그 끔찍한 악의 소굴에도 빠뜨리지 않지. 그것은 다만 우리를 교수대로 보낼 뿐이지. 사형집행인이 뉘우친 우리를 숭고하게 포장해주는 교수대로 말이야. 우리의 사형이 집행되면 모든 사람들은 우리의 결백을 믿어주지. 반면에 사회는 무일푼의 난봉꾼을 덕성이라고는 조금도 갖지 않은 존재로 간주하지. 그래서 초록색 가운에 파란 안경을 쓰거나 알록달록한 우산을 받쳐들고 두 발로 걸어다니는 이 빚은, 우리가 어느 길모퉁이에서 마주칠 가능성이 있는 육화된 이 빚은, 이 빚쟁이들은, 우리가 어색한 미소를 지으려는 순간 이렇게 말할 수 있는 무시무시한 특권을 가지게 되지. '발랑탱 씨는 나에게 빚을 지고 갚지 않았소. 여러분, 내가 이자를 잡았소. 아! 내게 불만 있는 표정을 짓지 않는 것이 좋을걸!' 우리의 빚쟁이들에게 경배를 할지니, 자비를 구하는 마음으로 경배할지니. '언제 내게 진 빚을 갚겠소?' 그들이 말하겠지. 그러면 우리는 거짓말을 둘러대고, 빚 갚을 돈을 구하기 위해 또다른 사람에게 통사정을 하고, 은행 창구에 앉아 있는 얼간이 같은 녀석에게 머리를 조아리고, 거머리 같은 그자의 싸늘한 시선을, 따귀를 맞는 것보다 더 모욕적인 그자의 시선을 받으며 그자가 내뱉는 바렘의 훈계*와 천박한 무식을 묵묵히 감내해야만 하지. 빚이란 그런 자들은 이해할 수 없는 상상적 파급력을 가진 물건이지. 채무자는 종종 영혼의 부름에 이끌리며 순종하지만, 돈에 파묻혀 살며 돈밖에 모르는 자들은 위대하고 고결한 것에 절대로 이끌리지 않으니까. 나는 돈이 두려웠네. 종국에는 약속어음이 부양할 가족을 거느리고 사람됨을 입버릇처럼 되뇌며 사는 늙은

---

* 바렘은 17세기 프랑스의 대수학자. '바렘의 훈계'란 구구단처럼 정확하고 엄격한 도덕심을 가리키는 표현으로 흔히 쓰인다.

이로 변신할 수도 있지. 나는 어쩌면 그뢰즈*의 그림 속에 생생히 살아 있는 인물들, 예컨대 자식들에게 둘러싸인 중풍환자나 죽은 병사의 부인에게 빚을 질 수도 있지. 그들 모두 내게 애원의 손을 내밀겠지. 눈물 없이는 볼 수 없는 참 가련한 빚쟁이들이지. 그들에게 빚을 갚아도 우리는 다시 그들에게 구원의 손길을 내밀어야 하네. 약속어음의 지불 기일 전날 밤, 나는 사형 집행이나 결투를 앞둔 사람들이 항상 헛된 희망을 품고 잠자리에 눕듯이 그렇게 평온을 가장한 채 자리에 누웠어. 그러나 내가 잠에서 깨어나 냉정을 되찾고 회계장부에 빨간 잉크로 기록된 내 영혼이 은행가의 지갑 속에 감금되어 있다는 것을 절감하자마자, 내 빚은 메뚜기처럼 도처에서 튀어나왔지. 괘종시계나 소파에 있는가 하면 내가 애지중지하며 사용하던 가구들에도 달라붙어 있었어. 샤틀레의 하르피아**의 먹이로 전락해버린 이 유순한 무생물 노예는 조금 있다 집달리 조수들에 의해 압수되어 거리에 함부로 내던져질 운명이었지. 아! 내 살갗은 아직 내 것이었어. 아파트 초인종소리가 내 가슴에 울려퍼졌지. 왕은 모름지기 머리를 타격해야 한다는 말이 있는데 그 소리가 바로 그런 식으로 내 머리를 후려쳤어.*** 그것은 하나의 순교였지, 보상으로 주어지는 천국도 없는 그런

* 18세기 프랑스 화가로 비장미 넘치는 그림을 주로 그렸다.
** 샤틀레는 파리의 지명으로 대혁명 무렵까지 재판소와 감옥이 있었던 곳이고, 하르피아는 그리스 신화 속의 괴물로 죽은 사람의 영혼을 나른다고 알려졌다. '샤틀레의 하르피아'는 보통 집달리를 가리킨다.
*** 명예혁명의 주인공 크롬웰이 영국 왕 찰스 1세를 재판에 회부하여 처형했을 때 "왕은 모름지기 머리를 타격해야 한다"라고 했다는 이야기가 전해진다. 발자크가 스무 살에 문학에 뜻을 두고 처음 쓴 작품이 운문 비극 『크롬웰』이었다.

순교. 그래, 고결한 품격을 지닌 사람에게 빚이란 지옥, 집달리와 알선업자가 우글거리는 지옥이야. 갚지 못한 빚은 비천함 그 자체이고 사기의 출발이며, 무엇보다도 고약한 점은 그것이 거짓말을 낳는다는 거야! 그것은 범죄의 온상이고 교수대의 널빤지를 쌓는 행위이지. 내 약속어음들은 부도가 났어. 그런데 사흘 후 나는 약속어음을 모두 갚았다네. 어떻게 그랬는지 말해주지. 한 투기꾼이 와서 내 소유로 되어 있는 루아르강의 섬을 자기에게 팔라고 제안하더군. 엄마의 무덤이 있는 섬이지. 그러자고 했지. 매수인의 공증인 사무소에서 계약서에 서명을 하는데 어두컴컴한 사무실 안에 지하실의 냉기 같은 것이 느껴지더군. 나는 아버지를 안치한 무덤가에서 내게 엄습했던 것과 똑같은 축축한 한기를 느끼면서 몸을 부르르 떨었어. 나는 이 우연의 일치를 불길한 전조로 받아들였어. 엄마의 목소리가 들리고 환영이 보이는 것 같았어. 정체 모를 어떤 힘이 작용했는지 종소리가 울려퍼지는 가운데 어렴풋이 내 이름을 부르는 소리가 귓전을 울렸어! 섬을 팔았더니 빚을 다 갚고도 2천 프랑이 남더군. 말할 것도 없이 그 돈이면 학자의 평온한 삶으로 복귀할 수 있었어. 인생을 체험하고 관찰하여 얻은 엄청나게 많은 지식들로 머리를 꽉 채우고 적당히 쌓은 명성을 즐기면서 나의 다락방으로 되돌아갈 수 있었단 말이야. 그러나 페도라가 그동안 자신의 먹이를 내버렸던 것은 아니더군. 우리 둘은 종종 마주쳤어. 나는, 내 재주와 내가 구입한 말들, 내 성공과 내 옷차림에 놀란 그녀의 애인들이 확성기가 되어 부지런히 내 이름을 그녀의 귀에 실어나르도록 했지. 그녀는 어떤 말에도 냉담했고 무감각했어. 심지어는 내가 그녀 때문에 자살했다는 라스티냐크의 그 충격적인 전언에도 꿈쩍하지 않았어. 나는 복수를 위해 온 세상을 동원했지. 그러나 행복하지는 않았어! 그렇게 삶을 진흙구덩이 속으로 처박아넣으면서도 여전히 나는 그녀와 사랑을 나누고 있다는 믿음 속에서 더한층 기쁨을 느꼈으며, 주연에 파묻혀 방탕한 생활을 영위하면서 행여 그 사랑의 환영을 만날까 싶어 헤매고 다녔다네. 그러나 불행하게도 나의 그 달콤한 믿음은 착각이었어. 내가 베푼 선행의 대가는 배은망덕으로 돌아와 나를 응징했으며, 반면에 내가 저지른 과오는 수많은 쾌락을 그 보상으로 선사했다네. 암울한 철학이지. 하지만 방탕에 대해서는 진실인 철학이라네! 요컨대 페도라가 자신이 갖고 있는 허영의 문둥병을 나에게 전염시켰던 것이지. 내 영혼을 검사해보니 썩어 문드러져 있었어. 악마가 내 이마에 발톱자국을 깊이 박아놓았지. 그후로는 매 순간 아슬아슬한 삶에서 오는 끊이지 않는 전율이 없이는, 부유함이 주는 혐오스러운 세련미가 없이는 산다는 것이 내겐 불가능했어. 내가 만일 백만장자였다면 도박과 식도락을 즐기고 여자를 뒤쫓아다니며 소일했을 거야. 나는 더이상 나 혼자 있고 싶지 않았어. 정신을 딴 데 돌리기 위해 내게는 창녀와 허튼 친구들과 술과 맛난 음식이 필요했지. 내게서 한 사람을 가족과 연결시켜주는 끈은 영원히 끊어졌어. 쾌락의 노예가 된 나는 내게 주어진 자살의 운명을 밟아가는 수밖에 없었어. 돈이 다 떨어져갈 무렵 며칠 동안은 밤마다 믿을 수 없을 정도로 방탕한 짓을 일삼았지. 하지만 아침이면 죽음이 나를 다시 삶으로 집어던졌어. 내가 만일 종신연금 생활자였다면 조용히 불속으로 걸어들어가고 말았을 거야. 마침내 내 수중에 20프랑짜리 동전 한 닢만 남았고, 그러자 나는 라스티냐크의 행운이 머리에 떠올랐던 거야……"*

"헤, 헤!" 라파엘은 불현듯 부적이 생각났는지 호주머니에서 부적을 꺼내들며 소리쳤다.

이 기나긴 하루의 싸움에 지친데다 포도주와 펀치의 몽롱한 취기에 더이상 정신을 가눌 힘이 없어서 그랬는지, 아니면 주마등처럼 떠오른 자신의 지난 삶에 감정이 복받친데다 격류처럼 터져나온 자신의 발언에 자기도 모르는 사이에 도취되어서 그랬는지, 라파엘은 완전히 실성한 사람처럼 들뜨고 격앙된 모습이었다.

"죽음은 악마한테나 가라!" 그는 가죽을 흔들면서 소리쳤다. "나는 이제 살고 싶단 말이야! 나는 부자야. 나는 모든 미덕을 가졌단 말이야. 그 어떤 것도 내게 반항하지 못할 거야. 무엇이든지 다 할 수 있는데 훌륭하지 않을 사람이 어디 있겠어? 헤, 헤! 우에! 난 210만 리브르의 연금을 원했지. 그걸 갖게 될 거야. 양탄자가 거름 더미인 줄 알고 뒹구는 돼지 새끼들아, 나에게 경배하라! 너희는 모두 내 거야, 내 잘난 재산이지! 나는 부자야. 나는 너희를 모두 다 살 수 있어. 저기 코골며 자는 국회의원까지도. 자, 상류사회의 놈팡이들이여, 나를 찬미하라! 나는 교황이다."

그때까지 통주通奏 저음부처럼 깔리던 코고는 소리에 파묻혀 잘 들리지 않았던 라파엘의 외침이 그 순간 갑자기 크게 울렸다. 자던 사람

---

* 여기까지가 길고 긴 라파엘의 고백이다. 라파엘은 라스티냐크의 일확천금을 떠올리고는 소설의 첫머리에 나오듯이 도박장으로 발길을 옮긴 것이다. 이어 라파엘이 부적을 제시하면서, 다시 말해 라파엘의 목숨을 좌우하는 부적이 소설 속에서 본격적으로 작동하면서 이제 라파엘은 화자의 자리를 잃고 하나의 인물로 돌아온다.

대부분이 소리를 지르며 깨어났다. 그들은 자신들의 잠을 깨운 자가 술에 취해서 다리가 풀려 휘청거리는 모습을 보고, 그 훼방꾼의 요란스러운 주정에 대해 이구동성으로 욕설을 퍼부었다.

"입 닥쳐!" 라파엘이 되받았다. "개자식들, 썩 꺼져! 에밀, 내게 막대한 재물이 생겼어. 자네에게 진짜 아바나 시가를 줄게."

"알았어, 알았어." 시인이 대꾸했다. "페도라가 아니면 죽음을 달라! 이거 아냐? 잘해보셔! 입에 착 달라붙던 페도라가 자네를 배신했군. 모든 여자는 이브의 딸이니까. 자네 이야기는 전혀 극적이지 않아."

"아! 자네 내 이야기 안 듣고 잤군, 응큼한 것 같으니라고."

"천만에! 페도라가 아니면 죽음을 달라, 그게 자네 이야기의 요점 아냐?"

"잠 깨." 라파엘이 마치 전기충격이라도 가하려는 듯 나귀 가죽으로 에밀을 후려치면서 외쳤다.

"이런 젠장!" 에밀이 벌떡 일어나 두 팔로 라파엘을 결박하면서 말했다. "이봐, 친구. 지금 자네는 창녀들과 함께 있다는 것을 명심해."

"난 백만장자란 말이야."

"백만장자든 아니든 분명한 건 자네가 취했다는 거야."

"권력에 취했지. 나는 자네를 죽일 수도 있어. 조용히 해. 나는 네로야! 나는 네부카드네자르*야!"

"이봐, 라파엘, 우린 지금 점잖지 않은 사람들과 함께 있어. 입다물고 처신을 잘하는 게 좋아."

---

* 기원전 6세기경 바빌론의 왕으로 로마 황제 네로처럼 폭군으로 유명했다.

"지난 내 삶은 너무 긴 침묵이었어. 이제 난 전 세계에 대고 복수할 거야. 비루한 돈이나 낭비하며 희희낙락거리지는 않을 거야. 나는 목숨과 지성과 영혼을 다 바쳐 우리 시대를 모방하고 요약할 거야. 그것이 졸렬하지 않은 사치, 페스트처럼 창궐하는 풍요 아니겠어? 나는 황열黃熱, 청열靑熱, 녹열병綠熱病과 싸울 거야. 군대, 단두대와 싸울 거야. 나는 페도라도 가질 수 있어. 그러나 천만에, 난 페도라를 원치 않아. 그녀는 나의 병이야. 나는 페도라 때문에 죽을 지경이야! 나는 페도라를 잊고 싶어."

"계속 그렇게 소리지르면 식당에다 처박아놓겠어."

"이 가죽이 보이나? 이게 바로 솔로몬의 언약言約이야. 그 알량한 현학자 왕도 내 소유지! 아라비아도, 페트라*도 내 것이야. 이 세상 모두 내 것이야. 내가 마음만 먹으면 자네도 내 것이야. 아! 내가 마음만 먹으면, 조심하라구. 자네의 신문사를 통째로 살 수도 있어. 그러면 자넨 내 하인이 되는 거지. 자넨 나를 위해 노래를 짓고, 내 악보에 괘선을 긋는 일이나 할 거야. 하인! 하인이 무슨 뜻이냐 하면, '아무 생각이 없으니까 건강한 자'라는 뜻이야.**"

이 말에 에밀은 라파엘을 식당으로 끌고 갔다.

"어이! 그래, 맞아, 친구야." 에밀이 라파엘에게 말했다. "내가 자네 하인이야. 하지만 자넨 곧 신문사 편집장이 될 사람이야. 입 좀 다물

---

* 북부 아라비아에 있던 나바테아왕국의 주도로서 상업이 번창했다. 지금의 요르단 지역에 있었다.
** 프랑스어로 '하인'을 뜻하는 valet는 '건강하다'는 뜻의 라틴어 동사 valeo의 직설법 현재 3인칭 단수 형태다.

어! 날 좀 봐서 정신 차리고. 자네 날 좋아하나?"

"좋아하고말고! 자네는 아바나 시가를 손에 넣을 수 있다니까, 이 가죽이면 말이야. 친구야, 언제나 **가죽**이면 통해, 전능한 **가죽**! 만병통치약이기도 하지. 나는 티눈도 고칠 수 있어. 자네 티눈 있나? 내가 단번에 제거해주지."

"이자가 이렇게까지 맛이 간 적이 없었는데."

"맛이 갔다고, 친구? 아냐. 이 **가죽**은 내가 욕망할 때마다 줄어든다네…… 이건 일종의 반어법이야. 브라만이지, 이 안에는 브라만이 들어 있어. 브라만은 그러므로 익살꾼이지. 왜냐하면, 자네도 알다시피 욕망은 당연히 늘어나야 하는 것이니까……"

"그래, 맞아."

"자네에게 말하겠는데……"

"그래, 자네 말은 정말 옳아. 나도 자네처럼 생각해. 욕망은 늘어……"

"자네에게 말하겠는데, **가죽**은……"

"그래."

"자넨 날 믿지 않아. 난 자네를 알아, 이 친구야. 자넨 새 왕*처럼 거짓말쟁이야."

"자네가 술 취해 횡설수설하는 말을 어떻게 내가 믿기를 바라는가?"

"내 장담하지. 자네에게 증명해 보일 수 있어. 자 한 번 재보자구."

"이런, 이자를 재우기는 틀렸는걸." 식당 안을 샅샅이 뒤지느라 정신

---

* 1830년 7월 혁명으로 왕위에 오른 루이 필리프를 가리킨다.

이 팔려 있는 라파엘을 보고 에밀이 내뱉었다.

술 취한 사람에게 종종 나타나는, 취해서 감각이 둔해지는 것과는 정반대 현상인 그 기이한 명석함 덕분에 원숭이처럼 민첩해진 발랑탱은 연신 "한 번 재보자구! 한 번 재보자구!"라고 되뇌면서 여기저기 뒤지다가 서판과 냅킨을 찾아냈다.

"좋아! 그러자고." 에밀이 답했다. "한 번 재보자구!"

두 친구는 냅킨을 펼치고 그 위에 **나귀 가죽**을 올려놓았다. 에밀이 라파엘보다 손을 덜 떨었기 때문에 펜에 잉크를 묻혀 부적 둘레를 따라 선을 그었다. 그러는 동안 그의 친구가 에밀에게 말했다. "내가 아까 20만 리브르의 연금을 원했잖아, 맞지? 자, 이제 내가 그 돈을 갖게 되면 자넨 내 모든 근심*이 줄어드는 것을 확인하게 될 거야."

"알았어. 그러니 이제 그만 자. 소파에 눕혀줄까? 자, 괜찮아?"

"응, 출판계의 애송이 씨. 날 재미나게 해줘, 파리들을 쫓아줘. 어려울 때 친구가 잘나갈 때 친구가 될 권리를 가지는 법이야. 그래서 내가 자네에게 하바…… 시……가…… 주려고……"

"자 자, 자네 금이나 차분히 다독이게, 백만장자 씨."

"자넨 자네 기사를 다독이고. 잘 자게. 네부카드네자르에게도 잘 자라고 해야지? 사랑! 마시자구! 프랑스…… 명예와 부…… 부……"

곧 두 친구는 이 방 저 방 울려퍼지던 음악에 자신들의 코고는 소리를 보탰다. 듣는 이 하나 없는 콘서트! 촛불이 하나둘씩 꺼져갔고 그

---

* 프랑스어에서 '근심'을 뜻하는 '샤그랭(chagrin)'은 '표면이 우툴두툴한 가죽', 곧 라파엘이 소유한 가죽을 가리키는 말이기도 하다. 여기서는 라파엘이 그런 중의성을 이용해 말장난을 한 것이다.

때마다 크리스털 받침대가 사위는 불빛을 받아 반짝거렸다. 어둠이 이 길고 긴 주연(酒宴)을 검은 베일로 감싸며 내려앉았다. 라파엘의 이야기는 그 주연 가운데 또하나의 주연, 말들의 성찬(盛饌), 개념 없는 혹은 표현되지 못하기 일쑤인 개념들의 성찬이었다.

다음날 정오경, 미인 아퀼리나가 하품을 하며 피곤이 덜 풀린 모습으로 잠에서 깨어났다. 그녀의 두 뺨에는 잘 때 베개로 삼았던 걸상의 벨벳 자국이 찍혀 있었다. 동료의 움직임 때문에 잠이 깬 유프라지는 쉰 목소리를 내지르며 벌떡 일어났다. 전날 밤 그토록 뽀얗고 그토록 싱그러웠던 그녀의 예쁜 얼굴은 병원에 가는 여자의 얼굴처럼 누렇고 창백했다. 다른 회식자들도 팔다리가 뻣뻣하게 굳어버린 듯한 느낌 때문에 암울한 신음소리를 내뱉으며 조금씩 꿈틀거렸다. 온갖 피로가 잠에서 깨어나는 그들을 짓눌렀던 것이다. 하인 하나가 와서 방방마다 돌아다니며 덧창과 창문을 열었다. 머리 위로 작열하는 뜨거운 햇볕 때문에 잠들었던 사람들은 하나씩하나씩 의식이 되돌아오며 일어날 채비를 했다. 잠자면서 뒤척이다가 공들여 우아하게 매만진 머리가 망가지고 화장이 엉망이 된 여자들은 햇볕을 받자 끔찍한 광경을 연출했다. 그들의 머리카락은 제멋대로 흐트러져 흘러내렸고 얼굴은 딴판이었으며 반짝이던 두 눈은 피곤으로 게슴츠레했다. 조명을 받아 광채가 나던 안색은 누렇게 떠서 보기에 흉했고, 평안하게 쉬고 있을 때는 눈부시게 희고 보드라운 림프성 체질의 얼굴이 푸르딩딩하게 변했다. 이전에 감미롭고 붉었다가 지금은 메마르고 허예진 입술에는 수치스러운 술기운의 낙인이 선명했다. 남자들은 전날 밤의 애인들이 행렬이 지나가고 난 뒤 짓이겨져 거리에 버려진 꽃처럼 송장 모습으로 추레해진 것을 보고 모르는 척 외면했다. 거만했던 그 남자들도 끔찍해 보이기로는 훨씬 더했다. 퀭하고 눈자위에 검은 무리가 져 아무것도 보지 못하는 것 같은데다가 술에 절어 마비되고 잠을 설쳐 흐리멍덩해진 두 눈을 껌벅이며, 기운을 차렸다기보다는 외려 더 피곤해 보이는 그들의 면상을 보노라면 소름이 끼칠 정도였다. 육체적 욕구가 그것을 꾸며주는 영혼의 시라고는 찾아볼 수 없을 정도로 적나라하게 드러나는 이 추레한 표변에는 사납고 냉혹한 야수 같은 그 무엇이 느껴졌다. 옷도 걸치지 않고 분장도 안 한 이 악의 발현, 누더기를 걸치고 썰렁하고 공허하며 재치 있는 궤변이나 화려함의 매혹이라고는 일절 없는 이 악의 형해形骸는 불굴의 장사라도, 비록 그들이 방탕과 싸우는 데 어느 정도 익숙해져 있다 할지라도, 공포에 떨게 하기에 충분했다. 예술가와 창녀들은 지난밤 정념의 불꽃으로 모든 것이 유린되고 초토화되어 아수라장으로 변한 아파트를 얼빠진 눈으로 흘끔거렸다. 집주인인 타유페르가 손님들이 삼키듯 내뱉는 신음소리를 들으며 찌푸린 표정으로 그들에게 짐짓 인사를 나누려 하는데, 갑자기 사탄의 웃음소리 같은 것이 터져나왔다. 땀으로 번들거리고 붉은 혈색이 도는 그의 얼굴은 이 지옥 같은 장면에 뉘우침 없는 범죄의 이미지를 드리우는 것이었다(『붉은 여인숙』을 참조할 것*). 풍경은 완벽했다. 그것은 사치 한가운데의 남루한 삶, 인간의 화려함과 비참함의 끔찍한 혼합, 방탕의 깨어남이었다. 방탕은 그 힘센

---

* 타유페르의 살인 범죄는 『인간극』의 다른 작품 『붉은 여인숙』의 주된 주제이다. 92쪽 주 참조. '인물의 재등장 수법'을 애용한 발자크는 자신의 작품에 종종 이런 식으로 개입을 한다.

손아귀로 삶의 모든 열매를 쥐어짜 보잘것없는 잔해물이나 방탕 자신도 더이상 믿지 않는 거짓말만을 자기 주변에 남겨놓았던 것이다. 아니면 페스트에 걸린 가족 한가운데에서 죽음의 신이 미소 짓고 있는 풍경이라고나 할까? 더이상 향기도 눈부신 빛도 없고, 즐거움도 욕망도 남아 있지 않은 지경. 그러나 역겨운 냄새에 수반되는 구역질과 그 구역질이 내포한 통렬한 철학이, 진리처럼 반짝이는 태양과 덕성처럼 맑은 공기가, 독기 가득찬, 통음난무의 독기가 가득차서 후끈 달아오른 분위기와 대조를 이루고 있었다! 몇몇 아가씨들은 비록 지금은 방종한 생활에 푹 절어 있긴 하지만 옛날에 잠에서 깨어나던 때를 떠올렸다. 순결하고 정숙했던 그때, 그녀들은 인동덩굴과 장미로 장식된 전원으로 난 십자창을 통해, 구슬이 구르듯 즐겁게 지저귀는 종달새 노랫소리가 황홀하게 깔리고, 여명에 어슴푸레 빛나며 환상처럼 영롱한 이슬이 영글던 싱그러운 풍경을 살짝 내다보곤 했다. 다른 아가씨들은 가족이 함께했던 아침식사를 눈에 그렸다. 식탁 주위에서 아이들과 아버지가 천진난만하게 웃고 모든 것들이 묘한 매력을 내뿜었으며 음식은 마음만큼 소박했던 아침식사. 어떤 예술가는 자신의 평온한 아틀리에와 자기가 만든 순결한 조각상과 자기를 기다리던 우아한 모델을 생각하고 있었다. 어떤 젊은이는 가족의 운명이 걸린 재판을 떠올리면서 자신의 출석이 필요한 중요한 화해 절차에 대해 곱씹고 있었다. 학자는 그를 기다리는 고귀한 작업이 있는 연구실을 비워둔 것에 대해 자책하고 있었다. 이렇듯 거의 모든 사람들은 자기 자신을 책망하고 있었다. 그 순간, 세상에서 가장 멋진 유명 패션 부티크의 판매원처럼 얼굴색이 싱그럽고 발그레한 에밀이 웃음을 터뜨리며 나타났다.

"여러분은 빚쟁이 끄나풀보다 더 추하군그래." 그가 소리쳤다. "여러분은 오늘 아무 일도 못하게 생겼군. 하루가 날아갔어. 아침은 먹어야 하는 것 아닌가."

이 말을 듣고 타유페르는 식사 준비를 이르러 나갔다. 여자들은 흐트러진 화장과 옷매무새를 고치기 위해 거울 앞으로 기운 없는 발걸음을 옮겼다. 모두 그렇게 꿈쩍이기 시작했다. 품행이 제일 불량한 자들이 제일 착실한 자들에게 설교를 늘어놓았다. 창녀들은 이 험난한 향연을 감당할 만한 기력이 없어 보이는 자들을 조롱했다. 금세 이 유령들은 생기를 되찾고 삼삼오오 모여서 웃으며 서로 의견을 나누었다. 노련하고 민첩한 하인 몇이서 가구를 비롯한 물건들을 신속하게 제자리에 옮겨놓았다. 곧 으리으리한 아침식사가 차려졌다. 그러자 참석자들은 우르르 식당으로 몰려갔다. 식당 곳곳에는 전날 밤 질탕하게 마시고 논 자국이 지워질 수 없을 정도로 뚜렷이 남아 있었지만, 존재와 사유의 흔적만큼은 죽어가는 자의 마지막 경련처럼 안쓰러운 명맥을 유지하고 있었다. '재의 수요일' 전날의 행렬이 그렇듯이, 지난밤 통음난무의 사투르누스제祭는, 춤으로 기운이 다 빠지고 술로 곤죽이 되어놓고는 무기력을 자인하지 않기 위해 무기력의 쾌락을 설파할 기회를 노리는 가면 쓴 광대들에 의해 땅속에 매장되어버린 것이다. 이 집요한 회중會衆이 자본가가 차린 식탁에 자리를 잡는 순간, 전날 밤 부인과 침대에서 자신만의 주연을 벌이기 위해 저녁식사 후 용의주도하게 모습을 감췄던 카르도가 싹싹해 보이는 얼굴에 온화한 미소를 띠며 그 자리에 들어섰다. 그는 자세하게 검토하고 분할하고 등기를 내고 등본을 작성해야 할 상속 건, 다시 말해 작성해야 할 서류가 많고, 그래서 마침 그때 집주인이 나이프를 들이댄 탱글탱글한 안심 스테이크의 풍부한 육즙처럼 수임료가 두둑한 상속 건을 염두에 두고 온 것 같았다.

"오우! 공중인 앞에서 식사를 하게 됐네." 드 퀴르시가 큰 소리로 말했다.

"마침 잘 오셨소. 여기 있는 모든 것들에다 일련번호를 매기고 수결 手決을 해주쇼." 은행가가 차려진 음식을 가리키며 거들었다.

"유서 작성할 일은 없는데, 혼인 계약서라면 몰라도 말이야!" 지난밤 1년 만에 처음으로 고급 창녀와 몸을 푼 학자가 말했다.

"우와!"

"아하!"

"잠시 주목해주십시오." 합창처럼 터져나오는 고약한 농담에 귀가 멍멍해진 카르도가 말을 돌렸다. "저는 중요한 일 때문에 이 자리에 왔습니다. 여러분 중 한 명에게 줄 6백만 프랑을 가지고 왔습니다. (일순 깊은 침묵이 흐름) 선생," 그가 그 순간 냅킨 끝자락으로 아무렇게나 눈을 닦느라 여념이 없던 라파엘을 향해 말했다. "선생 모친의 처녀 시절 성姓이 오플라르티 아닙니까?"

"그렇소만," 라파엘이 심드렁하게 대꾸했다. "바르브 마리 오플라르티."

"그러면 선생 출생증명서와 발랑탱 부인의 출생증명서를 가지고 계십니까?"

"그럴 거요."

"아, 그래요! 선생, 선생은 1828년 8월 콜카타에서 사망한 오플라르티 사령관의 유일무이한 상속자이십니다."

"콜카타에서 다 캘 수 없을 만큼 무진장한 보물이 왔군!" 참견쟁이가 소리쳤다.

"사령관이 유서를 통해 몇몇 공익 재단에 여러 차례에 걸쳐 유산을 기부했기 때문에 프랑스 정부가 동인도회사에 그의 유산에 대한 정산을 요구해왔습니다." 공증인이 말을 이었다. "이제야 그 유산이 환금되어 처리할 수 있게 되었습니다. 보름 전부터 바르브 마리 오플라르티 양의 권리 승계자를 수소문했는데 허사였지요. 그러다가 어제 식탁에서……"

그 순간, 라파엘은 기습을 받은 사람처럼 돌발적으로 튕기듯이 자리에서 벌떡 일어났다. 그는 무언의 환호성 같은 것을 온몸에 받았다. 그 자리에 있던 사람들이 처음 보인 반응은 말없는 부러움이었다. 모든 시선들이 그 수만큼의 불꽃처럼 일제히 그에게로 향했다. 이어서, 흥분한 극장 1층 입석 관객의 수런거림 같은 것이, 소요사태의 웅성거림 같은 것이 일어나기 시작해 점점 커지더니, 공증인이 가져온 그 막대한 재산에 대해 축하하기 위해 모두 한 마디씩 했다. 이 느닷없는 운명의 순종에 정신이 번쩍 든 라파엘은 전날 밤 나귀 가죽의 크기를 표시해놓았던 냅킨을 황급히 식탁 위에 펼쳤다. 주위의 소리에 일절 아랑곳하지 않고 그는 그 위에 부적을 올려놓았는데, 냅킨 위에 표시된 선과 가죽 둘레 사이에 약간 차이가 난 것을 보고 격렬한 전율에 휩싸였다.

"아니, 대체 무슨 일이야?" 타유페르가 외쳤다. "아무 힘 안 들이고 재산을 손에 넣었잖아."

"**저자를 부축해, 샤티용.***" 빅시우가 에밀에게 말했다. "기쁨이 그를 죽이겠어."

이 상속자의 핼쑥한 얼굴에 불거져 나온 모든 근육들이 소름 끼치도록 창백해졌다. 안면은 경직되었으며, 얼굴에서 튀어나온 부분은 새하얗게 변했고 움푹 들어간 부분은 그늘이 졌으며, 안색은 핏기를 잃어 납빛으로 변했고, 두 눈의 초점은 한 곳에 고착되어 있었다. 그는 **죽음**을 보고 있었다. 퇴색한 창녀들과 포식한 얼굴들이 둘러싸고 있는 이 으리으리한 향연, 기쁨에 도사린 죽음의 고뇌, 이것이 바로 그의 삶의 생생한 이미지였던 것이다. 라파엘은 냅킨 위에 그려진 무자비한 선 안에 떡하니 자리를 차지하고 있는 부적을 세 번이나 다시 쳐다보았다. 그는 자기 눈을 의심했다. 하지만 물리칠 수 없는 어떤 예감이 의심의 여지를 깡그리 없애버렸다. 세상은 그의 것이었고 모든 것을 할 수 있었지만 그는 이제 더이상 아무것도 원하지 않았다. 사막 한가운데에 버려진 여행자처럼 그에게는 갈증을 풀어줄 물이 조금밖에 남지 않았다. 그의 목숨은 몇 모금의 물이 남아 있느냐에 따라 결정될 수밖에 없었다. 그는 욕망이 이루어질 때마다 앞으로 살날을 대가로 치러야 한다는 것을 똑똑히 보았다. 그러자 그는 나귀 가죽이 허언이 아님을 실감했다. 그는 자신의 숨소리에 귀를 기울였다. 벌써 병이 든 것 같았다. 그는 자문했다. '나는 폐병에 걸린 것이 아닌가? 엄마는 가슴앓이로 돌아가시지 않았는가?'

---

* 볼테르의 비극 『자이르』 2막 3장에서 뤼지냥이 외치는 대사, "나를 부축해줘, 샤티용"을 패러디한 것. 이 대사는 프랑스어에서 관용구처럼 애용된다.

"하, 하! 라파엘. 당신 이제 아주 재미나게 됐군요. 나한테는 뭘 해줄 래요?" 아퀼리나가 말했다.

"라파엘의 외삼촌, 마르탱 오플라르티 사령관의 죽음을 위해 건배! 은인이 따로 없어."

"저자는 이제 상원의원이 되겠어."

"7월 혁명 이후 상원의원이 무슨 소용이 있어." 참견쟁이가 끼어들 었다.

"부퐁극장의 지정좌석도 사겠지?"

"우리 모두에게 한턱내길 바라네." 빅시우가 말했다.

"라파엘 같은 사람은 크게 쓸 줄 아는 법이야." 에밀이 거들었다.

참석자들마다 웃고 떠들며 내지르는 소리가 라파엘의 귓전에 웅웅 거렸다. 그는 한 마디도 알아들을 수 없었다. 그는 브르타뉴 농부의 기 계적이고 욕심 없는 생활을 막연하게 떠올리고 있었다. 아이들이나 키우고 밭을 갈며, 메밀이나 먹고 능금주를 항아리째 들고 마시며, 성 모 마리아와 왕을 믿으며, 부활절에 영성체를 받고 신부의 설교는 이 해하지도 못하면서 일요일마다 푸른 잔디밭에서 춤을 추는 생활. 지 금 그의 눈앞에 펼쳐지는 광경, 금빛 미장널, 창녀들, 음식, 호사스러 운 치장 등은 그의 목을 조르고 기침이 나게 했다.

"아스파라거스를 원하세요?" 은행가가 그에게 외쳤다.

"나는 아무것도 원하지 않소." 라파엘이 벽력같은 목소리로 답했다.

"브라보!" 타유페르가 대꾸했다. "당신은 재산이라는 것을 제대로 알고 있군. 재산은 무례해도 된다는 면허증이지. 당신은 이제 우리 편 이오. 여러분, 황금의 권능을 위해 건배. 6백만 프랑의 자산가인 드 발랑탱 씨는 권좌에 올랐소. 그는 왕이오, 그는 무엇이든지 할 수 있소. 그는 다른 모든 부자들처럼 만인의 위에 군림하오. 앞으로 그에게 '모든 프랑스인은 법 앞에 평등하다'는 말은 인권선언 첫머리에 새겨진 거짓말일 뿐이오. 그가 법에 복종하는 것이 아니라 법이 그에게 복종할 것이오. 백만장자들에게는 단두대도, 사형집행인도 없소."

"맞는 말이지." 라파엘이 맞받았다. "백만장자는 바로 자기 자신이 자신의 사형집행인이지!"

"여전히 편견을 가지고 있으시군!" 은행가가 소리쳤다.

"마십시다." 라파엘이 부적을 호주머니에 넣으면서 말했다.

"왜 그래?" 에밀이 그의 손을 저지하면서 말했다. "여러분," 그는 라파엘의 태도에 어지간히 당황한 좌중을 향해 부언했다. "우리의 친구 드 발랑탱은, 내가 무슨 말을 하고 있는 거야? 드 발랑탱 후작 나리께서는 재산을 만드는 비법을 하나 가지고 있다는 것을 알려드립니다. 그의 소원은 그가 원하는 그 순간 바로 이루어집니다. 그는 비굴하거나 냉혈한 자로 통하는 것을 원치 않을 테니 우리를 모두 부자로 만들어줄 겁니다."

"아! 친애하는 나의 라파엘 선생, 전 진주 목걸이를 하나 가지고 싶은데요." 유프라지가 큰 소리로 말했다.

"그가 고마움을 아는 사람이라면, 내게 근사한 말이 끄는 무지하게 빨리 달리는 마차를 두 대 선사해주겠지!" 아퀼리나가 말했다.

"나한테는 10만 리브르의 연금을 빌려주시오."

"난 캐시미어 코트!"

"내 빚 좀 갚아주시오!"

"내 삼촌을 뇌출혈로 쓰러지게 해주시오. 그자는 인정머리라곤 눈곱만큼도 없는 자요."

"라파엘, 만 리브르의 연금만 마련해주면 더이상 부탁 안 할게."

"기부 요청이 많기도 하군!" 공중인이 외쳤다.

"내 통풍도 말끔히 고쳐줄 수 있겠네."

"연금 금리 좀 낮춰주시게." 은행가가 소리쳤다.

이 모든 말들이 불꽃놀이를 마무리하는 마지막 폭죽 다발처럼 쏟아져나왔다. 이 거센 욕구들은 모르긴 해도 농담이라기보다는 진지한 것들이었을 것이다.

"친애하는 나의 친구," 에밀이 심각한 목소리로 말했다. "난 20만 리브르의 연금이면 족하네. 자비를 실행에 옮겨주게나, 어서!"

"에밀," 라파엘이 말했다. "그게 내게 얼마나 치명적인지 자네 정말 모르고 하는 말인가?"

"구차한 핑계 대지 말게!" 시인이 소리치며 말했다. "친구를 위해서라면 자기를 희생해야 하는 것 아냐?"

"난 여러분 모두의 죽음을 바라고 싶은 심정이오." 발랑탱이 좌중을 향해 어둡고 심각한 눈길을 던지며 대답했다.

"죽어가는 사람들은 말도 못하게 잔인한 법이지." 에밀이 웃으면서 말했다. 그리고 진지하게 덧붙였다. "자넨 부자잖아. 어허 참! 장담하건대 자넨 두 달도 안 돼서 더러운 이기주의자가 될 걸세. 자넨 이미 멍청이야. 농담도 받아들이지 못하고. 결국 자네의 그 나귀 가죽이나 믿는 일만 남았군."

라파엘은 그 자리에 모인 사람들의 조롱이 두려워 침묵을 지켰으며 자신이 가진 그 불길한 힘을 잠시나마 잊어버리기 위해 억병으로 마시고 취해버렸다.

제3부

죽음의
고뇌

12월 초순경, 비가 쏟아지는데도 70대 노인 하나가 바렌 거리*를 따라 걷고 있었다. 그는 고개를 들고 집집마다 문패를 확인하며 라파엘 드 발랑탱 후작의 거처를 찾고 있었는데 어린아이처럼 순진한 모습에 철학자처럼 골똘히 몰입한 표정이었다. 헝클어진데다 불속에서 오그라든 낡은 양피지처럼 말라비틀어진 기다란 머리카락으로 뒤덮인 그의 얼굴에는 독단적인 성격이 확연히 드러났지만 그에 못지않게 극심한 우울의 흔적 또한 역력했다. 만일 어떤 화가가 검은 옷차림에 빼빼 말라 피골이 상접한 이 괴상한 인물과 마주쳤다면, 아마도 그 화가는 화실로 되돌아가 자신의 화첩에 그 인물을 옮기고 나서 거기에 '각운

* 파리의 포부르 생제르맹에 있는 거리. 귀족들이 거주하는 매우 부유한 동네로 거주지의 변화는 라파엘의 사회적 지위 상승을 단적으로 보여준다.

을 고심하고 있는 고전주의 시인'이라고 제목을 달았을 것이다. 번지수를 제대로 찾은 것을 확인한 다음, 롤랭*의 이 살아 있는 분신은 으리으리한 저택의 현관문을 가만히 두드렸다.

"라파엘 씨 계십니까?" 노인은 제복을 입은 경비원에게 물었다.

"후작 나리께서는 아무도 접견하지 않으십니다." 커다란 커피 사발에 큼직한 빵조각을 적셔 입안에 삼키면서 하인이 대답했다.

"그의 마차가 저기 있는 것으로 보아," 정체 모를 노인은 현관 층계에 비가 떨어지는 것을 막기 위해 마대 천막 대신 설치한 나무 닫집 아래 대기해 있는 호화찬란한 마차를 가리키며 대꾸했다. "곧 외출하시려나본데 그때까지 기다리겠소."

"오우! 노인 양반, 내일 아침까지 이 자리에서 기다리는 것은 당신 마음대로입니다." 경비원이 말을 받았다. "마차는 나리를 위해 항상 저렇게 대기해놓습니다. 하지만 부탁인데 제발 물러나주시죠. 허락 없이 외부인을 한 번이라도 저택 안에 들이면 난 모가지가 잘리고 종신연금으로 받고 있는 6백 프랑을 박탈당한단 말입니다."

바로 그때 관청 수위같이 제복을 입은 키 큰 노인이 현관 경비실에서 나와 망연자실해 있는 그 늙은 탄원인을 살펴보더니 급히 몇 계단을 뛰어내려왔다.

"각설하고, 이분이 조나타 씨입니다." 경비원이 말했다. "이분에게 말해보시죠."

---

* 샤를 롤랭은 17~18세기 프랑스의 위마니스트이자 역사가로서 왕립학교에서 라틴어 웅변을 가르쳤다. 롤랭의 환생으로 설정된 이 노인, 곧 포리케로 이름이 밝혀지는 이 노인은 고전주의를 상징한다.

두 노인은 동정심 때문이었는지 아니면 상대방에 대한 호기심 때문이었는지 서로 관심을 보이며, 포석 사이사이로 풀 더미가 자라고 있는 드넓은 안마당 한가운데 로터리에서 마주쳤다. 소름 끼치도록 냉랭한 정적이 이 저택을 내리누르고 있었다. 조나타를 만나게 되면, 그의 얼굴 위에 감도는 불가사의를, 이 음산한 집안의 곳곳에 서려 있는 그 불가사의를 파헤쳐 들어가고 싶은 마음이 생길 것이다. 외삼촌의 막대한 유산을 상속받고 라파엘이 맨 처음 염두에 둔 일은 그가 믿고 기댈 수 있는 마음씨를 지닌 이 나이든 헌신적인 충복이 어디에 살고 있는지 찾아내는 것이었다. 조나타는 영원히 작별했다고 생각한 젊은 옛 주인을 다시 만나자 기쁨의 눈물을 흘렸다. 그러나 후작이 그에게 집사라는 감읍할 직분을 맡겼을 때 그가 느낀 행복감은 무엇과도 비견할 수 없는 것이었다. 그후 늙은 조나타는 라파엘과 세상을 중개하는 권력이 되었다. 주인의 재산의 최고 관리자이며 주인 복심腹心의 맹목적인 집행자인 그는 라파엘에게 제6감의 역할을 했는데 그를 통해 삶의 희로애락이 라파엘에게 감지되는 것이었다.

"실례합니다만 라파엘 씨와 이야기를 나누었으면 합니다." 비를 피하기 위해 층계를 몇 계단 올라선 노인이 조나타에게 말을 건넸다.

"후작 나리께 말씀을 하신다고요?" 집사의 목소리가 높아졌다. "그분은 내게도 거의 말을 걸지 않아요. 그분의 양부養父인 나에게도요."

"그러나 나도 그의 양부라 할 수 있습니다." 노인 역시 목소리를 높였다. "당신 부인이 옛날에 그에게 젖을 물렸다면 나는 그에게 뮤즈의 젖가슴을 빨도록 가르친 사람입니다. 그는 카루스 알룸누스*, 나의 양자이고 나의 자식입니다! 나는 그의 두뇌를 계발했고 그의 오성을 일구었으며 그의 천재성을 북돋웠습니다. 감히 말씀드리건대 나는 그걸 나의 명예요 영광으로 삼고 있습니다. 그는 바로 우리 시대의 가장 탁월한 인물 중 하나가 아니겠습니까? 나는 그를 중등반과 고등반, 그리고 수사학 교실에서 가르쳤습니다. 내가 그의 선생입니다."

"아! 당신이 바로 포리케 씨군요."

"바로 그렇습니다. 그런데 저기……"

"쉿, 쉿!" 부엌 하인 두 명의 목소리가 이 집을 감싸고 있는 수도원 같은 정적을 깨뜨리자 조나타가 그들에게 주의를 주었다.

"그런데, 저기……" 교수가 다시 말을 이었다. "후작은 어디가 아픈가요?"

"친애하는 교수님," 조나타가 대답했다. "무엇이 나의 주인을 사로잡고 있는지는 신만이 아실 겁니다. 보십시오, 파리에서는 우리집같이 멋있는 집은 둘도 없습니다. 아시겠습니까? 둘도 없다는 걸. 맹세코 없습니다. 후작은 전에 공작이자 상원의원이 소유했던 이 저택을 구입하라고 분부했습니다. 그분은 이 저택을 꾸미는 데 30만 프랑을 들였습니다. 아시겠어요? 30만 프랑이라는 거액을 말입니다. 그런데 우리집은 방마다 진짜 하나의 놀라운 기적입니다. 좋다, 나는 이 장대한 저택을 보며 혼잣말을 했지요, 마치 돌아가신 그분의 할아버지 저택을 되살린 것 같군! 젊은 후작이 이제 도시와 궁중의 유력인들을 초청하겠군! 그런데 전혀 아니었습니다. 후작은 아무도 만나려

＊ 라틴어로 '나의 아이, 나의 학생'이라는 뜻.

하지 않았어요. 그분은 정말 기이한 생활을 영위하고 계십니다. 포리케 씨, 아시겠습니까? **융화 불가능한*** 생활이지요. 그분은 매일 아침 같은 시각에 일어납니다. 그분의 침실에 들어갈 수 있는 사람은 나밖에 없습니다. 나밖에요, 아시겠습니까? 나는 여름이나 겨울이나 일곱시에 그분의 침실 문을 엽니다. 이상하지만 그렇게 정해져 있습니다. 그분의 방에 들어서면 나는 이렇게 말합니다. 후작 나리, 일어나셔서 옷을 갈아입으실 시간입니다. 그러면 그분은 일어나서 옷을 갈아입습니다. 나는 그분에게 항상 같은 모양, 같은 옷감으로 만들어진 실내복을 드려야 합니다. 실내복을 세탁할 때가 되면 제가 알아서 교체해야 합니다. 다른 이유가 아니라 바로 그분이 새 실내복을 요구하는 수고를 할 필요가 없도록 하기 위해서입니다. 그걸 상상해보세요! 사실 그분은 하루에 식사비로 천 프랑을 쓰고, 하고 싶은 대로 합니다. 귀여운 애기지요. 그래도 난 그분이 정말 좋습니다. 그분이 나의 오른뺨을 때리면 왼뺨을 내밀 정도로요! 그분이 내게 더 힘든 일을 하라고 해도 난 또다시 할 겁니다. 아시겠습니까? 그분은 온갖 자질구레한 일을 다 시킵니다. 그 때문에 난 눈코 뜰 새가 없지요. 그분은 신문도 읽지 않겠어요? 매일 같은 장소, 같은 탁자 위에 신문을 올려놓으라는 분부이십니다. 나는 또한 매일 같은 시간에 직접 그분의 면도를 해드리러 갑니다. 손을 떨어서는 안 되지요. 요리사의 경우는,

---

* 여기서 '융화 불가능한(inconciliable)'이라는 표현은 적절하지 않다. '납득할 수 없는(inconcevable, incompréhensible)' 정도의 표현을 잘못 말한 것으로 발자크가 의도적으로 설정한 것이다. 조나타의 이러한 말버릇은 이후 다섯 차례에 걸쳐 반복된다. 발자크는 조나타를 별로 지적이지 않으면서 한 번 주워들은 고상한 말을 과시적으로 구사하는 인물로 그리고 있다.

만일 아침식사가 매일 오전 열시에, 그리고 저녁식사가 정확하게 오후 다섯시에 그분 앞에 **융화 불가능하게*** 대령해 있지 않으면 그분 사후에 받기로 되어 있는 천 에퀴의 종신연금을 박탈당하게 됩니다. 식단은 1년치가 하루하루 미리 확정되어 있습니다. 후작 나리는 아무것도 바라지 않습니다. 그분은 딸기가 나면 딸기를 들고, 파리에 첫물 고등어가 도착하면 그걸 드십니다. 식단표가 인쇄되어 있어서 그분은 아침에 이미 저녁식사로 무엇이 나올지 훤히 알고 있지요. 그런 것 말고도 그분은 내가 매일 똑같은 의자에 올려놓은, 아시겠어요? 내가 똑같은 의자에 올려놓은 똑같은 겉옷과 똑같은 속옷을 똑같은 시간에 갈아입습니다. 나는 또한 그분의 시트가 항상 똑같은지도 신경써서 살펴보아야 합니다. 필요한 경우에는 말입니다, 만일 그분의 외투가 망가졌다고 합시다, 그러면 그 사실을 눈치채지 못하게 그분에게 거기에 대해 한 마디도 하지 않고 똑같은 코트로 바꿔놓아야 합니다. 날씨가 좋은 날이면 내가 방에 들어가서 주인님께 이렇게 말합니다. 바람 좀 쐬시겠습니까, 나리? 그러면 그분이 나에게 그래 아니면 아냐라고 대답을 하지요. 그분이 산책할 의사가 있으면 말들을 준비시킬 시간을 기다리지 않아도 됩니다. 말들은 항상 대기하고 있으니까요. 마부 역시 당신이 저기서 봤던 것처럼 손에 채찍을 들고 **융화 불가능하**게 대기하고 있습니다. 밤마다, 저녁식사 후, 나리는 하루는 오페라극장으로 가고 또 하루는 이탈리…… 아니, 나리는 아직 이탈리아극장에 가지는 않았어요. 내가 어제야 비로소 이탈리아극장의 회원 좌석

---

* 앞의 각주 참조. '납득할 만한 이유 없이' 정도의 표현으로 말해야 할 곳.

을 손에 넣을 수 있었거든요.* 그러고 나서 그분은 정확하게 열한시 정각에 귀가해서 잠자리에 듭니다. 아무것도 하지 않는 날에는 그 빈 시간 동안 그분은 책을 읽습니다. 항상 책을 읽습니다, 아시겠어요? 그것이 그분이 가지고 있는 단 한 가지 생각입니다. 나는 매주 그분 앞에서 『출판 총람』**을 읽으라는 분부를 받았습니다. 새로 나온 책을 사기 위해서지요. 새 책은 나온 그날 벽난로 위에 대령해 있어야 합니다. 나는 또한 매시간 그분의 방에 들르라는 분부도 받았습니다. 불이나 그 밖의 모든 것을 살피기 위해서지요. 그분에게 부족한 것이 하나라도 있어서는 안 되니까 확인을 하기 위한 겁니다. 교수님, 그분은 내게 반드시 숙지하고 있어야 할 작은 책자를 주었습니다. 거기에는 내모든 의무가 기록되어 있습니다. 진짜 교리문답집이지요. 여름에는 얼음을 무더기로 구입해서 실내를 서늘한 온도로 일정하게 유지시키고, 집안 곳곳에 언제나 새로 핀 꽃들을 꽂아놓아야 합니다. 그분은 부자입니다! 하루에 식비로 천 프랑을 씁니다. 그분은 뭐든지 그분 하고 싶은 대로 할 수 있습니다. 그분은 상당히 오랫동안 당신에게 필요한 것들을 하나도 누리지 못하고 살아왔어요, 불쌍한 분 같으니라고! 그분은 아무도 괴롭히지 않습니다. 그분은 더할 나위 없이 선합니다. 그분은 절대 한 마디도 말하지 않습니다. 그렇고말고요. 예컨대 집안에

---

* 당시 오페라극장은 월, 수, 금 공연이 있었고, 이탈리아극장은 화, 목, 토 공연이 있었다. 오페라극장보다 이탈리아극장 고정 좌석을 확보하는 것이 더 어려웠다고 한다. 이탈리아극장은 이탈리아 배우들이 '코메디아 델라르테'를 공연하던 극장으로 공식 명칭은 '오페라 코미크'이다.

** 프랑스에서 출판되는 모든 도서들을 수록한 책. 1811년부터 간행되기 시작. 매주 발행됨.

서도 정원에서도 일절 침묵입니다! 결론적으로 나의 주인은 단 하나의 욕망도 입 밖에 내지 않습니다. 모든 것은 손가락과 눈짓에 따라 이루어집니다. 그것도 한치의 오차도 없이! 그분 생각이 옳습니다. 만일 하인들을 엄하게 부리지 않는다면 모든 것이 엉망진창이 될 테니까요. 나는 주인님에게 그분이 해야 할 것들을 모두 말합니다. 그러면 그분은 내 말을 경청하지요. 당신은 그분이 어느 정도까지 일을 추진해가는지 상상도 못할 겁니다. 그분의 거처는 일…… 일…… 아, 뭐더라? 아! 일사불란합니다. 그럼요! 말하자면 이런 식입니다. 그분이 당신 침실이나 서재의 문을 열면, 덜컹! 하고 동시에 다른 모든 문들이 기계 장치에 의해 저절로 열립니다. 이런 식으로 그분은 닫힌 문을 하나도 만나지 않고 집 한 쪽 끝에서 다른 쪽 끝까지 갈 수 있습니다. 그건 우리 하인들에게도 흐뭇하고 편리하며 힘이 안 들어 기분좋은 일이지요! 그러느라 돈은 어마어마하게 들었지만요. 그냥 그렇다는 말입니다! 마지막으로 결론을 말씀드리지요, 포리케 교수님. 그분이 내게 이렇게 말했습니다. 조나타, 나를 강보에 싸인 아기처럼 돌봐줘야 해. 강보에 싸인, 그래요, 그분은 강보에 싸인 아기라고 말했어요. 그리고 이렇게 덧붙였지요. 아범이 나 대신 내 욕구를 관리해야 해. 내가 주인입니다. 아시겠어요? 그리고 그분은 거의 하인 수준입니다. 왜 그렇냐고요? 아! 말하자면 그건, 그분과 하느님 말고는 이 세상 누구도 알 수 없는 것이지요. 그건 **융화 불가능한 일입니다**!"

"그는 한 편의 시를 쓰고 있는 게 틀림없어." 늙은 교수가 소리쳤다.

"그럴까요, 교수님. 그분이 시를 쓰고 있을까요? 그렇다면 그 일은 정말 자기 자신을 들볶는 것이지요! 아닙니다. 아시겠어요? 나는 그렇게 생각하지 않습니다. 그분은 내게 자기는 싱물*처럼 살고 싶다고, 싱물이 자라듯이 그렇게 살고 싶다고 종종 되뇌었습니다. 그리고 더도 말고 바로 어제였어요, 포리케 교수님. 그분은 튤립 한 송이를 바라보고 있었어요. 그러다가 옷을 입으면서 이렇게 말하더군요. 이게 내 삶이다. 나는 싱물이다, 내 충직한 조나타여. 지금 남들은 그분이 편집광偏執狂이라고 주장합니다. 그건 **융화 불가능한 일입니다!**"

"모든 것을 미루어보건대, 조나타." 교수가 늙은 집사에게 깊은 존중의 뜻을 담아서 진지하고도 장중하게 말을 건넸다. "당신 주인은 지금 뭔가 위대한 작업에 몰두해 있는 것이 틀림없어요. 그는 지금 원대한 명상에 잠겨 있는 겁니다. 그래서 저속한 일상의 관심사로 방해받고 싶지 않은 것입니다. 천재는 머리를 쓰는 작업에 몰두해 있을 때 모든 것을 잊는 법입니다. 옛날에 그 유명한 뉴턴이……"

"아! 뉴턴이라고요." 조나타가 말을 끊었다. "그게 누군데요."

"뉴턴이라고, 위대한 기하학자입니다." 포리케가 말을 이었다. "하루는 그가 책상에 팔꿈치를 괸 채 스물네 시간을 보낸 적이 있어요. 다음날 상념에서 깨어났을 때, 그는 꼬박 하루가 지났는데 아직 전날 밤인 줄 알았답니다. 마치 잠을 자기라도 했던 것처럼요. 나는 그를, 친애하는 내 아이를 만나야겠습니다. 그에게 내가 쓸모가 있을 겁니다."

"잠깐," 조나타가 외쳤다. "당신이 프랑스의 왕이라 할지라도, 물론

---

* 조나타는 여기서 végétation(식물), végéter(식물이 생장하다)라고 해야 할 것을 vergétation, vergéter라고 발음했다. 조나타의 평소 말버릇인지, 조나타가 라파엘의 말을 잘못 들었는지, 아예 라파엘의 말뜻을 몰랐는지 등등 여러 해석이 가능하다.

옛날 왕을 말하는 겁니다!* 문을 부수거나 내 몸을 밟고 지나가지 않는 한 들어갈 수 없습니다. 하지만, 포리케 교수님, 내가 달려가서 그분에게 당신이 여기 있다고 알리겠습니다. 그리고 이렇게 여쭙겠습니다. 그 사람을 올라오라고 할까요? 그분이 그래 아니면 아냐라고 대답하실 겁니다. 나는 결코 그분에게 바라십니까? 원하십니까? 그렇게 하고 싶습니까?라고 묻지 않습니다. 그런 표현들은 대화 매뉴얼에서 금기어로 지정되어 있습니다. 한번은 내 입에서 그런 표현이 무심코 튀어나온 적이 있습니다. '아범은 나를 죽이고 싶은 건가?' 그분이 몹시 화를 내며 내게 이렇게 말하더군요."

조나타는 늙은 교수에게 한 발짝도 안으로 들어오면 안 된다고 주의를 준 다음 현관 경비실에서 기다리게 했다. 그러나 그는 곧 주인의 긍정적인 대답을 가지고 돌아왔다. 그는 은퇴한 늙은 교수를 안내하며 모든 문이 활짝 열려 있는 화려한 방들을 지나갔다. 포리케의 눈에 저멀리 벽난로가 있는 구석에 그의 학생이 앉아 있는 모습이 들어왔다. 라파엘은 품이 넓은 실내복을 몸에 두르고 푹신한 안락의자에 파묻혀서 신문을 읽고 있었다. 한눈에도 그는 극심한 우울증에 시달리고 있는 것으로 보였는데, 허약해서 금방이라도 허물어질 것 같은 그의 자세를 통해서도 그 증세가 역력히 나타났다. 그의 이마에도, 시든 꽃처럼 창백한 그의 얼굴에도 그 증세는 선명히 드러났다. 일종의 여성스러운 나긋함과 부유한 병자 특유의 괴팍함이 그에

---

* 당시 왕인 루이 필리프는 7월 혁명 후 시민들이 추대한 왕이다. 귀족 가문의 오랜 충복이었던 조나타는 왕당파의 시각을 보이며 7월 혁명 이후에 왕위에 오른 루이 필리프의 정통성을 인정하지 않는다.

게서 풍겨나오는 두드러진 인상이었다. 그의 새하얀 손은 예쁜 여자의 손같이 보드랍고 갸름했다. 그의 금발 머리는 벌써 숱이 많이 빠져 듬성듬성했는데 잔뜩 공을 들여 멋을 부린 듯 관자놀이 부근에서 동그랗게 말려 있었다. 그리스식 호떡모자는 가벼운 캐시미어 재질에 비해 너무 무거운 술을 달고서 그의 옆머리에 비스듬히 얹혀 있었다. 책장을 뜯는 데 사용했던 금 치장을 한 공작석孔雀石 나이프가 그의 발치에 떨어져 있었다. 그의 무릎 위에는 멋들어진 인도산 수연통의 호박琥珀 물부리가 놓여 있었다. 법랑칠이 입혀진 수연통의 나선형 관이 뱀처럼 방바닥에 널려 있는 것으로 보아 그는 새로 쟁인 연초의 향내를 흡입하는 것을 잊은 모양이었다. 그러나 그의 젊은 육체에서 풍기는 이런 전반적인 병약함과는 전혀 딴판으로 모든 인생이 은거해 있는 듯이 보이는 그의 푸른 두 눈에는 단번에 상대를 사로잡는 범상치 않은 감정이 번뜩이고 있었다. 그래서 그 시선은 마주 대하기가 어려웠다. 혹자는 거기서 절망을 읽을 수도 있었을 것이고, 혹자는 내면의 싸움을, 회한만큼이나 고통스러운 그 내면의 싸움을 예견할 수도 있었을 것이다. 그것은 이를테면 자신의 욕망을 가슴 저 밑바닥에 꾹 억누르고 사는 무기력한 자의 텅 빈 시선이었거나, 돈을 쓰면 누릴 수 있을 온갖 즐거움을 생각하며 흡족해하다가도 그러면 자신의 재화가 줄어들까봐 그런 생각조차 삼가는 수전노의 시선이었을 것이다. 아니면 사슬에 묶인 프로메테우스의 시선이었거나, 1815년 엘리제궁의 담판에서 적군들이 범한 전략상의 오류를 인지하고 스물네 시간의 작전권 연장을 요구했으나 끝내 얻지 못하고 실각한 나폴레옹의 시선이었거나,* 정복자이면서 동시에 저주받은 자의 시선이 바로 그랬을 것이다! 아니, 더 근사하게 말한다면, 몇 달 전 라파엘이 센강에 던진 시선이나 자신이 마지막으로 도박판에 건 금화에 던진 시선이 바로 그랬을 것이다. 그는 자신의 의지와 자신의 지력을 버리고, 50년 동안 가축처럼 순치된 삶을 살아 거의 문명화되지 않은 늙은 농부가 가질 법한 조악한 상식에 복종하고 있었다. 일종의 자동인형이 된 자신에 대해 거의 기쁨을 느낀 그는 살기 위하여 삶을 포기했고 자신의 영혼에서 욕망의 시정 詩情을 깡그리 제거해버렸다. 그 잔인무도한 힘의 도전을 받아들이고 나서 그 힘과 더 효율적으로 싸우기 위해 그는 자신의 상상력을 거세하고 그 옛날 오리게네스**가 했던 식으로 정결하게 살려고 노력했다. 예기치 않은 유산으로 벼락부자가 되었지만 나귀 가죽이 줄어든 것을 목격하고 바로 그다음날, 그는 자신의 공증인 사무실에 갔다. 거기서 디저트를 들며 사람들과 담소를 나눌 때 꽤나 명망 있던 한 의사가 폐결핵에 걸렸던 어떤 스위스 사람이 어떻게 완치되었는지를 진지하게 이야기했다. 그 사람은 10년 동안 한 마디도 하지 않았으며, 채식 위주의 극단적인 식이요법을 준수하고 외양간의 투박한 공기 속에서 분당 여섯 번만 호흡하는 것을 철칙으로 삼았다는 것이다. 나도 그 사람처럼 살아야겠다, 어떻게 해서든지 살고 싶었던 라파엘은 속으로 다짐을 했다. 호사를 누리면서도 그는 증기기관 같은 삶을 영위해왔던 것이다. 늙은 교수는 시체나 진

---

* 워털루전투에서 패배하고 나서도 나폴레옹은 다시 전투를 벌이려 했지만 당시 프랑스 양원이 그의 실각을 결정했다. 현 프랑스공화국 대통령 관저인 엘리제궁은 나폴레옹이 세인트헬레나섬으로 유배 가기 전 잠시 머물렀던 곳이다.

** 3세기경 기독교 신학자. 설교 대상인 여자 앞에서 음심을 품는 것을 경계하여 스스로 거세했다고 알려진 인물이다.

배없는 이 젊은이를 보고 전율했다. 이 가냘프고 허약한 몸 전체가 그가 보기에는 일부러 분장한 것 같았다. 눈은 피폐해지고 이마는 과도한 생각에 짓눌려버린 후작을 보면서 도저히 그는 아직도 기억 속에 생생히 남아 있는, 안색이 싱그럽고 발그레했으며 사지에 혈기왕성한 기운이 넘쳤던 그 학생을 떠올릴 수가 없었던 것이다. 날카로운 비평가이면서 심미안에 있어서 보수주의자인 이 골수 고전주의자가 그럴 리 없지만 혹시 바이런 경의 시를 읽어 알고 있다면, 차일드 해럴드를 기대했는데 맨프레드를 만났다고 생각했을 것이다.*

"안녕하십니까, 포리케 선생님." 라파엘이 뜨겁고 축축한 손으로 노인의 차가운 손가락을 움켜쥐면서 자신의 옛 스승에게 말했다. "건강은 어떠십니까?"

"나야 잘 지내지요." 열이 나 뜨거운 라파엘의 손이 닿자 화들짝 놀란 노인이 대답했다. "자넨 어떠신가?"

"오! 저야 건강을 유지했으면 좋겠습니다."

"뭔가 근사한 저작에 몰두하고 있나보죠?"

"아닙니다." 라파엘이 대답했다. "나는 불후의 명작을 이미 완성했노라, 호라티우스의 말이지요, 포리케 선생님. 저는 이미 학문의 역사에 길이 남을 위대한 한 페이지를 완성했습니다. 그리고 이제는 학문에 영원히 작별을 고했습니다. 저는 제 원고가 어디 있는지도 거의 알지 못합니다."

"그 원고의 문체는 모르긴 해도 순정하겠지요?" 교수가 물었다. "혹

---

* 차일드 해럴드는 젊고 활기찬 인물이고 맨프레드는 시름에 잠기고 절망에 빠진 인물.

시나 해서 하는 말이네만, 자넨 설마 새로운 학파를 자칭하며 롱사르를 끄집어내놓고 대단히 엄청난 일을 한 것처럼 믿는 자들의 야만적인 언어를 차용한 것은 아니겠지요.*"

"제 저작은 순전히 생리학에 관한 작품입니다."

"오! 그것은 이미 결판난 문제요."교수가 다시 말을 받았다."학문의 각 분야에서 문법은 마땅히 새롭게 발견된 것들의 요구에 부응해야겠지요. 그럼에도, 이보시게, 명확하고 조화로운 문체는, 마시용과 뷔퐁 선생과 저 위대한 라신의 언어는, 요컨대 고전주의 문체는 절대로 아무것도 훼손시키지 않는 법이오. 그런데, 이런"교수는 말을 멈추었다가 덧붙였다."이 늙은이가 찾아온 목적을 잊고 있었군요. 흥미로운 일이라오."

오랜 교수 생활로 인해 장황하게 무게를 잡고 현란하게 돌려 말하는 것이 그의 스승에게 버릇이 되어버렸다는 사실을 너무 늦게 알아차린 라파엘은 스승을 받아들인 것이 후회스러울 지경이었다. 그러나 그의 스승을 바깥으로 내보내야겠다고 마음먹으려는 순간, 라파엘은 자기 앞에 걸려 있는 **나귀 가죽**에 슬쩍 눈길을 던지고는 황급히 자신의 은밀한 욕망을 억눌렀다. 가죽이 부착되어 있는 흰 천에는 가죽 둘레를 따라 조금의 빈틈도 없이 조심스럽게 그어진 붉은 선으로 운명적인 가죽의 크기가 표시되어 있었다. 자신의 운명이 결정된 그날의 주연 이후, 라파엘은 마음속에서 아주 미세하게 일어나는 변덕도 철저히 억제하는 등, 이 무시무시한 부적에 극히 미미한 수축의 경련

---

* 당시 낭만주의자들은 롱사르에 열렬히 환호했다. 반면 고전주의자들은 이 16세기 시인을 타기할 작가로 여겼다.

도 일으키지 않도록 조심하며 살아왔다. 그래서 그는 늙은 교수의 장광설을 꾹 참고 들어주었다. 포리케 선생은 그에게 7월 혁명 이후 자신이 받은 박해에 대해 무려 한 시간이나 이야기를 늘어놓았다. 강력한 정부를 원했던 그 노인은, 상인들은 그들의 계산대에서, 정치인은 나라 살림살이의 관장에서, 변호사들은 법원에서, 프랑스 상원의원들은 뤽상부르공원의 원로원에서 각자 맡은 자리를 지키도록 해야 한다는 애국적인 주장을 설파했다. 그러자 대중에 영합한 시민왕의 장관들 중 하나가 그를 샤를 10세 추종자*라고 비난하면서 교수직에서 내쫓았다. 노인은 자리도, 퇴직금도, 일용할 양식도 없는 처지가 되었다. 노인은 자기가 기숙사비를 대줘 생쉴피스 신학교에 다니고 있는 불쌍한 조카의 후원자로서, 자기 자신보다는 그 양자 때문에 옛 제자를 찾아왔노라고, 새 정부의 장관에게 줄을 대서 굳이 복직은 아니더라도 지방에 있는 아무 학교의 교장 자리를 알선해줄 수 없겠느냐고 부탁했다. 마침내 노인의 단조로운 음성이 귓전에서 뚝 끊어졌을 때 라파엘은 참을 수 없는 졸음에 함락되기 직전에 이르렀다. 착 가라앉은 목소리로 느릿느릿 말하는 노인의 움직임이 거의 없는 허연 눈을 예의상 억지로 쳐다보았지만 그는 설명할 수 없는 어떤 무력감에 사로잡혀 최면이라도 걸린 듯 정신이 몽롱해졌다.

"아! 그렇습니까. 포리케 선생님." 그는 자신이 어떤 질문에 응하는지도 정확히 모른 채 대답했다. "전 그 일에 관해 아무것도 할 수 없습니다. 전혀 아무것도요. 저는 다만 선생님께서 성공하시기를 **열과 성을**

---

* 샤를 10세는 강압적인 반동 정책으로 7월 혁명을 불러 권좌에서 쫓겨났고 그 자리에 '시민왕' 루이 필리프가 추대된다. 샤를 10세 추종자는 극우 왕당파를 가리키는 말이다.

다해 기원하겠습니다……"

그 순간, 이기심과 무관심이 뚝뚝 묻어나는 이 상투적인 언사가 노인의 주름진 누런 이마에 어떤 결과를 초래했는지 살펴볼 겨를도 없이 라파엘은 놀란 노루 새끼처럼 펄쩍 일어났다. 검은색 가죽 가장자리와 붉은색 선 사이에 틈이 벌어져 하얀 바탕천이 실처럼 가늘게 드러난 모습을 보았던 것이다. 그가 하도 무섭게 소리를 내질러서 불쌍한 노인은 어안이 벙벙했다.

"썩 꺼지시오, 늙은 짐승 같으니라고!" 그가 외쳤다. "당신은 교장으로 임명될 것이오! 사람을 죽이고 마는 소원 대신 차라리 천 에퀴의 종신연금을 내게 요구할 수도 있지 않았나요? 그러면 당신의 방문으로 내가 아무런 대가를 치르지 않아도 되었을 겁니다. 프랑스에는 십만 개의 교장 자리가 있지만 내 목숨은 한 개요! 한 사람의 목숨은 세상의 모든 일자리를 합친 것보다 더 소중한 겁니다. 조나타!"

조나타가 나타났다.

"네가 한 일을 봐라, 이 미련퉁이야. 왜 나한테 이 사람을 접견하라고 권한 거야?" 그는 조나타에게 아연실색한 노인을 가리키며 추궁했다. "내가 이렇게 찢어발기라고 내 영혼을 네 손에 맡긴 줄 알아? 너는 지금 내게서 10년치 수명을 빼앗아가버렸어! 이런 잘못을 다시 한번 해보시지. 내가 나의 아버지를 모신 그곳으로 네가 날 데리고 가는 꼴일 테니 말이야. 인간쓰레기나 다름없는 이런 늙어빠진 해골바가지에게 도움을 주느니 차라리 어여쁜 페도라를 손에 넣는 편이 더 낫지 않았겠어? 내가 이런 자에게 줄 돈이 없는 것이 아냐. 그런데 세상의 모든 포리케가 굶주림으로 죽는다 해도 그게 나와 무슨 상관이 있단 말이야?"

라파엘의 얼굴은 분노로 새하얗게 질렸다. 희미한 한줄기 거품이 파르르 떨리는 그의 입술을 타고 흘렀으며 두 눈은 피를 보려는 듯 이글거렸다. 이 모습을 보고 두 노인은 마치 독사와 맞닥뜨린 어린아이처럼 걷잡을 수 없는 전율에 사로잡혔다. 젊은이는 자신의 안락의자에 쓰러지듯 주저앉았다. 그러자 그의 마음에 일종의 반작용 같은 것이 일어났다. 이글거리는 두 눈에서 눈물이 하염없이 흘러내렸다.

"오! 내 목숨! 내 소중한 목숨!" 그가 입을 열었다. "이젠 남을 돕는다는 생각도 그만! 사랑도 그만! 더이상 아무것도 안 해!" 그는 교수에게 몸을 돌렸다. "악이 소임을 다했소, 내 오랜 친구여." 그리고 잔잔한 목소리로 말을 이었다. "당신의 지난 보살핌에 대해 충분한 보상이 되었을 거요. 어쨌든 나의 불행이 선량하고 점잖은 분에게 행운을 가져다준 셈일 테니까요."

무슨 뜻인지 거의 알 수 없는 말이었지만 억양에 쓸쓸한 정서가 흠씬 배어 있어서 미묘한 효과를 낳았기 때문에 두 노인은 사람들이 뜻 모를 외국어로 부르는 구슬픈 곡조를 들으며 눈물을 흘리듯이 그렇게 덩달아 눈물을 흘렸다.

"간질이로군." 포리케가 나지막이 말했다.

"난 당신이 선의로 그렇게 말한 것을 압니다." 라파엘이 여전히 잔잔한 목소리로 말을 받았다. "당신은 지금 날 용서하고 싶은 거지요. 병이 걸려 그런 것은 용납이 되지만 인간성이 나빠 그랬다면 그건 악이라는 말이지요. 됐어요. 이제 날 건들지 마세요." 그가 덧붙였다. "당신은 내일이나 모레쯤, 아니, 어쩌면 오늘밤에라도 당신의 임명 소식을 받게 될 거요. **저항파가 운동파를 이겼으니까.*** 잘 가시오."

노인은 겁에 질리기도 하고 발랑탱의 정신건강 상태에 대해 걷잡을 수 없이 강한 의심이 들기도 해서 황망히 자리를 떴다. 방금 전의 장면에는 그가 보기에 초자연적인 어떤 것이 있었다. 그는 마치 악몽에서 깨어난 것처럼 실감이 안 나고 어떻게 해야 할지 갈피를 잡지 못했다.

"조나타, 잘 들어둬." 젊은이가 자신의 늙은 충복 쪽으로 몸을 돌리며 말했다. "내가 아범에게 맡긴 임무가 무엇인지 명심하도록."

"예, 후작 나리."

"나는 보통의 법이 적용되지 않는 그런 사람이야."

"예, 후작 나리."

"세상의 온갖 쾌락은 내 죽음의 침상 주위를 돌면서 아름다운 무희들처럼 내 앞에서 춤을 추네. 만일 내가 그 쾌락들을 부른다면 나는 죽어. 늘 죽음이 날 노리고 있어! 아범은 나와 세상 사이의 방책이 되어줘야만 해."

"예, 후작 나리." 늙은 하인은 주름진 이마에 흥건하게 고인 땀방울을 닦으며 말했다. "하지만, 아름다운 무희들을 보고 싶지 않으시다면 오늘밤 이탈리아극장에서는 어떻게 하시려고요? 런던으로 되돌아가

---

* 7월 혁명 이후에도 여전히 프랑스 정국은 혼란에 휩쓸렸다. 운동파, 곧 자유파는 혁명이 시민왕정의 탄생으로 끝나는 게 아니라 사회개혁으로 이어져야 한다고 주장했으며, 저항파, 곧 보수파는 사회개혁을 부정하며 엄격한 법집행을 통해서 정국의 안정을 이루려고 했다. 소설의 시점인 1830년 12월은 아직 두 파가 각축을 벌이던 때지만 소설이 발표되기 이전인 1831년 3월 이미 저항파의 수장 카지미르 페리에 내각이 들어서면서 정국은 저항파의 승리로 일단락된다. 저항파의 승리는 보수주의자 포리케의 복직을 의미한다.

는 한 영국인 가족이 자신들의 회원권 잔여 기간을 제게 넘겼습니다. 자리도 아주 좋습니다. 오우! 최상의 자리지요. 2층 박스 자리입니다."

이미 깊은 몽상에 잠긴 라파엘은 더이상 귀를 기울이지 않았다.

저 화려한 마차가 보이는가? 겉모습은 소박한 갈색 쿠페지만 명판에는 전통 있고 고귀한 가문의 문장이 찬란히 빛나는 저 마차가. 그 쿠페가 빠르게 지나가자 바람난 젊은 처자들은 노란 새틴과 사보느리 산産 양탄자와 볏짚대처럼 산뜻한 장식끈과 푹신푹신한 쿠션과 방음 유리창을 부러워하면서 환호성을 지른다. 제복을 입은 두 명의 종복이 품격 있는 그 마차 뒤에 매달려 있다. 그런데 마차 안 비단 방석 위에는 푸르스름한 눈자위에 신열이 오르는 한 얼굴이, 생각에 잠긴 처연한 라파엘의 얼굴이 뉘어져 있다. 부유함의 숙명적인 모습! 라파엘은 화살처럼 쏜살같이 파리를 내달려 파바르극장*의 열주 앞에 도착한다. 발판이 내려지고 두 하인이 그를 부축한다. 군중은 선망의 눈빛으로 그를 쳐다본다. "저 사람은 어떻게 했길래 저렇게 부자가 되었을까?" 빈털터리라서 로시니의 마술적인 화음을 들어볼 엄두도 못 내는 한 가난한 법과 대학생이 말했다. 라파엘은 홀의 복도를 천천히 걸어갔다. 그는 예전에 그토록 갈망했던 그 쾌락을 누리리라는 기대를 조금도 하지 않았다. 오페라 〈세미라미드〉 제2막을 기다리는 동안 그는 2층의 자기 자리는 안중에도 없어 들어가볼 생각도 안 하며 휴게실을 어슬렁거리고 회랑을 배회했다. 소유의 관념은 그의 가슴 밑바닥에서 이미 사라지고 없었다. 모든 병자들이 다 그렇듯이 그는 자신의 병

---

* 이탈리아극장의 다른 이름.

에 대해서만 생각하고 있었다. 젊은 멋쟁이들과 나이든 멋쟁이들, 전직 장관들과 현직 장관들, 7월 혁명의 산물로 작위 없이 귀족원에 오른 자들과 작위는 있으나 귀족원에서 배척된 자들, 그리고 온갖 종류의 투기꾼들과 신문기자들이 북적대는 휴게실 한가운데의 벽난로 선반에 몸을 기대고 있던 라파엘은 이 군상들 사이로 낯설고 초자연적인 한 얼굴을 발견했다. 그 기묘한 존재를 좀더 가까이에서 관찰하기 위하여 라파엘은 매우 방약무인하게 두 눈을 가늘게 뜨고 그가 있는 쪽으로 다가갔다. 얼마나 멋진 그림인가! 그가 중얼거렸다. 그 낯선 존재가 오만하게 과시하고 있는 눈썹과 머리카락, 쉼표 모양을 한 마자랭 스타일의 콧수염은 검은 빛깔을 띠었다. 그러나 필시 원래는 아주 하얗게 센 머리인데 화장을 해서 검게 보일 뿐, 자세히 보면 보랏빛이 감도는 위장된 그 색깔은 조명의 세기에 따라 색조가 변했다. 붉고 흰 두툼한 층의 주름살이 가득한 좁고 평평한 그의 얼굴은 교활함과 불안함을 동시에 풍기고 있었다. 얼굴 군데군데 화장으로 가리지 못한 곳은 노쇠의 흔적과 납빛 안색이 유달리 불거져 보였다. 그래서, 독일에서 목동들이 쉬는 동안 기괴한 모양으로 조각해놓았다는 그 나무인형과 상당히 흡사하게, 코는 뾰족하고 이마는 툭 튀어나온 그 얼굴을 보면서 웃지 않는다는 것은 불가능한 일이었다. 이 늙은 아도니스와 라파엘을 번갈아 관찰하는 사람이 있었다면, 그는 후작에게서는 늙은이의 얼굴을 한 젊은이의 눈을, 그 미지인에게서는 젊은이의 얼굴을 한 늙은이의 생기 없는 눈을 보고 있다고 생각했을 것이다. 발랑탱은 멋들어지게 넥타이를 매고 젊은이들 스타일로 장화를 신고서 마치 혈기왕성한 젊음의 힘을 남김없이 발산하기라도 하는 것처럼 팔짱을 낀 채 박차 소리를 내며 서 있는 그 조그맣고 깡마른 노인을 전에 어디서 봤는지 알아내기 위해 기억을 되살리려고 애썼다. 그의 거동에는 옹색하고 부자연스러운 구석이 전혀 없었다. 정성 들여 단추를 채운 그의 우아한 야회복은 강건하지만 노쇠할 수밖에 없는 골격을 가려주었으며, 그에게 늙어서도 유행을 따르는 멋쟁이 노인의 풍채를 뽐내게 했다. 생명이 있는 인형 같은 그 존재는 라파엘에게는 환영의 홀림 그 자체였으며, 그래서 라파엘은 검댕으로 뒤덮여 있다가 최근에 원래의 산뜻한 색으로 복원되어 새 액자에 끼워진 오래된 렘브란트의 그림을 쳐다보듯이 그 존재를 유심히 살펴보았다. 이렇게 비교해보는 순간 혼미했던 그의 기억 속에서 갑자기 또렷이 드러나는 실체의 단서가 잡혔다. 그는 그 노인이 바로 골동품상, 그에게 불행을 가져다준 사람이라는 것을 알아차렸다. 바로 그 순간 이 환영 같은 자에게서 소리 없는 웃음이 비어져 나오더니 의치로 인해 늘어진 두 입술 위로 냉소처럼 번졌다. 이 웃음을 접하자 탁월한 상상력의 소유자인 라파엘은 이 사람이 여러 화가들에 의해 형상화된 괴테의 메피스토펠레스와 놀라우리만치 닮았다는 것을 깨달았다. 라파엘의 강인한 정신은 온갖 미망에 의해 점령당했다. 그는 악마의 힘을 믿었고, 중세의 전설로부터 전승되어 시인들의 작품으로 옮겨진 갖가지 마법을 믿었다. 공포에 질려 파우스트의 운명을 따르지 않으려고 한사코 거부하다가 그는 갑자기 죽어가는 사람처럼 하느님과 성모 마리아에 대한 열렬한 믿음을 되뇌며 하늘에 대고 애원했다. 찬란하고 싱그러운 한줄기 빛을 통해 그는 미켈란젤로와 우르비노의 산치오 라파엘로가 그린 천국을 엿볼 수 있었다. 거기에는 형형색색의 구름과 흰 수염의 노인, 그리고 날

개 달린 사람들이 있었고 아름다운 여인이 후광에 둘러싸여 앉아 있었다. 비로소 그는 눈앞에 펼쳐진 이 경탄스러운 세계를 이해하고 받아들일 수 있었다. 인간 상상력의 소산이나 다름없는 그 환영들이 그에게 닥친 모험에 대해 설명해주었고 그가 아직도 희망을 간직할 수 있도록 해주었다. 그런데 그의 시선이 다시 이탈리아극장의 휴게실로 내려오자 성모 마리아 대신 웬 아리따운 창녀가 그의 눈에 들어왔다. 그녀는 가증스러운 유프라지였다. 나긋나긋하고 날렵한 몸을 눈부신 드레스로 감싸고 동방산_産 진주로 휘감은 이 무희는 몸이 달아오른 자신의 호위 노인 앞에 자신도 몸이 달았다는 표정으로 등장해서는, 자기가 아무리 흥청망청 금은보화를 써대도 다 마르지 않을 만큼 이 골동품 상인의 부가 엄청나다는 것을 과시하려는 듯 그 자리에 모인 질투와 투기의 시선들 앞에 불꽃이 튀는 듯한 두 눈을 동그랗게 치뜨고 고개를 꼿꼿이 세운 채 거만하게 자신을 선보였다. 라파엘은 자기가 그 늙은이의 숙명적인 선물을 받아들였을 때 빈정거리며 말한 소원을 기억해냈다. 그는 그때만 해도 절대로 무너질 것 같지 않았던 그 숭고한 지혜가 이토록 치욕스러운 처지로 떨어진 것을 보면서 이루 말할 수 없는 복수의 쾌감을 만끽했다. 백 살 먹은 노인의 음산한 미소가 유프라지에게 향하자 그녀는 사랑의 밀어로 답했다. 노인은 그녀에게 자신의 메마른 팔을 주고 휴게실을 두세 바퀴 돌면서 자기에게 쏠리는 경멸적인 웃음과 신랄한 야유는 아랑곳하지 않고 사람들이 자기 정부_{情婦}에게 던지는 열렬한 시선과 찬사를 흡족한 마음으로 받아들였다.

"저 처녀 흡혈귀는 저 송장을 어떤 무덤에서 파냈을까?" 그 자리에 있던 낭만주의 작가들 중 가장 젠체하는 자가 소리쳤다.

유프라지는 미소로 답했다. 빈정거린 자는 호리호리하고 반짝이는 푸른 눈에다 콧수염을 기른 금발의 젊은이였다. 짧은 프록코트를 입고 모자는 한쪽 귀에 비스듬히 걸친 그는 임기응변에 능하고 유행하는 은어에도 통달한 자였다.

'얼마나 많은 노인들이,' 라파엘은 속으로 중얼거렸다. '한평생 성실하고 근면하고 덕성스럽게 살다가 막판에 노망으로 생을 마감하던가. 저자도 두 발은 차디찬 무덤을 딛고 있으면서 사랑은 하고 싶은가보구나.'

"아이고! 노인 양반," 발랑탱이 골동품상을 붙들어 세우고 유프라지에게 곁눈질을 하면서 큰 소리로 말했다. "당신은 이제 당신 철학의 그 엄격한 계율들이 더이상 기억조차 안 나나보죠?"

"아!" 골동품상은 예전의 맑은 목소리와는 달리 탁한 목소리로 대답했다. "나는 지금 청년이 된 듯 행복하다네. 나는 인생을 물구나무 세웠거든. 한 시간의 사랑 속에 한 인생 전체가 담겨 있다네."

바로 그 순간 막이 오름을 알리는 종소리가 들려왔고 관객들은 휴게실을 떠나 각자의 자리로 돌아갔다. 노인과 라파엘도 헤어졌다. 자신의 칸막이 좌석으로 돌아가 자리에 앉으려다 후작은 페도라를 발견했다. 그녀는 건너편 객석, 그와 똑바로 마주보는 곳에 자리잡고 있었다. 아마도 도착한 지 얼마 되지 않았는지 백작 부인은 스카프를 뒤로 젖히고 목덜미를 훤히 드러낸 채, 매무새를 고치느라 여념이 없는 여배우처럼, 드러나지 않게 조금씩 조금씩 몸을 움직였다. 모든 시선이 그녀에게 쏠렸다. 젊은 귀족원 의원이 그녀와 함께하고 있었다. 그녀는 그에게 맡겨놓았던 오페라글라스를 달라고 했다. 그녀의 몸짓과 자기 새 파트너를 바라보는 그녀의 태도를 보고 라파엘은 그 귀족원 의원도 자신의 뒤를 이어 그녀의 전횡에 속절없이 복종하고 있음을 감지했다. 그 젊은이는 아마도 옛날에 라파엘이 그랬듯이 그 여자에게 홀딱 빠져서, 자기처럼 속아서, 자기처럼 진정한 사랑의 힘으로 그 여자의 냉혹한 타산을 이길 수 있다고 믿고서 고통을, 발랑탱이 일찌감치 행복한 마음으로 포기했던 그 고통을 감내하는 모습이었다. 페도라는 오페라글라스로 모든 자리를 훑으며 재빠르게 사람들의 차림새를 살피더니 자신의 차림과 미모가 파리에서 제일 아름답고 우아하다는 여인들을 압도할 수 있겠다는 확신이 들었는지 얼굴에 알 듯 모를 듯 흡족해하는 표정이 나타나며 생기가 돌았다. 그러고 나서 그녀는 하얀 이가 드러날 정도로 활짝 웃음을 터뜨리더니 사람들의 탄성을 자아내게 하려는 듯 꽃장식을 한 머리를 흔들었다. 그러면서 그녀는 시선을 연방 이 자리 저 자리 옮기면서 러시아 공주의 머리 위에 어색하게 얹혀 있는 베레모를 비웃기도 하고 은행가의 딸이 제 머리와는 도무지 어울리지 않게 끔찍한 모자를 쓴 모습에 한심스러워하기도 했다. 그러다가 그녀는 자기를 뚫어져라 쳐다보고 있는 라파엘의 시선과 마주치고는 갑자기 얼굴이 하얗게 질렸다. 자신이 업신여겼던 애인이 도저히 납득이 안 되는 경멸의 눈초리로 그녀를 얼어붙게 만든 것이다. 그녀에게서 버림받은 애인들 중 그 누구도 그녀의 권능을 무시하지 못하는 형편인데, 발랑탱만이 이 세상에서 유일하게 그녀의 매력을 아랑곳하지 않는 것이었다. 도전을 받고도 그것을 응징하지 못한 권력은 몰락과 직결된다. 이 격언은 왕의 머릿속보다 여인의 가슴속에 더 깊이 새겨지는 법이다. 그렇기 때문에 페도라는 라파엘에게서 자신의 위신이 추락했고 자신의 교태가 더이상 통하지 않는다는 것을 깨달았다. 전날 그가 오페라에서 한 말이 벌써 파리의 살롱가에 파다하게 퍼져 있었다. 그 신랄한 독설의 칼날이 백작 부인에게 치유할 수 없는 상처를 남겼던 것이다. 프랑스에서는 상처를 지져 화농을 일으키지 않게 하는 방법은 알려져 있으나 말로써 야기된 병을 치유할 방법은 아직 나오지 않았다. 극장 안의 모든 여자들이 후작과 백작 부인을 번갈아 바라보는 상황에서 페도라는 그를 바스티유 같은 지하 감옥 속에 처박아놓고 싶은 심정이었을 텐데, 그도 그럴 것이 표정을 감추는 그녀의 재능이 뛰어남에도 불구하고 페도라의 경쟁자들은 그녀의 아픔을 간파해버린 것이다. 그런데 그녀가 최후의 위안으로 삼는 '내가 가장 아름답다!'는 그 감미로운 말도 더이상 통하지 않게 되는 일이 일어났다. 그녀의 자만심에 가해지는 모든 상처를 가라앉히는 그 영원할 것 같았던 문장이 그만 거짓말이 되어버리고 만 것이다. 2막이 열릴 즈음, 한 여인이 들어와 라파엘의 옆 칸에 자리를 잡았다. 그 자리는 그때까지 비어 있었다. 그 순간 1층 관람석 전체에서 찬탄의 술렁임이 일어났다. 사람들의 얼굴이 흡사 지능을 갖춘 바다의 물결처럼 출렁거리더니 모든 시선이 일제히 이 미지의 여인을 향했다. 젊은이나 나이든 이를 막론하고 떠들어대는 소리가 끊이지 않고 이어져서, 막이 오르는 동안 오케스트라의 연주자들은 객석으로 몸을 돌려 조용히 해줄 것을 요청해야만 했다. 그렇지만 그들도 이내 찬탄의 대열에 합류하면서 웅성거림을 증폭시키는 데 일조했다. 각 자리마다 열띤 대화가 벌어졌다. 여인들은 너 나 할 것 없이 모두 쌍안경을 눈에 갖다댔고, 회춘한 기분이 든 노인들은 끼고 있던 가죽 장갑으로 자신들의 오페라글라스 렌즈를 닦았다. 흥분이 차츰 가라앉으면서 노랫소리가 무대 위에 울려퍼졌고, 그렇게 모든 것이 다시 제자리를 찾았다. 교양 있는 관객은 본능적인 충동에 몸을 맡겼던 것에 대해 부끄러워하며 귀족적인 냉정함을 되찾고 본연의 세련된 격식을 차렸다. 부자들은 절대로 동요하지 않으려고 애쓰는 법이다. 그들은 경탄을 천박한 감정이라고 여기기 때문에 그걸 피하기 위해 멋진 걸작품을 보고도 첫눈에 그것의 결함을 끄집어내야 하는 것이다. 그러나 몇몇 남자들은 음악을 듣는 것도 잊은 채 라파엘의 옆 칸에 자리잡은 여인을 넋 놓고 멍하니 바라보느라 미동도 하지 않았다. 발랑탱은 천박하고 불그죽죽한 얼굴의 타유페르가 1층 칸막이 특별석에 아퀼리나와 함께 앉아 있는 것을 발견했다. 그는 발랑탱에게 부자연스러운 억지 찬사의 인사를 보냈다. 그리고 에밀도 보였다. 그는 1층 상단석에서 선 채로 마치 발랑탱에게 '다른 데 보지 말고 자네 옆자리에 있는 아름다운 여인이나 보게!'라는 말을 전하려고 하는 것 같았다. 그리고 뉘싱겐 부인과 그녀의 딸을 대동하고 앉아 있는 라스티냐크도 보였다. 그는 그 자리에 얽매여 있어 여신 같은 그 미지의 여인 곁으로 갈 수 없는 처지를 한탄하기라도 하는 듯이 자기 장갑을 만지작거리고 있었다. 라파엘은 자기 목숨이 자기 자신과 맺은 계약, 아직은 어기지 않은 그 계약에 달려 있다는 것을 의식했기 때문에, 결코 어떤 여자도 주의깊게 쳐다보지 않겠노라고 스스로 약속을 했던 참이다. 그래서 그는 교묘하게 현미경 렌즈가 장착된 코안경을 걸치고 있었는데, 그 안경은 아무리 아름다운 형상이라도 조화를 깨뜨려

끔찍한 모습으로 보이게 했다. 라파엘은 그날 아침 예의상 들어준 간단한 소원에도 즉각 부적이 가차없이 줄어들었을 때 엄습했던 공포에 사로잡혀 있던 터라 아직도 자기 옆자리의 여인을 향해 몸을 돌리지 않겠노라고 굳세게 결심했던 것이다. 그는 도도한 공작 부인처럼 자기 자리 한 쪽에서 객석을 향해 등을 돌리고 앉아서 그 미지의 여인은 안중에 없다는 듯이, 심지어는 아름다운 여인이 자기 뒤에 있다는 사실조차 모른다는 듯이 아주 거만한 태도로 그녀의 시야에서 무대의 절반을 빼앗았다. 옆자리의 여자도 발랑탱의 자세를 똑같이 따라했다. 그녀는 좌석 난간에 팔꿈치를 괴고 마치 화가 앞에 포즈를 취하고 있는 것처럼 객석을 향해 비스듬히 앉아서 가수들을 구경했다. 그 두 사람은 다투고 나서 토라져 서로 등을 돌리고 있다가 사랑한다는 말만 나오면 와락 껴안을 태세를 갖춘 연인들 같았다. 간간이 그 미지의 여인의 머리카락이나 하늘거리는 황새 깃털 장식이 라파엘의 얼굴을 스치며 관능적인 쾌감을 불러일으켰고, 그때마다 그는 단호하게 그 감정을 억눌렀다. 곧이어 그에게 그녀의 드레스 둘레를 두르고 있는 금빛 레이스 띠가 살포시 닿는 느낌이 전해졌고, 드레스의 주름 장식에서도 몽환적인 요술의 분위기를 흠씬 풍기며 여성스럽게 살랑거리는 소리가 들려왔다. 이어서 보이지는 않지만 숨소리를 통해 감지되는, 이 어여쁜 여인의 가슴과 등 그리고 옷가지에서 일어나는 미세한 움직임이, 요컨대 그녀의 그윽한 생명 현상 전체가 마치 전기 스파크처럼 갑자기 라파엘에게 전해졌다. 훤히 드러난 그녀의 눈부시게 흰 등허리에서 퍼져나온 감미로운 온기가 망사와 레이스를 통해 그대로 전달돼 그의 어깨를 간질였다. 합의하에 헤어지고 죽음의 심연에 의해 갈라선 이 두 사람은 자연의 변덕스러운 조화로 인해 다시 나란히 호흡을 맞추게 되었고 어쩌면 서로 상대를 생각했을지도 모른다. 강렬한 알로에 향이 라파엘을 완전히 취하게 만들었다. 그 순간, 장애물로 인해 오히려 격화되고 구속 때문에 오히려 더욱더 분방해진 그의 상상력이 불빛 아래 명멸하는 한 여인의 형상을 재빠르게 포착해 보여주었다. 그는 황급히 돌아보았다. 아마도 낯선 남자와 마주하게 되어 꺼림칙했는지 미지의 여인도 같은 동작을 취했다. 두 사람은 동일한 생각에 사로잡혀 얼굴을 마주한 채 얼어붙은 듯 그대로 있었다.

"폴린!"

"라파엘 씨!"

서로 돌처럼 굳어버린 그들은 한동안 아무 말 없이 쳐다보기만 했다. 라파엘은 폴린의 차림이 단아하고 품위 있다고 생각했다. 눈여겨보자 그녀의 상체를 정숙하게 감싸고 있는 얇은 베일 너머로 백합처럼 흰 피부가 감지되었고, 여자라도 찬사를 보냈을 완벽한 몸매가 그려졌다. 그리고 늘 그러했듯이 그녀의 처녀다운 수줍음, 천사 같은 순수함, 우아한 몸가짐이 전해졌다. 심장이 뛰듯이 그녀의 온몸을 고동치게 만드는 떨림이 그녀의 소맷자락에 그대로 전달되었다.

"오오! 내일 들러주시겠어요." 그녀가 말했다. "생캉탱의 집으로요. 와서 당신 물건들을 가져가세요. 전 정오까지 거기 있을 겁니다. 시간을 지켜주세요."

그녀는 황급히 자리에서 일어나 나가버렸다. 라파엘은 폴린을 뒤쫓아가고 싶었지만 그녀의 명예를 손상시킬까 두려워 가만히 있었다.

그는 페도라를 쳐다보았다. 그녀의 모습이 추해 보였다. 그러나 음악이 한 소절도 귀에 들어오지 않고, 극장 안도 숨이 막히는데다 가슴도 답답해서 그는 바깥으로 나와 집으로 돌아갔다.

"조나타," 그는 침대에 누워 늙은 집사에게 말했다. "설탕 한 조각에 아편액 반 방울만 떨어뜨려주게. 그리고 내일 반드시 열두시 이십 분 전에 날 깨우고."

"폴린에게 사랑받고 싶구나." 다음날 뭐라 형언할 수 없을 만큼 근심스러운 마음으로 그가 부적을 바라보며 외쳤다.

가죽은 미동도 하지 않았다. 가죽은 수축력을 완전히 상실한 것 같았다. 아마도 가죽은 이미 이루어진 욕망에는 반응을 보일 수 없는 모양이었다.

"아!" 라파엘은 부적이 손에 들어온 날 이후 납덩이 외투를 걸친 것 같았는데 이제 드디어 그것을 벗어던진 듯한 기분이 들어 소리쳤다. "너는 거짓말을 하고 있구나. 넌 내 말을 듣지 않네. 이제 계약은 깨졌어! 나는 해방이야. 난 살 거야. 이따위는 저질 농담이었던 거야."

말은 이렇게 했지만 정작 그는 감히 자신의 생각을 믿을 수가 없었다. 그는 예전처럼 소박하게 차려입고 걸어서 자신의 옛 거처에 가고 싶었다. 아무런 위험 부담 없이 불같이 타오르는 자신의 욕망에 전념할 수 있었던 그 행복했던 나날들, 아직은 인간의 모든 쾌락이 다 무엇인지 알지 못했던 그 행복했던 나날들을 머릿속에 떠올리려 노력하면서 그는 걸어갔다. 걸어가면서 그는 생캉탱 하숙집의 폴린이 아니라 전날 밤의 폴린을 떠올렸다. 그가 그토록 자주 꿈꾸었던 그 완벽한 여인, 지적이며 사랑스럽고 예술 감각도 뛰어나 시인들을 이해하고 시를 이해하며 부를 한몸에 누리는 젊은 여자. 한마디로 말해 아름다운 영혼을 소유한 페도라이거나 페도라보다 두 배나 더 부유한 백작부인 폴린. 그가 예전에 수도 없이 절망적인 생각을 곱씹었던 장소인 그 닳고닳은 문지방 앞의 깨진 타일 바닥 위에 이르자 웬 늙은 여자가 방에서 나와 그에게 말을 건넸다.

"라파엘 드 발랑탱 나리가 아니십니까?"

"그렇소, 할멈." 그가 대답했다.

"나리가 쓰시던 옛날 방을 아시겠지요." 그녀가 말을 이었다. "거기서 기다리고 있습니다."

"이 집은 여전히 고댕 부인이 운영하고 있는가?" 그가 물었다.

"오! 아닙니다, 나리. 고댕 부인은 이제 남작 부인입니다. 그분은 강 건너편 그분 소유의 근사한 집에서 삽니다. 그분의 남편이 돌아왔거든요. 세상에! 그 남편분이 어마어마한 돈을 벌었다네요. 그래서 부인이 원하기만 한다면 생자크 지역을 몽땅 살 수도 있을 거라고들 합니다. 부인이 이 집 운영권과 집세 잔여분을 모두 그냥 공짜로 제게 줬어요. 아! 참으로 좋은 분이죠! 부자가 되었다고 이전보다 더 거만하거나 그렇진 않으세요."

라파엘은 천천히 자기가 살았던 다락방으로 걸어올라갔다. 계단 마지막 부분에 도달했을 무렵 피아노 소리가 들려왔다. 폴린이 무명 드레스를 조촐하게 차려입고 거기에 있었다. 하지만 드레스의 모양하며 침대 위에 아무렇게나 던져둔 장갑, 모자, 스카프 등을 보아하니 보통부터 나는 것이 아니었다.

"아! 드디어 오셨군요!" 폴린이 고개를 돌리고 꾸밈없이 반가운 표정으로 일어나면서 큰 목소리로 말했다.

라파엘은 부끄럽기도 하고 반갑기도 해서 얼굴이 붉게 상기된 채 그녀 곁에 다가가 앉았다. 그는 말없이 그녀를 쳐다보았다.

"당신은 왜 그렇게 우리를 떠나셨나요?" 그녀 역시 얼굴이 붉어지자 고개를 숙이며 말했다. "그후로 어떻게 지내셨나요?"

"아! 폴린, 아주 불행했고 지금도 여전히 아주 불행하다오!"

"그렇군요!" 그녀가 아주 측은한 마음이 들어서 외쳤다. "어제 당신 차림새가 근사하고 적어도 겉으로는 부자로 보여서 당신 형편이 괜찮을 거라고 생각했는데, 라파엘 씨, 실제로는 여전히 옛날과 다름이 없다는 말인가요?"

발랑탱은 눈물을 주체할 수 없었다. 눈물이 그의 눈을 타고 흘러내렸다. 그는 소리쳤다. "폴린!…… 난……" 그는 말을 잇지 못했다. 그의 두 눈은 사랑으로 반짝였고 시선은 애절한 마음으로 넘치도록 가득찼다.

"오! 이분은 날 사랑하고 있구나, 날 사랑하고 있어." 폴린이 외쳤다.

라파엘은 고갯짓으로 그렇다는 대답을 했다. 왜냐하면 그는 단 한마디도 입 밖에 낼 여력이 없는 상태였기 때문이다. 라파엘의 이 동작에 젊은 여자는 라파엘의 손을 꼭 잡고 때론 웃으면서 때론 흐느끼면서 그에게 말을 건넸다. "우린 부자예요, 부자라고요. 우린 행복해요, 부자라고요. 당신의 폴린은 부자랍니다. 하지만 오늘, 난 다시 아주 가난해지겠네요. '이분이 날 사랑하는구나'라는 말을 할 수 있으면 난 그대가로 세상의 모든 보물을 바치겠노라고 수도 없이 되뇌었거든요. 오 나의 라파엘! 나는 백만장자예요. 당신은 화려한 것을 좋아하시잖아요. 당신은 흡족할 겁니다. 하지만 당신은 내 마음도 사랑해야 합니다. 이 마음속에 당신을 향한 사랑이 얼마나 많은데요! 모르셨어요? 우리 아버지가 돌아왔답니다. 나는 아주 부유한 상속녀가 되었어요. 우리 어머니와 아버지는 내 인생을 내 마음대로 해도 좋다고 했어요. 나는 자유랍니다. 아시겠어요?"

일종의 착란 상태에 사로잡힌 채 라파엘은 폴린의 두 손을 꼭 잡고 너무도 열렬하고 너무도 탐욕스럽게 키스를 퍼부어서 마치 경련발작을 일으키는 것처럼 보였다. 폴린은 슬그머니 손을 빼서 라파엘의 어깨 위에 얹고 그를 끌어안았다. 두 영혼이 비로소 서로를 소유하게 만드는 인생에 단 한 번뿐인 첫 키스에 간직되어 있는, 어떠한 저의도 없이 거룩하고 소중하기만 한 그 뜨거운 열정에 사로잡혀, 둘은 서로 이해하고 서로 포옹한 채 열렬한 입맞춤을 나누었다.

"아!" 폴린이 의자에 다시 주저앉으며 외쳤다. "나는 당신과 다시는 헤어지지 않을래요. 이런 엄청난 대담함이 내 속 어디서 나왔는지 모르겠네요!" 그녀는 낯을 붉히며 말을 이었다.

"대담함이라고, 나의 폴린? 오! 아무것도 두려워하지 마오. 그건 사랑이야. 내 사랑이 그렇듯이 진실되고 심오하며 영원한 사랑. 그렇지 않소?"

"오! 말해봐요, 말해봐요, 말해봐요." 그녀가 말했다. "그동안 당신의 입은 내 앞에서 너무도 오랫동안 침묵을 지켰어요!"

"그대는 그러면 날 사랑했나?"

"오! 하느님, 내가 얼마나 당신을 사랑했는지! 여기서 이렇게 당신 방을 청소하면서, 당신의 가난과 나의 가난에 대해 슬퍼하면서 얼마나 많이 눈물을 흘렸는데요. 당신의 슬픔을 가시게 해줄 수만 있다면 난 악마에게 내 몸을 팔았을 거예요. 드디어 오늘, 당신은 나의 라파엘입니다. 당신은 온전히 내 것이니까요. 이 아름다운 얼굴도 내 것, 당신의 심장도 내 것! 아아! 내가 지금 어떻게 되었는지 아세요?" 그녀가 잠시 멈추더니 말을 이었다. "아! 내가 이렇답니다. 우리가 가진 돈이 지금 3백만, 4백만 프랑, 아니 5백만 프랑은 될 거예요. 만일 내가 지금도 가난하다면, 아마도 당신의 성姓을 받고 당신 부인이 되는 것에 만족할 거예요. 하지만 지금 난 당신에게 이 세상 전부를 바치고 싶어요. 또다시 그리고 영원히 당신의 종이 되고 싶어요. 자, 라파엘, 지금 내가 나의 가슴과 나의 전 인격과 나의 전 재산을 바친다고 해도, 여기에," 그녀는 책상 서랍을 가리키면서 말했다. "내가 100수짜리 동전을 넣어놓았던 그날보다 오늘 당신에게 더 많이 드리는 것이 결코 아니랍니다. 오! 그날 기뻐하는 당신이 날 얼마나 가슴 아프게 했는지 몰라요."

"당신은 무엇 하러 부자가 됐어?" 라파엘이 큰 소리로 말했다. "당신은 왜 잘난 척을 하지 않는 거야? 나는 당신을 위해 해줄 수 있는 것이 아무것도 없는데."

그는 행복하면서도 절망스럽고 절망스러우면서도 사랑에 겨워 두 손을 비볐다.

"당신이 발랑탱 후작 부인이 되어도, 내가 당신을, 천상의 영혼을 가진 당신을 잘 알아서 하는 말인데, 그 작위와 내 재산은 값어치가……"

"……당신이 부리는 말 한 마리만도 못할 거예요." 그녀가 외쳤다.

"나도 백만장자야. 하지만 지금 우리에게 부자라는 것이 무슨 소용이 있어? 아! 나는 목숨이 붙어 있어. 난 내 목숨을 당신에게 줄 수 있어. 자, 가져."

"오! 라파엘, 당신의 사랑, 당신의 사랑만 있으면 돼요. 그것만으로도 온 세상을 다 얻는 거예요. 어떻게 당신의 생각이 내 것이 될 수 있겠어요? 그렇지만 난 이 세상에서 가장 행복한 여자랍니다."

"누가 듣겠어." 라파엘이 말했다.

"후훗, 아무도 없어요." 그녀가 장난기 섞인 몸짓을 하며 대답했다.

"아하! 그래. 그럼 이리 와." 발랑탱이 그녀에게 팔을 내밀면서 소리쳤다.

그녀는 그의 무릎 위에 뛰어올라 라파엘의 목뒤로 두 손을 감아 깍지 꼈다. "키스해줘요." 그녀가 말했다. "당신이 내게 안겨주었던 그 모든 슬픔에 대한 대가로 말이에요. 당신의 즐거움을 위해 내가 겪어야 했던 고통을 씻어줘야 하니까, 내가 그림을 그리느라 지새운 그 모든 밤을 보상해줘야 하니까."

"그림을 그렸다고!"

"이제 우린 부자니까, 나의 보배여, 당신에게 모든 것을 말할 수 있어요. 얼마나 어린애 같은지! 똑똑한 사람들을 속이기는 무척이나 쉽답니다! 한 달에 3프랑의 세탁비로 일주일에 두 번 하얀 조끼와 깨끗한 셔츠를 입을 수 있었을 것 같아요? 그리고 당신은 당신이 낸 돈으로 살 수 있는 우유보다 배나 더 많은 우유를 마셨던 거예요. 난방, 기름, 돈 등 모든 것에 대해 나는 당신에게 그런 사실들을 감추었답니다. 오! 나의 라파엘, 나를 그냥 단순한 여자로 착각하지 마세요." 그녀는 웃으면서 말을 이었다. "나는 아주 교활한 사람이랍니다."

"아니 그런데 어떻게 그렇게 할 수 있었지?"

"새벽 두시까지 일했지요." 그녀가 대답했다. "그림을 그려 번 돈의 절반은 엄마에게 드렸고, 나머지는 당신에게 썼던 거랍니다."

그들은 둘 다 기쁨과 사랑에 겨워 한동안 넋을 잃고 서로 쳐다보았다.

"오!" 라파엘이 소리쳤다. "우리는 언젠가 이 행복의 대가로 모종의 비통한 슬픔을 겪을지도 몰라."

"결혼하시나요?" 폴린이 외쳤다. "아! 나는 당신을 어떤 여자에게도 뺏기고 싶지 않아요."

"내 사랑, 나는 얽매인 곳이 없다네."

"얽매이지 않았지요." 그녀가 반복했다. "얽매이지 않았지요. 당신은 내 것이니까요!"

그녀는 미끄러지듯 내려와 무릎을 꿇고 두 손을 모은 채 헌신적이고 격정적인 시선으로 라파엘을 올려다보았다.

"나는 미칠까봐 무서워요. 당신은 정말 멋있어요!" 그녀가 애인의 금발 머리 사이로 손을 넣으면서 말을 이었다. "당신의 그 백작 부인 페도라, 그녀는 정말 머저리예요! 어제 모든 남자들이 나를 경배하는 것을 보고 얼마나 기뻤는지 몰라요. 그런데 그녀는 말이에요, 한 번도 칭송을 받은 적이 없어요! 이봐요, 내 사랑, 어제 내 등에 당신 팔이 닿았을 때, 내 안에서 나도 모르는 어떤 목소리가 들렸어요. 그가 여기 있다, 라고 외치는 소리 말이에요. 나는 뒤돌아보았지요. 그리고 당신을 본 거예요. 오! 저는 달아났지요. 모든 사람들 앞에서 당신 목에 매달리고 싶은 마음이 들었거든요."

"그렇게 말이라도 할 수 있으니 당신은 참으로 행복한 거야." 그가 소리를 높였다. "난 말이지, 심장이 얼어붙었어. 울고 싶어도 울 수가 없어. 손을 빼지 마. 앞으로 일생 동안 내내 이렇게 당신을 바라보며 행복하고 기쁘게 지낼 수 있을 것 같아."

"오! 한 번 더 그렇게 말해줘요, 내 사랑!"

"말이 무슨 소용이야." 발랑탱이 폴린의 두 손 위에 뜨거운 눈물 한 방울을 떨어뜨리면서 말을 이었다. "조금 있다 그대에게 내 사랑을 말하도록 할게. 지금은 다만 그 사랑을 느낄 뿐……"

"오!" 그녀가 소리쳤다. "이 아름다운 영혼, 이 아름다운 천재, 내가 너무도 잘 알고 있었던 이 가슴, 이 모든 것이 내 것이야. 내가 당신 것이듯이."

"영원히 그럴 거야, 나의 다정한 여인이여." 라파엘이 떨리는 목소리로 말했다. "그대는 나의 아내, 나의 착한 정령이 될 거야. 당신의 존재는 항상 내 근심을 사라지게 해주었고 내 영혼에 신선한 바람을 쐬어주었지. 지금 그대의 천사 같은 미소는 말하자면 나를 정화해주었어. 나는 새로운 삶을 시작하는 듯한 기분이 들어. 끔찍했던 과거와 내 슬픈 광기는 한낱 악몽에 지나지 않는 것 같아. 당신 곁에서 나는 깨끗해졌어. 행복한 기분을 느껴. 오! 영원히 내 곁에 있어줘." 그는 그녀를 끌어안아 두근거리는 자신의 가슴에 경건하게 밀착시켰다.

"죽음더러 오고 싶으면 오라고 하지 뭐." 폴린이 황홀경에 빠져 소리쳤다. "나는 살았노라."

그들의 열락을 짐작할 이는 행복할지니, 짐작한다 함은 이미 그 열락을 경험한 다음의 일일 테니까.

"오! 나의 라파엘," 한참 동안 말없이 있다가 폴린이 입을 열었다. "앞으로 이 소중한 다락방에 아무도 들어오지 못하게 하고 싶어요."

"문은 벽으로 만들고, 천창에는 쇠창살을 달고, 그리고 집을 사야 해." 후작이 대답했다.

"바로 그거예요." 그녀가 말을 받았다. 그러고 나서 잠시 말이 없다가 덧붙였다. "우리 정신 좀 봐요, 당신 원고를 찾아야 하는데 깜박했지요?"

그들은 천진난만하게 웃음을 터뜨렸다.

"내버려둬! 나는 이제 모든 학문을 경멸한다네."

"그래요? 선생님, 그러면 명예는요?"

"그대가 나의 명예요."

"이 깨알 같은 글씨를 쓰느라 당신 참으로 힘들었죠." 그녀가 원고를 넘기면서 말했다.

"나의 폴린……"

"오! 그래요, 나는 당신의 폴린이에요. 그런데 왜요?"

"당신은 어디 살고 있지?"

"생라자르 거리요. 당신은요?"

"바렌 거리."

"얼마나 더 떨어져 있어야 같이……" 그녀가 말을 하다 말고 귀엽고 깜찍한 표정으로 애인을 바라다보았다.

"아냐." 라파엘이 대답했다. "길어봐야 보름 정도만 떨어져 있으면 돼."

"정말로? 보름 후 우리는 결혼을 한다네!" 그녀는 어린아이처럼 펄쩍 뛰었다. "오! 지금 난 배은망덕한 딸. 아버지도, 엄마도, 이 세상 아무것도 안중에 없어요! 내 사랑, 당신은 모르지요? 지금 우리 아버지는 매우 편찮으세요. 아버지는 아주 위중한 상태로 인도에서 돌아왔어요. 아버지가 르아브르 항구에 도착했을 때는, 우리가 마중나가서 보니 거의 돌아가실 지경이었어요. 아! 이런," 그녀가 회중시계를 꺼내 시간을 보더니 소리쳤다. "벌써 세시네요. 네시에 아버지가 잠에서 깨어나실 때는 곁에 있어야만 해요. 제가 집에서는 안주인인 셈이죠. 엄마는 제게 모든 것을 맡기고, 아버지는 저를 매우 좋아하세요. 하지만 그분들의 선의를 이용하고 싶지는 않아요. 그건 나쁜 짓이에요! 불쌍한 아버지, 어제 저더러 이탈리아극장에 구경을 다녀오라고 하신 것도 그분이세요. 당신 내일 그분을 만나러 우리집에 올 거죠, 그렇지 않아요?"

"발랑탱 후작 부인, 제게 당신과 팔짱을 끼는 영광을 베풀어주시겠습니까?"

"아! 제가 이 방의 열쇠를 가져가겠어요." 그녀가 말을 이었다. "이 방은 하나의 궁전, 우리의 보물창고잖아요?"

"폴린, 입맞춤 한 번만 더."

"천 번이라도요! 오 하느님," 그녀가 라파엘을 뚫어지게 쳐다보면서 말했다. "영원히 이렇기를, 전 꿈을 꾸고 있는 것 같아요."

그들은 천천히 계단을 내려왔다. 그러고 나서는 한몸이 되어서, 같은 보폭으로 걸으면서, 똑같은 행복의 무게에 함께 전율하면서, 두 마리의 다정한 비둘기처럼 꼭 껴안고 폴린의 마차가 대기해 있는 소르

본광장에 도착했다.

"당신의 집에 가고 싶어요." 그녀가 외쳤다. "당신의 침실, 당신의 서재를 보고 싶고, 당신이 일하는 테이블에 앉고 싶어요. 옛날처럼 할 거예요." 그녀가 얼굴을 붉히면서 덧붙였다.

"조제프," 그녀가 하인에게 일렀다. "집으로 돌아가기 전에 바렌 거리에 들르겠어. 지금 세시 십오분인데 네시까지 집에 돌아가 있어야만 해. 조르주더러 부지런히 말을 몰라고 해."

두 연인은 잠시 후 발랑탱의 저택에 도착했다.

"오! 이 모든 것을 직접 볼 수 있어서 너무 행복해요." 폴린이 라파엘의 침대에 드리워진 비단 커튼을 만지작거리면서 외쳤다. "앞으로는 제 방에서 자더라도 전 여기에 있는 거예요, 마음속으로요. 이 베개를 베고 있는 당신의 사랑스러운 머리를 떠올릴 거예요. 말해줘요, 라파엘. 당신 저택을 꾸밀 때 누구의 조언도 듣지 않았지요?"

"아무도."

"정말이죠? 설마 어떤 여자가……"

"폴린!"

"오! 참을 수 없는 질투심이 들어서요. 당신 참 감각이 뛰어나요. 나도 내일 당신 것과 똑같은 침대를 들여놓아야겠어요."

라파엘은 행복에 취해 폴린을 껴안았다.

"오! 우리 아버지, 우리 아버지!" 그녀가 말했다.

"그러면 내가 당신을 바래다주지. 당신하고 조금이라도 더 붙어 있고 싶으니까." 발랑탱이 소리쳤다.

"당신 사랑은 정말 대단해요! 난 그런 제안을 할 엄두도 안 났는데……"

"당신은 나의 목숨이 아니오?"

오로지 어조와 시선과 뭐라 옮길 수 없는 몸짓만이 의미를 가지는 이 경탄스러운 사랑의 수작들을 이 자리에서 충실하게 받아쓰는 것은 외려 따분할 것이다. 발랑탱은 폴린을 그녀의 집까지 바래다주고 남자가 이 세상에서 느끼고 간직할 수 있는 최고의 기쁨을 가슴속에 품으며 집에 돌아왔다. 난롯가 안락의자에 앉아 자신의 모든 희망이 갑작스럽게, 그것도 완벽하게 실현된 것을 곱새기고 있는데, 별안간 서늘한 생각이 마치 칼날이 가슴을 후비는 것처럼 그의 영혼을 관통했다. 그는 황급히 나귀 가죽을 살펴보았다. 그것은 약간 줄어들어 있었다. 그는 프랑스어로 할 수 있는 가장 심한 욕설을, 앙두예트의 수녀원장이 했다는 위선적인 망설임* 같은 것은 아랑곳없이 퍼부어대고는, 안락의자에 머리를 기대고 커다란 그리스산 술잔 쪽으로 눈을 고정시킨 채, 그러나 그것을 쳐다보지는 않으면서 꼼짝도 하지 않았다.

"빌어먹을!" 그가 소리쳤다. "이게 뭐야! 나의 모든 욕망들, 모든 욕망들! 불쌍한 폴린!"

그는 컴퍼스를 들고 그날 오전의 사건이 앗아간 수명을 측정했다. "두 달도 채 남지 않았군." 그가 중얼거렸다.

식은땀이 땀구멍마다 비어져나왔다. 갑자기 그는 말로 표현하기 어

---

* 스턴의 『트리스트럼 샌디』에 나오는 유명한 대목. 견습 수녀와 함께 노새를 끌고 가던 수녀원장이 말을 듣지 않는 노새에게 욕설을 퍼붓고 싶었으나 수녀로서 차마 그럴 수 없어 욕설의 앞부분은 자기가 하고 뒷부분은 견습 수녀가 하도록 했다는 대목.

려운 격렬한 충동에 사로잡혀 **나귀 가죽**을 부여잡고는 소리를 질렀다. "나는 참 바보로구나!" 그러고 나서는 밖으로 나가 냅다 뛰더니 정원을 가로질러가서 손에 들고 있던 부적을 우물 속으로 던져버렸다. "노예선이여 흘러가라." 그가 말했다. "이 모든 엉터리 짓거리들은 악마나 가져가라!"

이제 라파엘은 사랑의 행복에 온몸을 맡기며 폴린과 한몸이 되어 흉금을 터놓고 살았다. 그들의 결혼은 이 자리에서 시시콜콜 이야기하면 별로 재미가 없는 그런 난관들로 늦춰져서 3월 초순경에 거행될 예정이었다. 그들은 시련을 겪으면서 상대에 대해 추호도 의심하지 않았다. 그런 행복감이 자신들의 애정이 가진 힘을 그들에게 남김없이 증명해주었기 때문에 두 영혼은, 두 개성은 그 어느 때보다도 더욱더 열정으로 완벽하게 한몸이 되었다. 그들은 상대를 알아갈수록 더욱더 서로 사랑했다. 그들은 이심전심으로 똑같은 다감함, 똑같은 수줍음, 그리고 똑같은 관능적 쾌락을 주고받았다. 모든 관능적 쾌락 중에서 가장 감미로운 쾌락, 천사들의 관능적 쾌락을. 그들의 하늘에는 구름 한 점 없었다. 번갈아가며 한 쪽의 욕망이 다른 쪽에게 법이 되었다. 둘 다 부유한 그들에게는 만족시킬 수 없는 변덕이라는 것이 전혀 없었으며, 그렇기 때문에 그들은 아예 변덕이라는 것을 부리지 않았다. 아주 세련된 취미와 미적 감각, 그리고 진정한 시심이 신부의 영혼을 흥겹게 해주었다. 돈으로 살 수 있는 장신구들을 하찮게 보는 그녀에게 자기 남자의 미소야말로 그 어떤 오르뮈스산^産 진주보다 더 아름답게 보였으며, 얇은 모슬린 옷이나 꽃들이 가장 값비싼 장식물이 되었다. 게다가 폴린과 라파엘은 사교계와 등지고 살았다. 고독은 그들에게 너무도 아름답고 너무도 풍요로운 것이었다! 한량들이라면 매일 밤 이탈리아극장이나 오페라극장에서 뭔가 좀 달라 보이는 이 아름다운 연인을 어김없이 만날 수 있었다. 처음에는 그들에 대한 이런저런 험담이 살롱마다 파다했지만, 날마다 급류처럼 세차게 파리를 휩쓰는 사건들로 별 악의가 없어 보이는 이 두 연인은 이내 잊히고 말았다. 그리고 도덕군자연하는 자들도 그 둘이 곧 결혼할 거라고 알려진 터라 별다른 트집을 잡지 않았고, 공교롭게도 두 사람의 하인들도 입이 무거운 편이었다. 이리하여 어떠한 지독한 악담도 그들의 행복에 해코지를 하지 않았다.

2월 말경, 꽤 여러 날 날씨가 좋아서 봄의 환희를 느끼게 해주던 어느 날 아침, 폴린과 라파엘은 정원과 잇대어 있는, 꽃으로 가득찬 살롱 형식의 조그만 온실에서 함께 식사를 하고 있었다. 온화하고 파리한 겨울날의 태양에서 뻗친 햇살이 듬성듬성 나 있는 관목 사이에서 부서지면서 대기를 미지근하게 데웠다. 여러 종류의 나뭇잎들이 자아내는 강렬한 대비 효과, 꽃 뭉치들이 뿜어내는 현란한 색깔, 그리고 빛과 그늘이 빚어내는 갖가지 환상적인 조화로 눈이 즐거웠다. 파리 사람들이 모두 궁색한 난로 앞에서 불을 쬐고 있을 때, 이 두 연인은 동백과 백합, 히드꽃이 만발한 아케이드 아래서 환하게 웃고 있었다. 간간이 흥에 겨운 그들의 얼굴이 수선화와 은방울꽃과 벵골 장미 위로 솟아올랐다. 이 관능적이고 풍성한 온실 바닥에는 양탄자처럼 색깔이 다채로운 아프리카산 돗자리가 깔려 있어 발바닥을 즐겁게 해주었다. 푸른 아마포로 감싼 칸막이에는 축축한 습기의 흔적이라고는 한 점도 없었다. 가구는 겉보기에는 거친 나무 재질인 것 같았지만, 자세히 보면 반들반들한 표면이 깔끔하게 빛났다. 우유 냄새에 이끌려 테이블로 와 웅크리고 앉은 새끼 고양이는 폴린이 커피로 지분거려도 가만히 있었다. 그녀는 고양이에게 장난을 걸었다. 고양이의 인내심을 시험하고 화를 돋우기 위해 그녀는 크림을 고양이 코에 갖다대고 냄새를 맡게 하는 척하다가 이내 거둬들였다. 그녀는 고양이가 얼굴을 찌푸릴 때마다 웃음을 터뜨리다가 라파엘이 신문을 읽는 것을 방해하기 위해 수도 없이 짓궂은 장난을 걸어대서 벌써 라파엘의 손에서 신문이 열 번도 넘게 떨어졌다. 이 아침의 풍경에는 행복이, 자연스럽고 진실한 것들이 다 그렇듯이 뭐라 말할 수 없는 그런 행복이 넘쳐흘렀다. 라파엘은 변함없이 신문을 읽는 척하면서 은근히 고양이와 노느라 여념이 없는 폴린을 지켜보았다. 몸을 다 가리지는 않는 긴 가운을 걸치고 있는 자기 폴린을, 헝클어진 머리를 하고 검은색 벨벳 실내화 속으로 푸른 핏줄이 도는 조그맣고 하얀 발이 보이는 자기 폴린을. 속옷 차림이라 한층 고혹적으로 보이며 웨스톨*이 그린 환상적인 인물처럼 매력이 넘치는 그녀는 소녀이면서 동시에 성숙한 여인으로 느껴졌다. 아마도 여인보다는 소녀에 더 가까울 그녀는 잡티 하나 섞이지 않은 순수한 행복감을 만끽하며 난생처음 사랑을 통해 희열을 느끼고 있을 것이다. 라파엘이 달콤한 몽상에 푹 빠져 신문을 떨어뜨린 줄도 모르자 폴린은 그것을 주워다가 공처럼 구겨 정원 쪽으로 던졌다. 고양이는 항상 제자리만 맴맴 도는 정치 기사를 싣고 그 정치처럼 데굴데굴 굴러가는 신문 뭉치를 뒤

---

* 19세기 영국 판화가. 문학작품에 등장하는 인물들의 삽화를 그린 것으로 유명하다.

쫓아갔다. 어린아이 장난 같은 이 광경에 정신이 돌아온 라파엘이 다시 읽을 요량으로 신문을 주려다가 신문이 없어진 것을 알고 주춤하자, 해맑고 쾌활한 웃음이 새가 지저귀는 소리처럼 연이어 터져나왔다.

"나는 신문에 질투가 나요." 그녀가 어린아이처럼 웃다가 흘린 눈물을 닦으며 말했다. "그런데 이건 도리가 아니잖아요." 갑자기 여인으로 돌아온 그녀가 말을 이었다. "내 앞에서 러시아의 포고령을 읽고, 사랑의 말과 시선보다 니콜라이황제의 담화에 더 관심을 두는 것 말이에요."

"나는 신문을 읽고 있지 않았어, 나의 사랑스러운 천사여. 나는 그대를 죽 지켜보고 있었다네."

바로 그 순간, 징 박은 신발로 모래 깔린 소로를 저벅저벅 걸어오는 정원사의 둔중한 발소리가 온실 가까이 울려퍼졌다.

"방해가 되었다면 죄송합니다, 후작 나리. 마담께도요. 생전 본 적이 없는 신기한 물건을 발견해서요. 방금, 두 분 쉬시는데 송구스럽게도 두레박으로 우물물을 긷다가 해조류같이 생긴 이 괴상한 물건을 건져 올렸지 뭡니까! 이겁니다! 납득이 안 되시겠지만 어쨌거나 물에 무척 강한 녀석인 건 틀림없어요. 우물 속에서 꺼냈는데 전혀 젖지도 않았고 축축하지도 않단 말이에요. 장작개비처럼 바싹 말라 있었어요. 그리고 기름도 전혀 묻어 있지 않았고요. 후작 나리께서는 분명 저보다 아는 게 훨씬 더 많으실 테니까 가져다가 보여드리면 아주 흥미로워하실 거라고 생각했습죠."

그러고 나서 정원사는 가로세로 6인치도 안 되게 표면적이 줄어든 그 불굴의 나귀 가죽을 라파엘에게 내밀었다.

"고맙네, 바니에르." 라파엘이 말했다. "아주 흥미로운 물건이군."

"무슨 일이세요, 나의 천사여? 얼굴이 창백해졌어요!" 폴린이 소리쳤다.

"됐으니 가보게나, 바니에르."

"당신 목소리가 무서워요." 소녀가 말했다. "당신 목소리가 이상하게 변했어요. 무슨 일이에요? 기분이 언짢으세요? 어디가 아프세요? 아 아프시군요! 의사를 불러!" 그녀가 소리쳤다. "조나타, 도와줘!"

"나의 폴린, 아무 말 하지 마." 평정을 되찾은 라파엘이 대답했다. "이 근처에서 나는 어떤 꽃향기 때문에 탈이 났나봐. 나가지. 아, 이 마편초 때문이었나보지?"

폴린이 죄 없는 그 관목 쪽으로 달려가더니 그것을 줄기째 잡고 뽑아서 정원에다 던져버렸다.

"오! 나의 천사여." 그녀는 그들의 사랑만큼이나 강하게 라파엘을 껴안고 갈구하듯 교태를 부리며 진홍빛 입술로 키스를 퍼부으며 외쳤다. "창백해지는 당신을 보고 난 당신 없이 살 수 없다는 것을 깨달았어요. 당신의 목숨은 곧 나의 목숨이에요. 나의 라파엘, 당신의 손으로 내 등을 감싸주시겠어요? 등에 아직도 **꼬마 죽음***이 가시지 않았어요. 추워요. 당신의 입술은 불타올라요. 그런데 당신의 손은요?…… 얼음장 같아요." 그녀가 덧붙였다.

"바보 같으니라고!" 라파엘이 소리쳤다.

---

* 오한을 가리키는 말.

"이 눈물은 왜지요?" 그녀가 말했다. "내가 이 눈물을 받아 마실래요."

"오! 폴린, 폴린. 당신은 나를 지나치게 사랑해."

"당신에게 뭔가 심상치 않은 일이 일어났어요, 라파엘? 솔직히 말하세요. 안 그래도 곧 당신의 비밀을 알게 될 거예요. 그것 좀 이리 줘보세요." 그녀가 나귀 가죽을 붙잡고 말했다.

"넌 나를 죽이려드는 여자야." 젊은 남자가 공포에 질린 눈빛을 부적에 던지면서 외쳤다.

"목소리가 왜 이리 변했어요!" 라파엘의 외침에 그 치명적인 운명의 상징물을 손에서 떨어뜨린 폴린이 대답했다.

"당신 날 사랑해?" 그가 되물었다.

"나더러 당신을 사랑하느냐고요? 그걸 질문이라고 하세요?"

"아! 됐어. 날 좀 내버려둬. 저리 가란 말이야!"

가련한 소녀는 밖으로 뛰쳐나갔다.

"이게 뭐란 말인가!" 혼자 남게 되자 라파엘이 소리쳤다. "다이아몬드가 석탄의 결정체라는 것을 이미 다 알고 있는 개명천지의 시대에, 모든 것이 명명백백히 밝혀진 시대에, 새로운 메시아를 자처하는 자가 나타나면 경찰이 그자를 법정으로 소환하고 그자가 일으켰다는 기적에 대해 과학원에 검증을 맡기는 시대에, 우리들이 믿는 것이라고는 공증인의 서명뿐인 시대에 내가, 바로 내가 '므네, 므네, 드켈, 브라신'* 따위를 믿어야 한단 말인가? 신의 이름으로 결단코 그렇지 않

---

* 구약의 「다니엘 예언서」 5장 25~28절의 대목 참조. 바빌론의 왕 발타자르(벨사살)는 예언가 다니엘을 통해 자신의 운명을 함축하고 있는 위의 글자들의 뜻을 알게 된다.

다! 나는 **지고의 존재***라는 분이 일개 필부를 괴롭히는 데서 즐거움을 찾을 거라고는 생각조차 하지 않으련다. 그래, 과학자들을 만나러 가자.”

그는 얼마 안 돼 거대한 술통 집하장인 포도주 도매시장과 거대한 알코올 중독자 수용소인 살페트리에르 병원 사이에 있는 조그만 연못 앞에 도착했다. 연못에는 여러 종류의 희귀종 오리들이 노닐고 있었는데, 성당의 스테인드글라스처럼 현란하게 빛나는 깃털이 햇빛을 받아 아롱거렸다. 세상의 모든 오리들이 거기 모여 있었다. 꽥꽥거리고 철버덕거리면서 떼지어 다니는 모습이 흡사 일종의 오리 의회를 구성한 것 같았다. 그 의회는 오리들이 자발적으로 구성한 것은 아니지만, 다행스럽게도 헌장이나 정치적 원칙의 구애를 받지 않는 오리들은 사냥꾼과 마주칠 위험 부담도 없이 이따금 박물학자의 시선이나 받으며 살아가고 있었다.

“저분이 라브리유 씨입니다.” 수위가 라파엘에게 말했다. 라파엘은 그 위대한 동물학의 권위자가 어디 있는지 그에게 물었던 것이다.

후작의 눈에 조그만 남자가 오리 한 쌍을 지켜보면서 뭔가 골똘한 생각에 잠겨 있는 모습이 들어왔다. 중년으로 보이는 그 과학자는 온화한 모습을 하고 있었는데, 친절한 태도로 인해 더욱더 부드러워 보였다. 하지만 그 남자의 온몸에서는 과학에만 몰두한 사람의 기운이 흠씬 배어나왔다. 그가 끊임없이 긁어대는 바람에 헝클어지고 괴이하게 뒤로 젖혀진 그의 가발 밑으로 하얗게 센 머리카락이 한 줄 띠처럼

---

* 대혁명 때 사람들은 신을 이렇게 불렀다.

드러났는데, 그 가발 자체가 바로 발견에 대한 거의 광적인 수준의 열정을 보여주는 것이었다. 그것은 다른 모든 열정이 다 그렇듯이 세상사와 우리를 너무도 철저하게 격리시켜놓아 급기야 우리 자신도 잊어버리게 만든다. 라파엘은 비록 자신도 학문을 하고 공부에 힘쓰는 사람이지만, 인류의 지식의 지평을 넓히는 데 불면의 밤을 바치고 그의 시행착오마저 프랑스의 영광에 보탬이 되는 이 박물학자를 경탄스럽게 쳐다보았다. 그러나 만일 그에게 애첩이 있다면 그녀는 이 과학자의 반바지와 줄무늬 조끼 사이에 벌어진 틈을 보고, 게다가 동물의 계통발생을 관찰하느라 허리를 굽혔다 폈다 반복해서 심하게 구겨진 셔츠가 새침하게 그 틈을 차지하고 있는 것을 보고 실소를 금치 못했을 것이다.

몇 마디 수인사를 나눈 뒤에 라파엘은 라브리유 씨에게 그의 오리들에 대해 의례적인 칭찬을 해주는 것이 좋겠다고 판단했다.

"오! 여긴 오리들이 참 많지요." 박물학자가 대답했다. "게다가 저 종은, 아마도 아실 터이지만, 기러기목目 중에서 가장 번식력이 왕성하죠. 기러기목은 고니에서 시작해 진진 오리로 끝나는데, 그사이에 아주 뚜렷이 구별되는 137종의 개체가 있어요. 그것들은 저마다 이름과 습성, 서식지와 모습을 달리해서 백인과 흑인이 완전히 다르듯이 서로 전혀 닮지 않았지요. 실상은, 선생, 오리를 음식으로 먹을 때 우린 대부분의 경우 그 종류가 무수히 많다는 것을 좀처럼 신경쓰질 않……" 그는 아주 귀엽게 생긴 조그만 오리가 연못의 경사진 가장자리를 거슬러 올라오는 모습이 눈에 띄자 말을 멈추었다. "저기 저 목댕기 고니가 보이죠. 캐나다에서 날아온 새끼인데, 우리에게 회갈색 깃털과 검은색의 좁다란 목댕기를 보여주려고 아주 멀리서 날아온 거죠! 저거 보세요. 자기 몸을 부리로 훑고 있네요. 여기 있는 놈이 바로 솜털 거위라고도 하고 아이더 오리라고도 부르는 녀석이에요. 우리의 애첩들이 저놈의 솜털로 만든 이불을 덮고 잠이 드는 거랍니다. 참 예쁘지요! 흰색에 붉은빛이 감도는 저 작은 배 부분과 저 녹색 부리를 보고 감탄하지 않을 사람이 어디 있겠어요? 방금 말이에요, 선생." 그가 말을 이었다. "짝짓기를 막 관찰했답니다. 여태껏 그걸 보려고 애를 쓰다가 거의 포기할 지경이었는데 말이죠. 짝짓기는 아주 순조롭게 이루어져서 몹시 조바심을 내며 그 결과를 기다리고 있답니다. 그 짝짓기에서 138번째의 새로운 종을 얻을 것으로 내심 기대하는데, 그 새로운 종에는 아마 내 이름이 부여될 것입니다! 이놈들이 신혼부부입니다." 그가 두 마리 오리를 가리키며 말했다. "한 녀석은 쇠기러기(학명으로는 **아나스 알비프롱스**라고 합니다) 암컷이고, 다른 하나는 큰 휘파람오리 수컷(뷔퐁 분류로는 **아나스 루피나**지요)입니다. 휘파람오리인지 흰눈썹오리인지, 아니면 넓적부리오리(학명으로는 **아나스 클리페아타**라는 녀석)인지 한참 망설였어요. 자, 보세요. 이 녀석이 넓적부리오리인데, 흑갈색의 덩치 큰 악당으로 목 부분에 초록빛이 감돌죠. 정신을 홀리도록 영롱한 이 진줏빛 좀 봐요. 하지만, 선생, 저 휘파람오리는 도가머리를 하고 있었어요. 그러니 내가 더이상 망설이지 않은 까닭을 이해하실 겁니다. 여기 없는 것은 검은머리오리 잡종뿐입니다. 내 동료들은 이구동성으로 그 오리가 굽은부리 쇠오리와 동종이라 중복된다고 주장하는데, 나로서는……" 그는 과학자의 겸손과 자부심이 동시에 뚝뚝 묻어나는 기막힌 제스처를 취했다.

고집으로 꽉 찬 자부심과 자기도취로 충만한 겸손 말이다. "나로서는 그렇게 생각하지 않아요." 그가 덧붙였다. "보시다시피 선생, 우리가 여기서 놀고 있는 것이 아니에요. 나는 지금 오리의 종류에 관한 논문을 준비하느라 정신이 없어요. 하지만 당신에게 시간을 낼 수는 있다오."

뷔퐁 거리에 있는 꽤 아담한 집으로 걸음을 옮기면서 라파엘은 라브리유에게 **나귀 가죽**을 조사해달라고 의뢰했다.

"아, 이 제품이 뭔지 압니다." 과학자는 돋보기를 들이대고 부적을 살펴보더니 말했다. "이건 문갑 같은 것을 감쌌던 외피입니다. 이 가죽은 아주 옛날에 쓰인 것입니다. 요즘 문갑 제작자들은 상어 가죽을 더 선호합니다. 상어 가죽은, 아마 아실 테지만, **라자 세펜**의 껍질을 말하는 겁니다, 홍해에서 서식하는 물고기죠……"

"하지만 선생, 선생께서는 아주 친절하시니까 말씀드리자면, 이건……"

"이건," 과학자가 말을 가로막으면서 말했다. "다른 것입니다. 상어 가죽과 이 가죽은 바다와 육지만큼이나, 물고기와 네 발 달린 짐승만큼이나 판이합니다. 물고기 가죽은 보통 뭍짐승 가죽보다 더 딱딱합니다. 이건," 그가 부적을 가리키면서 말했다. "아마 아실 테지만, 동물학에서 가장 흥미로운 물건 중 하나입니다."

"이것 보세요!" 라파엘이 소리쳤다.

"선생," 과학자는 소파에 몸을 깊숙이 파묻고 말했다. "이건 나귀 가죽입니다."

"알고 있어요." 젊은이가 대꾸했다.

"페르시아에는 말이죠." 박물학자가 되받으며 말했다. "아주 희귀한 나귀가 있어요. 고대인들은 오나그르, 야생 나귀라는 뜻이고 학명으로는 에쿠스 아시누스지요, 오나그르라고 불렀고, 타타르인들은 **쿨란**이라고 불렀지요. 팔라스*라는 사람이 직접 그곳으로 가서 그 짐승을 관찰하고 학계에 보고했지요. 사실 이 짐승은 오랫동안 환상 속의 존재로 치부되었습니다. 이 짐승은, 아실 테지만, 성서에서도 유명합니다. 일찍이 모세는 이 짐승을 동종의 짐승들과 교배시키는 것을 금한 바 있습니다. 하지만 오나그르는 수간獸姦의 대상이 된 것으로 훨씬 더 유명합니다. 성서의 예언자들도 그 사실을 종종 언급하고 있습니다. 팔라스는, 아마 아실 테지만, 그의 저서 『악트. 페트로프.』 제2권에서 페르시아인들과 노가이스인들** 사이에서는 이 기괴한 방종 행위가 신장 질환과 좌골 신경통에 특효가 있다고 알려져 종교적 차원에서 여전히 성행한다고 밝히고 있지요. 한심한 우리 파리 사람들도 그 사실에 대해 별로 의심하지 않아요. 오나그르를 소장하고 있는 박물관은 없어요. 참으로 끝내주는 짐승이지요!" 과학자가 말을 이었다. "이 짐승은 온통 불가사의투성이예요. 눈에는 일종의 반사 렌즈 같은 것이 있는데, 오리엔트인들은 거기에 사람의 혼을 빼는 힘이 있다고 여깁니다. 몸통은 우리가 가장 멋있다고 자랑하는 말보다 빛깔이 더 우아하고 윤기가 더 난답니다. 그리고 다소간 황갈색을 띠는 줄이 몸통에나 있는데 얼룩말 무늬와 아주 흡사하지요. 털은 제법 보드랍고 찰랑찰랑하며 만지면 매끄럽습니다. 시력은 정확도와 정밀도에서 사람의

---

* 독일의 박물학자. 우랄산맥, 카스피해, 알타이, 중국 등지를 답사하며 기록을 남겼다.
** 흑해 인근의 부족.

시력에 필적합니다. 우리가 가축으로 키우는 아주 멋들어진 나귀보다 조금 더 큰 그 짐승은 태생적으로 아주 용맹하답니다. 그래서 불시에 습격을 받는다 해도, 그리고 공격해온 상대가 제아무리 사나운 짐승이라 해도 아주 압도적으로 제압해버리지요. 또 얼마나 빠른지 새가 날아가는 속도에나 비교할 수 있을 정도지요. 오나그르는 말이죠, 선생, 경주를 시키면 일급의 아라비아 말이나 페르시아 말이라도 맥을 못 추게 만들 겁니다. 니부어 박사 있지요, 아마 아실 텐데 애석하게도 최근에 세상을 떠난 그 양심적인 박사 말입니다,* 그의 아버지에 따르면 이 뛰어난 짐승이 평상시 걷는 속도는 시간당 평균 7천 측대보側對步**라고 합니다. 우리가 익히 알고 있는 나귀들은 퇴화한 나귀로서 이 고결하고 독립적인 야생 나귀를 떠올리게 하는 흔적은 하나도 갖고 있지 않은 것들입니다. 이 녀석의 자태는 민첩하고 활기차 보이며, 영리하고 명민한 분위기와 단아한 풍모를 가진데다가 움직임은 우아함 그 자체라니까요! 이 짐승이야말로 동방 동물계의 왕입니다. 터키와 페르시아의 미신이 이 녀석에게 신비로운 혈통까지 부여하고 있으며, 또 티베트와 타타르의 이야기꾼들이 이 고귀한 짐승의 활약상에 대해 지어낸 이야기에는 솔로몬 왕의 이름까지 결부되어 있습니다. 그래서 잡아 길들인 오나그르는 부르는 게 값입니다. 그러나 산악지대에 살면서 영양처럼 점프를 하고 새처럼 나는 듯이 빨리 달리는 그놈을 잡는 것은 거의 불가능에 가까워요. 날개 달린 말 이야기 있지

---

* 독일의 역사학자 게오르크 니부어를 말한다. 그는 1831년 사망했다. 그의 아버지 카스텐 니부어는 서양의 1세대 아라비아 전문여행가이다.
** 주로 말의 보폭을 가리킨다. 1측대보는 5피트, 즉 1.62미터이다.

요, 페가수스 말이에요, 그 이야기는 모르긴 해도 그 지역에서 시작되었을 겁니다. 목동들이 오나그르가 이 바위에서 저 바위로 나는 듯이 뛰어다니는 모습을 종종 목도할 수 있었을 테니까요. 페르시아에서 암나귀와 길들인 수놈 오나그르를 교배해서 얻은 승용 나귀는 태곳적부터 이어진 전통에 따라 붉은색으로 염색을 시켜왔어요. 그런 관습에서 아마도 '붉은 나귀처럼 사납다'라는 우리 속담이 유래되었을 거예요. 프랑스에서 아직 자연사自然史라는 것에 관심조차 두지 않았을 때, 한 여행가가 그 승용 나귀 한 마리를 반입해왔을 것으로 추정됩니다. 그런데 그 녀석은 성질이 아주 급해서 길들이기가 힘들거든요. 거기서 그런 표현이 나온 겁니다! 당신이 나에게 보여준 그 가죽은," 과학자가 말을 이었다. "오나그르 가죽입니다. 이 가죽을 흔히 샤그랭이라 부르는데 샤그랭이라는 이름의 기원에 관해서는 여러 설이 있어요. 어떤 사람들은 터키어 샤그리라고 주장하고, 어떤 사람들은 이 동물 가죽에다 팔라스가 상당히 자세하게 묘사한 바 있는 그 화학 처리를 하는 도시 이름이 샤그리라고 하지요. 그 화학 처리로 인해 사람들이 좋아하는 그 가죽 특유의 오톨도톨한 표면이 나오게 되는 것입니다. 마르텔렌이라는 사람은 언젠가 내게 서신으로 샤아그리가 시냇물을 가리킨다고 알려오기도 했어요."

"선생님, 자세한 정보를 주셔서 감사합니다. 만일 베네딕트 수도회가 아직 존재한다면 그 정보들은 동 칼메 같은 수도사가 솔깃해하며 기록해둘 만했을 것입니다.* 하지만 제가 당신이 좀 유념해주셨으면

---

* 동 칼메는 18세기 프랑스의 유명한 베네딕트 수도사이자 과학자. 프랑스에서 베네딕트 수도회는 대혁명 때 폐지되었다가 1837년 복구된다.

하고 부탁드리는 것은 다른 점입니다. 이 가죽은 원래 크기가…… 이 지도만 했습니다." 라파엘이 라브리유에게 펼쳐진 지도첩 하나를 가리키며 말했다. "그런데 삼 개월 전부터 눈에 띄게 수축했습니다……"

"아하," 과학자가 다시 말을 받았다. "그랬군요. 선생, 원래 살아 있는 동물에서 얻은 가죽은 모두 자연적인 변환 과정을 거치기 마련입니다. 그 과정은 쉽게 관찰할 수 있는데 진행 정도는 외부 환경의 영향을 받습니다. 금속도 현저하게 늘어나거나 줄어들지요. 기술자들의 경우 원래 쇠줄로 단단히 고정시킨 커다란 돌들이 나중에 사이가 상당히 벌어져 있는 것을 목도하지 않습니까. 과학은 무한하고 인생은 아주 짧습니다. 그렇기 때문에 우리는 자연의 모든 현상을 다 안다고 주장해서는 안 됩니다."

"선생님," 어지간히 당황한 라파엘이 끼어들었다. "죄송하지만 질문 한 가지 드리겠습니다. 이 가죽도 동물학의 일반 법칙을 따른다고 확실하게 말씀해주실 수 있습니까? 그러니까 이 가죽도 늘어날 수 있다는 것이 확실합니까?"

"오우! 확실하지요. 이런, 젠장." 부적을 잡아당기려고 힘을 쓰다가 뜻대로 안 되자 라브리유가 말했다. "상관없소, 선생." 그가 다시 말을 이었다. "플랑셰트라는 사람이 있는데 아주 유명한 기계역학 교수예요. 그 사람이라면 이 가죽에 힘을 가하는 방법, 다시 말해 부드럽게 만든다든지 늘인다든지 하는 방법을 반드시 찾아줄 겁니다."

"오! 선생님, 당신은 내 생명을 구해주셨습니다."

라파엘은 박물학자에게 인사를 한 다음 플랑셰트가 산다는 곳으로 달려갔다. 훌륭한 학자 라브리유는 표본병과 말린 표본식물로 가득찬 자신의 실험실 한가운데에 그대로 남아 있었다. 사실 라파엘은 이 만남에서 자신도 모르는 사이에 인문학의 모든 것, 곧 분류하고 명명하는 법을 습득했던 것이다! 이 고지식한 노인은 돈키호테에게 염소 이야기를 해주던 산초 판사와 똑같이, 동물들을 세고 그것들에 번호표를 붙이는 데 열의를 보여왔다. 그런데 무덤에 들어갈 때가 임박한 나이인데도 그는 신이 어떤 목적에서 그랬는지 알 수 없지만 망망대해 같은 이 세상 곳곳에 이루 헤아릴 수 없이 많이 뿌려놓은 동물 군상들 중 극히 일부분만을 겨우 알았을 뿐이다. 어쨌든 라파엘은 행복했다. "드디어 내 나귀에 재갈을 물릴 수 있게 되었어." 그는 외쳤다. "스턴이 저 양반에 앞서 이미 갈파한 바 있지. 늙도록 오래 살고 싶다면 우리의 나귀를 잘 다스리자,* 라고 말이야. 어찌 됐건 그 짐승은 정말 신기해!"

플랑셰트는 키가 크고 홀쭉한 사람이었는데, 전체적으로 볼 때 끝이 없는 명상 속에 빠져 살면서, 운동이라고 하는 바닥 모를 심연을 들여다보느라 여념이 없는, 갈데없는 시인의 인상을 풍겼다. 속인들은 그러한 숭고한 정신의 소유자들을, 다시 말해 사치나 사교계 따위에는 일절 아랑곳하지 않고 몇 날 며칠을 불 꺼진 시가를 입에 물고 지낸다든지, 한 번도 웃옷 단추를 정확하게 단춧구멍에 맞춰 채우는 법이 없는 차림새로 살롱을 출입한다든지 하며 사는, 자기들로서는 도저히 이해가 안 되는 그런 사람들에게 미치광이라는 딱지를 붙인다.

---

* 로런스 스턴의 『감상적 여행기』 중 「죽은 나귀」의 한 대목을 발자크가 변형시켜 인용한 것. 스턴에게 나귀는 남성 성기를 나타낸다. 나귀 가죽이 성적인 메타포를 함축하고 있다는 것이 이 부분에서도 잘 드러난다.

그러다가 어느 날 그들이 오랫동안 진공상태를 측정하거나 복잡한 수식 아래 미지수 X를 거듭 양산하다가 어떤 자연의 법칙을 분석해내고 그걸 가장 간단한 원칙으로 풀어내는 일이 생긴다. 그러면 갑자기 대중은 놀랍고 당황스러울 정도로 손쉬운 구조를 지닌 새로운 기계나 이륜마차에 찬사를 보낸다! 겸손한 과학자는 자신을 찬양하는 사람들에게 미소를 지으며 이렇게 말한다. "대체 내가 무엇을 창조했단 말인가? 창조한 것은 아무것도 없다. 인간은 힘을 만들어내는 것이 아니다. 그는 다만 그 힘의 길을 터줄 뿐이다. 과학의 본령은 자연을 모방하는 것이다."

라파엘은 교수대에 매달려 축 늘어져 있는 사형수처럼 그렇게 맥없이 두 다리로 겨우 서 있는 기계역학자를 불쑥 방문했다. 플랑셰트는 해시계 눈금판 위를 구르는 마노馬瑙 구슬을 관찰하면서 그 구슬이 멈추기를 기다리는 중이었다. 그 불쌍한 남자는 훈장도 연금도 받지 못하는 형편이었는데, 그만큼 그는 자신의 노고를 치장할 줄 모르는 사람이었다. 발견의 순간을 기다리며 사는 것이 행복할 뿐인 그는 명예도 사교계도, 더 나아가 자기 자신도 돌보지 않고 오로지 과학을 위한 과학에 묻혀 사는 사람이었다.

"이것 참 알 수 없는 물건일세." 그가 소리쳤다. "아! 선생이시군요." 그는 라파엘의 얼굴을 보더니 다시 말을 이었다. "이거 인사드립니다. 당신 엄마는 어떠신지요? 들어가서 우리 마누라를 만나시지요."

'그렇지만 나도 이렇게 되지만 않았더라면 저런 식으로 살 수 있었는데.' 몽상에 빠져 있던 과학자를 깨우면서 라파엘은 그렇게 생각했다. 라파엘은 그에게 부적을 보여주면서 거기에 힘을 가할 수 있는 방법이 있는지 물었다. "이런 것을 믿는 나를 우습다고 생각하시겠지요, 선생." 질문을 마치면서 후작이 말했다. "당신께 하나도 숨김없이 말하겠어요. 이 가죽은 내가 보기에 그 어떤 힘을 가지고도 제압할 수 없는 그런 저항력을 가지고 있는 것 같습니다."

"선생," 그가 대답했다. "세상 사람들은 항상 과학을 상당히 무례하게 대하는 편입니다. 우리 모두는, 일식이 끝난 후 랄랑드*에게 부인들을 데리고 와서는 '저걸 다시 한번 시작하게 해주시겠소'라고 말했다는 집정관 시대의 한 댄디와 거의 같은 수준의 발언을 합니다. 기계역학은 운동 법칙들을 응용하는 것을 목표로 삼기도 하지만 다른 한편 그것들을 뒤집어엎는 것도 목표로 하고 있지요. 운동 그 자체만 말하자면, 나로서는 말씀드리기 참 쑥스러운데, 그것을 무엇이라고 정의하기란 우리 능력을 벗어나는 일입니다. 일단 그 점을 제외하고는 우리는 현재 고체와 유체의 활동을 제어하는 몇 가지 불변의 현상은 확인해놓은 상태입니다. 그러한 현상들이 발생하는 원인을 되풀이해서 발생시키면 우리는 물체를 옮길 수도 있고, 주어진 속도에 비례하는 운동력을 물체에 전달할 수도 있으며, 물체를 가동시킬 수도 있고, 깨뜨린다든지 분쇄한다든지 해서 물체를 두 쪽으로 혹은 무한하게 쪼갤 수도 있습니다. 또한 물체를 비틀고 물체에 회전력을 주고, 물체를 변형시키고, 압축시키고, 팽창시키고, 늘일 수도 있습니다. 이 과학은 말이죠, 선생, 단 하나의 사실에 기초하고 있답니다. 이 구슬이 보이시죠." 그가 말을 이었다. "이 구슬이 이 돌 위 여기에 있지요. 자, 그런

---

* 18세기 말 프랑스의 천문학자.

데 지금은 저기에 있습니다. 물리적으로 볼 때는 너무도 자연스럽지만 납득하자니 너무도 이상한 이 동작을 어떤 이름으로 불러야 할까요? 운동? 이동? 장소의 변동? 그 말들 속에는 얼마나 많은 허영심이 감추어져 있습니까? 이름이 대체 해답이 될 수 있을까요? 하지만 모든 과학이 그렇습니다. 우리의 기계들은 이러한 동작이나 사실을 활용하고 분석합니다. 조그만 덩어리에 적용된 사소해 보이는 이 현상이 파리 전체를 날려보낼 수도 있습니다. 우리는 힘을 사용해 속도를 증가시킬 수도 있고 속도를 사용해 힘을 증가시킬 수도 있습니다. 힘과 속도란 무엇입니까? 우리의 과학은 거기에 답할 능력이 없습니다. 운동을 창조할 능력이 없는 것처럼요. 운동은 그것이 어떤 것이라 할지라도 하나의 거대한 힘이고, 인간은 힘을 만들어낼 수 없는 겁니다. 힘은 하나입니다. 힘의 본질 그 자체인 운동이 하나인 것처럼 말이죠. 모든 것이 운동입니다. 인간의 사유 작용도 운동입니다. 자연도 운동에 근거를 둔 겁니다. 죽음도 하나의 운동인데, 다만 그 궁극점이 어디인지는 우리에게 거의 알려지지 않았을 뿐이지요. 신이 영원하다면 신이 항상 운동을 한다는 것 아니겠어요? 신은 아마 운동 그 자체일 겁니다. 바로 그렇기 때문에 운동이 신처럼 설명 불가능하고, 신처럼 심오하고 무애無涯하며, 이해할 수도 만질 수도 없는 것입니다. 이제까지 운동을 만지고 이해하고 측정한 사람이 있었습니까? 우리는 운동을 보지 못하고 다만 운동의 결과를 느낄 뿐입니다. 우리는 더 나아가서 신을 부인하듯이 운동을 부인할 수도 있습니다. 운동은 어디에 있습니까? 아니, 운동은 어디에 없습니까? 운동은 어디에서 나오는 것일까요? 운동의 근원은 어디에 있습니까? 운동의 끝은 어디에 있습니까? 운동은 우리를 에워싸고 있으면서 우리를 누르기도 하고 우리에게서 벗어나기도 합니다. 운동은 사실처럼 명백하기도 하고 추상처럼 모호하기도 하며, 결과이면서 동시에 원인이기도 합니다. 운동도 우리와 마찬가지로 공간이 필요합니다. 그런데 공간이란 무엇입니까? 오직 운동만이 우리에게 공간을 보여줄 수 있습니다. 운동이 없다면 공간은 의미가 텅 빈 하나의 단어에 불과합니다. 진공이나 창조나 무한처럼 풀리지 않는 문제인 운동은 인간의 사고를 속수무책으로 만듭니다. 인간이 인식할 수 있는 것은 오직 인간은 운동을 결코 인식할 수 없다는 그 사실뿐입니다. 이 구슬이 공간 속에서 연속적으로 점하는 지점들 하나하나 사이에서 말이죠." 과학자는 다시 말을 이었다. "거기서 인간의 이성은 하나의 심연과 마주칩니다. 파스칼도 속절없이 빠져버렸던 심연이지요. 당신이 지금 미증유未曾有의 힘을 가하고 싶어하는 이 물체처럼 정체를 알 수 없는 물체에 영향력을 가하기 위해서는, 먼저 그 물체를 연구해야 합니다. 이 물체는 그 속성에 따라서 충격을 받고 부서지거나 아니면 충격에 저항하거나 할 것입니다. 만일 이 물체가 갈라지는 속성을 가졌는데 당신의 의도는 그것을 나누는 것이 아니라면 우리는 소기의 목표를 달성하지 못할 겁니다. 당신은 이 물체를 압축하기를 원하십니까? 그러면 이 물체의 모든 부분에 대해 그 부분들 사이의 간극을 일정하게 축소시키는 방법으로 똑같은 운동을 전달해야만 합니다. 이 물체를 늘이고 싶습니까? 그러면 각 분자에 동일한 원심력을 가해야만 할 것입니다. 이러한 법칙을 정확하게 준수하지 않으면 연속성의 단절, 곧 찢기거나 해지는 결과가 나올 수밖에 없습니다. 운동에는 말이죠, 선생, 무수히 많은 형태가 있고, 그 형태들의 무수히 많은 조합이 있습니다. 어떤 결과를 선택하시겠습니까?"

"선생," 조급해진 라파엘이 말했다. "난 이 **가죽**을 무한정 늘일 수 있을 만큼 강력한 그런 어떤 압력을 원합니다……"

"물체는 유한한데……" 수학자가 대꾸했다. "무한정 늘일 수는 없을 겁니다. 하지만 압축력을 가하면 필연적으로 표면적은 배가될 것입니다. 다만 두께가 얇아지겠지요. 물질 자체가 소멸될 정도로 얇아질 수는 있어요……"

"그런 결과를 얻게 해주십시오, 선생." 라파엘이 소리쳤다. "그렇게 되면 수백만금을 드리겠소."

"하려고만 하면 난 당신의 돈을 다 **빼앗을** 수도 있을 거요." 교수가 네덜란드인의 냉정함을 견지하며 대답했다. "신이라 할지라도 파리 새끼처럼 으깨버리고 마는 그런 기계가 있습니다. 당신에게 아주 간단한 장치로 그걸 만들어 보여주겠소. 그 기계는 인간도 얇은 종잇장 상태로 만들어버립니다. 장화 신고 박차를 달고 넥타이를 맨 인간도, 모자도, 금붙이도, 보석도, 그 모든 것도……"

"참으로 놀라운 기계로군요!"

"중국인들은 자기 자식을 물에다 던져버리지 말고 이렇게라도 써먹어야 할 게요." 인간의 자식 사랑 같은 것은 아랑곳하지 않고 과학자가 말을 이었다.

완전히 일에 몰입한 표정으로 플랑셰트는 바닥에 구멍이 뚫린 빈 화분 하나를 집어들어 해시계 눈금판 위에 놓았다. 그러고 나서 그는 얼마간의 찰흙을 구하러 정원 한구석으로 갔다. 라파엘은 유모가 들려주는 신기한 이야기에 귀를 쫑긋 세운 어린아이처럼 두근거리는 마음으로 그 장면을 지켜보았다. 플랑셰트는 가져온 찰흙을 눈금판 위에 놓은 다음 호주머니에서 전정가위를 꺼내 딱총나무 가지 두 개를 자르더니 마치 라파엘의 존재를 잊기라도 한 것처럼 휘파람을 불면서 나뭇가지 속을 파내기 시작했다.

"이게 내가 말한 기계의 구성요소들이오." 그가 말했다.

그는 찰흙으로 만든 니은자 모양의 연결 관으로 나뭇가지 관을 화분 밑바닥에 부착하고 딱총나무 구멍과 화분 구멍이 딱 맞게 조정했다. 하나의 커다란 파이프가 만들어진 것이다. 그는 눈금판 위에 찰흙을 펴 발라 부삽 형태로 만들고 그중 가장 넓적한 부분에는 화분을 얹어놓고, 삽자루처럼 생긴 부분에는 딱총나무 가지를 고정시켰다. 마지막으로 그는 관 형태의 딱총나무 가지 끝에 진흙 반죽을 대고 거기에 속이 빈 다른 나뭇가지 관을 수직으로 세운 다음, 니은자로 된 또하나의 연결 관을 이용하여 수직으로 세운 관을 수평으로 누워 있는 관에 연결시켰다. 공기나 주변의 어떤 유체가 즉흥적으로 제작한 이 기계 속을 순환해서 수직으로 서 있는 관의 입구에서부터 중간의 통로를 거쳐 속이 빈 커다란 화분까지 흘러가도록 하기 위해 그렇게 한 것이었다.

"선생, 이 기구로 말할 것 같으면," 그가 입회 수락 연설을 하는 과학 아카데미 회원처럼 진지한 어조로 라파엘에게 말했다. "가장 멋진 발명품 중 하나로, 위대한 파스칼이라는 찬사를 받아 마땅합니다."

"무슨 말씀인지 모르겠군요."

과학자는 미소를 지었다. 그는 과실나무 쪽으로 가서 거기 매달린 작은 병 하나를 떼어냈다. 그 병 속에는 개미를 유인해 포획하는 용액이 담겨 있었는데 그 용액은 그와 협업하는 약제사가 그에게 보내준 것이었다. 그는 그 병의 밑바닥을 깨서 깔때기 모양으로 만든 다음, 점토를 이용해 수직으로 고정시켜둔 나뭇가지 관의 구멍에 그것을 잘 맞추어서 커다란 저수조 구실을 하는 화분과 마주보게 장치했다. 그러고 나서 물뿌리개를 이용해 커다란 화분과 딱총나무 가지 관의 좁은 원형 주둥이에 똑같이 찰랑찰랑할 정도로 물을 부었다. 라파엘은 내내 자신의 **나귀 가죽**을 생각했다.

"선생," 기계역학자가 말했다. "물은 오늘날에도 여전히 압축이 불가능한 물체라고 알려져 있지요. 이 기본 원칙을 잊지 마십시오. 그럼에도 불구하고 물은 압축됩니다. 다만 너무 미미하게 압축되어서 우린 물의 수축력을 거의 제로라고 볼 뿐이지요. 화분에 가득찬 물의 표면적을 가늠할 수 있지요?"

"예, 그렇습니다."

"좋습니다. 그러면 그 표면적이 내가 용액을 부어넣은 딱총나무 가지 관의 구멍보다 천 배나 더 넓다고 가정해봅시다. 자, 보십시오. 깔때기를 제거하겠습니다."

"예, 그러시죠."

"자, 좋습니다! 선생. 이제 내가 모종의 방법을 동원해서 이 작은 관의 구멍으로 물을 더 흘려넣어 액체의 총량을 증가시킨다면, 액체는 저수조 모양의 화분으로 내려갈 수밖에 없어서 용액이 구멍과 저수조에서 공히 똑같은 높이에 이를 때까지 차오르겠지요……"

"그거야 당연하지요." 라파엘이 소리쳤다.

"하지만 이런 차이가 있습니다." 과학자는 다시 말을 이었다. "만일 좁은 수직관 속에 더해진 가는 물기둥이 예컨대 1파운드의 무게에 해당하는 힘을 가졌다고 한다면, 그 힘의 작용이 액체 총량에 충실하게 전달되어 화분 안 액체 표면의 모든 지점에 미칠 것이기 때문에, 거기에는 천 개의 물기둥이 생기게 될 것이고, 그 기둥들은 모두 마치 수직으로 세워진 딱총나무 관 속으로 용액을 흘러내려가게 한 힘과 똑같은 힘으로 떠밀려진 것처럼 그렇게 차오르게 되어 필연적으로 이 지점에," 플랑셰트는 라파엘에게 화분 입구를 가리키면서 말했다. "저쪽에 유입된 힘보다 천 배나 더 큰 막대한 힘을 산출해낼 것입니다."

그러고 나서 과학자는 라파엘에게 손가락으로 찰흙 속에 세워진 나무 관을 가리켰다.

"그거 아주 간단하군요." 라파엘이 말했다.

플랑셰트는 미소를 지었다.

"다른 식으로 말하자면," 그가 수학자들의 전매특허인 논리적 엄정성을 갖추어 말을 이었다. "물을 밀어올리기 위해서는 이 넓은 면적의 모든 부분에 수직관에 작용하는 힘과 동일한 힘을 가해주어야 한다는 겁니다. 그러나 이런 차이는 있지요. 액체 기둥의 경우 높이가 1피트라면, 넓은 표면에 있는 수천 개의 작은 기둥에는 아주 미미한 상승밖에 나타나지 않는다는 차이. 자, 이제" 하며 플랑셰트가 손가락으로 관들을 한 번 튀기면서 말했다. "이상하게 생긴 이 조그만 기구를 적당한 힘과 크기를 지닌 금속관으로 바꿔봅시다. 그다음 당신이 움직이는 견고한 판으로 이 커다란 저수조의 수면을 덮었다고 합시다. 그리고 그 판에다가 저항력과 강도에 있어서 어떤 실험도 통과할 수 있는 또다른 판을 마주쳐 놓았다고 합시다. 그러고 나서 내가 작은 수직관을 통해 기존의 수량에 계속해서 물을 더할 수 있다고 합시다. 그렇게 되면 그 견고한 두 판 사이에 끼어 있는 물체는 필연적으로 그것에 무한히 압력을 가하는 엄청난 작용에 굴복하고 말 것입니다. 조그만 관을 통해 끊임없이 물을 유입시키는 방안은 수압을 판에 전달하는 방식과 마찬가지로 기계역학상으로는 어린아이 장난같이 쉬운 일입니다. 두 개의 피스톤과 몇 개의 밸브만 있으면 됩니다. 자, 그러면 이렇게 생각해볼 수 있을 겁니다, 선생." 그가 발랑탱의 팔을 붙들고 이야기했다. "무한한 저항력을 지닌 이 두 판 사이에 놓일 경우 표면이 늘어나지 않을 물체는 거의 없을 것이라고."

"뭐라고요! 『시골인의 편지』 저자가 그런 것을 발명……" 라파엘이 소리쳤다.

"그 사람 혼자서 했지요, 선생. **기계역학**에서는 그것보다 더 간명하고 더 훌륭한 것은 전혀 없습니다. 그것과 대응하는 물의 팽창성 원칙은 증기기관을 낳았지요. 하지만 물은 어느 정도까지만 팽창할 수 있습니다. 반면에 물의 비압축성은 일종의 부정적인 힘이기 때문에 필연적으로 무한할 수밖에 없습니다."

"만일 이 **가죽**이 늘어날 수 있다면," 라파엘이 말했다. "블레즈 파스칼의 거대한 동상을 세우겠다고 당신에게 약속하지요. 그리고 십 년마다 기계역학의 문제를 가장 훌륭하게 해결한 업적에 대해 10만 프랑의 상금을 수여하는 상을 제정하고, 당신의 여자 친척들과 그 후대의 여자 친척들에게도 지참금을 줄 것을 약속드리지요. 그리고 또 심신을 상실했거나 무일푼이 된 수학자들을 위한 병원을 세울 것도 약속합니다."

"그건 참으로 유익할 겁니다." 플랑셰트가 말했다. "선생," 그가 평생을 오로지 지적인 영역에서만 살아온 사람의 평정심을 유지한 채 다시 말을 이었다. "내일 슈피크할터를 만나러 갑시다. 이 탁월한 기술자는 얼마 전 내 설계대로 아주 완벽한 기계를 하나 만들어냈습니다. 그 기계만 있으면 어린아이라도 조그만 자기 모자 안에 산더미 같은 건초 더미를 담을 수 있을 겁니다."

"내일 봅시다, 선생."

"그럽시다. 내일 봅시다."

"나에게 기계역학만 이야기하라!" 라파엘이 외쳤다. "기계역학이야말로 과학 중의 과학이 아닌가? 오나그르가 어떻고, 분류가 어떻고, 오리가 어떻고, 종들이 어떻고, 괴상한 것들로 가득찬 어항이 어떻고 떠들어대던 자는 기껏해야 당구장에서 점수나 기록하는 데 쓸모가 있지."

다음날, 기분이 아주 좋아진 라파엘은 다시 플랑셰트를 만나러 왔다. 그들은 슈피크할터의 집이 있는 상테 거리에 함께 갔는데, 건강하다는 뜻의 그 거리 이름마저 아주 길한 전조前兆로 비쳤다. 젊은이는 슈피크할터의 집에 있는 거대한 작업장 안에 들어섰다. 그의 시선은 굉음을 내며 붉게 타오르는 대장간 화덕에 머물렀다. 불꽃이 비처럼 쏟아졌고, 못들은 바닥에 홍수를 이뤘으며, 피스톤, 나사못, 지렛대, 횡목橫木, 줄, 너트와 볼트 따위가 지천으로 깔렸고, 주물, 목형木型, 밸브, 쇠막대 역시 무진장 널려 있었다. 줄밥인 쇳가루 때문에 목이 컬컬

했다. 뜨거운 기운에도 쇠가 묻어났고, 사람들은 쇠를 뒤집어쓰고 있었으며, 모든 것이 쇳내를 풍겼다. 그곳에서 쇠는 생명을 가진 유기체로서 액체로 변해 흘러가면서 생각하는 존재처럼 온갖 형태를 취하고 온갖 변화에 순응해나갔다. 울부짖는 듯한 풀무질소리와 점점 강해지는 망치질소리, 윙윙대는 선반에 쇠가 갈리면서 내지르는 비명소리 등을 통과하여 라파엘은 비교적 깨끗하고 환기가 잘되는 큰 방으로 안내되었는데, 거기서 그는 플랑셰트가 자신에게 이야기했던 커다란 프레스를 제대로 지켜볼 수 있었다. 그는 프레스에 달린 각양각색의 무쇠 판들과 특수 금형기술로 달라붙지 않고 마주보게 제작한 한 쌍의 철판을 접하고 감탄해 마지않았다.

"당신이 빠르게 이 크랭크를 일곱 바퀴 돌리면," 슈피크할터가 라파엘에게 반들거리는 쇠 크랭크축을 가리키며 말했다. "프레스에 걸린 철판이 으깨지면서 수천 개의 쇠침으로 비산飛散하여 당신 다리에 마치 바늘처럼 꽂히게 될 것입니다."

"가공할 일이군!" 라파엘이 소리쳤다.

플랑셰트는 그 지존의 프레스에 달린 두 개의 판 사이에 손수 나귀 가죽을 밀어넣었다. 그리고 과학적 확신에서 오는 안전에 대한 철석같은 믿음으로 크랭크축을 힘차게 돌렸다.

"모두 엎드리세요. 안 그러면 다 죽습니다." 별안간 슈피크할터가 땅바닥에 바짝 엎드리면서 우레 같은 목소리로 소리쳤다.

소름 끼치는 바람소리가 작업실 안에 울려퍼졌다. 기계 내부의 물이 무쇠를 박살내고 어마어마한 힘으로 분출했다. 다행히 낡은 화덕 쪽으로 향한 물세례는 집채를 휘감는 회오리바람처럼 화덕을 넘어뜨리고 뒤집어엎어 요동치게 만들다가 단숨에 날려버렸다.

"오!" 플랑셰트가 조용히 입을 열었다. "가죽은 꿈쩍도 않고 멀쩡하잖아! 마이스터 슈피크할터, 당신 주물籌物 안에 지푸라기 같은 불순물이 있었거나 아니면 저 큰 관 속에 균열이라도 있었던 것 아니오?"

"아니요, 그럴 리 없소. 나는 내 주물을 잘 압니다. 이 신사분더러 그의 물건을 얼른 가져가라고 하세요. 그 안에 악마가 살고 있어요."

독일인은 대장장이 망치를 집어들고 가죽을 모루 위에 올려놓은 다음, 분노에서 폭발한 힘을 한 곳에 모아 이제까지 한 번도 그의 작업장에서 발휘된 적이 없었던 최강의 타격을 부적을 향해 내리갈겼다.

"꿈쩍도 하지 않는 것 같은데." 완강하게 저항하는 가죽을 만지면서 플랑셰트가 소리쳤다.

직공들이 달려들었다. 십장으로 보이는 사람이 가죽을 집어들더니 화덕 안에서 이글거리는 토탄 더미 속에 처박았다. 불가에 반원형으로 둘러서 있던 사람들 모두 거대한 풀무의 작동 결과를 초조하게 기다렸다. 라파엘과 슈피크할터, 플랑셰트 교수가 그을음을 뒤집어쓴 채 결과를 주시하는 무리의 가운데에 버티고 있었다. 머리는 쇳가루를 뒤집어쓰고 작업복은 검다 못해 반들반들 윤이 날 정도에다가 가슴은 털북숭이인데 눈만 하얗게 빛나는 주위 사람들을 쳐다보면서 라파엘은 자신이 독일 무도회에 나오는 밤과 환상의 세계 속으로 날아온 것 같은 생각이 들었다. 십장은 가죽을 십 분 정도 불속에 두었다가 집게로 꺼냈다.

"그걸 나에게 줘보시오." 라파엘이 말했다.

십장은 설마 농담이려니 생각하고 가죽을 라파엘에게 내밀었다. 그러나 후작은 아무렇지도 않게 가죽을 만졌다. 불속에 있다가 후작의 손아귀에 들어온 가죽은 차갑고 유연했던 것이다. 경악의 외침이 터져 나왔다. 직공들은 모두 달아났고 발랑탱 혼자만 플랑셰트와 함께 텅 빈 작업장에 남았다.

"이 안에 분명 악마적인 무엇인가가 있어." 라파엘이 단말마의 비명을 질렀다. "이젠 그 어떤 인간의 힘일지라도 내 생명을 단 하루도 더 연장해주지 못할 거야."

"선생, 내가 잘못 생각했소." 수학자가 후회하는 어조로 대답했다. "이 기이한 가죽을 압연기에 집어넣어야 했소. 당신에게 압축기를 제안했다니 내 눈에 무엇이 씌었나보오."

"내가 그걸 요구했는데요 뭘." 라파엘이 대꾸했다. 과학자는 마치 열두 명의 배심원에게서 무죄판결을 받은 것처럼 안도의 한숨을 쉬었다. 그러나 그는 그 가죽이 자신에게 제기한 희한한 문제에 관심이 쏠려서는 잠시 생각에 잠기더니 말을 꺼냈다. "이 정체불명의 물건은 시약 처리를 해야 할 것 같소. 자페를 만나러 갑시다. 이 경우 아마도 화학이 기계역학보다 더 나을 것 같소."

발랑탱은 저명한 화학자 자페를 그의 실험실에서 만날 수 있을 것이라는 희망에 전속력으로 말을 몰았다.

"어이! 이보게, 친구." 플랑셰트가 소파에 앉아서 어떤 침전물을 관찰하고 있던 자페를 불렀다. "화학께서는 잘 계시는가?"

"주무시고 계시다네. 새로운 것은 하나도 없어. 과학 아카데미가 살리신글리코사이드의 존재를 인정한 정도야. 하지만 살리신글리코사이드, 아스파라긴, 스트리크닌, 디기탈린 등은 발견했다고 할 수 있는 것들이 아니지."

"실체를 만들어낼 수 있어야 합니다." 라파엘이 개입했다. "당신들은 이름을 지어내는 것으로 할일을 다했다는 인상을 주는 것 같습니다."

"지당하신 말씀이오, 젊은이!"

"자, 각설하고" 하며 플랑셰트 교수가 화학자에게 말했다. "이 물체를 한 번 분석해주게나. 만일 자네가 거기서 어떤 화합물을 추출해내는 데 성공하면 임시로 그것을 디아볼린*이라고 명명하겠네. 이걸 압축하려고 했다가 수력 프레스 하나를 박살내버렸다니까."

"자, 자, 봅시다." 화학자가 명랑하게 소리를 높였다. "모르긴 해도 미발견 신종 물체 같은데."

"선생님," 라파엘이 말했다. "이건 그저 한 조각 나귀 가죽일 뿐인데요."

"뭐라고요?" 저명한 화학자가 심각하게 반문했다.

"농담이 아닙니다." 후작은 그에게 **나귀 가죽**을 보여주면서 대꾸했다.

자페 남작은 각종 염기와 산, 알칼리, 가스 따위를 맛보는 데 아주 익숙해 있는 자신의 혀끝 신경 다발을 **가죽**에 갖다대고 몇 차례 음미해본 후 말했다. "아무 맛도 없군! 자, 그렇다면 여기에 플루오린산을 조금 떨어뜨려보기로 하지."

동물 조직을 아주 급속도로 분해하는 성질을 지닌 그 화합물이 작용했지만 가죽은 어떠한 변화도 보이지 않았다.

---

* '악마'라는 단어에 화합물을 가리키는 어미를 덧붙인 신조어.

"이건 가죽이 아니오." 화학자가 외쳤다. "이 불가사의한 괴물체를 광물로 간주해서 처리해보기로 합시다. 마침 내가 붉은 가성칼륨을 넣어둔 불용성 도가니 속에 그걸 담가두고 냄새를 맡아보기로 하지요."

자페는 밖으로 나가더니 바로 돌아왔다.

"선생," 그가 라파엘에게 말했다. "이 괴이한 물체를 한 조각 떼어내도 되겠지요. 그것참 희한한 것이군요……"

"한 조각이라고요!" 라파엘이 소리쳤다. "머리카락 한 올만큼도 안 됩니다. 에이, 그냥 실험이나 해보세요." 그가 반쯤은 심각하게 슬픈 표정으로, 반쯤은 빈정거리는 태도로 덧붙였다.

과학자는 가죽을 조금 떼어내려다가 그만 면도칼을 망가뜨렸다. 그러자 그는 아주 강한 전기 방전으로 가죽을 절단하려고 했다. 그러나 그것도 별 소득이 없자 다시 볼타 전지를 통하게 해보았다. 결국 그의 과학은 여러 차례 벼락 같은 전기충격을 퍼부었지만 그 가공할 부적 앞에서 모두 수포로 돌아가고 말았다. 어느덧 밤 일곱시가 되었다. 플랑셰트와 자페 그리고 라파엘은 시간이 가는 줄도 모르고 마지막 실험 결과를 고대하고 있었다. 그러나 가죽은 적절히 배합된 질소 염화물에 의해 발생한 엄청난 충격을 받았음에도 불구하고 끄떡도 하지 않았다.

"나는 끝났다!" 라파엘이 비명을 질렀다. "신이 저 안에 있어. 나는 머지않아 죽고 말겠구나."

그는 어안이 벙벙해진 두 과학자를 남겨두고 자리를 떴다.

"과학 아카데미에 이번 일을 알리지 않는 것이 좋겠소. 동료들이 우리를 놀릴 거요." 이윽고 플랑셰트가 화학자에게 말을 꺼냈다. 두 사람은 오랜 시간 동안 감히 속내를 털어놓을 엄두를 내지 못하고 서로 물끄러미 쳐다만 보고 있었던 것이다.

두 과학자의 심정은 죽은 후에 하늘에서 신을 만나지 못하고 도로 무덤에서 나온 기독교도같이 무참했다. 과학? 무능! 각종 산酸? 맹물! 붉은 가성칼륨? 망신! 볼타 전지와 전기충격? 두 개의 장난감!

"수력 프레스도 달걀 반숙처럼 터져버렸지!" 플랑셰트가 덧붙였다.

"악마가 있다는 것을 믿게 되었네." 잠시 침묵을 지키다가 자페 남작이 말했다.

"나는 신이 있다는 것을." 플랑셰트가 대꾸했다.

그들 둘은 모두 자신들의 본분을 다했다. 기계역학자에게 세계는 일꾼을 기다리는 하나의 기계다. 화학, 곧 모든 것을 와해시키는 이 악마의 작업이라는 관점에서 볼 때, 세계는 운동성이 부여된 하나의 가스다.

"우리는 사실을 부정할 수는 없네." 화학자가 다시 말을 꺼냈다.

"쳇! 우리를 위로하기 위해 입헌왕정파의 인사들이 좀 모호한 격언을 지어낸 바 있지. '사실처럼 어리석다'고."

"자네가 말한 격언이야말로," 화학자가 응수했다. "내게는 어리석은 사실처럼 보이네그려."

그들은 웃음을 터뜨렸다. 그러고 나서 그들은 기적을 그저 하나의 현상으로 치부하는 사람들로 되돌아가서 저녁을 먹으러 갔다.

자신의 집에 돌아온 발랑탱은 싸늘한 분노에 사로잡혔다. 그는 이제 아무것도 믿을 수 없었다. 있을 수 없는 사실과 마주친 모든 사람

들의 생각이 그렇듯이 그의 생각은 머릿속에서 뒤죽박죽이 되고 소용
돌이치면서 극심하게 동요했다. 그는 슈피크할터의 기계에 알지 못하
는 어떤 결함이 있겠거니 하고 대수롭지 않게 여겼다. 과학과 불의 무
력함도 그를 아연실색하게 만들지 않았다. 그러나 그가 가죽을 만졌을
때 그것이 보여준 그 유연함은, 인간이 쓸 수 있는 모든 종류의 파괴
수단이 가죽을 향했을 때 그것이 보여준 그 완강함은 그를 경악하게
했다. 이 부정할 수 없는 사실이 그에게 현기증을 일으켰다.

"나는 미쳤다." 그가 중얼거렸다. "아침부터 아무것도 먹지 않았는데
배가 고프지도 않고 목이 마르지도 않다. 다만 가슴 한복판에 나를 불
태우는 화로가 하나 있는 것 같다."

그는 나귀 가죽을 늘 간수해두던 액자 속에 다시 넣었다. 그리고 붉
은 잉크로 부적의 윤곽을 따라 선을 그어 크기를 표시하고 나서 안락
의자에 털썩 주저앉았다.

"벌써 여덟시구나." 그가 탄식했다. "오늘 하루는 백일몽처럼 지나갔
구나."

그는 두 팔꿈치를 안락의자 팔걸이에 괴고 머리를 왼쪽 손에 기대
고는 사형수들만이 그 비밀을 알고 있는, 가슴을 에는 암울한 생각에
잠겨 꼼짝도 하지 않았다.

"아! 폴린." 그가 한탄했다. "불쌍한 아이 같으니라고! 사랑이 날개
를 달았다 해도 넘어설 수 없는 심연이 있는 법인데." 바로 그 순간 그
는 억눌린 듯한 숨소리를 똑똑히 들었다고 생각했다. 그리고 사랑만
이 발휘할 수 있는 가장 감동적인 능력은 그로 하여금 그 소리가 사랑
스러운 폴린의 숨결이라고 여기게 했다. "오!" 그가 혼잣말로 중얼거

렸다. "이게 내 운명이구나. 정말 그녀가 여기 있다면 나 그녀의 품에 안겨 죽고 싶구나."

그때 아주 청아하고 아주 명랑한 웃음소리가 터져나와서 그는 소리가 나는 침대 쪽으로 고개를 돌렸다. 반투명한 커튼 뒤로 자기 장난이 성공을 거두어서 희희낙락하는 어린아이처럼 활짝 웃고 있는 폴린의 얼굴이 보였다. 동그랗게 말려 무수한 고리를 이룬 그녀의 머리채가 양어깨 위에 아름답게 드리워져 있었다. 그렇게 나타난 그녀는 마치 흰 장미 다발 위에 놓인 한 송이의 빨간 뱅골 장미 같았다.

"내가 조나타를 구워삶아 들어오게 된 거예요." 그녀가 말했다. "이 침대는 내 것이 아닌가요? 난 당신 부인이니까요. 자기, 날 너무 꾸짖지 마요. 난 단지 당신 곁에서 자고 싶었고 당신을 놀래주고 싶었을 뿐이에요. 이렇게 엉뚱한 짓을 한 것 용서해주세요." 그녀는 고양이처럼 침대에서 펄쩍 뛰어내려와 모슬린 천으로 감싸인 눈부신 자태를 내보이며 라파엘의 무릎 위에 올라앉았다. "내 사랑, 당신이 방금 말한 심연은 무엇을 뜻하는 것인가요?" 그녀가 이마 위에 다소 근심스러운 표정을 지으며 물었다.

"죽음."

"당신이 그런 말을 할 때면 난 마음이 아파요." 그녀가 대답했다. "남자들 말고 우리 가엾은 여자들은 깊이 따져볼 수 없는 그런 몇 가지 관념들이 있어요. 그것들이 우리 여자들을 죽게 만들지요. 사랑의 힘 때문일까요, 아니면 용기가 없어서일까요? 난 모르겠어요. 나는 죽음이 두렵지 않아요." 그녀는 웃으면서 말을 이었다. "당신과 함께 죽는 것은, 내일 아침 둘이서 마지막 키스를 나누며 죽는다면, 그것은 행복일 거예요. 그러면 난 백 년도 더 살았다 가노라 여길 거예요. 우리가 하룻밤 사이에, 아니 단 한 시간 만에 평안하고 사랑스러운 한평생을 다 만끽했다면 얼마를 산다는 것이 뭐 그리 대단한 문제겠어요?"

"당신 말이 옳아. 하늘이 당신의 아리따운 입을 빌려 말하고 있군. 그대의 입술에 내가 입을 맞추게 해줘. 그리고 우리 함께 죽어버리자." 라파엘이 말했다.

"그래요 함께 죽지요, 뭐." 그녀가 웃으면서 말을 받았다.

아침 아홉시경, 햇살이 덧창 틈 사이로 새어 들어왔다. 모슬린 커튼을 통과해 한결 은은해진 햇살로 인해 두 연인이 누워 있는 침실의 양탄자는 더욱 풍성한 빛깔을 띠었고 가구들은 비단처럼 한층 더 윤이 나 보였다. 군데군데 황금장식이 번쩍거렸다. 간밤에 나눈 사랑의 유희가 바닥에 떨어뜨린 푹신한 솜털이불 위로 한줄기 햇살이 떨어지더니 차츰 사그라들었다. 커다란 체경에는 폴린의 드레스가 마치 몽롱한 환영처럼 걸려 있었다. 앙증맞은 신발은 침대 멀리 팽개쳐져 있었다. 꾀꼬리 한 마리가 날아와 창틀에 앉았다. 꾀꼬리는 몇 번을 반복해서 지저귀더니 갑자기 날개를 펴고 푸드덕 날아갔는데, 그 소리에 라파엘이 깨어났다.

"죽기 위해서는" 꿈속에서 시작된 사념을 마무리지으면서 그가 말했다. "나라는 유기체가, 내 의지에 의해 움직이는 이 살과 뼈의 메커니즘이, 나를 남자라는 하나의 개체로 만드는 이 메커니즘이 심각한 손상을 입어야만 한다. 의사라면 마땅히 침해를 입은 생명력의 징후들을 알아야 할 것이고, 그래서 내가 건강한지 아니면 병들었는지 내게 말해줄 수 있어야 할 것이다."

그는 그의 머리를 꼭 끌어안고 잠자는 자기 여인을 그윽이 바라
보았다. 그렇게 그녀는 잠을 자면서도 다정한 사랑의 염려를 표현하
는 것이었다. 얼굴을 그를 향해 돌리고 어린아이처럼 정겹게 누워 있
는 폴린은 고르고 맑은 숨을 내쉬느라 예쁜 입을 반쯤 벌리고 변함없
이 그를 쳐다보고 있는 것 같았다. 백자같이 흰 그녀의 앙증맞은 치아
는 미소가 감돌고 있는 선명한 붉은 입술을 더욱 돋보이게 했다. 그녀
의 담홍색 얼굴빛은 환한 대낮, 가장 사랑스러워 보이는 때보다도 지
금 이 순간 더욱더 선명했고, 한결 더 뽀얗게 빛을 발했다. 자신을 방
기한 듯한 그녀의 아리따운 자태에는 사랑하는 사람을 전적으로 믿는
마음이 넘쳐흐르며 성적인 매력에 잠든 아이 특유의 눈부신 매력이
어우러져 있었다. 여자들은 전혀 꾸미지 않은 경우라 할지라도 낮 동
안에는 영혼의 천진한 확산을 가로막는 사회적 관습에 복종하기 마련
이다. 그러나 잠은 그녀들을 초년기 인생 특유의 돌연한 자발성으로
되돌려놓는다. 폴린은, 철들 나이 이전, 아직 태도에는 어떤 저의도 개
입되지 않고 눈빛에는 비밀이 깃들어 있지 않은 그런 천의무봉 상태
의 아이처럼 아무런 부끄러움이 없어 보였다. 그녀의 옆얼굴은 결 고
운 흰 삼베의 베갯잇과 대조를 이루어 도드라져 보였는데, 헝클어진
머리카락과 올이 굵은 베개의 레이스 장식술이 뒤엉켜서 개구쟁이 같
은 인상을 주었다. 하지만 그녀는 자면서 환희를 만끽하고 있었다. 그
녀의 속눈썹은 뺨에 닿을 정도로 길었는데, 마치 너무 강한 불빛으로
부터 그녀의 눈을 보호하기 위해서거나, 완벽하지만 쉬 사라져버리는
관능의 쾌감을 붙들려고 할 때 필요한 정신의 집중을 돕기 위해서 그

렇게 긴 것처럼 보였다. 그녀의 앙증맞은 연분홍빛 귀는 한 줌 머리카락으로 동그랗게 감싸인 채 플랑드르산 고급 레이스 자락에 파묻혀 더욱 도드라져 보였으며, 예술가든 화가든 노인이든 다 사랑에 빠져 미치게 만들고, 실성한 사람도 정신이 번쩍 들게 해줄 것 같았다. 꿈꾸는 중에도, 더이상 의식과 감각이 없는 것처럼 보이는 그 순간마저도, 당신을 사랑해서 당신의 보호 아래 평안한 모습으로 미소 지은 채, 잠들기 직전 나누었던 입맞춤에 대해 잠결에 이야기하려는 듯 말없는 입술을 여전히 당신에게 내밀고 있는 애인을 바라보는 것! 거의 벌거 벗었지만 외투를 걸치듯 그렇게 사랑으로 몸을 감싸고 있어 흐트러진 것 같지만 정숙해 보이는, 온몸을 당신에게 맡기고 있는 여인을 바라보는 것! 그녀가 여기저기 벗어놓은 옷가지들, 전날 밤 당신에게 쾌락을 선사하기 위해 서둘러 벗어던진 비단 스타킹, 당신에게 보내는 무한한 신뢰의 표시인 풀어놓은 허리띠를 경이롭게 쳐다보는 것! 그것은 뭐라 표현할 수 없는 기쁨이 아니겠는가? 그 허리띠야말로 한 편의 온전한 시일지니, 그 허리띠가 보호했던 여인은 사라지고, 온전히 당신 것이 된 여인이, 당신 자신이 된 여인이 있는 것이다. 이제 그녀를 배반한다는 것은 곧 당신 자신에게 상처를 입히는 것이다. 마음이 짠해진 라파엘은 햇살이 관능적인 색조를 띠어가면서 사랑으로 가득차고 추억이 넘실대는 방안을 그윽이 바라보다가, 순결하고 푸릇하며 여전히 사랑스러운 자태를 간직한데다가 무엇보다 오로지 자신에게만 마음을 바치는 여인을 향해 돌아누웠다. 그는 영원히 살기를 바랐다. 그의 시선이 폴린에게 떨어지자마자 이내 그녀는 마치 햇살의 세례를 받은 것처럼 두 눈을 떴다.

"잘 잤어요, 당신?" 그녀가 미소 지으며 말했다. "당신 참 멋져요, 심 술꾸러기 같으니라고!"

사랑과 젊음이 발산하는 아름다움이 서광曙光과 적막으로 인해 한 층 더 눈부시게 이 두 얼굴에 피어오르면서, 두 사람은 천진난만함이 동심에게만 있듯이 사랑이 타오르기 시작하는 초창기에만 발휘되는 한시적인 마법의 힘이 만들어내는 그 신묘한 광경들 중의 한 장면을 연출하고 있었다. 오호라, 사랑의 봄날에 만끽하는 이 기쁨은 우리 젊 은 날의 웃음이 그러하듯이 덧없이 사라져버리고 우리의 기억 속에만 살아남는 운명을 지닌 것으로서, 우리의 내밀한 상념이 변덕을 부릴 때마다 우리를 절망에 빠뜨리거나 아련한 위안의 향기를 전달해주는 구나.

"왜 일어났어?" 라파엘이 말했다. "난 당신이 잠든 모습을 바라다보 는 것이 너무도 기쁜데, 그 모습에 눈물이 다 났어."

"나도 그래요." 그녀가 대답했다. "나도 지난밤 혼곤히 잠든 당신을 지켜보면서 눈물을 흘렸어요. 하지만 기쁨의 눈물은 아니었어요. 내 말 좀 들어봐요, 나의 라파엘. 내 말 듣는 거예요? 당신이 자면서 내는 숨소리는 편안하지 못해요. 당신의 가슴속에 뭔가가 울리는 것 같아 요. 난 무서웠어요. 당신은 자면서 마른기침을 약간 하는데, 그게 폐병 으로 돌아가신 우리 아버지의 경우와 아주 흡사해요. 당신의 폐에서 나는 소리에서 난 자꾸 그 병의 몇 가지 독특한 징후가 생각나요. 게 다가 당신은 열도 났어요. 그건 분명해요. 당신의 손이 축축했고 불같 이 뜨거웠어요. 여보! 당신은 젊어요." 그녀가 몸을 떨면서 말했다. "당 신은 나을 수 있을 거예요, 만일 불행하게도…… 아니, 그럴 리 없어요." 그녀가 명랑하게 소리쳤다. "불행이란 없어요. 그 병은 전염되는 거라고, 의사들이 그러잖아요." 그녀는 두 팔로 라파엘을 얼싸안더니 영혼을 나누는 듯한 그런 입맞춤으로 그의 숨결을 빨아들였다. "나 혼자 나이 먹으면서 살고 싶지 않아요." 그녀가 말했다. "우리 둘이 젊어서 함께 죽어요. 그리고 두 손 가득 꽃을 들고 하늘나라로 올라가기로 해요."

"그런 계획들은 항상 건강이 좋을 때 세워지는 법이지." 라파엘은 폴린의 머리카락 사이로 두 손을 넣으면서 대답했다. 하지만 그 순간 그에게 무시무시한 기침의 발작이 일어났다. 흡사 관 속에서 나오기라도 하는 듯이 둔중하게 울려퍼지는 그 기침은 환자의 신경을 교란하고 늑골을 뒤흔들며 척수의 진을 빼고 혈관에 뭔지 모를 압박을 가하고 난 후, 완전히 땀에 젖은 환자의 얼굴을 창백하게 질리게 하고 부들부들 떨게 만드는 그런 것이었다. 기침의 습격을 받고 창백해진 라파엘은 최후의 사투를 벌이고 온몸의 힘이 모두 빠진 사람처럼 기진맥진해서 천천히 자리에 쓰러졌다. 폴린은 두려움으로 휘둥그레진 눈을 라파엘에게서 떼지 못한 채 새하얗게 질려서 할말도 잊고 미동도 하지 않았다.

"이제 정신 좀 차려야 해요, 내 사랑." 자신에게 몰아쳐오는 끔찍한 예감을 라파엘에게 감추기 위해 그녀가 그렇게 말했다.

그녀는 두 손으로 자신의 얼굴을 가렸다. 무시무시한 **죽음**의 해골을 보는 듯했던 것이다. 라파엘의 머리는 과학자가 연구하는 데 쓰기 위해 무덤 깊은 곳에서 파낸 두개골처럼 납빛으로 변했고 속이 뻥 뚫린 것 같았다. 폴린은 전날 밤 발랑탱의 입에서 터져나왔던 탄식을 떠올리곤 혼잣말로 중얼거렸다. '그래, 사랑도 건너뛸 수 없는 심연이 있는 법이다. 그렇다면 사랑은 그 심연 속에 빠져야만 한다.'

이 서글픈 장면이 벌어지고 난 지 며칠 후 3월의 어느 날 아침, 라파엘은 네 명의 의사에 둘러싸여 자기 방 창문 앞 볕이 잘 드는 곳에 놓인 안락의자에 앉아 있었다. 그들은 차례차례 라파엘의 맥박을 짚어보고 흥미로운 표정으로 라파엘의 몸을 여기저기 만져보면서 그에게 이것저것 물어보았다. 환자는 의사들의 몸동작은 물론 아주 미세한 이맛살의 찌푸림일지라도 그 의미가 무엇인지 파악하려고 애쓰면서 그들의 머릿속 생각을 알아내고 싶어하는 모습이었다. 이 진찰은 그의 마지막 희망이었다. 이 최고심 재판관들은 이제 곧 그에게 삶의 선고 아니면 죽음의 선고를 내릴 것이다. 그러니까 발랑탱은 인간을 다루는 과학으로부터 최종 선고를 받기 위하여 현대 의학이라는 신탁의 제사장들을 불러모았던 것이다. 그의 재력과 이름 덕분에 인간의 인식 능력을 대표하는 세 개의 체계가 그 앞에 자리했다. 네 명의 의사들 중 셋은 각각 관념주의와 실증주의, 그리고 다소 회의적인 시각의 절충주의를 대변함으로써 의료철학 전체를 아우른다고 할 수 있는 인물들이었다. 네번째 의사는 오라스 비앙숑이었다. 철두철미하게 과학적이고 미래의 의학을 짊어질 그는 아마도 신진 의사들 중에서 가장 두각을 나타내는 인물일 것이다. 대단히 학구적인 그들 젊은 의사 그룹은 파리 학파가 지난 50년간 이루어낸 귀중한 업적을 집약하는 데 여념이 없었으며, 지난 수세기 동안 다방면에서 완성된 수없이 많은 성과물을 질료로 해서 기념비적인 건물을 구축할 것이라는 기대를 받고 있었는데, 비앙숑은 그 그룹의 리더로 총명하면서도 겸손했다. 후작과 라스티냐크의 친구이기도 한 그는 며칠 전부터 후작을 보살피고 있었는데, 그날은 후작이 그 세 의대 교수의 질문에 답변하는 것을 도와주는 한편, 간간이 세 의사에게는 그동안의 진찰 결과 폐병으로 의심된다고 판단한 자신의 소견을 나름대로 소신을 가지고 개진하였다.

"너무 과로를 했다든지, 방탕한 삶을 영위했다든지, 아니면 대단히 지적인 능력을 요구하는 작업에 매달렸다든지 하셨습니까?" 세 명의 저명한 의사 중 두상이 각지고 얼굴은 넓적하며 기운이 넘쳐서 다른 두 의사보다는 한 수 위의 재능을 갖고 있는 것처럼 보이는 의사가 라파엘에게 물었다.

"삼 년 동안 방대한 저작을 집필하는 데 매달렸지요. 당신도 언젠가는 관심을 가지게 될 그런 방대한 저작입니다. 이후 방탕한 생활에 빠져 지내다가 자살을 하려고 했지요." 라파엘이 그에게 대답했다.

홀쩍하니 키가 큰 의사는 만족감의 표시로 고개를 끄덕였다. 마치 속으로 '내 그럴 줄 알았지!'라고 말하는 것 같았다.

그는 저명한 브리세 박사였다. 이른바 유기체론자들의 거두인 그는 카바니스와 비샤 같은 의사들의 가르침을 받아서, 인간이란 오로지 인간 자신의 유기체 법칙에 따를 뿐인 유한한 존재로서 정상 상태나 나쁜 영향을 끼치는 비정상 상태에는 명백한 이유가 있다고 생각하는, 실증적이고 유물론적인 사고방식을 가진 의사였다.

라파엘의 대답을 듣고 브리세는 옆에 있는 중키의 남자에게 말없이 시선을 돌렸다. 그 남자는 낯빛이 불그스름하고 눈이 형형해서 고대 신화에 나오는 사티로스 같아 보였는데, 문틀 구석에 등을 기대고 아무 말 없이 라파엘을 주의깊게 관찰하고 있었다. 다혈질에다 신념이 강해 보이는 그는 카메리스투스 박사로서 이른바 생기론자들의 거두이자 판 헬몬트의 추상 이론에 대한 열렬한 지지자였는데, 인간의 생명에는 뭔가 승화된 비밀스러운 원칙이, 메스를 우롱하고 외과학을 무력하게 만들며 약제학의 약품들도 전혀 듣지 않고 대수학의 방정식으로도 해부학의 입증들로도 해결되지 않는, 우리들의 노력을 비웃는 그런 불가해한 현상이 있다는 입장을 고수했다. 만질 수도 없고 보이지도 않으며 뭔가 신성한 법칙을 따르는 불꽃 같은 것이, 종종 우리가 죽었다고 판정한 육체 한가운데에 머물기도 하고, 가장 혈기왕성한 신체를 떠나버려 한순간에 무너지게 만들기도 한다는 것이다.

세번째 의사의 입가에는 냉소가 떠돌았다. 그는 모그르디 박사로서 매우 뛰어난 정신의 소유자지만 지극히 회의적이고 냉소적이어서 메스 이외에는 아무것도 믿지 않았으며, 더할 나위 없이 건강한 사람도 갑자기 죽을 수 있다는 브리세의 견해에 동조하기도 하고, 사람은 죽음 이후에도 여전히 살 수 있다는 카메리스투스의 견해를 인정하기도 했다. 그는 모든 이론들이 나름대로 좋은 점이 있다고 생각했으나 그중 어떤 것도 자기 것으로 받아들이지 않았으며, 가장 훌륭한 의학체계는 그 어떤 이론도 받아들이지 않고 오로지 사실에만 전념하는 것이라고 주장하는 인물이었다. 의학계의 파뉘르주이자 관찰의 제왕인 이 위대한 탐구가, 이 위대한 냉소주의자, 필사적인 노력의 화신이라고 할 이 인물은 나귀 가죽을 살펴보고 있었다.

"당신의 욕망에 동조하여 이 가죽의 수축이 일어난다는 것을 직접 보고 싶습니다만" 하고 그가 후작에게 말했다.

"뭐 하려요?" 브리세가 목소리를 높였다.

"뭐 하려요?" 카메리스투스도 따라했다.

"아! 동의하시는군요." 모그르디가 대답했다.

"그 수축 현상은 매우 단순한 것이지요." 브리세가 덧붙였다.

"초자연적인 현상이지요." 카메리스투스가 말했다.

"실상," 모그르디가 라파엘에게 나귀 가죽을 돌려주고 심각한 표정을 짓는 척하며 반박했다. "살가죽의 경화硬化는 설명이 불가능하기는 하지만 자연스러운 현상이지요. 그래서 세상의 시초부터 의학과 아리따운 여인들을 절망에 빠뜨리는 문제입니다."

세 의사의 행태를 죽 지켜본 끝에 발랑탱은 그들이 자신의 병에 대해 일말의 동정심도 가지고 있지 않다고 결론지었다. 셋 모두 자신이 한 답변에는 가타부타 전혀 말이 없이 무관심하게 자기를 진찰하고, 측은해하는 기색도 없이 질문을 하기만 하는 것이었다. 그들의 깍듯한 태도에도 불구하고 별로 열의가 없다는 것이 확연히 드러났다. 확신이 들어서 그랬는지, 생각을 하느라 그랬는지 그들은 말수가 너무도 적었고 또 너무도 맥빠지게 하는 말들만 해서 라파엘은 때때로 그들이 딴생각을 하고 있지 않나 하는 생각이 들었다. 간간이 브리세만이 그간 라파엘의 절망적인 징후들을 관찰해서 보고하는 비앙송에게 "좋아요! 알았어요!"라고 대답할 뿐이었다. 카메리스투스는 깊은 몽상에 빠져 있었고, 모그르디는 두 개의 원본을 어떻게 충실하게 무대 위에 옮길지를 고심하고 있는 극작가 같았다. 오라스의 얼굴만이 깊은 고통과 슬픔 가득한 연민을 내비치고 있었다. 의사가 된 지 얼마 되지 않은 그는 환자의 고통 앞에서 무덤덤하거나 죽음의 침상 곁에서 냉정을 유지하기 어려웠던 것이다. 그래서 그는 두 눈 가득히 차오르는 인정의 눈물을 감출 수가 없었는데, 바로 그 인정의 눈물 때문에 대개 사태를 명확하게 파악하기 어려운 법이고, 전쟁터의 냉혹한 장군처럼 죽어가는 병사들의 비명소리에 개의치 않고 승리를 위한 결정적인 순간을 잡아채질 못하는 법이다. 양복장이가 결혼 예복을 주문한 젊은 이의 옷 치수를 재듯이 그렇게 병과 병자를 진찰한답시고 대략 삼십 분 정도를 보낸 후 그들은 몇 마디 의례적인 당부의 말을 던지고 심지어는 정치 이야기 같은 잡담을 입에 올리는 것이었다. 그러고 나서 그들은 서로 의견을 교환하고 소견서를 작성하기 위해 라파엘의 서재로 자리를 옮기고 싶다고 했다.

"선생님들," 발랑탱이 그들에게 물었다. "나도 그 토론 자리에 참여하면 안 되나요?"

이 말을 듣고 브리세와 모그르디는 완강하게 안 된다고 답했다. 환자의 요청이 여러 번 거듭되었으나 그들은 환자 앞에서 토론하는 것은 안 될 말이라고 거부했다. 라파엘은 하는 수 없이 관례에 따랐지만, 속으로는 복도에 몰래 잠입할 수 있을 것이고, 거기라면 세 교수가 나눌 의학적 토의를 쉽게 엿들을 수 있을 것이라고 계산했다.

"여러분," 서재 안에 들어서자 브리세가 입을 열었다. "내가 먼저 여러분에게 내 견해를 신속하게 말씀드리겠습니다. 나는 여러분에게 내 견해를 강요하고 싶은 마음도 없고, 내 견해를 두고 갑론을박하는 것을 지켜볼 여유도 없습니다. 우선 내 견해는 간결하고 명료하기 때문입니다. 그것은 우리가 부탁을 받고 좀전에 진찰한 사람이 내 환자들 중 하나와 완벽하게 일치하는 데서 나온 결론입니다. 그리고 나는 지금 병원으로 돌아가봐야 합니다. 내가 꼭 있어야 할 만큼 그 일이 중요하기 때문에 제일 먼저 말을 하는 것에 대해 양해해주시기 바랍니다. 우리가 지켜본 **환자** 역시 머리를 쓰는 작업 때문에 쇠약해진 겁니다…… 오라스, 대체 저 사람이 한 작업이 뭐지?" 그가 젊은 의사에게 몸을 돌리며 물었다.

"의지에 관한 이론입니다."

"오! 저런, 거참 방대한 주제군. 그는 다시 말하거니와 생각이 지나치고 섭생은 한참 어긋난데다 너무 강한 각성제를 반복적으로 사용해서 쇠약해진 겁니다. 육체와 두뇌의 격심한 활동이 전 신체 기관의 작용에 해악을 미친 겁니다. 여러분, 얼굴과 몸에 나타난 징후들을 통해서 극심한 위경련과 교감신경계의 교란, 그리고 명치끝의 과민 증상과 옆구리 협착증 등이 있다는 것을 쉽게 알 수 있습니다. 여러분은 간이 비대해져서 비어져나온 것을 보셨을 겁니다. 그리고 비앙숑이 자기 환자의 소화 기능을 줄곧 살펴보았는데 많이 저하되고 원활하지 못하다고 말했지요. 솔직히 말하자면 위장이 더이상 존재하지 않는 겁니다. 사람으로서는 이미 죽은 거나 다름없습니다. 사람은 소화를 하지 못하면 지력도 쇠퇴하는 법이지요. 생명의 중심부인 명치 부분의 점진적인 악화가 전 신체 기관을 못 쓰게 만든 겁니다. 그로 인해 현저한 발열 현상이 지속적으로 나타나고, 교란 작용이 신경망을 타고 두뇌를 침범했던 것이며, 거기에서 소화 기관의 극심한 경련이 기인했습니다. 편집증의 측면이 있지요. 환자는 한 가지 고정관념의 무게에 짓눌려 있습니다. 그에게 저 **나귀 가죽**이 실제로 줄어든 것으로 보였겠지요. 그런데 우리가 보았듯이 아마도 그것은 항상 그대로 있었을 것입니다. 하지만 그 근심의 가죽은 줄어들든 줄어들지 않든 터키의 어떤 총리대신 코 위에 앉아 있는 파리같이 그가 어찌하지 못하는 것입니다. 지체 없이 명치에 거머리를 붙여놓도록 하십시오. 그래서 사람의 모든 것이 들어 있는 그 기관의 경련을 진정시키십시오. 그리고 환자에게 식이요법을 준수하도록 하십시오. 그러면 그 편집증이 당장 없어질 것입니다. 비앙숑 박사에게 더이상 지시하지는 않겠소. 그가 치료의 전체적인 틀과 세부 사항들을 정해야 할 것입니다. 어쩌면 복합적인 병인지도 모릅니다. 호흡기도 마찬가지로 망가졌을지 모릅니다. 하지만 나는 장腸 기관의 치료가 폐 기관의 치료보다 더 중요하고 더 필수적이며 더 급하다고 생각합니다. 추상적인 문제에 대한 집요한 연구와 몇 가지 격렬한 열정이 그 생명의 메커니즘에 심각한 장애를 일으킨 것입니다. 그러나 아직은 그 메커니즘의 활력을 되살릴 수 있는 시점이오. 손쓸 수 없을 정도로 그렇게 심하게 망가진 것은 전혀 없으니까. 그러니까 자네는 자네 친구를 어렵지 않게 치료할 수 있을 것이네." 그가 비앙숑에게 말했다.

"지금 우리의 박식한 동료는 결과와 원인을 혼동하고 있습니다." 카메리스투스가 이의를 제기했다. "그가 아주 뛰어나게 관찰한 그 악화된 증상들이 환자에게 나타나고 있는 것은 맞습니다. 그러나 위장은, 유리창에 균열이 생겨 금이 사방으로 퍼져나가듯이 그렇게 점차적으로 신체 기관에 발열을 일으켰던 것이 아니며 그것이 뇌에 침범했던 것도 아닙니다. 유리창에 구멍을 내려면 어떤 충격이 필요했던 겁니다. 그 충격, 무엇이 그 충격을 가져왔을까요? 우리는 그것을 알고 있습니까? 우리는 환자를 충분히 관찰했습니까? 우리는 그의 삶에서 일어났던 모든 사건들을 알고 있습니까? 여러분, 그는 판 헬몬트가 아르케라고 말한 생명의 원질을 공격당한 것입니다. 그래서 생명력 자체가 근본부터 흔들렸습니다. 숭고한 섬광, 기계의 연결 부위 같은 역할을 하고 의지를 생산하는 순간적인 지력, 요컨대 삶의 과학이라고 하는 것이 신체라는 기계 장치에서 날마다 일어나는 현상들을 더이상 조절하지 못하게 된 겁니다. 우리의 박식한 동료께서 망가진 상태들을 아주 잘 잡아내셨는데, 그런 상태는 바로 거기서 비롯된 것입니다. 움직임은 명치에서 뇌 쪽으로 간 것이 아니라 뇌에서 명치 쪽으로 간 것이지요. 천만에요." 그는 자기 가슴을 세게 두드리면서 말했다. "천만에요, 내가 사람인 까닭이 위장에 있다니요! 아니고말고요. 모든 것이 이 안에 들어 있는 것은 아닙니다. 나는 내 명치만 건강하다면 나머지는 다 형식적이다라고 말할 만큼 무모하지 않습니다. 우리는 말이지요," 그는 다소 어조를 낮춰 말을 이었다. "서로 다른 여러 환자들이 정도의 차이는 있지만 공히 심각한 타격을 입었을 때 그들에게서 나타나는 심각한 증상들에 대해 똑같은 육체적 원인에서 비롯됐다고 단정하고 획일적인 처방을 내려서는 안 됩니다. 어떤 사람도 똑같지 않으니까요. 우리는 모두 각자 독특한 신체 기관들을 가지고 있습니다. 그래서 그것들은 병에 걸리는 이유도 회복되는 이유도 서로 다릅니다. 그것들은 저마다 고유의 임무를 맡아서 수행하며, 우리에게는 아직 알려지지 않은 어떤 질서정연한 상태의 완성에 필수적인 요목들을 발전시키는 일을 합니다. 전체적인 구성 비율은 고도의 의지에 의해 우리의 생명 현상을 작동시키고 유지시키게 되는데 사람마다 뚜렷이 차이가 나며, 그래서 각 사람들을 겉으로는 한결같은 존재로 보이게 하지만 어떤 점에서는 한없이 다른 원인을 지니고 있는 그런 존재로 만드는 것입니다. 그러므로 우리는 각 환자를 따로따로 연구하고 속속들이 파헤쳐서 각각의 환자의 생명이 무엇으로 이루어져 있는지, 생명력은 어떤 것인지 알아내야 합니다. 젖은 스펀지의 물렁물렁함에서부터 속돌의 단단함에 이르기까지 무한한 뉘앙스가 있는 것입니다. 인간이란 바로 그런 존재입니다. 림프절의 해면질 조직과 몇몇 장수하는 사람들의 금속처럼 강인한 근육질 사이에 엄청난 차이가 있는 법인데, 병이 나면 항상 인간의 기력이 교란을 받아서 쇠약하고 침체하게 된 것이라고 간주하고 거기에 근거하여 처방을 내리는 일방적이고 융통성 없는 치료 체계는 과연 얼마나 많은 잘못을 저지르게 될 것인가! 그러므로 나는 이번에 아주 정신적인 치료를, 내면적인 존재에 대한 심도 있는 검토를 하고 싶습니다. 자, 병의 원인을 육체의 내장 깊은 곳에서 찾지 말고 영혼의 내장 깊은 곳에서 찾읍시다! 의사란 영감을 받은 존재, 아주 특별한 재능을 부여받은 존재입니다. 신은 예언자에게는 미래를 내다보는 눈을, 시인에게는 사물의 본성을 부르는 능력을, 음악가에게는 갖가지 소리를 배열해 아마도 천상에 모델이 있을 그런 화음을 엮어내는 능력을 부여해주었듯이, 의사에게는 생명 현상을 읽어내는 능력을 맡겨주신 것이지요!"

"저 변함없이 절대주의적이고 군주제적이며 종교적인 의술이란." 브리세가 중얼거리듯이 내뱉었다.

"여러분," 모그르디가 서둘러 브리세의 탄식을 덮으려는 듯이 성급히 말을 이었다. "환자를 도외시하는 이야기는 하지 맙시다."

"과학의 현주소라는 것이 바로 저렇구나!" 라파엘이 처량하게 탄식했다. "내 병의 치료는 로사리오 묵주와 거머리로 엮인 염주 사이에서, 뒤피트랭*의 메스와 호엔로흐 공☆**의 기도 사이에서 표류하고 있구나! 사실과 말을, 물질과 정신을 가르는 경계선 위에 모그르디가 의심을 하며 서 있고. 그렇다와 아니다 사이에서 주저하는 인간의 망설임이 어디든 나를 따라다니지 않는 곳이 없군! 어느 경우나 라블레가 말한 카리마리, 카리마라일세. 나는 정신적으로 아프다, 카리마리! 아니다, 물질적으로 아프다, 카리마라! 나는 살 것인가? 저자들은 그걸 모르지. 적어도 플랑셰트가 더 솔직했어. 그는 내게 이렇게 말했지. 나는 알 수 없다, 라고."

그 순간 발랑탱의 귀에 모그르디 박사의 목소리가 들려왔다.

"환자가 편집광이라고요. 아, 그래요, 인정합니다." 그가 큰 소리로 말했다. "하지만 그는 20만 리브르의 연금을 가지고 있습니다. 그런 편집광들은 매우 드뭅니다. 우리는 적어도 그들의 의견을 들어보아야 합니다. 그의 명치가 뇌에 영향을 미쳤는지, 아니면 뇌가 그의 명치에 영향을 미쳤는지에 대해서는 사실을 확인해보면 아마 알 수 있을 것입니다. 그가 죽었을 때 말이지요. 그러니 이렇게 정리합시다. 그는 아픕니다. 그건 이론의 여지가 없습니다. 그에게는 어떻게든 치료가 필요합니다. 서로 각자의 주의주장들일랑 내려놓읍시다. 우리 모두 그가 장내의 울혈과 신경증을 가지고 있다는 것에는 동의합니다. 그러니

---

* 19세기 프랑스의 유명한 외과의사로서 무신론자였다. 『인간극』의 또다른 작품 『무신론자의 미사』의 주인공인 데플랭의 모델로 알려져 있다.
** 1815년 사제 서품을 받고 이듬해 예수회에 들어간다. 병자들의 기도문을 만들었으며 수많은 치유의 기적을 행한 것으로 알려졌으나 교단으로부터 공식적으로 인정받은 적은 없다.

그것들을 완화시키기 위해 우선 거머리로 사혈을 합시다. 그러고 나서 그를 온천에 요양 보냅시다. 그러면 우리는 두 치료 체계를 동시에 적용하는 셈이 되는 것입니다. 만일 그가 폐병을 앓고 있다면 우리로서는 그를 살리기가 좀 어려울 것입니다. 그러니……"

라파엘은 황급히 복도를 떠나 안락의자로 되돌아왔다. 곧이어 네 명의 의사가 서재에서 나왔다. 오라스가 대표로 그에게 말을 전했다. "선생님들께서 만장일치로 지체 없이 위장에 거머리 사혈법을 시행해야 할 필요가 있음을 인정했고, 육체적 치료와 정신적인 치료를 병행해야 하는 것이 시급하다는 결론을 내렸습니다. 우선 장 기관의 울혈을 진정시키기 위하여 식이요법을 해야 합니다."

이 대목에서 브리세가 고개를 끄덕였다.

"그다음에 환자의 정신건강을 위해 위생요법을 실시해야 합니다. 그래서 우리는 사부아의 엑스레뱅 온천이든 오베르뉴의 몽도르 온천이든 환자가 선호하는 곳에 가는 것이 좋겠다고 의견의 일치를 보았습니다. 공기나 경치로 보자면 사부아가 캉탈*보다는 더 좋겠지만 환자의 취향에 맡깁니다."

이번에는 카메리스투스 박사가 동의하는 표시를 내비쳤다.

"이분들은," 비앙숑이 말을 이었다. "환자의 호흡 기관에 경미한 문제가 있다고 판단해서 이제까지 제가 해온 처방을 계속 적용하는 데 동의했습니다. 이분들은 병을 치료하는 일이 어렵지 않으며, 이러한 여러 방식들을 적절하게 번갈아가며 사용하면 치료가 가능하리라고

---

* 몽도르 온천이 있는 곳은 정확히 이야기하자면 캉탈 지방이 아니라 퓌드돔 지방이다.

판단하고 있습니다. 그리고……"

"그리고 당신들의 딸이 벙어리인 까닭이 바로 거기에 있고."* 라파엘이 미소 지으며 말하고는 오라스를 데리고 서재로 건너가 이 무의미한 진찰에 대한 비용을 지불했다.

"그들은 논리적이야." 젊은 의사가 그에게 해명했다. "카메리스투스는 보이지 않는 것에 대해 말하고, 브리세는 관찰하며, 모그르디는 의심하지. 인간은 영혼과 육체와 이성을 가진 존재가 아니겠어? 이 세 가지 근본적인 이유 중 하나가 사람에 따라서 상대적으로 강하게 작용하는 것이고, 그래서 인간학 안에는 앞으로도 항상 인간적인 면이 있게 될 거야. 나를 믿어, 라파엘. 우리가 병을 고치는 것이 아니야. 우리는 다만 병을 고치는 것을 도와줄 뿐이야. 브리세의 의술과 카메리스투스의 의술 사이에 기대期待 의술**이라고 하는 것이 있지. 하지만 이 의술이 성공하려면 환자를 10년 정도는 지켜보아야 한다네. 의학의 근저에는 다른 모든 과학과 마찬가지로 부정의 법칙이 통용되는 것이지. 그러니까 지혜롭게 살도록 힘쓰게. 그리고 사부아로 여행을 떠나보게나. 최상의 방법은, 지금도 그렇고 앞으로도 그럴 것이네만, 언제나 자연에 의탁하는 것일세."

그로부터 한 달 후 어느 화사한 여름날 저녁, 엑스 온천에 요양을 온 사람들 중 몇몇이 산책길에서 돌아와 회합실의 홀에 모이게 되었

---

* 몰리에르의 극작품 『어쨌든 의사Le Médicin malgré lui』 2막 6장에 나오는 대사의 인용. 의사 행세를 하지 않을 수 없게 된 무지렁이 농부 스가나렐은 집안이 반대하는 연애 문제 때문에 벙어리인 척하는 처녀가 왜 벙어리가 되었는지에 대해 우스꽝스러운 엉터리 진단을 한다.

** 여기서는 일종의 자연 치유요법을 가리킴.

다. 라파엘은 모임에 등을 돌리고 창가에 앉아서 홀로 몽상에 잠긴 채 오랫동안 꿈쩍도 하지 않았다. 그런 기계적인 몽상을 하는 가운데 생각이 생겨나고 얽히다가 거의 아무런 빛깔도 없는 가벼운 구름처럼 흩어져 형체도 없이 사라진다. 그 경지에 이르면 슬픔도 안온하고 기쁨은 사뿐하며 영혼은 거의 잠들어버린다. 이런 감각적인 삶이 이끄는 대로 몸을 맡긴 채 발랑탱은 산악지대의 맑고 향기로운 공기를 음미하면서 포근한 저녁 기운에 몸을 담그고 있었다. 그는 어떠한 고통도 느껴지지 않는 이 상태가 행복했고, 특히 그 위협적인 자신의 **나귀 가죽**을 속수무책으로 만들었다는 것에 대해 아주 만족스러웠다. 석양의 붉은빛이 막 산마루를 넘어갈 즈음 서늘하게 기온이 내려가자 그는 자기 자리에서 일어나 창문을 닫았다.

"저기요," 늙은 부인이 그에게 말했다. "죄송하지만 창문을 닫지 않으면 안 될까요? 답답해서요."

이 말은 묘하게 까칠한 불협화음으로 인해 라파엘의 고막을 찢는 것 같았다. 그것은 우리가 친근하다고 믿고 싶었던 어떤 사람이 친근하답시고 조심성 없이 내뱉은 말처럼 이기주의의 밑바닥을 드러내 보여줌으로써 우리가 가진 달콤한 감정의 환상을 여지없이 깨뜨려버리는 그런 것이었다. 후작은 늙은 부인에게 냉혈한 외교관같이 차가운 시선을 던지고는 하인을 불렀다. 그리고 하인이 다가오자 건조한 목소리로 이렇게 일렀다. "이 창문을 열게!"

이 말이 떨어지자 그 자리에 있던 모든 사람의 얼굴 위에 깜짝 놀란 표정이 일었다. 모여 있던 사람들은 웅성거리기 시작했고, 마치 그 환자가 어떤 심각한 무례를 범하기라도 한 것처럼 다소간의 차이는 있지만 명백히 불쾌감을 드러내는 표정으로 그를 노려보았다. 라파엘은 젊은이 특유의 원초적인 소심함에서 완전히 탈피하지 못한 탓인지 당황해하는 것 같았다. 하지만 그는 곧 얼떨떨함을 털어버리고 기운을 차린 다음 이 낯선 장면에 어떻게 대처할 것인지 자문했다. 갑자기 전광석화 같은 기운이 그의 두뇌를 스쳤고 지난 일들이 선명한 영상으로 그 앞에 떠올랐다. 거기에는 그가 불러일으킨 반감의 연유들이 뚜렷하게, 마치 박물학자가 모종의 과학적인 주사 처리로 미세한 말단까지 생생하게 되살려놓은 시체의 혈관처럼 그렇게 뚜렷한 모습으로 나타나 있었다. 그는 그 찰나 같은 영상에 등장한 자신의 모습을 보고 자신이 그곳에서 어떻게 지내왔고 어떤 생각을 했는지 하루하루씩, 하나하나씩 따라갔다. 그는 흥겨워하는 사람들 한가운데서 그 늘진 얼굴로 멍하니 있는 자신의 모습을 보고 새삼 놀라지 않을 수 없었다. 그는 자신의 불행에만 골몰하고 늘 자신의 운명을 골똘하게 생각하느라 여념이 없는 모습으로 나타났으며, 그래서 시시하기 짝이 없어 보이는 한담을 경멸해 마지않았고, 아마도 서로 더이상 만날 일이 없으리라는 것을 계산에 깔고 있어서 그런지 여행자들 사이에 금세 형성되기 마련인 그 일시적인 친밀감도 의도적으로 회피하는 것이었다. 그렇게 타인들의 존재 따위를 아랑곳하지 않는 모습은 마치 찰싹거리는 파도에도, 휘몰아치는 노도에도 꿈쩍하지 않는 바위 같았다. 이어 그는 아무나 가질 수 없는 직관의 힘을 빌려 거기 모인 모든 사람들의 마음속을 들여다보았다. 한줄기 불빛 아래로 한 늙은 남자의 누런 두개골과 냉소적인 옆모습이 드러난 것을 발견하고 그는 자기가 카드 게임에서 그 노인의 돈을 따고는 그 노인에게 복수할 기회를 제의하지 않았던 일을 기억 속에 떠올렸다. 그 너머로는 곱게 생긴 여인이 보였는데 그녀가 그에게 관심을 내비쳤을 때 그는 그녀를 아주 쌀쌀하게 대한 적이 있었다. 사람들 얼굴마다, 겉으로는 설명이 불가능해 보이지만 자존심에 보이지 않는 상처를 입혔다는 점에 그 죄과가 있는 잘못을 하나하나 들어가는 식으로 그를 비난하는 표정이 역력했다. 그는 자기 주변을 맴돌았던 그 모든 사소한 허영심을 본의 아니게 뭉개버렸던 것이다. 그가 열었던 파티의 참석자들이나 그가 제공한 말을 빌려 탔던 사람들은 그가 부자라고 분개했다. 그들의 그런 배은망덕에 어이가 없어진 그는 그들이 그런 식의 열패감을 느끼지 않도록 신경을 썼다. 그러자 그들은 자신들이 모욕을 당했다고 생각했으며 그를 귀족적이라고 비난해댔다. 그렇게 사람들의 마음속을 헤아려보고 그는 그들이 감추어둔 가장 비밀스러운 생각이 무엇인지 풀어낼 수 있었다. 그러자 그는 사회와 사회의 예의범절, 사회의 겉치레에 대해 더럭 겁이 났다. 부자인데다 지적 수준이 높은 그는 질시와 미움의 대상이었던 것이다. 그의 침묵은 그들의 호기심을 배반했으며, 그의 겸손은 졸렬하고 천박한 사람들에게는 범접하기 어려운 높이로 보였던 것이다. 그는 자신의 죄가 잠재적이지만 용서받을 수 없는 성질의 죄이며, 그렇기 때문에 자신이 그들에게 죄인이라는 사실을 알아차렸다. 그래서 그는 그들의 범용함이 내리는 판결을 외면했다. 자신을 추궁하는 그들의 독단주의에 항거하는 방식으로 그는 그들 없이 지내는 방법을 터득한 것이다. 이 은근한 고결함에 복수를 가하기 위해 그들 모두는 본능적으로 함께 똘똘 뭉쳐 그에게 자신들의 힘을 과시하고 집단 따돌림을 가하는 한편, 자신들 역시 그 없이 지낼 수 있다는 것을 그에게 가르쳐주고자 했다. 처음에는 세상 사람들의 이러한 인식에 측은한 마음을 금할 수 없었던 그는 인두겁을 벗기고 감춰져 있던 인간의 본성을 적나라하게 드러내준 자신의 그 예민한 힘에 생각이 미치자 이내 전율을 금치 못했으며 더이상 아무것도 보지 않기 위하여 그만 눈을 감아버렸다. 그러자 갑자기 검은 커튼이 이 암울한 진실의 마술환등 위를 덮쳤고, 그는 남보다 능력 있고 우월한 자들이 이 땅에서 받는 대접인 그 소름 끼치는 고립 상태에 갇혀버렸다. 바로 그 순간 그에게 격렬한 기침 발작이 일어났다. 기침이 터지자, 겉으로는 별것 아닌 듯이 보여도 우연한 기회에 한자리에 모여 생활하게 된 사람들이 적어도 예의상 표방하는 동정의 말 정도는 흉내낸 그런 말 한마디는커녕, 적의에 찬 탄성과 낮게 소곤거리는 불평 소리가 그의 귀에 들려왔다. 사회는 그를 상대로 가식적인 모습조차 보이려고 하지 않았다. 어쩌면 그가 사회를 속속들이 알고 있어서 그런지도 몰랐다.

"저 사람 병은 전염이 되는 거래."

"우리 모임의 회장이 저 사람의 출입을 금지해야 되는 것 아냐."

"실제로 공동생활에서 저렇게 기침하는 것은 금지되어 있어."

"저렇게 아픈 사람은 온천에 오면 안 되지."

'여기서 나를 쫓아낼 기세로군.' 라파엘은 자신을 향한 모든 사람들의 비난을 피하기 위해 자리에서 일어나 건물 안을 거닐었다. 그는 자신을 보호해줄 사람을 찾고 싶은 마음이 간절했다. 마침 젊은 여자 하나가 별달리 하는 일 없이 그냥 있기에 그녀에게 몇 마디 환심을 사는 말을 건넬 심산으로 곁으로 다가갔다. 그러나 그가 다가가자 여자는 그에게서 등을 돌리더니 춤추는 사람들을 구경하는 척했다. 라파엘은 이날 저녁에 벌써 자신의 부적을 다 써버린 것이 아닌가 하고 겁이 났다. 그는 말을 붙이고 싶은 의지도, 그럴 용기도 생기지 않아 홀을 떠나 도망치듯 당구장으로 자리를 옮겼다. 거기에서도 그에게 말을 걸거나 인사를 하거나 눈짓으로나마 조금이라도 알은척을 하는 사람은 아무도 없었다. 본래 관조적인 그의 정신은 삼투 작용 같은 직관을 발휘하여 그가 그 자신이 유발한 혐오감의 전반적이고 납득 가능한 이유가 무엇인지 알게 해주었다. 이 조그만 세계는 저도 모르는 사이에 그렇게 됐겠지만 상류사회를 지배하는 대원칙을 추종하고 있었던 셈인데, 라파엘의 눈에는 그 세계의 비정한 도덕이 빠짐없이 펼쳐졌다. 돌이켜보면 그 도덕의 완벽한 전형은 바로 페도라였다. 그녀의 살롱에서 자신의 심적 고통에 대한 동정을 기대하는 것이 어불성설이었듯이 이곳에서 자기 육신의 병에 대한 동정을 기대하는 것도 어불성설이었다. 잘난 사회는 마치 힘차고 건강한 사람이 자기 몸에서 병원균을 내쫓아버리듯이 그렇게 불행한 사람들을 자기 품에서 추방시켜버린다. 사회는 고뇌에 찬 사람들과 불행한 사람들을 몹시 혐오하여 그들을 전염병만큼이나 두려워하고 그들과 악인 중에서 하나를 선택하라고 한다면 조금도 주저하지 않고 악인을 택한다. 악은 일종의 호사이기 때문이다. 불행한 자가 비록 지체가 높다 할지라도 사회는 그를 왜소하게 만들고 야유를 통해 그를 마구 조롱한다. 사회는 실각한 왕들의 면전에 자신이 그들에게서 받았다고 생각한 모욕을 되돌려줄 목적으로 그들을 한껏 희화화한다. 사회는 로마의 젊은 여인들처럼 원형경기장에서 쓰러지는 검투사에게는 눈곱만큼도 호의를 베풀지 않는다. 사회는 황금과 멸시를 먹고 산다. "약한 자들에게 죽음을!" 이것이 지구상의 모든 민족 집단 안에 자리잡고 있는 신분인 고대 로마의 기사 계급* 같은 신분에 속하는 자들의 모토이다. 여기저기서 치고 올라오는 부자들을 견제해야 할 필요성 때문에 부를 판단의 척도로 삼고 귀족의식으로 무장된 자들의 마음속 깊이 그러한 금언이 새겨져 있는 것이다. 어린아이들을 학교에 모아놓아보시라. 그것은 사회의 축소판으로 사회보다 더 순진하고 더 솔직하기 때문에 그만큼 더 진솔한 사회의 이미지인데, 가난한 천민이 과연 어떤 존재인지, 끊임없이 경멸과 동정 언저리쯤의 취급을 당하는 고통과 고뇌의 존재가 어떤 것인지 알려줄 것이다. 복음서는 그들에게 천국을 약속한다. 그러면 더 낮은 생물체의 세계로 한번 내려가보실 텐가? 가끔 사육장에서 어떤 새가 다른 새들 틈에 끼어 시름시름 앓고 있으면, 다른 놈들은 부리로 쪼아 그놈을 쫓아내고 깃털을 뽑아 죽여버린다. 이기주의의 강령에 충실한 이 사회는 비천한 자들이 자신의 축제에 대항하려 하고 자신의 즐거움을 퇴색시키려고 하면 그들에게 그 엄격한 강령을 아낌없이 들이댄다. 돈이나 권력이 없다면 육체나 정신의 고통을 겪고 있는 자는 누구라도 하나의 불가촉천민이다. 그리하여 그는 자신의 사막 속에 머물러 있어야 할지니. 만일 그 경계를 넘어서면 그는 도처에서 혹독한 겨울을, 냉랭한 시선과 태도를, 냉랭한 말과 심정을 맞이하게 될 것이다. 그에게 위안이 펼쳐져야 마땅한 곳에서 모욕이나마 당하지 않는다면 그는 행복할지니. 죽어가는 자들이여, 그대들의 황량한

---

* 고대 로마시대에 귀족과 평민 사이에 있었던 계급을 일컫는다. 부유한 시민들이 속해 있는 일종의 이류 귀족계급이라 할 수 있다. 귀족과는 달리 이 계급은 배타적이고 세습적이 아니라 누구라도 자격만 갖추면 이 계급이 될 수 있었다.

침대에 그냥 그렇게 머물러 있을지어다. 늙은이들이여, 그대들의 불 꺼진 난로 곁에 그렇게 홀로 있을지어다. 지참금도 없는 가난한 처녀 들이여, 그대들의 고미 다락방에서 고독을 곱씹으며 추위에 얼어 죽 든지 불더위에 타 죽을지어다. 사회가 불행한 자를 받아들이는 것은 그를 구슬려 어떻게든 부려먹든지 이용해먹든지 하려고 그러는 것이 아닌가? 그를 노새처럼 부려 짐을 지우고 재갈을 물리고 안장을 얹은 다음, 올라타서 즐기려고 그러는 것이 아닌가 말이다. 퉁명스러운 표 정으로 시중을 드는 아가씨들이여, 즐거운 얼굴 표정을 지을지어다! 그대들의 은인인 주인아가씨의 히스테리를 참고 견뎌라. 그녀의 애완 견들을 잘 돌보도록 하여라. 그녀가 키우는 영국산 사냥개의 라이벌 인 그대들이여, 그녀를 즐겁게 해주어라. 그녀가 무슨 생각을 하고 있 는지 잘 헤아려라. 그러고 난 다음 입을 다물고 있어라! 그리고 너, 제 복만 입지 않았을 뿐 시종들 중 상 시종인 너, 뻔뻔한 식객이여, 네 성 질은 집에다 두고 다녀라. 너를 맞아준 주인이 음식을 소화시키는 속 도에 맞추어 너도 소화시켜라. 그의 눈물에 눈물을 흘려라, 그의 웃음 에 웃음을 터뜨려라. 그의 빈정거림도 듣기 좋은 것처럼 받아들여라. 그를 헐뜯고 싶으면 그의 실각을 기다려라. 세상은 이런 식으로 불행 한 자에게 은전을 베푼다. 그를 죽이거나 내쫓는 식으로, 아니면 그를 타락시키거나 거세시키는 식으로.

이러한 상념들이 시적 영감처럼 라파엘의 마음속으로 물밀듯이 밀 려들어왔다. 그는 자기 주위를 둘러보았다. 사회가 불행한 자들을 멀 리 떼어놓기 위해 스멀스멀 피워 올리는 섬뜩한 냉기가 느껴졌다. 그 섬뜩한 냉기는 12월의 삭풍이 육체를 얼어붙게 만드는 것보다 훨씬 더 격심하게 영혼을 휘몰아치는 것이었다. 그는 팔짱을 끼고 벽에 기대서서 깊은 우울감 속에 빠져들었다. 그는 이와 같이 공공의 안녕을 빙자한 무시무시한 질서가 세상에 제공해주는 한 줌의 행복에 생각이 미쳤다. 그것은 무엇이었던가? 기쁨 없는 즐김, 환희 없는 명랑, 흥취 없는 잔치, 쾌감 없는 흥분, 요컨대 불기 한 점도 없는 화로의 나무나 재. 이윽고 고개를 들어보니 자기 혼자만 남아 있었다. 놀던 사람들은 모두 자리를 피해버린 것이다. '그들에게 내 기침을 찬양하도록 만들려면 내가 가진 힘을 보여주는 것만으로도 충분할 것이다!' 그는 속으로 중얼거렸다. 거기에 생각이 미치자 그는 세상과 자신 사이에 무시라고 하는 장막을 쳤다.

이튿날, 온천장의 의사가 다정한 표정을 지으며 그를 진찰하러 왔다가 그의 건강 상태에 우려를 표명했다. 라파엘은 자신에게 건네는 친절한 설명을 들으며 기쁨이 동하는 것을 느꼈다. 의사의 얼굴은 온화하고 선량해 보였다. 곱슬거리는 그의 금발 가발은 자선의 분위기를 풍겼다. 단정하게 재단된 웃옷과 바지의 주름, 퀘이커교도의 신발처럼 넓적한 신발 등 모든 것이, 심지어 가발 뒤꼬리에 묻은 분이 약간 굽은 그의 등에 반원형으로 묻어 있는 것까지, 사도다운 풍모를 내비치며 기독교의 자비를 표현하고 있었다. 환자들에 대한 열의 때문에 그들과 휘스트나 트릭트랙 게임을 할 때 그들의 돈을 따지 않으려고 실력 발휘를 자제하는 헌신적인 모습 역시 그 모든 것들에서 짐작할 수 있었다.

"후작님," 라파엘과 한참 이야기를 나누고 난 후 의사가 말했다. "제가 당신의 우울감을 가시게 해드릴 수 있을 겁니다. 지금 저는 당신의 상태를 알 만큼은 압니다. 그래서 파리에서 당신을 진찰했던 의사들이 탁월한 능력을 갖고 있다는 것을 저도 잘 알지만, 그들이 당신의 병의 실체에 대해서는 잘못 알고 있다고 확신할 수 있습니다. 후작님, 당신은 사고만 당하지 않으면 므두셀라*처럼 오래 살 수 있습니다. 당신의 폐는 대장간의 풀무처럼 강인하고 당신의 위장은 타조가 울고 갈 정도로 튼튼합니다. 그러나 당신은 기온이 높은 곳에 머물면 아주 제대로 그리고 아주 급속히 묘지 신세를 질 위험성이 있습니다. 후작님은 단 두 마디면 제 말을 이해하시게 될 것입니다. 화학은 인간에게 호흡이 바로 연소 작용과 똑같다는 것을 증명해주었습니다. 호흡이라는 연소 작용의 강약 정도는 개인마다 서로 다른 신체 기관이 축적하고 있는 연소 성분의 많고 적음에 달려 있습니다. 당신에게 연소 성분은 풍부합니다. 당신은, 제가 이렇게 표현하는 것이 실례가 되지 않는다면, 위대한 열정을 타고난 사람들의 특징인 뜨거운 체질로 인해 산소가 엄청나게 소용됩니다. 맑고 신선한 공기를 들이마시면 연약한 체질을 가진 사람들도 생명의 작용이 활발해지는데, 당신은 안 그래도 지나치게 빠른 연소 작용을 더한층 촉진시킬 것입니다. 그러므로 당신의 삶을 위해 필요한 조건 중의 하나는 외양간이나 계곡 같은 곳의 농밀한 공기입니다. 그래요, 천재성 때문에 피폐해진 사람에게 필요한 생명의 공기는 독일의 비옥한 목장 지대나 바덴바덴, 퇴플리츠 같은 곳에 있습니다. 만약 당신이 영국을 꺼리지 않는다면 그곳의 안개 낀 지역도 당신의 백열白熱 증세를 진정시켜줄 것입니다. 하지만 해

---

* 아담에서 노아로 이어지는 「창세기」의 계보 중에서 가장 오래 산 인물로 969년을 살았다고 전해진다.

발 천 미터에 위치한 이곳 온천장은 당신에게 치명적입니다. 제 견해
는 이상과 같습니다." 그가 한껏 겸손한 태도를 내비치면서 말을 이었
다. "우리 온천장으로서는 수익 면에서 손해를 무릅쓰고 이렇게 말씀
드리는 겁니다. 당신이 제 견해를 따른다면 우리로서는 불행하게도
당신이 내는 비용을 포기해야 될 테니까요."

　만약 이 마지막 말만 없었다면 라파엘은 그 위선적인 의사의 감언
이설에 홀딱 넘어가고 말았을 것이다. 그러나 그는 너무도 심오한 관
찰자였기 때문에 은근슬쩍 비아냥기가 섞인 그 말에 수반된 어조와
몸짓과 눈짓을 보고 그 용렬한 자가 희희낙락하며 작당한 온천장의
환자들로부터 청탁을 받았으리라는 사실을 간파할 수 있었다. 홍안의
한량들, 따분해하던 노파들, 떠돌이 영국인들, 남편을 속이고 애인에
이끌려 온천에 온 애송이 간부姦婦들, 그들이 빈사 상태에 빠져 일상적
인 박해에 저항할 힘조차 없어 보이는 연약하고 가련하고 불쌍한 한
인간을 내쫓으려 작당한 것이다. 라파엘은 이 음모에 흥미를 느끼면
서 자신에게 걸어온 싸움을 받아들이기로 했다.

　"제가 떠나면 당신이 난처해질지도 모르니," 그가 의사에게 대답했
다. "그냥 여기 머무르면서 당신의 충고대로 내 몸에 유익한 방법을
찾아볼까 합니다. 내일부터 당신의 처방대로 다른 공기를 마실 수 있
는 집을 한 채 짓도록 하겠습니다."

　의사는 라파엘의 입가를 떠도는 신랄한 냉소를 알아채고는 무슨 말
로 대꾸를 해야 할지 몰라 그냥 인사만 하고 자리를 떴다.

　부르제호수는 뾰족한 봉우리들로 둘러싸여 하나의 거대한 컵같
이 생겼다. 해발 6백 내지 7백 피트 높이에 자리한 수면은 이 세상의

그 어떤 물보다도 더 푸르게 반짝였다. 당뒤샤 꼭대기에서 내려다보면 호수는 마치 한 개의 청록빛 터키옥이 뚝 떨어져 있는 것처럼 보였다. 이 아름다운 호수는 둘레가 약 백 리 정도 되었고, 몇 군데 깊은 곳은 수심이 거의 5백 피트에 이르렀다. 청명한 날 호수 한가운데에 배를 띄워놓고 있으면 노 젓는 소리 말고는 아무 소리도 안 들리고, 수평선에는 구름에 싸인 산만 보이며, 프랑스의 모리엔 지역을 덮은 눈이 반짝거리며 시야에 들어오고, 양치류나 키 작은 관목들이 융단처럼 뒤덮인 화강암 더미들과 그림같이 아름다운 야산들이 차례차례 스쳐지나간다. 한 쪽에는 황무지가, 다른 쪽에는 풍성한 자연의 풍경이 펼쳐져 있다. 부자의 만찬에 참석한 가난뱅이 같다고나 할까. 이러한 조화들과 이러한 부조화들은 모든 것이 위대하거나 아니면 모든 것이 왜소한 그런 광경을 연출한다. 산들을 바라보고 있노라면 시야의 원근감이 변한다. 그래서 높이가 백 피트나 되는 전나무가 새처럼 보이며, 드넓은 계곡은 오솔길처럼 좁다랗게 보이는 것이다. 이 호수는 이 세상에서 유일하게 이심전심으로 속내이야기를 나눌 수 있는 곳이다. 사람들은 이곳에서 사념에 젖고 이곳에서 사랑을 나눈다.* 당신은 그 어디에서도 물과 하늘과 산과 땅이 이곳처럼 아름답게 조화를 이룬 곳을 만나지 못할 것이다. 이곳에는 삶의 온갖 위기를 보듬어주는 방향제가 있다. 이곳은 수많은 아픔을 간직한 채 그것들을 위로하고 경감해주며, 무엇인가 차분하고 고요한 것을 사랑에 부여해 정염을 더 그윽하고 더 순수하게 만들어준다. 입맞춤 하나

---

* 이 부분은 1833년 판에서 크게 보완된 부분이다. 발자크는 1832년 카스트리 후작 부인과 부르제호수에서 체류한 적이 있다.

도 이곳에서는 커다랗게 다가온다. 하지만 이곳은 무엇보다도 추억의 호수이다. 호수의 물결은 자신의 색조로 추억을 물들임으로써 추억을 부추긴다. 호수의 물결은 모든 것이 되살아나 그대로 비치는 거울인 것이다. 라파엘은 이 아름다운 풍경의 한복판에서야 비로소 자신이 짊어진 짐을 견딜 수 있었다. 그는 거기서 무심한 상태로 사념에 빠질 수 있었으며 아무런 욕망도 일어나지 않았다. 의사의 방문을 받고 나서 그는 산책을 나섰다가 어여쁜 언덕에서 호수로 뻗어나온 호젓한 곳에서 배를 내렸던 것인데, 그 언덕 위에 생티노상이라는 조그만 마을이 자리를 잡고 있었다. 그 곳에서 바라다보면 론강의 발원지인 뷔제의 산악지대와 함께 호수의 구석구석이 한눈에 들어온다. 그러나 라파엘은 건너편 기슭에 우수에 잠긴 듯이 자리잡은 오트콩브 수도원을 바라보는 것이 더 좋았다. 그 수도원은 사르데뉴 공국의 왕실 묘로, 왕들은 마치 여행을 마친 순례자들처럼 산 앞에 무릎을 꿇고 그곳에 묻혀 있었다. 그때 규칙적으로 일정하게 철썩거리며 노를 젓는 소리가 그 풍경의 적막을 깨뜨렸다. 적막함 속에서 그 소리는 마치 수도사들이 부르는 성가처럼 단조롭게 울려퍼졌다. 그곳은 평소에는 인적이 뜸한데 그런 곳에서 유람객들을 만난 것이 뜻밖이어서 후작은 사념에 빠진 채 배 안에 앉아 있는 사람들을 물끄러미 바라보았다. 전날 그에게 뻣뻣하게 말을 걸었던 늙은 부인이 뒷자리에 앉아 있는 모습이 눈에 띄었다. 배가 라파엘 앞을 지나갈 때 그에게 인사를 건넨 사람은 그 부인을 시중하는 여자뿐이었다. 불쌍하지만 기품 있어 보이는 처녀였는데 그로서는 처음 보는 여자 같았다. 유람객들이 곶을 돌아 이내 사라지고 나서 얼마 되지 않았지만 그는 이미 그들을 까맣게 잊어버리고 있었는데, 그때 가까이에서 옷자락이 스치는 소리와 사뿐한 발소리가 들렸다. 몸을 돌려보니 늙은 부인의 시중을 들던 여자였다. 그녀의 어색한 표정을 보고 그는 그녀가 자기에게 할말이 있다는 것을 짐작하고 그녀에게 다가갔다. 얼추 서른여섯 살쯤 되어 보이는 그녀는 키가 크고 호리호리하며 메마르고 차갑게 생겼는데, 노처녀들이 으레 그렇듯이 그의 시선에 대해 적잖이 난처해하는 모습이었다. 그의 시선은 주저하고 불편해하며 융통성도 없는 그런 태도가 받아들이기 어려운 것이기 때문이다. 나이가 들었다고도 젊다고도 할 수 있는 그녀가 자신의 미모와 덕성에 상당한 자부심을 가지고 있다는 것은 몸가짐에서 드러나는 어떤 기품을 통해 여실히 알 수 있었다. 게다가 그녀는 자기 자신을 소중하게 여기는 데 익숙해진 여자들이 사랑이라는 자신들의 운명을 저버리지 않기 위하여 취하는 듯한 그런 수도자같이 신중한 태도를 견지하고 있었다.

"선생님, 당신의 목숨이 위험에 처해 있어요. 앞으로는 모임에 나오지 마세요." 그녀가 마치 그 말로 인해 이미 자신의 덕성이 손상되었다는 듯이 몇 걸음 뒤로 물러서면서 라파엘에게 말했다.

"하지만, 아가씨" 하고 발랑탱이 미소 지으며 대답했다. "좀더 자세하게 설명해주지 않으시겠어요? 이렇게 여기까지 와주신 김에 말이에요."

"아!" 그녀가 말을 받았다. "절실한 동기가 없었다면 제가 백작 부인에게 쫓겨날 위험을 무릅쓰고 이렇게 오지도 않았을 겁니다. 만약에 제가 당신에게 귀띔한 것을 부인이 알기라도 한다면……"

"그녀에게 고자질할 사람이 누가 있겠어요, 아가씨?" 라파엘이 목소리를 높였다.

"그건 그래요." 노처녀가 햇볕에 노출된 올빼미처럼 눈을 깜빡거리면서 대답했다. "하지만 조심하세요." 그녀가 말을 이었다. "당신을 온 천장에서 쫓아내려고 하는 몇몇 젊은이들이 당신을 도발해서 결투를 하지 않을 수 없게 만들기로 작당을 했답니다."

그때 저만치 떨어진 곳에서 노부인의 목소리가 들려왔다.

"아가씨," 후작이 말했다. "뭐라고 감사해야 할지……"

그러나 그의 수호여인은 이미 자취를 감추어버린 뒤였다. 그녀를 부르는 상전의 째지는 목소리가 바위틈 사이로 다시 한번 들려왔던 것이다.

"불쌍한 여자로군! 불쌍한 사람들은 항상 서로 이해하고 서로 돕는 법이지." 라파엘은 나무 아래에 앉으면서 이렇게 생각했다.

모든 과학의 열쇠가 물음표에 있다는 것은 이론의 여지가 없다. 대부분의 위대한 발견은 '어떻게?'라는 질문에서 비롯된다. 그리고 인생의 지혜는 아마도 모든 문제에 대해 '왜?'라고 자문하는 데 있다고 할 것이다. 하지만 다소 인위적인 이러한 질문은 또한 우리의 환상을 파괴해버리기도 한다. 발랑탱이 철학적인 숙고를 거칠 필요도 없이 노처녀의 호의를 그녀의 혼란스러운 사념 탓으로 간주한 다음 그 호의를 악의가 가득 담긴 행위로 해석한 것은 그 때문이다.

"내가 시중이나 드는 여자의 사랑을 받는 일쯤은 하등 이상할 것이 없지." 그가 중얼거렸다. "나는 스물일곱 살이고 작위가 있는데다가 20만 리브르의 연금을 가지고 있으니까! 하지만 물을 무서워하기로 치자면 고양이와 수위를 다툴 그녀의 주인이 굳이 배를 타고 내가 있는 곳 근처로 그녀를 데려왔다는 것은 이상하고 괴이한 일이 아닌가? 마르모트처럼 주야장천 잠이나 자러 사부아에 온 두 여자가, 그래서 정오가 다 되어서야 날이 밝았는지 묻는 그 두 여자가 오늘은 여덟시도 되기 전에 일어나 내 뒤를 밟고서 우연을 가장하다니 대체 말이 되나?"

곧 그 노처녀와 마흔 살의 나이에서 나오는 그녀의 진솔함은 그가 보기에 인위적이고 음흉한 이 사회의 또다른 변형으로서 치졸한 잔꾀요 어설픈 음모이며 사제나 여자들이 곧잘 써먹는 트집잡기에 지나지 않는 것으로 드러났다. 결투는 그냥 해본 말이었을까 아니면 단지 그에게 겁을 주려고 했던 말일까? 파리 떼처럼 뻔뻔하고 성가신 그 편협한 작자들은 결과적으로 그의 허영심을 자극하고 자존심을 일깨우며 호기심을 부추기는 데 성공한 셈이 되었다. 그자들의 놀림감이 되기도 싫었고 겁쟁이로 통하는 것도 싫었기 때문에, 그리고 어쩌면 이 작은 드라마에 구미가 당겼는지도 모르겠는데, 그는 바로 그날 저녁 모임에 나갔다. 그는 중앙 홀 가운데쯤에 놓인 대리석 벽난로에 팔꿈치를 괴고 서서 머릿속으로 그자들에게 어떠한 빌미도 주지 않으려고 궁리를 하며 조용히 있었다. 그렇지만 그런 자세로 라파엘은 그자들의 표정을 면밀히 관찰했는데, 그 모습은 어느 면에서 보자면 용의주도를 무기로 모임 전체에 도전을 하는 형국이었다. 그는 힘의 우위를 확신한 개처럼 쓸데없이 짖지 않고 자기 진영에서 결투를 기다렸다. 모임이 끝나갈 무렵 그는 어슬렁거리며 게임룸으로 자리를 옮겼다. 입구에서 당구장으로 통하는 문 쪽으로 가면서 그는 간간이 그곳에서 파티를 열고 있는 젊은이들에게 눈길을 던졌다. 그렇게 몇 바퀴 왔다 갔다하다 보니 그들이 자기 이름을 들먹이는 소리가 들려왔다. 그들은 낮은 목소리로 말을 주고받았지만 라파엘은 자기가 화제의 대상이라는 것을 쉽게 짐작할 수 있었는데, 결국 이런 몇 마디 말들이 큰 소리로 똑똑히 들려왔다. "네가?" "그래, 내가!" "에이 어림도 없어!" "우리 내기할까?" "오! 그자를 날려버리자고." 무슨 내기를 하자는 것인지 궁금해서 발랑탱이 대화 내용을 주의깊게 들으려고 걸음을 멈춘 순간, 키가 크고 건장한 젊은이가 당구장에서 나왔다. 그는 잘생긴 얼굴이었지만 배후에 어떤 믿을 만한 물리력을 가진 자처럼 안하무인격으로 상대를 노려보았다.

"이봐요," 그자가 라파엘을 향해 목소리를 내리깔면서 말했다. "당신이 뭔가 모르는 것 같아서 이 몸이 그걸 알려주려고 자청했소. 당신 얼굴과 당신이라는 사람 자체가 여기 있는 모든 사람들 마음에, 특히 내 마음에 안 들어. 당신은 아주 예의가 바르니까 공동선을 위해 자신을 희생할 줄 알리라 믿소. 더이상 모임에 나타나는 일이 없도록 해주시오."

"이봐요, 그런 농담은 제정시대 군대 주둔지에서나 통하던 것이오. 요새는 아주 품위 없다는 소리를 듣기 딱 알맞지." 라파엘이 싸늘하게 대꾸했다.

"농담이 아니오." 젊은이가 되받았다. "다시 한번 말하겠소. 여기 머무르면 당신의 건강 상태가 아주 악화돼. 홀은 열기, 밝은 빛, 공기 때문에, 그리고 여러 사람이 모이는 곳이기 때문에 당신의 병을 키운단 말이오."

"어디서 그런 의학을 공부했소?" 라파엘이 되물었다.

"이봐요, 이래 봬도 난 파리에 있는 르파주 사격 학교를 졸업했고, 검술의 달인인 세리지에한테 학위를 딴 몸이오."

"따야 할 최종 학위가 하나 남아 있군." 발랑탱이 응수했다. "예의범절을 공부하시오. 그러면 당신은 완벽한 신사가 될 거요."

그 순간, 나머지 젊은이들이 혹자는 미소를 지으면서 혹자는 입을 다문 상태로 당구장에서 우르르 몰려나왔다. 카드놀이를 하고 있던 사람들은 카드를 내려놓고 귀를 쫑긋 세운 채 곧 벌어질 흥미진진한 싸움에 주의를 기울였다. 이 적대적인 세계의 한가운데에 홀로 내던져진 라파엘은 냉정을 유지하면서 추호의 빈틈도 보이지 않기 위하여 정신을 집중했다. 그러나 그의 상대 적수가 신랄하고 교묘하기 짝이 없는 껍데기 속에 모욕적인 언사를 감춘 채 빈정거려댔기 때문에 그는 그자에게 엄숙하게 응수했다.

"이봐요, 따귀를 안겨주고 싶지만 오늘은 때가 지난 것 같소. 하지만 당신의 행위같이 비열한 행위를 어떤 말로 응징해야 할지 난감하군."

"됐소, 됐어! 둘의 일에 대해서는 내일 시비를 가리쇼." 두 대결 당사자 사이에 끼어든 몇몇 젊은이들이 말했다.

졸지에 대결을 도발한 자가 되어버린 라파엘은 보르도성 근처의 비탈진 작은 목초지에서 만나 담판을 짓기로 하고 살롱을 나왔다. 그곳은 새로 뚫린 길에서 그리 멀지 않았는데 결투의 승리자가 그 길을 통해 바로 리옹으로 갈 수 있게끔 그렇게 정한 것이었다. 라파엘은 결투에 져서 침상 신세를 지든지 이겨서 엑스 온천을 떠나든지 양자택일을 할 수밖에 없는 처지가 되었다. 다음날 아침 여덟시경 라파엘의 적수는 두 명의 입회인과 외과의사를 대동하고 먼저 결투장에 도착했다.

"아주 잘될 것 같은 곳이군. 결투하기에 날씨도 기막히게 좋고." 불확실이나 죽음의 그림자라곤 조금도 보이지 않는 푸른 하늘과 호수와 바위들을 바라보면서 그가 외쳤다. "만약 내가 그자의 어깨를 찌른다면," 그가 말을 이었다. "그자가 한 달은 족히 침대 신세를 지게 만들 수 있겠지요, 안 그렇소, 의사 선생?"

"최소한 그 정도는 되지요." 외과의사가 대답했다. "하지만 이 버드나무는 가만히 놔두십시오. 안 그러면 당신 손이 피로해져서 총격을 가하는 데 통제를 할 수 없게 될 겁니다. 그러면 그 사람에게 부상을 입히는 정도에서 끝나는 게 아니라 그자를 죽일 수도 있어요."

그때 마차 소리가 들려왔다.

"그자가 오는군." 입회인으로 참석한 사람들이 두 명의 마부가 몰고 네 필의 말이 끄는 여행용 사륜마차가 도로 위에 나타난 것을 보고 말했다.

"참 알 수 없는 치야!" 발랑탱의 적수가 소리쳤다. "역마차를 탄 채로 죽여달라고 오는군."

도박과 마찬가지로 결투에서도 아주 사소한 일이 성공적인 타격에 목을 매는 당사자들의 상상력에 영향을 끼치는 법이다. 그래서 젊은 이는 불안한 마음을 한구석에 간직한 채 마차의 도착을 기다렸던 것인데 마차는 돌연 도로 위에 멈춰 섰다. 제일 먼저 늙은 조나타가 천천히 마차에서 내려 라파엘이 내리는 것을 도왔다. 그는 자신의 앙상한 두 팔로 라파엘을 부축하면서 세심히 보살폈는데 그 모습은 마치 남자가 자신의 정인情人에게 쏟는 세심한 배려 그것이었다. 둘은 마차에서 내려 도로와 결투 장소로 지목된 곳 사이에 난 오솔길로 접어들면서 자취를 감추었다가 한참 후에야 다시 모습을 드러냈다. 그들은 천천히 걸었다. 이 기이한 광경을 지켜보던 네 명의 구경꾼은 발랑탱이 시종의 팔에 의지해 걷는 모습에 깊은 연민을 느꼈다. 창백하고 초췌한 모습으로 그는 고개를 숙인 채 아무 말도 없이 통풍 환자처럼 절뚝이면서 걸었다. 누구라도 그 광경을 본다면 두 노인이 똑같이 망가진 모습으로 걷고 있다고 말했을 것이다. 하나는 나이로 인해 망가지고, 다른 하나는 머릿속 생각으로 인해 망가진 두 노인. 그런데 한 사람은 흰머리로 나이가 많음을 알 수 있었지만 젊은 측은 나이를 어림할 수 없었다.

"선생, 나는 어젯밤 잠을 이루지 못했소." 라파엘이 자신의 적수에게 말했다.

이 싸늘한 말과 거기에 수반된 가공할 시선은 상대가 제아무리 간 큰 도발자라 하더라도 전율하지 않을 수 없게 만들어서 라파엘의 상대는 자신의 잘못에 대해 자책하는 마음이 들었고 자신의 행위에 대해 은밀한 수치심을 느꼈다. 라파엘의 태도와 목소리와 몸짓에는 그만큼 무엇인가 묘한 구석이 있었다. 후작이 잠시 말을 멈추자 모두 그의 침묵에 전염이 되었다. 불안감과 긴장감이 최고조에 이르렀다. 그가 말을 이었다.

"아직은 당신이 내게 가벼운 사과 정도는 할 시간이 있소. 사과를 하기 바라오, 선생. 그러지 않으면 당신은 죽소. 당신은 지금 여전히 당신의 뛰어난 솜씨를 믿고 있겠지. 이 결투에서 당신이 절대적으로 우위를 점하고 있다고 여기고 그러한 생각 때문에 물러날 마음이 전혀 없겠지. 아! 그런데 말이오, 선생. 나는 마음씨가 좋아요. 그래서 당신에게 내가 우위에 있다고 미리 알려주는 바요. 나는 가공할 힘을 지니고 있소. 당신의 솜씨를 무력화하기 위해, 당신의 눈을 안 보이게 만들고 당신의 두 손을 떨게 만들며 당신의 심장을 두근거리게 만들기 위해, 심지어는 당신을 죽이기 위해 난 단지 그걸 바라기만 하면 된단 말이오. 나는 상황에 의해 내가 지닌 힘을 행사할 수밖에 없게 되는 것을 원치 않소. 그 힘을 행사하면 내가 너무도 큰 대가를 치러야 한단 말이오. 죽는 건 당신만이 아닐 것이오. 만일 당신이 내게 사과하기를 계속 거부한다면 당신이 쏜 총알은 당신이 제아무리 뛰어난 저격수의 솜씨를 가지고 있다 할지라도 저 폭포수 속에 곤두박질칠 것이오. 반면 내가 쏜 총알은 겨냥하지 않았어도 당신의 심장을 정통으로 관통할 것이오."

그 순간 당혹스러워하는 목소리가 라파엘의 말을 끊었다. 후작은 말을 하는 도중 내내 자신의 적수가 그를 마주 쳐다볼 수 없을 정도로 명징한 시선을 거두지 않았으며, 냉혹한 광인처럼 감정이 전혀 실리지 않은 얼굴로 곧추세운 자세를 취하고 있었다.

"저자의 입을 다물게 해." 젊은이가 자신의 입회자에게 그렇게 말했던 것이다. "저 목소리 때문에 속이 뒤집힐 지경이네!"

"선생, 그만두시오. 당신의 연설은 소용이 없소." 외과의사와 증인들이 라파엘에게 외쳤다.

"여러분, 나는 일단 의무를 다했소. 자, 이 젊은이는 만반의 준비가 되었겠지요?"

"그만하고 어서 시작해!"

후작은 우뚝 선 채 미동도 없이 자신의 적수에게 한순간도 눈을 떼지 않았다. 거의 마술적이라고 할 수 있는 힘에 압도당한 그의 적수는 뱀 앞에서 얼어붙어버린 새 같았다. 생명을 앗아갈 듯한 그 시선을 꼼짝없이 그대로 받을 수밖에 없게 된 그는 연방 그 시선을 피했다가 다시 바라보았다.

"물 좀 줘. 목이 타네." 그가 자신의 입회자에게 말했다.

"두려워?"

"그래." 그가 대답했다. "저자의 눈은 불타는 것 같아 꼼짝을 할 수가 없네."

"사과를 할 의향이 있나?"

"이미 늦었네."

두 결투자는 열다섯 걸음을 사이에 두고 물러섰다. 그들은 각자 두 자루의 권총을 소지했다. 미리 정해진 결투의 절차에 따라서 그들은 입회인들의 신호가 있은 연후에 스스로 알아서 두 발을 발사하면 되었다.

"뭘 하고 있는 거야, 샤를?" 옆에서 도와주던 젊은이가 라파엘의 상대에게 소리쳤다. "화약도 안 넣었는데 총알부터 넣고 있잖아."

"이제 나는 죽었네." 그가 중얼거리듯 대답했다. "너희는 날 태양과 맞서라고 했어."

"그 태양이 바로 당신 뒤에 있소." 이미 신호가 울렸는데도, 상대가 자신을 겨냥하느라 애쓰는데도 아랑곳하지 않고 태연하게 권총을 장전하면서 발랑탱이 나직하지만 엄숙한 목소리로 그에게 말했다.

이 불가사의한 천하태평함에는 뭔지 모를 무서운 구석이 있어서 못 말리는 호기심 때문에 그 자리를 기웃거리게 된 두 명의 마부조차 두려움에 휩싸였다. 자신의 힘을 가지고 장난을 치는 것인지, 아니면 자신의 힘을 한번 시험해보려는 것인지 라파엘은 상대방이 총을 발사한 그 순간에도 조나타와 이야기를 나누고 있었다. 샤를이 쏜 총알은 버드나무 가지를 부러뜨리고 수면 위를 튕기며 날아갔다. 라파엘이 무신경하게 발사한 총알은 상대의 가슴에 명중했다. 라파엘은 그 젊은 이가 고꾸라지는 것은 안중에도 없이 황급히 나귀 가죽을 꺼내 이번 일로 수명이 얼마나 줄어들었는지 살펴보았다. 부적의 크기는 이제 조그만 떡갈나무 이파리 정도에 불과했다.

"이봐, 마부들, 무슨 구경거리라도 났는가? 어서 떠나지." 후작이 재촉했다.

그날 저녁 프랑스 국경에 당도하자마자 그는 오베르뉴 방향으로 길을 잡아 몽도르 온천장으로 향했다.* 도중에, 한줄기 햇살이 어두운 계곡을 덮은 두꺼운 구름을 뚫고 우리 영혼으로 떨어지듯이 그렇게 불현듯 한 가지 생각이 그의 마음속에 떠올랐다. 슬픈 빛이요 준엄한 지혜! 그것은 이미 이루어진 일을 재조명해주면서 우리의 과오를 폭로하고 우리가 우리 자신을 가차없이 바라보도록 만든다. 그는 문득 힘을 소유하는 것 자체가, 아무리 그 힘이 막대하다 하더라도, 그 힘을 사용할 수 있는 기술을 가져다주지는 않는다는 생각이 들었다. 왕홀王笏은 어린아이에게는 한갓 장난감일 뿐이지만 리슐리외에게는 도

---

* 당시만 해도 엑스레뱅 온천장이 있는 사부아 공국은 이탈리아 영토였다.

끼요, 나폴레옹에게는 세상을 들어올릴 수 있는 지렛대인 것이다. 힘은 꼭 우리만큼의 크기를 가지며 그래서 큰 사람만을 더 키우는 법이다. 라파엘은 모든 것을 할 수 있었다. 그러나 그는 아무것도 하지 못했다.

몽도르 온천장에서 그는 그 사회 역시, 마치 짐승들이 멀리서 죽어 자빠져 있는 자신들의 동료 냄새를 맡고는 냅다 줄달음질쳐 달아나듯이 그렇게 황급히 그와 거리를 두는 것을 다시 한번 체험했다. 그 증오는 상호적인 것이었다. 그 자신이 바로 직전에 한 경험이 그에게 사회에 대한 뿌리깊은 반감을 심어주었던 것이다. 따라서 그가 가장 먼저 신경쓴 것은 온천장에서 멀리 떨어진 피난처를 찾는 일이었다. 그는 본능적으로 자연과 자연이 주는 진정한 감흥에 가까워져야 할 필요성을 절감했다. 우리들이 무엇에 이끌리듯 기꺼이 전원 한복판으로 찾으러 가는 그 식물성의 삶에 대한 갈망 말이다. 몽도르에 도착한 다음날, 그는 만만찮은 고생 끝에 상시 봉우리에 기어올라 산정의 계곡들과 고원들, 이름 모를 호수들과 몽도르의 오막살이 초가집들을 두루 쏘다녔는데, 그 거칠고 야생적인 매력은 근년에 이르러 한참 우리 예술가들의 붓을 유혹하기 시작하는 중이다.* 그곳에서는 간혹 그 황량한 산악지대의 음울한 풍경과는 현격하게 대조를 이루며 우아함과 신선함이 가득한 풍경이 나타나 경탄을 자아낸다. 라파엘은 마을에서 그리 멀리 떨어지지 않은 곳에서 어린아이처럼 천진난만한 자연이 보물을 감추고 좋아하는 듯한 느낌을 주는 장소를 찾아냈다. 그림 같고

---

* 실제로 1827년에서 1831년 사이 프랑스 미술전람회에는 프랑스의 오지인 오베르뉴의 풍경을 그린 그림들이 다수 출품된다.

꾸밈없는 이 은신처를 접하자마자 그는 그곳에서 살기로 작정했다. 그곳의 삶은 분명히 식물의 삶처럼 고요하고 자발적이며 향기로울 것이다.

그곳의 생김새는 뒤집어진 원뿔을 그려보면 가늠된다. 나팔처럼 끝이 활짝 펼쳐진 화강암 원뿔, 가장자리가 들쑥날쑥 기기묘묘하게 갈라진 대야같이 생긴 뒤집힌 원뿔을. 한 쪽에는 식물들이 전혀 자라지 않는 평평하고 푸르스름한 탁자같이 생긴 바위들이 수직으로 서 있어 그 위로 햇살이 거울 위처럼 미끄러져 내렸으며, 또다른 한 쪽으로 단층 작용에 의해 켜켜이 쌓이고 침식 작용으로 줄무늬가 진 암벽에는 오랜 세월 동안 빗물에 의해 만들어진 암괴들이 매달려 있는가 하면 강한 바람 탓에 성장이 저해되고 뒤틀린 나무들이 이곳저곳 자라고 있었다. 그리고 여기저기 암벽의 돌출부에는 삼나무처럼 크게 자란 밤나무가 우거진 숲을 이뤄 흐릿해 보이기도 하고 생생해 보이기도 했으며, 누르무레한 동굴들이 덩굴과 꽃으로 뒤덮인 사이사이 컴컴하고 깊숙한 아가리를 벌리고 푸른 초목을 혀처럼 내밀었다. 옛날에는 화산의 분화구였을 이 분지 밑바닥에는 연못이 하나 있었는데 맑은 물이 다이아몬드처럼 찬란히 빛났다. 화강암으로 둘러싸인 가장자리에 버드나무와 글라디올러스, 물푸레나무와 그맘때쯤이면 한창 꽃을 피우는 갖가지 향초들이 자라고 있는 그 깊은 연못 주위로는 영국의 잔디밭처럼 푸르른 초원이 펼쳐져 있었다. 가냘프고 앙증맞은 초원의 풀들은 암벽 틈 사이에서 흘러나오는 석간수로 적셔지고, 휘몰아치는 바람이 높은 봉우리에서 끊임없이 아래로 실어나르는 식물의 잔해를 거름으로 삼아 비옥하게 자랐다. 연못은 가장자리가 드레스 밑단처럼 늑대 이빨 모양으로 불규칙하게 파였는데 면적이 대략 3아르팡* 정도 되어 보였다. 암벽과 연못 사이의 거리에 따라 초원은 너비가 1 내지 2아르팡 정도 되었다. 몇 군데는 그 너비가 겨우 소들이 지나다닐 수 있는 공간 정도밖에 되지 않았다. 일정 높이 이상의 지대에서는 식물이 더이상 자라지 않았다. 화강암은 허공을 배경으로 아주 기기묘묘한 형체를 연출하며, 높이 솟은 산봉우리들을 하늘의 구름과 어렴풋이 닮게 보이도록 만드는 그러한 몽롱한 색조를 띠고 있었다. 골짜기의 풍경은 얌전한 데 비해 껍질을 벗긴 듯 맨살을 드러낸 암벽의 바위들은 황폐한 야생의 불모지 모습 그대로였다. 붕괴되기 직전처럼 위태로워 보이는 것들도 있었고 형상도 제각각 달랐는데, 그중 한 바위는 '카푸친 수도사'라는 이름이 붙을 정도로 두건을 걸친 수사의 모습과 흡사해 보였다. 바늘같이 뾰족하거나 우람한 기둥, 그리고 공중에 떠 있는 동굴 같은 바위들이 태양의 위치 변화나 대기의 변덕에 따라 시시각각 빛깔을 달리하면서 황금빛을 띠었다가 자줏빛으로 물들었다가 다시 선명한 장밋빛 또는 흐릿하거나 칙칙한 빛깔로 변했다. 높은 곳은 비둘기 목덜미의 아롱진 무늬처럼 연속적으로 표변하는 광경을 연출했다. 종종, 새벽녘이나 석양 무렵이면 한줄기 찬란한 햇살이 마치 도끼로 내리친 것처럼 두 쪽으로 갈라진 용암 사이를 비집고 흐드러지게 꽃이 핀 화단 아래까지 내려와서는, 낮잠을 자기 위해 꼼꼼하게 닫은 덧창문 틈새를 뚫고 들어와 침실을 가로지르는 에스파냐의 금빛 광선처럼 그렇게 연못의 수면 위를 희롱했다. 노

---

* 옛날 프랑스에서 농토 면적을 재던 단위로 1아르팡은 대략 3000~5000제곱미터이다.

아의 대홍수 이전에 일어난 어떤 지각변동에 의해 물이 가득 들어찬 그 오래된 분화구 위로 해가 지날 때쯤이면, 돌투성이의 경사면이 뜨겁게 달구어지고 꺼졌던 화산이 다시 불붙게 되는데, 그 열기는 빠르게 퍼져 땅속의 씨앗을 잠에서 깨어나게 하고 식물의 성장을 왕성하게 하며 이 궁벽한 미지의 땅 한구석의 꽃들을 다채롭게 물들이고 열매들을 무르익게 만들었다. 라파엘이 그곳에 도착했을 때 소 몇 마리가 초원에서 한가로이 풀을 뜯고 있는 모습이 보였다. 연못 쪽으로 몇 걸음 옮기다가 그는 평지가 가장 넓어지는 곳에 화강암으로 지은 허름한 집 한 채가 나무로 둘러싸여 있는 것을 발견했다. 오두막집이나 다름없는 그 집의 지붕은 주변과 썩 잘 어울렸는데 이끼와 담쟁이와 꽃들로 뒤덮여 있어서 연조가 아주 오래되었음을 알 수 있었다. 연기 한줄기가 새들도 놀라지 않을 정도로 가느다랗게 다 무너져가는 굴뚝에서 피어올랐다. 출입문에는 붉은 꽃을 달고 짙은 향내를 피우는 커다란 인동덩굴 두 그루가 서 있었고 그사이에 큰 벤치 하나가 놓여 있었다. 무성한 포도나무 가지와 따로 가꾸지 않아 제멋대로 자란 장미와 재스민 꽃송이들 사이로 벽이 보일락 말락 했다. 이러한 전원의 치장물들에는 아무 관심이 없다는 듯 그 집에 사는 사람들은 그 점에 대해 전혀 신경을 쓰지 않고 자연이 선사한 순수하고 깜찍한 아름다움을 그냥 그대로 간직하고 있는 것 같았다. 까치밥나무에 걸려 있는 빨래가 햇볕에 말라가고 있었다. 대마 껍질을 벗기는 기계 위에는 고양이 한 마리가 웅크리고 앉아 있었고, 그 아래에는 닦은 지 얼마 되지 않은 듯한 노란 냄비 하나가 감자 껍질 더미 속에 나동그라져 있었다. 그 반대편 쪽으로 마른 가시나무 울타리가 라파엘의 눈에 들어왔는데, 아마도 닭이 과실이나 채소밭을 망치지 못하도록 막는 용도로 쳐놓은 듯했다. 세상은 거기서 끝나는 것 같았다. 그 거처는 움푹 팬 암벽에 절묘하게 고정시켜놓은 새 둥지를 닮았는데 꾸밈없이 아무렇게나 지어졌지만 다분히 예술적이었다. 그것은 그대로 순박하고 선량한 하나의 자연이요 실재하는 누옥陋屋이었지만 또한 시적이라고 할 수 있었는데, 그만큼 그 집은 시에서 상투적으로 묘사된 것과는 딴판으로 화사했으며, 어떤 관념과도 닮은 구석이 없이 단지 그 자체로부터 나온, 진정한 우연의 승리였던 것이다. 라파엘이 도착했을 때 태양은 광선을 좌우로 흩뿌려대며 식물들이 한껏 제 색깔을 내뿜도록 만들고 있었다. 햇볕은, 빛의 위용과 그에 대비되는 그림자, 누런 바탕에 회색빛이 감도는 암벽, 저마다 조금씩 차이가 나는 초록 이파리, 푸르거나 붉거나 흰 각종 꽃무더기, 덩굴식물과 거기에 매달린 종 모양의 꽃, 윤이 나는 벨벳 같은 이끼층, 자홍색 히드 꽃송이 등을 돋보이게 하기도 하고 다채롭게 장식하기도 했지만, 무엇보다도 특히 명경처럼 화강암의 봉우리와 나무와 집과 하늘이 비치는 연못 수면을 눈부시도록 반짝거리게 했다. 이 매혹적인 풍경 속에서 모든 것들이, 반짝이는 운모 조각에서부터 은은하게 퍼지는 희미한 빛 속에 감춰진 금빛 풀숲에 이르기까지 저마다 광휘를 발휘하고 있었다. 그곳은 모든 것이 보기에 조화로웠다. 털에 윤기가 흐르는 얼룩배기 소들이 그랬고, 쪽빛 또는 에메랄드빛 곤충들이 윙윙거리는 연못 구석진 곳의 물 위에 술 장식처럼 드리워져 있는 가냘픈 수초의 꽃들이 그랬으며, 모래투성이의 산발한 머리채가 자갈들이 엉켜 만든 묘한 생김새의 돌덩이를 덮고 있는 형상 같은 기기묘묘한 나무뿌리들이 그랬다. 이 고즈녁

한 오막살이집을 감싸고 있는 미지근한 물 냄새와 꽃향기와 동굴 냄새가 라파엘에게 거의 성적인 흥분을 불러일으켰다. 그런데 그때 갑자기 두 마리 개가 짖어대는 바람에, 어쩌면 세리稅吏의 손도 뻗치지 않을 정도로 세상에서 잊힌 곳일 이 숲속의 안식처를 휘감고 있던 장중한 정적이 깨져버렸다. 그러자 소들이 골짜기 입구 쪽으로 머리를 돌려 라파엘을 향해 촉촉한 코끝을 내밀고 물끄러미 쳐다보다가 다시 풀을 뜯기 시작했다. 마치 곡예를 하는 것처럼 암벽 위에 아슬아슬 매달려 있던 어미 염소와 새끼 염소는 껑충껑충 뛰어내려오더니 질문이라도 할 것이 있다는 태세로 라파엘 옆의 평퍼짐한 화강암 위에 버티고 섰다. 개 짖는 소리에 그때까지 우두커니 집안에 있던 통통한 어린아이가 밖으로 나왔고, 그 뒤를 따라 머리가 허옇게 센 중키의 노인이 모습을 드러냈다. 그 둘은 주변 풍경과 분위기, 그리고 집과 그 주변에 핀 꽃들하고 썩 잘 어울렸다. 건강함이 이 비옥한 대자연에 넘쳐흘렀기에 그 속에서는 노년도 소년도 다 아름다워 보였다. 말하자면 그곳에 있는 모든 존재에는 철학인 양 행세하는 따분한 도덕적 설교의 허위를 일거에 폭로하고 부풀어오를 대로 부풀어오른 정념으로부터 마음을 치유해주는 그런 원초적인 자발성과 행복의 관성 같은 것이 있었다. 노인은 슈네츠*의 남성적인 화필이 즐겨 그린 모델의 부류에 속했다. 햇볕에 검게 탄 얼굴, 그 얼굴에 새겨진 거친 촉감의 수많은 주름살, 똑바른 콧날, 오래전에 난 포도나무 이파리의 잎맥처럼 붉은 핏줄이 불거진 툭 튀어나온 광대뼈, 각진 얼굴 윤곽 등 모든 것이, 심지

_____

* 19세기 프랑스 화가.

어는 기력이 이미 쇠잔해버린 부분마저도 넘치는 기운의 상징 그 자체였다. 그는 비록 이제는 일을 놓아버렸지만 못이 박인 손에는 희귀한 흰 털이 나 있었다. 진정 자유로운 남자 같은 그 노인의 풍모로 미루어보건대 만일 그가 이탈리아에서 살았더라면 아마도 자신의 소중한 자유에 대한 사랑 때문에 산적이 되었을 것이다. 전형적인 산골 소년처럼 생긴 아이는 눈동자가 까매서 눈을 깜박거리지도 않고 태양을 바라볼 수 있을 정도였으며 까무잡잡한 피부에 산발한 갈색 머리를 하고 있었다. 아이는 움직임이 민첩하고 단호했으며 새처럼 자연스러웠다. 입성은 보잘것없어서 해진 옷 사이로 싱그럽고 뽀얀 피부가 드러났다. 노인과 아이는 아무 말 없이 나란히 선 채로 똑같은 생각을 가진 듯 움직였다. 그도 그럴 것이 둘의 표정에는 함께 무위자연의 삶을 살면서 갖게 된 완벽한 일치감이 역력히 나타나는 것이었다. 노인은 아이의 두 눈에 공명했고 아이는 노인의 기분에 동화되었는데, 그 모습은 두 약자 사이, 다시 말해 소멸이 임박한 기운과 막 피어나는 기운 사이의 협약 같았다. 잠시 후 서른 살쯤 되어 보이는 여인이 문지방에 모습을 드러냈다. 그녀는 미끄러지듯이 걸어왔다. 그녀는 전형적인 오베르뉴 여자였다. 혈색이 좋고 쾌활하며 꾸밈없는 얼굴에 치아가 하얀 오베르뉴 여자 특유의 모습, 전형적인 오베르뉴 사람의 키, 오베르뉴 여자 특유의 머리 모양과 옷, 오베르뉴 여자 특유의 봉곳한 가슴, 그리고 말투까지. 한마디로 그녀는 그 지방의 완벽한 이상형이었다. 근면과 무지, 근검과 온정, 모든 것이 그녀에게 갖추어져 있었다. 그녀는 라파엘에게 인사를 건넸고 둘은 대화를 주고받았다. 개들은 얌전해졌고 노인은 벤치에 앉아 해바라기를 했으며 아이는 말

없이, 그러나 이방인에게 눈을 떼지 않고 그의 말에 귀를 쫑긋 세우며 엄마 뒤를 졸졸 따라다녔다.

"부인, 이곳이 무섭지 않으십니까?"

"어딘들 우리가 두렵겠습니까, 선생님? 입구를 막아버리면 누가 감히 이곳에 발을 들여놓을 수 있겠어요? 그럼요! 우린 전혀 두렵지 않답니다! 게다가," 그녀가 후작을 집안에서 제일 큰 방으로 안내하면서 말했다. "도둑들이 뭘 훔치겠다고 우리집에 오겠어요?"

그녀는 까맣게 그을린 사방의 벽을 가리켰다. 거기에 걸려 있는 장식물이라곤 각각 파란색과 붉은색과 초록색으로 모사한 〈신용信用의 죽음〉〈예수 그리스도의 수난〉〈황제 근위대의 척탄병들〉이라는 이름으로 꽤 알려진 그림 석 점뿐이었다.* 그리고 방 여기저기에는 받침 기둥이 달린 오래된 호두나무 침대 하나, 다리가 뒤틀린 탁자 하나, 걸상 몇 개, 빵 반죽통, 소금 단지, 프라이팬 등이 널려 있었고 천장에는 베이컨이 매달려 있었다. 벽난로 위의 회반죽 벽은 누렇고 얼룩덜룩했다. 라파엘은 집에서 나오다가 바위 더미가 있는 곳에서 손에 괭이를 들고 허리를 구부린 채 주의깊게 집 쪽을 쳐다보는 한 남자를 발견했다.

"바깥양반이에요." 오베르뉴 여자가 농촌 여인네 특유의 친근한 미소를 머금으며 말했다. "저이는 저 위에서 일해요."

"그러면 저 노인은 당신 아버지입니까?"

"좀 이해하기 어려우시겠지만, 선생님, 저분은 바깥양반의 할아버지

---

* 당시 세간에 특히 널리 퍼져 있었던 민화 제목이다. 각기 정직과 성실, 믿음과 순종, 정통과 충성 등의 미덕을 선양하는 의도를 가진다.

416

입니다. 보시는 바와 같이 저분은 연세가 백두 살이에요. 정말입니다! 최근에 할아버님은 우리 작은 녀석을 데리고 걸어서 클레르몽까지 다녀오셨다니까요! 아주 정정하셨는데, 지금은 잡수시고 주무시는 것밖에 달리 하시는 일은 없어요. 그리고 항상 증손자 녀석과 노시구요. 때로는 아이 녀석이 저기 높은 곳까지 모시고 가지요. 아이가 모시고 가긴 하지만 어쨌든 거기까지 가신다니까요."

그 말을 듣자 발랑탱은 바로 노인과 아이와 더불어 살기로 마음을 굳혔다. 그들이 마시는 공기를 함께 호흡하고, 그들이 먹는 것을 같이 먹고, 그들이 마시는 물을 같이 마시며, 그들이 잠잘 때 함께 자고, 그래서 그들의 피가 자신의 핏줄 속에도 흐르게 하리라. 죽음을 목전에 둔 자의 표변하는 마음! 나도 이 바위에 붙은 굴 중의 하나가 되리라, 그리하여 죽음을 둔감하게 만듦으로써 나를 보호하는 굴껍데기를 며칠씩 더 연장해나가리라, 이것이 그로서는 개인적인 윤리 규범의 정수, 인간의 진정한 존재 방식, 삶의 아름다운 이상, 아니 있을 수 있는 유일한 삶, 진정한 삶이었다. 그의 마음속에 세계를 삼켜버리는 철두철미하게 이기주의적인 상념이 떠올랐다. 그가 보기에 이제 세계는 더이상 존재하지 않는다. 세계는 완전히 그에게로 들어와버렸다. 환자들에게 세계는 자신들이 누워 있는 침대 머리맡에서 시작하여 발치에서 끝나는 법이다. 이곳의 풍경이 바로 라파엘의 침대였던 것이다.

누구나 살다가 한 번쯤은 개미의 발놀림과 움직임을 몰래 살펴본 적이 있지 않겠는가? 하나밖에 없는 민달팽이의 숨관에 밀대를 꽂아본 적은? 날렵한 잠자리의 현란한 날갯짓을 눈으로 따라간 적은? 어린 참나무 이파리의 불그스름한 바탕 위에 뚜렷하게 돋보이는, 고딕

대성당의 원화창 색유리처럼 다채로우면서 수많은 갈래로 뻗은 잎맥을 바라보며 찬탄한 적은? 갈색 기와지붕 위로 비가 내리거나 햇살이 비치는 광경을 오래도록 지켜보면서 감미로운 느낌이 들었거나, 이슬 방울과 꽃잎과 그 꽃잎을 이고 있는 각양각색으로 갈라진 꽃받침을 물끄러미 바라보던 적은? 목적한 바도 없는, 그러나 어떤 상념으로 이어지고 마는, 물리적인 현상들에 얽혀드는, 그 무심하면서 동시에 골똘히 무언가를 향하는 몽상 속에 잠겼던 적은? 요컨대 동심의 삶, 게으른 삶, 노동은 빠진 원시의 삶을 영위해본 적은? 이런 식으로 라파엘은 그곳에서 여러 날을 보냈다. 염려하는 바도, 바라는 바도 없이 지내니 한결 더 좋은 느낌이 들었고 이루 말할 수 없이 편안했으며 걱정거리도 가라앉았고 고통도 누그러졌다. 종종 암벽을 타고 봉우리까지 기어올라갔고 그곳에 앉아 광활하게 펼쳐진 풍경을 한눈에 조망하기도 했다. 그곳에서 그는 매일같이 하루 온종일 해바라기하는 식물처럼, 굴속의 토끼처럼 지냈다. 아니면, 식물이 자라나는 모습이나 하늘이 빚어내는 조화造化와 벗하면서 땅 위나 물속이나 허공중에서 일어나는 온갖 변화를 눈여겨보았다. 그는 자연의 내밀한 움직임과 하나가 되고자 노력하는 한편, 자연의 질서가 보여주는 그 수동적인 복종에 완벽하게 동화됨으로써 본능에 충실한 생명체의 존재 조건인 전제적이고 보수적인 법칙의 지배를 받고자 힘썼다. 이제 그는 더이상 자기 자신에 대해서도 책임을 지고 싶지 않았다. 세속의 법정에서 사형선고를 받았지만 신성한 제단의 그늘 밑에 들어가면 사면이 되었던 옛날의 죄수들처럼 그는 삶의 성역 같은 부분 속으로 빠져들어가고자 노력을 거듭했다. 마침내 그는 드넓고 힘찬 이 풍요의 자연 속에 완전히 동화되기에 이르렀다. 그는 악천후에도 능란하게 적응했으며, 제집 드나들듯 암벽의 모든 동굴에 드나들었으며, 모든 식물의 생태와 습성을 알게 되었으며, 물때나 물길에 정통했으며, 짐승들과도 소통할 수 있었다. 요컨대 그는 이 살아 꿈틀대는 대지와 완벽하게 한몸이 되어서 대지의 영혼과 이야기하고 대지의 비밀을 꿰뚫어볼 수 있게 되었다. 그가 볼 때 전체 생물계의 그 무한한 형태들은 동일한 한 실체의 발현이요 동일한 한 운동에서 나오는 결합체들, 곧 움직이고 생각하고 걷고 성장하는 어떤 한 거대한 존재의 거대한 호흡 작용이었다. 그는 그 거대한 존재와 함께 성장하고 걷고 생각하고 움직이고 싶었다. 그의 환상 속에서 그의 삶과 그곳 바위의 삶이 뒤섞였다. 그는 바위에 뿌리를 내리고 있었던 것이다. 이 신비로운 천계天戒의 영감 덕분에, 그것은 어쩌면 착시에 따른 회복, 고통 중에도 잠시의 쉼이 있듯이 자연이 선사한 잠깐의 은혜로운 착란 상태였는지 모르는데, 어쨌든 발랑탱은 그 덕분에 이 흐뭇한 풍경 속에 머물던 처음 얼마 동안에는 다시 한번 동심으로 돌아가 즐거움을 한껏 맛보았다. 그는 그곳에서 아무 의미도 없는 것들을 찾아다니면서, 수많은 것을 시도하지만 아무것도 마무리짓지 않으면서, 전날 세운 계획들을 다음날이면 까맣게 잊어버리면서 그렇게 무심하게 하루하루를 보냈다. 그는 행복했고 죽음에서 벗어났다고 믿었다. 그러던 어느 날 아침이었다. 그날 그는 어쩌다보니 현실을 환영처럼 보이게 하고 몽상에는 현실의 부피감을 부여하는 그러한 비몽사몽간의 꿈결에 잠겨서 정오가 될 때까지 침대에 누워 있었다. 그때 갑자기 그의 귓전에 어떤 소리가 들려왔다. 처음엔 그것이 꿈속에서 들려오는 소리인지 아닌지도 몰랐다. 그것은 그

집 안주인이 조나타에게 그의 건강 상태를 보고하는 소리였다. 그동안 조나타는 매일 그녀에게 주인의 건강 상태를 물으러 왔는데 발랑탱은 그때까지 그 사실을 모르고 있었던 것이다. 오베르뉴 여인은 발랑탱이 아직 자고 있을 것이라고 생각했는지 산촌 사람 특유의 큰 목소리를 낮추지 않았다.

"좋아지지도 나빠지지도 않아요." 그녀가 말했다. "그분은 지난밤에도 여전히 영혼을 날려버릴 것처럼 밤새 기침을 해댔어요. 그 점잖은 분이 기침을 하고 가래를 뱉는데 얼마나 안쓰러운지 몰라요. 저나 제 바깥양반은 어디서 그렇게 기침하는 힘이 나는지 궁금하답니다. 듣고 있으면 가슴이 터질 것 같다니까요. 그분의 병은 정말 천형인가봐요! 그분은 절대로 좋은 상태가 아니라는 겁니다! 전 어느 날 아침 그분이 침대에서 죽은 채로 발견될까봐 늘 겁이 난답니다. 그분은 밀랍 예수상처럼 정말 창백해요! 참 딱합니다. 그분이 잠자리에서 일어나는 모습을 보았는데, 정말이지 그분의 빈약한 몸은 쇠꼬챙이처럼 비쩍 말랐어요. 그리고 그분에게서는 어쨌든 벌써 좋지 않은 냄새가 납니다! 그런데도 그분은 상관이 없나봐요. 마치 그렇게 내다팔 건강이라도 있는 양 죽어라고 돌아다닌답니다. 그래도 그분은 용기가 대단해서 고통을 호소하지는 않아요. 하지만 솔직히 그분에게는 초원보다는 차라리 땅속에 묻히는 편이 더 좋을 텐데, 그분은 신의 수난을 받고 있는 거잖아요! 선생님, 우리가 그렇게 바란다는 말이 아닙니다. 그건 결코 우리에게 경제적으로 이득이 되지 않으니까요. 하지만 그분이 우리에게 주시는 돈을 앞으로는 받지 못하더라도 그분에겐 그랬으면 좋을 것 같아요. 우리가 이렇게 생각하는 것은 결코 경제적인 이득 때문이 아니랍니다. 오! 하느님!" 그녀는 말을 이었다. "그런 지독한 병은 파리 사람들만 걸리는군요! 그 사람들은 대체 어디서 그런 병에 걸린답니까? 젊은 분이 참 안됐어요. 좀처럼 완쾌될 수 없다는 것이 확실하잖아요. 잘 아시겠지만 그 열이 그분을 서서히 갉아먹고 파먹어 결국 무너뜨리고 말 거예요! 그런데 그분은 거기에 대해 짐작도 못하고 있어요. 그 사실을 모른단 말이에요, 선생님. 그분은 아무것도 모르고 있단 말입니다. 조나타 선생님, 그렇다고 우실 일은 아닙니다! 더이상 고통을 받지 않으실 테니까 그분이 행복해지실 거라고 마음을 다져야 합니다. 선생님은 그분을 위해 9일 기도를 바치도록 하세요. 저는 9일 기도로 말끔히 치유되는 것을 본 적이 있어요. 그리고 참으로 연약하고 참으로 착한 중생을 구원하기 위하여, 유월절의 어린양을 구원하기 위하여 기꺼이 초 한 자루를 사도록 하겠어요."

라파엘은 뭐라 말했지만 그 소리가 너무 쇠잔해서 밖에 있는 사람들에게는 들리지 않았다. 그래서 그는 이 끔찍한 수다를 고스란히 들어야만 했다. 그렇지만 더이상 참을 수가 없어서 그는 침대를 박차고 나와 문지방에 모습을 나타냈다. "이 늙은 악당 같으니라고," 그가 조나타에게 소리쳤다. "너는 지금 내 사형집행인이 되겠다는 말이냐?" 아낙네는 유령이 출몰했다고 생각하고 줄행랑을 쳤다.

"내 너에게 이르노니," 라파엘이 계속해서 말했다. "이제부터 내 건강에 대해서는 조금도 걱정을 해서는 안 된다."

"그러고말굽쇼, 후작 나리." 늙은 하인이 눈물을 훔치며 대답했다.

"그리고 또 너는 이제부터는 내 명령 없이는 절대로 이곳에 와서는 안 된다는 것도 명심해야 할 것이다."

조나타는 명령을 따르지 않을 수 없었다. 그러나 물러나기 전에 그는 후작에게 충직한 동정의 눈길을 보냈는데 라파엘은 그 눈길에서 자신에 대한 죽음의 선고를 읽었다. 낙담한 발랑탱은 갑자기 자신의 상태가 좋지 않다는 데 생각이 미치자 문지방에 쭈그리고 앉아 두 팔로 가슴을 싸안고 고개를 떨구었다. 겁에 질린 조나타가 자신의 주인 곁으로 다가갔다.

"나리?"

"가! 가란 말이다!" 환자가 그에게 소리쳤다.

다음날 라파엘은 암벽을 기어올라 오전 내내 이끼가 무성한 바위 틈새에 앉아 있었다. 그곳에서는 연못에서 그의 거처에 이르는 좁은 길을 한눈에 볼 수 있었다. 그때 저 아래 기슭에서 조나타가 또다시 오베르뉴 여인과 이야기를 나누고 있는 모습이 보였다. 그 순간 그에게 어떤 악마적인 힘이 작용해 그 여인이 고개를 끄덕이고 비관적인 몸짓을 하며 불길한 느낌의 멍한 표정을 짓는 것이 무슨 의미인지 해석할 수 있었으며, 심지어는 그녀가 내뱉는 치명적인 말들이 침묵을 뚫고 바람에 실려 고스란히 그에게 전달되었다. 공포가 엄습한 그는 가장 높은 산봉우리로 달아나 저녁때까지 거기에 머물렀지만 불길한 생각을 물리칠 수 없었다. 불길한 생각은 자신이 끔찍한 관심의 대상이 되었다는 자각 때문에 불행하게도 그의 마음속에 자꾸 되살아났다. 그러던 중 갑자기 오베르뉴 여인이 저녁의 어둠 속에서 유령처럼 그의 앞에 불쑥 나타났다. 기이한 시인의 상상력이 발동한 그는 흑백의 줄이 쳐 있는 그녀의 치마를 보고 유령의 깡마른 옆구리와 얼추 닮았다는 생각이 들었다.

"밤이슬이 내리고 있어요, 나리." 그녀가 그에게 말했다. "그렇게 계속 거기에 계시면 손보지 않아 일찍 낙과하는 과일 모양으로 잘못되고 말 겁니다. 돌아가셔야 합니다. 이슬을 맞는 것은 건강에 좋지 않습니다. 게다가 아침부터 아무것도 안 드셨잖아요."

"빌어먹을," 그가 소리쳤다. "마귀할멈 같으니라고. 명하노니 내 마음대로 살게 내버려두시오. 안 그러면 여기서 철수하겠소. 매일 아침마다 내 묘혈을 파는 것으로 족하니 모쪼록 밤에만은 파지 말도록 하시오."

"묘혈이라니요! 나리! 제가 나리의 묘혈을 판다니요! 대체 나리의 무덤이라는 것이 어디 있는데요? 전 나리께서 우리 아버지처럼 정정한 모습을 보고 싶지, 무덤 속이라니요 당치 않습니다! 묘혈이라고요! 우리 모두는 언제나 무덤 속에 들어가기엔 좀 이른 겁니다. 무덤이란 그런 겁니다."

"그만하시오!" 라파엘이 말했다.

"내 팔을 잡으세요, 나리."

"싫소."

사람이 가장 견디기 어려운 감정이 바로 동정심이다. 특히 동정을 받아 마땅한 사람인 경우가 그렇다. 증오감은 일종의 강장제로서 활력을 북돋우고 복수심을 불러일으킨다. 하지만 동정심은 우리를 절망에 빠뜨리고 약점을 더욱 취약하게 만든다. 그것은 번지르르한 아첨의 외양을 한 악의이거나 온화함 속에 감춰진 경멸이거나 아니면 공격성을 은폐한 온화함이다. 라파엘은 백 살 먹은 노인에게서는 승리한 자의 의기양양한 동정심을, 어린아이에게서는 호기심에서 유발된 동정심을, 아낙네에게서는 자신을 성가시게 괴롭히는 동정심을, 그녀의 남편에게서는 이해득실을 따지는 동정심을 발견했다. 어쨌든 이런 동정심이 어떤 모습을 띠고 나타난다 할지라도 거기에는 항상 죽음의 그림자가 짙게 어른거리고 있었다. 시인은 자기에게 충격을 주는 이미지를 좇아 괴로운 것이든 즐거운 것이든 그것을 모두 시로 만드는 사람이다. 잔뜩 고양된 그의 영혼은 온건한 뉘앙스를 배격하고 늘 강렬하고 생생한 색채를 선택하기 마련이다. 그런 점에서 이 동정심은 라파엘의 가슴에 애상과 우수에 젖은 한 편의 끔찍한 시를 불러일으켰다. 그는 자연과 가까워지기를 갈망했지만, 솔직하기만 한 그 자연스러운 감정의 발산을 미처 예상하지는 못했던 것이다. 나무 밑에 앉아 이런저런 생각에 잠겨 있던 그에게 갑자기 완강한 기침의 발작이 일어났다. 그는 녹초가 되지 않고서는 한 번도 이 끔찍한 기침과의 싸움에서 벗어난 적이 없었다. 주변에 아무도 없이 혼자 있다고 생각했는데 야만인처럼 보초를 서기라도 하듯이 덤불숲 밑에 자리잡고 있던 조그만 사내아이의 반짝이며 번들거리는 두 눈과 마주쳤다. 녀석은 흥미로움 못지않게 짓궂음이 담긴 어린아이 특유의 그 호기심어린 눈초리로 그를 살펴보고 있었는데, 거기에는 관심과 무관심이 묘하게 혼재되어 있었다. '형제여, 죽어야 하느니라'는 트라피스트회 수도사들의 그 지독한 계명이 라파엘과 더불어 사는 주변의 농촌 사람들 눈빛에 항상 각인되어 있는 것 같았다. 그는 그들이 내뱉는 순박한 말들이나 침묵 중에서 자신이 정작 두려워하는 것이 무엇인지 제대로 분간되지 않았다. 그들의 모든 것이 그를 힘들게 만들었다. 그러던 어느 날 아침, 검은 옷을 입은 두 명의 남자가 그의 주위를 배회하며 그의 안색을 살피고, 그러지 않는 척하면서 그를 관찰하는 것이었다. 그러더니 그들은 산책을 나왔다가 우연히 그와 조우한 것처럼 꾸미고 그에게 몇 마디 상투적인 질문을 건넸으며 그는 거기에 짤막하게 대답했다. 그는 그들이 온천장의 의사와 신부로서 아마도 조나타가 보내서 왔거나 자기가 묵는 집 식구들의 부탁을 받고 오지 않았다면 임박한 죽음의 냄새에 이끌려 왔을 것이라는 사실을 금세 알아차렸다. 그러자 그의 눈에 얼핏 자신의 장례행렬이 보였고 사제들이 부르는 장송곡이 들려왔으며, 장례식 촛불이 하나하나 눈에 들어왔고, 그를 보듬어 안아 비로소 삶과 만났노라고 생각하게 해주었던 그 풍요로운 자연의 아름다움이 이제는 자신의 관을 덮은 천 너머로만 보일 뿐이었다. 얼마 전까지만 해도 그에게 장수長壽를 약속해주었던 모든 것이 이제는 임박한 종말을 예고하는 것이었다. 그다음날 그는 자신이 몸을 의탁했던 집의 식구들이 측은해하고 충심으로 애달파하며 건네는 기원의 인사말들을 뒤로하고 파리를 향해 길을 떠났다.

밤새 길을 달리다가 그는 부르보네 지방의 아름답기 그지없는 계곡 어딘가에서 눈을 떴는데, 그곳의 경치와 펼쳐진 시야가 눈앞에서 빙빙 회전을 하더니 꿈속의 몽롱한 영상들처럼 순식간에 달아나버렸다. 자연은 난처할 정도로 교태를 부리면서 그의 눈앞에 펼쳐져 있었다. 풍요롭게 열린 시야 한가운데로 알리에강이 그 반짝이는 물길을 리본처럼 풀어놓는가 했더니 이내 누런 빛깔의 바위 협곡 저 아래로 수줍은 듯 몸을 숨기고 있는 작은 촌락들이 눈에 들어왔고, 단조로운 포도밭이 지나자 갑자기 작은 골짜기에 자리를 잡은 물방앗간이 나타났으며, 그림 같은 성채나 벼랑에 매달린 듯한 마을 혹은 장엄한 포플러가

양옆에 도열한 신작로 같은 것들이 쉬지 않고 눈앞에 펼쳐졌다. 그러다가 마침내 루아르강이, 루아르강의 다이아몬드처럼 빛나는 수면이 반짝거리며 금빛 모래사장 한가운데를 기다랗게 흘러가는 광경이 눈에 들어왔다. 그것들은 그야말로 끊임없는 유혹이었다! 좀처럼 6월의 사랑과 수액樹液을 주체하지 못하고서 어린아이처럼 발랄하게 약동하는 자연이 병자의 초점 잃은 시선을 붙잡는 것이었다. 그는 마차의 차양을 걷어올리고 바깥을 바라보다가 다시 잠에 빠져들었다. 저녁 무렵 콩을 지나칠 즈음, 그는 흥겨운 음악소리에 잠에서 깨어났다. 마을 축제가 벌어지고 있었던 것이다. 역참驛站은 광장 근처에 있었다. 마부들이 마차의 말을 교체하는 동안 그는 흥에 겨워 춤을 추는 마을 주민들을 구경했다. 꽃으로 치장한 예쁘장하고 매혹적인 아가씨들, 신이 난 젊은이들, 거나하게 술에 취해 유쾌하게 떠벌리는 늙은 농부들의 불콰한 얼굴이 춤판을 달구었다. 조무래기 아이들은 노는 데 정신이 팔려 있었고 노파들은 함박웃음을 지으며 이야기를 나누고 있었다. 모양은 달라도 목소리는 모두 한결같았으며, 옷들과 음식이 차려져 있는 식탁마저도 그 유쾌함에 덩달아 즐거워하는 것 같아 보였다. 광장과 교회도 행복에 겨운 모습이었으며, 마을의 모든 지붕과 창문과 현관까지도 나들이를 나선 것처럼 들뜬 표정이었다. 그러나 라파엘은 아주 조그마한 소리에도 안절부절못하는 빈사 상태의 병자처럼 암울한 탄식을 금할 수 없었다. 그는 바이올린 소리에는 재갈을 물리고 흥겨운 율동은 중지시키며 떠들썩한 소란에는 찬물을 끼얹고 방종 맞은 축제는 해산시켜버리고 싶은 마음이 드는 것을 억누를 수 없었다. 그는 침울하기 이를 데 없는 심정으로 마차에 올랐다. 그런데 그가 마차에 올라 광장에 눈길을 준 순간, 유흥의 판이 깨지고 아낙네들은 혼비백산 달아나서 텅 빈 의자들만 나뒹구는 광경이 눈에 들어왔다. 주악대가 있던 단상에는 눈먼 떠돌이 악사 하나만 남아 조악한 클라리넷 솜씨로 계속 춤곡을 연주하고 있었다. 춤추는 사람 하나 없는 춤곡, 산발한 머리에 누더기를 걸치고 보리수나무 그늘 아래 몸을 숨기고 있는 음산한 옆모습의 외로운 노인, 그것이 바로 라파엘의 소원이 야기한 환상 같은 한 장면이었다. 마침 6월 하늘의 구름이 뇌성벽력을 동반하여 갑자기 쏟아부었다가 갑자기 거두어버리는 예의 그 집중호우가 억수같이 퍼부었던 것이다. 그것은 너무나도 자연스러운 현상이어서 라파엘은 돌풍에 의해 몇 점 남은 희뿌연 구름이 걷히는 하늘을 바라보고 나서도 자신의 나귀 가죽을 살펴볼 생각조차 들지 않았다. 그는 마차 구석에서 몸을 웅크렸다. 마차는 곧 길을 내달렸다.

다음날 그는 파리의 자기 집 침실 벽난로 가에 자리를 잡고 있었다. 그는 불을 활활 피워놓도록 했다. 추웠던 것이다. 조나타가 그에게 편지 뭉치를 가져다주었다. 모두 폴린으로부터 온 것들이었다. 그는 서두르는 기색 없이 첫번째 편지봉투를 열어서 마치 세무서에서 보낸 잿빛 최고장催告狀을 펼치듯이 그렇게 편지지를 펼쳤다. 그는 첫 문장을 읽었다. "떠났군요. 하지만 그것은 도피입니다, 나의 라파엘. 어찌된 까닭입니까! 내게 당신이 어디 있는지 말해줄 수 있는 사람이 아무도 없나요? 하기야 내가 그걸 모르는데 대체 누가 알겠어요?" 더이상 읽고 싶은 마음이 들지 않아서 그는 무덤덤하게 편지들을 집어들어 난로 속에 던진 다음, 향내 나는 편지가 불꽃의 장난에 오그라들었다가 뻣뻣해졌다가 다시 뒤집히고 마침내 재가 되는 광경을 물끄러미 바라보았다.

타다 남은 종잇조각들이 잿더미 위를 구르다가 그에게 문장의 첫머리 일부나 단어 몇 개, 그리고 그렇게 불길을 모면한 생각의 편린들을 보여주었다. 그는 아무 생각 없이 장난이라도 하듯이 심심풀이삼아 그것들을 읽었다.

"…… 당신 집 문 앞에 앉아…… 기다렸…… 변덕…… 나는 순종하…… 경쟁자들…… 난, 아닙니다!…… 당신의 폴린…… 사랑합…… 그러면 폴린에게서는 더이상……?…… 당신은 나를 떠나고자 했지만 날 버리지는 못했을 겁니다…… 영원한 사랑…… 죽는다는 것……"

그런데 이러한 단어들이 그에게 후회 같은 것을 불러일으켰다. 그래서 그는 핀셋을 들고 불길 속에서 타다 남은 마지막 종이쪽지 하나를 건져냈다. 편지 속에서 폴린은 이렇게 말하고 있었다.

"…… 내가 투덜댄 건 사실입니다. 그러나 나는 한탄을 하지는 않았잖아요, 라파엘? 당신은 아마도 내게서 멀리 벗어남으로써 내가 어느 정도 근심의 무게를 덜 수 있도록 해주고 싶었겠지요. 언젠가는 당신이 나를 죽음으로 내몰지도 모릅니다. 하지만 당신은 나를 고통 속에 내버려두기에는 너무도 선한 사람입니다. 자, 그러니 이제는 그런 식으로 떠나지 마요. 보세요, 나는 아무리 큰 고통이라도 이겨낼 수 있어요. 그러나 그것은 당신 곁에서만 가능해요. 당신이 내게 안겨줄지도 모르는 근심은 그러나 더이상 근심이 아니랍니다. 내 가슴속에는 아직도 당신에게 보여주었던 것보다 훨씬 더 많은 사랑이 들어 있답니다. 나는 어떤 것이라도 이겨낼 수 있어요, 당신과 멀리 떨어져서 눈물 짓는 것 말고는요, 그리고 당신이 어떻게 되었는지 모른 채 지내는 것 말고는요……"

라파엘은 불길에 검게 그을린 편지의 잔해를 벽난로 위에 놓았다가 별안간 그것을 다시 불속에 집어던졌다. 그 편지는 그의 사랑과 그의 숙명적인 인생을 너무도 생생하게 보여주는 이미지였던 것이다.

"가서 비앙숑 씨를 모셔와." 그가 조나타에게 명령했다.

오라스가 왔다. 라파엘은 침대에 누워 있었다.

"친구여, 나를 위해 아편을 약간 섞어 약을 조제해줄 수 있겠나? 잠에서 깨어나지 않도록, 그러나 계속 연용해도 탈을 일으키지 않을 정도로 아편을 넣어서 말이야."

"문제도 아니지." 젊은 의사가 대답했다. "하지만 하루 중 몇 시간 동안은 일어나 있어야만 하네. 식사를 해야 하니까."

"몇 시간이라고?" 라파엘이 그의 말을 가로막고 말했다. "안 되네, 안 돼. 나는 기껏해야 한 시간 동안만 일어나 있고 싶네."

"도대체 자넨 어떤 계획을 가지고 있는 건가?" 비앙숑이 물었다.

"잠을 자는 것. 그것은 아직 살아 있다는 뜻이지." 병자가 대답했다.

"아무도 들여보내지 말도록. 설사 마드무아젤 폴린 드 비츄노라 할지라도." 의사가 처방전을 쓰고 있는 동안 발랑탱이 조나타에게 일렀다.

"저, 그런데, 오라스 씨, 아직 기운이 남아 있을까요?" 늙은 하인이 현관 밑 계단까지 젊은 의사를 안내한 다음 그에게 물었다.

"그는 아직 오래 버틸 수 있을 겁니다. 아니면 오늘밤에 죽을 수도 있구요. 그에게 살 확률과 죽을 확률은 반반입니다. 나도 뭐가 뭔지 통 모르겠습니다." 의사가 몸동작으로 회의적이라는 표시를 내비치며 대답했다. "그가 딴 데로 관심을 돌리도록 해야 할 것입니다."

"관심을 딴 데로 돌리라구요! 선생님, 나리를 잘 모르시는군요. 그분은 얼마 전에도 눈 하나 깜짝 않고 한 사람을 죽게 했답니다. 그분의 관심을 딴 곳으로 돌릴 수 있는 것은 아무것도 없습니다."

라파엘은 며칠 동안 약의 힘을 빌려 죽음과 같은 깊은 잠 속에 빠져지냈다. 아편이 비물질적인 우리의 영혼에 물질적인 힘을 발휘한 덕분에, 매우 강력하고 활발한 상상력을 가졌던 그 사람은 숲 한가운데 식물의 잔해 더미 밑에 웅크린 채 만만한 사냥감이 나타나도 한 발짝도 꿈쩍하지 않는 그런 게으른 짐승의 수준으로 추락했던 것이다. 그는 심지어 자연광도 차단해서 이제 햇빛이라고는 그의 방안으로 전혀 들지 않았다. 그는 매일 밤 여덟시쯤 돼서야 침대에서 빠져나왔다. 살아 있다는 것에 대한 명료한 의식도 없이 그는 허기를 채우고는 곧바로 다시 자리에 누웠다. 그가 춥고 추레하게 흘려보낸 시간 동안 그를 둘러싸고 있는 것은 흐릿한 영상과 막연한 외관, 그리고 검은 바탕 위의 희미한 빛뿐이었다. 그는 일체의 움직임과 두뇌 작용을 거부한 채 깊은 침묵 속에 매몰되어버린 것이다. 어느 날 밤 그는 보통 때보다 훨씬 더 늦게 잠에서 깨어났는데 식사가 준비되어 있지 않았다. 그는 조나타를 불렀다.

"아범은 이제 그만둘 때가 됐군." 그는 조나타에게 말했다. "나는 아범에게 돈을 줄 만큼 줬어. 아범은 노년을 행복하게 보낼 수 있을 거야. 하지만 이제 나는 더이상 아범이 내 목숨을 가지고 희롱하는 것을 그냥 내버려두고 싶지 않아. 도대체 뭐야! 망할 것, 난 배가 고프단 말이야. 내 식사는 어디에 있어? 대답해봐."

조나타는 득의에 찬 미소를 슬쩍 내비치고 촛불을 들었다. 촛불은 저택의 커다란 방들을 뒤덮고 있는 짙은 어둠 속에서 가물거렸다. 그는 다시 의식을 놓은 자기 주인을 넓은 회랑으로 데리고 간 다음, 갑자기 문을 열어젖혔다. 홍수처럼 들이닥친 빛에 눈이 부셔 한동안 어찌하지 못하던 라파엘은 눈앞의 엄청난 광경에 소스라치게 놀랐다. 상들리에에는 촛불이 휘황찬란하게 빛났고, 그의 온실에서 가져온 진기한 꽃들이 그림같이 아름답게 장식되었으며, 식탁 위에는 금은 식기들과 자개와 도자기 그릇들이 영롱하게 빛을 발했다. 거기에는 최고의 진수성찬이 모락모락 김을 내며 차려져 있었는데 요리들은 궁정 미식가의 미신경을 충분히 자극할 정도로 군침이 돌게 했다. 그 자리에는 그의 친구들이 불려와 있었고 사이사이에 눈부시게 치장한 여인들도 자리를 잡고 있었다. 목과 어깨를 훤히 드러내고 머리를 온통 꽃으로 장식하고 눈을 반짝이고 있는 그 여자들은 하나같이 요염한 치장 아래 저마다 도발적인 아름다움을 선보였다. 그중 한 여자는 아일랜드풍의 재킷으로 맵시를 뽐냈고, 다른 한 여자는 안달루시아 여자들이 즐겨 입는 것으로 선정적인 분위기를 풍기는 풍성한 치마를 입고 있었다. 풍성한 치마를 입은 여자는 사냥하는 다이애나처럼 반♣누드 상태였고, 재킷을 걸친 여자는 마드무아젤 드 라 발리에르* 풍의 의상을 입고 다소곳하고 사랑스럽게 앉아 있었는데, 둘 다 매혹적이기 그지없었다. 모든 참석자들의 눈은 기쁨과 사랑과 환희로 반짝였다. 라파엘이 주검 같은 몰골을 하고 열린 문 사이로 나타난 순간, 좌중에서 별안간 이 즉흥적인 잔치의 불빛처럼 붉게 명멸하는 박수갈채가 터져나왔다. 떠들썩한 사람들의 목소리와 향내와 빛, 그리고 뇌쇄적인 여인들이 그의 오감을 강타하면서 식욕을 불러일으켰다. 마침 옆방에서 흘러나온 감미로운 음악이 폭포처럼 쏟아지는 화음으로 웅성대는 도취의 분위기를 감싸면서 그 이상야릇한 광경을 완결지었다. 그때 라파엘은 자신의 손을 잡는 간질거리는 손을 느꼈다. 여인의 손이 분명한 그 손을 따라 그를 안으려고 들어올린 상큼하고 뽀얀 두 팔이 보였다. 그것은 바로 아퀼리나의 손이었다. 그는 불현듯 이 광경이 자신의 무채색 꿈에 나타난 덧없는 이미지들처럼 모호하고 환상적인 것이 아니라는 사실을 깨달았다. 그는 괴성을 내지르며 황급히 문을 닫고는 늙은 하인의 뺨을 때렸다.

"악마 같으니라고. 너는 그래 나를 죽이려고 작정을 한 것이냐?" 그가 소리쳤다. 그러고 나서 그는 방금 당한 위험에 두근거리는 가슴을 부여안으며 혼신의 힘을 다해 자기 방으로 되돌아가서 수면제를 잔뜩 입안에 털어넣고는 자리에 누웠다.

"이거 참 황당한 일이로군!" 조나타가 몸을 일으키면서 말했다. "비앙송 씨는 내게 나리의 관심을 딴 데로 돌려보도록 하라고 이르지 않았던가."

---

* 루이 14세의 애첩.

시간은 얼추 자정 무렵이 되었다. 이 시간만 되면 잠든 라파엘에게서 아름다운 광채가 났는데, 그것은 생리적인 돌변 현상 중의 하나로 추정될 뿐 의학으로는 설명이 안 되는 경이로운 현상이었다. 그의 흰 두 뺨이 선명한 장밋빛으로 물들었다. 소녀처럼 매력적인 그의 이마에서는 천재성이 묻어났다. 이 고요하고 평안한 얼굴 위에 생명이 활짝 피어났다. 엄마 품에 안겨 잠이 든 아기의 모습이 꼭 그러했을 것이다. 깊이 잠든 그의 진홍빛 입술 사이로 맑고 고른 숨소리가 새어나왔다. 그는 꿈속에 아름다운 인생이 나타난 듯 황홀한 표정으로 미소를 지었다. 아마도 자신이 백 살까지 살아 있거나 손자들이 그에게 만수무강을 축원하는 모습이 나타났을지 모른다. 아니면, 화창한 날 나무 그늘 아래에 놓인 투박한 벤치에 앉아, 마치 산 정상에 서 있는 선지자처럼 저멀리 복락의 원경 속에 펼쳐지는 약속의 땅을 응시하는지도 몰랐다!

"당신 이제 돌아오셨군요!"

낭랑한 목소리로 울려퍼진 이 말이 그의 잠 위에 어른거리던 몽롱한 영상들을 일거에 날려버렸다. 램프 불빛 아래로 그의 눈에 폴린이, 서로 헤어져 있었기에 그리고 고통을 겪었기에 더욱 아름다워 보이는 그의 폴린이 침대 위에 앉아 있는 모습이 보였다. 라파엘은 수련 꽃잎처럼 새하얀 그녀의 얼굴을 보고 어안이 벙벙했다. 머리카락은 검고 긴데다 어둠 속이라 그녀의 얼굴이 더욱더 새하얗게 보인 것이다. 그녀의 두 뺨에는 눈물 자국이 반짝였으며 흘러내린 눈물 방울이 조금만 건드려도 툭 떨어질 것같이 그렁그렁 맺혀 있었다. 흰옷을 입고 머리를 숙인 채 침대에 겨우 걸터앉아 있는 그녀는 하늘에서 내려온 선녀처럼 보였는데 입김만 훅 불어도 사라져버릴 환영 같았다.

"아! 나는 모든 것을 잊어버렸어요." 라파엘이 눈을 뜬 순간 그녀가 탄식했다. "내 목소린 당신에게 말하기 위해서만 있습니다. 나는 당신 겁니다! 그래요, 내 가슴은 사랑 그 자체입니다. 아! 결코, 내 인생의 천사인 당신이 이렇게 아름다웠던 적은 없습니다. 당신의 두 눈은 분노로 가득차 있군요. 하지만 난 모든 것을 알고 있답니다. 그래요! 당신은 나 없는 곳에서 건강을 찾으러 갔어요. 당신은 나를 두려워했어요…… 그런데……"

"가, 가라고, 날 내버려둬." 마침내 라파엘이 입을 열고 희미한 목소리로 말했다. "제발 가줘. 당신이 여기에 있으면 난 죽어. 내가 죽는 걸 보고 싶어?"

"죽는다고요!" 그녀가 되풀이했다. "당신은 나 없이 죽을 수 있어요? 죽는다고요, 하지만 당신은 젊어요! 죽는다고요, 하지만 나는 당신을 사랑해요. 죽는다고요!" 그녀가 목뒤 깊숙한 곳에서 나오는 목소리로 덧붙이면서 격렬한 동작으로 그의 두 손을 잡았다.

"차가워요." 그녀가 말했다. "내가 환영을 만진 건가요?"

라파엘은 베개 밑에서 나귀 가죽 조각을 꺼냈다. 그것은 협죽도 나뭇잎처럼 작았고 바스러질 것 같았다. 그는 그것을 그녀에게 보여주었다. "폴린, 이것이 내 잘난 삶의 잘난 이미지야. 이제 우리 작별을 고하자고." 그가 말했다.

"작별이라고요?" 그녀가 놀란 표정으로 되풀이했다.

"그래. 이건 내 욕망을 이루어주는 부적이야. 동시에 이 부적은 내 남은 목숨도 표시하고 있지. 내가 얼마나 더 살 수 있는지 이걸 봐봐.

당신이 나에게 다시 눈길을 줄 때쯤이면 난 죽게 될 거야……"

젊은 여자는 발랑탱이 제정신이 아니라고 생각했지만 그 부적을 받아들고 램프를 가지러 갔다. 그녀는 라파엘과 부적을 동시에 향하도록 램프를 비추고 그 가물거리는 불빛에 의지해 애인의 얼굴과 마지막으로 남은 그 **마법의 가죽** 조각을 아주 면밀하게 살펴보았다. 그는 공포에 질려 더욱 사랑스러워 보이는 그녀의 아름다운 모습에 더이상 자신의 생각을 제어할 수 없었다. 정겹던 장면들과 열정이 선사했던 열광적인 환희에 대한 기억들이 오래도록 무감각했던 그의 영혼 속에서 들고일어나기 시작해, 마치 꺼진 줄 알았던 숯불이 다시 타오르듯 그렇게 불붙었다.

"폴린, 이리 와! 폴린!"

그 순간 젊은 여자의 목에서 끔찍한 비명소리가 터져나왔다. 그녀의 두 눈이 화들짝 놀라 휘둥그레졌으며 엄청난 고통 때문에 곤추선 두 눈썹은 두려움에 질려 양옆으로 벌어졌다. 그녀는 라파엘의 눈에서 이글거리는 욕망을, 옛날엔 그녀에게 큰 기쁨이었던 그 불타는 욕망을 보았다. 그러나 그 욕망이 커져감에 따라 **가죽**은 점점 줄어들면서 그녀의 손아귀를 간질이는 것이었다. 그녀는 생각할 겨를도 없이 옆방으로 달아나 문을 잠갔다.

"폴린! 폴린!" 빈사의 병자는 소리를 지르며 그녀를 뒤쫓았다. "사랑해, 좋아해, 당신을 갖고 싶어. 문을 열지 않으면 당신을 저주할 거야. 당신 품에서 죽고 싶어!"

그는 생의 마지막 불꽃이라 할, 믿을 수 없이 놀라운 힘을 발휘하여 문을 부수고 바닥에 팽개쳤다. 그리고 그는 옷이 반쯤 풀어헤쳐진 채 소파 위에 웅크리고 있는 자신의 애인을 보았다. 폴린은 그렇게 자기 가슴을 쥐어뜯으며 자해를 시도했는데 뜻대로 되지 않자 단번에 목숨을 끊기 위하여 자신의 숄로 목을 조르려고 했다. "내가 죽으면 그가 살겠지!" 그녀는 이렇게 말하며 숄의 매듭을 지어 목을 조르려고 애를 썼지만 여의치 않았다. 머리는 산발이 되고 어깨가 훤히 드러난 채 옷은 뒤죽박죽이 된 상태에서 붉게 상기된 얼굴로 눈물범벅이 되어 극심한 절망에 몸을 뒤틀면서 죽음과 사투를 벌이는 그녀의 모습은 사랑에 취한 라파엘에게는 오히려 이루 말할 수 없이 아름다워 보였고 그의 망상을 증폭시켰다. 그는 한 마리 맹금처럼 사뿐하게 그녀를 덮쳐 숄을 찢은 다음 두 팔로 그녀를 품었다.

시체나 다름없는 그 병자는 자신의 남은 기력을 깡그리 소진시켜버리는 그 욕망을 표현하기 위한 말을 찾으려 했다. 그러나 그의 입에서 나오는 소리는 가슴속에서 그르렁대는 숨 막히는 헐떡임뿐이었다. 그 소리는 숨쉴 때마다 더 안쪽으로 파고들어가 마치 내장 저 깊숙한 곳에서 나오는 것 같았다. 마침내 곧바로 어떠한 의미 있는 소리도 만들어낼 수 없었던 그는 폴린의 젖가슴을 물어뜯었다. 비명소리를 듣고 조나타가 깜짝 놀라 방안으로 들어와서는 젊은 여자에게서 시체를 떼어내려고 애썼다. 그녀는 방 한구석에서 그 시체를 품고 엎드려 있었던 것이다.

"어떻게 하시려고요?" 그녀가 말했다. "그이는 이제 내 거예요. 내가 그이를 죽였어요. 내가 이미 그것을 예견하지 않았던가?"

에필로그

"그래 폴린은 어떻게 되었나요?"

"아! 폴린이오, 그렇군요. 당신은 온화한 겨울날 밤, 가끔씩 집안의 난로 앞에 앉아 참나무 장작개비가 불길에 타들어가며 남기는 자국을 바라보면서 사랑이나 젊음의 기억들에 달콤하게 빠져드는 적이 있나요? 한 쪽은 체스판의 사각형 형태로 붉게 탄 자국이 생기고, 다른 쪽은 타고 난 자리가 벨벳처럼 일렁이겠지요. 푸르스름한 작은 불꽃들이 벌겋게 달아오른 난로 바닥을 훑고 다니면서 튀어오르기도 하고 까불기도 하고. 이 불꽃을 이용할 줄 아는 한 무명 화가가 있지요. 그는 아주 독특한 기교로 자줏빛이나 선홍빛으로 타오르는 화염 한복판에 초자연적이면서 우아하기 그지없는 형상을, 순식간에 사라지고 말아서 어떤 우연으로도 결코 되풀이될 수 없는 그런 덧없는 형상을 그려냅니다. 그것은 바람에 머리카락이 흩날리는 여인의 모습입니다. 그녀의 옆모습에는 매혹적인 열정이 고스란히 묻어납니다. 그건 불 속의 불인 것입니다. 그녀는 미소를 짓다가 사라지고 맙니다. 당신은 그녀를 두 번 다시는 볼 수 없습니다. 아듀, 불꽃이여, 아듀, 예기치 못했던 미완의 요소여, 넌 눈부신 금강석이 되기에는 너무 빨리, 아니면 너무 늦게 왔구나."

"한데 폴린은 어떻게 되었냐니까요?"

"못 알아들으셨어요? 다시 시작하지요. 잠깐 자리 좀! 자리 좀 내주세요! 그녀가 왔네요. 그녀는 환상의 여왕, 입맞춤처럼 스쳐가는 여인, 번개처럼 민첩한 여인, 번개처럼 하늘을 가르며 떨어지는 불꽃의 여인입니다. 그녀는 창조되기 이전부터 있어온 존재, 온전한 정신, 온전한 사랑입니다. 그녀는 무엇인지 잘 알 순 없지만 불꽃으로 이루어진 몸입니다. 아니면 그녀에게서 불꽃이 한순간 타올랐던 것이거나! 그녀의 형상을 이루는 선들은 그녀가 하늘에서 내려왔다는 것을 웅변할 만큼 순수합니다. 그녀는 천사처럼 빛나지 않습니까? 하늘에서 울려오는 그녀의 날갯짓소리가 들리지 않습니까? 새보다 가벼운 그녀가 당신 곁으로 날아옵니다. 그녀의 매혹적인 두 눈이 당신을 홀립니다. 그녀의 온유한, 그러나 강렬한 입김이 마술적인 힘을 발휘하여 당신의 입술을 끌어당깁니다. 그녀는 당신을 데리고 날아오릅니다. 당신은 이제 지상에 발을 딛고 있지 않습니다. 당신은 단 한 번만이라도 당신의 간절한 손으로, 홀린 손으로 구름 같은 그녀의 몸을 쓰다듬고 싶습니다. 그녀의 금빛 머리카락을 만지고 싶습니다. 그녀의 반짝이는 두 눈에 입맞추고 싶습니다. 어떤 묘한 기운이 당신을 도취시킵니다. 황홀한 음악소리가 당신을 매혹시킵니다. 당신의 전 신경이 전율합니다. 당신은 완전한 욕망이요, 완전한 고통입니다. 오, 이루 형언할 수 없는 행복일지니! 드디어 당신은 그 여인의 입술에 당신의 입술을 포겠습니다. 하지만 갑자기 끔찍스러운 고통이 당신을 환상에서 깨어나게 했습니다. 하! 하! 당신의 머리가 침대 모서리에 세게 부딪혔군요. 당신은 갈색 마호가니 침대 기둥이나 차가운 금장식, 아니면 웬 청동 집기나 구리 큐피드 상(像)에 입을 맞추었던 것입니다."

"아니, 이보시오. 폴린은 어떻게 되었냐니까요?"

"여전히 못 알아들으셨군! 이번에는 잘 들어보십시오. 어느 화창한 아침, 투르에서 '앙제'호에 승선한 한 청년이 있었습니다. 그의 손은 아름다운 여인의 손을 꼭 쥐고 있었습니다. 그렇게 결합된 두 사람은 루아르강의 너른 수면 위에서 오랫동안 어떤 하얀 형체를 탄복하며 바라보았습니다. 작위적으로 만든 것처럼 안개 속에 떠 있는 그 형체는 강물과 햇빛이 빚어낸 조화 같기도 했고 구름과 대기의 변덕스러운 조화인 것 같기도 했습니다. 물의 정령 같기도 하고 공기의 정령 같기도 한 그 유동적인 형상은 마치 아무리 애를 써도 기억 속에서 맴돌기만 할 뿐 찾고 있는 말이 잡히지 않는 것처럼 그렇게 유영하고 있었습니다. 그것은 섬과 섬 사이를 떠돌기도 하고 포플러나무 꼭대기 너머로 자기 머리를 흔들기도 했습니다. 그러면서 엄청나게 커진 그 것은 수천 겹이나 되는 자신의 옷자락을 펄럭이며 반짝거리게 하기도 했고, 해로 인해 생긴 자기 얼굴 둘레의 후광을 휘황찬란하게 만들기도 했습니다. 그것은 마을과 언덕 위를 떠다니며 위세성 앞을 지나가는 증기선을 가로막으려고 하는 것 같았습니다. 당신이 그것을 보았더라면 담 데 벨 쿠진*의 유령이 현대 문명의 침범에 맞서 자기 고향을 수호하려고 그러는 것 같다고 말했을 겁니다."

"좋아요. 알겠습니다. 폴린은 그만하면 됐습니다. 그러면 페도라는요?"

"오! 페도라요. 당신은 그녀와 마주치게 될 것입니다. 그녀는 어제는 부퐁극장에 있었는데 오늘밤은 오페라극장에 갈 것입니다. 그녀는 도처에 있지요. 그녀는, 이렇게 말하면 쉽게 아실 텐데, 바로 사회입니다."

파리, 1830~1831

---

* 15세기 앙투안 드 라살의 작품 속에 나오는 인물. 1820년대 유행한 보드빌에 많은 영향을 주었다.

보이는 현실과 보이지 않는 진실,
『나귀 가죽』의 세계

살아 있는 제목 '나귀 가죽'

여기 묘하게 생긴 가죽이 한 장 있다. 표면이 오톨도톨한 짐승의 가죽인데 금속판처럼 단단하게 보이다가도 금세 부드러워져 점액질처럼 손가락 사이를 빠져나간다. 혜성처럼 빛을 쏘아내더니 다시 해조류처럼 불투명하게 빛을 집어삼킨다. 물에 젖지도, 불에 타지도, 산酸에 부식되지도 않으며, 어떠한 압력이나 타격에도 전혀 손상되지 않는다. 그뿐 아니다. 놀랍게도 거기에는 산스크리트어가 새겨져 있다. 내용은 대충 "나를 가지면 네가 원하는 모든 것을 얻을 수 있다"쯤 된다. 그렇다. 그것은 그 가죽과 계약을 맺은 자의 소원을 이루어주는 부적이다. 그러나 단서가 붙는다. 소원이 이루어질 때마다 가죽의 크기가 줄어든다. 중요한 사실은 가죽의 크기가 가죽 소지자의 남은 목숨을 표현한다는 것이다. 곧 가죽의 힘으로 욕망을 이룬 자는 이룬 욕망의 크기만큼 목숨이 줄어든다. 가죽이 소멸되는 날, 가죽을 지닌 자의 목숨도 소멸된다.

그 묘한 가죽의 이름이 바로 이 작품의 제목이기도 한 '나귀 가죽 La Peau de chagrin'이다. 우리나라 독자에게 '나귀 가죽'이라는 번역어는 다소 생소하게 느껴질지 모른다. 이번에 처음 우리말로 번역된 이 작품은 그동안 우리말로 쓴 여러 글에서 제목이 언급될 때마다 다르게 불렸고, 프랑스 문학을 전공하는 사람들끼리 이 작품을 입에 올릴 때는 보통 원제목을 우리말로 바꾸지 않고 그대로 부르는 경향이 많았다. 이렇게 제목의 번역에 쉽게 동의가 이루어지지 않는 경우는, 비슷한 예가 아주 없지는 않겠지만 매우 드물 것이다. 그런데 이는 용어 번역의 문제를 넘어서 이 소설의 이해를 위한 전제조건들과도 관련이 된다. 작품 해설의 앞자리에서 그 가죽의 이름을 '나귀 가죽'으로 정한 연유를 굳이 밝히는 것은 그래서이다.

이 책의 제목에 들어 있는 'chagrin'은 가죽의 한 종류를 가리키는 말로서, 발자크가 그 신비한 가죽을 '고안'하기 전부터 프랑스어에서 사용돼온 단어이다. 18, 19세기 프랑스어 사전들에는 'chagrin'이 어떤 짐승에서 나온 가죽인지, 어원은 무엇인지에 대해 의견이 엇갈렸으나 그것이 가죽의 한 종류라는 점에서는 이견이 없었으며, 오늘날의 사전에는 일반적으로 "표면이 오톨도톨한 가죽으로서 양이나 염소, 나귀 등에서 얻어지며 책 장정에 주로 쓰인다"(『라루스 대백과 사전』)라고 그 뜻이 정의되고, 어원은 '말馬과 짐승의 뒷잔등'을 의미하는 옛 터키어 sâgri라고 보는 것이 정설이다. 이렇듯 chagrin 자체가 가죽이므로, 그리고 소설에는 작가 자신도 그 점을 분명히 의식하고 있는 것으로 나와 있기 때문에(소설 속에서 가죽은 대개 la peau de chagrin이라고 불리지만 그냥 le chagrin 혹은 la peau라고도 불린다), 엄밀히 말하면 동어반복인 la peau de chagrin이라는 표현은 작가 발자크의 의도적인 선택이라고 보아야 할 것이다. 그 의도는 두말할 나위 없이 가죽을 가리키는 chagrin이라는 단어에 그것과 철자가 같지만 그것보다 훨씬 더 보편적으로 쓰이는 '슬픔, 번민'이라는 추상적인 의미를 가진 또다른 단어를 겹치려 한 데 있다. 실제로 작품을 읽다보면, 특히 후반부에 갈수록 가죽으로서의 chagrin과 슬픔이라는 추상적인 의미의 chagrin이 교묘하게 섞이는 것을 볼 수 있다. 더구나 프랑스어에서 peau는 속어로 '목숨'을 뜻하기도 하므로 그 조어는 '슬픔이 갉아먹는 목숨' 정도의 뜻을 감추고 있다고 볼 수도 있다. 초판본 이후 사라졌지만 이 작품의 에필로그 뒤에는 작가 자신이 붙인 '도덕적 교훈'이 사족처럼 달려 있었는데, 거기에는 르네상스시대의 프랑스 작가 프랑수아 라블레의 말이라고 하면서(사실은 발자크의 창작이지만) "Les Thélèmites estre grands mesnagiers de leur peau et sobres de chagrins"(텔렘의 수도사들은 슬픔을 절제하면서 자신들의 생명을 훌륭하게 보존하는 사람들이다)이라는 글귀가 인용되고 있는 것이다.

문제가 제목의 번역에만 국한된다면 역자는 이쯤에서 무난하게 보이는 선택을 해도 될 것이다. 이 작품을 각색해 영화로 만든 미국이나 독일의 연출자들처럼 말이다. 그들은 자신들이 연출한 영화에 '마법(의) 가죽' '욕망의 노예' '죽음의 게임' '치명적인 욕망' 등의 제목을 달았다. 그러나 제목의 경우와는 달리, 작품 중에 여러 차례 등장하는, 그것도 관념어가 아니라 주인공의 손아귀에서 파닥거리는 매우 구체적인 하나의 '물건'으로 등장하는 가죽을 다른 언어로 번역할 때 특히 심각한 고민이 생기게 된다. 그 경우 미국이나 독일의 연출자들이 택한 전략은 별다른 도움을 주지 못하거나 제목과 본문에 등장하는 가죽을 따로 분리해 이름을 붙여야 하는 어색한 결과를 낳을 수밖에 없다.

문제의 핵심은 위에서 밝힌 것처럼 이 가죽이 지닌 중의성과 함께, 특히 이 가죽이 명백히 함축하고 있는 물신物神의 성격을 생생하게 살려야 한다는 데 있다. 그러나 아쉽게도 다른 언어들은, 적어도 이 경우에서만은, 프랑스어가 누리고 있는 축복을 나누어 가지지 못한다. 이 작품의 영어 번역본 제목이 1906년 처음 번역되었을 때 '야생 나귀 가죽The Wild Ass's Skin'이었다가 1949년 번역본에서는 '숙명의 가죽The Fatal Skin'으로 바뀌고 가장 최근에 번역된 펭귄 클래식 총서에서는 다시 '야생 나귀 가죽'으로 바뀐 사정, 그리고 일본의 후지하라서점藤原書店에서 나온 번역본이 '원피, 거친 가죽'을 뜻하는 '아라카와ぁ5皮'라는 제목에 '욕망의 철학'이라는 부제를 달 수밖에 없었던 사정 등은 그 문제를 다른 언어로 해결하는 것이 매우 어려운 과제임을 보여준다.

역자는 이 작품의 제목으로 '나귀 가죽'을 택했다. 작품 속에서 문제의 가죽이 '나귀'라는 짐승에서 나온 것으로 설명되고 있다는 점이 우선 고려되었다. 물론 발자크는 나귀 중에서도 특히 페르시아 산간 지방에 서식하며 그곳에서 먼 옛날부터 '오나그르'라고 불리던 야생 나귀의 가죽임을 유독 강조하고 있다. '나귀'라는 번역어에는 그 야생성이 빠지는 아쉬움이 없지 않다. 그러나 '오나그르'나 가죽에 새겨진 산스크리트어에는 당시 서양인들이 가진 오리엔탈리즘에 기대 가죽에 신비스러운 아우라를 부여하기 위한 의도가 다분히 담겨 있다는 판단이 그러한 아쉬움을 어느 정도 덜어주었다. 사실 야생성은 "생각하는 인간(문명사회의 인간)은 타락한 동물이다"라는 발자크 자신의 지론에 비추어볼 때 오히려 누그러져야 할 요소라고 볼 수도 있다. 가죽은 인간에게 숙명처럼 주어진 문명사회의 여러 조건을 표상하고 있는 '소설적 고안'인 것이다. 그리고 가죽의 숙명을 제어하는 일이 주인공 라파엘에 의해 "우리의 나귀를 다스리자"라고 표현될 만큼 '나귀'가 소설 속에서 그 자체로 함축성을 지닌 비유적인 단어로 쓰이고 있다는 점도 역자의 선택을 이끌었다.

프랑스어의 chagrin에 해당하는 중의성을 가진 단어가 존재하지 않는 언어로 문제의 가죽에 이름을 붙여주는 일은 조심스러울 수밖에 없다. 일단 역자는 자신이 선택한 번역어가 시간이 흘러 원어가 노린 효과를 갖추게 되기를, 언중 사이에 그렇다는 합의가 도출되기를 기대하는 수밖에 달리 방법이 없다. 하기야 시니피앙과 시니피에는 원래 자의적으로 연결된 것인데 그 둘 사이에 논리적 인과관계가 있는 것처럼 느껴지는 것은 지속된 학습의 덕일 뿐이지 않은가. '나귀 가죽'은 제게 정해진 길을, 아직 그 길의 끝이 어딘지 아무도 모르지만, 걸어가게 될 것이다.

오노레 드 발자크, 세기병, 『인간극』

오노레 드 발자크가 살았던 19세기 전반은 프랑스 역사에서 가장 역동적인 시기였다. 그가 태어난 1799년은 나폴레옹이 브뤼메르 18일의 쿠데타를 일으킨 해이다. 그 쿠데타는 1789년 대혁명으로 수립된 프랑스 최초의 공화정을 무력하게 만들고 1인 지배의 황제 체제를 연다. '나폴레옹 제정', 훗날 프랑스 역사에서 다시 한번 되풀이되기에 '제1제정'이라고도 불리는 체제(1804~1814)는 비록 독재 체제였지만 대혁명 이후 일어난 사회적 변혁의 기운을 어느 정도 간직하고 있었으며 프랑스인들에게 영웅의 신화를 각인시켰다. 대혁명과 나폴레옹 시대를 거친 프랑스는 더이상 예전의 프랑스가 아니었다. 그러나 나폴레옹의 몰락 후 들어선 '복고왕정'(1814~1830)은 대혁명 이후의 변화를 부정하며 국면을 구체제로 되돌리려 한다. 귀족 정치와 노인 정치의 부활을 꾀한 이러한 반동적인 정책은 부르주아계급과 젊은 세대의 거센 저항에 직면하게 된다. 그들이 주도한 1830년 7월 혁명은 입헌왕정 체제인 '7월 왕정'(1830~1848)을 낳는다. 부르주아계급에 의해 7월 왕정의 왕으로 옹립된 루이 필리프는 이제 '프랑스의 왕'이 아니라 '프랑스인들의 왕' 혹은 '시민왕'으로 불린다. 7월 왕정은 프랑스가 산업혁명을 겪으며 산업자본주의 체제로 재편되는 시기이기도 하다. 대혁명 이후 급신장한 시민의 권리의식과 변화의 열망을 수용했어야 할 7월 왕정은 그러나 산업과 금융 자본가 같은 상층 부르주아계급의 이익에 복무하는 금권정치 체제로 고착된다. 7월 왕정은 급증한 도시 노동자계급과 하층 부르주아계급의 저항을 불러 결국 1848

년 2월 혁명으로 무너지고 만다. 2월 혁명으로 대혁명 이후 두번째 공화정이 수립된다. 그러나 노동자계급과 부르주아계급의 불안한 연합에 기초한 '제2공화정'(1848~1851)에서 꿈과 현실의 거리는 아직 멀었다. 결국 제2공화정은 그 공화정에 의해 대통령으로 선출된 나폴레옹의 조카 루이 나폴레옹이 일으킨 쿠데타로 짧은 수명을 마치고 두번째 제정(1852~1870)에 자리를 내주고 만다. 발자크가 세상을 떠난 이듬해에 일어난 일이다.

이처럼 발자크가 통과한 프랑스의 19세기 전반은 사회·정치적으로는 봉건적 신분주의에 기초한 절대왕정이 무너지고 특권의 철폐를 바탕으로 하는 새로운 체제가 모색되는 시기였으며, 경제적으로는 전통적인 농업 생산양식이 위축되고 근대적 생산양식인 산업 및 금융 자본주의가 확고하게 자리를 잡아나가기 시작한 때이다. 요컨대 삶의 패러다임이 송두리째 변화하는 격변기였던 것이다. 그러나 이러한 설명은 나중에나 가능해진 것이지 당시의 사람들은 자신들이 살고 있는 세상의 정체가 무엇인지, 사회가 어떤 방향으로 변해나갈 것인지 짐작조차 하기 어려웠다. 다만 그들은 자신들의 열망을 충족시키기에는 현실이 턱없이 불만족스럽다는 것만큼은 분명히 인식했다. 격변기는 분명 변화에 대한 희망을 안겨주면서 삶을 역동적으로 만든다. 그러나 변화에 대한 희망은 동시에 그 변화의 가능성에 대한 저항을 불러일으키기 마련이며, 그로 인한 가능성의 소멸, 곧 차단된 미래에 대한 자각은 사람들에게 깊은 내상을 남긴다. 발자크에게, 그리고 『나귀 가죽』의 인물들에게 1830년 7월 혁명으로 배태된 '7월 왕정'은 작품 속 에밀이 라파엘에게 말하듯이 "민중의 영웅적 봉기에 의해 전복된 불명예스러운 왕정"이 "왕정이라는 요술공기 속에 입헌이라는 요술공을 감추고 부리는 마술"에 지나지 않으며, 7월 혁명이 심어준 변화 – 운동에 대한 가능성에 거는 기대는 라파엘이 그의 스승 포리케에게 외치듯이 "저항파가 운동파를 이"김으로써 소실되고 만다. 발자크와 동시대를 살았던 시인 뮈세가 『세기아의 고백』에서 말한 대로 "이전에 있었던 것은 이제 하나도 남아 있지 않으며, 앞으로 와야 할 것은 아직 하나도 이루어진 것이 없다"는 자각, 그것이 바로 당시 사람들과 『나귀 가죽』의 인물들이 앓고 있던 병, 이른바 '세기병世紀病'의 원인이었던 것이다.

평민 집안의 장남으로 태어난 오노레 발자크(발자크의 작가적 자존심은 나중에 그 스스로 당시 전통 귀족의 성 앞에만 붙던 '드'를 자신의 성 앞에 붙이게 한다)는 집안의 기대를 걸머지고 예나 지금이나 출세의 지름길로 통하는 법학 공부를 시작한다. 그러나 그는 곧 법학이 자신의 길이 아님을 깨닫고 문학을 통해 부와 영광을 거머쥐겠다는 포부를 품는다. 고전주의시대의 문예 옹호에 대한 기억이 아직 남아 있던 당시에 작가는 그 꿈으로 이어지는 길이 될 수 있었다. 그러나 옛날과 달리 발자크 시대에 작가는 그 꿈을 이루기 위해서 왕이나 대귀족 대신 익명의 대중 독자의 후견에 기대야 했다. 발자크가 자기 작품의 주제로 자신이 발을 딛고 있는 현실을, "정체를 파악하기에는 너무 어려운, 극도로 동요하는 모델인 19세기 프랑스"를 설정한 것은 세상을 읽어내고자 하는 본인의 의지와 함께 그러한 작가의 사회적 위상의 변화와도 관련이 있을 것이다. 19세기의 작가로서 그는 자기 책을 읽어줄 대중과 같이 '세기병'을 앓고 대중과 더불어 치유책을 모색하는 과업을 수행해야 했던 것이다.

『인간극』은 발자크가 자신의 소설 작품 전체에 붙인 제목이다. 창작활동 초기 개별적으로 소설을 발표하던 발자크는 어느 순간 자신의 작업이 세계와 인간을 총체적으로 이해하는 작업, 다시 말해 현실의 세계에 대응할 수 있는 또하나의 우주, 하나의 상상적 등가물을 만들어내는 작업이 되어야 한다는 자각을 하게 된다. 그때부터 그는 그러한 기획 아래에 이전의 작품들을 재편하고 새로운 작품을 구상하기 시작한다. 『인간극』은 우선 인간사의 다양하고 특수한 면모들(발자크가 '사회적 결과'라고 이름 붙인 것)을 탐구하고 이어 그 '결과'의 '원인'을 규명한 다음, 추출된 '원인'을 분석하고 그에 입각해 보편적인 '원칙'을 세운다는 귀납적인 프로그램을 가진다. 『인간극』을 구성하는 세 개의 하위 '연구', 곧 '풍속 연구'('풍속 연구'는 다시 '사생활' '파리 생활' '지방 생활' '정치계' '군대' '농촌 생활' 장면 등 여섯 개의 하위 '장면'으로 나뉜다), '철학 연구' '분석 연구'는 그렇게 각각 '결과'와 '원인'과 '원칙'을 연구하는 작품들이 독립적인 형태로 모인 가상의 공간이다. 『인간극』은 작가의 죽음으로 미완의 기획에 그치며 89편의 작품만 남기는데, 그 귀납적인 성격에 어울리게 '풍속 연구'에 가장 많은 수인 66편의 작품이, 그다음에 '철학 연구'에 20편, '분석 연구'에는 3편이 모여 있다.

하지만 『인간극』의 개별 작품들이 그러한 기획의 부속품처럼 주도면밀하게 설계되었다고 보는 것은 오해이다. 각각 독립적인 주제와 줄거리를 가지는 개별 작품들은 한 작품의 인물이 다른 작품에 다시 등장하는 '인물의 재등장 수법'으로 서로 관련을 맺고 있지만 그 연결

고리는 매우 느슨한 편이다. 결과 - 원인 - 원칙이라는 테두리가 작품의 이해에 결정적인 작용을 하는 것도 물론 아니다. 실제로 적지 않은 수의 작품들이 그 테두리를 넘어 자리를 옮기기도 한다. 중요한 점은 발자크가 그런 프로그램을 가지고 소설세계를 구축했다는 사실 자체이다. 그것은 발자크가 19세기 전반 프랑스 사회라는 혼돈의 세계를 자신의 작품을 통해 이해 가능한 질서의 세계로 바꾼다는 원대한 꿈을 꾸었다는 것을 의미한다. 그 꿈은 아마도 문학이 닿을 수 있는 가장 먼 목표치일지 모른다. 발자크보다 약간 뒤에 샤를 보들레르가 시에서 『악의 꽃』으로, 그리고 에밀 졸라가 소설에서 『루공 마카르』로 하나의 프로그램 밑에 개별 작품들을 모으는 시도를 하지만, 발자크 이전과 이후 어느 작가의 펜 끝에서도 그만큼 커다란 야심이 그만큼 방대한 규모로 피력된 적은 없다.

'나귀 가죽'의 모순, 시대의 모순

『나귀 가죽』은 『인간극』의 목록에서 '풍속 연구' 바로 다음에 오는 '철학 연구'의 맨 앞자리에 배치되어 있는 작품이다. 그 자리 배정은 발자크로서는 매우 의도적인 듯, 「인간극 서문」은 "'철학 연구'의 첫 번째 작품인 『나귀 가죽』은 거의 동양적인 판타지의 고리로 '풍속 연구'와 '철학 연구'를 잇는 역할을 한다. 거기에는 삶 그 자체가 모든 열정의 원칙인 욕망과 드잡이하는 모습이 그려져 있다"고 이 작품을 각별히 언급하고 있다. 앞에서도 말했듯이 '풍속 연구'에 속하는 작품과

'철학 연구'에 속하는 작품을 해석하는 틀이 따로 있다고 할 수는 없지만, 이러한 작가의 진술은 그가 이 작품에 한 편의 구체적인 현실 묘사와 그 현실을 넘어서는 보편적이고 철학적인 성찰을 동시에 담아내려 했다는 것을 보여준다.

『나귀 가죽』은 처음부터 끝까지 라파엘이라는 한 개인의 이야기지만 이 소설을 그 유일한 주인공의 삶 하나로만 요약할 수 있는 것은 결코 아니다. 이 소설에서 라파엘의 삶과 당대의 풍속, 곧 사회 정치적 현실을 분리하는 것은 대단히 어려운 일이다. 소설 곳곳에 포진해 있는 '1830년 7월'이라는 지표를 도외시한다면 소설은 급격히 생기를 잃고 말 것이다. 1830년 7월 혁명에 대한 최소한의 이해가 없다면 오늘날의 독자들은 1830년대의 프랑스 독자들이 이 소설에 대해 가진 것과는 매우 다른 인상을 받을 수밖에 없다. 예컨대 작품 초반 주연의 젊은 참석자들이 7월 혁명 직후의 정치, 사회 상황을 좌충우돌 식으로 언급하면서 "정치가 만연한 시대"에 미만해 있는 정치적 환멸을 쏟아내는 한편 상업주의의 극치를 진보라 이름 붙이는 세태에 대해 불평을 퍼붓는 장면에서 '1830년 7월 파리'라는 시공간 지표를 빼버린다면, 그 장면은 요령부득의 말장난이거나 정치에 대한 상투적인 환멸의 언사로 전락하고 말 것이다. 그리고 소설의 2부를 이루고 있는 기나긴 라파엘의 고백을 대혁명에서 나폴레옹시대를 거쳐 복고왕정에 이르는 기간에 형성된 이른바 '환멸의 세대'의 정서와 포개어 읽지 않는다면, 그것은 한 편의 무미건조하고 지루한 자기 배설의 이야기로 느껴질 수밖에 없을 것이다. 물론 이 작품을 두고 당대의 풍속과 현실에 대한 충실한 묘사라고 말하는 것을 이 작품의 모든 것을 당시의 시대 상황으로 환원할 수 있다는 의미로 받아들여서는 안 될 것이다. 그러나 간과하지 말아야 할 것은 '1830년 7월 파리'라는 시공간 지표와 충분히 결부되지 않는다면 이 소설의 상징적 장치들이 독자에게 호소하는 공감의 진폭은 급격히 줄어들며, 이 소설이 담아내려는 인간의 조건에 대한 성찰 역시 진부한 일반론으로 전락하면서 그 철학적 가치가 턱없이 빈곤해지고 말 것이라는 점이다.

한 편의 '철학 소설' 혹은 '테제 소설'로서 『나귀 가죽』이 전달하려고 하는 주제는 비교적 간명해 보인다. 삶에 절망하여 자살을 결심한 라파엘에게 주어진 신비한 '가죽'은 가죽의 소유자에게 원하는 모든 것을 이루게 해주지만 그 대가로 소유자의 목숨을 단축시킨다. 다시 말해 '가죽'은 한 인간이 가지고 태어난 '생의 에너지'의 총량으로서 그 에너지를 아껴 쓰면 오래 살고 낭비하면 일찍 죽는다는 것이다. 골동품 가게의 노인은 '나귀 가죽'을 라파엘에게 건네면서 이렇게 욕망의 억제를 통한 삶의 지속을 설파하고 있는 듯이 보인다. "바람vouloir의 행위는 우리를 서서히 불태워 없애고 행함pouvoir의 행위는 우리를 일거에 파괴시키지. 하지만 앎savoir은 유약한 우리의 심신 구조를 항구적인 평온 상태로 유지시킨다네. 그러므로 나에게 욕망이나 바람은 죽음을 의미하기에 사유를 통해 그것을 근절시켜버리지 [……] 이것 [=나귀 가죽]은 행함과 바람의 결합이네. 여기에는 당신들의 사회적 이념, 당신들의 멈출 줄 모르는 욕망, 당신들의 무절제, 죽음을 부르는 당신들의 쾌락, 삶을 과도하게 압박하는 당신들의 고통이 들어 있네. [……] 지혜라는 말은 앎에서 오지 않았는가? 그리고 광기란 바람이나 행함이 도를 넘은 것이 아니라면 도대체 무엇이란 말인가?" 그러나

'나귀 가죽'이 담고 있는 철학은 '지혜론'을 답습한 것이 아니다. 라파엘의 고백은 그가 가죽을 만나기 전 이미 앎(욕망의 억제)을 통한 죽음의 극복을 시도했으나 실패했다는 것을, 다시 말해서 앎을 통한 절제가 결과적으로 존재의 멸실과 다르지 않음을 절실하게 깨닫고 있었다는 것을 알려준다. 그리고 지혜론을 설파한 노인 자신도 작품의 3부에서 젊은 여자 유프라지에 대한 욕망에 빠져 "나는 지금 청년이 된 듯 행복하다네. 나는 인생을 물구나무 세웠거든. 한 시간의 사랑 속에 한 인생 전체가 담겨 있다네"라고 자신의 지론을 번복하는 것이다.

욕망에 사로잡히는 것이 죽음을 부른다면 욕망의 억제는 존재를 무의미한 것으로 만든다. "한마디로 말해서, 오래 살기 위해 감정을 죽일 것이냐, 아니면 열정의 수난을 받아들여 젊어서 죽을 것이냐, 이것이 우리가 선택할 운명이지"라면서 에밀이 노인식으로 라파엘의 절망을 짐짓 선택의 문제로 요약하자, 라파엘은 "하지만 우리가 현인들을 본받아 목숨을 오래 부지하든, 광인들을 본받아 일찍 죽어버리든 조만간 결과는 같아지지 않을까?"라고 반박하면서 '나귀 가죽'이 제기하는 문제가 선택의 문제가 아니라 선택이 불가능한 역설과 모순 그 자체임을 밝힌다. 열정적인 삶, 삶다운 삶을 위한 욕망이 존재의 파멸을 불러온다는 의미에서 '삶 속의 죽음'이라면, 존재의 지속을 위한 욕망의 억제는 그 존재를 무의미한 것으로 만든다는 의미에서 '죽음 속의 삶'이다. 그러나 어느 경우든 그 결말은 항상 동일한 숙명의 모습을 보여준다. '나귀 가죽'의 역설은 바로 삶에 대한 욕망이 삶의 파괴를 불러들인다는 것이다. '나귀 가죽'을 손에 든 라파엘은 이처럼 자신을 실현한다는 것과 자신을 지속시킨다는 것이 서로 모순 관계에 있다는 것을 구체적으로 확인하게 된다. 조르주 풀레의 지적처럼 '나귀 가죽'을 손에 든 라파엘의 운명은 "자기 살을 뜯어먹는 카토블레파스처럼 자기 자신의 신체로 자양분을 얻지 않으면 안 되는 운명을 진 존재, 지속하기 위해 자신의 지속을 잡아먹을 수밖에 없는 존재의 드라마"를 보여주고 있다. '나귀 가죽'이 형상화하는 철학은 상투적인 금욕론이나 지혜론의 답습이 아니라 인간의 삶에 운명적으로 내재한 이러한 역설과 모순의 발견이라고 할 수 있다.

『나귀 가죽』에 구현되고 있는 모순적인 인간의 조건은 발자크가 평생 붙들고 있던 일종의 화두였다. 『인간극』은 '나귀 가죽'의 숱한 변주들을 거느리고 있다. 그가 이 주제를 그토록 집요하게 천착한 까닭은 어디에 있을까? 엄밀하게 말하자면 '나귀 가죽'의 모순은 그리스 로마 신화나 여러 언어권의 속담에서 익히 다루어지는 내용이기도 한 만큼 발자크의 독창이라고 말하기는 어렵다. 발자크의 독창은 어쩌면 자기 시대에서 그 모순의 극치를 보았다는 데 있다고 할 수 있다. 그는 그 모순이 그저 막연한 보편적 진리의 범주에 머물지 않고 자기 시대의 속성을 극명하게 표출하고 있다고 여긴 것이다. 앞서 언급한 '삶 속의 죽음'과 '죽음 속의 삶'의 비유는 복고왕정의 반동정책이 막바지 기승을 부리던 때 출간된 『결혼 생리학』에 나오는 대목인데, 그 대목 바로 뒤에 "환상적인 동시에 사실적인 이 우화의 신비로운 의미를 이해한 사람은 거의 없다. 추측하건대 깊은 침묵에 빠져 있던 나 혼자만이 삶에 의해 부추겨졌지만 살지도 못하고 사라지는 우리 시대의 모든 사람들을 생각했을 것이다"라는 진술이 이어진다. "삶에 의해 부추겨졌지만 살지도 못하고 사라지는 우리 시대의 모든 사람들", 대혁명에서 나폴레옹 제정을 거쳐 복고왕정의 말기를 산 프랑스인들을 이보다 더 적절하게 요약하고 있는 표현은 달리 없을 것이다. 발자크는 또 혁명의 기운이 미만한 1830년 벽두에 프랑스 사회를 향해 "해가 뜰 때인가, 해가 질 때인가? 죽은 자의 수의인가, 갓난애의 배내옷인가? 1830년은 노인인가, 소년인가?"라는 질문을 던지며, 7월 혁명을 결산하는 다른 글에서는 "우리는 아주 기이하게 자유로워지고 나서부터 아주 기이하게 슬퍼졌다"라고 토로한다. 이러한 일련의 발언 뒤에 작가가 1831년의 『나귀 가죽』 초판본 서문에서 피력하고 있듯이 "오늘날 우리가 직면하고 있는 반달리즘에 진저리를 치고 건축물 하나 세우지도 못하면서 수많은 돌만 쌓아올리는 행태를 보는 데 지친 몇몇 양식 있는 정신들이 준비하고 있는 문학적 반격"에 가담하여 "빈사에 처한 우리 사회"에 대해 "기껏 조롱이나 할 수밖에 없"는 당대의 무기력한 문학과 결별하고 "자신이 문학으로 할 수 있는 모든 기회를 걸고 우리 사회에 대해 새로운 비판을 가해볼 작정"을 하는 것은 그래서 자연스럽다. 『나귀 가죽』은 작가가 오래전부터 진지하게 수행해온 시대적 고찰의 집적물이며, '나귀 가죽'의 모순은 작가 발자크가 파악한 시대의 모순이기도 한 것이다. 1830년 7월 파리에서 아주 먼 시공간에 위치한 독자가 '나귀 가죽'의 모순에 공감하는 것은 물론 그것이 보편적인 인간의 조건을 표현한 것이기 때문이다. 그 모순은 시대나 장소에 따라 해소된 듯이 보이기도 하지만, 실은 그 모습을 달리한 것일 뿐 어느 시대 어느 곳에서나 존재한다. 다만 『나귀 가죽』을 통해 다시 한번 확인할 수 있는 것은 보편성이란 당대의 구체성에 뿌리가 닿아 있어야 얻어지는 것이라는 역설이다.

『나귀 가죽』, 물신 숭배 혹은 인간 소외의 드라마

'나귀 가죽'은 인간 조건의 근원적인 모순을 담은 하나의 추상적 관념을 표현하고 있지만 동시에 소설 속에서 구체적인 물체로 존재하면서 하나의 물신物神으로 군림하는 모습을 보인다. '나귀 가죽'의 이러한 측면은 라파엘의 고백을 이해하는 데 적절한 단서를 제공해준다. 사실 소설의 2부 대부분을 차지하고 있는 라파엘의 긴 고백 부분은 만취한 화자의 논리정연한 구술이라는 점 등 여러 측면에서 보통의 사실성의 기준을 아주 많이 벗어난다고 할 수 있다. 그러나 라파엘의 고백을 좀더 꼼꼼히 들여다보면 그 긴 고백은 '나귀 가죽'이 라파엘의 손에 들어오기 이전에 이미 그 자신도 모르는 사이에 그의 운명을 장악하고 있었다는 것을 말하기 위해 면밀히 계산된 장치라는 것을 알 수 있다. 사실성은 발자크에게 그다음에 고려될 부차적인 요소였던 것이다.

라파엘의 고백은 어떤 점에서는 시대와 자아의 불화에 대한 한 편의 모범적인 기록물로 보인다. 라파엘은 학문과 여자와 방탕을 주제로 하는 모험에서 선과 악, 순수와 타락의 구분으로 선명하게 자아와 세계의 관계를 규정한다. 그러나 독자는 라파엘의 도식 속에서 라파엘이 의도한 만큼의 명쾌한 영상을 얻지 못한다. 오히려 독자는 라파엘이 자아와 세계의 관계가 가지는 의미를 제대로 파악하지 못하고 있다는 인상을 받는다. 라파엘은 그가 자신과 세계를 바라볼 때 의거한 도덕주의나 가족주의 같은 이전의 가치관이 더이상 이 세상에는 통용되지 않는다는 것을 혼자만 모르고 있었던 것이다. 페도라가 보여주는 "인위적인 삶"(다시 말해 라파엘 자신이 익숙하지 않은 그런 삶)에 절망을 느낀 라파엘은 몰래 잠입한 그녀의 침실에서 그녀가 "오 하느님"이라고 탄식하는 소리를 듣고는 그것이 그녀의 내면에 감춰져 있는 자신과 비슷한 인간적인 면모라고 해석하고 희망에 부풀지만, 그 탄식이 사실은 자신의 증권 중매인에게 3퍼센트짜리 국채가 하락한 그날 "5퍼센트짜리 국채를 3퍼센트짜리로 전환하라고 주문하는 것을 깜박 잊"어버린 실수에 대한 자책이라는 사실을 꿈에도 짐작할 수 없었다. 라파엘은 페도라로 대변되는 자기 시대에 매혹되었지만 그것을 이전의 가치관으로 파악하려 했던 것이다. 그는 과거의 도덕률과 현 사회 체제의 갈등을 선악의 이분법으로 풀 수 있다고 믿었다. 그의 절망은 그 믿음이 극단화되면서 그가 맞은 파국인 것이다. 그러나 그 고백의 주체는 자기도 모르는 사이에 독자에게 알려준 그 '교훈'을 끝내, 가죽을 손에 쥐고서도 알 수 없었다.

라파엘의 고백은 이해할 수도 없고 따라서 제압할 수도 없는, 그러나 이미 세상이라는 무대의 전면을 장악하고 있는 어떤 역학관계에 휘말려 있는 한 주체의 이야기라고 할 수 있다. '나귀 가죽'의 고안은 그 설명할 수 없는 힘과 밀접한 상관관계를 맺는다. 물론 가죽이 상징하는 관념이 발자크가 줄곧 관심을 보였던 생명의 에너지, 시간의 파괴적인 힘, 사유의 파괴적 속성, 성적 욕망 등 인간 조건의 커다란 불가사의들을 종합하고 있는 것은 두말할 나위가 없다. 그러나 이 작품 속에서 가죽이 라파엘의 손아귀 안에서 파닥거리는 하나의 '물체'로 등장한다는 것은 그것이 그런 상징과 알레고리의 차원을 고스란히 지니면서 동시에 어떤 구체적인 사회 현상을 염두에 두고 각별히 안출

된 것이라는 추측을 하게 만든다.

잘 알려져 있듯이 발자크는 젊은 시절 사업 실패로 엄청난 빚을 지며, 그후 그의 초인적인 글쓰기는 그 빚을 갚기 위한 형벌 같았다고 말해도 결코 왜곡과 과장이 아닐 것이다. 결국 죽을 때까지 그 빚을 갚지 못한 발자크에게 돈이라는 문제는 그러니까 죽어서야 비로소 벗어날 수 있었던 형벌이었다. 이러한 개인적인 차원의 경험은 19세기 초반 프랑스의 '자본주의적 전환'(발자크는 그 전환에 대해 『인간극』의 다른 한 작품에서 "명예의 원칙을 돈의 원칙이 대신한 우리 문명의 진정한 상처"라고 부연한다)과 맞물리면서, 어느 평자의 말처럼 "피 대신 돈이 순환하는 신체"인 『인간극』을 낳은 것이다. 이런 점을 염두에 둘 때 '가죽'의 고안과 '돈'이라는 물신物神의 지배를 연결시키는 것을 하나의 억측으로 치부할 수는 없다. 그것은 '가죽'의 상징성을 좁히는 것이 아니라 오히려 해석의 지평을 넓히는 데 기여할 것이다.

가죽은 그것이 함축한 "지속하기 위해 자신의 지속을 바쳐야 한다"는 모순으로써 "삶에 의해 부추겨졌지만 살지도 못하고 사라지는 우리 시대의 모든 사람들"의 비극을 낳은 7월 혁명 이후의 시대적 모순을 구현하는 한편, 좀더 직접적으로는 7월 왕정 체제의 핵심인 '황금-화폐'를 가리키기도 한다. 골동품 가게에서 가죽은 예수상의 맞은편에 걸려 빛을 발하는 금속의 이미지로 소개되고 있는데 그것은 예수상과 가죽의 관계가 사용가치와 교환가치의 관계라는 암시이면서 동시에 가죽이 예수상과 마찬가지로 하나의 신앙의 대상이라는 것(황금 숭배!)을 보여준다. 가죽의 힘으로 6백만 프랑의 상속자가 된 라파엘에게 7월 왕정의 주역 타유페르는 "황금의 권능을 위해 건배.

〔……〕 앞으로 그에게 '모든 프랑스인은 법 앞에 평등하다'는 말은 인권선언 첫머리에 새겨진 거짓말일 뿐이오. 그가 법에 복종하는 것이 아니라 법이 그에게 복종할 것이오"라고 찬양하지 않는가! 아울러 가죽이 보여주는 "믿을 수 없는 전연성展延性"은 바로 황금의 뛰어난 물질적 전연성과 화폐의 상징적 전연성(화폐로 모든 것을 살 수 있다, 다시 말해 화폐는 모든 것으로 변할 수 있다)을 동시에 암시한다. 원하는 것을 이루어주되 이루어질 때마다 그 크기가 줄어든다는 가죽의 계약 조건은 후일 정치경제학이 가르쳐주는 것처럼 가장 발달된 교환가치 형태인 화폐의 거래 기능을 은유하는 말이 아니던가. 동시에 가죽의 크기가 가죽 소지자의 생명을 가리킨다는 것 역시 사용가치를 대신하는 화폐의 교환가치를 떠올리게 한다. 요컨대 가죽은 화폐처럼 '가치'를 '환유換喩'적으로 표현하고 '거래'를 '은유隱喩'적으로 비유한다(지나가면서 하는 말이지만, 마르크스가 발자크를 찬탄하며 그에 대한 연구서를 계획했던 이유는 계급이나 이념 같은 문제가 아니라 발자크가 보여준 이러한 통찰력과 관련이 있을 것이다).

물신으로서의 '황금-화폐'의 권능은 사용가치를 대신한 교환가치의 권능이다. 앞서 인용한 대로 발자크가 "명예의 원칙을 대신한 돈의 원칙"이라고 부르기도 한 그 정치경제학의 용어를 언어학이나 정신분석학의 용어로 바꾸어 말하면 그것은 의미를 대신한 기호의 권능, 혹은 사물(의 본성)을 대신한 말의 권능이라고 할 수 있을 것이다.『나귀 가죽』의 폴린과 페도라의 관계는 이런 점에서 의미가 거세된 기호, 자족하기만 하는 기호가 지배하는 세상을 뛰어나게 형상화하는 것으로 보인다. 가죽에 사로잡히기 이전의 라파엘의 고백과 가죽에 사로잡힌 라파엘의 드라마에서 폴린이 여성의 본래 '의미'와 통하고 페도라는 여성을 관념적으로 표현한 '기호'를 대변한다는 것은 어렵지 않게 감지할 수 있을 것이다. 그런데 에필로그에서 밝혀지듯이 '폴린 – 의미'는 어느덧 환영이 되어 허공을 떠돌고, 반면 '페도라 – 기호'는 하나의 사회로서 현실의 어디에나 존재한다. 라파엘의 드라마는 어디에나 존재하는 '기호 – 화폐 – 페도라'에게서 소외되고 아무 데도 존재하지 않는 '의미 – 가치 – 폴린'을 끌어안고 죽는 모든 현대인의 드라마다.

소설의 3부에서 라파엘은 '나귀 가죽'의 정체와 자신의 병을 규명하기 위해 당대의 모든 과학적 지식체계, 즉 동물학, 물리학, 화학, 기계역학, 그리고 의학에 문의하지만 그 어느 것도 가죽의 정체를 규명해주지 못한다. 라파엘이 확인할 수 있는 것은 당대의 지식이 실체적인 사물을 만들어내지 못하고 고작 명목뿐인 이름만 만들어낸다는 사실이다. 당대의 과학자들 앞에서 "실체를 만들어낼 수 있어야 합니다. (그런데) 당신들은 이름을 지어내는 것으로 할일을 다했다는 인상을 주는 것 같습니다"라고 라파엘이 외칠 때 그는 자신도 모르는 사이에 자기 시대의 가장 핵심적인 비밀을 발설한 것이다. 가죽은 이렇게 눈앞에 엄연히 존재하는 현상이요 실체이지만 당대의 지식체계로는 설명할 수도 이해할 수도 없는 하나의 신비로 나타난다. 가죽의 신비를 당대의 과학이 풀지 못한다면, 다시 말해 7월 왕정 체제가 극명하게 보여주는 화폐경제 체제와 금권정치 체제 그리고 물신숭배 사회의 마적인 작동방식 앞에서 인간이 속수무책일 수밖에 없다면, 그렇다면 그 해결책은 가죽과 계약하기 전의 상태로 돌아간다면 찾을 수 있을까? 다시 말해 화폐경제 체제와 금권정치 체제와 물신숭배 사회 이

전의 자연 상태로 되돌아간다면 가능할까? 3부에서 묘사되고 있는 라파엘의 운명은 그것도 불가능하다는 것을 보여준다. 라파엘이 요양을 위해 찾아간 엑스와 몽도르의 온천 휴양지, 다시 말해 작은 규모로 축소된 사회나 뜻을 같이하는 사람들의 동호회라고 할 수 있는 곳에서 일어난 일, 그리고 사회와 완전히 절연된 원시 상태의 오베르뉴 벽촌에서 벌어진 일 등은 가죽으로 상징되는 자본주의 문명을 벗어난 '루소의 자연'이 이 세상에 더이상 존재하지 않는다는 것을 가슴이 쓰라리도록 여실히 확인시켜준다. 이제 인간에게 '사회'가 하나의 '자연'이 되어버린 것이다.

『나귀 가죽』의 중심에 놓인 가죽과 라파엘의 모험은 그것을 성욕론으로 설명하든, 생명의 에너지론으로 설명하든, 정신분석학으로 설명하든, 정치경제학으로 설명하든, 어느 경우나 '황금 – 화폐 – 기호'로 대변되는 동일한 불가사의, 곧 "주체가 자신이 만든 상징적인 생산물에 포섭되는 드라마", 이름하여 "가치의 물신 숭배의 드라마"를 형상하고 있는 것은 변함이 없어 보인다. 『나귀 가죽』은 바로 '가죽 – 황금 – 물신 – 기호'의 딜레마에 사로잡힌 라파엘의 이야기이다. 아니, 다시 고쳐 말해야 한다. 『나귀 가죽』은 라파엘을 대신해 주인공이 된 '나귀 가죽'이 그 소유자 라파엘을 노예로 거느리는 이야기이다. 발자크는 '나귀 가죽'과 라파엘의 이야기를 통해 현대사회가 인간에게 강요하는 그 숙명을 어떻게 벗어날 수 있는가를 질문하고 있다.

물론 발자크는 경제학자도 정치학자도 아니다. 그러나 당대를 살았던 사람들 중 가장 민감한 영혼을 소유했을 것이 분명한 작가 발자크의 직관 앞에 사회의 자본주의적 전환과 그로 인한 삶의 변화가, 그가

"우리 문명의 진정한 상처"라고 부른 그것이 그냥 지나쳤을 리는 없을 것이다. 하지만 기존의 세계관으로 설명되지 않는 불투명한 현실에 대해 이론적인 분석을 가하고 처방을 내리는 것은 그에게 주어진 일이 아니었다. 발자크는 정체를 알 수 없는 자기 시대와 가장 효과적으로 대결하는 방식이 거기에 값하는 상상의 등가물을 구성해내는 것, 다시 말해 소설이라는 허구의 세계로 그 현실세계를 형상화하는 것이라 믿었다. 세르반테스가 봉건성과 대결할 때 돈키호테처럼 창을 들고 풍차에 돌진하는 방식이 아니라 그 돈키호테를 책 속에 구성하는 방식을 택했던 것처럼 말이다. 돈키호테처럼 즉물적으로 대상을 포착했을 때 그 대상은 허상일 가능성이 크다. 모든 문제는 자신을 위장하는 법이니까. 내가 문제를 이해 가능한 형태로 '구성'해내지 못한다면 문제는 존재하지만 존재하지 않는 것처럼 보일지 모른다. 문제만 보일 뿐 아직 진실이 보이지 않을 때 그 문제를 이야기로 형상화해내는 것이야말로 발자크에게는 진실에 다가서는 첫걸음, 아니 유일무이한 걸음이었다.

'나귀 가죽'은 라파엘의 죽음과 함께 사라졌지만 그 불가사의는 써버린 화폐 – 자본이 없어지지 않고 단지 누군가의 손으로 이전해갔을 뿐이듯이 자본주의 인간 사회의 근본적인 모순이 해소되지 않는 한 인간의 운명에 드리워져 있을 것이다. 욕망하지 않으며 살 수는 없다. 욕망 없는 삶은 삶이 아니니까. 그러나 욕망은 생명의 소진, 곧 죽음을 부른다. 욕망할 것인가, 금욕할 것인가? 자기를 훼손하며 자기를 유지시켜나갈 것인가, 아니면 훼손을 거부하며 사라질 것인가? 운동은 저항의 크기가 작을수록 가속되고 클수록 감속된다. 운동론자들이라면 궁극적으로 저항이 존재하지 않는 무제한의 속도를 원할 것이다. 그러나 저항 없이 운동이 생성될 수 있는가? 소설 속에서 이런 질문에 봉착한 인물들은 귀리통과 물통을 양옆에 두고 어느 쪽 통에 든 것을 먼저 먹을까 망설이다가 굶주리고 목말라 죽고 마는 "뷔리당의 당나귀"일 수밖에 없다. 『나귀 가죽』의 라파엘뿐 아니라 『인간극』의 모든 인물들은 그 질곡을 벗어나지 못한다. 어찌 보면 자신의 생명과 소설의 창작을 맞바꾼 발자크 자신(소설 창작에 바친 그의 초인적인 정력과 그로 인한 때 이른 죽음은 잘 알려져 있다)이 바로 '나귀 가죽'의 희생자일지 모른다. 그러나 발자크를 통해서 우리는 불가해한 숙명처럼 보이는 그 질곡을 이해하고 견뎌낼 수 있지 않을까? 그러니까 다른 각도에서 보자면 발자크는 '나귀 가죽의 딜레마'를 역설적으로 극복해냈다고 할 수 있지 않을까?

19세기 전반에 발자크라는 한 민감한 정신의 소유자는 그 시대를 지배하던 자본주의 물질문명의 인간 소외를 포착하고 그 체제를 떠받치던 '영원한 발전'의 논리에 내포된 허구성을 드러낸다. '나귀 가죽'이 던지는 그 질문을 통해서 말이다. 인간이 만든 제도는 인간을 자유롭게 하는가? '성장'과 '지속'이 양립할 수 있는가? 그러나 그후로도 계속 그 체제와 논리는 얼마간의 우여곡절이 없었던 것은 아니지만 변함없이 세상을 지배해오고 있다. 라파엘을 죽음의 고뇌로 몰았던 '나귀 가죽'의 불가사의는 오늘 우리의 현실에서도 현재 진행형인 것이다. '지속 가능한 성장'과 같은 갱신된 구호를 접하고 단어의 교묘한 결합이 위안을 주면 줄수록 문제의 핵심에서는 더 멀리 비켜난다고 느끼는 사람에게는 오늘 우리의 현실이 2백 년 전 라파엘이 살

왔던 때보다 훨씬 더 불투명하고 훨씬 더 복잡해진 모습으로 보일 것이다. 우리를 기다리고 있는 세계는 유토피아가 아니라 디스토피아라는 난무하는 전망들 앞에서 우리는 전율한다. 인류는 역사의 발전을 노래해왔지만, 그리고 수많은 해결책을 제시해왔지만, 21세기 우리의 전율은 '나귀 가죽'을 앞에 둔 19세기 라파엘의 전율과 달라지지 않았다. 어떻게 할 것인가? 어떻게 라파엘의 운명을 벗어날 것인가? 『나귀 가죽』이 19세기 독자들에게 던진 질문은 오늘의 우리에게도 여전히 숙제로 남아 있다. 그렇다면 그 답은? 그 답은 언제나 그렇듯이 질문을 던지는 행위 속에 감추어져 있을 것이다.

* * *

『나귀 가죽』은 1831년 8월 고슬랭-카넬 출판사에서 초판이 나왔다. 그후 일곱 차례에 걸쳐 모음집 속에 묶여서 혹은 단행본 형태로 재발간되는데, 발간될 때마다 부분적으로 수정, 보완되어오다가 1842년부터 1846년까지 퓌른-뒤보셰-헤첼 출판사에서 모두 열여섯 권으로 『인간극』이 출간될 때(보통 이 판본을 편의상 '퓌른 판'이라고 부른다. 퓌른 판은 1848년 보완편 격으로 다시 한 권이 덧붙여져 작가 생전에 총 열일곱 권으로 완간된다) 다시 약간의 수정을 거쳐 그중 열네번째 권에 수록된다. 수정 작업은 거기서 그치지 않는다. 발자크는 『인간극』 개정판을 염두에 두고 자신이 소장한 퓌른 판에 고칠 사항들을 기록해두기 시작하는데, 그의 생전에 개정판의 발간은 끝내 이루어지지 않는다. 발자크 사후에 출판된 『인간극』 전집들은 발자크가 유산처럼 남긴 세상에 단 한 질뿐인 그 퓌른 판, 곧 '수정 퓌른 판'이라 불리는 판본을 바탕으로 하는 것이 보통이다. 작가의 마지막 손길이 닿은 판본을 완성본으로 보는 것이 상례이기 때문이다. 당연히 수정 퓌른 판은 『나귀 가죽』에도 적지 않은 수정 사항들을 남겨놓았다. 발자크가 이미 발표된 자신의 작품을 고치고 또 고쳤다는 것은 널리 알려진 사실이지만 그중에서도 『나귀 가죽』은 아마도 가장 많이 고쳐진 작품일 것이다. 문헌학자들의 조사에 따르면 1831년 초판본과 수정 퓌른 판본 『나귀 가죽』 사이에 모두 1300군데가 수정되었다고 한다. 수정 사항들은 다른 작품들과 마찬가지로 문체의 완성도를 높이기 위한 것들이거나 『인간극』의 체계에 알맞도록 일부 인물들의 이름이나 작중 상황을 바꾼 것들, 작품의 주제를 더 보편적으로 만들기 위해 초판본에 무수히 산재해 있던 1830년과 관련된 시간적 지표를 지운 것들이다. 이렇게 『나귀 가죽』은 수정 퓌른 판본에 이르기까지 주제나 문체 면에서 좀더 나은 짜임새를 갖추게 되었지만 그 대신 초판본이 갖고 있던 '1830년의 현재성'이나 표현의 분방함과 대담함은 상당 부분 마멸된다. 피에르 바르베리스 같은 발자크 연구자는 그런 까닭에 1831년 초판본을 『나귀 가죽』의 진정한 모습이라고 간주하기도 한다.

역자가 번역 대본으로 삼은 것은 *La Peau de chagrin*, préface, notice et notes de Pierre Citron, in *La Comédie humaine* (Nouvelle édition publiée sous la direction de Pierre-Georges Castex, [Bibliothéque de la Pléiade], t. X, 1979)이다. 이 '플레이아드 판'은 '수정 퓌른 판'을 바탕으로 하고 각 작품마다 전문가들

이 소개문과 주석을 달고 텍스트의 내력까지 남김없이 밝힌 역사비평본이다. 이 밖에도 *La Peau de chagrin*, introduction et notes de Jacques Martineau(Le Livre de poche, 1995), *La Peau de chagrin*, introduction par Pierre Barbéris(Le Livre de poche, 1972(texte de l'édition originale)) 등을 참고했으며, 영어 번역본인 *The Wild Ass's Skin*, translated and with an introduction by Herbert J. Hunt(Penguin Books, 1977)에서도 적지 않은 도움을 받았다. 이들 텍스트 말고도 여기서 일일이 밝힐 수는 없지만 번역과 해설 원고를 작성하는 과정에서 많은 연구서와 해설서의 도움을 받았음은 물론이다.

『나귀 가죽』의 번역은, 번역을 하는 사람이라면 누구나 다 하는 말이지만, 쉬운 작업이 아니었다. 이 작품의 식탁 묘사 부분을 화폭에 옮기려던 화가 세잔도 난감함을 표현했을 정도로 발자크의 문장은, 그 점이 어찌 보면 발자크의 문장을 역동적이게 만들어주는 것이겠지만, 고전적인 프랑스어 문장의 상궤를 자주 벗어나곤 한다. 역자는 단어와 문장마다 적절한 우리말을 찾아내려고 노력했지만 가독성을 지나치게 앞세워 원문의 호흡을 왜곡하는 일은 가급적 피하고자 했다. 그러나 막상 번역을 마치고 나니 기쁨과 보람보다는 어쩔 수 없이 걱정과 두려움이 앞선다. 번역에서 더 나은 표현을 찾는 일은, 발자크가 죽을 때까지 자신의 작품에 가필을 했듯이, 끝이 있을 수 없는 작업일 것이다. 이 점에서 독자들의 질정을 충심으로 기다린다. 변변찮은 재주지만 『나귀 가죽』을 우리말로 옮기는 일을 맡은 데에는 아직 우리 주변에 발자크의 이야기보다 발자크의 이야기에 대한 이야기가, 비록 그것도 많은 편이 아니지만, 더 많이 통용되는 형편도 큰 작용을 했다. "『인간극』의 저자, 로댕이 형상화한 그 어마어마한 거인은 발자크라 불리는 작가의 변신들 중 하나에 불과하다"고 평가될 정도로 『인간극』 말고도 엄청난 양의 저작들을 거느리고 있는 발자크의 세계는, 규모가 방대한 만큼 그 정체를 한 마디로 규정하려는 유혹을 강하게 유발한다. 발자크에 대한 무수한 통념과 오해는 그렇게 생산된다. 보들레르나 프루스트처럼 발자크를 사랑하고 발자크에게서 많은 문학적 영감을 얻은 소설가 미셸 뷔토르는 발자크를 둘러싼 많은 오해가 실은 발자크에 대한 부분적이고 피상적인 독서에 기인한다고 꼬집은 적이 있다. 이 번역이 발자크에 대한 우리의 이해와 해석의 지평을 넓히는 데 일조하게 되기를 바란다.

끝으로, 기꺼이 이 책을 내준 문학동네에 깊은 감사를 드린다. 꼼꼼한 제안으로 역자에게 많은 도움을 준 문학동네 편집부에게도 각별한 고마움을 전한다.

이철의

『인간극』의 작품은 책 형태의 초판본 출간 연도를 기준으로 표기했다.

1799년   5월 20일(혁명력 7년 프레리알 1일) 투르에서 오노레 출생.
         아버지 베르나르 프랑수아(1746~1829)는 나폴레옹 제정 시
         대의 투르 주둔군 병참 담당 군속이었으며, 어머니 안 샤를로
         트 로르 살랑비에(1778~1854)는 프티부르주아층인 파리 상
         인의 딸이었다. 1797년 결혼한 부부의 나이 차는 32년. 오노
         레가 태어나기 전 이들 사이에 첫아들 루이 다니엘이 태어
         나 어머니가 직접 키웠으나 얼마 안 돼 죽는다. 그런 연유로
         오노레는 출생 직후 유모가 맡아 양육한다. 오노레에 이어
         1800년 첫째누이 로르(1800~1871), 1802년 둘째누이 로랑
         스(1802~1825) 출생. 1807년에는 아버지가 다른 남동생 앙
         리(1807~1858) 출생. 앙리의 생부는 발자크 집안의 친구인
         사셰 성주城主 장 드 마르곤이다.
         오노레는 유소년 시절, 사생아인 동생 앙리에 대한 어머니의
         편애로 깊은 상처를 입는다. 이러한 정황은 『골짜기의 백합Le
         Lys dans la vallée』에 변용되어 나타난다. 그러나 동생 앙리
         는 범용한 인물로서 오노레의 일생에 별다른 작용을 하지는
         않는다. 후일 발자크는 어머니의 정부였던 장 드 마르곤과 깊
         은 교분을 나누고 그가 소유한 사셰성에 자주 머물면서 작품
         활동을 한다. 루아르강 유역에 있는 사셰성은 현재 발자크 기
         념관으로 활용되고 있다.

1807년	방돔의 기숙학교에 입학하여 1813년 퇴교할 때까지 6년 동안 그곳에서 생활한다. 후일 『루이 랑베르Louis Lambert』에 변용되어 나타나듯이 엄격한 훈육을 특징으로 하는 방돔 기숙학교는 발자크에게 그리 행복한 기억을 남기지 않는다. 1813년 심각할 정도로 건강을 잃어 집으로 돌아와 1년 정도 요양. 이듬해인 1814년 9월 투르 중등학교에 입학해 11월 파리로 이주할 때까지 두 달간 집에서 통학.
1814년	11월 아버지가 파리의 군수품 조달 회사 책임자로 임명되어 온 가족이 투르를 떠나 파리에 정착.
1816년	파리에서 중등교육을 마치고 9월 아버지의 친구인 변호사 기요네 메르빌의 사무실에서 견습 서기로 잠깐 일하다. 11월 소르본 법과대학 등록. 대학에서 기조, 빌맹, 빅토르 쿠쟁을 비롯한 여러 교수의 강의, 그리고 자연사박물관에서 조프루아 생틸레르의 강의를 듣는다. 후일 발자크는 이들에게서 영향을 받은 사상을 자신의 작품에 자주 언급한다.
1818년	아버지의 권유로 다시 공증인인 파세의 사무실에서 일하기 시작. 그 사무실은 발자크의 집과 같은 건물에 있었다. 그런 연유로 청소년기의 발자크는 집안의 통제를 많이 받는다. 이 무렵을 전후로, 미완에 그치긴 하나 「철학과 종교에 관한 소고」 「영혼의 불멸성에 관한 소고」를 집필. 이 시기는 향후 발자크 세계의 주요한 한 흐름으로 자리잡는 철학적 사변 취향의 시발점이 된다. 데카르트, 말브랑슈, 스피노자, 돌바크 등을 읽기 시작하다.
1819년	아버지가 현역에서 은퇴하여 파리 북쪽 근교 빌파리지로 이사. 1월 법과대학 수료. 부모는 공증인이 되기를 바랐으나 작가가 되기로 결심. 8월 작가의 재능을 입증하기 위해 부모에게서 2년의 유예 기간을 얻어, 파리 레디기에르 거리 소재의

다락방에 홀로 칩거하면서 작품 집필에 몰두. 이때의 궁핍한 수련생활은 이후 그의 여러 소설 속 주인공들의 이력에 녹아드는데, 특히 『파시노 칸*Facino Cane*』(1837)의 앞부분이 유명하다. 그즈음 누이 로르에게 보낸 편지에서 "아무것도, 사랑과 명예 말고는 아무것도 내 가슴속에 펼쳐진 이 드넓은 벌판을 채울 수 없다"고 토로.

1819~1823년 재능을 입증할 작품으로 운문 비극 『크롬웰*Cromwell*』 집필 착수.

"나는 내 비극 작품이 모든 왕과 민중의 애독서가 되기를 희망한다. 나는 걸작으로 등단하고 싶다. 그러지 못하면 내 목을 비틀리라"(편지). 1820년 봄 5막짜리 『크롬웰』을 완성하지만 한결같이 부정적인 반응을 보인다. 특히 콜레주 드 프랑스의 교수이자 작가인 앙드리외는 이 작품에 대해 발자크는 문학만 아니라면 어떤 분야에서도 성공을 거둘 거라고 에둘러 비판하며 작가의 길을 포기할 것을 권고한다. 1820년 9월 당시의 징병 방식이었던 제비뽑기에서 운좋게 병역을 면제받는다.

데뷔 작품의 참담한 실패, 부모의 재정 지원 중단 등으로 1821년 1월 다시 본가에 들어가다. 그러나 문학을 향한 뜻을 굽히지 않고 『팔튀른*Falthurne*』(1820) 『스테니 혹은 철학적 오류*Sténie ou les Erreurs philosophiques*』(1821) 등 철학적 사변이 두드러지는 소설과 종교적이고 신비주의적인 영감이 진하게 나타나는 『기도론祈禱論*Traité de la prière*』 『팔튀른 II *Falthurne II*』 등을 계속 집필하다.

1822~1825년 발자크 스스로 나중에 '상업 문학'이라 부른 작품을 양산한 시기.

3년에 걸쳐 발자크는 처음에는 다른 사람과 공동 작업으로,

나중에는 혼자서 모두 여덟 편의 작품을 발표하는데, 본명이 아니라 '로르 훈'과 '오라스 드 생토뱅'이라는 가명을 사용한다.

1822년 빌파리지에 사는 이웃인 로르 드 베르니 부인과 내밀한 관계를 맺기 시작. 발자크는 자신보다 스물두 살이나 많고 어머니와 이름이 같은 이 여인을 '딜렉타'라는 애칭으로 부르기도 한다. 발자크에게 부인은 연인이자 모성애를 느끼게 해주는 또 하나의 어머니라는 이중의 의미를 지닌다. 이 관계는 1836년 부인이 죽을 때까지 지속되며 부인은 발자크의 조언자와 후원자 역할을 겸한다.

1824~1825년 〈쾨유통 리테레르〉라는 신문과 관계를 맺어 저널리스트로서 첫걸음을 내딛는다. 이후 발자크는 1830년 무렵까지 간간이 저널리즘과 관계를 맺어 기사를 작성한다.

익명으로 몇 편의 에세이를 소책자로 출판. 「장자 상속권에 대하여」(1824) 「예수회파에 대한 불편부당한 역사」(1824) 「신사들의 규범」(1825).

1825년 다브랑테스 공작 부인과 사귀기 시작. 나폴레옹시대 최고위 장군이었던 쥐노 다브랑테스 공작을 여읜 부인으로 발자크를 레카미에 부인의 살롱 등 파리의 고급 사교계에 입문시키는 한편, 그에게 나폴레옹에 관한 세세한 정보를 알려준다. 두 사람은 문학 분야에서도 서로 교감을 가져 발자크는 후일 공작 부인의 자서전을 공동 집필하기도 한다.

1825~1828년 문학판을 떠나 인쇄업, 출판업, 활자주조업 등에 투신. 자본금은 가족과 베르니 부인에게서 충당. 몰리에르와 라퐁텐의 작품 축쇄판 발간. 그러나 결국 사업 실패로 6만 프랑(오늘날의 화폐 가치로 약 2억 원)의 빚을 진다. 베르니 부인의 아들과 동업하다 운영권을 넘긴 활자주조 업체는 이후 프랑스에

서 가장 유명한 업체가 된다. 동시에 그는 이 시기에 엄청난 양의 독서와 지방 여행을 한다. 사업, 돈, 지방 탐사 등에 관련된 당시의 체험은 후일 『인간극 La Comédie humaine』의 작가에게 무엇과도 비견할 수 없는 풍부한 자산을 남겨준다.

1828년 다시 문학으로 돌아와 역사물에 관심을 보인다. "나는 다시 펜을 잡을 것이다. 한 달 전부터 나는 아주 흥미로운 역사물에 착수했다"(편지). 『그림같이 생생한 프랑스 역사 Histoire de France pittoresque』 기획.

1829년 3월 『마지막 올빼미 당원 혹은 1800년 브르타뉴 Le Dernier Chouan ou la Bretagne en 1800』 출간(나중에 전집으로 묶이면서 『올빼미 당원 혹은 1799년 브르타뉴 Les Chouans ou la Bretagne en 1799』로 제목이 바뀜). 나중에 『인간극』을 이루는 최초의 소설로 기록되는 이 작품은 그의 이름으로 출판한 최초의 소설이기도 하다. 12월 익명으로 『결혼 생리학 Physiologie du mariage』 발표. 6월 아버지 베르나르 프랑수아 사망. 여동생 로르를 통해 쥘마 카로 부인과 친분을 맺는다. 카로 부인은 오로지 진지한 문학의 조언자 역할을 하며 발자크에게 상당한 영향을 끼친다.

1830년 저널리즘을 통해 왕성하게 시사 논평문을 발표하는 한편, 본격적인 문학작품 생산에 돌입하다. 이 시기에 그가 관여한 신문은 〈푀유통 데 주르노 폴리티크〉 〈라 카리카튀르〉 〈르 탕〉 〈라 실루에트〉 〈라 모드〉 〈르 볼레르〉 등이다. 소설은 잡지나 단행본을 통해 개별적으로 발표하기도 하고, 몇 편의 소설을 묶어 총서 형태로 발표하기도 한다.

『사생활 장면 Scènes de la vie privée』이라는 제목 아래 처음으로 여섯 편의 단편—「라 방데타 La Vendetta」, 「불륜의 위험 Les Dangers de l'inconduite」(나중에 「곱세크 Gobseck」

로 제목 변경), 「쏘의 무도회 *Le Val de Sceaux*」, 「영광과 불행 *Gloire et malheur*」(나중에 「샤 키 플로트 상회 *La Maison du chat-qui-pelote*」로 제목 변경), 「덕성스러운 여인 *La Femme vertueuse*」(나중에 「두 집 살림 *Une double famille*」으로 제목 변경), 「가정의 평화 *La Paix du ménage*」—을 두 권에 모아 발표.

1831년   4월 정치 논평 「두 내각의 정치에 관한 앙케트」 발표가 보여 주듯이 7월 혁명 직후 현실 정치 참여의 야심 표명. 이해와 이 듬해에 국회의원 선거 출마를 계획하나 무위에 그치다.

8월 '철학 소설'이라는 부제가 붙은 『나귀 가죽 *La Peau de chagrin*』의 발표로 작가의 명성을 얻는다. 이 작품과 『사라진 *Sarrasine*』『엘 베르뒤고 *El Verdugo*』『저주받은 아이 *L'Enfant maudit*』『불로장생의 영약 *L'Elixir de longue vie*』『추방자들 *Le Proscrits*』『알려지지 않은 걸작 *Le Chef-d'œuvre inconnu*』『징집 군인 *Le Réquisitionnaire*』『여인 연구 *Etude de femme*』『두 개의 꿈 *Les Deux Rêves*』(나중에 『카트린 드 메디치에 대하여 *Sur Catherine de Médicis*』 3부로 편입), 『플랑드르의 예수 그리스도 *Jésus-Christ en Flandre*』 등을 묶어 총 세 권으로 『철학 소설과 콩트 *Romans et contes philosophiques*』라는 모음집을 내다.

1832년   정통주의로의 정치적 전향을 표방. "내 정치적 견해가 형성되었고, 내 신념이 완결되었다. 나는 한 인간이 자신의 나라와 그 법률, 그 풍속을 판단할 수 있는 나이에 이른 것이다"(편지). 카스트리 공작 부인과 관계를 맺기 시작하다. 그녀와 함께 엑스레뱅, 제네바 등지에 체류하고 구애를 하나 버림받는다. 그 쓰라린 경험이 이듬해 『랑제 공작 부인 *La Duchesse de Langeais*』의 모티프가 된다. 몇몇 여자와 결혼을 모색하나 모두 실패로 귀결. 이해 초 발신지가 오데사라고만 표기되고 발신인은 '외국 여인'이라고만 서명된 편지를 받는다. 이에 잡지 〈가제트 드 프랑스〉를 통해 광고 형식으로 답신함으로써 나중에 그와 정식으로 결혼하게 될 한스카 부인과 서신을 주고받기 시작. 작품활동이 왕성해지는 동시에 사교계 출입도 활발해지고 호사스러운 생활을 영위하다.

『사생활 장면』 2판이 초판에 아홉 편이 추가되어 발표. 『전언 傳言 Le Message』『돈주머니 La Bourse』『재판관 코르넬리우스 Maître Cornélius』『마담 피르미아니 Madame Firmiani』『붉은 여인숙 L'Auberge rouge』 등과 『루이 랑베르』 초고본 발표. 『철학 소설과 콩트』의 증보판으로 『새 철학 콩트 Nouveaux contes philosophiques』 발표.

1833~1837년 몇 차례의 모음집 발간에서 보듯이 자신의 작품들을 하나의 체계 속에 집대성하려는 계획을 구체화하다. 이 기간 동안 『사생활 장면』(네 권), 『지방 생활 장면 Scènes de la vie de province』(네 권), 『파리 생활 장면 Scènes de la vie Parisienne』(네 권)의 세 부분으로 이루어진 열두 권의 『19세기 풍속 연구 Etudes de mœurs aux XIXᵉ siècle』에 모두 스물일곱 편의 작품을 수록.

1833년 마리아 다미누아와 관계를 갖다. 발자크는 1834년 6월 그 사이에서 딸을 얻는다. 그녀는 마리 카롤린 뒤 프레네란 이름으로 1930년까지 사는데 후손을 남기지 않는다. 9월에는 서신 교환만 하던 한스카 부인과 뇌샤텔에서 처음으로 상면한다. 발자크는 이어 1834년 제네바에서, 그리고 1835년 빈에서 다시 부인을 만나지만 이후 1843년 그가 상트페테르부르크로 찾아가 재회할 때까지 8년 동안 두 사람은 서로 만나지 못하며 서신만 주고받게 된다.

『시골 의사Le Médecin de campagne』『외제니 그랑데
Eugénie Grandet』『명사 고디사르L'Illustre Gaudissart』
발표.

1834년　　다섯 권씩 네 차례에 걸쳐 총 스무 권의 분량으로 발표한 『철
학 연구Etudes philosophiques』에 스물다섯 편의 작품 수록.

1834~1840년 평생 그의 충실한 친구로 남을 기도보니 비스콘티 백작 부인
과 교제. 쥘 상도를 문하생 겸 비서로 삼다. 10월 한스카 부
인에게 보내는 편지에서 자신의 작품세계 전체의 구상을 밝
히다. 이 편지에서 아직 '인간극'이라는 전체 제목은 등장
하지 않지만, 인간사의 모든 결과를 담은 『풍속 연구Etudes
de mœurs』, 그 결과의 원인에 대한 탐구인 『철학 연구』, 결
과와 원인의 탐구에 이은 원칙의 수립인 『분석 연구Etudes
analytiques』라는 큰 틀이 언급된다. 「19세기 프랑스 작가들
에게 보내는 편지」를 통해 작가의 권리에 대한 각성을 촉구
하다.
　　　　　『레 마라나Les Marana』『페라귀스Ferragus』『도끼를 들지
마시오Ne touchez pas la hache』(나중에 『랑제 공작 부인』으
로 제목 변경), 『절대의 탐구La Recherche de l'Absolu』『바
닷가의 비극Un drame au bord de la mer』『서른 살 여인La
Femme de trente ans』발표.

1835년　　오스트리아 여행, 메테르니히 공 접견.
　　　　　『고리오 영감Le Père Goriot』『완두콩 꽃La Fleur des pois』
(나중에 『결혼 계약Le Contrat de mariage』으로 제목 변경),
『세라피타Séraphîta』『금빛 눈의 처녀La Fille aux yeux d'or』
『회개한 멜모스Melmoth réconcilié』발표.

1836년　　독자적인 발표 지면의 확보를 목적으로 정치 문예지 성격의
〈크로니크 드 파리Chronique de Paris〉를 거의 혼자서 발행,

많은 양의 평문과 소설을 발표. 그러나 6개월 정도 운영 후 파산, 다시 한번 상당한 재산 손실을 입는다. 5월 기도보니 비스콘티 백작 부인과 발자크 사이에 아들 출생. 7월 베르니 부인 사망. "그녀는 나에게 신과 같았습니다. 그녀는 어머니였고, 여자친구였고, 가족이었으며, 동시에 남자친구였고 조언자였습니다. 그녀는 작가를 키워냈으며 젊은이에게 위안을 주었고, 취향을 깨닫게 해주었으며 누이처럼 울고 웃었습니다. 그녀는 고마운 잠처럼 매일 찾아와 고통을 잠재웠습니다. 그녀는 그 이상을 해주었습니다. 그녀가 없었더라면 분명 난 죽었을 것입니다"(한스카 부인에게 보내는 편지). 7~8월 남장한 마르부티 부인을 대동하고 기도보니 비스콘티 백작의 상속 문제를 해결하기 위해 이탈리아 토리노 여행, 스위스를 거쳐 귀국.

『골짜기의 백합』『무신론자의 미사 *La Messe de l'athée*』『금치산 선고 *L'Interdiction*』『노처녀 *La Vieille Fille*』(프랑스 최초의 연재소설) 발표.

1837년   자신의 전 작품을 총괄하는 제목으로 '사회 연구'를 생각하나 실행에는 옮기지 못함. "내 작품 전체를 아우르는, 나로서는 거대한 과업을 준비중입니다. (……) 그 과업은 『풍속 연구』『철학 연구』『분석 연구』 전체를 '사회 연구'라는 총괄적인 제목으로 묶을 것입니다"(한스카 부인에게 보내는 편지). 2~3월, 두번째로 이탈리아를 여행하는 중에 제노바에서 사르데냐의 은광산 개발을 구상하고 이듬해 현지를 직접 방문하나 다른 회사가 선점하다. 후일 사르데냐의 은광산은 엄청난 매장량을 가진 것으로 판명된다. 활자주조업과 함께 리얼리스트 사업가 발자크의 혜안과 한계를 동시에 보여주는 일화다.

『잃어버린 환상 *Illusions perdues*』 1부 「두 시인」, 『파시노 칸』

『세자르 비로토*César Birotteau*』 발표.

1838년   2월 말~3월 초, 노앙에 있는 조르주 상드의 저택에 머물며 문학적 교분을 나눈다. 상드는 발자크에게 『베아트릭스 *Béatrix*』의 주제를 제공한다. "나는 조르주 상드를 동지로 여겼습니다. [……] 우리는 사흘 내내 저녁식사를 마치고 오후 다섯시부터 다음날 새벽 다섯시까지 이야기를 나누었습니다. [……] 그녀는 남자이고 예술가이며, 위대하고 통이 크며 헌신적입니다"(한스카 부인에게 보내는 편지).

7월, 파리 근교 세브르의 '레 자르디'에 땅을 사서 정착. 발자크는 그곳을 파인애플 농장으로 만드는 작업에 착수하나 막대한 비용만 탕진하고 물러난다. 그는 이때 진 빚을 평생 갚지 못한다.

『뉘싱겐 은행*La Maison Nucingen*』 『고매한 여인*La Femme supérieure*』(나중에 『관리들*Les Employés*』로 제목 변경) 발표.

1839년   8월, 작가회의 의장에 선임. 저작권 보호를 위해 맹렬한 활동을 펼치다. 페이텔 사건 변호. 12월, 아카데미 프랑세즈 회원직에 처음 출마하나 고배를 마신다(발자크는 이후 1842년 두 차례, 1848년 한 차례 등 세 차례에 걸쳐 다시 도전하나 모두 실패한다).

『이브의 딸*Une fille d'Eve*』 『감바라*Gambara*』 『골동품 진열실*Le Cabinet des Antiques*』 『잃어버린 환상』 2부 「파리에 온 지방의 위인」, 『마시밀라 도니*Massimilla Doni*』 『베아트릭스』 1부와 2부, 『피에르 그라수*Pierre Grassou*』 발표.

1840년   연극 〈보트랭〉의 실패. 〈크로니크 드 파리〉의 실패 이후 다시 월간지 〈르뷔 파리지엔Revue parisienne〉을 오로지 혼자 힘으로 발간하나 7~9월 세 호를 끝으로 종간. 발자크의 유명한

스탕달론論 「벨 연구」가 이 잡지에 실린다. 9월 마침내 '레 자르디'를 압류당하고 파시 지구의 바스 거리(현재 파리의 레이누아르 거리 47번지)에 있는 언덕배기 집으로 도피하듯 이주하다. 이 집은 오늘날 발자크 기념관인 '메종 드 발자크'로 쓰이고 있다. 1840년은 발자크에게 여러모로 위기의 한 해였다. "프랑스를 떠나 브라질에 내 뼈를 묻으러 가야 할 것 같습니다. […] 쓸모없는 작업들은 이제 진력이 납니다. 내 모든 편지와 모든 원고를 불태우겠습니다. […] 이건 아주 단호한 결정입니다"(한스카 부인에게 보내는 편지).

『Z. 마르카스Z. Marcas』『피에레트Pierrette』『카디냥 대공부인의 비밀Les Secrets de la princesse de Cadignan』

1841년   10월 '인간극'을 제목으로 하는 자신의 작품 전집 출판 계약 체결. 9월 작가회의 의장 사임. 11월 한스카 부인의 남편인 한스키 백작 사망. 발자크는 이듬해 1월에야 그 소식을 듣는다. 『마을의 사제Le Curé de village』 발표.

1842년   『인간극』이 제작되기 시작하여 1846년 총 열여섯 권으로 출간. 1848년 제17권 추가, 1855년 작가가 죽은 뒤에 제18권이 출간되어 완결.

한스키 백작의 사망 소식을 듣고 한스카 부인과 결혼을 성사시키는 데 몰두하다. 7월과 12월 아카데미 프랑세즈 회원직에 출마하나 두 번 다 낙선한다. 「인간극 서문」 집필.

『두 젊은 부인의 서간Mémoires de deux jeunes mariées』『위르쥘 미루에Ursule Mirouët』『알베르 사바뤼스Albert Savarus』『속續 여인 연구Autre étude de femme』『라 라부이외즈La Rabouilleuse』 발표.

1843년   여름, 상트페테르부르크를 방문하여 두 달간 체류하며 8년 만에 한스카 부인을 만나다.

『미제未濟 사건Une ténébreuse affaire』『지방의 뮤즈La Muse du département』『잃어버린 환상』제3부 「발명가의 고뇌」 발표.

1844년 　파리에 머물면서 집필에 몰두해 비교적 많은 작품을 생산. 『모데스트 미뇽Modeste Mignon』『인생의 첫출발Un début dans la vie』『창녀의 영광과 비참Splendeur et misères des courtisanes』『카트린 메디치에 대하여』『오노린Honorine』 『떠돌이 왕자Un prince de la bohème』『농부Les Paysans』 (미완. 발자크 사후 1855년 한스카 부인에 의해 미완인 상 태로 재출간되어 『인간극』에 편입), 『프티부르주아Les Petits Bourgeois』(미완. 역시 1855년 『인간극』에 편입) 발표.

1845년 　창작에 대한 부담을 토로. "참 딱한 일입니다. 나는 하루에 열 여섯 시간을 일합니다만 아직도 빚이 10만 프랑이 넘습니다. 그리고 나이는 마흔다섯 살이구요! 슬프기 그지없는 일입니 다"(편지). 그러나 정작 많은 일은 하지 못한다. 한스카 부인 과 프랑스, 독일, 네덜란드, 벨기에, 이탈리아 등 각지를 여행 하는 데 몰두하다. 레지옹 도뇌르 훈장 서훈. 『베아트릭스』3부, 『부부 생활의 작은 불행Petites Misères de la vie conjugale』발표.

1846년 　한스카 부인과 이탈리아, 스위스 등지에서 생활. 퓌른 출판 사에서 『인간극』 출간(『인간극』의 초판본으로서 '퓌른 판'으 로 불린다. 발자크는 죽을 때까지 자신이 소장한 '퓌른 판' 책 에 교정을 본다. 발자크가 죽은 뒤에 출판된 『인간극』은 대부 분 세상에 단 한 질뿐인 이 소장본에 의거하는데 이를 '수정 퓌른 판'이라 부른다). "6년 전부터 나는 내 시간의 반 이상을 『인간극』을 교정하는 데 매달려왔습니다. 이제 새로운 작품 생산에 몰두할 수 있으니까 아주 굉장할 것입니다"(한스카 부인에게 보내는 편지). 그러나 실제로 창작활동은 지지부진하게 진척된다. 한스카 부인의 임신 소식을 알고 결혼을 앞당길 수 있다는 기대에 부풀었으나 11월 사산 소식을 접하고 낙담하다. 창작 능력의 고갈과 자신의 작품에 대한 대중의 무관심에 고뇌하다.

『코미디언일 줄 모르는 코미디언들Les Comédiens sans le savoir』『사업가Un homme d'affaires』 발표.

1847년   한스카 부인이 비밀리에 파리에 체류하다(2~5월). 발자크는 6월에 자신의 유서를 작성한다. 9월 한스카 부인의 집이 있는 우크라이나의 비에르초브니아로 떠나다.

『친척 베트La Cousine Bette』『친척 퐁스Le Cousin Pons』『아르시의 국회의원Le Député d'Arcis』(미완. 1855년 『인간극』에 편입) 발표.

1848년   우크라이나에 6개월간 체류한 후 2월 파리로 귀환. 2월 혁명을 접하고 국회의원 선거 출마를 고려하기도 하나, 9월 다시 우크라이나로 떠나 1850년 4월까지 그곳에 체류. 아카데미 프랑세즈 회원직에 네번째로 도전하나 이듬해 1월 선거에서 위고의 적극적인 지지에도 실패.

『현대사의 이면L'Envers de l'histoire contemporaine』 발표.

1849년   1년 내내 비에르초브니아에 있는 한스카 부인의 집에 체류. 건강 악화. 한스카 부인은 러시아의 차르 황제에게 발자크와의 결혼을 청원해 막대한 상속재산을 포기하는 조건으로 허락을 받는다.

1850년   3월 한스카 부인과 결혼. 5월 한스카 부인과 함께 파리로 돌아와 신혼살림을 차리지만, 내내 와병중이던 발자크는 여러 날 의식불명 상태에 처해 있다가 8월 18일 세상을 뜬다. 페르라셰즈 묘지에 안장, 위고의 유명한 조사: "그 자신도 모르는 사이에, 그가 원했건 원하지 않았건, 그가 동의했건 동의하지 않았건, 『인간극』이라는 이 방대하고 비범한 작품의 저자는 혁명적인 작가들의 강력한 혈족에 속합니다." 바르베 도르비이는 8월 24일자 신문 기고에서 "그의 죽음은 정녕 지성사의 대재앙으로서 바이런 경의 죽음 말고는 그 어떤 것도 거기에 비할 수 없다"고 애도한다. 한스카 부인은 발자크가 죽은 뒤에 홀로 살다가 1882년에 생을 마친다.

문학동네 세계문학전집 발간에 부쳐

세계문학은 국민문학 혹은 지역문학을 떠나 존재하는 문학이 아니지만 그것들의 총합도 아니다. 세계문학이라는 용어에는 그 나름의 언어와 전통을 갖고 있는 국민문학이나 지역문학의 존재를 인정하면서 그것을 넘어서는 문학의 보편적 질서에 대한 관념이 새겨져 있다. 그 용어를 처음 고안한 19세기 유럽인들은 유럽문학을 중심으로 그 질서를 구축했지만 풍부한 국민문학의 전통을 가지고 있는 현대의 문학 강국들은 나름의 방식으로 세계문학을 이해하면서 정전(正典)의 목록을 작성하고 또 수정한다.

한국에서도 세계문학 관념은 우리 사회와 문화의 변화 속에서 거듭 수정돼왔다. 어느 시기에는 제국 일본의 교양주의를 반영한 세계문학 관념이, 어느 시기에는 제3세계 민족주의에 동조한 세계문학 관념이 출현했고, 그러한 관념을 실천한 전집물이 출판됐다. 21세기 한국에 새로운 세계문학전집이 필요하다는 것은 명백하다. 우리의 지성과 감성의 기준에 부합하는 세계문학을 다시 구상할 때가 되었다.

문학동네 세계문학전집은 범세계적으로 통용되는 고전에 대한 상식을 존중하면서도 지난 반세기 동안 해외 주요 언어권에서 창작과 연구의 진전에 따라 일어난 정전의 변동을 고려하여 편성되었다. 그래서 불멸의 명작은 물론 동시대 세계의 중요한 정치·문화적 실천에 영감을 준 새로운 작품들을 두루 포함시켰다.

창립 이후 지금까지 한국문학 및 번역문학 출판에서 가장 전문적이고 생산적인 그룹을 대표해온 문학동네가 그간 축적한 문학 출판 경험을 바탕으로 새로운 세계문학전집을 펴낸다. 인류가 무지와 몽매의 어둠 속을 방황하면서도 끝내 길을 잃지 않은 것은 세계문학사의 하늘에 떠 있는 빛나는 별들이 길잡이가 되어주었기 때문이다. 우리가 자부심과 사명감 속에서 그리게 될 이 새로운 별자리가 독자들의 관심과 애정에 힘입어 우리 모두의 뿌듯한 자산이 되기를 소망한다.

문학동네 세계문학전집 편집위원
민은경, 박유하, 변현태, 송병선, 이재룡, 홍길표, 남진우, 황종연

세계문학전집 013

나귀 가죽

1판 1쇄 2009년 12월 15일
1판 9쇄 2025년 5월 15일

지은이 오노레 드 발자크 ｜ 옮긴이 이철의

편집 이단네 안수연 오동규 ｜ 독자모니터 김선영
디자인 랄랄라디자인 최미영 ｜ 저작권 박지영 형소진 오서영
마케팅 정민호 서지화 한민아 이민경 왕지경 정유진 정경주 김수인 김혜원 김예진 나현후
　　　이서진
브랜딩 함유지 박민재 이송이 김희숙 박다솔 조다현 김하연 이준희
제작 강신은 김동욱 이순호 ｜ 제작처 영신사

펴낸곳 (주)문학동네 ｜ 펴낸이 김소영
출판등록 1993년 10월 22일 제2003-000045호
주소 10881 경기도 파주시 회동길 210
전자우편 editor@munhak.com
대표전화 031)955-8888 ｜ 팩스 031)955-8855
문학동네카페 http://cafe.naver.com/mhdn
인스타그램 @munhakdongne ｜ 트위터 @munhakdongne
북클럽문학동네 http://bookclubmunhak.com

ISBN 978-89-546-0914-2 04860
　　　978-89-546-0901-2 (세트)

잘못된 책은 구입하신 서점에서 교환해드립니다.
기타 교환 문의 031) 955-2661, 3580

www.munhak.com

● 문학동네 세계문학전집은 계속 출간됩니다